Knaur.

Über den Autor:
Claudio Michele Mancini wurde kurz nach Kriegsende als Sohn einer deutschen Mutter und eines italienischen Vaters geboren und wuchs in der Provinz Verbania am Lago Maggiore auf. 1964 machte er auf einer Klosterschule sein Abitur, studierte in München Psychologie und arbeitete danach als Dozent und Unternehmensberater in Frankreich, Italien, Deutschland und den USA. 2006 erschien *Infamità*, sein erster Mafia-Roman. 2009 folgte *Mala Vita*.

Claudio M. Mancini

La Nera

Ein Mafia-Roman

Knaur Taschenbuch Verlag

Besuchen Sie uns im Internet:
www.knaur.de

Originalausgabe Mai 2012
© 2012 Knaur Taschenbuch
Ein Unternehmen der Droemerschen Verlagsanstalt
Th. Knaur Nachf. GmbH & Co. KG, München
Alle Rechte vorbehalten. Das Werk darf – auch teilweise – nur mit
Genehmigung des Verlags wiedergegeben werden.
Redaktion: Herbert Neumaier
Umschlaggestaltung: ZERO Werbeagentur, München
Umschlagabbildung: FinePic®, München
Satz: Adobe InDesign im Verlag
Druck und Bindung: CPI – Clausen & Bosse, Leck
Printed in Germany
ISBN 978-3-426-50911-1

2 4 5 3

Mein Dank gilt meiner geliebten Susan,
die mich mit Rat und Tat unterstützt
und mir als kritische Beraterin zur Seite gestanden hat.

Si tenta di fare, la morte di fuggire,
si va nella gola.

(Versucht man dem Tod zu entfliehen,
läuft man ihm in den Rachen.)

Wichtige Figuren

Generale Nicola Di Gregori	Polizeichef der Direzione Investigativa Antimafia, Rom
Lodovico Della Torre	Generalstaatsanwalt und Teresa Principatos Onkel
Direttore Giancarlo Pontine	Leiter der DIA, Rom
Commissario Emilio Casaverde	Assistent von Pontine, DIA, Rom
Comandante Francesco Tassilo	Chef der operativen Einheit, DIA, Rom
Dottoressa Teresa Principato	Staatsanwältin in Palermo
Capitano Piero Losanto	Sonderermittler, DIA
Sophia Saviani	La Nera, Giulio Savianis Frau
Giulio Saviani	Chef der Kliniken und der Firma Uniplasma Int.
Don Anselmo Saviani	Vater von Giulio
Marga Saviani	Mutter von Giulio
Sandro Calogheri	Der Leibwächter Savianis
Bruno Calogheri	Bruder von Sandro
Giannino Giuso	Consigliere der Familie Saviani
Antonio De Cortese	Staatssekretär im Ministerium für Soziales
Professore Pietro Cerlosa	Chefarzt der Kosmetischen Klinik, Bologna
Dottore Francesco Aguillera	Stellvertreter von Professore Cerlosa
Franco Vasarella	Chef der Uniplasmalabors

Roberto d'Arenal	Vater von Sophia
Don Salvatore Fillone	Pate und Boss in Corleone
Andrè Fillone	Sohn des Paten Don Fillone
Ivan Badolento	Mafioso, Freund von Andrè Fillone
Enrico Nozzi	Mafioso, Freund von Andrè Fillone
Giancarlo Castra	Mafioso, Freund von Andrè Fillone
Don Edoardo Paluzzi	Pate und Chef eines Bestattungsunternehmens
Mauro, genannt Brufolo	Mafioso und Paluzzis Killer
Renato Salvo	Mafioso und Verwalter
Paolo Montoglio	Mafioso, Verwalter von Paluzzi

Die handelnden Personen sind frei erfunden.
Eventuelle Namensgleichheiten rein zufällig.

Inhalt

Epilog
613

Erster Teil

März 1985 bis März 1991

I.
Zeit der Schafschur

Ein kalter Morgen brach an im abgelegenen Hochtal von Santuario del Rosario, einer bäuerlichen Ansiedlung, nur wenige Kilometer von Corleone entfernt. Nebelschleier lagen über den Senken und bedeckten wie verwehte Zuckerwatte die zerklüftete Landschaft. Bald würde die aufgehende Sonne ihre Kraft entfalten und die aschenfarbenen Häuser und Bauernhöfe an diesem frühen Märztag erwärmen. Es roch nach frischem Dung und moderndem Holz.

Die im 16. Jahrhundert erbaute Kirche Madonna di Tavaglia erhob sich wie ein trutziger Klotz in den Himmel. Das monumentale Kirchenschiff mit seinen mächtigen, graubraunen Feldsteinen war im 17. Jahrhundert Sitz des gefürchteten Inquisitionstribunals gewesen und machte den archaischen Landstrich zu einem mystischen Ort. Ein paar hundert Meter von dem berühmten Gotteshaus entfernt gelangte man über eine Kreuzung an einen unbefestigten Weg, der quer durch brachliegende Kartoffelfelder und abgegraste Schafweiden zum herrschaftlichen Haus des alten Marchese führte. Er war der Herr des ehemaligen Feudums, zu dem einst auch der Hof von Sophias Vater gehörte.

Schafe blökten, als sie von den Männern in den Pferch getrieben wurden. Rauhe Stimmen und Gelächter erklangen vor dem Haus. Sophia erhob sich von ihrem Stuhl und öffnete neugierig das Küchenfenster. Vor ihren Augen breitete sich die sattgrüne Hochebene aus. Morgentau lag in den Wiesen und ließ die benetzten Gräser in der durchbrechenden Sonne wie Diamanten aufblitzen.

Um Roberto d'Arenal, ihren Vater, scharte sich ein halbes Dutzend Männer.

Sie standen im Hof, bereit für die anstehende Arbeit. Es waren grobschlächtige Typen aus den Bergen, mit breiten Schultern und gebräunten, vom Wetter zerfurchten Gesichtern, die Krempen ihrer verknautschten Hüte tief in die Stirn gezogen. Gefütterte Jacken schützten sie vor der feuchten Kälte. Wie aus Leder gegerbte Physiognomien und schwielige, von harter Feldarbeit rissige Arbeiterhände erzählten vom mühevollen und entbehrungsreichen Leben in den Bergen.

Ein junger, kräftiger Mann kletterte über das Holzgatter des Pferchs. Vor der Umzäunung entfachte einer der Älteren ein Feuer, und ein anderer hielt einen Blechkübel bereit. Der junge Mann, den sie Pasquale riefen, griff geschickt nach einem Schaf, zog es blitzschnell zwischen seine Beine und schnitt ihm lachend die Kehle durch.

Sophia kannte das blutige Ritual vor dem Scheren der Schafe, das sich jährlich zweimal wiederholte. Schon oft hatte sie es mit angesehen, aber an die Grausamkeit der Männer würde sie sich nie gewöhnen. Aus dem gerinnenden Blut wurde eine dicke Suppe über dem Feuer gekocht. Dazu gab es Oliven, hauchdünnes, krosses Fladenbrot aus Weizenkleie und Pecorino, Frühstück für die Bauern, die bald von den benachbarten Höfen kommen würden, um bei der Schur zu helfen. Und nach der Arbeit, wenn die Wolle in Säcke gefüllt war und die Schafe nackt in den Wiesen standen, dann würde es ein Fest im Dorf geben. Aber bis dahin war es noch ein langer Tag.

Geredet wurde nicht viel. Sizilianer bevorzugen die Kommunikation mit schnellen Gebärden, eine Sprache, die ohne Worte auskommt. In der langen Geschichte der Fremdherrschaften war es für sie oft klüger, den Mund zu halten, Blicke und Gesten genügten.

Die Tür öffnete sich. Ihr Bruder Tommaso trat mit schweren Stiefeln in die Küche. Fröstelnd ging er zum Tisch, während er unübersehbare Spuren von Mist und Morast auf dem gerade feucht aufgewischten Dielenboden hinterließ.

»*Fa freddo!*«, bemerkte er fröstelnd, schälte sich aus seiner gefütterten Jacke, warf sie über den Stuhl neben sich und rieb sich die kalten Hände.

Sophia musterte ihn mit kaum verhohlenem Ärger. Sie würde noch einmal aufwischen müssen. »Kannst du deine Schuhe nicht draußen vor der Tür abtreten?«

Seine Blicke folgten Sophias Augen. »*Scusa*«, murmelte er mit schuldbewusster Miene und betrachtete seine Lehmspuren, die er auf dem Küchenboden hinterlassen hatte. Aber sofort zeigte er wieder ein strahlendes Lächeln. Er wusste, seine Schwester konnte ihm nicht lange böse sein. »Soll ich die Schuhe ausziehen, La Nera?«

»Das ist jetzt auch schon egal! Und nenn mich nicht immer La Nera! Schließlich stamme ich nicht aus Afrika.«

Tommaso grinste. »Alle auf dem Hof nennen dich so. Niemand hat schwärzere Haare und dunklere Augen als du.« Er warf ihr einen scheelen Seitenblick zu. »Meine Freunde sagen, ich hätte die rassigste Schwester weit und breit!«

»Wenn die das sagen …«, erwiderte sie mit einem Anflug von Sarkasmus.

Gerade siebzehn geworden, arbeitete Tommaso trotz seines jugendlichen Alters schon wie ein richtiger Mann. Er hatte den kräftigen Körperbau seines Vaters und auch dessen schwarze Augen, die voller Leidenschaft glühen konnten, wenn er guter Laune war, oder hart wurden, wenn er sich ärgerte. Auf den ersten Blick hätte man ihn für einen Erwachsenen gehalten. Doch wenn er seinen Schlapphut absetzte und die schwere Filzjacke auszog, war er wieder ihr kleiner Bruder. Sophia liebte ihn, auch wenn er sich manchmal unmöglich benahm.

»Setz dich!«, erwiderte sie. »Der Espresso ist gleich fertig.«

Tommaso ließ sich seufzend auf den Küchenstuhl fallen, fummelte aus seiner Jackentasche eine zerknitterte Zigaretten-

packung heraus und warf sie vor sich auf den derben Holztisch.
»Das wird ein Tag! Wir haben knapp dreihundert Schafe vor
uns. Die Wölfe haben letzte Nacht vier Stück gerissen. Ich werde nächste Woche Jagd auf sie machen.«

»Wasch dir die Hände!«, forderte Sophia streng.

Er betrachtete seine verschmutzten Hände, stemmte sich aus
dem Stuhl und ging hinüber zum steinernen Waschbecken.
»Du kannst den Backofen anheizen«, kündigte er an, »heute
gibt es frische Stallhasen. Gerade habe ich ihnen das Fell abgezogen.« Gebannt beobachtete er, wie das Blut unter dem
fließenden Wasser von seinen Fingern ins Becken tropfte und
in kreiselnden Wirbeln vom Ablauf verschluckt wurde.

Die Küche war zentraler Treffpunkt der Familie und der Arbeiter. Der große rechteckige Raum mit dem altmodischen
Ofen in der Ecke und dem hohen amerikanischen Kühlschrank
wirkte zusammengestückelt. Die Einrichtung war über Jahre
hinweg immer wieder ergänzt oder ausgetauscht worden. Nur
der altertümliche Geschirrschrank mit den gefassten Glastüren
und die riesige Granitspüle schienen so alt wie das Haus zu
sein. Der Geruch von zurückliegenden Mahlzeiten und von
Ziegen und Schafen hatte sich wie eine Patina in den groben
Fugen der Steinwände eingenistet.

»Hast du Lust, mit mir heute Abend nach Corleone zu gehen?«,
fragte er beiläufig. »Andrè Fillone hat mich eingeladen. Er will
unbedingt, dass du mitkommst.«

Sophia lachte auf. »Das hätte er wohl gern!«

»Vater hätte garantiert nichts dagegen, das weißt du.«

»Das heißt noch lange nicht, dass ich deshalb Andrè sehen
möchte.«

»Was gefällt dir an ihm nicht? Ich finde, er ist ganz in Ordnung«, wandte Tommaso ein. »Okay, er ist ein Angeber und
nimmt sich manchmal etwas zu wichtig. Aber man kann viel
Spaß mit ihm haben.«

»Er hat das Benehmen eines Primaten, ist dumm und unappetitlich. Er bildet sich ein, dass er dich und deine Freunde mit dem Geld seines Vaters beeindrucken kann«, antwortete sie spöttisch. »Wenn er wüsste, wie wenig er mich interessiert!«

»Andrè fährt immerhin einen Porsche.« Tommasos Augen bekamen einen träumerischen Glanz.

»Kann er auch lesen und schreiben?«

»Sonst hätte er keinen Führerschein«, konterte Tommaso und griente unverschämt.

»Und du meinst, das reicht fürs Leben?«

»Du bist ganz schön arrogant! Nur weil du in Palermo studierst, sind wir hier noch lange nicht die Idioten. Andrè braucht jedenfalls keine Universität.«

Sophias Augen funkelten angriffslustig. »Du weißt ganz genau, dass niemand in Corleone Don Fillone etwas abschlagen würde, vor allem dann nicht, wenn es um seinen Sohn geht. Aber was würde er wohl tun, wenn er nicht so einen großartigen Vater hätte? Mit Bauklötzchen spielen?«

Tommaso zuckte die Schultern, wischte seine nassen Hände an der Hose ab und kehrte an den Tisch zurück. »Andrè ist der Sohn des Paten.«

Seine lapidare Feststellung klang wie eine Rechtfertigung für das luxuriöse Leben und die weitere Zukunft des jungen Fillone. Sie erinnerte Sophia aber auch an die Lage, in der sich ihr Vater befand. Ihr Hof in Santuario del Rosario war abhängig vom Entgegenkommen des Paten Don Fillo, wie er in Corleone ehrfürchtig genannt wurde.

»Er ist achtzehn und ich bin zweiundzwanzig«, bemerkte sie schnippisch und stellte den kochend heißen Kaffee auf den Tisch.

»Na und?«, antwortete er muffig. »Er sieht wesentlich älter aus. Mindestens wie fünfundzwanzig.«

Sophia lachte schallend, »und er hat das Spatzenhirn eines Zwölfjährigen. Beinahe hätte ich gesagt, er ist ein wenig zurückgeblieben.«

»Sein alter Herr ist reich. Vater sagt, du kannst es dir nicht leisten, wählerisch zu sein. Hast du bemerkt, wie Andrè dich ansieht? Er ist scharf auf dich, das sieht doch jeder!«

Sie winkte ab, setzte sich zu ihrem Bruder und beobachtete ihn, wie er die Füße von sich streckte. Für einen Augenblick kam sie ins Grübeln. Das Fest würde ein wenig Abwechslung in ihren Alltag bringen, der üblicherweise aus Lernen und ungeliebter Hausarbeit bestand. Warum sollte sie sich nicht auch ein paar unbeschwerte Stunden gönnen.

Sophia war für eine sizilianische Frau ungewöhnlich selbstbewusst, eine Haltung, mit der die Männer in einer Region mit festgefügten Traditionen und starren Rollenzuweisungen nur schwer umgehen konnten. Schnell hatte sie gelernt, wie man sich die Burschen gerade so weit vom Leib hielt, dass sie nicht sofort jedes Interesse an einem verloren. Auch wenn sie es manchmal amüsant fand, wenn die jungen Kerle wie liebestolle Hunde ums Haus strichen und ihr glühende Blicke zuwarfen, die Avancen prallten an ihr ab wie ein Ball, den man gegen eine Wand wirft. Die heißblütigen jungen Schönlinge mit der Attitüde der Unwiderstehlichkeit versuchten ihre Aufmerksamkeit zu erregen, waren aber oft genug nur eingebildete kleine Gauner, die nicht mehr besaßen als ihren Stolz. Sophia war überzeugt, dass es zu viele durchschnittliche Männer mit überdurchschnittlichem Selbstwertgefühl gab, eine Mischung, die sie verachtete.

Sie war klug genug, um zu wissen, dass Frauen in den Dörfern nicht viel galten. Hier war sie nur die Tochter von Roberto d'Arenal und die Schwester von Tommaso d'Arenal, eines Tages würde sie dann die Frau irgendeines Mannes sein, der sie in völliger finanzieller Abhängigkeit erstickte. Dann würde sie so werden, wie Männer sich hier eine Frau vorstellten, und nicht so, wie sie wirklich sein wollte.

»Also? Was ist nun?«, fragte Tommaso. »Gehst du mit mir aufs

Fest oder nicht? Andrès Schwester ist auch dabei. Sie bringt bestimmt ihre Freundinnen mit.«

»Alleine wäre ich sowieso nicht hingegangen«, entgegnete sie, »aber du kannst gerne zugeben, dass es dir eigentlich um etwas anderes geht.« Ein wissendes Lächeln flog über ihr Gesicht. »Du willst Sandra treffen, oder? Du brauchst mich als Alibi, damit du mit ihr flirten kannst, stimmt's?«

Tommaso beobachtete Sophia aus den Augenwinkeln und lachte verlegen. »Sein Vater wird sechs Ferkel spendieren«, wechselte er das Thema. »Sie werden auf der Piazza über dem Feuer gegrillt.«

»Wer kommt außerdem?«, erkundigte sich Sophia nun interessierter.

»Silvio und Carlo bringen ihre Schwestern mit, die kennst du doch auch!«

Sophia nickte. »Carlos Schwester ist im gleichen Semester wie ich.« Sie überlegte einen Augenblick. »Das könnte ganz lustig werden mit ihr. Aber Tanzen werde ich mit den Typen nicht, das sage ich dir gleich!«, stellte sie mit entschlossener Stimme klar. »Willst du noch einen?« Sie hob die Espressokanne hoch, wartete aber nicht auf Tommasos Antwort, sondern goss stattdessen nach.

»Musst du ja nicht. Wir sind eine ganze Clique. Pietro, Anselmo, Silvio. Rodolfo wird sicher mit seinen zwei Schwestern da sein. Und das Beste daran ist, das Ganze kostet uns keine Lira.« Tommaso wartete gespannt auf die Entscheidung seiner Schwester.

»Nur wenn Vater mich nicht braucht. Du weißt doch, seitdem *la mamma* nicht mehr hier ist.« Sophia schwieg betreten, als sie den finsteren Ausdruck im Gesicht ihres Bruders bemerkte.

Das Thema war im Haus d'Arenal nicht nur ein Tabu, es war eine klaffende Wunde. Roberto d'Arenal galt als ein *cornuto,* ein Gehörnter. Er hatte seine Ehre verloren, als seine Frau ihn von heute auf morgen wegen eines anderen Mannes verließ. Auch an Sophia und Tommaso war das Gespött der Leute nicht spurlos vorübergegangen. Und Mutters neuer Mann war nicht irgendjemand gewesen, er war einer der Mächtigen, einer der Paten in Palermo, der sich genommen hatte, was er wollte. Sophia hatte sehr früh begriffen, dass Frauen in ihrer Rolle als Mütter idealisiert wurden, aber man trat ihnen mit Unterdrückung und Ausgrenzung, notfalls auch mit roher Gewalt entgegen, wenn sie dem traditionellen Bild nicht entsprachen. Ein Sizilianer würde sich immer das Recht herausnehmen, seine Frau zu betrügen.

»Ich könnte meinen neuen Rock anziehen«, versuchte Sophia die peinliche Situation zu überspielen.

»*Madonna*, stell dich nicht so an!«, brummte Tommaso und versuchte seine Fassung zu wahren. »Du gehst mit mir! Und wenn wir Andrè treffen, bist du nicht alleine.« Sein Blick wurde ernst, und seine Miene sprach Bände. Kein Mann würde es wagen, sich seiner Schwester zu nähern, ohne dass er es mit ihm zu tun bekäme.

Sophia lächelte in sich hinein. Tommaso spielte nicht nur den Beschützer, er war auch der argwöhnischste Aufseher, den sie sich denken konnte, und er würde diese Rolle ernst nehmen, schon deshalb, um nicht erneut die Ehre der Familie aufs Spiel zu setzen.

»Zuerst bringe ich die Wolle in die Spinnerei, danach fahren wir mit der Vespa nach Corleone. Mit deinem Auto bekommen wir dort sowieso keinen Parkplatz. Wir treffen uns um sieben Uhr an der Piazza vor der Chiesa Santa Maria. Sieh zu, dass du bis dahin fertig bist!«

»Gut«, stimmte Sophia zu und räumte das Geschirr weg.

Von draußen drang eine ungeduldige Männerstimme in die Küche und rief nach Tommaso.

»*Dai, dai!*«, brüllte er zurück, stürzte im Stehen seinen Espresso hinunter und verließ das Haus.

Der Abend brach herein. Es hatte endlich aufgehört zu nieseln, und die letzten Wolken zogen ab. Sophia hatte den neuen dunkelblauen Minirock angezogen und dazu ein gelbes Top ausgewählt. Nun saß sie in der Küche und wartete auf Tommaso, der jeden Augenblick von der Spinnerei zurückkommen musste. Ihre wattierte Jacke lag griffbereit neben ihr auf dem Küchentisch, obwohl plötzlich Südwind über die Berge wehte und es unerwartet wärmer geworden war. Trotzdem, auf dem Motorroller konnte es nachts kalt werden.

Sophia sprang auf, als sie das vertraute Geräusch der Vespa hörte. Tommaso winkte ihr zu, als sie auf den Hof hinaustrat. »*Venga*«, rief er, »ich hab keine Lust, ewig zu warten«, und hielt ihr den Helm entgegen. Sophia kletterte umständlich auf den Sozius, klammerte sich mit beiden Armen an ihrem Bruder fest, und mit knatterndem Motor fuhren sie vom Gehöft. Tommaso hatte es offensichtlich eilig, denn er fuhr mit maximaler Geschwindigkeit. Es ging über die karge Hochebene, entlang sonnengegerbter Hügel, vorbei an einzelnen Bauernhöfen, Wiesen und Äckern. Die hoch aufragenden Steilhänge des Bosco di Ficuzza, aus dem sich das eindrucksvolle Felsmassiv des Rocca Busambra jäh in den abendlichen Himmel emporreckte, wirkten im Zwielicht bedrohlich und abweisend. In den Wäldern von Ficuzza pflegten früher die Bourbonen-Könige zu jagen, und sie eigneten sich als ideale Schlupfwinkel für Viehdiebe. Heute war die Gegend beliebt bei den Mafiosi, um an einem entlegenen Ort die Leichen ihrer Opfer zu verscharren.

Der Himmel war aufgerissen und zeigte ein dunkles Blau. Blutrot leuchteten in der untergehenden Sonne die gezackten Felsstürze des Bergmassivs und bildeten einen spektakulären Kontrast zu den immer länger werdenden Schatten. Nach wenigen Kilometern tauchte vor ihnen die Silhouette Corleones auf: die Stadt der hundert Kirchen, der Mafia und der Grausamkeiten. Toto Riina führte hier das Regiment, verehrt, bewundert und gefürchtet, und keiner in der Stadt würde es wagen, über den allmächtigen Paten zu sprechen. In der Stadt nannte man ihn *u Curtu*, den Kurzen, die Presse dagegen hatte ihm einen anderen schmückenden Beinamen gegeben, *la Belva*, die Bestie. Mit einem Kopfnicken entschied er über Leben und Tod. Gleichzeitig führte er aus Angst, umgebracht zu werden, ein armseliges Leben, weil er keinen Spaziergang machen, sich nicht frei bewegen, nicht ruhig schlafen, nicht in einem Orangenhain sitzen konnte, um die Kühle des Abends und den Duft der Orangenblüten zu genießen. Auch darüber schwieg man.

In Sizilien herrschte die *omertà*, das ungeschriebene Gesetz des Schweigens. In Palermo und besonders in den abgelegenen Bergregionen lieferte sich der Staat schon seit Jahren einen hoffnungslosen Machtkampf mit den Paten. Staatsanwälte und Richter konnten sich nur mit einem gewaltigen Aufgebot an Polizeischutz bewegen, Journalisten nur unter höchster Lebensgefahr recherchieren, und jeder Schritt eines Carabiniere oder eines Uniformierten in der Stadt geriet zum unkalkulierbaren Risiko. Obwohl man *u Curtu* seit mehr als zehn Jahren per Haftbefehl suchte und er als flüchtig galt, übte er nach wie vor eine blutige Herrschaft in Corleone aus.

Eingebettet im Tal des Flusses Belice, zwischen rauhen Anhöhen und zerklüfteten Felsen, war die Stadt vor vielen Jahrhunderten als arabische Festung entstanden.

Tommaso näherte sich mit seinem Motorroller dem Cortese Saracena, einem unverwechselbaren Wahrzeichen von Corleone. Auf dem Felsrücken, dessen schwarze Kontur sich wie ein zum Kampf bereiter Katzenbuckel in den nächtlichen Himmel erhob, blitzten Lichter. Direkt auf der Klippe duckte sich der Festungsbau, der eine Zeitlang auch als Gefängnis gedient hatte. Dieses war von der Bevölkerung als ein mahnendes Bollwerk gegen Blut und Gewalt wahrgenommen worden, in Wahrheit hatte es nur symbolischen Charakter gehabt und diente heute als Museum.

Tommaso fegte in halsbrecherischem Tempo zwischen parkenden Autos und Marktständen über die Via Messina und bog nach wenigen Metern in die verschachtelte Altstadt ein. Das *grande spettacolo,* wie es hier genannt wurde, hatte sich bereits am Stadtrand mit bunten Wimpeln und fahnengeschmückten Straßen angekündigt. Dutzende von Carabinieri versuchten, den infernalischen Verkehr zu regeln, endlose Autokolonnen bahnten sich hupend den Weg durch das Chaos.

Die Stadt glich einem Hexenkessel. Ihre Gassen, in den Berghang geschlagen, waren schmal und verschlungen wie Gedärm, und wenn von der Sahara her der feuchtheiße Schirokko wehte, herrschte hier eine Gluthitze wie in einem Backofen. Abertausende drängten und quetschten sich durch die verwinkelten Gassen in Richtung Piazza Garibaldi, dem Herzen der quirligen Kleinstadt. Tommaso kannte sich gut im Labyrinth der Altstadtgassen aus. Über einige Umwege gelangten er und Sophia endlich in die Via Umberto. Ab hier gab es kein Weiterkommen. Er hielt an, stellte den Motorroller am Straßenrand ab und befestigte die Helme mit einer Kette am Rahmen des Fahrzeugs. Lachend und übermütig scherzend schlenderten die beiden in Richtung der Chiesa Santa Maria. Direkt vor ihnen schmetterte ein Blasorchester einen Marsch, kam aber wegen des Getümmels kaum von der Stelle. »Wir nehmen die Via Miata, dann kommen wir von der anderen Seite zur Piazza«, entschied Tommaso und dirigierte seine Schwester in eine düstere Gasse. Sophia zögerte.

»Was ist? Hast du Angst?«, fragte Tommaso, dessen Augen anzusehen war, dass auch er sich nicht ganz wohl fühlte.

Die Gasse war wie leer gefegt. Die Schritte der beiden hallten an den Wänden wider. Sophias Blick streifte die Fenster der oberen Etagen, weil sie das Gefühl nicht loswurde, hinter den dunklen Scheiben beobachtet zu werden. Sie gingen genau durch jene berüchtigte Straße, in der Toto Riina vor zwei Monaten vier Männer regelrecht hatte abschlachten lassen. Jeder wusste es, niemand sprach darüber, und viele mieden seither diesen Teil von Corleone.

Am Ende der Gasse öffnete sich der Blick auf die Piazza. Überall waren bunte Markisen herausgefahren, Hunderte Tische und Stühle hatte man vor den Bars und Restaurants aufgestellt, und beinahe jeder Platz war besetzt. Kinder belagerten Eisstände, in den Buden boten Händler lautstark Spielzeug an, Süßigkeiten und Zuckerwatte wurden an kleinen, bunten Wagen verkauft, und aus den Läden wummerten die Bässe der neuesten Hits. Überall roch es nach Pizza, gebratenem Lamm und Rosmarin. *La festa delle pecore*, das Ende der Schafschur, wurde ausgelassen gefeiert.

Tommaso blickte sich suchend um, dann entdeckte er vor der »Bar Messina« eine übermütige Gruppe junger Leute. Ivan, Enrico, Giancarlo und Andrè, der wie immer die teuersten Markenklamotten trug, dazu die unverzichtbare Sonnenbrille. Der Sohn des Paten war natürlich der Mittelpunkt, krähte wie ein Gockel mit geschwollenem Kamm und tat alles, um die Aufmerksamkeit auf sich zu lenken, während die jungen Frauen ein paar Meter entfernt beisammenstanden und mit verstohlener Bewunderung den Sohn des Mafiapaten Fillone beobachteten.

Sophia gesellte sich zu den Mädchen, während Tommaso und die anderen lautstark und mit ausladenden Gesten beratschlagten, was man zuerst unternehmen wollte. Andrè entschied. Natürlich! Der Palazzo Comunale. Eine bekannte Band aus Palermo hatte sich angekündigt. Jedenfalls drangen die wummernden Bässe und die Stimmen der Sänger aus den mannshohen Lautsprechern schon bis zu ihnen.

Gemeinsam zogen sie los, quetschten sich durch die Menschenmasse und ergatterten schließlich Stehplätze vorn an der Stahlrohrrampe, auf der die Band spielte. Andrè hatte zwei Flaschen Rotwein mitgebracht, die nun die Runde machten. Das Licht farbiger Punktstrahler hagelte wie explodierende Halluzinogene auf die Bühne. Spots zuckten wie Kugelblitze über die Köpfe der Zuhörer. Ein Scheinwerfer richtete sich auf die Leadsängerin, die in künstliche Nebelschwaden eingehüllt das Mikrofon malträtierte, als gelte es, die überfüllte Piazza mit maximaler Phonstärke niederzuringen, während nervenzerfetzende Gitarrentöne die Luft wie Peitschenschläge durchschnitten. Die Masse geriet in euphorische Verzückung und sang im Chor mit, als Adriano Celentanos Hit »*Non succederà più*« erklang. Musik und die Stimmen grölender Massen erfüllten die ganze Stadt und brachen sich erst in den kilometerweit entfernten Felswänden.

Sophia fühlte plötzlich unter ihrer Bluse eine feuchte Hand, die sich wie eine Klammer um ihre Brust schloss. In panischem Schrecken versuchte sie, sich aus dem Griff zu befreien, doch ein kräftiger Arm umfasste sie an Bauch und Hüfte. Heftig riss sie sich mit einer Drehung los, schrie auf und sprang zur Seite.

»Was ist los mit dir?« Andrè grinste schmutzig. »Du fühlst dich gut an, La Nera! Klasse Beine!« Er pfiff anerkennend durch die Zähne.

»*Stronzo!*«, schleuderte sie ihm entgegen, sprang auf ihn zu und schien auf ihn einschlagen zu wollen. »Und für dich immer noch Sophia!« Andrè trat lachend einen Schritt zurück und schwenkte vor ihren Augen übermütig eine Weinflasche. »Du hast garantiert keinen Slip an, oder täusche ich mich?«

»*Idiota!*«

»Frigide Kuh«, johlte er und nahm einen tiefen Schluck. Sie spürte, wie Ekel und Hass in ihr hochstiegen. Ihre Augen sprühten wütende Funken. Unvermittelt wandte sie sich um und suchte Tommaso. Er stand nur wenige Meter von ihr entfernt. Eingekeilt von einer Menschenmasse blickte er gebannt zur Bühne.

»Tommaso!«, rief sie, so laut sie konnte. »Tommaso!«

»Verdammt, hab dich nicht so!«, brüllte Andrè ihr nach. »Was willst du mit deinem Bruder? Komm her, du Schlampe!«

Sophia reckte ihren Mittelfinger in die Höhe und spuckte auf den Boden. Doch Andrè schien nicht im Geringsten beeindruckt zu sein. Sie musste Tommaso erreichen, bevor Andrè noch unverschämter wurde. Doch kaum hatte sie einen Schritt getan, spürte sie seinen stahlharten Griff an ihrem Oberarm. »Weshalb so eilig, *carissima*?«, geiferte Andrè, riss sie herum und stierte anzüglich auf ihre Brüste. »Wie geschaffen für die Liebe!«

Von kalter Wut ergriffen, sah sie Andrè mit zuckersüßem Lächeln in die Augen. Blitzschnell biss sie ihn mit aller Kraft in die Finger, die sich in ihren Arm eingraben hatten. Sie schmeckte das süßliche Blut.

Andrè riss seine Hand zurück und heulte wie ein Tier auf. »*Puttana*«, brüllte er. Tränen des Schmerzes schossen ihm in die Augen, und er tanzte unter dem zynischen Gelächter seiner Kumpane wie ein Derwisch auf der Stelle.

»Du musst ihn hochhalten, wenn es blutet!«, giftete Sophia und bedachte ihn mit einem höhnischen Blick.

»Das wirst du mir büßen«, schrie Andrè wie von Sinnen und versuchte, mit dem Stoff seines Hemdes das Blut zu stillen. Sophia achtete nicht weiter auf ihn, sondern kämpfte sich durch die Leiber hinüber zu Tommaso. Er bemerkte sie erst, als sie ihn von hinten an der Schulter zog. Ihre Augen verrieten ihm sofort, dass etwas passiert sein musste.

»*Che c'è?*«, rief er und beugte sein Ohr zu ihr hinunter.

Wegen des Lärms drang ihre Stimme kaum zu ihm durch, als sie in völliger Auflösung schilderte, was ihr widerfahren war. Mit zusätzlichen Handzeichen machte sie Tommaso deutlich, dass sie gehen wollte. Er nickte ernst. Doch als sie sich umdrehte, blieb ihr Herz für einen Augenblick stehen. Andrè stand direkt vor ihr, ein Taschentuch um den Daumen gewickelt, zwei seiner angetrunkenen Kumpane im Schlepptau. Sein Gesicht war zu einer wütenden Fratze verzerrt. Blitzschnell fuhr er mit der unverletzten Hand unter ihren Minirock und fasste ihr in den Schritt. Sophia stockte der Atem. Ihr Aufschrei blieb im Hals stecken. Dann blickte sie in Tommasos Augen, der ungläubig die Szene verfolgt hatte. Im selben Moment wusste sie, dass dieses Fest schrecklich enden würde. Im Bruchteil einer Sekunde stürzte sich ihr Bruder wie ein blindwütiger Büffel auf Andrè und streckte ihn mit mehreren Faustschlägen nieder. Zwei kräftige Männer griffen geistesgegenwärtig ein und warfen sich zwischen die Kontrahenten, während ein dritter versuchte, den vor Wut schäumenden und um sich schlagenden Tommaso von hinten festzuhalten.

»Verrückter!«, schrie der Mann, der Tommaso in den Schwitzkasten genommen hatte, ihn aber nur mit Mühe festhalten konnte. »Weißt du überhaupt, was du da tust?«

Mit zwei heftigen Tritten mit der Hacke befreite sich Tommaso aus der Umklammerung und zog blitzschnell ein Springmesser aus der Tasche. Eine blitzende Klinge schnellte aus dem Messergriff. Menschen schrien auf und bildeten einen Kreis um die Gegner. Geduckt und mit katzenhaften Schritten näherte er sich Andrè, der aus der Nase und an der Hand blutend am Boden lag.

»*Sei morto*«, drohte Andrè mit wutverzerrtem Gesicht. »Du bist so was von tot …!«

Sophia erwachte aus ihrer Erstarrung, warf sich auf ihren Bruder und umfasste ihn, so fest sie nur konnte. »Lass ihn in Ruhe! Mach dich nicht unglücklich!« Sie suchte seine Augen, die sich zu schmalen Schlitzen zusammengezogen hatten. »Ich will nach Hause!«, schrie sie ihm aus Leibeskräften ins Gesicht und schüttelte ihn mit beiden Händen. »Bitte!« Ihr flehender Blick schien Tommaso wieder zur Besinnung zu bringen.

Wie in Trance ließ er die Klinge zurückspringen und das Messer in die Hosentasche gleiten. Energisch nahm Sophia seine Hand und zog ihn entschlossen hinter sich her. Sie war nur von einem einzigen Gedanken geleitet: so schnell wie möglich weg von hier!

Vor den Stufen der Chiesa Santa Maria warf sie noch einmal einen Blick zurück in Richtung Bühne. Andrè war von der Masse verschluckt worden. Sie atmete auf. Schweigend eilten die beiden in die Via San Leonardo und schlugen dann den Weg durch ruhigere Gassen ein.

»Was ist genau passiert?«, fragte Tommaso in die Stille.

»Ich will nicht darüber reden«, entgegnete Sophia abweisend.

»Sag es mir!«, donnerte er sie unbeherrscht an.

»Er hat mich betatscht, mir an den Busen und in den Schritt gefasst.«

»Andrè wird dafür bezahlen«, erwiderte Tommaso mit düsterer Entschlossenheit.

Sie schüttelte energisch den Kopf, als wollte sie sagen, dass sie nichts mehr davon hören wollte. »Und später wirst *du* dafür bezahlen! Du weißt genau, mit wem du es zu tun hast!«

»Ich habe keine Angst vor ihm.«

»*Stupidità*«, erwiderte Sophia. Ihre Stimme klang müde und niedergeschlagen.

Während sie schweigend durch die fast menschenleeren Gassen liefen, vermied Sophia es, ihren Bruder anzusehen. Andrès Hand brannte immer noch wie ein Brenneisen zwischen ihren Schenkeln. Dass sie ihn in die Finger gebissen hatte, konnte das Gefühl ihres Ekels und des Schmutzes nicht beseitigen. Sie zitterte nach wie vor am ganzen Leib, als sie endlich in der Via Umberto ankamen, wo Tommaso die Vespa abgestellt hatte. Auch hier feierten die Menschen ausgelassen, lachten, tranken und tanzten. Der kühle Abendwind trug die übermütige Melodie einer Tarantella über die Senke und verlieh der Szenerie eine romantische Atmosphäre.

Tommaso startete den Motorroller, wendete und schlug den Weg zum Stadtrand ein. Sie mussten einen kleinen Umweg nehmen, da die Polizei die Ausfallstraße nach Rosario gesperrt hatte. Sophia schmiegte sich eng an den Körper ihres Bruders und schloss die Augen. Der kühle Fahrtwind schien den bösen

Schatten des Erlebten zu zerstreuen. Das gleichmäßige Knattern des Motors und die Körperwärme ihres Bruders waren beruhigend und vermittelten ihr ein Gefühl der Sicherheit und der Erleichterung. Tommaso nahm die erste Steilkurve zur Bergkette der Montagna Vecchia, einem zerklüfteten Bergzug, der von dem Cascata delle due Rocche, einem rauschenden Wasserfall, geteilt wurde. Sein kochender Strudel verschwand in einer Spalte des geheimnisvollen Gole del Drago, dem Drachenloch, wie es in der Bevölkerung genannt wurde.

Hinter sich hörte Tommaso ein lautes Motorengeräusch, das sich rasch näherte. Radierende Reifen und schnelles Schalten eines hochgezüchteten Motors hallten von den Steilwänden des Rocca Busambra wider. Sekunden später wurde seine Vespa von Scheinwerferlicht erfasst und von einem gelben Porsche Cabrio überholt. Johlendes Freudengeschrei junger Männer ertönte. Die Füße auf den Notsitzen, saßen sie auf dem Fahrzeugheck und schwenkten übermütig Weinflaschen in ihren Händen.

Sophia erstarrte, als sie kreischende Bremsen hörte und Tommaso gezwungen war, abrupt anzuhalten. Der Geruch verbrannten Gummis lag in der Luft. Andrès gelber Sportwagen stand quer zur Straße.

»Wir waren noch nicht fertig miteinander«, rief Andrè und sprang mit einem Satz aus dem Cabrio, griff hinter den Beifahrersitz und holte eine Schrotflinte hervor. Giancarlo, einer seiner Freunde, der neben ihm gesessen hatte, folgte ihm mit aufreizendem Kichern.

Ivan und Enrico, zwei Halbstarke, brachten schon in ihrem jungen Alter alle Voraussetzungen mit, traurige Berühmtheiten zu werden. Sie hatten auf dem Heck des Porsche gesessen, waren ebenfalls aus dem Wagen gesprungen und kamen mit unheilversprechenden Mienen auf Sophia zu. Die Hände tief in die Hosentaschen vergraben und mit anzüglichen Blicken versammelten sie sich um Andrè. Auf sein Zeichen hin umrundeten sie Sophia, die sich ängstlich an Tommasos Arm festkrallte. Instinktiv ahnte sie, was auf sie zukommen würde. Die Kerle waren angetrunken, und eine ungehemmte Lüsternheit lag in ihren Blicken.

»Jetzt nehmen wir uns die Kleine vor!«, schrie Giancarlo.

»Seid ihr verrückt geworden?«, brüllte Tommaso außer sich vor Erregung. Sie sprangen vom Roller, und Tommaso ließ ihn achtlos zur Seite fallen. »Stell dich hinter mich!«, zischte er.

»Provoziere sie nicht!«, flüsterte Sophia flehentlich. »Bitte!«

»Überlass das mir«, wandte er sich an seine Schwester. Entschlossen zog er sein Messer aus der Tasche. »Ich mach sie fertig, wenn sie dir zu nahe kommen.«

Andrè hatte sich mit der Flinte in der Armbeuge bedrohlich genähert und baute sich vor Tommaso auf. Seine Augen flackerten hasserfüllt. »Steck es ein! Ich schieß dich ab wie einen kranken Hund.«

»Du bist ein kleiner Scheißer, der sich hinter seinem Vater versteckt«, erwiderte Tommaso ruhig und ließ das Messer aufspringen. Die Klinge blitzte im Licht des Vollmondes. »Wahrscheinlich ist das Ding nicht einmal geladen.«

»Guarda!«, brüllte Andrè vor Wut schäumend und hielt Tommaso seine verbundene Hand, deren Verband inzwischen blutdurchtränkt war, unter die Nase. »Siehst du das? Das wird sie mir büßen!«, drohte er und warf Enrico, Ivan und Giancarlo einen entschlossenen Blick zu. »Und du wirst dabei zusehen! Ich werde diese Hure schwängern …« Wieder wechselte er schnelle Blicke mit den jungen Männern, die feixend neben ihm standen. »An den Baum mit ihm!«, befahl er. »Und bindet ihn gut fest! Ich will, dass er alles genau mitkriegt.«

Sofort stürzten die sich auf Tommaso. Er wurde von den Beinen gerissen, bevor er auch nur im Mindesten reagieren konnte. Ivan stemmte ihm das Knie auf die Kehle, und Giancarlo wand ihm das Messer aus der Hand, während Enrico sich auf seine Beine geworfen hatte und sie umklammerte.

»Du wirst deine Freude haben, Arschloch!«, hörte er Andrè mit triumphierender Stimme sagen.

»Lauf, Sophia!«, krächzte Tommaso verzweifelt, weil ihm Ivans Knie die Stimme abschnürte.

»An den Stamm mit ihm!«, befahl Andrè und deutete auf einen Olivenbaum, der einige Meter von der Straße entfernt vor einer Felswand stand. Die drei kräftigen Kerle packten Tommaso, der sich wie ein Berserker wehrte. Nach kurzem und verbissenem Kampf, bei dem er Giancarlo mit voller Wucht in den Unterleib getreten und Enrico einen Faustschlag verpasst hatte, wurde er aber überwältigt.

Enrico war zum Auto gerannt und brachte ein Kunststoffseil. Wenige Augenblicke später war Tommaso am Olivenbaum festgezurrt. Die Fesseln schnürten ihm das Blut in den Handgelenken ab. Trotzdem gebärdete er sich wie ein Wahnsinniger, zerrte am Seil, als wollte er den knorrigen Stamm des Baumes entwurzeln.

Tommaso brüllte sich die Seele aus dem Hals, als er zusehen musste, wie sich Giancarlo und Enrico auf Sophia stürzten, sie packten und zu Boden warfen.

»Er soll zusehen!«, rief Andrè seinen Kumpanen zu. »Los, helft mir, zieht sie aus! Den Rock, runter mit ihm! Er soll etwas davon haben!«, befahl er voller Begeisterung, kniete sich auf Sophias Brust und drückte ihr den Hals zu. »Jetzt kannst du miterleben, wie wir es deinem hochnäsigen Schwesterchen besorgen.«

Sophia kratzte, biss, tobte und strampelte. Sie spuckte und wand sich vergeblich in Andrès Umklammerung. Seine kräftigen Hände würgten ihr gnadenlos die Luft ab, bis ihr schwarz vor Augen wurde. »Verdammt, Ivan! Halte sie fest! Schnapp dir ihre Beine!«

Johlend und lachend bändigten sie Sophia, deren Kräfte allmählich nachließen. Enrico stand feist daneben und weidete sich an Sophias panischer Angst, während die zwei anderen ihre Arme und Beine festhielten.

Enrico trat hinzu, riss ihr die Bluse auf und fuhr in ihren Büstenhalter. »*Madonna, che bella tetta!*« Er lachte begeistert und griff sich provokativ in den Schritt. »Andrè! Greif sie dir!«

Sophia mobilisierte in verzweifelter Angst noch einmal alle Kraft, wand sich wie eine wütende Schlange, um dem Unheil zu entkommen. Eine sich anbahnende Ohnmacht drohte ihr die Sinne zu rauben. Giancarlo zerrte mit beiden Händen an ihrem Rock, während Enrico die Träger des Büstenhalters mit Tommasos Messer aufschnitt.

Tommaso brüllte wie ein Ochse und riss sich die Handgelenke an den Fesseln blutig. Schier wahnsinnig vor Hilflosigkeit, stieß er die wüstesten Drohungen aus, die die vier Kerle freilich mit hämischem Lachen quittierten.

»Kniet euch auf ihre Arme!«, befahl Andrè. Er beugte sich hinunter und riss Sophia mit einem einzigen Ruck den Slip vom Leib. Für einen Augenblick ließ er von ihr ab und stierte erregt auf ihre Scham. »Ist sie nicht scharf, diese *Puttana?*«, grölte er und fiel über sie her. Er stach mit seinen Fingern in sie hinein. Sophia heulte auf. »*Merda!* Haltet ihr die Schnauze zu!« Andrè öffnete seinen Gürtel und ließ die Hose herab. Brutal zwängte er sein Knie zwischen ihre Schenkel. »Verdammt, mach deine Beine auseinander!«, keuchte er wie von Sinnen. »Ich bring dich um, wenn du dich wehrst.«

Giancarlo hatte sich neben Sophia auf den Boden gekniet. Seine Hände schlossen sich wie ein Schraubstock um ihren Hals. Ivan und Enrico zerrten ihre Beine auseinander.

Sophias Blick kreuzte sich für einen verzweifelten Augenblick mit dem ihres Bruders. Das schiere Entsetzen stand in seinen Augen. Ihr Schrei hallte von den Felswänden des Rocca Busambra wider. Dann zog eisige Kälte in ihren Körper und tötete ihre Seele.

Andrè stieß zu. Hart, brutal, erbarmungslos.

Sophia winselte nur noch leise und verfiel in einen apathischen Zustand.

»Na, wie gefällt dir das? Gib zu, dass du es brauchst!«, keuchte Andrè.

Sie biss sich die Lippen blutig. Andrè quittierte ihr Stöhnen mit höchster Erregung und bewegte sich wie eine Maschine, deren Hammerschläge durch ihren ganzen Körper dröhnten.

Scheinwerfer näherten sich plötzlich. Die jungen Männer wurden vom Licht erfasst und erstarrten für einen Augenblick. In Sophia keimte Hoffnung. Es kommt Hilfe, dachte sie und schickte ein Stoßgebet zum Himmel, dass der Wagen anhalten würde. Unter Aufbietung ihrer letzten Kraft versuchte sie, sich aufzurichten. Andrès Faustschlag traf sie wie eine Keule. Hart schlug sie auf dem Boden auf und spürte, wie das Blut aus ihrer Augenbraue schoss und über ihr Gesicht lief.

Wie durch dichte Nebel nahm sie wahr, dass das herannahende Auto bremste und sich hupend an dem quer stehenden Sportwagen vorbeiquetschte. Als sie hörte, wie sich das Auto wieder entfernte, brach eine Welt in ihr zusammen. Andrè hatte für einen Augenblick innegehalten. Als sich die Rücklichter in der Nacht verloren, stürzte er sich erneut wie ein Tier auf Sophia. Enrico und Ivan feuerten ihn an und klatschten vor Freude in die Hände, während Sophia schier ohnmächtig vor Schmerzen die Tortur ertrug. Sie flehte die Madonna an, als Andrè sich endlich in ihr ergoss. Lass es aufhören, bitte, lass es aufhören! Das war ihr letzter klarer Gedanke, bevor sie in die erlösende Ohnmacht fiel.

Als sie die Augen wieder aufschlug, drangen wie aus weiter Ferne die verzweifelten Schreie ihres Bruders an ihr Ohr, als kämen sie aus einer anderen Welt. Nur allmählich nahm sie ihre Umgebung wahr. Mit zerrissener Bluse und entblößtem Unterleib lag sie auf der Erde und wünschte, sie wäre tot.

Andrè stand mit gespreizten Beinen über ihr und betrachtete sie höhnisch. »Mach, dass du verschwindest, *Puttana!* Hau ab! Lass dich nie mehr in Corleone sehen …!«

Apathisch und kaum fähig, sich zu bewegen, versuchte sie, sich zu erheben. Wie in Nebelschleier eingehüllt, registrierte sie, dass Andrè seine Hosen hochzog und das Hemd in den Bund stopfte. Dann beugte er sich über sie und spuckte auf ihre nackte Scham. »Mach, dass du verschwindest! Und wehe, du machst die Klappe auf! Dann bist du dran!«

Sophias Magen revoltierte. Sie krümmte sich auf der Erde zusammen und erbrach sich.

»Kotz mir nicht auf die Schuhe!«, schrie Andrè angewidert.

Sie hörte das widerliche Lachen der Männer nicht mehr. Alles schien weit weg und drang nur als Rauschen an ihr Ohr. Meter für Meter schleppte sie sich in Richtung Straße, richtete sich auf, stolperte und fiel vornüber in den Dreck. Ihr zerschundener Körper schmerzte, als sei sie im glühenden Rost einer Feuerstelle gelandet. Mehr kriechend als gehend entkam sie in die Dunkelheit der Nacht. Sie hatte ihre Unschuld und ihre Ehre verloren.

Andrè verfolgte sie mit den Augen und wartete, bis sie aus dem Blickfeld verschwunden war. Dann bückte er sich und hob die Schrotflinte auf. »Bindet ihn los!«

Seine Kumpane gehorchten sofort. Sie lösten Tommasos Fesseln und sprangen mit einem Satz zur Seite.

Mit triumphierendem Grinsen richtete Andrè die Lupara auf Tommaso. »Lauf!«, brüllte er und klatschte sich vor Vergnügen auf die Schenkel. »Lauf! Mal sehen, wie weit du kommst …«

2.
Kalkulierte Zukunft

Sophia hatte sich in jener Nacht halbtot nach Hause geschleppt. Zwei peitschende Schüsse hatten die Nacht zerrissen und klangen immer noch in ihren Ohren. Sie war auf dem Heimweg einen seelischen Tod gestorben, der entsetzlicher und qualvoller nicht hätte sein können. Glücklicherweise hörte sie niemand, als sie sich ins Haus schlich und sich wimmernd in ihr Badezimmer einschloss. Unter der heißen Dusche versuchte sie, den Schmutz und den unbeschreiblichen Ekel von sich abzuwaschen. Sie war mit den Grausamkeiten der Männer aufgewachsen, und das Gesetz des Schweigens übertraf bei weitem den Schmerz ihrer Schändung. Am schlimmsten allerdings empfand sie den Verlust ihrer Ehre, und sie verfluchte sich, dass sie noch lebte.

Stunden nach ihrer Rückkehr hatte man Tommaso und den völlig demolierten Motorroller am Straßenrand gefunden. Es gab ein Sprichwort in den Bergen. Versucht man dem Tod zu entfliehen, läuft man ihm in den Rachen. Für Tommaso hatte sich der Spruch bestätigt. Mit über fünfzig Schrotlöchern im Rücken legten sie ihn aufs Bett. Sophias Schrei zerriss die schreckliche Stille. Er zerriss alles bis in den tiefsten Grund ihrer Seele.

Eigentlich wusste sie, was geschehen war, als Tommaso nicht nach Hause gekommen war. Eine furchtbare Ahnung hatte es ihr vorausgesagt. Gleichzeitig erschrak sie vor dem Gefühl der Erleichterung. Sein Tod kam einer Erlösung gleich. Ihre Vergewaltigung vor Tommasos Augen hätte als eine immerwährende Schande zwischen ihnen gestanden. Selbst wenn er überlebt hätte und sie ihn mit der Ermordung Andrès rächen würde, Erinnerungen konnte niemand töten.

Und nun war sie es, die den Anblick ihres toten Bruders nie vergessen würde, obwohl sie wie die meisten Sizilianer ein fatalistisches Verhältnis zum Tod hatte. Das Bild seiner blutenden Wunden stand Sophia besonders schmerzlich vor Augen, wenn die Zeit der Schafschur begann.

Tagelang wurde sie damals von Carabinieri vernommen, von Männern, deren Fragen sie als Folter empfand. Sophia schwieg, obwohl sie eine glühende Messerklinge in ihrem Unterleib fühlte. Sie schwieg auch vor ihrem Vater, dessen vorwurfsvolle Blicke ihr Tantalusqualen auferlegten. Weder hatte er sie auf ihre Verletzungen angesprochen noch auf ihr Schweigen. Für ihn war sie nicht Opfer, sondern Ursache der Untat an Tommaso. Sizilien war eine Welt der Deutung, wo man aus Schweigen las, aus den Pausen, den Blicken, aus der Art, wie jemand eine Kaffeetasse hob, wo man rätselte, was sich dahinter verstecken könnte oder sollte. Auch Sophia hatte gelernt, mit dem Schweigen umzugehen und zu leben. Dass ihr Verhältnis zum Vater zerstört war, nahm sie klaglos hin. Sie konnte nicht behaupten, dass er sie schlecht behandeln würde, aber seine vorwurfsvollen Augen und seine Verschlossenheit bereiteten ihr ein undefinierbares Unbehagen. Besonders aber litt sie unter seiner furchtbaren Frostigkeit, die alle Vertrautheit tötete.

Die Mienen der ermittelnden Beamten ließen durchblicken, dass sie genau wussten, was sich in der Nacht an der einsamen Straße nach Santuario del Rosario abgespielt hatte. Der abgeschlagene Kopf eines Lammes, den man in der nächsten Nacht an Roberto d'Arenals Haustür genagelt hatte, war eine deutliche Warnung. Auch für die Carabinieri. Würde Sophia vor den Uniformierten Andrè und seine Freunde der Vergewaltigung bezichtigen, wäre sie ihres Lebens nicht mehr sicher.

Vor wenigen Monaten hatte sich General Dalla Chiesa, Präfekt in Palermo, in der Zeitung empört über die arrogante Zurschaustellung der Macht der Mafia beschwert: »Sie morden am helllichten Tag, fahren die Leichen quer durch die Stadt, verstümmeln sie und werfen sie uns vors städtische Polizeipräsidium oder verbrennen sie um drei Uhr nachmittags mitten in Palermo.« Was würde man, überlegte Sophia, erst mit ihr anstellen, wenn sie Andrè und seine Spießgesellen denunzierte? Hass war das Einzige, was ihr blieb, und nichts auf der Welt konnte erbitterter und unversöhnlicher sein als diese Stille. Die Namen der verfluchten Männer hatten sich tief in ihre Seele eingefressen. Andrè, Enrico, Giancarlo und Ivan. Der Zeitpunkt ihrer Rache würde kommen, auch wenn sie Jahre darauf warten müsste.

Die nachfolgenden Wochen waren zermürbend, und manchmal fühlte sie sich am Rande eines Nervenzusammenbruchs. Am Grab ihres Bruders den scheinheiligen Gesichtern ihrer Vergewaltiger und seiner Mörder nicht ausweichen zu können sprengte alles Erträgliche, und sie musste nach der Beisetzung wegen eines Schwächeanfalls ins Krankenhaus gebracht werden. Aber auch zu Hause hatte das Martyrium kein Ende. Obwohl Tommaso ihr grausames Geheimnis mit ins Grab genommen hatte, wusste sie doch nur zu gut, dass solche Geheimnisse ein unsterbliches Leben haben. Hier in Sizilien wechselte die Ehre nicht mit der Mode. Der Versuch, das Geschehene zu verdrängen, lag in einem mitleidslosen Kampf mit der Angst vor einer Schwangerschaft. Erst als die kritische Zeit vorbei war und sich ihre monatliche Regel ankündigte, konnte sie um den Bruder weinen, auch wenn sie kaum noch Tränen hatte. Sophia lebte eine lange Zeit im reinen Schmerz, während der Vater stumm blieb. Er fraß die Trauer und den Hass in sich hinein. Ob der knorrige Schafzüchter Roberto d'Arenal je von anderer Seite über ihre Vergewaltigung informiert worden war, wusste Sophia nicht. Sie wollte es auch nicht wissen. Es fiel ihr schwer genug, mit dem, was Andrè Fillone und seine Kumpane ihr angetan hatten, weiterzuleben.

In einer Region, die Jahrhunderte nichts anderes als Armut und Leid kannte, war, solange sie denken konnte, Gewalt der einzige Weg, Macht und Einfluss zu erlangen. Angst und Misstrauen bestimmten als elementare Prinzipien das Leben aller Sizilianer. *Onore e Omertà* bildeten die Grundpfeiler für Freundschaft und Feindschaft, Liebe und Hass, Leben und Tod, Begriffe, die sich seit jeher in unmittelbarer Nachbarschaft befanden und sich gegenseitig bedingten. Was die Nacht gnädig verhüllte, der Tag entlarvte die bedrückende Agonie einer scheinbar intakten Welt.

Zwei Jahre waren inzwischen vergangen, und der Schmerz veränderte sich.

Aus der Trauernden wurde eine Versteinerte, die das Geheimnis ihrer Schändung im tiefsten Inneren begraben hatte. Auch wenn Sophia oft hinüber in die Kirche ging, um zu beten, das innere Feuer, das sie verzehrte, konnte auch der Pfarrer, obwohl er sich sehr um sie bemühte, nicht löschen.

Sophia schaute zum Fenster, und ihr Blick schweifte über das Grün der Wiesen und die sanften Anhöhen im Hintergrund. Bald würde die Sonne hier oben alles verbrannt haben und das Gras braun färben. Sophia liebte es, den Sonnenaufgang zu erleben. Schon vor einer Stunde war sie aufgestanden, und nun saß sie am groben Holztisch. Im Hintergrund lief der Fernseher, um die Stille im Haus erträglicher zu machen.

Sie lebte direkt unter dem Dachfirst des alten, allein stehenden Gebäudes, das vor mehreren hundert Jahren aus rohen Granitquadern erbaut worden war und sich dumpf in die Landschaft duckte. Das Fenster in ihrem Zimmer stand weit offen, und sie genoss die noch kühle, klare Luft. In spätestens zwei Stunden musste man die Klappläden schließen, um sich vor der unbarmherzigen Hitze zu schützen. Vor ihr auf dem Tisch lagen die neuesten Zeitungen ausgebreitet. Wie jedes Wochenende studierte sie die Todesanzeigen von Palermo und Umgebung. Inserate, die ihr Interesse weckten, kreuzte sie mit einem Kugelschreiber an, dann schrieb sie Ort und Datum der Beerdigung auf den neben ihr liegenden Zettel. Ihr Zimmer hatte sie, soweit es die Verhältnisse zuließen, wohnlich eingerichtet. Die warmen Dielenbretter aus Pinie knarrten leise, wenn sie durch den Raum ging. Aber das störte sie nicht. Die hellen und freundlichen Möbel passten gut zu den grauen Bruchsteinwänden, und das große Fenster auf der Stirnseite bot einen freien Blick auf die Landschaft. Klobige Eichenbalken in den Dachschrägen verliehen dem Raum, der das gesamte Stockwerk einnahm, eine großzügige Atmosphäre.

Vor wenigen Wochen war sie vierundzwanzig geworden. Ihr Studium hatte sie mit verbissener Energie als Jahrgangsbeste abgeschlossen. Aber eine Stellung, die ihrem Anspruch genügte, fand sie nirgends. Deshalb lebte sie immer noch mit ihrem Vater auf dem Hof und führte den Haushalt, auch wenn sie die Arbeit in der Küche hasste. An eine Heirat, und sei es nur, um der Einsamkeit zu entfliehen, hatte sie nie gedacht. Das lag weder an ihrem Aussehen noch an mangelnder Gelegenheit, auch wenn Santuario del Rosario nur knapp vierzig Einwohner zählte. In den umliegenden Dörfern gab es genug junge und auch vielversprechende Männer. Außerdem hatte sie jederzeit die Möglichkeit, mit ihrem Auto nach Palermo zu fahren, was sie auch regelmäßig tat.

Dennoch, Männer interessierten Sophia nicht. Stattdessen versuchte sie den Kontakt zu den Freundinnen, die sie aus ihrer Schulzeit kannte, aufrechtzuerhalten. Doch eine nach der anderen heiratete, bekam Kinder und musste sich um ihre Familie und den Haushalt kümmern. Auch wenn Corleone sozusagen vor ihrer Haustür lag, mied sie die Kleinstadt, soweit es möglich war, auch dann, wenn sie nur kleine Einkäufe tätigen oder

Besorgungen erledigen musste. Mehr und mehr litt sie unter ihrer Einsamkeit.

Sophia war eine Schönheit. Ihr hinreißendes Lachen machte die Männer jeden Alters verrückt, sie war groß, gertenschlank und bewegte sich wie eine Gazelle. Ihre üppig geschwungenen Lippen, die dunklen, mandelförmigen Augen und der orientalische Einschlag in ihren lasziv wirkenden Gesichtszügen trieben den Burschen die Hitze in die Adern. Tiefschwarze Haare, die einen Stich ins Bläuliche hatten, umrahmten ihr schmales, vornehm anmutendes Gesicht, was ihr bei den Arbeitern auf dem Hof schon als Mädchen den Namen La Nera eingebracht hatte. Sie war ein rassiger Typ und sie war sich ihrer Ausstrahlung bewusst. Doch ihr schauderte bei dem Gedanken, dass ein Mann ihr zu nahe kommen könnte, und Komplimente quittierte sie meist mit Nichtbeachtung oder offener Ablehnung. Bilder von Tommaso zogen vor ihrem inneren Auge wie in einem Film vorbei, besonders wenn sie die wortkargen Männer mit ihrer rauhen Lebensart auf dem Hof arbeiten sah. Manchmal wünschte sie sich, dass sie, anstatt ihrer Arbeit nachzugehen, mit der Lupara loszögen, um Rache für den Frevel zu nehmen. Aber das waren Träume. Andrè blieb ungeschoren. Sein Vater hatte als einer der gefürchtetsten Paten der Region alle Ermittlungen der Carabinieri im Keim erstickt und Einfluss auf jedes Vorgehen der Justiz genommen.

In Gedanken versunken, kaute Sophia an der Kappe ihres Kugelschreibers. Die unerträgliche Wucht ihrer traumatischen Erfahrung hatte sie durch die ständige Verleugnung des Geschehens verdrängt. Ihr war klar, dass eine Verarbeitung des grausamen Erlebnisses entweder nur sehr langsam oder durch eine radikale Änderung ihrer Lebensumstände möglich war. Einfach ihre Sachen zu packen und in die Stadt zu ziehen schien ihr unmöglich, sie hätte sich zum Freiwild der Männer gemacht. Es blieb die Ehe als einzig möglicher Ausweg.

Doch den Zeitpunkt, wann sie heiraten würde, wollte sie ebenso bestimmen wie den Mann, für den sie sich entschied, auch wenn ihr Vater eigene Vorstellungen hatte. Aber darüber redeten die beiden schon lange nicht mehr. Es lag an ihr, die Sache zu regeln. Auf ihre Weise.

In den letzten Jahren hatte es nicht nur in Corleone, sondern auch in den Dörfern rund um Santuario del Rosario Dutzende Gewaltopfer gegeben. Es herrschte Krieg zwischen den großen Familienverbänden, und immer ging es um Hab und Gut, Gerechtigkeit und Ehre. Sophia kannte die Bilder von zerfetzten Leichen mit im Tod aufgerissenen Mündern, sie wusste, wie es sich anhört, wenn hysterische Witwen ihren Schmerz herausschreien oder Männer um ihr Leben betteln. Blut konnte nur mit Blut abgewaschen werden, und jede Beleidigung wurde proportional gerächt. Sophia kannte auch die Geschichten, die man sich hinter vorgehaltener Hand erzählte. Jedem war bekannt, was und weshalb etwas passierte, doch niemand klagte an, keiner wehrte sich, und alle schwiegen.

Sophias Blick streifte über die sanften Anhöhen. Nebel lag über dem Land und zeigte die Erhebungen im Hintergrund nur in zarten Konturen. Wolken zerrissen, stiegen auf, verwehten. Die Trostlosigkeit von Santuario del Rosario war erdrückend. Sophia gab sich einen Ruck, räumte den Tisch ab und nahm ihr Lieblingsbuch zur Hand, in dem sie die halbe Nacht gelesen hatte. Sie blätterte noch einmal darin, bevor sie es unter die Bettdecke schob. Schillers Tragödie »Maria Stuart«. Sie bewunderte Elisabeth, die Königin von England, die die Gratwanderung zwischen machtbewusster Gefühlskälte und dem Einsatz erotischer Ausstrahlung als Mittel des Machterhalts perfekt beherrschte. Sie strich das Bett glatt und ging zum Kleiderschrank, während sie sich fragte, welche Wirkung sie wohl auf mächtige Persönlichkeiten haben könnte.

Mit sicherem Griff nahm sie den schwarzen Rock vom Bügel und wählte eine auf Taille geschnittene weiße Bluse aus. Dazu passte der weiße Blazer mit der schwarzen Paspelierung am Revers, den sie vor einem Jahr in Messina gekauft hatte. Sie breitete die Stücke auf dem Bett aus und begutachtete ihre Auswahl. Wenngleich sie von ihrem Onkel eine schöne Summe geerbt hatte, achtete sie darauf, ihr Geld einzuteilen. Sparen fiel ihr nicht schwer, obwohl sie regelmäßig in Palermo oder Messina ausging. Meist konnte sie den modischen Auslagen in den Geschäften widerstehen, und nur in Ausnahmefällen ließ sie sich zu einem Kauf hinreißen, dann aber eines teuren und besonders ausgewählten Stücks.

Sie zog ihre Jeans und das bequeme Sweatshirt aus, räumte die Wäsche weg, immer mit dem Blick auf die Uhr neben ihrem Bett. Um zehn Uhr sollte die erste Bestattung auf dem Cimitero di Santa Maria ai Rotoli beginnen. Das für sie wichtigere Begräbnis würde im exklusiven Bereich des berühmten Friedhofs am Fuße des Monte San Pellegrino stattfinden.
Sie hatte der Todesanzeige entnommen, dass Giulio Saviani seine junge Frau Carina in der Familiengruft bestatten wird. Die arme Frau, die noch so jung gewesen war, hatte die Geburt ihres toten Kindes nicht überlebt. Die Savianis gehörten zur Dynastie der größten Bauunternehmer Italiens, wenngleich ihr Firmenkonglomerat auf vielen Hochzeiten tanzte. So betätigte er sich auch höchst erfolgreich als Exporteur von Pharmaprodukten in die Dritte Welt. In den Zeitungen und Gazetten wurde oft berichtet, dass der Patriarch mit harten Bandagen und großem politischem Einfluss die lukrativsten Aufträge an Land zog und es nicht immer mit rechten Dingen zuging. Irgendwie war es für Sophia beruhigend zu wissen, dass auch die Reichen und Mächtigen vom Unglück nicht verschont blieben.
Doch auch der erste Bestattungstermin war nicht uninteressant. Der Sohn eines bekannten Industriellen trug seine noch junge Ehefrau zu Grabe, die auf der Autostrada einen Unfall

erlitten hatte. Vier Todesanzeigen in der Größe einer halben Seite, Ehemann und Angehörige hatten nicht gespart.

Sophia wusste, bei der Bestattung würde mit einer großen Anteilnahme zu rechnen sein. Sie konnte nicht mehr zählen, wie oft sie schon an solch traurigen Feierlichkeiten teilgenommen hatte. Aber nie war etwas einigermaßen Akzeptables für sie dabei gewesen. Ein zynischer Gedanke drängte sich ihr auf: Die Friedhöfe der Welt waren voll von Leuten, die sich zu Lebzeiten für unentbehrlich hielten, aber trotzdem nicht verhindern konnten, dass sie irgendwann von ihren trauernden Verwandten beigesetzt wurden. Sie war gespannt, was sie dieses Mal in Rotoli erwartete. Man brauchte Geduld, um einen Treffer zu landen. Nun ja, Zeit hatte sie genug. Auch heute. Sie entschloss sich, noch an der letzten Trauerzeremonie teilzunehmen, die am frühen Abend durchgeführt werden sollte.

Erfahrungsgemäß benötigte sie mit dem Auto eine Stunde bis zum Friedhof Rotoli, der direkt an der Küstenstraße zwischen Palermo und Mondello lag. Er galt als die exklusive Ruhestätte betuchter Palermitani. Familien-Mausoleen kosteten dort den Preis eines mittleren Einfamilienhauses, die letzte Möglichkeit der Reichen, sich vom gemeinen Volk abzugrenzen, denn erschwingliche Grabstätten gab es, wie im richtigen Leben, nur in den Randbereichen.

Mit einem wohligen Schauer stellte sie sich unter die Dusche. Wenn das weiche Wasser über ihren Körper perlte, war sie ganz bei sich selbst. Nur in ihrem Badezimmer konnte sie völlig entspannen und ihre tristen Lebensumstände vergessen. Nichts hasste sie mehr als diesen armseligen Bauernhof in der sizilianischen Einöde, wo die Sonne das Land sechs Monate im Jahr plagte, die Felder verdorren ließ, die Flüsse austrocknete und jedes Leben lähmte.

Das Wasser schien die melancholische Trostlosigkeit von ihrem Körper abzuspülen, und mit einem Mal fühlte sie sich, als stünde sie vor ihrem ersten Rendezvous. Kritisch musterte sie den Sitz ihres Rockes, zog vor dem Spiegel noch einmal den Lidstrich nach und prüfte ihr Make-up. Sparsam ging sie damit um, auch mit dem Lippenstift. Natürlichkeit im Aussehen war ihr wichtig. Sie brauchte niemanden, der ihr Komplimente machte, um zu wissen, dass sie fabelhaft aussah. Keiner würde ihr ansehen, dass sie in einer abgelegenen Einsiedelei lebte, fernab vom urbanen Treiben, das Freiheit und unabhängiges Leben versprach. Eilig faltete sie die Zeitungen zusammen und verstaute sie in der schweren Holztruhe, die neben ihrem Bett stand. Sie überlegte, ob sie noch einmal durchs Haus gehen sollte, um nachzusehen, ob alles in Ordnung war, verwarf aber den Gedanken, als sie auf ihre Armbanduhr sah. Kurz entschlossen griff sie nach ihrer Handtasche, nahm den Autoschlüssel vom Tisch, eilte die düstere Treppe hinab und verließ mit einem erleichterten Aufatmen das bedrückende Steinhaus. Als sie durch die Hintertür in ihren kleinen Gemüsegarten trat, blickte sie zum Himmel. Keine Wolke war zu sehen. Ein lauer Wind aus dem Westen streifte über das Hochplateau und trug kaum wahrnehmbaren Blütenduft weit übers Land. Es würde ein schöner Tag werden, vielleicht auch ein erfolgreicher. Sie ging auf dem festgetretenen Trampelpfad, vorbei am einstigen Wintergarten ihrer Mutter, hinter dessen Glasfront man die Reste von Topfpflanzen und vertrockneten Stauden erkennen konnte. Seit die Mutter ihren Vater verlassen hatte, wurde das Treibhaus von niemandem mehr genutzt. Der kleine Garten war ein Wildwuchs von blühenden Sträuchern und hohen Gräsern, umrahmt von einem wilden Dickicht, das nach Lust und Laune ohne menschliches Zutun wuchs.

Sie ging zur flachen Scheune, in der ihr Auto stand. Ihr Blick schweifte hinüber zu den Schafställen, und eine sanfte Trauer nahm von ihr Besitz, als sie den jungen Bauernburschen sah, der seine liebe Mühe hatte, die Schafe durchs schmale Holzgatter der eingezäunten Wiese zu dirigieren. Tommasos Bild stand ihr wieder vor Augen, wie er mit seiner abgewetzten Filzjacke und schmutzigen Stiefeln die blökenden Lämmer zusammentrieb.

Die Männer auf dem Hof blickten von ihrer Arbeit auf, als sie Sophia entdeckten, und pfiffen ihr bewundernd nach. Ihre Traurigkeit verflog. Sie lachte, winkte ihnen zu und stieg in ihren fünf Jahre alten Fiat Bravo. Sie liebte ihr Auto, das sie sich vor knapp einem Jahr gebraucht gekauft hatte, war es doch die Fahrkarte für ihre ganz persönliche Freiheit. Früher war ihr Freiraum genau dort begrenzt, wo die Freiheit ihres Bruders begonnen oder der Vater Grenzen gezogen hatte. Heute setzte sie sich über viele Dinge hinweg, auch über den Willen ihres Vaters.

»Nimmst du mich mit?«, rief ein junger Schafhirte, der gerade dabei war, mit der Mistgabel die mit rohen Brettern umzäunte Einfriedung zu reinigen. Er stützte sich auf den Stiel der Forke und grinste.

»Du riechst zu streng«, erwiderte sie fröhlich. »Und so, wie du aussiehst, kannst du dich in der Stadt nicht sehen lassen.«

Roberto d'Arenal warf den Männern einen düsteren Blick zu und zog seine Kappe tief in die Stirn. »Dass manche Kerle einfach nicht begreifen, dass sie nichts für dich sind«, murmelte er kopfschüttelnd und sah seine Tochter vorwurfsvoll an. »Wo fährst du hin?«, fragte er dann mit der heiseren Stimme eines schroffen Bergbauern.

»Einkaufen«, antwortete Sophia kurz. »Ich bin am Abend wieder zurück.«

»Komm nicht so spät!«, erwiderte der Alte mürrisch, ohne von seiner Arbeit aufzublicken. Es war ihm anzumerken, dass er Sophias Ausflüge in die Stadt missbilligte. »Für wen hast du dich so herausgeputzt?«, raunzte er und schaufelte eine Schippe Mist auf die Schubkarre.

»Soll ich vielleicht in meiner Bauernkleidung nach Palermo fahren?«

»Rede nicht so mit mir! Du weißt genau, was ich meine.« Er musterte sie missbilligend von oben bis unten.

»Nein, das weiß ich nicht. Und ehrlich gesagt, ich will es auch nicht wissen.«

»Du bist wie deine Mutter.«

Es war das erste Mal, dass er wieder von seiner Frau gesprochen hatte. Er klang verbittert und böse. Sophia starrte ihn an. Sie wusste genau, worauf er abzielte. »Ich habe nicht vor, den nächstbesten Mafioso zu heiraten, wenn du das meinst.«

D'Arenals Augen funkelten plötzlich angriffslustig, aber er parierte Sophias Angriff nicht. Stattdessen brummte er: »Und wer macht mir das Essen?«

»Es ist alles vorbereitet! Du brauchst die Töpfe nur auf den Herd zu stellen. *Ciao.*«

Der Alte winkte wortlos ab und schob die Schubkarre hinter den Stall.

Für einen Augenblick hielt Sophia inne. Ihr Blick schweifte hinüber zur Kirche, die wie ein monumentales Mahnmal auf der Anhöhe thronte. Kurz entschlossen verließ sie den Hof und ging hinüber.

Sie wollte unter dem Corpus Christi mysticum noch ein Gebet sprechen, bevor sie sich nach Palermo aufmachte. Mit festem Schritt ging sie zur knapp hundert Meter entfernten Chiesa Madonna di Tavaglia und betrat das imposante Gebäude. Wie sie angenommen hatte, war es fast menschenleer. Außer ihr und einer verknöcherten Alten mit schwarzem Kopftuch war niemand da.

Es war ihr angenehm, ein paar Minuten in der zu Stille sitzen und ungestört ihren Gedanken und Gefühlen nachzuhängen. Aus den dunklen Nischen der Kirche und der spitzbogig gewölbten Seitenkapelle klang es bisweilen wie ein Aufseufzen, irgendwo wurde ein metallenes Gitter heruntergezogen, dessen Echo unter der Kuppel widerhallte.

Auch das Klackern ihrer hohen Absätze wurde von den Wänden zurückgeworfen, als sie sich aus der Bank erhob und über den Marmorboden des Mittelgangs zum Altar ging. Dort kniete sie nieder und schlug das Kreuz.

Leise sprach sie das sizilianische Vaterunser:

> *Patri nostru, chi siti 'n celu,*
> *Sia santificatu lu vostru nomu,*
> *Vinissi prestu lu vostru regnu,*
> *Sempri sia fatta la vostra divina vuluntati*
> *Comu 'n celu accussì 'n terra.*
> *Dàtinillu sta jurnata lu panuzzu cutiddianu*
> *E pirdunàtini li nostri piccati*
> *Accussì comu nui li rimittemu ê nostri nimici*
> *E nun ni lassati cascari ntâ tintazzioni,*
> *ma scanzàtini dû mali.*
> *Amen.*

Sophia erhob sich. Der Tag in Palermo würde gut werden für sie ...

3.
Rotoli, Amphitheater
des Todes

Zügig fuhr Sophia vom staubigen Hof und bog mit einem Lächeln, das eine heimliche Vorfreude verriet, in die Landstraße ein. Die sich in engen Kurven windende Straße nach Palermo führte zunächst durch eine öde Bergwelt. Sophia verfolgte aus dem Wagenfenster die archaische Schönheit der vorbeifliegenden Landschaft, während ihre Gedanken sich mit völlig anderen Dingen beschäftigten. Sie lebte im Land ehemaliger Feudalherren und Barone, die auf ihren Latifundien die Herren der Insel waren. Mit Lupara und Pistole wurden diese Großgrundbesitzer bekämpft, aber dann rissen die Mafiosi die Macht an sich. Die alten Zeiten waren zwar vorbei, die Menschen jedoch waren die gleichen geblieben. Ihre Heimat kannte auch heute noch kein Mittelmaß. Längst war auch in Santuario del Rosario die neue Welt angebrochen. Aus einem archaischen Leben waren die Menschen in die moderne Welt katapultiert worden, zu schnell für ein jahrhundertelang abgeschiedenes Dorf. Hier, in der Einöde der Berge, wuchsen die Kinder immer noch in den alten Traditionen auf, zugleich lieferten Fernseher und Computer die Verlockungen der globalisierten Welt. Sophia seufzte.

Zwanzig Minuten später erreichte sie die ausgebaute Landstraße hinter Corleone und konzentrierte sich auf den Verkehr. Die Straße führte über kahle Pässe durch karge Hochebenen, schlängelte sich in Windungen durch fruchtbare Täler, um zuletzt in die sanften Hügel der Conca d'oro zu münden. Sophia passierte Orangenhaine und kleinere Zitronenplantagen, bis sie die ersten Vororte von Palermo erreichte. Abgewirtschaftete Wohnblocks und heruntergekommene Behausungen streckten wie Kraken ihre Tentakel in das fruchtbare Umland. Die Gärten der einstmals blühenden Conca d'oro, die alten Zitrushaine rings um die Stadt am Fluss Orete, waren inzwischen mit grauen Wohnsilos durchsetzt. Skrupellose Baulöwen hatten mit ungezügelter Bauwut der Hafenstadt schwere Wunden zugefügt, hauptsächlich mit Hilfe korrupter Politiker, die in den sechziger Jahren Wohnblöcke für jene bauen ließen, die im Untergeschoss der Gesellschaft lebten.

Sophia atmete auf, als sie die Tristesse hinter sich gelassen hatte. Unvermittelt breitete sich tief unter ihr die glitzernde Fläche des Meers aus, die sich am Horizont verlor. In der Bucht lag ihr geliebtes Palermo.

Es gibt Städte, da hat man den Eindruck, dass Uhren fehl am Platz sind, ebenso Kalender oder Jahreszeiten. So erging es Sophia immer, wenn sie ins überschäumende Leben Palermos eintauchte. Unter einem wolkenlosen Himmel fuhr sie in der strahlenden Morgensonne über die Tangentiale Ernesto Basile in Richtung Innenstadt. Hier offenbarte sich der Glanz vergangener Kulturen in unmittelbarer Nachbarschaft mit den verkommenen Gassen der Altstadt, eine irreal anmutende Welt zwischen glänzenden Fassaden, Kuppeln und Kirchen auf der einen und elenden Straßenzügen auf der anderen Seite.

Hochherrschaftliche Häuser, majestätische Gebäude mit griechischen Säulen und normannische Kastelle wechselten sich mit Museen und filigranen Türmen maurischer Kirchen ab. Auf der Küstenparallele geriet Sophia in stockenden Verkehr, der sich jedoch schnell auflöste. Sie erreichte wenig später die Porta Felice und bog in die Via Emanuele ein, passierte die Kathedrale und fand ein paar hundert Meter entfernt im Latarina-Viertel einen Parkplatz. Ein wahrer Glücksfall, dachte sie. Normalerweise konnte man in dieser Gegend nur in der zweiten oder dritten Reihe halten. Man hinterließ eine Handynummer und plazierte sie hinter der Frontscheibe. Der Fahrer des eingesperrten Autos konnte anrufen, wenn er wegfahren wollte.

Sophia befand sich mitten in jenem Teil der Altstadt, in dem früher Dufthändler und Seifensieder wie in den maghrebinischen Souks ihre Waren anboten. Heute beherrschten Verkäufer von Jeans, Taschen, Unterwäsche und Schuhen das Marktgeschehen. Musik, Gerüche und Farben vermengten sich mit dem Singsang der Marktschreier. An Wäscheleinen hoch über den Köpfen flatterten bunte Kleider neben frisch gewaschenen Tischdecken, Schürzen, karierten Hemden und blütenweißer Bettwäsche. Knatternde Motorräder, hupende Taxis, schwer beladene Lastwagen und zum Bersten überfüllte Busse schoben sich durch die engen Gassen, verschafften sich zwischen flanierenden Müßiggängern und hastenden Passanten Platz – alles drängte und quälte sich, knatterte und qualmte in heillosem Chaos durch winkelige Straßen.

Sophia sah auf ihre Armbanduhr und stieg aus dem Wagen. Sie kaufte drei kleine Blumengebinde, um sie später an den Gräbern niederzulegen, und bestellte sich in einem Café einen Latte macchiato.

Dann schloss sie die Augen und sog den betörenden Duft blühender Linden ein.

Kurz vor zehn Uhr erreichte sie den berühmten Friedhof Rotoli. Sie hoffte, an den Grabmauern, die den Gottesacker weiträumig umschlossen, einen Parkplatz zu finden. Schließlich fand sie eine Lücke, in der sie ihren Wagen abstellen konnte, und wandte sich dem Haupteingang zu. Gleich einer griechischen Arena stieg das fächerförmige Gelände des Friedhofs zum Berg hin an. Die Gräber, Mausoleen und üppigen Skulpturen waren im Halbrund und durch befahrbare Querwege getrennt angeordnet. Rotoli war das Amphitheater alles Vergänglichen, dessen Bühne die Aussegnungshalle mit dem Versammlungsplatz darstellte.

Zu Sophias Überraschung hatten sich zur ersten Beerdigung nur wenige Trauergäste auf der mit Thujabäumen gesäumten Rotunde versammelt. Mit einem Seitenblick musterte sie die Autos vor dem Eingang zur Aussegnungshalle. Durchwegs Klein- und Mittelklassewagen. Unauffällig näherte sie sich der Ansammlung in Schwarz gehüllter Trauernder und taxierte mit kritischem Blick den auf einem Karren abgesetzten Sarg, den ein Seidentuch mit aufgesticktem Kreuz bedeckte. Der Blumenschmuck war nach Sophias Geschmack dürftig ausgefallen. Ihr Blick schweifte missmutig über die wartenden Trauergäste. Schwarz gekleidete Frauen schluchzten und jammerten unter Kopftüchern und hinter Schleiern. Das Lamento hatte begonnen, während dessen um Blumenkörbchen streitende Kinder zur Ordnung gerufen wurden.

Sophia hielt Ausschau nach dem Witwer, der sich mit den engsten Verwandten unmittelbar am Sarg aufhalten musste. Sie entdeckte ihn bei seinen Eltern stehend, die gefasst und schweigend den Kondolierenden die Hand reichten. Umstehende beobachteten leise miteinander redend das Geschehen.

Diskret näherte sich Sophia der Gruppe und nahm den Ehemann genauer in Augenschein. Ein hässlicher Vogel, wie sie still konstatierte. Derbes, gerötetes Gesicht, plumpe Hände und teigige Figur. Sein schwarzer Anzug wies speckige Stellen auf, als diente er einem Kellner als Arbeitskleidung. Ihre Augen kreuzten sich für einen kurzen Moment.

Heuchler, dachte Sophia, denn in seinen Augen spiegelte sich abschätzendes Interesse. Die Sache war für sie nach wenigen Sekunden erledigt. Sie hatte eine einfache Formel: Wer beim Begräbnis geizt, spart auch an sich selbst, in diesem Fall auch am Taktgefühl. Wieder einmal keine Perspektive, dachte Sophia und blickte auf die Uhr. Bis zur nächsten Beerdigung blieben noch zwei Stunden.

Sie machte auf dem Absatz kehrt, ging zurück zu ihrem Fiat und fuhr in das nahe gelegene Mondello.

Am alten Fischerhafen des beliebten Badeortes fand sie einen Parkplatz direkt neben einer Cafébar, die gerade geöffnet wurde. Vor sich hatte sie das Königsblau und Smaragdgrün des Tyrrhenischen Meeres, farbenfrohe Fischerboote und einen plätschernden Springbrunnen mit einer barbusigen Meerjungfrau. Gleich einer Fata Morgana wuchs im Hintergrund das »Ristorante Charleston« aus dem Wasser, ein pittoresker Holzbau, dessen nostalgisch anmutende Architektur an die Seebrücken in Brighton oder Bournemouth erinnerte. Er war Rummelplatz, Gourmettempel und Flaniermeile zugleich. Trotz der frühen Stunde standen bereits die ersten Besucher auf der Brücke und beobachteten die Angler. Sophia gab sich für eine Weile ihren Träumereien hin. Sie bestellte einen Cappuccino und betrachtete teilnahmslos ihre Umgebung. Ihre Gedanken kreisten um die Vergangenheit und ihre Zukunft. Heute musste ein guter Tag werden, sie hatte es im Gefühl. Nach dem zweiten Cappuccino und einer Zigarette machte sie sich wieder auf den Weg zum Friedhof.

Jetzt bot sich Sophia ein völlig anderes Bild. Eine endlose Kolonne von Luxuslimousinen reihte sich wie eine Perlenkette entlang der Straße. Am Eingang zum Rotoli gingen ein gutes Dutzend Männer auf und ab, Typen mit grausamen und verlebten Gesichtern, deren Anzugjacken sich verdächtig ausbeulten. Sophia musterte im Vorbeigehen unauffällig die Bodyguards, deren gewalttätige und gnadenlose Physiognomien hinter Sonnenbrillen versteckt waren und die alles, was um sie herum vorging, misstrauisch beobachteten.

Knapp hundert Trauergäste hatten sich im Innenhof der Aussegnungshalle eingefunden. Hochgestellte Persönlichkeiten aus Politik und Wirtschaft, die Sophia bislang nur in Zeitungen oder Fernsehsendungen gesehen hatte. Es war ein Schauspiel der besonderen Art, das einer Theaterpremiere mit ausgewählten Gästen ähnelte. Unter den schattenspendenden Bäumen vor der Aussegnungshalle konkurrierten mitfühlende Damen in maßgeschneiderten Kreationen der Haute Couture, während sich die Herren in Anzügen von Gaultier, Valentino und Versace zeigten. Sophia, die sich unauffällig der Trauergemeinde angeschlossen hatte, erregte schon nach wenigen Augenblicken versteckte Aufmerksamkeit. Ihr Taktgefühl und ihre Anpassungsfähigkeit erlaubten ihr, von dem einen oder anderen das Wesentliche über die Savianis und deren Familienverhältnisse zu erfahren. Erwartungsgemäß erkundigte sich niemand, in welchem Verhältnis sie zur Familie Saviani stehe, obwohl man sie mit unaufdringlichem Interesse beobachtete. Sophia war sich sicher, dass man sie nicht mit unangenehmen Fragen konfrontieren würde, der Anlass gebot eine pietätvolle Zurückhaltung.

Unauffällig hatte sie sich dem Familienoberhaupt genähert. Sie stand nur wenige Meter vom alten Saviani entfernt. Hoch aufgerichtet und mit unnahbarer Miene starrte er ins Leere. Sein schütteres Haar, der schief sitzende Kopf und die graue Hautfarbe ließen ihn krank aussehen. Sein Gesicht sah aus wie ein Steinbruch, schroff, kantig, zerklüftet – eine Physiognomie, die offenbarte, dass der Mann im Leben nichts ausgelassen und die Nächte mit vielen Frauen verbracht hatte. Seine Aura strahlte unbeugsamen Willen aus und eine Kälte, die Sophia frösteln ließ.

Die Türen der Aussegnungshalle, in der man Stuhlreihen aufgestellt hatte, wurden geöffnet. Ein weißer Marmorengel mit hängenden Flügeln beugte sich über die Urne, die Hände vors weinende Gesicht geschlagen, als könnte er dem Tod nicht ins Auge sehen. Vor dem Altar, auf dem die Urne inmitten eines Blumenmeers präsentiert wurde, saßen Musiker eines Streichensembles. Regungslos verharrten sie mit ihren Instrumenten auf den Stühlen und verfolgten mit zurückhaltenden Blicken, wie die Eintretenden ihre Plätze einnahmen. Unterdrücktes Stimmengewirr, leises Hüsteln, geflüsterte Anweisungen erfüllten den Raum. Allmählich trat Ruhe ein, und nur das eine oder andere Fußscharren oder das Rücken eines Stuhls brach sich mit impertinentem Widerhall in der Kuppel der Aussegnungshalle. Sophia suchte sich in der letzten Reihe neben einer Marmorsäule einen Stuhl und beobachtete mit Spannung das Geschehen.

Eine junge Frau mit stolzem Gang und offenem Blick trat mit dem Dirigenten aus der Sakristei. Der Maestro hob den Taktstock und gab der Sängerin ein Zeichen. Händels Arie »*Lascia la spina*« erfüllte die Kapelle. Sophia stockte der Atem, und sie schauderte, als die Altstimme der jungen Frau ihre Seele ins Schwingen brachte. Niemals zuvor hatte sie eine solche Musik gehört. Ergriffen und angerührt von einer Arie, die ihre eigene Zerrissenheit und ihre brennende Leidenschaft widerspiegelte, wurde sie in einen Strudel unerklärlicher Gefühle gezogen. Tränen stahlen sich in ihre Augen. Zutiefst aufgewühlt und verunsichert erhob sie sich, als die Musik ausklang und der Priester sein Trostwort gespendet hatte.

Die Trauergemeinde hatte eine lange Reihe gebildet, damit jeder an der Urne ein letztes Mal Abschied nehmen und den Savianis persönliches Beileid bekunden konnte. Sophia hatte sich am Ende der Menschenkette angeschlossen. Nun erwartete sie der Augenblick, für den sie sich schon vorher überlegt hatte, was sie sagen würde, sollte sie von einem der Familienangehörigen angesprochen werden. Sie wollte behaupten, eine frühere Schulfreundin der Verstorbenen gewesen zu sein. Auf diese Weise könnte sie beim Kondolieren dem jungen Witwer die Hand geben und ihm in die Augen sehen. Beides war für sie von elementarer Wichtigkeit, um einen Eindruck zu bekommen. Viel hing von seinem Händedruck ab. War er fest, zupackend oder schlaff? Würden seine Hände trocken oder feucht sein? Sähe er sie auch an und, wenn ja, was könnte sie in seinen Augen erkennen? In wenigen Augenblicken würde sie es wissen und danach über ihre nächsten Schritte entscheiden.

Allmählich näherte sie sich den Savianis, die einige Schritte abseits stehend mit jedem der Kondolierenden ein paar Worte austauschten. Sophia neigte sich unmerklich zur Seite und warf einen neugierigen Blick auf Giulio Saviani. Er ist wirklich ungewöhnlich attraktiv, stellte sie fest. Und je näher sie in der Reihe nachrückte, desto sicherer war ihr Urteil.

Sie trat mit gesenktem Kopf an den Altar mit der Urne und legte die drei mitgebrachten Sträuße zu der überwältigenden Anhäufung opulent blühender Gebinde. Es entging ihr nicht, dass Giulio Savianis Blick ihr folgte. Ebenso wenig entging ihr, dass sich eine Menge Leute mit Taschentüchern die Augen wischten. Krokodilstränen, dachte sie. Sie blieb einen Augenblick schweigend vor der Urne stehen. Dann wandte sie sich um, ging auf Giulio zu und reichte ihm die Hand.

Sie sah in ernste, offene Augen, und seine Hand ergriff die ihre, wie sie es sich erhofft hatte. Dieser Mann war kein Weichling, kein verzogenes Muttersöhnchen und ganz sicher auch keiner, der sich monatelang in Selbstmitleid ergehen würde. Seine Trauer war nicht gespielt, auch das registrierte Sophia im Bruchteil einer Sekunde. Dann ging sie weiter zu seinen Eltern, die neben ihm standen und sie mit nur unzureichend unterdrückter Neugierde taxierten. Sie standen keineswegs gramgebeugt am Grabe ihrer Schwiegertochter, vielmehr zeigten sie die unbeugsame Beherrschung einer Gesellschaftsklasse, die nicht weinte, die Haltung bewahrte und Stärke bewies. Während Don Anselmo Saviani fest und aufrecht und ohne erkennbare Emotion sich für Sophias Anteilnahme bedankte, erschien ihr die Mutter wie eine vornehme Contessa, die mit huldvoller Blasiertheit die Kondolenz über sich ergehen ließ.

Sophia wandte sich ab und mischte sich unter die Trauernden. Sie wunderte sich, weshalb die Eltern der Verstorbenen fehlten.

Waren sie bereits tot? Mit gesenktem Kopf beobachtete sie das Getuschel zwischen Giulio und seiner Mutter. Sophia wusste, dass es um sie ging und dass sich die nächsten Angehörigen fragten, wer sie wohl sei. Im Stillen amüsierte sie sich über die Unruhe, die sie durch ihre Anwesenheit verursacht hatte.

Eine schwarze Limousine fuhr zum Transport der Urne vor. Wie auf ein geheimes Zeichen hin setzte sich eine zwölfköpfige Blaskapelle hinter dem im Schritt fahrenden Leichenwagen in Marsch und stimmte eine Trauermelodie an. In den Zug des palermitanischen Geldadels kam Bewegung. Giulio Saviani schritt mit seiner Schwester und den Eltern hinter der Urne her. Vorbei an pompösen Grabmalen, aufgeputzt und dekoriert mit einem Meer von künstlichen Pfingstrosen, Tulpen und Narzissen, passierte die schweigende Prozession Gruften und Familienmausoleen betuchter und berühmter Söhne und Töchter Palermos. Nach einigen Minuten bog die Trauerkarawane rechts in den gepflasterten Weg zur letzten Ruhestätte der Savianis ein. Die von Erzengeln flankierte Familiengruft beherbergte fünf Generationen und war im weiten Umkreis die prächtigste.

Sophia schloss sich mit gesenkten Augenlidern dem Trauerzug an. Der junge Witwer war ein ausgesprochen interessanter Typ. Schlank, mit sportlicher Figur und aristokratischen Gesichtszügen. Obwohl er vom Schmerz über den Verlust seiner Frau überwältigt schien, tat dies seiner natürlichen Eleganz keinen Abbruch. Jung, erfolgreich, gutaussehend und aus einer respektablen Familie. Mit seinen zweiunddreißig Jahren war der Witwer der ideale Kandidat für Sophias Pläne. Sie stahl sich unauffällig aus der versammelten Menge und trat den Heimweg an. Der Fahrtwind zerzauste Sophias Haar. Aber das machte ihr jetzt nichts mehr aus. Sie hatte gefunden, wonach sie suchte.

Schnell fand sie heraus, dass Giulio eine Villa der Savianis an der Strandpromenade von Mondello bewohnte. Einige Male fuhr sie nach Mondello und ging in der Nähe am Strand spazieren, meist gegen Abend, wenn die letzten Badenden in kleinen Gruppen zusammenstanden wie nach einem Kirchgang. Sie mochte die Stimmung, und während die Sonnenschirme und Liegestühle zusammengeklappt wurden, stellte sie sich vor, dass sie Giulio Saviani in einer der sich leerenden Strandbars zufällig begegnen würde.

Wochenlang beobachtete sie den jungen Witwer, wusste bald, wo und wie lange er arbeitete, und verkehrte in seinen Lieblingsrestaurants. Etwas mehr Geduld erforderte es, neues Mitglied in seinem Tennisclub zu werden. Aber auch das gelang ihr mit Charme und Hartnäckigkeit. Sophia arrangierte mit großer Zielstrebigkeit zufällige Begegnungen mit dem jungen Saviani, wobei sie stets Konstellationen vermied, die vertraulich hätten werden können. Sie wartete auf die Gelegenheit, dass Giulio die Initiative ergriff, um ihr nahezukommen.

Um sicherzugehen, entschloss sich Sophia, den mühevollen Fußweg zum Wallfahrtsort der Palermitaner auf sich zu nehmen. Ein Gebet bei der heiligen Rosalia auf dem Monte Pellegrino konnte nicht schaden. Einst war sie die Heilige der Stadt, die geholfen hatte, die Pest aus Palermo zu vertreiben, heute war sie die Hoffnung vieler Palermitaner, die helfen sollte, die Mafia zu verjagen. *Esser più della tenebra la luce,* stand auf ihrem Sockel zu lesen – das Licht ist stärker als die Finsternis. In Sizilien hatten Symbole schon immer mehr Bedeutung als das Leben.

In der Höhle, in der sich die kleine Kapelle Santa Rosalia verbarg, schlug Sophia das Kreuz und durchschritt das Portal. Das schlichte Schiff war vollgepfropft mit Dankesgaben. Silberne Unterschenkel, Herzen, Augen und Beine aus Wachs baumelten von den Wänden. Kinderhemdchen und Lätzchen an Haken hängend. Sophia entdeckte auch eine Plastiktüte mit einem

Haarzopf. Außer ihr war niemand in der Kapelle. Sie hörte nichts anderes als ihren eigenen Atem und das Geräusch von Wassertropfen, die von der Decke in eine Metallrinne fielen.

Sie zog ihren Kugelschreiber und einen Zettel aus der Handtasche und schrieb ihren Wunsch auf. Dann hängte sie den Zettel zu den unzähligen anderen Wünschen und Danksagungen, verbeugte sich in Richtung Altar und verließ die Grotte der Rosalia.

Ihre Geduld wurde nicht allzu lange auf die Probe gestellt. Der junge Saviani war schon nach wenigen Wochen verrückt nach ihr und machte ihr mit geradezu überschwenglicher Begeisterung den Hof. Sie verweigerte ihm, das zu bekommen, was alle mehr oder weniger verliebten Männer wollen, aber sie hatte nichts dagegen, dass er um ihre Hand anhielt.

4.
La Sposa – Heirat in
Bessere Kreise

4. September 1988

Über Palermos Innenstadt lag flimmernde Hitze, und die Straßen hatten sich in einen Brutofen verwandelt. Vom Corso Vittorio Emanuele aus rollte die blumengeschmückte Autokolonne über die Via Maqueda in Richtung Piazza Casa Professa. Die verwinkelte Anfahrt durch schmale Gässchen, die gerade so breit waren, dass ein Auto mit Mühe durchfahren konnte, ließ kaum vermuten, dass sich nach wenigen Metern eine grüne Oase öffnen würde. Inmitten von hässlichen Wohnblocks und schäbigen Behausungen erhob sich die majestätische Front der Chiesa del Gesù. Die älteste Jesuitenkirche Siziliens mit ihrer geschwungenen Fassade und den verspielten Ornamenten gehört zu den prächtigsten Barockkirchen der Welt. Der Platz vor dem Gotteshaus war gesäumt von Gästen und Schaulustigen, die sich anlässlich der Hochzeit von Giulio Saviani eingefunden hatten. Es war Sophias Wunsch gewesen, in dieser Kirche zu heiraten. Seit ihrer Schändung in den Bergen von Corleone hatte sie hier regelmäßig Zuflucht gesucht, zur Jungfrau Maria gebetet und sie angefleht, ihre Wünsche in Erfüllung gehen zu lassen.

Das Portal und der Kirchenvorplatz waren üppig mit Blumen und Girlanden geschmückt, um das Brautpaar wie in einem Märchenschloss zu empfangen. Blitzlichtgewitter brach über Sophia und Giulio herein, als sie vor der Chiesa Gesù eintrafen. Der Tradition gemäß wurden ihnen Brot und Salz zum Zeichen der Fruchtbarkeit und des Salzes des Lebens überreicht, als sie aus dem Wagen stiegen. Minutenlang verharrten sie auf den Stufen, stellten sich den Pressefotografen und winkten gleichzeitig den Gästen zu.

Dröhnende Orgeltöne riefen die Brautleute an den Altar. Ein Schauer überzog Sophias Rücken, als sie das Portal der Kirche durchschritt. Mit dem Gefühl des vollkommenen Triumphes betrat sie den Vorraum der Kirche und schritt über die riesige, in grauen und rostroten Farben eingelegte Marmorrosette. Die Anwesenden erhoben sich von den Bänken und bewunderten das Paar. Vor allem Sophias Hochzeitskleid verzauberte die Damen und entlockte ihnen anerkennende Kommentare. Der schneeweiße Traum aus feinstem Satin hatte eine zarte rosarote Paspelierung an Ausschnitt, Ärmelenden und der langen Schleppe und brachte einen Hauch von Frühling in die Kirche.

Nachdem Sophias Plan, Giulio in den Hafen der Ehe zu manövrieren, so glatt aufgegangen war, war sie auch davon überzeugt, dass er ein guter Ehemann sein würde. Am liebsten hätte sie laut gejubelt, als er ihr das Treueversprechen gab und den Ring an ihren Finger steckte. Aber sie hatte sich unter Kontrolle, wenngleich in ihren Augen verhaltener Triumph aufblitzte. Sie hatte erreicht, was sie sich vorgenommen hatte. Der wichtigste Schritt in ihrem Leben war getan, und niemand konnte sie daran hindern, über den nächsten nachzudenken. Ihre Zeit würde kommen.

Die Savianis hielten sich im Hintergrund, als sie mit dem Namen Sophia Saviani die Kirche verließ und gemeinsam mit ihrem Mann die Treppen hinunter zum Park ging. Ihren Brautstrauß schleuderte sie im hohen Bogen in die Menge, ohne zu beachten, wer ihn auffangen würde, und noch einmal stellten sie sich den Fotografen.

Sophias Blick traf den ihrer Schwiegermutter, die mit Zurückhaltung das Glück ihres Sohnes genoss. Ihre freudlos-starren Augen versetzten Sophia einen Schlag. Einen Moment, der ihr wie eine Ewigkeit erschien, sah sie nichts als tiefe Abneigung. Doch sie versuchte, sich nichts anmerken zu lassen, und wandte sich lachend den Objektiven der Kameras zu.

Für die Hochzeit hatte die Familie Saviani keine Kosten gescheut. Die *festa matrimoniale* wurde in pompösem Rahmen gefeiert und war eine Prestigeveranstaltung, die noch nach Monaten in aller Munde sein sollte. Die Savianis mit ihrem Firmenimperium zählten zu den begütertsten und angesehensten Familien Italiens. Bis in höchste Ebenen der Politik und der Wirtschaft reichten ihre Kontakte, die auch im Hinblick auf Giulios Karriere von reichlichem Nutzen waren.

Sophia war in eine ihr unbekannte Welt katapultiert worden. Auch wenn sich Giulios Mutter ihr gegenüber reserviert zeigte und sie oft genug ihre Herkunft hatte spüren lassen, war sie doch stets höflich geblieben. Trotzdem bemerkte Sophia deutlich die Ablehnung. Oft fiel es ihr schwer, die Atmosphäre kühler Distanz zu ertragen, aber sie hatte sich und ihren Ärger über die Ausgrenzung fest im Griff.

Sophia war Realistin genug, um zu wissen, dass sie sich gegen die Vorbehalte der Eltern durchsetzen musste. Sie hatte ein einfaches, manchmal auch rauhes und entbehrungsreiches Dasein in der Hochebene von Santuario del Rosario gegen das luxuriöse Leben in der Elite der Gesellschaft eingetauscht, und es gab Augenblicke, in denen sie sich wünschte, wieder auf dem Hof ihres Vaters zu sein. Dennoch, Sophia ließ sich weder provozieren noch blenden. Sie wusste nur zu gut, Geld konnte zwar dazu verhelfen, mächtige Positionen in der Wirtschaft zu erreichen, aber ein von den Eltern gut gefülltes Konto und ein schnelles Auto allein machten junge Leute weder klug noch erfolgreich – auch wenn sie sich selbst dafür hielten. Giulio dagegen hatte weit mehr zu bieten. Er war klug, gebildet und hatte eine erstklassige Perspektive. Seine Eltern besaßen Einfluss, Macht und vor allem beste Kontakte bis in die politische Führungsebene, eine Kombination, die dem Sohn eine gesicherte Zukunft versprach.

Die Trauungszeremonie war ganz so verlaufen, wie es sich Sophia gewünscht hatte, auch wenn sich ihr Vater unter all den vornehmen und reichen Menschen fremd gefühlt und nicht recht gewusst hatte, wie er sich verhalten sollte. Er war eben mit Leib und Seele Bauer, der sein Land und die karge Umgebung liebte. Insgeheim hatte Sophia gehofft, dass ihr Vater von den Savianis akzeptiert würde. Aber diese hatten sie von Anfang an spüren lassen, dass sie und ihr Vater nicht zur Familie passten. Trotzdem hatte Giulio sich gegen die Widerstände durchgesetzt und seine Eltern und seine Schwester von der Eheschließung mit Sophia überzeugt. Unter der Bedingung, dass ihr Vater nur zur Trauung, nicht aber zum Fest auf dem Landsitz der Familie kommen würde, hatten sie dann in die Einladung eingewilligt.

Auch wenn die Savianis den äußeren Schein wahrten und Sophia als Schwiegertochter akzeptierten, hielten sie Abstand zu ihr, sobald sie unter sich waren. Manchmal fühlte sie sich wie ein Fremdkörper, zumal sie niemals in Familiengespräche einbezogen wurde. Schon einige Male hatte sie sich bei Giulio darüber beklagt, dass ihr die Herzenswärme seiner Eltern fehlen würde, doch er hatte es als Einbildung abgetan. Familieninterna gab es zuhauf, und ständig hatte Sophia das Gefühl, dass aus ihnen ein großes Geheimnis gemacht wurde. Auch wenn sie sich nicht sonderlich dafür interessierte, auf welche Weise die Savianis zu ihrem Vermögen gekommen waren – je mehr man sie aus diesen Angelegenheiten heraushalten wollte, desto mehr begann sie, den Reichtum der Familie zu hinterfragen. Sie hatte nichts gegen viel Geld, im Gegenteil.

Der Vorabend der Hochzeit war im engsten Familienkreis auf der Arianna gefeiert worden, einer schneeweißen Zweiunddreißig-Meter-Jacht des Patriarchen. Der mit edlen Hölzern gebaute Kreuzer war der ganze Stolz des alten Don Anselmo, und Sophia vermutete, dass er ihn mehr liebte als seine Frau. Gefeiert wurde mit Champagner und ausgesuchten Delikatessen, während das Schiff in behäbiger Geschwindigkeit das Tyrrhenische Meer durchschnitt. Ziel der Fahrt war die knapp dreißig Seemeilen entfernte Isola di Ustica gewesen, auf der die Familie Saviani ein Sommerhaus an einem Privatstrand besaß.

Doch nun war der wichtigste Tag in Sophias Leben gekommen, und alle diese Probleme traten in den Hintergrund. In einer langen Autokarawane ging es aufs Land, und Sophia genoss jede Minute der Fahrt, bis sie in eine lange Pappelallee einbogen, an deren Seiten es grünte wie auf einem gepflegten Golfplatz. Dann tauchte im Hintergrund das savianische Landgut auf, das sie heute zum ersten Mal besuchte. Die Villa war einer gediegenen spanischen Finca nachempfunden. Sie lag eingebettet inmitten einer dreißig Hektar umfassenden, sattgrünen Naturlandschaft. Der Patriarch liebte die spanische Architektur und hatte das Anwesen von einem berühmten Architekten aus Saragossa planen lassen. Die besten Landschaftsgärtner Italiens hatten an der Gestaltung des Parks mitgewirkt und ein beispielloses Refugium erschaffen.

Umgeben von Zypressen, Lorbeerbäumen und Palmen sowie von ausgedehnten Rasenflächen, die unablässig mit Wasserkanonen benetzt wurden, wirkte der Besitz wie eine Oase in der kargen Umgebung. Am Rande der sattgrünen Rasenflächen wucherten Lavendel, Mimosen und purpurfarbene Malven, die sich in der sanften Brise wiegten. Die Luft flimmerte, und ein leichter Wind aus dem Tal zerzauste Sophias Haar. Im Hintergrund konnte sie die Ställe und die Reitanlage erkennen. Das Anwesen und der Park wurden von einem knappen Dutzend Männern bewacht, die im Schatten der Bäume herumlungerten, Zigarillos rauchten und sich betont lässig gaben. Einige patrouillierten mit scharfen Dobermannhunden an der Grundstücksgrenze, um zu verhindern, dass Reporter und Neugierige das Gelände betraten. Unter den offenen Jacken konnte Sophia ihre umgeschnallten Waffen sehen, die sie nicht einmal zu verbergen versuchten. Auch wenn ihre erwartungsvolle Freude und das Hochgefühl ihres Hochzeitstages überwogen, fühlte sie sich dennoch von der Anwesenheit dieser Männer eigentümlich berührt. Sie nahm sich vor, Giulio bei passender Gelegenheit zu fragen, weshalb der alte Saviani eine schwerbewaffnete Truppe als Bewacher eingesetzt hatte.

Der Geruch von Pferden und Dung zog als feiner Hauch über das Gelände. Hinter den Stallungen entdeckte Sophia einen Dressurplatz und eine kleine Trabrennbahn. Ihr Herz schlug vor Aufregung bis zum Hals. Sie wusste aus den Medien und aus Gesprächen, wie reich die Familie war, aber dieses luxuriöse Anwesen verdeutlichte ihr die wahren Verhältnisse. Anselmo Saviani frönte einer kostspieligen Leidenschaft: Edle Andalusier, feurige Araber und schnelle Traber waren sein Ein und Alles. Pferde sind die besseren Menschen, pflegte er zu sagen, und man konnte ein Leuchten in seinen Augen sehen, wenn er über seine rassigen Lieblinge sprach. Doch heute redete er nicht über Pferde, heute hielt er mit sichtlichem Stolz eine Ansprache und erklärte, nachdem er seinem Sohn und Sophia alles Glück der Welt gewünscht hatte, das Buffet für eröffnet.

Nun begann für Sophia der schwierigste Teil, der offizielle Empfang der Gäste. Mit Erstaunen nahm sie zur Kenntnis, dass nicht sie die Hauptperson des Tages war, sondern der Patriarch Saviani. Demutsvoll und mit gesenktem Haupt küssten die Gäste Anselmo Savianis Hand, die er ihnen huldvoll reichte. Es war die unvermittelte Erkenntnis einer Tradition, die Sophia aus Corleone nur zu gut kannte. Hier waren nicht nur Geld und Macht zu Hause, hier residierte die *società d'honorata,* die ehrenwerte Gesellschaft, schoss es durch ihren Kopf.

Giulio stellte ihr wichtige Persönlichkeiten vor, die alle neugierig darauf waren, sie kennenzulernen, natürlich auch seinen besten Freund Antonio De Cortese. Sophia hatte sofort ein unbehagliches Gefühl, als er ihr die Hand gab und sie mit Blicken musterte, als wolle er sie ausziehen.

De Cortese war besonders neugierig, löcherte sie mit insistierenden Fragen und ließ keine Gelegenheit aus, ihr Komplimente zu machen, die jegliches Taktgefühl vermissen ließen. Geschickt wich sie persönlichen Fragen nach ihrer Herkunft und ihren Eltern aus. Doch irgendwie wurde sie das Gefühl nicht los, dass er sehr genau wusste, aus welchem Milieu sie stammte und wie sie gelebt hatte.

Giulio hatte ihr geraten, auf die Frage, wo sie sich kennengelernt hätten, möglichst neutral oder unverbindlich zu antworten. Es schien ihm peinlich zu sein, wenn die Gäste erführen, dass er Sophia so bald nach der Beisetzung seiner verstorbenen Frau zum ersten Mal getroffen hatte. »Sag, wir hätten uns an der Uni kennengelernt, als ich einen ehemaligen Professor besucht habe.« Das war natürlich Unfug, denn Sophia spürte, dass einige Leute sich an sie erinnerten, die sie bei der Beerdigung gesehen hatten. Nun ja, immerhin hatten sie an der gleichen Universität studiert, und das erzählte sie auch De Cortese. Glücklicherweise gesellten sich immer dann Gäste zu ihnen, wenn dieser sein Verhör bei ihr fortsetzen wollte.

Sophia nippte gerade an einem Aperitif, als sie ihn wieder auf sich zukommen sah. Wie es schien, nutzte er Giulios Abwesenheit, der mit einigen Gästen zu den Ställen gegangen war, um ihnen die Rennpferde zu zeigen, nach denen immer wieder gefragt wurde. Antonio konnte also sicher sein, dass er mit ihr alleine sein würde.

»Offensichtlich teilst du nicht die Leidenschaft des Gastgebers«, flüsterte er ihr ins Ohr und lächelte mit der Attitüde eines unwiderstehlichen Gigolos. »Solltest du aber. Er ist verdammt stolz auf seine Zucht.«

Sophia machte erschrocken einen Schritt zur Seite. »Ich bin auf einem Bauernhof groß geworden«, rutschte es ihr versehentlich heraus, und sie ärgerte sich im gleichen Moment über ihre Unbedachtheit. Außerdem klang es, als wisse sie edle Pferde nicht zu schätzen.

»Giulios Vaters scheint dich zu mögen. Er mag überhaupt junge Frauen.« De Cortese warf ihr einen süffisanten Blick zu. »Nun ja. Junge Frauen sind in seinen Augen wie temperamentvolle Rennpferde.«

»… auf denen alte Männer oft genug zur Hölle reiten«, erwiderte Sophia abweisend. »Und ich möchte nicht mit einem Rennpferd verglichen werden. Von niemandem …«

De Cortese war ein schlaksiger, außergewöhnlich attraktiver Mann. Sein weich geschnittenes, sympathisches Gesicht verriet erst beim zweiten Hinsehen einen Anflug von Hochmut, der nur zu erkennen war, wenn man ihm in die ungewöhnlich blauen Augen blickte. Sie strahlten eine abschätzige Verachtung aus, bei der man das Gefühl nicht loswurde, er nehme niemanden ernst. Sophia entdeckte zudem den arroganten Zug um die Mundwinkel und fühlte sich in De Corteses Nähe unwohl. Irgendetwas an ihm erinnerte sie an eine unangenehme Begebenheit, aber sie konnte das Gefühl nicht einordnen.

Alles an diesem Mann war teuer, das war nicht zu übersehen, nichtsdestoweniger zeigte er guten Geschmack. Sein Auftreten und die Selbstsicherheit, die er verbreitete, erschienen Sophia aufgesetzt, und sein charmantes Getue stieß sie ab. Jedes Mal, wenn er sie ansah, wurde sie den Eindruck nicht los, dass er sie in einer Art taxierte, als sei sie ein billiges Flittchen. Sie behielt zwar die Contenance, wurde aber innerlich zusehends wütender. Was er beruflich machte, war Sophia nicht klar, niemand sprach darüber. Überhaupt war ihr aufgefallen, dass man über Berufliches nicht sprach. Arbeit und Geld schienen Themen zu sein, die in diesen Kreisen tabu waren.

»Du hast eine scharfe Figur, Sophia. *Madonna …!*« Er umrundete sie und starrte auf ihren Hintern. »Giulio hat ein verdammtes Glück. Wieso bist du nicht mir über den Weg gelaufen? Aus uns hätte etwas werden können.«

»Findest du?«, antwortete sie herablassend, nur um irgendetwas zu sagen. An ihrem Ton hätte er merken müssen, dass sie ihn loswerden wollte, doch er ließ nicht locker.

»Wir hätten verdammt viel Spaß miteinander gehabt, da bin ich sicher«, setzte er seine geschmacklose Annäherung fort, und ein sardonisches Lächeln umspielte seine Lippen.

Sie wusste zunächst nicht so recht, wie sie sich verhalten sollte. Sie spürte, wie sich ein Würgen in ihrem Hals breitmachte, und sie versuchte, den Abstand zu ihm zu vergrößern. Doch er lachte, als er es bemerkte. »Sie sind gerade alle im Haus oder bei den Pferden«, bemerkte er, als habe er ihre Gedanken gelesen.

Die Nacht von Corleone stand unvermittelt vor Sophias Augen. Ihre Hände ballten sich zu Fäusten. Mit ganzer Kraft versuchte sie, die aufkommende Panik zu unterdrücken. Tatsächlich, auf der Terrasse war keine Menschenseele zu sehen.

»Was ist los mit dir?«, fragte De Cortese. »Stell dich doch nicht so an.« In seinem glatten Gesicht zeigte sich abfälliger Hohn. Die gleichen Worte hatte Andrè damals auf der Piazza auch verwendet und ihr dabei in den Schritt gefasst. Der Gedanke daran ließ sie frösteln.

»Ich bin verheiratet, falls du das noch nicht mitbekommen hast. Und zwar mit Giulio!«, fügte sie nachdrücklich hinzu. De Cortese ließ sich nicht beeindrucken. Er lachte gönnerhaft, was sie wütend machte. Sie hasste es, wenn man sie nicht ernst nahm. Unvermittelt spürte sie seine Hand auf ihrem Oberarm. Ein Würgen stieg in ihr auf, und sie fürchtete, sich übergeben zu müssen.

De Cortese riss sie mit einem Ruck um die eigene Achse, so dass sie direkt vor ihm stand und in seine Augen sehen musste. Seine Hände schlossen sich hart um ihre Oberarme, und sein Blick zeigte blanke Verachtung. »Wer weiß, vielleicht haben wir beide eines Tages sehr viel Spaß miteinander«, raunte er ihr zu.

Sophias Blut kochte. Je länger sie in De Corteses Gesicht sah, desto mehr schien es sich in die geifernde Fratze Andrès zu verwandeln. Unvermittelt setzte sich vor ihren Augen ein Film in Gang, wie sich damals Andrè auf sie stürzte, ihr die Kleider vom Leib riss und ihren Körper missbrauchte. Ohne dass sie etwas dagegen tun konnte, nahm die Panik immer mehr Besitz von ihr. *Dio mio,* nicht hier… nicht jetzt, dachte sie und versuchte die Kontrolle über sich zu erlangen. »Ich rufe die Wachen, wenn du mich nicht sofort loslässt«, schrie sie so laut, dass De Cortese im ersten Moment zurückzuckte.

»Die Wachen?« Er lachte auf. »Wie naiv bist du eigentlich? Das sind die Bodyguards des Alten. Anscheinend hast du keinen blassen Schimmer, in welche Familie du eingeheiratet hast. Die scheren sich keinen Deut um dein Geschrei.«

»Lass mich los!«, presste sie erregt durch die Zähne. Blitzartig zog sie ihr Knie hoch und traf ihn mit voller Wucht im Unterleib. Antonio schnappte nach Luft, fiel in sich zusammen wie ein Sack und krümmte sich vor Schmerzen. Nun war das geschehen, was sie unbedingt vermeiden wollte. Sie raffte ihr Hochzeitskleid hoch, rannte, so schnell sie konnte, ins Haus und schloss sich im Bad ein. Weshalb passiert immer mir so etwas?, fragte sie sich. In ihrem Kopf herrschte Chaos, und es fiel ihr schwer, einen klaren Gedanken zu fassen. An die Konsequenzen mochte sie schon gar nicht denken. Sie wusste nur zu gut, dass dieser Vorfall in einer Katastrophe enden konnte. Hastig wühlte sie in ihrer Handtasche nach einer Medikamentenschachtel. Längliche gelbe Pillen, ihre kleinen Glücklichmacher, waren nicht übel und halfen – meistens jedenfalls. Sie verjagten die penetranten Plagegeister, die sie seit ihrer Vergewaltigung überfallartig attackierten. Sophia drehte den Wasserhahn auf, ließ kaltes Wasser über die Handgelenke laufen und nahm einen Schluck, um die Pillen hinunterzuspülen.

An der Tür klopfte es plötzlich. »Sophia?« Es war Giulio. »Bist du da drinnen?«

Sie setzte sich auf den Rand der Badewanne, und tausend Gedanken überschlugen sich in ihrem Kopf. Hatte De Cortese ihm schon etwas erzählt?

»Sophia …!« Giulios Stimme klang eindringlich. »Ich weiß, dass du im Bad bist. Mach bitte auf!«

»*Un attimo*«, rief sie und ärgerte sich, dass sich ihre Stimme so zaghaft anhörte. »Ich bin gleich so weit.«

»Ist etwas passiert?«, fragte er mit sorgenvoller Stimme. Allem Anschein wusste er nicht, was sich gerade auf der Terrasse zwischen ihr und De Cortese zugetragen hatte.

Wortlos wandte sie sich zur Tür und öffnete sie.

Giulio sah sie prüfend an. »Hast du geweint?«

»Nein«, antwortete sie rasch und wischte sich mit der Hand über die Augen. Lächerlich, es abzustreiten, da es doch offensichtlich war.

»Sag mir endlich, was passiert ist!«

»Es ist nichts!«, erwiderte sie und wandte sich ab. Sie fühlte sich wie eine Gefangene ihrer Empfindungen.

»Du kannst mir nichts vormachen! Ich kenne dich.«

Sophia sah Giulio in die Augen. Sollte sie ihre Wut, ihren Ekel und ihren Abscheu einfach hinunterschlucken, nur weil es klüger war, Rücksicht auf ihren Mann und seine Gäste zu nehmen? Es schien besser, den Stier bei den Hörnern zu packen, auch wenn sie nicht einschätzen konnte, wie Giulio reagieren würde. »Dein Freund Antonio ist, als du bei den Pferden warst, zudringlich geworden.«

Giulio starrte sie regungslos an. »Wie meinst du das?«, fragte er perplex.

»Wie ich es sage. Er hat mich angefasst. Er hat mich beleidigt. Er wurde anzüglich.«

»Dieser Schweinehund«, erwiderte er, aber aus seinem Mund klang es, als würde er ihn deshalb bewundern. »Er war schon immer ein wilder Kerl! Ich werde mit ihm reden«, sagte er nach einer kleinen Pause und zog Sophia an seine Brust. »Es wird nicht mehr vorkommen. Weißt du, er ist bekannt dafür. Er kann eine schöne Frau nie in Ruhe lassen.« Giulio küsste Sophia zärtlich. »War er denn so unerträglich?«

»Unerträglich?« Sie überlegte, ob sie ihm den Grund für ihre Panik erklären sollte. Ob er Verständnis dafür haben würde, dass sie vergewaltigt worden war? Dass dabei ihr Bruder umgebracht wurde? Nein. Sie wollte es gar nicht erst versuchen. Stattdessen antwortete sie: »Ich hasse es, wenn man mir zu nahe tritt.« Ihre Stimme hatte an Schärfe zugenommen. »Ich dachte immer, in deinen Kreisen weiß man, wie man sich benimmt. Sei mir nicht böse, aber ich kann deinen Freund Antonio nicht ertragen.«

Giulio nickte, und seine Miene zeigte Überraschung. Mit dieser Heftigkeit hatte er nicht gerechnet. »Was soll das heißen: in meinen Kreisen?«, fragte er ärgerlich.

»Es ist immer das Gleiche. Leute mit Geld glauben, sie können sich einfach alles erlauben.«

Giulio seufzte. Er legte seine Hände auf ihre Schultern und sah ihr tief in die Augen. »Sophia, ich stimme dir zu, es ist nicht in Ordnung, wenn sich Antonio oder irgendein anderer Mann dir in dieser Weise nähert.« Er unterbrach seine Erklärung, offenkundig um seine Gedanken zu ordnen. »Wir sind seit unseren Kindertagen zusammen, sind gemeinsam in die Schule gegangen, haben beide Medizin studiert. Wir sind wie Brüder.« Er machte eine Pause und umfasste ihre Schultern. »Du wirst mit ihm auskommen müssen!«

»Du schon, ich nicht!«, erwiderte Sophia entschieden und stieß ihn weg.

Er blickte sie betroffen an. »Ich habe Antonio getroffen, als ich ins Haus kam«, erwiderte er im Flüsterton.

Aha, schoss es Sophia durch den Kopf, Antonio hat also doch mit Giulio gesprochen und ihm erzählt, was passiert ist. Es ärgerte sie, dass ihr Mann sie ansah, als habe es sich bei Antonios Übergriff um eine Bagatelle gehandelt. »Was hat er dir gesagt?«

»Ich habe gesehen, dass es ihm nicht gutging«, druckste Giulio umständlich herum. »Er sagte, er hätte mit dir einen unschönen Zusammenstoß gehabt.«

»Zusammenstoß hat er das genannt? Unschön? Welch eine nette Umschreibung! Und jetzt geht es ihm nicht gut?« Sophia spürte, wie sie allmählich die Fassung verlor. »Giulio!«, schrie sie ihn an. »Ich habe ihm in die Eier getreten. So war das. Verstehst du? Er hat es verdient. Und wenn er mir noch einmal zu nahe kommt, werde ich noch gröber, darauf kannst du dich verlassen!«

Jetzt war es an Giulio, die Fassung zu bewahren. »Du hast was?«

»Du hast richtig gehört«, erwiderte Sophia leise. »Ehrlich gesagt, mir geht es noch schlechter, seit ich weiß, dass er meinen Tritt einen unschönen Zusammenstoß nennt.«

Giulio schien sie nicht verstehen zu wollen, denn er winkte beschwichtigend ab. »Habe bitte auch für mich Verständnis! Antonio ist für mich wichtig, für die Familie, aber auch für uns beide. Wir haben das halbe Leben miteinander verbracht. Kann es nicht sein, dass du dir etwas eingebildet hast? Lass uns heute Abend in Ruhe darüber reden!«

Sophias Augen bekamen für eine Sekunde einen funkelnden Glanz. Eigentlich war es zum Lachen. Sie hatten ihren ersten Ehestreit, und das wenige Stunden nachdem sie vor dem Altar gestanden hatten! Antonios Bemerkung über die Bodyguards kam ihr wieder in den Sinn. »Sind die Wachleute, die sich hier überall auf dem Gelände herumtreiben, eigens für uns engagiert worden?«

Giulios Augen verdunkelten sich. »Nein«, antwortete er reserviert.

»Antonio hat dazu einen merkwürdigen Kommentar abgegeben.«

»Was hat er gesagt?« Giulios Gesichtszüge verhärteten sich.

»Ich hätte keine Ahnung, wen ich geheiratet habe. Er klang so, als hielte er mich für völlig naiv. Hältst du mich etwa auch für ein Dummchen?«

»Quatsch«, widersprach Giulio ärgerlich. Er wandte sich von Sophia ab und starrte ins Nirgendwo. Dann seufzte er, als falle es ihm schwer, ihr eine vernünftige Antwort zu geben. »Es sind Vaters Mitarbeiter.«

»Und die laufen immer mit Pistolen unter ihren Jacken herum?«, erkundigte sich Sophia überrascht. »Bis jetzt habe ich gedacht, das gibt es nur in Corleone oder im Albergheria-Viertel von Palermo. Aber hier …?«

»Ja! Ich sage dir sicher nichts Neues, aber man lebt in permanenter Gefahr, wenn man vermögend ist. Das müsstest du doch am besten wissen, schließlich stammst du aus Corleone!«

Sophia musterte ihren Mann kritisch. »Dann ist Signore Saviani ein Pate?«

Giulio sah nachdenklich auf den Boden. »Ihm gefiele es gar nicht, wenn du ihn so nennen würdest. Graue Eminenz träfe es besser.«

5.
Nützliche
Hochzeitsreise

Sophia und Giulio Saviani wurden von der Stewardess der Alitalia auf ihre Plätze der ersten Klasse geführt. Der Familienclan hatte die beiden zum Flughafen begleitet und dort mit großem Tamtam in die Hochzeitsreise verabschiedet. Vor den frischgebackenen Eheleuten lag ein 15-Stunden-Flug. Ziel: Barbados, Bridgetown. Der Patriarch hatte ihnen den Aufenthalt in einer Luxussuite des »Hilton Hotels« geschenkt. Vierzehn Tage im Paradies. Sophia war Giulios Vater dankbar um den Hals gefallen. *»Grazie! Millie grazie«*, hatte sie tief bewegt geseufzt und ihm einen spontanen Kuss auf die Wange gegeben.

Der alte Saviani warf daraufhin einen flüchtigen Blick über die Schulter, als wolle er sich vergewissern, dass seine Frau nicht hinter ihm stand. Der Austausch von Herzlichkeiten mit seiner Schwiegertochter schien ihm in Anwesenheit seiner Gattin peinlich zu sein. »Barbados wird dir gefallen«, raunte er ihr zu und bedachte sie mit einem milden Lächeln. Erneut sah er sich suchend um. Seine Frau war weit und breit nicht zu sehen. Mit einer verschwörerischen Miene wandte er sich wieder an Sophia. »Barbados ist eine Garantie für eine unvergessliche Hochzeitsreise.«

Der hagere, alte Mann mit seinen verlebten Gesichtszügen und den scharfen Falten zwinkerte mit dem linken Auge. Sophia konnte kaum glauben, was sie sah. Er, der trotz seines Alters noch kerzengerade ging und den sie nie hatte lachen sehen, fing unvermittelt an zu schwärmen. Ausgerechnet Anselmo Saviani, den sie bislang immer nur förmlich und in kühler Unnahbarkeit erlebt hatte, schien plötzlich regelrecht aufzutauen und sich ihr auf einer für sie überraschend vertraulichen Ebene zu nähern.

»Kannst du dir vorstellen, wie sich das anfühlt?«, fragte er und beugte sich zu ihrem Ohr, als wolle er ihr ein Geheimnis anvertrauen. »Man wird plötzlich wieder jung und spürt das Blut in den Adern«, flüsterte er. »Du hast das Leben noch vor dir. In Barbados hat die Liebe all meinen Missmut vertrieben.« In den Augen des Alten schien plötzlich Glut aufzuflackern. »Kennst du den berühmten Schriftsteller Niccolò Tommaseo?«

Sophia zog die Nase kraus und schüttelte den Kopf.

»Er behauptete, die Jugend sei das Paradies des Lebens. Tommaseo hatte keine Ahnung. Barbados ist der Garten Eden. So jedenfalls habe ich es empfunden, als ich das erste Mal dort war. Phantastische Sonnenuntergänge, Rumpunsch unter Palmen und eine samtweiche Brandung auf rosarotem Strand. Und erst die Frauen!« Er verdrehte die Augen. »Ich konnte ihnen nie widerstehen.«

Sophia hatte ihm aufmerksam zugehört. Sie hätte so viele Fragen gehabt und sich so gerne mit ihm unterhalten, aber es fehlte ihr der Mut. Diesen Mann zu duzen, traute sie sich einfach nicht. Auf merkwürdige Weise glich er ihrem Vater, den sie nie unbeschwert oder zwanglos erlebt hatte.

Savianis scharfem Blick entging nicht, dass sich Sophia scheute, den Spielball, den er ihr zugeworfen hatte, aufzunehmen und die Chance zu nutzen, ihm offen gegenüberzutreten. Sie war zwar jetzt mit seinem Sohn verheiratet, dennoch gehörte sie noch lange nicht zur Familie.

»Ich bin Anselmo«, überwand er plötzlich seine Unnahbarkeit. »Du musst mir meine reservierte Art nachsehen. Marga – ich sollte wohl besser sagen, meine Frau – und ich, wir sind beide ein wenig zurückhaltend. Alte Schule«, fügte er hinzu, als wolle er nicht sich, sondern seine Frau entschuldigen. »Sie tut sich schwer, das hast du sicher bemerkt Irgendwann wird sich das bestimmt ändern.« Sein Blick wurde für einen Wimpernschlag milde, und er schien zu überlegen. »Vieles, was Marga sagt, meint sie nicht so. Schenke ihr einen Enkel, und sie wird dahinschmelzen wie Butter in der Sonne.«

Sophia war völlig überrascht, dass der alte Mann plötzlich Gefühle zeigte, und wusste nun erst recht nicht, wie sie sich verhalten sollte.

Giulio, der hinzugetreten war und die letzten Worte seines Vaters mitbekommen hatte, war nicht weniger erstaunt. »Ich bin sicher, auch Mama wird dich eines Tages mögen«, schloss er sich der Meinung seines Vaters an.

»Heißt das, sie mag mich jetzt noch nicht?«, erwiderte Sophia und biss sich im gleichen Augenblick erschrocken auf die Lippen.

Der alte Saviani blickte sie sichtlich amüsiert an. »Sie hat ihre Bedenken! Mütter sind oft auf die Frauen ihrer Söhne eifersüchtig. Das liegt in der Natur der Sache. Aber das legt sich, wenn ihr euch erst einmal besser kennenlernt und du deinem Mann einen Sohn schenkst.« Er lächelte verschmitzt und schaute Giulio aufmunternd an.

Sophia erschrak, ließ sich aber nichts anmerken. »Ich werde mein Bestes tun«, antwortete sie und fühlte, wie ihr die Röte ins Gesicht stieg, als sie seinen prüfenden Blick bemerkte.

»Es gibt nirgendwo bessere Voraussetzungen für erfolgreiche Liebesnächte als in der Karibik.« Wieder huschte ein Lächeln über sein Gesicht. »Also, strengt euch an!«

»Ich freue mich wahnsinnig auf die Reise«, erwiderte Sophia ausweichend. »Ich war noch nie so weit weg von zu Hause.«

»Ach, welch schöne Stunden habe ich dort verbracht, als ich noch zwanzig Jahre jünger war«, platzte der Alte heraus und sah Sophia wehmütig an. Da ertönte Margas Stimme aus dem

Hintergrund. Von einem Augenblick auf den anderen änderte sich seine Körperhaltung, als erinnerte er sich an seinen gesellschaftlichen Stand und die damit verbundene Disziplin, der er sich zu unterwerfen hatte.

Sophia reagierte wie auf Knopfdruck, trat zurück und ergriff Giulios Arm. »Ich hoffe, ihr beide werdet eine aufregende Zeit verbringen«, sagte der alte Saviani mit erhobenem Kopf. Seine Worte klangen plötzlich wie eine Höflichkeitsfloskel und nicht mehr wie ein Herzenswunsch. Mit versteinerter Miene wandte er sich seiner Frau zu, die inzwischen herangetreten war.

Es war nicht nur Sophias erste große Auslandsreise, sondern auch ihr erster Flug. Nie zuvor war sie über Siziliens Grenzen hinausgekommen. Die große Welt fand für sie in Palermo statt, und das, was sie aus den Zeitungen oder aus dem Fernsehen kannte, war Gegenstand ihrer Träume. Jetzt wurden sie wahr. Das Blut pochte in ihren Schläfen, als sich der Jumbo in den Himmel erhob und Häuser, Straßen und Autos immer kleiner wurden, bis Sophia glaubte, eine Miniaturlandschaft unter sich zu sehen.

Giulio hielt ihre Hand und schien ebenfalls voller Glück zu sein. »Wir werden phantastische zwei Wochen haben«, flüsterte er ihr ins Ohr.

Die ersten Stunden vergingen buchstäblich wie im Flug. Sophia beobachtete andere Passagiere und die Crew. Natürlich hatte sie im Fernsehen oder in Filmen Flugzeuge auch von innen gesehen, aber dies alles jetzt selbst zu erleben war für sie eine unbeschreibliche Erfahrung. Zuerst hatte sie sich noch gegen die aufkommende Müdigkeit gewehrt, indem sie sich manchmal die Füße vertrat. Die Zeitschriften, die sie mitgenommen hatte, waren längst mehrmals durchgeblättert, als sie sich endlich dem Dämmerschlaf ergab.

Sophia erwachte, da die Stewardess sie sanft weckte und ihr ein heißes Tuch reichte, das nach Menthol duftete. Um sie herum regten sich die ersten Passagiere, erhoben sich, gingen zur Toilette, um sich frisch zu machen, oder blinzelten verschlafen in die grelle Morgensonne. Während sich die Stimme des Kapitäns in der Kabine meldete, brachten die Flugbegleiter das Frühstück auf dem Tablett. Noch etwas mehr als eine Stunde Flug lag vor ihnen. Sophia lächelte, als sie sah, wie sich Giulio die Augen rieb. »*Buongiorno, Signora Saviani*«, flüsterte er ihr zu.

Verrückt ist das, dachte sie und empfand plötzlich ein völlig neues Selbstbewusstsein. Ich bin verheiratet. An ihren neuen Namen würde sie sich schnell gewöhnen, aber angesichts des ungewohnten Status einer Familie wie der Savianis, machte sich eine unterschwellige Unsicherheit breit. »Ich schaffe auch das«, murmelte sie leise.

»Natürlich schaffst du das.« Giulio grinste. »Um was geht es eigentlich?«

»Ach …« Sie lachte peinlich berührt und küsste ihn. »Ich habe nur laut nachgedacht.«

Mit Heißhunger verzehrte sie das Erste-Klasse-Frühstück und spürte, wie ihre Aufregung wuchs. Immer wieder blickte sie durchs Fenster, um nachzusehen, ob sie schon Land entdecken konnte. Der Kapitän hatte gerade angekündigt, er würde den Landeanflug beginnen, und ganz allmählich senkte sich der Jet ab. Das titanblaue Meer tief unter ihnen kam näher, und Sophia konnte schon die Schaumkronen auf den Wellenkämmen erkennen. Langsam schwenkte die Maschine parallel zur Küste ein.

Vor Sophias Augen tauchte der Archipel auf, inmitten des Korallenmeers, an dessen Rändern das Wasser von hellklarem Türkis nach Grün changierte. Sie streckte ihre Glieder und versuchte, ihre Muskeln ein wenig zu lockern. Auch Giulio streckte sich und machte ein paar Rumpfbeugen.

»*Porca miseria*«, stöhnte er. »Bin ich froh, dass dieser Marathon vorbei ist. Ich brauche eine Dusche, eine Zigarette und eine Poolbar und danach ein Bett. Und zwar genau in dieser Reihenfolge.«

Die Passagiere wurden aufgefordert, sich auf ihre Plätze zu begeben und sich anzuschnallen. Die Maschine zog einen engen Bogen über eine Bay und setzte zur Landung an.

Zwanzig Minuten später standen Giulio und Sophia an der Gepäckausgabe, nahmen ihre Koffer entgegen und gingen durch die Passkontrolle. Als das junge Hochzeitspaar das Flughafengebäude verließ, lehnte ein dürrer Bajan, wie die Einheimischen genannt wurden, in der Livree des »Hilton Hotels« am Kotflügel seines Dodge-Kleinbusses und rauchte eine Zigarre. Er hatte sein Fahrzeug vor dem Hauptausgang des Grantley Adams International Airport geparkt und wartete offenkundig auf Gäste. Immer wenn sich die automatischen Türen des Ausgangs öffneten, hielt er ein Pappschild mit der Aufschrift *Saviani* in die Höhe und schaute die Ankömmlinge an.

»Sieh mal, Sophia!« Giulio zupfte seine Frau am Ärmel. »Der wartet auf uns.« Er setzte den schweren Koffer ab, rief dem Bajan »hallo« zu und winkte.

»Hilton Hotel, Coconut-Beach?«, fragte der Fahrer und lachte übers ganze Gesicht.

»*Si*«, erwiderte Giulio und half dem Fahrer, das Gepäck in den Kofferraum zu laden.

Sophia und Giulio ließen sich übermüdet auf die Rückbank des Kleinbusses fallen. In zügiger Fahrt ging es Richtung Bridgetown auf einer gut ausgebauten Straße, die an einfachen Häusern und Hütten, Zuckerrohr- und Kartoffelfeldern vorbeiführte. Sophia nahm alles Neue wie ein Schwamm in sich auf. Schon beim Anflug auf Barbados war sie davon überzeugt gewesen, dass nirgendwo sonst auf der Welt das Meer so blau war wie hier, obwohl sie nur das Tyrrhenische Meer vor Palermo kannte. Sie hatte auch die Empfindung, als seien die Blüten nirgends so farbig, die Natur und die Menschen von solch aufregender Exotik wie auf Barbados. An ihren Augen zog der vielgerühmte karibische Touristentraum vorbei: Orangen und Zitronen wetteiferten mit leuchtenden Flamboyant, Hibisken, Bougainvilleen und blühenden Jacarandabäumen.

Die Reisestrapazen waren angesichts des überwältigenden Luxus im Hotel schnell vergessen. Am meisten beeindruckte Sophia die Freundlichkeit der Menschen. Hier gab es kein gekünsteltes Lächeln, keine gespielte Höflichkeit, hier erlebte sie eine herzliche Wärme, die ihr sizilianisches Weltbild zum Wanken brachte. Das Personal der Nobelherberge vermittelte ihr eine Lebensfreude, wie sie sie noch nie erlebt hatte. Wo immer sie sich auch aufhielt, stets wurde sie mit einer Aufmerksamkeit bedacht, die ihr das Gefühl gab, etwas Besonderes zu sein.

Die Tage verbrachten sie und Giulio meist am Strand oder unter den schattenspendenden Palmen an der Brandung. Schnell hatten sich auch die ersten Rituale entwickelt. Morgens frühstückten sie immer im englischen Café auf der hölzernen Veranda, nur ein paar Schritte vom azurblauen Wasser entfernt. Sie hatten es am zweiten Tag entdeckt und zogen es vor, sich in Badebekleidung den Formalitäten eines Frühstücksraumes in einem 5-Sterne-Hotel zu entziehen. Sie genossen die frühe Sonne, belegten stets einen Platz unter ihren Lieblingspalmen und verlebten dort ungestörte Stunden. Die Tage verstrichen unmerklich und unaufhaltsam.

So war die erste Woche vergangen und die zweite bereits angebrochen. Sophia hatte wie üblich in ihrem Strandcafé ein opulentes Frühstück bestellt. Gut gelaunt ließ sie ihre Blicke über den Strand schweifen, der um diese Uhrzeit noch wie ausgestorben war. Sie entdeckte zwei Spaziergänger, die an der Wasserlinie entlangschlenderten, den Blick auf den Boden gerichtet. Scheinbar suchten sie Muscheln.

»Hast du nach dem Frühstück auch Lust auf einen Spaziergang am Wasser?«, fragte sie Giulio.

Er antwortete nicht. Offenkundig war er mit seinen Gedanken woanders. Überhaupt war er an diesem Morgen merkwürdig einsilbig.

»Was ist heute los mit dir?«

»Nichts«, erwiderte er.

»Erzähl mir nichts«, entgegnete sie und schmollte.

»Ich muss nach dem Frühstück etwas erledigen.«

Überrascht blickte sie auf. »Wieso du?«

»Wieso nicht?«, antwortete er, und seine Stimme klang verstockt.

»Weil wir bis jetzt alles zusammen gemacht haben.«

Giulio suchte nach einer vernünftigen Erklärung, Sophia konnte es von seinem Gesicht ablesen. »Was hast du denn vor, wenn ich fragen darf?«

Giulio schien sich um eine Antwort herumwinden zu wollen. »Sei doch nicht so neugierig!«

»Rede schon!«

»Du gibst wohl gar keine Ruhe, nicht wahr?«

»Nein«, erwiderte Sophia und musste plötzlich lachen. »Du stellst dich nicht sehr geschickt an, wenn du mir etwas verheimlichen willst.«

»Also gut«, antwortete er. »Papa hat uns den Urlaub nicht ohne Hintergedanken geschenkt. Ich wollte dir nichts sagen, weil es etwas Geschäftliches ist. Und ich möchte auch nicht, dass du deswegen einen Aufstand machst. Es ist ja auch nur eine Kleinigkeit. In zwei Stunden ist alles erledigt.«

»Mach es nicht so spannend!«, entgegnete Sophia mit ernster Miene. »Oder willst du eine Bank ausrauben?«

»Im Gegenteil!«, erwiderte er zögernd und auf einmal grinste er übers ganze Gesicht. »Mein Termin ist um elf Uhr in Bridgetown.« Er schien erleichtert zu sein, als die Bedienung kam, ein großes Tablett brachte und den Tisch eindeckte.

»Ich gehe mit«, erklärte Sophia, nachdem die Kellnerin wieder im Café verschwunden war. »Ich ziehe mich nur kurz um, bevor wir losfahren.« Ihr Ton duldete keinen Widerspruch. »Seit einer Woche machen wir hier Urlaub, und wir waren noch nicht einmal in der Stadt. Ich kann ja so lange einkaufen gehen, während du die Angelegenheiten für deinen Vater erledigst.« Misstrauisch beobachtete sie Giulios Reaktion. »Welche Geschäfte macht dein Vater hier auf Barbados?«

»Das kann ich dir nicht sagen.« Giulio schlug die Beine übereinander und goss sich einen Kaffee ein.

»Sag mal«, säuselte Sophia, »hältst du mich für zurückgeblieben, mein Schatz?«

Giulio, der gerade ein Croissant mit Butter bestrich, hielt überrascht inne. »Hätte ich dich geheiratet, wenn es so wäre?«

»Weich mir nicht aus!«

»Tu ich doch gar nicht!«

»Wir sind auf Barbados. Wenn ich mich nicht irre, ist das ein Steuerparadies.«

»Ja, und?«

»Dein Vater macht hier Geschäfte, wie du selbst gerade bestätigt hast. Steuer sparend, nehme ich an.«

»Na ja …« Er zuckte mit den Schultern, aber sein Gesicht verriet Sophia, dass er sich ertappt fühlte. »Jeder, der ein bisschen Geld hat, tut das.«

»Lass mich raten«, sagte sie mit leiser Stimme. »Dein Termin findet in einer Bank oder bei einem Rechtsanwalt statt. Stimmt's?«

»Treffer!« Giulio lächelte entwaffnend. »Beides!«

»Und weshalb schickt er dich vor?«

Giulios Miene verdüsterte sich schlagartig. »Du bist verdammt neugierig, Sophia!«

»Ich bin deine Frau! Hast du das vergessen?«

»Es gibt eine Art von Neugierde, gegen die man sich nicht anders wehren kann, als dass man ihr mit Unwahrheit begegnet. Willst du das?«

»Giulio!« Sophia sah ihm verärgert in die Augen. »Ich habe Betriebswirtschaft studiert. Halte mich also nicht für naiv! Es ist ziemlich unwahrscheinlich, dass dein Vater auf Barbados eine Filiale unter seinem eigenen Namen unterhält. Wahrscheinlicher ist es, dass er eine anonyme Limited besitzt und Riesenmengen Schwarzgeld bunkert. Wegen ein paar tausend Dollar flüchtet kein Mensch mit seinem Geld in ein Steuerparadies.«

Giulio wand sich unter Sophias Blicken, und es war zu spüren, dass er sich nicht wohl in seiner Haut fühlte. »Mein Vater und der alte De Cortese haben schon vor Jahren eine Holding in Bridgetown gegründet. Ein Teil des Geldes wird in Italien reinvestiert. Abgesehen davon, betätigt sich mein Vater mit den Bauunternehmen und den Pharmaexporten in internationalen Märkten. Da reicht es nicht aus, ein Sparkonto bei der Banca del Popolo zu unterhalten!«

»Aha!«, erwiderte sie trocken und lächelte wissend. »Interessant. Er hat also schon damals das Finanzamt weiträumig umgangen.«

»Was heißt hier Finanzamt! *Dio mio,* du kannst ganz schön penetrant fragen! Wer glaubt, das ganze Leben wäre ein Traum, der wird spätestens durch das Finanzamt eines Besseren belehrt.«

»Ja natürlich«, antwortete sie und lachte. »Und was weiter? Bist du nur der Geldbote deines Vaters, oder mischst du aktiv mit?«

»Ich werde in Zukunft mitmischen«, erwiderte er mit einem undurchsichtigen Lächeln. »Derzeit helfe ich meinem Vater, dem Finanzamt zu beweisen, dass manche unserer Geschäfte gar kein Geschäft sind. Aber davon abgesehen, es gibt keine unverfänglichere Reise als eine Hochzeitsreise, findest du nicht?«

»Versteh mich nicht falsch, Giulio! Ich habe nichts gegen gut gefüllte Konten im Ausland. Aber wenn du eine Frau an deiner Seite haben willst, die dir den Rücken freihält, sollte ich wenigstens wissen, auf was ich dabei achten muss. Ich hasse Überraschungen. Vor allem, wenn ich vermuten muss, dass du im Auftrag deines Vaters irgendwelche Papiere unterzeichnest.«

»Das sehe ich ein.«

»Mit anderen Worten, du bist mit Vollmachten ausgestattet, die möglicherweise auch unsere gemeinsame Zukunft betreffen?«

»*Madonna*, habe ich ein scharfsinniges Weib geheiratet!« Er stopfte sich das letzte Stück des Croissants in den Mund und nahm einen großen Schluck Kaffee. »Dann zieh dich jetzt um! Ich erkläre dir die Hintergründe auf der Fahrt in die Stadt.«

Eine halbe Stunde später saßen Giulio und Sophia in ihrem Leihwagen. Sie hatten sich entschlossen, einen kleinen Umweg zu machen. Über Stock und Stein holperten sie mitten durch die Felder. So weit das Auge reichte, Zuckerrohr, Bananen und Süßkartoffeln. Alles wuchs, spross und gedieh im Überfluss. Doch die große Zeit der Plantagenwirtschaft war hier längst vorbei. Die Menschen lebten vom Tourismus und die Banken vom großen Geld, das in der Hauptsache von Europäern und Amerikanern auf Barbados angelegt wurde.

Nach einer knappen Stunde Fahrzeit waren sie in Bridgetown angekommen und schlenderten durch das lebendige Hafenviertel. Während Sophia begeistert die Läden durchstöberte, hatte es sich Giulio in einer Bar unterm Sonnenschirm bequem gemacht und bestellte sich einen Rumpunsch. Immer wieder blickte er auf die Uhr. Er fühlte sich keineswegs so entspannt, wie er es erwartet hatte. Der Termin in der Kanzlei, die schon seit vielen Jahren für seinen Vater arbeitete, würde seine Zukunft nachhaltig verändern. Und Sophia hatte noch nicht die leiseste Ahnung, wie sehr sich auch ihr Leben verändern würde. Ursprünglich wollte er ihr nichts davon sagen, aber es hatte sich während des Frühstücks gezeigt, dass es besser war, sie einzuweihen. Er hätte ihr eines Tages ohnehin reinen Wein einschenken müssen.

Aus den Augenwinkeln sah er, wie Sophia mit prall gefüllten Einkaufstüten auf die Bar zukam.

»Ich habe dir etwas mitgebracht«, rief sie mit freudigem Lachen und ließ sich auf den freien Stuhl fallen. »Manche Boutiquen hier könnte ich glatt leer kaufen.«

»Warum hast du es nicht getan?« Giulio grinste vergnügt.

»Weil du vergessen hast, mir deine Kreditkarte zu geben.« Sie zog knallgelbe Bermudashorts aus einer der Tüten. »Gefallen sie dir?«, fragte sie. »Sie sehen auf deiner braunen Haut sicher sehr gut aus.«

»Ja«, erwiderte er und schielte auf den Preis.

»Hier ist nichts billig.« Sie lachte. »Aber für meinen Mann ist mir nichts zu teuer.«

»Wir müssen jetzt aufbrechen, ich habe bereits bezahlt«, unterbrach er sie. »Die Kanzlei ist nur ein paar hundert Meter von hier entfernt an der Highstreet, gleich neben der Centralbank.«

»Wie praktisch.« Sophia packte ihre Tüten zusammen. »Dann lass uns gehen!«

Minuten später warteten sie im schmucklosen Konferenzraum der OMS – der Offshore Management Services – auf Rechtsanwalt Stephen Graves.

Giulio wollte sich gerade einen Saft eingießen, als ein junger Mann in tadellos sitzendem Anzug und blütenweißem Hemd eintrat und ihn wie einen alten Schulfreund begrüßte.

»Schön, dass wir uns so schnell wiedersehen!«, begann er das Gespräch und legte eine Dokumentenmappe auf den Tisch. »*Congratulations*«, raunte er und bedachte Sophia mit einem bewundernden Blick. »Er hat mir erst vor drei Wochen anvertraut, dass er heiraten würde«, sagte er und fasste sich entschuldigend an die Stirn. »Ich bin Stephen …! Stephen Graves. Wir managen die IMC Holding.«

»Ach«, erwidert Sophia, ohne eine Miene zu verziehen. »IMC heißt sie also!«

»Ja«, erwiderte er und warf Giulio einen irritierten Blick zu. Doch der lächelte nur unsicher.

»Und in dieser Holding versteckt deine Familie das schwer verdiente Geld«, fügte Sophia mit einem süffisanten Lächeln hinzu.

»Das verstehst du falsch, *carissima!* Die IMC investiert in Italien in Labortechnologien und Forschungsprojekte. Außerdem wollen wir diversifizieren und in anderen Wirtschaftszweigen wachsen. Für meine Pläne braucht man sehr viel Geld.« Er wandte sich an Stephen. »Sie weiß es erst seit ein paar Stunden.« Giulio lächelte nervös. »Eigentlich verbringen wir hier unsere Flitterwochen, aber da wir schon einmal hier sind …«

»Verstehe!« Mister Graves nickte konziliant, obwohl er, wie Sophia vermutete, nichts verstand. »Dann genießen Sie unser Land!« Er wandte sich an Giulio mit einer Miene, der man ansah, dass er nicht so recht wusste, wie er sich Sophia gegenüber verhalten sollte. »Wie geht es Mister De Cortese?«, wechselte er das Thema.

»Wie immer bestens. War er nicht vor zwei Wochen bei Ihnen?«

»Bei meinem Kollegen«, erwiderte der smarte Advokat. »Leider war ich verhindert, ich hätte ihn gerne getroffen. Man hat immer viel Spaß mit ihm.«

Sophias Gesichtszüge veränderten sich schlagartig. Ihre Augen zeigten ärgerliche Überraschung. »Was hat dieser Antonio hier zu schaffen? Gehört er etwa dazu?«

»Die Familie De Cortese hält Anteile an der IMC«, warf Giulio ein. »Antonio hat sie vor kurzem übernommen. Wir haben, wie ich dir gerade erklärte, für die Zukunft viel vor, und dafür brauche ich auch seine Unterstützung. Ich will unsere Kliniken erweitern, besonders auf dem Gebiet für plastische Chirurgie. Es sind Großprojekte. Aber davon später.«

»Aha!«, entfuhr es Sophia erneut, und ihre Verstimmung war nicht zu überhören. »Dann hast du also auch geschäftlich mit ihm zu tun. Das hast du mir bisher verschwiegen. Und du vertraust ihm?«

»Ja, natürlich! Wir kennen uns schon so lange, dass wir genau wissen, was wir voneinander zu halten haben.«

Sie beugte sich zu seinem Ohr und flüsterte: »Aber er hat versucht, dich zu hintergehen, indem er mich angemacht hat. Woher willst du wissen, dass er es nicht auch auf anderen Gebieten versucht?«

»Das wird er nicht!«, entgegnete Giulio ärgerlich und lächelte Graves entschuldigend an.

»Ich traue ihm nicht«, raunte Sophia erneut.

»Vergiss endlich den Vorfall auf der Hochzeit!«, erwiderte Giulio und griff nach ihrer Hand. »In geschäftlichen Dingen ist er zuverlässig. Außerdem hänge nicht ich von ihm, sondern er von mir ab. Du kannst also völlig beruhigt sein.«

»Und was passiert jetzt?«, fragte sie weiter. In ihrem kritischen Ton lag Unbehagen.

Während Stephen Graves so tat, als bemerkte er die sich anbahnende Auseinandersetzung zwischen den beiden nicht, schlug er die Mappe auf und entnahm ihr mehrere gebundene Dokumente. »Wir haben alles wie gewünscht vorbereitet, Mister Saviani. Übertragungsurkunden, notarielle Beglaubigung, amtliche Beurkundung, Shareholder-Register und Generalvollmacht. Sie müssen jeweils hier unterschreiben.« Er deutete auf die entsprechenden Stellen.

»Was genau unterschreibst du da?«, fragte Sophia.

»Du hast es eben gehört! Ich unterzeichne Übertragungspapiere.«

»Und das bedeutet?«

»Damit übernehme ich zweiundfünfzig Prozent der Anteile meines Vaters. Sie sind sein Hochzeitsgeschenk an mich. Er will sich Zug um Zug aus dem Unternehmen zurückziehen.«

»Eine reine Formsache«, erklärte Graves und reichte Giulio einen Kugelschreiber. »Und längst überfällig«, ergänzte der.

Zehn Minuten später stand das Ehepaar wieder auf der Straße. »Wollen wir zur Feier des Tages am Hafen einen Drink nehmen?«, fragte Giulio. In seinen Augen lag unverhohlener Triumph.

Sophia musterte ihn misstrauisch. »Kannst du mir in kurzen Worten erklären, was das jetzt war? Hat dir dein Vater eine Waschmaschine vermacht? Und wenn ja, wer soll ab jetzt das Geschirr einräumen?«

Giulio lachte. »So könnte man das beinahe bezeichnen, und wie es weitergeht, kannst du dir denken, oder? Aber eigentlich dreht es sich um viel mehr. Das Vermögen muss reinvestiert werden. Ich habe noch verdammt viel vor, Sophia. Und wenn wir gemeinsam an einem Strang ziehen, haben wir den Himmel auf Erden. Wir können uns alles leisten, was wir uns wünschen.«

Giulio schwärmte auf dem Weg zum Hafen von seinen neuen Ideen, erklärte ihr genau, wie das System der Holding funktionierte und welche Position sie als seine Frau in Zukunft einnehmen würde. Sophia sah sich in ein Märchen versetzt, in dem ihr Prinz die Krone eines Königreiches übernommen hatte und sie nun auf einem Schimmel ins Paradies entführt wurde.

Giulios Vater hatte seinem Sohn nicht nur die Mehrheit der Anteile an der Holding übertragen, sondern ihm auch die Villa in Mondello geschenkt. Sophia, die befürchtet hatte, sie müsse mit den Eltern ihres Mannes unter einem Dach leben, war von der Großzügigkeit des alten Saviani völlig erschlagen.

Nach ihrem Urlaub zogen sie und Giulio ins eigene Haus, und damit war auch das angespannte Verhältnis zu Giulios Mutter für sie einigermaßen erträglich. Nichts hasste sie mehr, als gekünstelte Freundlichkeit und gespielte Verbundenheit. Ihre Meinung über Signora Saviani senior stand unverrückbar fest: Sie war eine Schlange.

Sophias Leben schien nach dem Einzug ins Haus in nahezu idealen Bahnen zu verlaufen. Lediglich die Tatsache, dass sich Giulio sehr viel Zeit für seinen Freund Antonio nahm, störte sie. Vom ersten Augenblick an, nachdem sie Antonio De Cortese kennengelernt hatte, konnte sie ihn nicht ausstehen. Aber da Giulio mit ihm seit Kindertagen befreundet war und die Familien durch gemeinsame Geschäfte eng verbunden waren, musste sie wohl oder übel mit dieser Hypothek leben.

Glücklicherweise machte Antonio im Innenministerium in Rom Karriere. Dennoch fand er immer wieder Zeit, Giulio in Mondello zu besuchen, was Sophia meist dazu veranlasste, während seiner Anwesenheit Ausflüge nach Palermo zu unternehmen. Stundenlang saßen er und Giulio dann zusammen, schmiedeten Pläne und besprachen sich im Arbeitszimmer. Sophia fühlte sich allmählich ausgeschlossen, und ihre Unzufriedenheit wuchs von Monat zu Monat.

Ein Jahr lang wohnten Giulio und Sophia schon in ihrem Anwesen in Mondello, da eröffnete er ihr, dass er die restlichen Firmenanteile seines Vaters übernehmen werde. Zum ersten Mal vertraute er ihr an, auf welchen Pfeilern der Reichtum seiner Familie ruhte und welche Ideen er mit der Übernahme der väterlichen Labors verband. Er war nun am Ruder, und er würde Sophia in seine Arbeit einbeziehen. Endlich!

6.
Verabredung mit
Edoardo Paluzzi

20. November 1989

Giulio Saviani und Antonio De Cortese saßen mit ernsten Mienen in der hintersten Ecke des »Ristorante Sant'-
Andrea di Bisso« und studierten die Speisekarte. Das Lokal in
der Via Ambra, unweit der Piazza San Domenico, war kein
Geheimtipp mehr; zweifellos zählte es in Palermo zu den angesehensten Gourmetrestaurants. Die Speisekarte löste selbst
beim anspruchsvollsten Gast euphorische Empfindungen aus.
Das geröstete Lamm oder das Zicklein aus dem Holzkoh-
leofen, garniert mit frischem Wildgemüse und Wiesenkräutern,
auch die köstlichen *polpette* aus geraspeltem Ziegenfleisch hatte den *maestro della cucina* weit über die Grenzen Siziliens
bekannt gemacht. Im »Sant'Andrea«, wie es unter Einheimischen genannt wurde, verkehrten namhafte Persönlichkeiten
aus der Wirtschaft, der Kunst und Politik, und die Gäste nahmen oft weite Wege und lange Wartezeiten in Kauf, nur um
sich hier mit typisch palermitanischen Gerichten verwöhnen
zu lassen.

Giulio legte die Karte beiseite und zündete sich eine Zigarette
an. »Lässt dieser Paluzzi immer so lange auf sich warten?«,
fragte er seinen Freund und blickte mürrisch in Richtung Eingang.

»Das weiß ich nicht«, erwiderte De Cortese. »Aber er wird sicher gleich kommen. Ich habe ihm ausdrücklich gesagt, dass du
nicht gerne wartest.«

»Du kennst ihn besser«, entgegnete Giulio und vertiefte sich wieder in die Karte. »Ich nehme die *cavolo ripieno* mit Pinienkernen und Rosmarin«, entschied er. »Und dazu einen Montepulciano *rosso*.«

»Da kommt er«, flüsterte De Cortese und stieß Giulio in die Seite.

Der junge Saviani blickte auf. Das also war Edoardo Paluzzi, der Mann, der unter den Mafiosi in der palermitanischen Altstadt bewundert und gefürchtet wurde. Er sieht gar nicht aus, als müsse man sich vor ihm in Acht nehmen, dachte Giulio und erhob sich von seinem Stuhl.

»*Piacere*«, begrüßte er den untersetzten Mann und musterte ihn mit gebotener Zurückhaltung. Auch Antonio war aufgestanden und begrüßte Paluzzi mit einer knappen Verbeugung. Giulio deutete mit einer einladenden Geste auf den Platz gegenüber.

»*Tutto chiaro*, Antonio?«, polterte Paluzzi jovial, rückte seinen Stuhl zurecht und setzte sich. Dabei ließ er Saviani nicht aus den Augen, ganz so, als wolle er ihn studieren.

»Ihrem Vater geht es gut?«, fragte er unvermittelt.

Saviani sah ihn überrascht an. »Sie kennen ihn?«

»Ich habe vor zwei Jahren die Bestattung Ihrer verstorbenen Frau in Rotoli ausgerichtet!« Ein wissendes Lächeln huschte über Paluzzis Gesicht. »Ihr Vater hat mit mir alle Einzelheiten besprochen. Ich glaube, das war im Juni 1987. Eine schöne Beisetzung war das damals.«

»Ah ja«, erwiderte Saviani verschlossen. »Ich wusste gar nicht, dass er Sie beauftragt hatte.«

»Ja, die Welt ist klein«, bemerkte Paluzzi und setzte wie auf Knopfdruck eine Trauermiene auf. »Es war für Sie bestimmt ein schwerer Verlust.«

»Ich bin inzwischen wieder verheiratet«, bemerkte Saviani kurz angebunden. Ihm war anzusehen, dass er darüber nicht weiter reden wollte.

Paluzzis Miene hellte sich sofort wieder auf. »Wir Männer sind einfach nicht dafür geschaffen, alleine zu leben!« Er warf De Cortese einen Seitenblick zu. »Hat er Ihnen erzählt, woher wir uns kennen?«, wechselte er abrupt das Thema. Dabei ließ er seinen Blick über die Nebentische schweifen, um Saviani sofort wieder ins Visier zu nehmen. Doch dieser reagierte mit misstrauischer Distanz und nippte vorsichtig an einem Glas Wasser.

»Über meinen Schreibtisch laufen unter anderem alle Genehmigungsverfahren für Krematorien«, raunte De Cortese seinem Freund Giulio zu. »Deshalb haben wir öfter miteinander zu tun. Umweltauflagen, Einäscherungsvorschriften und Ähnliches mehr. Ohne mich geht im Bestattungsgeschäft gar nichts.«

Paluzzi hustete und sah sich dabei um. »Ich habe hier schon ein paarmal gegessen. Der Laden ist nicht schlecht!«

»Das kann ich nur bestätigen«, kommentierte Saviani die anerkennenden Worte.

»Leider bin ich mir nie sicher, ob die Lampen über uns Ohren haben!«

De Cortese und Saviani blickten spontan nach oben. Über ihnen hing eine riesige Lampenschale, die einen matten Schein verbreitete.

Paluzzi grinste. »Manchmal hören sogar die Pflanzen mit«, fügte er vertraulich hinzu. »Man kann gar nicht vorsichtig genug sein. Sie müssen wissen, inzwischen haben die Dörfer oben in den Bergen mehr Mikrofone als Einwohner. Weshalb sollte das in Palermo nicht auch so sein? Bei diesem Publikum macht doch das Lauschen besondere Freude!« Sein Körper bebte vor Vergnügen, als er die Betroffenheit in den Gesichtern seiner Gesprächspartner entdeckte.

»Die Carabinieri würden es nicht wagen. Hier verkehren zu viele Politiker«, erwiderte De Cortese im Brustton der Überzeugung, erntete aber von seinem Freund Giulio nur einen skeptischen Blick.

»Gerade deswegen!«, widersprach Paluzzi und kicherte. »Übrigens …« Er lenkte seinen Blick auf Saviani. »… Antonio hat mir schon viel von Ihnen erzählt.«

Giulio verkniff es sich zu sagen: hoffentlich nur Gutes, und lächelte stattdessen verbindlich. »Eine farbenfrohe Krawatte haben Sie da«, bemerkte er dann mit süffisantem Unterton.

Paluzzi sah an sich herunter. »Reine Seide«, erwiderte er und drehte die schreiend gelbe Krawatte um, damit Saviani das Etikett sehen konnte.

Paluzzi mochte etwas über dreißig Jahre alt sein und neigte zur Körperfülle. Sein teigiges Gesicht bildete einen Gegensatz zum Ausdruck seiner Augen, die Bauernschläue verrieten. Er passte weder in das gediegene Ambiente des Lokals noch zu dem elitären Publikum, was nicht nur seine Dickfelligkeit verriet, sondern auch sein Äußeres. Zweifellos trug er ein sündhaft teures Jackett und ein Maßhemd, auch die Slipper sahen aus, als wären sie handgenäht. Aber die schwere Goldkette und die protzige Rolex verrieten ihn als einen Parvenü, der sehr schnell sehr viel Geld verdient hatte und dies auch zeigen wollte.

»Und das ist also dein Freund, der mir ein Geschäft vorschlagen will?«, fragte er Antonio und deutete auf Giulio.

Der warf De Cortese einen irritierten Blick zu und wandte sich mit ernstem Ton an sein Gegenüber. »Ob wir ins Geschäft kommen, werden wir sehen. Ich denke, wir sollten uns erst ein wenig unterhalten.«

Die Männer lehnten sich zurück und schwiegen, weil der Kellner an den Tisch getreten war und eindeckte. Er blieb, die Hände im Rücken verschränkt, erwartungsvoll stehen. »*Prego … desidera!*«

Antonio und Giulio sahen Paluzzi auffordernd an.

Der stämmige Typ warf einen kurzen Blick auf die Speisekarte. »*Agniello arrosto con verdura*«, bestellte er wie aus der Pistole geschossen. »*E un'acqua minerale*«, fügte er hinzu.

Auch Giulio und Antonio gaben ihre Bestellung auf und warteten, bis der Ober wieder gegangen war.

»Bei den Preisen hier müsste dir der Kellner die Langusten püriert in den Hintern schieben«, platzte Paluzzi heraus und lachte schallend über seinen eigenen Witz. Doch augenblicklich wurde er wieder ernst. »Also, um was geht es?«, fragte er gedämpft, als säße er mit Verbündeten zusammen.

»*Calmo, calmo* …« Giulio lächelte. »Antonio hat mir erzählt, dass Sie im Bestattungsgeschäft ziemlich viel Erfolg haben.«

Paluzzi zog seine Augenbrauen hoch und blies wie ein Junge seine Pausbacken auf. »Man kann sagen, dass ich den Markt in Süditalien im Griff habe.« Stolz und Selbstgefälligkeit standen ihm ins Gesicht geschrieben. »Mit neun Niederlassungen in fünf Großstädten kann man an mir so ohne weiteres nicht vorbei. Außerdem kooperieren einige Partner mit mir.«

»Dennoch soll das Bestattungsgeschäft sehr schwierig geworden sein«, merkte Antonio an. »Vor kurzem hast du mir noch erzählt, dass der Wettbewerb in deiner Branche ruinös wäre!«

»Deshalb muss man auch manche Konkurrenten zu ihrem Glück zwingen«, bemerkte Paluzzi überheblich.

»Was soll ich darunter verstehen?«, erkundigte sich Saviani und stützte sein Kinn auf die Hand.

»Sobald ich bemerke, dass einer meiner Kollegen in meinem Markt wildert, überrede ich ihn, an mich zu verkaufen.« Er grinste mit einer Häme, die ihresgleichen suchte. »Aber was soll die Fragerei?« Sein Blick ruhte provokativ auf Antonio. »Wollt ihr etwa ein Beerdigungsunternehmen gründen, oder wie sehe ich das?«

»Lassen Sie es mich so formulieren«, antwortete Saviani. »Das Geschäft mit dem Leben und das Geschäft mit dem Tod kann eine ganz wundervolle Symbiose bilden.«

Paluzzi fixierte Saviani irritiert. »Ich verstehe nicht ganz«, erwiderte er mit gesenkter Stimme. »Wollen Sie ein paar Leute umbringen und mir die Bestattungsaufträge zuschanzen?«

»Er hat es beinahe verstanden!«, flüsterte Antonio seinem Freund zu und kicherte leise. Er sah wieder Paluzzi an, der angesichts der Ruhe, die Saviani ausstrahlte, sichtlich nervös wurde.

»Giulio und ich arbeiten seit einigen Jahren sehr eng zusammen. Er ist Mediziner und Pharmakologe und er ist im Bereich der Blutanalyse und der Serologie tätig. Nun will Signore Saviani in neue Bereiche expandieren. Wir …«, De Cortese blickte Giulio an, als wolle er sich seiner Zustimmung versichern, bevor er mehr Details offenbarte, »… wir investieren gerade in ein Großprojekt. Signore Saviani hat hier in Palermo ein Klinikum für plastische Chirurgie eröffnet.«

»Das weiß ich. Und was hat das alles mit mir zu tun?«, entgegnete Paluzzi verunsichert. Allmählich schien er ungeduldig zu werden.

Giulio schaltete sich erneut ein. »Offen gestanden, Signore Paluzzi, ich bin mir nicht sicher, ob ich Ihnen vertrauen kann. Ich sitze hier, weil mein Freund sich für Sie verbürgt, aber das will nichts heißen. Ich kenne Sie nicht. Das Thema, über das wir mit Ihnen sprechen wollen, ist verdammt sensibel.«

»Hmm …«, brummte Paluzzi und beugte sich vor. »Wenn Sie mit mir Geschäfte machen wollen, bleibt Ihnen keine Wahl, als mir zu trauen. Sie müssen also schon Klartext reden! Wie mir Antonio vor ein paar Tagen erzählt hat, soll es um sehr viel Geld gehen. Und glauben Sie mir …« Er unterbrach seinen Satz und zündete sich eine Zigarette an, »… wenn sich eine Sache für mich lohnt, bin ich der verlässlichste Mensch.« Er bleckte die Zähne und zeigte seine Goldkronen.

Giulio musterte ihn schweigend. »Wissen Sie, was eine Holding ist?«, fragte er unvermittelt.

Paluzzi pfiff leise durch die Vorderzähne. »Klar! Aber es wäre mir lieber, wenn Sie sich genauer ausdrücken würden.«

»Es ist ein Unternehmen, bei dem man dem Partner die Beute zur Aufbewahrung übergibt, während man selbst von der Polizei durchsucht wird. Das Problem dabei ist, dass man aufpassen muss, dass der Partner damit nicht durchbrennt.«

»*Ho capito.*« Paluzzi grinste unverschämt. »Sie wollen mir also Ihr Geld anvertrauen, und ich soll darauf aufpassen.«

»Geduld, mein Lieber«, entgegnete De Cortese. »Nicht so vorschnell. Es ist ein wenig komplizierter. Hast du schon einmal von Organtransplantationen gehört?«

»*Come?*« Paluzzi fasste sich an die Stirn und blinzelte verwirrt. Kurz darauf kam der Kellner und trug die Speisen auf. Die drei Männer betrachteten die Teller mit sichtlichem Appetit. Saviani schnupperte neugierig an seinem *cavolo ripieno.* Dann hob er sein Glas und prostete De Cortese und Paluzzi zu. »*Buon appetito!*«

Auch Paluzzi hob das Glas. »*Salute!* Auf unsere Ehefrauen und Geliebten. Mögen sie sich nie begegnen!«

Saviani warf De Cortese einen pikierten Blick zu, den Paluzzi sehr wohl registrierte.

»Ich muss sagen, ihr macht es verdammt spannend«, knurrte der Bestatter und machte sich wie ein Bauer über sein Lamm her. »Was ist mit diesen Transplantationen?«, erkundigte er sich kauend. »Und vor allem, was ist mit dieser Holding?«

Saviani nahm noch einen Schluck Rotwein und wischte sich mit der Serviette den Mund ab. »Organspender müssen nach der Entnahme bestattet werden!«

»Das verstehe ich. Schließlich sind sie im Anschluss tot!«, bemerkte Paluzzi leise kichernd. »Und das soll ein gutes Geschäft sein? Wie viele fallen denn da so an?«

»Sehr viele.« Saviani beobachtete sein Gegenüber unter den Augenlidern. Doch Paluzzi schien kaum beeindruckt zu sein und säbelte an dem Knochen seines Lammes. »Ein paar hundert im Jahr«, fügte Saviani hinzu.

Paluzzi hielt inne und sah ihn mit seinen dunklen Augen scharf an. »Signore Saviani«, erwiderte er gedehnt. »Mir ist die Diskussion ein wenig zu verschnörkelt. Zweihundert Bestattungen mehr oder weniger machen mich nicht gerade euphorisch. Und wenn mich nicht alles täuscht, geht es hier eigentlich um etwas anderes. Oder liege ich falsch?«

De Cortese nickte und wollte gerade antworten, als er Savianis Hand auf seinem Arm fühlte. »Signore Paluzzi wollte etwas fragen«, flüsterte Giulio ihm zu.

»Sie sprachen vorhin von einer Holding. Um wie viel Geld geht es eigentlich?«

»Für den Anfang um einhundert Millionen Dollar«, entgegnete Saviani in einem Tonfall, als handelte es sich um drei Pfund Äpfel, die er auf dem Markt erstehen wolle.

Paluzzi verschluckte sich und lief puterrot an. Er keuchte und griff schwer atmend nach seinem Wasserglas, um einen großen Schluck zu trinken. »Sie machen Witze!« Sein Blick lag prüfend auf Saviani. Dann wanderte er zu De Cortese. Doch auch in dessen Miene konnte er nicht ablesen, ob die beiden ihn veralbern wollten. »Meinen Sie das ernst?«

Saviani nickte kaum merklich. »Sie werden verstehen, Signore Paluzzi, bei einem Geschäft in dieser Größenordnung braucht man einen verlässlichen Partner, der außerdem sein Know-how einbringt.«

Wieder verschluckte sich Paluzzi. Dann beugte er sich über den Tisch und blickte Saviani in die Augen. »Wissen Sie, wie sich das anhört?«, flüsterte er. »Das hört sich an, als wollten Sie Italiens Bevölkerung halbieren.«

»Sie überschätzen mich«, flüsterte Saviani zurück.

»Was dann? Soll es nur die Toscana sein?«

Saviani lachte leise. »Sehe ich aus, als wäre ich ein Massenmörder?« Er seufzte vernehmlich und schüttelte unmerklich den Kopf. »Ich rede hier über eine lukrative Geschäftsidee, die – man könnte sagen – Hunderten, ja sogar Tausenden von Menschen das Leben rettet.«

»Wir fühlen uns einem humanitären Gedanken verpflichtet«, flocht De Cortese ein.

»Und was wäre mein Part bei diesem Gedanken?«, fragte Paluzzi.

»Wir investieren in Sie, in Ihre Möglichkeiten und in Ihre Loyalität.«

»Geht's auch genauer? Für das Gelingen einer Partnerschaft gibt es schließlich keine Rezepte. Jeder braucht andere Zutaten.«

»Ich gebe Ihnen völlig recht«, sagte er in ruhigem Ton. »Ich habe von Antonio gehört, dass Sie Krematorien betreiben und dass Sie deshalb auch gegenüber Ihren Konkurrenten gewisse Marktvorteile haben.«

»Quatsch, Vorteile!«, widersprach Paluzzi. »Wissen Sie, was solche Öfen kosten und welche Investitionen notwendig sind, um alle Auflagen zu erfüllen? Haben Sie schon einmal einen solchen Verbrennungsofen gesehen? Was glauben Sie, welche Technik Sie dazu benötigen!«

»Mit anderen Worten, Sie haben etwas mehr als eine Million Dollar Schulden! Kann man das so sagen?«

»Wer behauptet das?« Paluzzi richtete sich heftig auf.

»Ich habe mich erkundigt, *amico!* Ich darf Sie doch so nennen?« Saviani lächelte freundlich. Dabei entging ihm nicht, dass der anfänglich so selbstsicher wirkende Paluzzi nur mühsam die Fassung bewahrte. »Ich kenne Bankdirektor Alfredo Ponti. Er ist der Chef der Banco di Palermo, bei der Sie Ihr Konto haben, und wir sind sehr gute Freunde.« Saviani ließ Paluzzi keine Sekunde aus den Augen und fuhr in ruhigem Ton fort: »Er meint, Sie hätten sich mit dem Bau der letzten beiden Anlagen übernommen. Und dann wäre da noch der relativ neue Fuhrpark, der Sie eine Menge Geld gekostet hat, nicht zu reden vom Personal, das pünktlich bezahlt werden will. Mit anderen Worten, Signore Paluzzi, Sie sind überschuldet, und soweit ich Signore Ponti verstanden habe, will er Ihnen die Kredite kündigen.«

Schlagartig herrschte eisiges Schweigen am Tisch. De Cortese hatte peinlich berührt seinen Blick auf den Teller geheftet und vermied es, Paluzzi anzusehen. Der Bestattungsunternehmer stocherte missmutig in seinem Lamm herum und schien nachzudenken, wie er auf Savianis Worte und die Indiskretion des Bankdirektors reagieren sollte.

»Nehmen Sie es nicht persönlich!«, versuchte Saviani sein Gegenüber aufzumuntern. »Ich glaube nicht, dass Sokrates, Machiavelli oder Nietzsche von den Banken unserer Zeit als kreditwürdig angesehen würden.«

Paluzzi lachte freudlos.

»Hören Sie, *amico* …!«, nahm Saviani das Gespräch wieder auf. »Jeder von uns erlebt einmal finanzielle Engpässe. Das liegt in der Natur der Sache, wenn man Unternehmer ist. Nicht wahr?«

Paluzzi brummelte etwas Unverständliches, was man auch als erleichterte Zustimmung hätte verstehen können.

»Natürlich ist es unangenehm, wenn man vor dem Aus steht, aber auf der anderen Seite sollte es Sie hoffnungsvoll stimmen, dass wir hier zusammensitzen und über ein großartiges Geschäft reden können. Sie wären mit einem Schlag alle Ihre Sorgen los.«

»Sie sagten hundert Millionen?« Paluzzi fixierte wie elektrisiert sein Gegenüber. »Für was genau? Und vor allem, für wen?«

»Na, sehen Sie …« Saviani legte sein Besteck beiseite und nippte an seinem Weinglas. »… unsere Unterhaltung wird für Sie endlich interessant.«

Er wandte sich um, und sein Blick wanderte durch das Restaurant. Das Lokal hatte sich mittlerweile gefüllt, und die Nachbartische waren besetzt. »Wir sollten uns noch einen Espresso gönnen und im Anschluss das Gespräch in meinem Haus in Mondello fortsetzen. Dort sind wir ungestört. Was halten Sie davon?«

Paluzzi schien es wieder zu schmecken. Kauend stimmte er zu.

»Wer bezahlt hier eigentlich die Rechnung?«, fragte er dann und stürzte den Rest Wasser in seinem Glas gierig hinunter.

»Selbstverständlich bist du eingeladen, Edoardo«, schaltete

sich De Cortese ein. »Es ist ein geschäftliches Essen, nicht wahr, Giulio?«

»*Certo*«, entgegnete der und richtete das Wort wieder an Paluzzi, indem er ihm seine Visitenkarte reichte. »Trinken Sie noch ein Glas Wein auf meine Kosten, und kommen Sie im Anschluss zu dieser Adresse! Wir fahren schon einmal vor. Es ist besser, wenn wir das Lokal getrennt verlassen.«

Paluzzi betrachtete eingehend die Visitenkarte. »Mondello ...« Er pfiff leise durch die Zähne. »Feine Adresse.«

Eine Stunde später saßen die drei in Savianis Villa. Während sich De Cortese im Salon des noblen Anwesens leise mit seinem Freund besprach, stand Paluzzi rauchend auf der Terrasse, von der man einen grandiosen Blick auf die Bucht von Palermo hatte. Sein Blick wanderte über die parkähnliche Gartenanlage. An seiner Miene konnte man ablesen, dass er von Savianis Anwesen mächtig beeindruckt war. Er wandte sich um und sah nach den beiden Männern.

»Kommen Sie bitte, verehrter Signore«, bat Saviani den stämmigen Paluzzi herein. »Setzen wir uns!« Er nahm auf der Couch Platz und bot dem Bestatter den Sessel gegenüber an. Auf dem Tisch standen zwei Karaffen mit Säften, eine Flasche Wasser und drei gefüllte Cognacgläser. »Dann wollen wir mal«, begann Saviani aufgeräumt.

De Cortese nahm den Schwenker und prostete Paluzzi zu. »*Salute!* Signore Saviani wird dir genau erklären, um was es geht und welche Rolle du in diesem Spiel haben wirst ...«

7.
Vergeltung in
Santuario

Sophia hatte vor drei Jahren Santuario del Rosario endgültig den Rücken gekehrt. Gleich nach der Hochzeit beichtete sie Giulio, was damals in den Bergen geschehen war. Der Mord an ihrem Bruder Tommaso, ihre Vergewaltigung, die unerträgliche Schande, mit der sie leben musste, Tragödien, die nicht nur ihr seelisches Gleichgewicht aus dem Lot gebracht, sondern auch ihre emotionale Haltung zu Männern von Grund auf verändert hatten.

Giulio verstand Sophia. Jetzt begriff er endlich ihre kühle Unnahbarkeit, unter der er gelitten hatte, obwohl er sie abgöttisch liebte. Sie bewies ihm ihre Liebe auf eine andere Weise, indem sie sich für seine Geschäfte einsetzte und ihn sehr erfolgreich unterstützte. Er verstand nun, weshalb Sophia kaum in der Lage war, Zärtlichkeit zu zeigen, und körperliche Nähe mied. Aber natürlich fehlte ihm Letzteres. Er wusste nur zu gut, dass sich Sophias Schuldgefühle wie Widerhaken im Gehirn festgesetzt hatten, so dass sie sich diese nur mit noch größeren Verletzungen hätte herausreißen können. Überdies war es für Giulio quälend gewesen, Sophias Ängste, besonders in der Nacht, miterleben zu müssen, wenn sie von ihren Alpträumen geweckt wurde und er sie bei panischen Attacken beruhigt hatte. Zwar war es ihm nicht entgangen, dass sie ständig Medikamente einnahm, aber jetzt gab es dafür eine Erklärung. Alles würde gut werden, so hofften die beiden nach der Aussprache, und die Zeit würde die Wunden heilen. Sophias innere Verletzungen heilten allerdings nicht.

Giulio stellte einen Chauffeur ein, der Sophia das Gefühl von Schutz vermitteln sollte. Sandro Calogheri, ein Kerl wie ein Baum, ein Mann mit dunkler Vergangenheit, war genau der Richtige, sie bei Einkäufen in der Stadt oder bei Unternehmungen außerhalb des Hauses zu begleiteten und zu sichern. Loyal, klug und zuverlässig, das waren Eigenschaften, die Giulio an Sandro bald zu schätzen wusste.

Es stellte sich heraus, dass Sophia und Sandro eine ähnliche Vergangenheit hatten, weil sie beide den gewaltsamen Verlust eines Angehörigen zu beklagen hatten. Sandros Schwester war bei einem Schusswechsel zwischen zwei verfeindeten Clans von einem jungen Mafioso tödlich getroffen worden. Sandro hatte sie blutig gerächt und war deshalb für viele Jahre ins Gefängnis gegangen. Während seiner Haftzeit wurde der gegnerische Clan regelrecht dezimiert, was man ihm allerdings nicht anlasten konnte. Sophia dagegen musste die Befriedigung ihrer Rachegefühle zurückstellen. Sie hatte sich geschworen, erst dann wieder einen Fuß nach Corleone zu setzen, wenn die Zeit reif war. Und nun war die Zeit endlich gekommen.

Corleone hatte sich geschmückt. Die traditionelle *festa delle pecore*, die alljährlich zum Ende der Schafschur gefeiert wurde, hatte offiziell begonnen, als der Priester die Lämmer am Vormittag vor der Kirche segnete. Die eigentlichen Festlichkeiten fanden jedoch erst am Abend statt, wenn die Sonne sich hinter die Berge senkte und die prächtige Illumination der Stadt allmählich ihre Wirkung entfaltete.

Sandro hatte in Sophias Auftrag wochenlang mit äußerster Achtsamkeit und Zurückhaltung nach den vier Männern gesucht, die Sophia so tödlich hasste. Zwei von ihnen hatte er aufgespürt. Enrico Nozzi und Giancarlo Castra, brutale Typen, die für Don Fillo als Geldeintreiber arbeiteten und ihre

Umwelt tyrannisierten. Ivan Badolento und Andrè Fillone dagegen schien der Erdboden verschluckt zu haben. Wie es hieß, hielten sie sich im Ausland auf. Sophia aber wollte nicht länger warten. Darum hatte Sandro sich um die Gewohnheiten und Vorlieben von Enrico und Giancarlo gekümmert, sie unbemerkt beschattet und ausgekundschaftet. Sophia, die jahrelang zermürbende Geduld geübt hatte, sollte wenigstens zum Teil Genugtuung finden. Und welcher Tag würde sich besser für ihre Rache eignen, als *la festa delle pecore!*

Donnerstags berichtete Sandro Sophia telefonisch, dass er in den Bergen des Rocca Busambra den Platz gefunden habe, der sich seiner Meinung nach ideal für ihr Vorhaben eignen würde. Am Sonntag jährte sich das Datum ihrer Vergewaltigung zum sechsten Mal. Es blieben ihr noch zwei Tage Zeit.

Gleich am nächsten Morgen war sie mit dem BMW, den Giulio ihr letztes Jahr geschenkt hatte, von Mondello nach Santuario aufgebrochen. Die Fahrt hinauf zum Hochplateau versetzte sie in einen emotionalen Ausnahmezustand. Der Tag, an dem man ihr das Schlimmste angetan hatte, was man einer Frau zufügen konnte, stand ihr so lebendig vor Augen, als sei es erst gestern passiert.

Mit versteinerter Miene erreichte sie die Landstraße SS 118, an deren Kreuzung ihre Jugend ein jähes Ende gefunden hatte. Ihr Blick fiel auf jenen knorrigen Olivenbaum, an dem Tommaso gefesselt ihre Schändung hatte mit ansehen müssen. Sie verlangsamte die Geschwindigkeit und lenkte ihren Wagen auf den steinharten Untergrund der verdorrten Wiese. Die friedliche Landschaft stand in krassem Gegensatz zu ihrer aufgewühlten Seele. Mechanisch griff sie nach einer Flasche Wasser, die sie stets im Auto mit sich führte, und nach ihrer Pillendose. Sie schluckte eines von den gelben und eines von den weißen Dragees, stieg aus, ging hinüber zum Olivenbaum und verharrte still und in sich gekehrt an dem Ort ihres düsteren Schicksals.

Wenige Minuten später bog sie in den Hof ihres Vaters ein. Der Anblick der Schafgatter und der Feuerstelle vor der Scheune ließ ihr Herz höher schlagen. Alles war wie früher, nichts hatte sich verändert. Mit gemischten Gefühlen betrat sie das alte Bauernhaus. Drei ganze Jahre hatte sie keinen Kontakt mehr zu ihrem Vater gehabt, und nun stand sie in der Küche.

Von einer Sekunde auf die andere war sie in ihr altes Leben zurückgekehrt, als wäre noch keine Stunde seit ihrem Abschied vergangen. Und doch fühlte sie sich anders als damals. Die Männer saßen in ihren dicken Jacken und breitkrempigen Schlapphüten um den Küchentisch und aßen Brot, Oliven und Pecorino zur dicken Suppe. Der alte d'Arenal blickte überrascht vom Teller auf, als er seine Tochter in der Tür bemerkte. Zwölf Augenpaare musterten sie mit verschlossenen Mienen. Die Schäfer zeigten weder Überraschung noch Freude.

»Wie siehst du denn aus?«, brach d'Arenal das Schweigen. Sein Blick war ein einziger stummer Vorwurf, während er die elegante Kleidung Sophias musterte. Sie verharrte auf der Stelle und sah an sich hinunter. Die modisch geschnittene Hose, ihre teure Jacke über einer blutroten Designerbluse, die außergewöhnliche Halskette, die Diamantstecker in den Ohren – all das stand in größtem Kontrast zu dem bäuerlichen Milieu und den derben Kerlen in ihren Stiefeln voller Mist und Erde. Die Freude, ihren Vater wiederzusehen, wich einer plötzlich aufkommenden Fremdheit.

Als sie auf ihn zuging, blitzte in seinen Augen für einen Moment so etwas wie Wärme auf, eine Gefühlsregung, die sie nur selten an ihm bemerkt hatte. Doch so schnell, wie sich diese kaum wahrnehmbare Intimität, nach der sie sich immer gesehnt hatte, in seinen Gesichtszügen auftauchte, genauso schnell verwandelte sich seine Miene wieder in eine undurchsichtige, ja abweisende Maske.

Alt war er geworden, aber keineswegs milder. Sie beugte sich zu ihm und wollte ihn umarmen.

»Du machst deine schöne Kleidung schmutzig«, wehrte er sie mit sarkastischem Unterton ab.

»*Madonna …! Ma che cacchio …!*« Sie lächelte entwaffnend und gab ihm einen Kuss auf die Wange. »Wie ich sehe, bin ich genau im richtigen Moment gekommen«, sagte sie leicht, wandte sich ab und holte sich einen Teller aus dem Küchenschrank.

»Habt ihr noch etwas übrig gelassen?«, fragte sie mit scherzhaftem Unterton, um die angespannte Stimmung ein wenig zu lockern. Sie spürte die misstrauischen Blicke der Männer, als sie sich Suppe schöpfte.

»Du hast dich lange nicht blicken lassen, La Nera«, bemerkte der alte Giorgio, von dem Sophia schon als Kind dachte, er sei alt auf die Welt gekommen. Er war einer der Bauern, die schon seit Jahrzehnten bei der Schafschur auf dem Hof aushalfen.

»*Sì*«, erwiderte sie kurz angebunden.

»Aber schön bist du immer noch«, fügte er mit rauher Stimme an und wischte sich mit dem Handrücken über den Mund.

»Schön wie ein prächtiger Papagei!«, spottete ein anderer.

»Was willst du hier?«, fragte ihr Vater unvermittelt.

»Das erledigen, was du damals versäumt hast«, entgegnete sie mit harter Stimme. »Was ihr alle versäumt habt«, fügte sie bitter hinzu und ließ ihren Blick über den Tisch schweifen.

In der Küche hätte man eine Stecknadel fallen hören. D'Arenal richtete sich auf und legte seinen Löffel beiseite. Die Männer beobachteten ihn mit regungslosen Mienen. Auch wenn ihnen nicht anzusehen war, dass sie wussten, was Sophia soeben gemeint hatte, war sie trotzdem davon überzeugt, sie an einer empfindlichen Stelle getroffen zu haben.

»Willst du Selbstmord begehen, La Nera?«

Sophia schüttelte den Kopf. Zum ersten Mal gab ihr Vater zu erkennen, dass er nicht vergessen hatte, was damals passiert war. »Das Gegenteil …!«, sagte sie geradeheraus.

»*Non si può levare sangue da una rapa* – aus einer Rübe kannst du kein Blut pressen«, erwiderte der Alte.

»Wie meinst du das?« Sophias Augen sprühten Funken.

»Andrè ist nicht in Corleone. Ich hätte längst gehandelt, wäre er noch hier. Seine Kumpane sind nur Rüben, die auf einem kargen Feld gewachsen sind. Es lohnt nicht, sie zu ernten.«

»Das weiß man erst, wenn man sie ausgegraben hat«, erwiderte sie. »Ich hole jetzt mein Gepäck aus dem Auto. Morgen Abend gehe ich auf die *festa*.« In ihrer Stimme lag eine Entschlossenheit, die d'Arenal mit Schweigen beantwortete. Die Männer am Tisch hatten den kurzen Wortwechsel zwischen Vater und Tochter mit verschlossenen Mienen verfolgt. Sie kannte die Bauern hier oben gut genug, um zu wissen, dass sie sich auf ihre Verschwiegenheit verlassen konnte.

»An deiner Stelle würde ich etwas anderes anziehen«, brummte ihr Vater, der sich wieder über seinen Teller gebeugt hatte und seine Suppe weiter löffelte. »Und stell das Auto in den Schuppen! Die Leute glauben sonst, hier ist der Wohlstand ausgebrochen.«

Sophia erhob sich, tat wie geheißen und ging in ihr altes Mädchenzimmer unterm Dach. Auch hier hatte sich nichts verändert. Alles wirkte so, als wäre sie lediglich ein paar Tage weg gewesen. Nur Staub und Spinnweben verrieten, dass in den letzten Jahren niemand mehr diesen Raum betreten hatte. Sie öffnete den Kleiderschrank, und ein leises Lächeln schlich auf ihre Lippen, als ihre Finger durch die zurückgelassenen Sachen streiften. Sie riss sich von der Erinnerung los und begann, ihr Zimmer wieder in einen bewohnbaren Zustand zu versetzen. Immerhin würde sie die nächsten zwei Tage hier verbringen, zumindest aber die Zeit, bis sich Sandro bei ihr meldete.

In Corleone füllten sich allmählich die Straßen mit Besuchern, Schaulustigen und Touristen. Die Stadt zeigte sich in bunten Farben. Hunderte von Buden und Verkaufsständen waren an den Straßenrändern aufgebaut und ließen oft nur schmale Durchgänge für die Passanten. Parkplätze waren am Ortsrand eingerichtet worden, die sich mehr und mehr füllten, je näher der Abend rückte.

Sandro, in schwarze Cordhosen, maßgefertigte schwarze Schuhe und eine hellgraue Leinenjacke gekleidet, hatte sich unter die Menschen gemischt, als sei er hier zu Hause. Mit einem kleinen Hund an der Leine schlenderte er, die Hände tief in den Hosentaschen vergraben, durch die engen Gassen und näherte sich scheinbar ohne ein bestimmtes Ziel dem Stadtkern. An der Piazza Garibaldi setzte er sich auf die noch von der Sonne gewärmten Stufen der Chiesa Santa Maria und beobachtete unter den Augenlidern hervor die »Central-Bar« schräg gegenüber. Den Hundemischling hatte er auf seinen Schoß gesetzt und kraulte ihm liebevoll die Schlappohren. Von hier aus konnte er die ganze Piazza gut überblicken, und vor allem lag die Bar in seinem direkten Blickfeld.

Paolo Ruginello, der Inhaber, stellte ein paar zusätzliche Tische und Stühle vor die Tür. Lange würde es nicht mehr dauern, dann konnte man sich auf der Piazza rund um die Kirche kaum noch bewegen. Ganz sicher würde Enrico Nozzi bald auftauchen. Tagsüber, wie Sandro herausgefunden hatte, hielt er sich fast immer hier auf, um seine Kumpane zu treffen. Giancarlo Castra, Enricos ständiger Begleiter, war für Don Salvatore Fillone in Palermo unterwegs und würde nicht vor acht Uhr abends eintreffen. Sandro hatte fast zwei Wochen lang den Tagesablauf der beiden studiert. Einige Typen des Fillone-Clans hatten sich bereits an der »Central-Bar« eingefunden. Sie vertrieben sich die Zeit, indem sie rauchten, während sie sich lautstark und gestenreich unterhielten und hinter ihren verspiegelten Sonnenbrillen Coolness zelebrierten.

Sandro zündete sich eine Zigarette an und machte gerade einen genüsslichen Zug, als er Enrico entdeckte, wie er von der Via San Martino, einem engen, düsteren Gässchen, in die Via Garibaldi einbog und auf die Bar zustrebte. Er war knapp einen Meter siebzig groß und schlank. Sandro hatte ihn ein paarmal in der Bar gesehen, ohne dass Enrico bewusst war, beobachtet zu werden. Der drahtige Mafioso redete wenig, hatte aber eine Art, Leute aus seinen schmalen, schwarzen Augenschlitzen zu fixieren, die jedem Angst einflößte. Sein relativ junges, hübsches Gesicht hätte beinahe sympathisch gewirkt, wären da nicht seine Schneidezähne gewesen, die wie bei einem Nagetier auf der Unterlippe aufstanden. Er hatte widerspenstiges dunkles Haar und ein bleistiftdünnes Bärtchen, das er sorgsam über seinen schmalen Lippen zurechtstutzte.

»Frettchen«, murmelte Sandro. Ein kaum merkliches Lächeln zog in seine Miene. Vermutlich hatte Enrico seinen Alfa Romeo in dem Gässchen abgestellt, aus dem er gerade gekommen war. Sandro erhob sich von den Stufen und trottete mit dem Hund dorthin, wo er den Wagen vermutete. Nach knapp zweihundert Metern entdeckte er ihn an der Ecke Largo Sant'Agatha, dort, wo die Gasse in einen offenen Platz mündete, dessen anderes Ende direkt auf die Ausfallstraße Richtung Lago di Garcia führte. »Bene«, murmelte Sandro. Das Fahrzeug war verschlossen. Er schob einen Spezialschlüssel ins Schloss und öffnete den Wagen. Er hatte es geahnt, im Handschuhfach lag ein Revolver. Er nahm ihn an sich, steckte ihn in seine Jackentasche und schloss den Wagen wieder ab. Der ganze Vorgang hatte nur wenige Sekunden gedauert, und ohne Hast oder Eile machte sich Sandro wieder auf den Weg zur Piazza.

Vor der Bar waren die Tische beinahe alle besetzt. Sandro setzte sich auf einen freien Stuhl, winkte dem Kellner und bestellte sich einen Cappuccino. Der kleine Straßenköter, den er in Palermo aufgelesen hatte, erfüllte genau den Zweck seiner Tarnung. Er hatte sich schnell an seinen neuen Besitzer gewöhnt und legte sich dankbar zu seinen Füßen.

Enrico Nozzi stand mit zwei Männern auf dem Gehweg. Sandro konnte beinahe seinen Geruch wahrnehmen. Er musterte ihn unauffällig, während er seinen Cappuccino trank und seine Zigarette rauchte. Diesen Kerl durfte er nicht unterschätzen, auch wenn er ihm körperlich weit überlegen war. Es war die Gemeinheit, die aus Enricos Zügen sprach und die Sandro vorsichtig machte. Er durfte ihm keine Möglichkeit geben, sich zu wehren, und noch weniger durfte er ihn auch nur für eine Sekunde aus den Augen lassen.

Sandro lehnte sich zurück, faltete entspannt seine Hände hinter dem Nacken und streckte sich. Die Männer schienen etwas vereinbart zu haben und sich trennen zu wollen. Er beugte sich vor, um ein paar Wortfetzen aufschnappen zu können, doch das Lachen und Toben der Kinder auf dem Platz und die Musik, die aus der Bar drang, übertönten alles. Sandro legte zweitausend Lire auf den Tisch und stand auf, als Enrico sich mit einem »*ci vediamo*« von den Männern verabschiedete.

Enrico bog in die stille Via San Martino ein, während Sandro ihm unauffällig folgte. Die Schritte Enricos hallten von den Hauswänden wider. Er schien zu spüren, dass er nicht alleine war, und sah sich kurz um. Sandro blieb wie zufällig neben dem Hund stehen und beobachtete, wie der vierbeinige Begleiter an einer Mülltonne schnüffelte und dann das Bein hob. Seelenruhig drehte er Enrico den Rücken zu, zog seine Beretta aus dem Schulterhalfter und schraubte einen Schalldämpfer auf den Lauf. Ein eisiges Lächeln spielte um seine Mundwinkel, als er einen Blick über die Schulter warf und dabei feststellte, dass Enrico ahnungslos weiterging. Er verstaute die Beretta wieder unter seiner Jacke und zog den Hund an der Leine mit sich.

Es waren nur noch wenige Schritte bis zum Alfa Romeo, als Enrico seinen Wagenschlüssel aus der Hosentasche zog. Im gleichen Augenblick, als sich der Mafioso der Fahrertür zuwandte und sie öffnete, ließ Sandro die Hundeleine fallen. Er wartete ab, bis der Motor aufheulte. Blitzartig riss er die Beifahrertür auf, ließ sich neben den verblüfften Fahrer in den Sitz fallen und drückte ihm seine Kanone in die Rippen.

»Zentralschließanlagen haben etwas Einladendes, findest du nicht auch?«

»Was soll das?«, fauchte Enrico.

»Losfahren!«, befahl Sandro knapp. »Und die Hände immer schön am Lenkrad lassen!«

»*Cazzo!* Du bist wahnsinnig! Was glaubst du, was ich mit dir anstelle, wenn du eine Sekunde nicht aufpasst?«

»*Andiamo!*«, wiederholte Sandro gelassen. »Oder soll ich dich gleich hier umlegen?«

»Wer schickt dich?«, fragte Enrico nervös und schielte auf Sandros Pistole. »Das traust du dich doch nicht im Alleingang!« Er zuckte neuerlich zusammen, als er die Pistole direkt in seinem Schritt fühlte.

»Willst du, dass ich dich entmanne?«

»*Madonna!*«, keuchte der junge Mann entsetzt, legte hastig den Gang ein und gab Gas. »*Stronzo!* Wenn dich meine Freunde finden, bist du tot!«, zischte er und sah sich suchend um.

»Es würde dir nichts nutzen, weil vorher du ins Gras beißt!«, erwiderte Sandro. »Und konzentrier dich auf den Verkehr! Heutzutage passieren aus Unachtsamkeit wahnsinnig viele Unfälle!«

»Du findest dich wohl sehr witzig«, presste Enrico wütend über die Lippen. »Und wohin soll es gehen?«

»Immer geradeaus. An der zweiten Kreuzung links ab, auf die Landstraße. Wir fahren in Richtung des Rocca Busambra!«

Enrico Nozzi schien mit einem Male den Ernst der Lage zu begreifen. Hier im Wagen war er seinem unwillkommenen Begleiter auf Gedeih und Verderb ausgeliefert. Immer wieder warf er einen verstohlenen Blick aus den Augenwinkeln hinüber zu ihm, als wolle er ihn taxieren und seine Chancen abwägen. »Verdammt! Was willst du von mir?«

»Halt die Klappe und fahr!«, erwiderte Sandro ungerührt. »Wenn du noch einmal ungefragt das Maul aufmachst, schlage ich dir die Zähne ein. Haben wir uns verstanden?«

Enrico nickte nervös. Sandro beobachtete genau die Umgebung und den nachfolgenden Verkehr. Die meisten Fahrzeuge, die sich auf der Straße befanden, fuhren in Richtung Corleone zum Fest, und er stellte fest, dass ihnen niemand folgte. Es blieb ihm auch nicht verborgen, dass Enrico immer wieder zum Handschuhfach schielte.

»Vergiss es!«, raunte Sandro. »Deine Knarre hab ich entsorgt.« Er zeigte amüsiert seine Zähne. »Die nächste links und dann ein wenig flotter, wenn ich bitten darf! Ich habe nicht den ganzen Tag Zeit für dich.«

Die Fahrt führte hinauf zum Hochplateau durch beinahe menschenleere Gebiete, vorbei am Lago Scanzano, der mit seinem tiefen Blau einen eindrucksvollen Kontrast zu dem gelben Blütenmeer auf den sanft abfallenden Wiesen bildete.

»Weiter nach Piana degli Albanesi«, dirigierte Sandro den Fahrer, der an einer Kreuzung bremste. »Den Weg kennst du bestimmt.«

»*Maledetto!* Was willst du dort? In den Bergen ist doch der Hund begraben!«

»Eben!«, erwiderte Sandro kurz. »Gib Gas!«

Sie benötigten über dreißig Minuten, bis sie das knapp siebenhundert Meter hoch gelegene Dorf am Stausee erreicht hatten. Sandro leitete Enrico mit kurzen und präzisen Anweisungen über schmale, kurvenreiche Straßen in das dicht bewaldete Gebiet des Pizzuta. Hier lag in knapp tausend Meter Höhe und in der völligen Abgeschiedenheit eines nicht einsehbaren Waldstückes ein allein stehendes Rustico.

»*Arrivato!*«, bemerkte Sandro. »Aussteigen und nicht wegrennen!« Er bedachte Enrico mit einem vielsagenden Blick. »Lass die Schlüssel stecken! Du brauchst sie nicht mehr.«

Enrico schien jetzt seine Selbstsicherheit vollständig verloren zu haben, und er zitterte am ganzen Körper, als er den Wagen verließ.

Sandro machte eine Kopfbewegung in Richtung des uralten, grauen Bruchsteinhauses. »Dort hinein!«, knurrte er und schob Enrico mit der Pistole vor sich her. Mit einem kräftigen Tritt stieß er die verwitterte Holztür auf und bugsierte seinen Gefangenen in das düstere Innere.

Das Rustico, ein ehemaliger Unterstand und Lagerraum für die Bauern, hatte bestimmt schon seit Jahren kein Mensch mehr betreten. Außer ein paar alten Schieferziegeln und Unrat gab es nichts, was auf eine Nutzung hinwies. Es roch nach feuchter Erde und moderndem Holz. Ein kleiner Durchbruch auf halber Höhe, der als Fenster diente, ließ ein diffuses Licht ein, in dem man die Wände und den gestampften Lehmboden erkennen konnte. An der Stirnwand schienen vor nicht allzu langer Zeit zwei stabile Eisenringe in die Wand zementiert worden zu sein.

»Hier! Mach dich am Ring fest!«, befahl Sandro mit harter Stimme. Er fingerte aus seiner Jackentasche Handschellen und warf sie Enrico zu.

Der zitterte am ganzen Leib. »Hast du auch nur eine blasse Ahnung, mit wem du es zu tun hast?«, fragte er mit jammervoller Stimme und ließ den Stahlring an seiner linken Hand einklicken. »Du machst einen verdammt großen Fehler.«

»Schnauze!«, fuhr ihn Sandro an und überprüfte den Sitz der Handfesseln. Routiniert drückte er die silberne Schlaufe am Handgelenk um zwei Raster enger, um zu verhindern, dass Enrico sich befreite. Im Anschluss tastete er dessen Taschen ab. Außer einer Zigarettenschachtel, Feuerzeug, Brieftasche mit Ausweis und einer gut bestückten Geldklammer fand er nichts von Bedeutung. Er warf alles in eine Ecke und wandte sich zur Tür.

»Du kannst mich doch hier nicht alleine lassen!«, brüllte Enrico wie von Sinnen.

Sandro drehte sich grinsend um. »Keine Sorge, ich komme wieder! Dann wünschst du dir genau das Gegenteil!«

Er schlug die Tür hinter sich zu, ging zum Wagen und fuhr zurück nach Corleone. Glücklicherweise fand er einen freien Platz unweit der Stelle, an der Enrico ursprünglich geparkt hatte. In aller Ruhe stellte er den Alfa Romeo ab und schlenderte in Richtung Piazza. Das Stadtfest war bereits in vollem Gange. Die Luft war von Musik und Gesängen erfüllt. Der Duft von gerösteten Mandeln drang in seine Nase. Menschenmassen drängten sich durch die engen Gassen und Straßen. Er blickte auf seine Armbanduhr. Punkt sieben Uhr. Die Aktion mit Enrico war, wie er geplant hatte, programmgemäß abgelaufen. Jetzt hatte er sogar noch einen Zeitpuffer, denn Giancarlo Castra würde, wenn nichts Außergewöhnliches passierte, frühestens in einer Stunde in Corleone eintreffen. Sandro kannte inzwischen beinahe jeden Schritt Castras. Seine letzte Station, wo er heute für den Paten Don Fillo Geld eintreiben sollte, öffnete erst gegen sieben Uhr dreißig. Rechnete man noch die Fahrt hinzu, blieb mehr als genug Zeit, um mit Sophia zu telefonieren und sich einen Cappuccino auf der Piazza zu gönnen.

An der Telefonzelle in der Via Umberto wählte er Sophias Nummer in Santuario del Rosario.

»Den ersten Vogel habe ich eingefangen«, meldete er sich, als er ihre Stimme hörte. »Der zweite wird in ein bis zwei Stunden auch im Käfig sein. Am besten, Sie fahren gegen neun Uhr los. Wir treffen uns am Waldweg, wie verabredet.« Ohne eine Antwort abzuwarten, legte er auf und mischte sich unter die Passanten.

Einige Minuten später lehnte er am Tresen der »Central-Bar« und verrührte den Zucker in seinem Kaffee. Um ihn herum herrschte eine drangvolle Enge. Bestellungen schwirrten durch die Bar, die Musik hämmerte ohrenbetäubend, das Geschrei von Kindern und laute Wortwechsel erfüllten den Gastraum.

Sandro ließ Fillones Männer nicht aus den Augen, denn dort, wo sie sich aufhielten, würde sicher Giancarlo Castra bald auftauchen. Überschwengliche Begrüßungsrufe ließen ihn aufhorchen. Er blickte hinüber zur Tür. Der Mann, auf den er gewartet hatte, war eingetroffen.

Sandro leerte seine Tasse und schob sich durch die Menge in Richtung Ausgang. Die Männer schienen sich entschlossen zu haben, durch die Stadt zu ziehen. Besser kann es nicht kommen, dachte Sandro und folgte ihnen in sicherem Abstand. Wie es den Anschein hatte, gingen sie gemeinsam zur Vicolo Spataforo, einer winzigen Seitengasse, nur wenige Meter von der Piazza entfernt. Waren sie erst einmal dort, musste er auf eine andere Gelegenheit warten, um sich Giancarlo zu schnappen. Doch der Zufall kam ihm zu Hilfe. Kaum zwei Schritte vor ihm stand Giancarlo mit einer jungen Frau zusammen. Sie wechselten ein paar Worte, während die Kumpane weitergegangen waren. Geduldig wartete Sandro, bis die Frau sich abwandte und wieder auf den Weg machte.

Wie eine Raubkatze hatte er sich seiner Beute genähert. Er tippte Giancarlo von hinten auf die Schulter. Der Mafioso drehte sich um und blickte in Sandros harte Augen.

»*Cosa succede* – was willst du von mir?«

Sandro klappte sein Jackett auf, so dass Giancarlo sein Schulterhalfter und den Pistolenknauf sehen konnte. »Fillone schickt mich. Er will dich sofort sehen!«

»*Come?*« Giancarlo, der nur unwesentlich kleiner als Sandro war, zog seine Stirn kraus. »Wer bist du? Ich kenne dich nicht.«

»Frag nicht so viel! Es ist wichtig.«

»Was hast du mit Don Fillo zu tun?«, fragte Giancarlo weiter, und seiner Miene war anzusehen, dass sein Misstrauen wuchs.

»Ich bin ein Verwandter aus Palermo! Aber wir haben keine Zeit zum Quatschen. Enrico wartet in seinem Alfa auf dich«, antwortete Sandro mit ruhiger Stimme. »Gleich hier um die Ecke in der Via San Martino.«

Giancarlo warf ihm einen zweifelnden Blick zu. »Und wieso kommt er nicht selbst?«

»Mach, was du willst!«, erwiderte Sandro und machte auf dem Absatz kehrt. »Ich werde ihm sagen, dass du keine Lust hast.«

»He, warte doch mal!«

Sandro ging weiter, bis er Giancarlos Schritte hinter sich hörte.
»Lass mich nicht einfach so stehen, du Affe! Sag mir lieber, was los ist!«

»Wirst du gleich selber hören«, entgegnete Sandro lapidar, beschleunigte seinen Gang und bog in die Via San Martino ein. Die Straße lag ein wenig abseits vom Gedränge und war nur von wenigen Fußgängern frequentiert. »Dort drüben steht er«, nuschelte Sandro und deutete nach vorn.

»Wo?« Giancarlo trat in die Mitte der Straße und spürte im gleichen Augenblick die Pistole in seiner Nierengegend.

»Dort vorne rechts«, brummte Sandro. »Geh ganz normal weiter, wenn du hier nicht als Leiche enden willst!«

Giancarlos Körper spannte sich unnatürlich, und er sah an sich hinunter. Die Knarre mit dem aufgesetzten Schalldämpfer war ein überzeugendes Argument. Mit merkwürdig ungelenken Schritten stelzte er vor Sandro her. »Du hast keine Chance, Arschloch!«, drohte er mit gespielter Überlegenheit. »Wie willst du mit mir auch nur hundert Meter weit aus der Stadt kommen?«

Sandro hielt ihm Enricos Autoschlüssel vor die Nase. »Du fährst. Wir nehmen den da.« Er stieß Giancarlo zu Enricos Alfa, der nur wenige Meter vor ihnen am Straßenrand parkte.

»Glaubst du im Ernst, dass du mit mir fertig wirst? Bei der nächsten Gelegenheit drehe ich dir den Hals um!«

»Ja, ja!«, skandierte Sandro und lachte leise in sich hinein.

Giancarlo nahm den Schlüssel und steckte ihn ins Türschloss, während Sandro um das Auto herumging, ohne ihn aus den Augen zu lassen.

»Einsteigen!«, herrschte er ihn an. Als habe jemand einen Weinkorken aus der Flasche gezogen, löste sich der Schuss aus Sandros Waffe, schlug an die gegenüberliegende Hauswand und jaulte als Querschläger durch die Gasse. »Der nächste Schuss hinterlässt ein hässliches Loch in deinem Schädel!«

»*Merda!*«, schrie Giancarlo auf und warf sich hinters Steuer.

»Ich habe in meinem ganzen Leben noch nie einen solch blöden Selbstmörder erlebt, wie du einer bist.«

Sandro setzte sich neben ihn, presste ihm die Pistole in den Schoß und tastete ihn ab.

»Ich bin nicht bewaffnet.«

»*Bene*«, antwortete Sandro in stoischer Ruhe. »Und nun gib schön Gas, sonst wird's dir noch langweilig!«

»Was machst du eigentlich, wenn ich gegen den nächsten Brückenpfeiler fahre?«, fragte Giancarlo provozierend.

»Ich schieße dir kurz vor dem Aufprall die Eier ab«, erwiderte Sandro böse lächelnd.

Knapp fünfundvierzig Minuten später bog Giancarlo, der verbissen schweigend den Anweisungen Sandros gefolgt war, in den gleichen Waldweg ein, in den zwei Stunden zuvor bereits Enrico gefahren war.

»Dort vorne anhalten«, ordnete Sandro an und deutete auf die Ausweichstelle am Wegrand. »Motor abstellen und aussteigen!«

Giancarlo folgte mit verbissener Miene seiner Anweisung.

»Bist du bescheuert? Wenn du glaubst, dass du diese hirnrissige Aktion überlebst, hast du dich geschnitten. Irgendjemand hat uns garantiert gesehen, als wir zum Auto gegangen sind. In dieser Stadt haben alle Fenster Augen. Du kannst nicht mit mir irgendwo herumfahren und annehmen, dass du damit durchkommst!«

»Hoffnung ist eine der schönsten Illusionen. Also gib dir keine Mühe«, erwiderte Sandro.

»Und jetzt?«

»Zum Rustico«, befahl Sandro und drückte ihm den Lauf seiner Waffe energisch in den Rücken. »Du wirst sehnsüchtig erwartet.«

»He …!«, kam es aus dem Steinhaus. »*Madonna!* Hört mich denn keiner? Hier bin ich!«

»Verdammt, wer ist das?«, fragte Giancarlo perplex und blieb wie angenagelt stehen.

»Dein *amico!*«, erwiderte Sandro düster. »Vorwärts!«

»Tss …« Giancarlo schüttelte den Kopf, als verstünde er nicht, was Sandro bezweckte. »Was will denn der in dieser verdammten Gegend?«

»Das Gleiche wie du.« Sandro lachte und schob Giancarlo vor sich her.

Der smarte Mafioso stolperte unwillig über den holprigen Waldboden voller Luftwurzeln und Steinbrocken. »Geh nur hinein!« Sandro stieß die Tür auf.

Ungläubig starrte Giancarlo auf den am Boden kauernden Enrico und dann auf dessen Handfesseln. »Du? Hat er dich auch?« Er wirbelte herum, und für einen Augenblick hatte es den Anschein, als wollte er sich auf Sandro stürzen. Doch der machte nur einen Schritt zurück und richtete die Pistole auf Giancarlos Stirn.

»Nimm die Dinger hier!«, herrschte er seinen Gefangenen an und hielt ihm ein weiteres Paar Handschellen unter die Nase.

»Wenn dich unsere Freunde erwischen, machen sie Hackfleisch aus dir«, drohte Giancarlo erneut. Seine Augen glühten vor Hass. »Und sie werden dich kriegen, das steht jetzt schon fest!«

»Mach es deinem Freund nach!«, entgegnete Sandro, ohne sich auf den Wutausbruch seines Gegenübers einzulassen. »Einen Bügel ums Handgelenk, den anderen durch den Ring an der Mauer! Oder soll ich nachhelfen!« Er richtete den Lauf wieder auf Giancarlos Stirn und lud durch.

Mit einem zornigen Blick kam Giancarlo der Aufforderung nach. »Zufrieden?«, fragte er provokativ. »Wenn ich das richtig sehe, willst du etwas von uns, sonst hättest du uns beide längst kaltgemacht.« Während Enrico mit hündischen Blicken zu Sandro aufsah, bedachte ihn Giancarlo mit dümmlicher Überheblichkeit. »Du hast wohl Schiss?« Sein Grinsen wirkte maskenhaft. »Oder weißt du nicht weiter?«

Im gleichen Augenblick hörte Sandro ein Motorengeräusch. Auch Giancarlo und Enrico horchten auf.

»Jetzt wird es eng für dich«, frohlockte Giancarlo hoffnungsvoll und stieß Enrico konspirativ in die Seite.

Sandro wandte sich mit einem Achselzucken zur Tür und schaute hinaus. Sophia stieg gerade aus ihrem BMW, den sie hinter dem Alfa Romeo geparkt hatte. Sie kramte in der Handtasche und hatte dann eine silberne Pillendose in der Hand. Sie entnahm ein Dragee und zog beim Schlucken eine angewiderte Grimasse.

»Warten Sie einen Augenblick!«, rief er und ging ihr entgegen. Er half ihr über den unwegsamen Waldweg, der steil zur Hütte hinunterführte. »Sind Sie krank?«, erkundigte er sich besorgt.

»Quatsch!«, fuhr sie ihn an, als habe er etwas gesehen, was er nicht bemerken sollte. Sandro hob entschuldigend die Hand. Sophia stützte sich an seiner Schulter ab, um auf dem Waldweg nicht zu stolpern. »*Mi scusa,* ich wollte dich mit meinem Ton nicht beleidigen«, flüsterte sie. »Aber ich brauche ab und zu meine Glücklichmacher.«

Sandro verstand nicht, unterließ es aber nachzufragen. »Sie sind beide drin«, sagte er stattdessen. »Bis jetzt haben sie noch gute Laune.«

Sophia nickte und trat ein.

Eine Mischung von ungläubigem Staunen und Verwirrung trat in die Gesichter der Gefesselten. »La Nera«, entfuhr es Giancarlo. Ein gekünsteltes Grinsen überzog seine Visage, während Enrico hysterisch kicherte. Wortlos streifte Sophia Latexhandschuhe über und musterte die beiden Männer mit abgrundtiefem Ekel. Sie streckte die Hand nach Sandros Pistole aus und ergriff sie.

»Wie ich sehe, erinnert ihr euch an mich«, richtete sie das Wort an die beiden. »Ganz sicher erinnert ihr euch auch noch an meinen Bruder, nicht wahr?«, fuhr sie mit gesenkter Stimme fort. »Weißt du noch, wie du damals meine Beine festgehalten hast, Enrico?« In ihren Augen loderte ein versengendes Feuer. »Das war Andrè, der dich …«

»Du kannst es ruhig aussprechen!«, flüsterte sie mit bebender Stimme. »Denn jetzt reden wir über meine Ehre, die auch du mir gestohlen hast.« Ihre Augen glühten, und ihre Lippen bebten vor Abscheu.

»Ich weiß nicht mehr, was ich damals …« Enricos Miene war nun völlig erstarrt.

»Gib mir seine Waffe!«, wandte Sophia sich an Sandro.

Er griff in seine Innentasche und übergab ihr Enricos Pistole.

Sophia betrachtete die beiden Pistolen in ihren Händen, als würde sie darüber nachdenken, welche sie zuerst benutzen sollte.

Dann hob sie langsam ihren Blick und sah Enrico an.

»Was hast du vor? Du willst uns doch nicht hier …«, schrie Enrico wutschäumend.

»Ich hole mir meine Ehre wieder.«

Noch ehe Enrico nachvollziehen konnte, was geschah, trat Sophia kaltblütig auf ihn zu, setzte ihm den Lauf seiner Pistole ans Knie und drückte ab.

Der Schuss peitschte auf. Ein markerschütternder Schrei erfüllte den Raum. Wimmernd hing Enrico an der Handschelle. »*Puttana!*«, heulte er, presste sich die freie Hand aufs Knie und wand sich wie ein Wurm. Blut quoll durch seine Finger und tropfte auf die Erde.

Giancarlo sah Sophia mit weit aufgerissenen Augen an. »Du Drecksstück!«, presste er kaum hörbar durch die Zähne. »Monströse Schlampe! Wir hätten dich damals umbringen sollen!«

»Stimmt!«, erwiderte sie frostig.

»Aber was noch nicht ist, kann man jederzeit nachholen«, schleuderte ihr Giancarlo in einem Anfall schierer Verzweiflung entgegen.

Sophias Lächeln erinnerte an einen klirrend kalten Winter. »Wie viel Schuss sind in deinem Magazin?«, wandte sie sich an Sandro.

»Es ist ein doppelreihiges Magazin mit fünfzehn Schuss«, antwortete der belustigt. »Wollen Sie die beiden perforieren?«

»*Non so …*«, erwiderte sie sachlich. »Mit welcher soll ich weitermachen, Sandro? Was meinst du?« Sie betrachtete die beiden Waffen.

»Die linke hat keinen Schalldämpfer. Sie ist verdammt laut, wie Sie gerade bemerkt haben«, erwiderte Sandro. »Damit scheuchen Sie die Ziegen und Esel in der Umgebung auf.«

Sophia nickte unmerklich und wandte sich Giancarlo zu. Ihr entschlossenes Lächeln ließ ihm das Blut in den Adern gefrieren.

»Weißt du noch? Du hast deine Knie auf meine Arme gestemmt und dabei gelacht, als sich Andrè auf mich stürzte. Wie war das damals für dich? Ist dir dabei einer abgegangen?«

»Komm näher, dann zeig ich es dir!« Er spie sie an und zog eine höhnische Grimasse.

Wie in Trance zielte sie mit Sandros Beretta auf Giancarlos rechten Schuh und schoss ihm in den Fuß.

Giancarlo zuckte zusammen, als das Leder in Fetzen ging. Tränen schossen ihm in die Augen. Sein Schmerzensschrei zerriss die Luft. Er zerrte an der Handfessel und tanzte wie ein Derwisch auf einem Bein. »*Puttana!*«, brüllte er mit sich überschlagender Stimme.

»Ist das nicht wahnsinnig lustig, Giancarlo?«, kommentierte Sophia sein Geschrei. »So viel Spaß hatte ich selten.« Ohne die geringste Gemütsregung beobachtete sie die beiden Männer. »Übrigens habe ich euch beiden noch einen Gruß von meinem Bruder Tommaso auszurichten«, sagte sie zu Giancarlo und verpasste ihm eine weitere Kugel in den linken Oberschenkel. Dem Mafioso versagte die Stimme vor Schmerz, als ihm die dritte Kugel das Schienbein zerschmetterte. Während er blutüberströmt an der Fessel in halber Höhe am Stahlring hing, weinte Enrico, der beinahe ohnmächtig war, vor Schmerz kläglich vor sich hin.

»Hast du dich damals nicht darüber lustig gemacht, als es Andrè mir so richtig gegeben hat, Enrico?«

»Du Monster! Du Ungeheuer«, wimmerte er. Aus seinem Gesicht war jedes Blut gewichen. »Weißt du, wie lange das her ist?«

»Ja«, erwiderte Sophia kalt. »Es kommt mir wie gestern vor.« Ein weiterer Schuss zerriss die Stille. Enrico fiel wie vom Blitz getroffen in sich zusammen. Mitleidslos betrachtete Sophia den leblosen Körper und mit einem kräftigen Fußtritt stieß sie ihm in die Seite. »Endlich hat er das, was er verdient!« Sie beugte sich hinab, drückte dem toten Sandros Pistole in die Hand, richtete sie auf Giancarlo und zog gnadenlos dreimal durch. Der Mafioso wurde von der Wucht der Geschosse an die Wand geworfen. Sein leises Röcheln war das eines Sterbenden.

Sandro näherte sich und sah Giancarlo in die gebrochenen Augen. »Er ist tot«, bemerkte er lahm.

»Geh zur Seite!«, antwortete Sophia, legte Enricos Waffe in Giancarlos Hand und schoss ihm zwischen die Augen, als gäbe sie ihm den Gnadenschuss. Der Hinterkopf wurde weggerissen und das Gehirn floss wie Brei an der Steinwand zu Boden.

Eiseskälte durchzog Sophias Körper, und ihre Hände fielen kraftlos zur Seite. »Lass uns gehen!«, sagte sie leise. Ihr Blick kreuzte sich mit dem Sandros. »Kennt jemand deine Pistole?«

Sandro schüttelte den Kopf. »Sie ist nicht registriert.«

»Nimm ihnen die Handschellen ab, drück ihnen die Knarren in die Hände und lass uns hier verschwinden! Wenn sie gefunden werden, wird jeder annehmen, sie haben sich gegenseitig ins Jenseits befördert.«

Sandro schaute sie besorgt an. »Sie sehen nicht danach aus, als würde es Ihnen nach dieser Sache bessergehen.«

»Nicht, solange Andrè Fillone noch lebt.«

Sandro nickte nachdenklich, während er seine Pistole abwischte und sie Enrico in die Hand legte. »Ich muss den Alfa von meinen Spuren säubern. Das dauert nur einen Moment. Setzen Sie sich draußen so lange auf einen der Baumstämme.«

Mechanisch zog sie die Handschuhe aus und verließ die Hütte, während sich Sandro zu den Fahrzeugen begab. Er fuhr Sophias Wagen zur Seite, stieg dann in den Alfa Romeo und fuhr davon. Nur wenige Minuten später hörte Sophia einen Knall. Ein Feuerschein erhellte den Himmel, und sie sah auf der großen Lichtung eine schwarze Rauchwolke aufsteigen.

Zweiter Teil

April 2009 bis Juli 2010

8.
Tod in Genova

Das Naturschauspiel der allmählich aus dem Wasser aufsteigenden und über steile Hügel und Vorgebirge emporkletternden Stadt versetzte die Schiffsreisenden in einen euphorischen Rausch. Es war Nacht. Das Feuer des Leuchtturms blitzte auf und erlosch wieder. Quais und Schiffsmasten wurden sichtbar. Im Hintergrund traten die Berge aus der Dunkelheit hervor. Vor ihnen lag *La Superba* – die Stolze, wie sie liebevoll von den Genuesen genannt wurde. Gebäude fingen an Gestalt anzunehmen, und das ganze herrlich illuminierte Amphitheater des Hafens schien aus den Wellen aufzusteigen. So beschrieb einst ein Reisender des 18. Jahrhunderts seine Ankunft in Genua.

Die Piazza Caricamento, eine vor Lebenslust überschäumende Flaniermeile mit ihren steinernen Quadern, erstreckte sich von den Molen und ehemaligen Speichern des Porto Antico bis an Genuas Häuserfront, die sich gleich einem wehrhaften Bollwerk hinter dem Palazzo San Giorgio aufrichtete.
Der frühere Dogenpalast war unwiderstehlicher Magnet für Reisende und Gestrandete, für Geschäftsleute und Gauner. Zwischen Kais, Schiffsanlegern und Verladekränen herrschte eine Atmosphäre von Abschied und Ankunft. Grellbunt beleuchtete Pizzabuden, unzählige Verkaufsstände, Kinderkarussells und Läden mit Andenken, Postkarten und billigem Spielzeug verliehen dem Areal den Charakter eines riesigen Jahrmarktes. Kinder rannten umher, manche als Harlekine oder

Robin Hoods verkleidet, tollten herum und drängelten sich um Zuckerwatte und Autoskooter. Neidgebrüll, Lachen und Tränen, schimpfende Mütter und schlichtende Väter.

Es war kühl an diesem frühen Aprilabend. Vor einer knappen Stunde war ein heftiges Gewitter abgezogen, und nun kroch feuchtkalter Nebel vom Hafen in die Stadt. Das bunte Treiben an den Molen war in milchigen Dunst gehüllt. Hinter einer breiten Hochstraße auf massiven Betonstelzen, die Meer und Stadt voneinander trennte, breitete sich das Gassenlabyrinth der Altstadt aus. Das verwirrende Geflecht, dessen enge Steinschluchten in die gefährlichen Slums Genuas mündeten, glich einem gigantischen Spinnennetz. La Città vecchia, wie sie von jedermann genannt wurde, übte auf jeden Ankömmling den eigenartigen Reiz von Erstaunen und Beklemmung aus und verbreitete eine Aura von aphrodisierender Verderbtheit und verruchter Attraktion. Einheimische konnten sich ebenso wenig dem magischen Reiz der verwinkelten Altstadt entziehen wie Durchreisende oder Touristen.

Die Sonne war untergegangen und die Dunkelheit hereingebrochen. Nebelschwaden hatten sich wie Watte über die Dächer der Altstadt gelegt, und die Feuchte schlich sich in die Kleider der Menschen. Marode Straßenlaternen mit mattgelben Aureolen warfen in die engen Gassen ein spärliches Licht, das das nasse Straßenpflaster funkeln ließ. Die Waren der ansässigen Geschäftsleute stapelten sich trotz der klammen Nässe in überquellender Fülle vor den Ladentüren, in Passagen und Durchgängen. Fliegende Händler, aufdringliche Marktschreier, schwarzafrikanische Bauchladenverkäufer und Zöpfe flechtende Nigerianerinnen erinnerten an das Treiben in arabischen Souks. Bettler streckten Passanten beschriebene Zettel unter die Nase und murmelten Unverständliches. Im unüberschaubaren Gassengewirr, den Caruggi, wurde gehandelt und gefeilscht, geschwatzt und getändelt, in verdreckten Winkeln und auf düsteren Stiegen gehurt und gezeugt. Betrüger und Taschendiebe fanden zwischen blatternarbigen Fassaden und bröckelndem Putz ebenso ihre Opfer wie die Huren bedürftige Männer. Nirgendwo lagen Lebenshunger und Hoffnung, Last und Lust, Duldsamkeit und Aufbegehren näher beieinander als in der einst so stolzen Hafenstadt.

Aber solange noch frisch gewaschene Wäsche über die Gassen gespannt wurde und aus den Fenstern fremdartige Musik schallte, plärrendes Kindergeschrei und Weibergezänk durch die Türen drang, so lange konnte man davon ausgehen, dass die elenden Häuser noch bewohnt waren.

Im »Agdal Rabatt«, einer schmuddeligen Spelunke an der Vicolo Spinola, ging es in dieser Nacht zu wie in einem Bienenstock. Die Kneipe lag unmittelbar neben der Chiesa Santa Maria delle Vigne, in der sich allmorgendlich zur Frühmesse zumeist alte Jungfern und schwarz gekleidete Witwen einfanden und auf harten Kirchenbänken ihre knöchernen Hände falteten, dünnlippig Gebete murmelten und mit gesenktem Haupt wieder eilig das Gotteshaus verließen. Jetzt lehnten vor der Kirche Männer und Frauen an dem verwitterten Mauerwerk oder saßen in kleinen Gruppen an altersschwachen Holztischen. Hämmernde Musik dröhnte durch die offene Tür, untermalt von lautem Gegröle und Anfeuerungsrufen, als fände gerade ein aufregendes Fußballspiel statt.

Das »Agdal Rabatt« wurde meist von Kreolen, Puertoricanern oder Afrikanern betrieben. Über der heruntergekommenen Kaschemme flackerte ein mintgrüner Neonschriftzug, summend wie der Flügelschlag einer wütenden Hornisse, und warf ein giftiges Licht in den Häuserspalt. Kein Sonnenstrahl hatte das Steinpflaster je erwärmt. Wegen des starken Andrangs der Gäste schien das Lokal aus allen Nähten zu platzen.

Hinter der Kasse thronte leicht erhöht eine dürre Greisin mit gichtigen Fingern und beobachtete mit Habichtsaugen das Treiben in der Spelunke, als wolle sie jeden Augenblick ihre Beute schlagen. Die Frau mit dem stechenden Blick deutete auf das Geschehen im Hintergrund, als die beiden Carabinieri-Sergeanten Alberto Santapola und Vincenzo Masarella mit entschlossenen Mienen das »Agdal Rabatt« betraten.

Zwei Männer in schmuddeligen T-Shirts, verdreckten Hosen und ausgetretenen Turnschuhen kämpften verbissen am hinteren Ende des Tresens, und alles deutete darauf hin, dass die Auseinandersetzung blutig enden würde. Doch das Erscheinen der Uniformierten genügte, um die Streithähne zu trennen. Wenngleich die Beamten sicher waren, in Ehrenhändel zwischen einem abgerissenen Junkie und einem Kleindealer geraten zu sein, konnten sie den Kontrahenten nichts nachweisen, außer der Tatsache, dass sie mit scharf geschliffenen Messern bewaffnet waren. Weder die Alte an der Kasse noch die Gäste an der Theke verloren ein Wort über den Grund des Streits. Alle schwiegen, wie sie es in dieser Gegend immer taten.
Die Carabinieri hatten auch nichts anderes erwartet. Die Papiere der beiden Männer schienen in Ordnung zu sein, und zur Fahndung waren sie auch nicht ausgeschrieben. Solange sie sich nicht gegenseitig aufschlitzten, konnten Santapola und Masarella nichts unternehmen.
Sergente Santapola bestellte bei der Bedienung noch einen Espresso, während sein Kollege misstrauisch das Lokal im Auge behielt. Er traute dem Frieden noch nicht. Nur allmählich glätteten sich die Wogen, und der Streit würde hoffentlich nicht wieder aufflammen.

In der Città vecchia herrschte um diese Zeit Hochbetrieb. Im Strom der Passanten, Touristen und allerlei obskuren Gestalten schlugen die beiden Carabinieri den Weg in Richtung Palazzo Doria-Turi ein, ein Kleinod inmitten aller Schäbigkeit. Die beiden Beamten erreichten die Via Garibaldi, wo sich das Bild schlagartig änderte. Protzige Paläste, vornehme Patrizierhäuser, feudale Säulenhöfe und üppig bepflanzte Gärten erinnerten an den Reichtum vergangener Zeiten, als Genua noch die See- und Finanzmacht Europas war. Zunächst hätte man denken können, dass die Carabinieri entspannt dahinschlenderten. Doch der Schein trog. Ihre Augen waren überall, zumal sie sich im beliebtesten Revier der Taschendiebe befanden. Sie brauchten knapp zehn Minuten, bis sie Genuas Einkaufsstraße Via San Lorenzo erreichten. Die Fußgängerzone mit breiten Treppenaufgängen und großzügigen Plätzen, bunten Märkten, Trattorias und Jugendstilcafés war erfüllt von quirligem Leben. Hell erleuchtete Boutiquen und mondäne Geschäfte luden verführerisch zum Einkauf ein. Es roch nach grünem Pesto, nach Bruschetta mit Tomaten und nach ofenfrischer Focaccia.

Als die Carabinieri-Sergeanten bei Luigi, einem ehemaligen Polizisten, der eine Bar gegenüber der Kathedrale betrieb, eine Pause einlegen wollten, erreichte sie ein dringender Funkspruch.

Der Anruf eines Parkwächters war in der Questura Maddalena am Rande der Altstadt eingegangen. Auf dem Parkplatz an der Porta Siberia stehe ein Fiat Punto, dessen Fahrer seit Stunden hinter dem Steuer sitze und sich nicht bewege. Der Anrufer behauptete in kaum verständlichem Italienisch, er glaube, dass der Mann dringend Hilfe brauche. Da sich alle Beamten im Einsatz befanden und die beiden dem Parkplatz am nächsten waren, mussten sie wohl oder übel einspringen. Aus ihren Espressi würde also nichts werden. Sofort kehrten sie um und tauchten wieder in die verwinkelten Caruggi ein. Zur Questura, wo die Streifenwagen parkten, waren es fünfzehn Gehminuten, wenn sie sich beeilten, vielleicht zwei Minuten weniger.

Wer in diesem Stadtteil seinen Dienst versah, gehörte zu den hartgesottenen und erfahrenen Polizisten, die nicht zögerten, mit unnachgiebiger Härte durchzugreifen, notfalls mit der Waffe. Die Sergeanten Alberto Santapola und Vincenzo Masarella waren in diesem Viertel zu Hause und kannten beinahe jeden Winkel und jede düstere Abzweigung. Dennoch hielten sie einen Augenblick inne, um sich zu orientieren, zumal sie sich nicht leichtsinnig in Gefahr begeben wollten. Es gab Straßen, um die man auch als Polizist besser einen weiträumigen Bogen schlug.

»Da lang«, presste Santapola hervor, »wir gehen durch die Pissrinne.« Er deutete in Richtung Vico del Filo, einen nur von wenigen trüben Lampen beleuchteten Durchgang. In dem hundertfünfzig Meter langen Mauerspalt konnte die beiden nur schemenhaft ihre Umgebung wahrnehmen. Vincenzo Masarella verzog angewidert sein Gesicht, als ihm stechender Uringeruch entgegenschlug. Schweigend und mit äußerster Anspannung ging Masarella hinter Santapola her, peinlich darauf bedacht, dass er nicht in eine Pfütze trat. Ein paar Meter vor ihnen hatte sich ein Phonecenter etabliert, in dessen Kabinen es nur arabische Hinweistafeln gab. Direkt daneben befand sich eine Bar, über der eine tunesische Flagge prangte. Aus der weit geöffneten Tür der islamischen Metzgerei gegenüber drang der Geruch von geronnenem Blut auf die Straße.

»Attenzione«, knurrte Santapola und sprang federnd über eine Pfütze. Müllsäcke wucherten neben Hausgängen und unter Fenstern wie Furunkel empor. Überall stand wegen verstopfter Kanäle das Wasser und sammelte sich in Schlaglöchern. Abfallcontainer quollen über. An der Fassade neben einer der vielen Heiligennischen, in der ein mit Plastikblumen geschmückter Schutzpatron hing, hatte jemand mit blauer Farbe ein Graffito gesprüht. In großen Lettern war zu lesen: *Mein Atem gehört dir, die Rache gehört mir.* Eine eindeutige Botschaft, deren Inhalt von allen Carabinieri als Warnung verstanden wurde.

Jeder, der hier lebte, kannte den Spruch, und jeder kannte auch die tiefere Bedeutung. Es waren die Frauen, die die Mafiakultur von Generation zu Generation weitertrugen, vor allem Mütter, die nach Blutrache verlangten, um so das Gedenken an die Toten aufrechtzuerhalten, und ihre Söhne für das Leben in der

Mafia vorbereiteten. Vor wenigen Wochen war an dieser Stelle ein berüchtigter Geldeintreiber der Mafia von einem seiner Kollegen erschossen worden. Santapola und Masarella mussten damals mit anderen Beamten den Tatort sichern. Seitdem war ihnen nicht mehr wohl in der Haut, obwohl sie nicht zu den Ängstlichen gehörten. Die Nerven der Carabinieri waren bis zum Äußersten angespannt. Sie wussten zu gut, wo sie sich befanden und welchen Gefahren sie sich aussetzten.

Sie waren ein ungleiches Paar, die beiden Beamten des Altstadtreviers von Genua. Alberto Santapola war ein hoch aufgeschossener, schlanker Mann mit scharfen Gesichtszügen, energischem Kinn und wachen Augen. In seiner marineblauen Uniform wirkte er ausgesprochen elegant, ein wenig hochnäsig, wie ihm manchmal nachgesagt wurde, weil er sich meist einer gepflegten Sprache bediente. Sein Habitus glich dem eines Vornehmen, was ihm unter seinen Kollegen den Spitznamen Cavaliere eingebracht hatte. Mit dem eindrucksvollen Gardemaß von eins zweiundneunzig überragte er seinen Kollegen um eine Kopflänge. Vincenzo Masarella dagegen war ein untersetzter, bodenständiger Typ mit Oberarmen wie Eichenstämme und mit der Physiognomie eines groben Bauernburschen, dessen urwüchsige Körperkraft scheinbar die Uniform sprengen wollte. Seine rabenschwarzen Haare wucherten ebenso unbändig wie sein Dreitagebart. Die beiden Beamten galten in ihrem Revier als unnachgiebig, aber fair, weshalb sie Respekt und Anerkennung in den Caruggi genossen.
Santapola und Masarella traten aus der Häuserschlucht heraus. Vor ihnen öffnete sich die weitläufige Piazza. Zielstrebig steuerten sie auf den bereitstehenden Streifenwagen zu. Sekunden später preschte der Alfa Romeo mit Sirene und zuckendem Blaulicht in die stark befahrene Via Antonio Gramsci, die in weitem Bogen die morbiden Fassaden des Stadtmolochs zum gegenüberliegenden Hafen begrenzte. Mit hoher Geschwin-

digkeit passierten sie die Bogenarkaden der Portici di Sottoripa, unter deren Gewölben sich Gäste aus aller Welt in gut besuchten Restaurants drängten. Über dem Streifenwagen donnerte eine nicht abreißende Fahrzeugkolonne auf dem mehrspurigen Viadukt, der *sopraelevata,* hinweg, bis er mit kreischenden Reifen das Meeresmuseum links liegenließ und sich Richtung Osten durch den Verkehr schlängelte. Knapp zwei Minuten später erreichten die beiden die Einfahrtschranke des überfüllten Parkplatzes. Ein kleiner, schmächtiger Afrikaner im Arbeitsanzug hatte sie erwartet und winkte das Polizeifahrzeug mit wilden Handzeichen zu sich. Auf seiner schmalen Brust prangte weithin sichtbar das rote Logo der Parkplatzverwaltung. Santapola, der am Steuer saß, ließ die Scheibe herunter.

»Haben Sie wegen des Fiat Punto angerufen?«

Der Dünne nickte heftig.

»Sprechen Sie Italienisch?«

»Ich Nigeria«, erwiderte der Afrikaner, dessen kräftige Stimme im krassen Gegensatz zu seinem Körper stand. Der Mann war augenscheinlich sehr aufgeregt, denn er konnte keine Sekunde stillstehen. »Aber alles versteh«, fügte er hinzu.

»*Dove è la macchina?*«, fragte Sergente Santapola.

Für übertriebene Freundlichkeiten hatte er im Augenblick keinen Nerv, zumal er Schwarze nicht leiden konnte. In seinen Augen machten sie nichts als Ärger und zusätzliche Arbeit.

»Wer weiß, was der Kerl gesehen hat«, meinte er zu seinem Kollegen.

Dem Nigerianer stand die Angst auf die Stirn geschrieben. Santapola spürte, dass mit ihm irgendetwas nicht stimmte. Vermutlich gehörte der Kerl zu den unzähligen Illegalen, die zu Tausenden in der Stadt mit Hungerlöhnen ihr Leben fristeten. Gestrandet, ausgebeutet, ohne Familie und ohne Perspektive, versuchten sie auf jede nur erdenkliche Weise zu überleben.

»In zweite Reihe auf linke Seite, ganz hinten fahren«, erklärte der Parkwächter in gebrochenem Italienisch und deutete in die angegebene Richtung. Er öffnete mit einer Magnetkarte die Schranke und ließ den Streifenwagen passieren. »Ist schwarze Fiat Punto«, ergänzte er aufgeregt. »Ich vorgehen, zeigen dir Auto.«

Ohne noch einmal zurückzusehen, setzte er sich in Bewegung, trabte vor dem Streifenwagen her und stoppte erst wenige Meter vor einer hüfthohen Eisenplanke, die den Parkplatz begrenzte.

»Der rennt wie ein Marathonläufer!«, murmelte Santapola und beobachtete mit größter Aufmerksamkeit die Umgebung.

Der Nigerianer wandte sich um. »Da hinten sitze Mann in Auto. Ganze Zeit schon«, sagte er und deutete auf ein dunkles Fahrzeug.

»Seit wann genau«, wollte Santapola wissen.

»Weiß nicht … Viele Stunde«, erwiderte der Nigerianer, machte eine diffuse Handbewegung und blickte sich nach allen Seiten um, als befürchtete er, von jemandem beobachtet zu werden. »Ich nix immer da«, entschuldigte er sich mit einem Blick, der um Verständnis bat. »Schranke automatisch.«

Santapola winkte ab. »Was ist mit dem Mann? Haben Sie nicht nachgesehen?«

»Er nix machen, er nur sitzen!«

Santapola war ausgestiegen, warf die Tür des Streifenwagens zu und knurrte einen leisen Fluch. Nichts hasste er mehr als Dienst in feuchten Nächten und Diskussionen mit dunkelhäutigen Zeugen, die Unwissenheit und Unschuld vorspiegelten. »Bleiben Sie bei meinem Kollegen am Streifenwagen«, wies er den Schwarzen an. Dann näherte er sich vorsichtig dem Fahrzeug, das einer Rostlaube glich. Der Strahl seiner Taschenlampe traf das Nummernschild. Genueser Kennzeichen. Angespannt ging er Schritt für Schritt weiter und leuchtete durch die Heckscheibe in den Innenraum. Ein Mann, noch in mittleren Jahren, saß regungslos auf dem Beifahrersitz und lehnte mit der Schulter an der Wagentür. Merkwürdig zusammengekrümmt, sah er aus, als hätte er Magenschmerzen. Der Beamte klopfte energisch an die Seitenscheibe. »Signore! *Lasci dalle macchina! Subito!*«

Der Mann reagierte nicht.

Santapola wandte sich an Masarella, der ihm inzwischen gefolgt war und die Aktion sicherte. »Der rührt sich nicht!«

»Mach die Tür auf! Sie ist garantiert nicht verschlossen«, erwiderte Masarella und zog vorsichtshalber seine Waffe.

Sergente Santapola zog am Griff, die Tür schlug auf, und der Reglose kippte wie ein schwerer Kartoffelsack auf den Asphalt.

»Hey, hey, hey«, rief Santapola und versuchte, dem Mann aufzuhelfen.

»Er hat gestöhnt«, entfuhr es Sergente Masarella überrascht. »Hast du's gehört, Alberto?«

»*Assurdo!*« Santapola schüttelte den Kopf und beugte sich über den Körper des Mannes. Weit aufgerissene Augen blickten mit dem Ausdruck unendlichen Leidens ins Leere. Der Carabiniere hielt für eine Sekunde den Atem an. »Der hat keinen Ton von sich gegeben. Das hätte ich doch hören müssen.«

»Vielleicht ist er besoffen!«, meinte Masarella.

»Glaube ich nicht. Er ist blass wie ein Leichentuch«, stellte Santapola lakonisch fest. »Verständige die Questura, sein Hemd ist voller Blut! Außerdem atmet er nicht, und wenn mich nicht alles täuscht, ist bereits die Leichenstarre eingetreten.« Dieses Mal hatte er mit seinem Kollegen im genuesischen Dialekt gesprochen, dessen Vokabeln von maritimem Treibgut fremder Handelswege und Hafenstädte geprägt sind und den nur Einheimische verstehen.

»Ist er wirklich tot?«, fragte Sergente Masarella, als erkundige er sich nach der Uhrzeit.

»Toter geht nicht. Verständige die Questura!« Santapola drehte den Mann vorsichtig auf den Rücken. Er betrachtete das Gesicht. Sein Mund war staubtrocken, und seine Muskeln verkrampften sich. Das war immer so, wenn er es mit einer Leiche zu tun hatte. Diese hier musste schon länger tot sein, jedenfalls war sie eiskalt. Der Carabiniere ließ den grellen Strahl seiner Stablampe über den Körper des Leblosen gleiten. Er dürfte kaum älter als vierzig Jahre gewesen sein, ein schlanker, gutaussehender Typ. Vielleicht Ausländer oder auch Sizilianer! Das tiefschwarze Haar und die sonnengebräunte Haut, die jetzt unnatürlich fahl war, ließen darauf schließen.

Santapola untersuchte vorsichtig die Taschen, fand aber weder einen Ausweis noch Wagenpapiere. Ein Zettel erregte seine Aufmerksamkeit. Eine vierstellige Zahl und der Name eines spanischen Adligen standen darauf. Nachdem er den Zettel zurück in die Hosentasche geschoben hatte, beugte er sich ins Fahrzeug und stöberte im Handschuhfach. Auch hier fand er nichts, was einen Hinweis auf die Identität der Person hätte geben können. »Sieht aus, als hätte man ihn ausgeraubt«, murmelte er. »Der Kerl hat keine Schuhe an!«, rief er überrascht seinem Kollegen zu. »Weshalb sitzt jemand ohne Schuhe im Auto? Kann mir das einer erklären?«

»Vielleicht hatte er kein Geld, um sich welche zu kaufen!« Masarella kicherte.

»Spinner!« Sergente Santapola kroch ins Auto, fand aber keine Schuhe. Und im Zündschloss steckten auch keine Autoschlüssel. Er kletterte aus dem Wagen und streifte seine Hosen glatt. Sein Blick fiel wieder auf das Hemd des leblosen Mannes. Das Blut im Gewebe wies bereits eine bräunliche Färbung auf. »*Senti*, Vincenzo«, rief er. »Er hat Verletzungen am Bauch! Wir fassen besser nichts mehr an, sonst bekommen wir noch Ärger mit der Spurensicherung.«

»Was ist das für ein Typ?«, fragte Masarella. Neben ihm stand der schwarze Parkwächter, der immer noch zitterte und schwitzte, als säße er in einer Sauna.

»Wahrscheinlich Sizilianer, hat aber keine Papiere, keine Brieftasche, kein Geld, absolut nichts dabei. Frag in der Zentrale den

Besitzer des Wagens ab! Alles andere überlassen wir dem *commissario.*« Santapola nahm plötzlich einen schwachen Geruch wahr. »Irgendetwas riecht hier komisch.«

Aus dem Auto kam dieser merkwürdige Duft jedenfalls nicht. Noch einmal beugte er sich tief über den Leblosen. »Der riecht nach Medizin. Irgendwie nach Krankenhaus«, meinte er leise zu sich selbst.

Santapola beleuchtete die Stelle des Hemdes, hinter der er die Wunde vermutete. Weder erstochen noch erschossen. Beides konnte er mit ziemlicher Bestimmtheit ausschließen. Der Stoff war äußerlich unversehrt. Der Mann musste sich vor vielen Stunden entweder mit einer stark blutenden Bauchverletzung ins Auto geschleppt haben, oder man hatte ihn in den Wagen gesetzt. Für Letzteres sprach, dass der Tote nicht auf dem Fahrersitz saß. Santapola leuchtete die unmittelbare Umgebung des Fahrzeugs ab. Nichts. Keine Schleif- oder Blutspuren. Dann untersuchte er das Türschloss. Auch Aufbruchspuren gab es nicht. Jedenfalls nicht auf den ersten Blick.

»Der Besitzer des Wagens ist ein Hafiz al-Salah. Syrer, geboren in Aleppo, dreiundzwanzig Jahre«, hörte er Masarellas Stimme in seinem Rücken. »Wohnhaft in der Vicolo Spinola. Das Auto wurde nicht als gestohlen gemeldet.«

»Von dort kommen wir doch gerade«, rief Santapola zurück.

»Sicher wieder so ein Illegaler.« Masarella spuckte aufs Pflaster. »Die verleihen sich die Autos untereinander wie Kugelschreiber.«

»Der Mann ist nie im Leben ein Syrer«, widersprach Santapola kaum hörbar und richtete den Lichtkegel erneut auf das Gesicht des Leblosen. »Vincenzo!«, rief er dann über die Schulter. »Der Parkwächter soll den verdammten Platz absperren. Hier fährt keiner mehr rein und keiner mehr raus! Und stell die Personalien von dem Schwarzen fest! Nicht, dass er uns durch die Lappen geht.«

»*Porca miseria!* Er ist wie vom Erdboden verschluckt!«, antwortete Masarella aus dem Hintergrund. »Gerade hat er noch neben dem Streifenwagen gestanden.«

Santapola richtete sich auf. »*Merda!* Weißt du, wohin er gelaufen ist?« Wie konnten sie nur so leichtsinnig sein, nicht auf den Schwarzen zu achten?

»Vielleicht ist er schon zur Einfahrt gegangen und schließt die Schranke«, meinte Masarella hoffnungsvoll. »Ich sehe nach, wo er geblieben ist.«

Er schob seine Pistole in das Halfter und ging in Richtung Einfahrt.

Santapola biss sich auf die Lippen. Das hatte ihnen gerade noch gefehlt! Sie würden sich in der Questura wegen ihres naiven Vorgehens einiges anhören müssen.

»Weit kann er nicht sein«, rief Masarella über die Schulter. »Ich sehe nach, ob er dort ist.«

»Das glaubst du wohl selbst nicht«, knurrte Santapola grimmig, während sein Blick über die unübersehbare Ansammlung von Blechdächern streifte. Außer einem Pärchen, das am anderen Ende des Parkplatzes in ein Auto stieg, war niemand zu sehen. Aber das wunderte ihn nicht sonderlich, denn das Areal lag völlig im Dunkeln, und an diesem Ort hielt man sich mitten in der Nacht nur auf, wenn man einen Wagen abstellen oder abholen wollte. Das ganze Areal musste sofort gesichert werden, bevor wertvolle Spuren unwiederbringlich zerstört wurden. Was, wenn der Parkwächter mit dieser Sache etwas zu tun hatte? Der Gedanke war nicht von der Hand zu weisen. Sicher, der Schwarze hätte kaum die Questura alarmiert, aber auf der anderen Seite wäre es ganz schön clever von ihm gewesen, auf diese Weise von sich abzulenken.

Es stellten sich viele Fragen: War der Mann im Wagen der Besitzer, und ist er im Auto gestorben? Wie war er ohne Hilfe in den Wagen gelangt, wenn er so schwer verletzt war? Hatte man ihn womöglich tot hierhergebracht und auf den Beifahrersitz gewuchtet? Oder hatte er noch gelebt und sich mit letzter Kraft ins Auto gequält? Dann müsste frisches Blut auf den Sitzen sein. Santapola beugte ich in den Wagen und suchte im Schein der Taschenlampe vergeblich nach Spuren. Möglicherweise hatte der Parkwächter den Toten ausgeraubt und danach die Carabinieri angerufen. In Santapolas Magen machte sich ein mulmiges Gefühl breit. Das war jetzt Sache der Kollegen der Kriminalabteilung. Sollten die sich den Kopf darüber zerbrechen!

Santapola atmete tief durch. Eine Windböe fegte vom Wasser herüber und verbreitete tranigen Geruch. Der Sergente fröstelte. Nachdenklich griff er in die Tasche und zog eine Packung Zigaretten heraus. Die Flamme seines Gasfeuerzeugs erhellte für einige Sekunden seine scharf geschnittenen Gesichtszüge, denen man ansehen konnte, dass der Mann jede Illusion einer besseren Welt längst verloren hatte. Es war sinnlos, nach dem Parkwächter zu suchen. Diese Typen verschwanden ebenso schnell, wie sie auftauchten.

»*Cazzo*«, fluchte Santapola leise. »Wo bleiben die Kollegen?« Er hasste solche Situationen, bei denen er die Lage nicht eindeutig einschätzen konnte. Er fühlte eine bleierne Schwere. Nach einem tiefen Zug aus seiner Zigarette schnippte er sie im hohen Bogen über einige Fahrzeuge hinweg.

Aus der Ferne hörte er die Sirene eines Krankenwagens. Sergente Masarella hatte die Rettungsleitstelle alarmiert und den Kollegen in der Questura eine telefonische Lagebeschreibung übermittelt. In wenigen Augenblicken würden mehrere Streifenwagen im Porto Siberia eintreffen, und die Ermittler würden den Tatort mit Scheinwerfern in ein schauriges Theater verwandeln.

9.
Monte Cardeto

Scheinwerfer einer dunklen Limousine fraßen sich in die sich steil hinaufwindenden Serpentinen der zerklüfteten Bergwelt von Kalabrien. Dunst lag zwischen den Anhöhen, der sich wie ein feiner Schleier über die Straßen und Häuser ausgebreitet hatte. Seit Tagen staute sich ein Niederschlagsgebiet vor den Monte Cendri. Jetzt hatte der Nieselregen endlich aufgehört, und die Wolkendecke riss auf. Der Mann am Steuer fuhr mit halsbrecherischer Geschwindigkeit durch die Kurven. Die kleinste Unachtsamkeit hätte dazu führen können, dass der Wagen Hunderte von Metern den Steilhang hinunterstürzte und in den schroffkantigen Felsen zerschellte. Doch wie es schien, kannte er sich aus. Er bog in die letzte Serpentine ein. *Cardeto* stand auf dem Ortsschild, das wie viele Verkehrsschilder in dieser Gegend von Pistolenschüssen durchlöchert war.

Das Bergdorf, dessen Häuser in siebenhundert Metern Höhe wie Schwalbennester im Steilhang klebten, vermittelte vom Tal aus den Eindruck, als habe man eine Unmenge von bunten Schachteln willkürlich übereinandergestapelt. Kleinste Erdrutsche konnten Katastrophen ungeahnten Ausmaßes auslösen. Es wäre nicht das erste Mal gewesen, dass in dieser Gegend nach schweren Gewittern ganze Dörfer von Schlammlawinen verschlungen wurden. Viele Bewohner hatten schon vor Jahrzehnten die unsichere Gegend verlassen und waren in nahe Städte gezogen. Cardeto hingegen hatte überlebt, weil der bescheidene Tourismus noch genug Geld einbrachte. Es gab ein paar Bars, ein Ristorante, das sich den Ruf einer guten Küche erworben hatte, eine gutgehende Vinoteca und sogar ein Kino. Cardeto war einer der Orte, in denen die Menschen noch einigermaßen günstig leben konnten, obwohl in der ganzen Region der kalabrischen Berge Arbeit Mangelware war.

Der schwere Mercedes wurde langsamer und tauchte in die enge Häuserschlucht der Ortseinfahrt ein. Um diese Uhrzeit hielten sich kaum Menschen auf der gespenstisch leeren Hauptstraße Via Sant'Agatha auf. Das Dorf, mit seinem engmaschigen Netz düsterer Wege und winkliger Gassen, die durch Hunderte von Treppen, Stiegengängen und holprigen Pfaden miteinander verbunden waren, schien in düsterer Agonie zu liegen. Die Limousine bog auf die Piazzetta ein und hielt auf dem Parkplatz unterhalb der Kathedrale Maria Assunta in Cielo.

Männer in dunklen Anzügen und Trenchcoats stiegen aus. Türen fielen geräuschvoll ins Schloss. Die fünf Gestalten vertraten sich die Beine auf der Piazza Duomo. Das eindrucksvolle Gotteshaus thronte leicht erhöht auf einem Plateau, das man über einen breiten Treppenaufgang erreichte. Flankiert wurden die Stufen von Löwenskulpturen, die mit majestätischen Mähnen und mächtigen Pranken auf quadratischen Marmorsockeln lagerten und mit weit aufgerissenen Mäulern das messingbeschlagene Doppelportal bewachten. Die mit Ornamenten reich verzierte Fassade der weiß schimmernden Kirche erstrahlte in grellem Flutlicht, ihre Architektur stand im denkbar größten Kontrast zu Cardetos ärmlichen Häusern.

»Von hier aus gehen wir zu Fuß weiter«, meinte Edoardo Paluzzi und nahm den leichten Sommerhut vom Kopf. Seine Glatze schimmerte unter der Straßenlaterne. Er blieb plötzlich stehen und wandte sich der Kirche zu. »Hier bin ich getauft worden«, erklärte er in einem Anflug nostalgischer Erinnerung. »Und meine Erstkommunion habe ich hier auch gefeiert.«

»Es hat nur nicht viel geholfen«, kicherte ein schlanker, drahtiger Mann mit pomadisierten Haaren und Dreitagebart. Sein Blick fiel auf zwei Frauen in Witwenschwarz, die mit gebeugtem Rücken und verhärmter Miene auf das Gotteshaus zueilten. »Es muss auch Menschen geben, die für solche beten, die nicht mehr beten.« Er deutete mit dem Finger auf den Kahlkopf.

Die Männer lachten, und Don Palù, wie sie ihn ehrfurchtsvoll nannten, machte eine ärgerliche Handbewegung. »Mach dich nicht lustig über die Kirche!«, knurrte er ungehalten. »Du hörst dich an, als würdest du nie zu unserem Herrn und der Heiligen Jungfrau beten. Glaubst du etwa nicht an Gott?«

Der Drahtige grinste seine Kumpane unverschämt an. »Doch! Natürlich! Aber nicht immer an sein Bodenpersonal!«

Der Blick des Paten traf den Mann wie ein Keulenschlag, und das verhaltene Lachen der Begleiter verstummte augenblicklich. Der schwergewichtige Paluzzi mit dem runden, fleischigen Gesicht, den wulstigen Lippen und dem verächtlichen Blick war von aufbrausendem Wesen und trug den Beinamen *L'ippopottamo* – das Nilpferd. Doch dieser Spitzname fiel nur, wenn er außer Hörweite war. Er war keineswegs so dickhäutig, wie man es aufgrund seiner Statur hätte annehmen können. Don Palù war wie viele Ehrenmänner tief gläubig und verstand in diesen Dingen keinen Spaß. Man munkelte, er habe einen Altar in seiner Villa, vor dem er vor jeder wichtigen Entscheidung bete.

Dickbauchige Wolken wälzten sich über die Berge, an den Rändern tiefschwarz, und rissen auseinander. Ein kräftiger Wind peitschte über den Platz und trieb Papierfetzen und Plastiktüten vor sich her.

»Weshalb fahren wir nicht direkt zu ihm, Don Palù?«, fragte ein Dritter, der fröstelnd seinen Mantelkragen hochgeschlagen hatte.

Paluzzi warf ihm einen vorwurfsvollen Blick zu. »Kannst du dir das nicht denken, Carlo?«

Der Mann nickte mit hündischer Ergebenheit, als schämte er sich für seine dumme Frage.

»Wenn wir die Einfahrt von der Landstraße her nehmen«, erklärte Paluzzi, »dann stehen wir mit unserem Wagen wie auf dem Präsentierteller. Die Station der Carabinieri ist nur dreihundert Meter von dort entfernt. Ich habe keine Lust aufzufallen. Gehen wir aber von hinten zu dem Mastbetrieb, werden wir nicht gesehen.«

»Wie lange brauchen wir?«, nörgelte Carlo.

»Knapp zehn Minuten«, antwortete Don Palù. »Wir müssen durchs Dorf. Die ersten zweihundert Meter sind unbequem, es geht immer bergauf. Danach führt der Weg an einem Abhang entlang. Den Hof kannst du von hier aus nicht sehen, er liegt am Rande des Wäldchens dort oben.« Er deutete in die ungefähre Richtung.

»He, Don Palù!«, wandte sich ein anderer aus der Gruppe an den *Capo*. »Wolltest du nicht die Weinkiste im Kofferraum mitnehmen?«

Paluzzi, der am Steuer des Mercedes gesessen hatte, warf dem Mann die Wagenschlüssel zu. »Ja, natürlich! Wir wollen doch feiern, oder?« Er blickte den dürren, hochgewachsenen Mann auffordernd an. Mit seiner bemerkenswerten Hakennase, den wasserblauen Augen und den Narben in seinem Gesicht zog er stets die Aufmerksamkeit seiner Umgebung auf sich. Die Lippen erschienen wie ein Strich, und sein Lächeln hatte etwas Faunisches. Er hinterließ bei Begegnungen mit Fremden fast immer den Eindruck, dass sie gerade noch einmal einer Grausamkeit entkommen waren. Wie die anderen steckte auch er in einem anthrazitfarbenen Anzug, den man unter seinem offenen Trenchcoat sehen konnte. Die Kleidung an ihm schlotterte, als habe er gerade zwanzig Kilo abgenommen.

»Schließ den Kofferraum wieder ab, Brufolo! Und einer soll mit anpacken, zu zweit geht es leichter.«

Der Angesprochene nickte. Er genoss Don Palùs besonderes Vertrauen und galt als schlau und gefährlich. Oft genug hatte er bewiesen, dass er über eine intuitive Intelligenz verfügte, was ihn zu einem gefährlichen Gegner machte. Eigentlich hieß er Mauro. Seinen Spitznamen *Il Brufolo* – der Pickel – hatte er während seiner Pubertät von den Nachbarskindern erhalten. Als Halbwüchsiger wurde er fuchsteufelswild, wenn ihn die Kameraden mit diesem Namen riefen. Damals, er feierte gerade seinen siebzehnten Geburtstag, hatte ihn ein Junge aus dem Dorf Brufolo gerufen, als er gerade mit einem Mädchen flirtete. Sie musste über die Bezeichnung schallend lachen und ließ ihn stehen. Er geriet deshalb in solche Wut, dass er dem Jungen zwei Tage später in einer Unterführung auflauerte und ihn mit seinem Messer erstach. Brufolo hatte Glück, die Carabinieri tappten im Dunkeln, der Name allerdings war ihm geblieben, selbst, als er längst in eine andere Stadt gezogen war.

In der Ferne wurden Autotüren zugeschlagen, und lärmende Stimmen hallten durch die Gassen. Cardeto, dessen Gemäuer und verwinkelte Straßenzüge nur von trüben Funzeln beleuchtet wurden, vermittelte eine dämonische Stimmung.

Paluzzi war ein massiger und sehr beleibter Kerl, der in einem erstklassigen Maßanzug steckte. Sein Schädel mit dem schmalen Haarkranz saß auf einem Stiernacken, der in einen mächtigen Rumpf überging. Aus seinem gutmütigen Gesicht sprach die Freundlichkeit eines Bernhardiners, die einen Unbedarften leicht in die Irre führen konnte. Seine Temperamentsausbrüche waren sprichwörtlich, und die kleinsten Kleinigkeiten konnten ihn auf die Palme bringen. Dann trat ein seltsames Leuchten in seine Augen, das alle zum Schweigen brachte. In seiner Gegenwart musste man sich ständig überlegen, was man sagte. Ein falscher Ton, ein falsches Wort, und schon trat diese plötzliche Stille ein, dieses beklommene Schweigen. Der Tod lag dabei in der Luft, man konnte ihn förmlich riechen.

Trotz seiner Leibesfülle hatte sich Don Palù an die Spitze der Männer gesetzt und stapfte mit erstaunlicher Geschwindigkeit die steil ansteigende Dorfstraße hinauf. Die Männer passierten die entstellten Fassaden und blinden Fenster verlassener Häuser, stiegen über halsbrecherische Treppen und durchquerten baufällige Durchgänge. Nach einigen Minuten erreichten sie keuchend einen kleinen Absatz. Mannshohe Lorbeerbüsche säumten den gepflasterten Platz vor einem Ristorante. Ein paar alte Männer saßen draußen unter einer trüben Laterne an einem Tisch, rauchten, diskutierten und tranken Wein. Ihr Gespräch erstarb, als sie Paluzzi bemerkten.

Er ging auf die Männer zu und wechselte ein paar Worte mit ihnen. In ihren Mienen spiegelte sich devote Zurückhaltung und versteckte Furcht, als sie sahen, in welcher Begleitung sich Paluzzi befand. Das hochmütige Lächeln des Dons war unübersehbar. Er befand sich in dem Ort, in dem er einst aufgewachsen war und in seinen jungen Jahren die ersten Schutzgelder erpresst hatte. Ehrfürchtige und auch bewundernde Blicke galten dem dicken Paten, der für kurze Zeit im Kreise seiner Handlanger in verklärter Erinnerung schwelgte.

»Andiamo!«, rief er seinen Leuten zu, und sie gingen weiter. Nach etwa hundert Metern bog links ein unbeleuchteter Pfad ab, der am Ortsrand in einem langgezogenen Bogen in ein Waldstück führte. Nach wenigen Metern war es stockdunkel. Man konnte kaum noch die Hand vor den Augen sehen. Die Männer fluchten leise, als sie über den steinigen Weg stolperten.

»Von wegen zehn Minuten«, keuchte Brufolo, der mit dem Kerl, den sie Stefano nannten, die Weinkiste schleppte.

»Wir sind gleich da«, brummte Paluzzi schroff. »Und haltet die Klappe! Wir wollen doch meinen Verwalter Montoglio überraschen.«

Als sie sich dem Waldrand näherten, schimmerten Lichter durchs Blattwerk der hohen Kastanienbäume. »Dort hinten ist es«, sagte Paluzzi leise zu den Männern, die ihm folgten. Ein Windstoß trug einen durchdringenden Geruch zu ihnen herüber.

»Verdammt!«, blaffte Granato, der Kerl unmittelbar hinter Paluzzi. Er war von gewaltiger Statur und sah in seinem Anzug aus, als steckte er in einer Wurstpelle. »Der Geruch ist kaum auszuhalten!«

»Schweine riechen eben nach Schweinen«, gab Paluzzi zurück und erntete verhaltenes Gelächter. »Manche unserer Kunden riechen auch nicht besser.« Er blieb plötzlich stehen und kniff die Augen zusammen. Angestrengt sah er den Steilhang hinunter. »Wieso stehen dort unten Autos?«, fragte er mehr sich selbst als die anderen. »Da wohnt doch weit und breit niemand mehr.«

Seine Begleiter folgten Don Palùs Blick. Die Konturen mehrerer Fahrzeuge waren deutlich zu erkennen, und es schien so, als stünden sie völlig verlassen auf einem Wiesengrundstück.

»Wieso parken die dort?«, fragte Carlo.

Der dicke Don zuckte ratlos mit den Schultern. »Kannst du jemanden sehen?«, fragte er Granato. »In den Autos sitzt jedenfalls niemand.«

»Eigenartig ist es auf alle Fälle«, meinte Brufolo und setzte die Kiste ab. »Auf dem Dach sind keine Blaulichter. Es könnten Zivile sein.«

»Carabinieri haben genau solche Wagen«, bestätigte Granato. »Immer die gleiche Marke. Aber ich wüsste nicht, was die hier oben wollen.«

»Weiter!«, drängte Paluzzi. »Wir sehen schon Gespenster. Es werden irgendwelche Anwohner sein, die hier ihre Karren abgestellt haben. Im Dorf gibt es so gut wie keine Möglichkeiten.«

»Vielleicht Jäger«, meinte der Riese. »Die treiben sich in dieser Gegend oft herum.«

»Um diese Uhrzeit?« Paluzzi tippte sich an die Stirn. »Außerdem haben wir keine Jagdsaison.«

»Und weshalb sind das da unten alles Alfa Romeos?«, insistierte Brufolo, machte einen großen Schritt über eine Pfütze und ging ein paar Schritte den Abhang hinunter. »Soll ich mal nachsehen?«

»Spar dir den Aufwand! Kannst du mir mal verraten, was Polizisten hier oben in diesem verlassenen Kaff zu suchen haben?«, maulte der Riese. »Du glaubst doch nicht im Ernst, dass sich die Zivilen bei dem Wetter hinter Büschen oder Bäumen wegen uns den Arsch abfrieren!«

Paluzzi kicherte. »Passt auf, hier ist überall Morast und Wasser!« Er machte einen Bogen und ging mit raumgreifenden Schritten weiter. Die anderen folgten ihm.

Nach wenigen Minuten erreichten sie den einsam liegenden Hof, auf dem Paolo Montoglio den Schweinemastbetrieb des Dons am Laufen hielt. Der Gestank war mittlerweile so penetrant, dass selbst der Pate zeitweise den Atem anhielt. »*Madonna mia!*«, schimpfte er vor sich hin. »Wie kann man hier nur leben?«

Der Bauernhof lag auf einer Anhöhe, die rings von hohen Bäumen gesäumt war. Das einstöckige Haupthaus aus groben, gelbbraunen Feldsteinen schmiegte sich mit seiner Rückseite an einen riesigen Findling. Die Fenster waren erleuchtet und tauchten den Hof in ein diffuses Licht. Der schmale Weg führte an den Schweinekoben vorbei, die in Boxen von jeweils zehn auf fünfzehn Metern aufgeteilt waren. Carlo warf als Erster einen Blick über die hüfthohe Mauer.

»*Madonna!* Das sind ja riesige Biester!«, rief er leise. »Paluzzi, schau dir einmal den Eber an! Der Keiler hat bestimmt zweihundertfünfzig Kilo, wenn nicht noch mehr.« Er beugte sich über die betonierte Schutzmauer und fasste in den Koben.

»Bist du verrückt«, zischte Paluzzi und riss ihn von der Mauer weg. »Du kannst die Viecher doch nicht streicheln! Die beißen deine Pfoten schneller ab, als du denken kannst. Vor allem, wenn sie Hunger haben. Sie fressen buchstäblich alles.«

»Wirklich?«, erwiderte Carlo ungläubig.

»Schweine haben rasiermesserscharfe Vorderzähne«, erklärte der dicke Don. »Ich habe mit denen schon die irrsinnigsten Dinger erlebt.«

»Als Braten auf dem Teller sind sie mir sympathischer!«, wandte sich Brufolo naserümpfend ab.

»Schweine von heute sind die Schnitzel von morgen«, meinte Granato amüsiert und lachte verhalten über den eigenen Witz. Die anderen Männer traten hinzu und betrachteten mit Respekt die ausgewachsenen Mastschweine, während Carlo verschreckt die Hände in seinen Hosentaschen vergraben hatte.

»Die können sogar Porzellanscherben fressen, wenn sie Hunger haben«, belehrte Paluzzi den neben ihm stehenden Carlo, in dessen Gesicht sich eine auffallende Blässe zeigte. »Los, weiter«, befahl Paluzzi und wandte sich dem Hauptgebäude zu.

»Paolo!«, rief er in Richtung Haus. »He! Paolo!«

Vor dem Haus ging eine trübe Lampe an. Ein gedrungener Typ in Jeans und Pullover trat vor die Tür.

»Ich bin es«, rief Paluzzi. »Ich hab Freunde dabei. Brufolo, Carlo, Granato und Stefano sind mitgekommen!«

Montoglio kniff wegen des Zwielichtes die Augen zusammen und blickte in ihre Richtung. »Bist du das, Don Palù?«

»Ja, wer sonst?«

»Was machst du hier?«, rief er überrascht. Er stapfte ihm mit kniehohen Gummistiefeln entgegen. Seine Miene zeigte keine Freude, sondern ängstliche Ablehnung. »Willst du mich kontrollieren?«

»Quatsch! Ich weiß, dass sich die Schweine bei dir wohl fühlen.« Die Männer grölten vor Vergnügen über Paluzzis doppeldeutige Bemerkung.

»Hast du etwas zu essen im Haus?«, erkundigte sich Don Palù und klopfte ihm freundschaftlich auf die Schulter. »Wir wollen mit dir feiern. Ich habe eine Kiste Barolo mitgebracht.«

»Es gibt Spaghetti mit Tintenfischsauce oder, wenn ihr wollt, Kaninchenragout mit Peperoni. Es ist genug da für alle.«

»*Buonissimo*«, rief der Don und wandte sich an seine Männer. »Ich habe es euch noch nicht gesagt, aber Montoglio ist ein begnadeter Koch.«

Beifälliges Gemurmel ertönte.

»*Vieni!*«, forderte Montoglio den Paten diensteifrig auf und wandte sich an dessen Begleiter. »Und seht euch vor, wo ihr hintretet! Hier ist überall Morast.«

Die fünf Männer suchten sich leise fluchend den Weg über die halbwegs trockenen Stellen und traten einer nach dem anderen ins Haus.

»Macht euch die Schuhe sauber!«, nörgelte Montoglio und deutete auf die Dreckspuren, die die Männer hinterließen. »Oder zieht sie aus!«

»Kann man den Geruch auch abstellen?«, fragte Carlo bissig und streifte am Eingang die Schmutzklumpen von seinen Schuhen ab.

»Welchen?«, kicherte Granato. »Den deiner Füße oder den der Säue da draußen?«

»Mach die Tür hinter dir zu! Dann ist es nicht mehr so schlimm«, sagte Montoglio lachend. »Ich rieche sowieso nichts mehr.«

Die Männer standen in der riesigen Küche und sahen sich interessiert um. Grau gesprenkelte Steinfliesen, weiß getünchte Wände und in der Mitte des Raumes ein gewaltiger Holztisch aus groben Eichendielen, an dem mindestens zwölf Leute sitzen konnten. Zwischen den beiden Fenstern stand ein gusseiserner Ofen, der mit Holz und Briketts beheizt wurde und in dem ein Feuer loderte. Zwei schwere Eisentöpfe standen auf der glühenden Feuerstelle, und der würzige Geruch des Fisch-Sugo stieg den Mafiosi in die Nase.

Ein schwarzes Ofenrohr führte in einem Bogen durch die Wand, und am Anschlussstück drang Qualm in den Raum. Knisternde Holzscheite im Ofen verbreiteten eine wohlige Wärme. An der Wand gegenüber stand ein weiß lackierter Küchenschrank, der schon bessere Zeiten gesehen hatte. Gleich daneben befand sich ein steinernes Waschbecken, unter dem Holzscheite aufgeschichtet und Kohlen aufgehäuft waren. Zeitungsstapel türmten sich daneben auf. Auch die restliche Einrichtung schien aus den sechziger Jahren zu stammen und vermittelte den Eindruck einfachster Verhältnisse. Von der Decke baumelte an einem Kabel eine nackte Glühbirne und verbreitete ein fahles Licht.

Granato, der Riese, griff sich abfällig grinsend einen Holzstuhl, drehte ihn mit der Lehne nach vorn und setzte sich ans Kopfende des Tisches. Brufolo und Stefano stellten die Weinkiste auf dem Steinboden ab. Der Pockennarbige entnahm der Kiste zwei Flaschen und reichte sie an Montoglio weiter.

»Wir brauchen Gläser und einen Korkenzieher«, sagte er und setzte sich neben Paluzzi.

Während Paolo Montoglio einen großen Laib Brot, Käse, Schinken und Oliven aus einem eichenen Vorratsschrank holte, gruppierten sich die Männer lärmend um den Tisch. Dann verteilte der Verwalter Teller und Besteck, zog aus der Tischschublade ein langes Brotmesser und stellte einfache Wassergläser auf die grobe Platte. Anschließend wandte er sich dem Ofen zu.

»*Attenzione!*«, rief er, als er die Töpfe auf den Tisch stellte. »Bedient euch!« Er reichte Don Palù die riesige Schöpfkelle und griff nach dem Brotmesser. »*Buon appetito*«, sagte er, schnitt sich eine grobe Kante vom Laib ab und gab ihn weiter.

Paluzzi zog ein Stofftaschentuch aus der Hosentasche, steckte es wie ein Lätzchen in den Ausschnitt seines Hemdes und machte sich über die Pasta mit dem Fisch-Sugo her.

»Gibt es etwas Besonderes?«, richtete Montoglio kauend das Wort an Paluzzi. Misstrauisch beobachtete er, wie sein schwergewichtiges Gegenüber mit den wurstartigen Fingern auf dem Tisch Klavier spielte.

»Wir hatten zufällig hier zu tun«, erwiderte der Don und ließ seinen Blick vielsagend in der Runde kreisen. »Da dachte ich, überrasche doch mal deinen Freund Paolo und sieh nach, was er so treibt in der Einsamkeit!«

»Hmm …« Montoglio brummte skeptisch. Wie es schien, traute er Paluzzis Worten nicht so recht.

Don Palù verirrte sich normalerweise selten in diese Gegend. Das letzte Mal, das er Montoglio auf dem Hof aufsuchte, war schon mehr als sechs Monate her. Vor einigen Jahren war es noch Montoglios eigener Mastbetrieb gewesen, der im Aufbau war und nur wenig Geld abwarf. Es ging ihm finanziell so schlecht, dass er kaum über die Runden kam. Wie aus dem Nichts tauchten eines Tages ein paar Typen auf und boten ihm an, seinen Betrieb vor Schaden zu bewahren! Montoglio wusste, was das bedeutete. Die Kerle verlangten *pizzo,* Schutzgeld, das er nie und nimmer hätte bezahlen können. Und dann sprang plötzlich Paluzzi ein. Don Palù machte ihm das zynische Angebot, ihm den Betrag vorzustrecken. Er versprach Montoglio, Metzgereien und Restaurants dazu zu bewegen, bei ihm einzukaufen. Dann könne er auch leicht den Kredit wieder abstottern. Doch die Abnehmer kauften nicht wie versprochen, und der Kredit wurde fällig. Wieder erwies sich Don Palù als großzügig und bot ihm einen Job in seiner Firma an.

Der Freizeitjob erwies sich als einfach und lukrativ, und Montoglio konnte zusätzliches Einkommen gut gebrauchen. Er sollte Verstorbene mit Paluzzis Leichenwagen in die Tschechische Republik überführen, eine, manchmal auch zwei Sammeltouren in der Woche. Die konnte er ohne weiteres übernehmen, ohne dass der Hof unter seiner Abwesenheit Schaden erlitt. Doch das war ein Denkfehler. Bevor Montoglio richtig begriff, auf was er sich eingelassen hatte, war es zu spät: Er befand sich in den Fängen der Mafia. Es wurde ihm schnell klar, dass mit den Leichentransporten nach Tschechien etwas nicht stimmte. Aber er fragte nicht und verhielt sich so, wie sich alle Mitglieder der ehrenwerten Gesellschaft verhielten. Er sprach nicht darüber.

Egal wie viel er für Don Palù auch arbeitete, die Kreditzinsen schnürten ihm mehr und mehr die Luft ab. Sein Boss übernahm eines Tages die gesamte Schweinemästerei, ließ aber Montoglio weiter im Betrieb arbeiten und stellte ein paar Männer zur Hilfe ab. Investieren wollte der Don, wie er ihm erklärte. Superschweine sollten herangezogen werden, eine besondere Zucht wollte er ins Leben rufen, für die er vom Staat Subventionen erhielt und für die er einen Fachmann brauchte. Montoglio konnte nicht klagen, seither ging es ihm gut, und er brauchte sich keine Gedanken mehr über Geld zu machen.

Und jetzt saß er in dieser regnerischen Nacht mit Don Palù und dessen Männern am Küchentisch, obgleich er Besseres zu tun gehabt hätte. Er trank mit einem Schluck ein Glas Wein leer, wischte sich mit dem Handrücken den Mund ab und schenkte sich nach. »Noch jemand Wein?«, fragte er und schob die Flasche in die Mitte des Tisches.

Granato und Carlo füllten ihre Gläser, während Brufolo Nachschub aus der Kiste holte und die Flasche geräuschvoll auf den Tisch knallte. Paluzzi prostete seinem Nachbarn zu, ohne Montoglio aus den Augen zu lassen. Auch seine Begleiter beobachteten den Schweinezüchter unter den Augenlidern hervor.

Montoglio schien sich nicht sonderlich wohl zu fühlen.

»Weshalb machst du so ein schlechtgelauntes Gesicht?«, fragte ihn Don Palù. »Ist etwas mit dir?«

»Nein, mit mir ist gar nichts«, erwiderte er störrisch.

»Ich kenn dich doch!«, brummte Paluzzi gutmütig.

Montoglio verzog sein Gesicht. »Ich habe seit Tagen das Gefühl, als würde ich beobachtet«, raunte er seinem Boss zu.

»Wie kommst du darauf? Hast du jemanden gesehen?«

»Nein, das nicht«, antwortete Montoglio missgelaunt. »Aber mir sind in letzter Zeit Fremde im Dorf aufgefallen. Zuerst habe ich gedacht, dass es deine Leute sind. Vielleicht willst du mich ja kontrollieren.«

Paluzzis Miene verdüsterte sich. »Quatsch! Was sind das für Leute? Junge, Alte, Uniformierte …?«

»Wahrscheinlich Carabinieri in Zivil. Einer hat mich mal nach meinem Zuchtbetrieb gefragt, was ich so alles mache. Ich hab ihn erwischt, wie er auf dem Hof herumgeschnüffelt hat. Ist aber schon ein paar Wochen her.«

»Aha!«, grunzte Don Palù. »Was sind das für Autos unten in der Wiese? Hast du sie gesehen?«

»Die stehen da öfter«, antwortete Montoglio. »Jeder Idiot muss heutzutage mindestens zwei Autos haben. Und im Dorf wird es immer enger.«

Paluzzi grinste. »Besser zwei Autos als eine Ehefrau. Wenn ein Mann sich ohne zwingenden Grund mehrere Autos hält, ist das ein gefühlsmäßiger Ersatz für einen Harem.«

Die Männer grölten vor Vergnügen.

»Komm, Paolo, hol die Gitarre und spiel uns etwas!«, forderte Don Palù den verunsicherten Montoglio auf, schob sich eine Olive in den Mund und zerkaute sie genüsslich. Auch die anderen bedienten sich an Brot und Schinken, als hätten sie seit Tagen noch nichts gegessen.

»Wenn es nicht reicht, Schinken und Mortadella sind noch im Küchenschrank.« Montoglio erhob sich, ging ins benachbarte Zimmer und kam mit seiner Gitarre zurück. Er setzte sich und stimmte das Instrument. Dann schlug er die ersten Akkorde der bekannten Tarantella *Zampugnaru onoratu* aus den Gesängen der *N'dranghetta*. Sofort stimmten die Männer am Tisch in die beliebte Melodie ein. Brufolo erhob sich, kramte aus der Tischschublade zwei Esslöffel hervor und schlug sie wie Kastagnetten im Rhythmus auf Handballen und Knie.

»Salute«, feuerte Granato, der urwüchsige Riese mit dem Gesicht einer Bulldogge, den temperamentvoll spielenden Montoglio an, hob das Glas und prostete den anderen zu. »Trink, Paolo, trink!«, rief er. »Du hast schon eine ganz trockene Kehle.«

Montoglio lachte und hob sein volles Glas. Seinen Augen und seinen Bewegungen konnte man ansehen, dass er bereits angetrunken war. In der Küche herrschte eine überschäumende Ausgelassenheit. Ein Lied wurde lauter gesungen als das andere. Brufolo und Carlo waren aufgestanden und tanzten mit

Weingläsern in der Hand und Zigaretten im Mundwinkel zu den übermütigen Gesängen, während Granato sich eine große Scheibe Schinken in den Mund stopfte.

Mittlerweile standen sechs geleerte Weinflaschen auf dem Tisch, und Paluzzi sorgte dafür, dass Montoglios Glas stets gut gefüllt war.

»Sing noch eins!«, meinte er jovial und gab Granato mit den Augen ein unmerkliches Zeichen! Die Männer am Tisch behielten ihn stets angespannt und ergeben im Auge, und keine seiner noch so harmlos wirkenden Bewegungen entging ihnen. Sie lagen auf der Lauer, auch wenn es nicht den Anschein hatte.

Granato schob den Stuhl zurück, ging zur Küchentür und sah in den Hof hinaus. Draußen war alles still, nur ein paar Schweine grunzten leise. Er wandte sich um und nickte Paluzzi zu, als wollte er sagen, dass die Luft rein ist.

Montoglio stierte hinüber zu Granato, ohne zu begreifen, was sich hinter seinem Rücken anbahnte. Sechs Wassergläser voll Wein hatten ihre Wirkung nicht verfehlt. Seine Griffe am Gitarrenhals wurden immer öfter unsicher, und manche Akkorde verkamen zu schaurigen Dissonanzen.

Don Palù nahm ihm das Instrument aus der Hand und beugte sich zu ihm vor. »Wie konntest du nur diese Scheiße bauen?«, knurrte er. »Was hab ich dir getan? Habe ich dir nicht immer geholfen, wenn du zu mir gekommen bist?«

»*Che cosa vuoi? Che intendi dire?*«

»Du fragst, was ich von dir will?« Er wandte sich an Brufolo, der ihm gegenübersaß und scheinbar gleichgültig zuhörte. »Er versteht mich nicht! Unfassbar! Was meinst du, Brufolo, soll ich ihm etwas vorsingen?«

Der Picklige lachte.

»He? Was ist?«, krächzte Montoglio mit schwerer Zunge.

Paluzzi ließ sich im Stuhl zurückfallen und faltete die Hände über dem Bauch. »Ich hatte dich gewarnt, weißt du noch? Du lässt dich vor drei Monaten am Flughafen mit Koks erwischen!

Ich habe dir damals den Kopf gerettet und dir den besten Anwalt besorgt, den ich kriegen konnte. Aber nur, weil ich so viel von dir gehalten habe. Weil du mir so sympathisch bist, Paolo.« Paluzzi rückte mit seinem Stuhl näher an Montoglio heran. »Und trotzdem bringst du mich und meine Freunde mit deiner Unvorsichtigkeit in Schwierigkeiten. Und jetzt muss ich die Scheiße schon wieder in Ordnung bringen! Also, sag mir nicht, dass ich es nicht gut mit dir gemeint hätte!«

»Er ist besoffen!«, bemerkte Granato, schloss die Tür und trottete zum Tisch zurück. »Der hört nichts mehr. Du musst ein wenig lauter mit ihm sprechen!«

»Genua!«, brüllte Paluzzi unvermittelt. »Genua, du Arschloch! Weshalb rufst du mich nicht an, wenn deine Leichenkarre unterwegs verreckt? Gibt es keine Handys?«

Montoglio sah Paluzzi mit blutunterlaufenen Augen an und rülpste. Wie es schien, hatte sich der Alkoholdunst ein wenig gelichtet. »Was sollte ich denn machen? Ich konnte nicht mehr weiterfahren!«, lallte er und versuchte aufzustehen. Aber Granato ließ die Pranke auf seine Schulter fallen und drückte ihn in den Stuhl zurück.

»Ich kann doch nicht mit einer illegalen Leiche im Kofferraum in eine Werkstatt fahren!«

»Was heißt illegale Leiche? Die Papiere waren in Ordnung. Ein kurzer Anruf in einem meiner Büros, und schon wäre das Problem behoben gewesen.«

»Aber wenn ich …«

»Wenn du was …?« Don Palù starrte Montoglio emotionslos an. »Die Leiche würde längst als Asche tschechische Felder düngen. Es würden jetzt Salat oder Gurken darauf wachsen, und die Menschen könnten auf dem Markt herrliches Gemüse kaufen. Stattdessen liegt die Leiche in irgendeinem beschissenen Kühlfach der genuesischen Gerichtsmedizin.«

»Aber …«

»Du bist gefährlich, Paolo!«, unterbrach ihn Paluzzi rüde.

»Denke nicht so viel! Damit scheuchst du die Carabinieri auf. Mit deiner hirnlosen Aktion in Genua hast du mich furchtbar enttäuscht!«

»Was hätte ich denn machen sollen? Die Lichtmaschine war hin ... mitten in Genua. Ich musste mir etwas einfallen lassen.«

»Etwas Idiotischeres, als auf einen Parkplatz zu fahren und die Leiche in irgendein Auto zu stopfen, ist dir nicht eingefallen?« Er warf Granato einen neuerlichen Blick zu.

»Gib ihm noch etwas zu trinken«, sagte Paluzzi und deutete auf die volle Weinflasche. »Unser Freund hat noch Durst.«

»Nein ...! Ich will nichts mehr«, würgte Montoglio und hob abwehrend die Hände.

»Sauf!«, fuhr ihn Paluzzi plötzlich an. Das Blut war in sein Gesicht geschossen. »Du sollst saufen, sonst wird Granato dich abfüllen.«

Montoglio zuckte vor Schreck zusammen. Er nahm die Flasche, die ihm Paluzzi hingeschoben hatte, und setzte sie an. Dann nahm er einen tiefen Schluck. Der rote Wein triefte aus den Mundwinkeln über seinen Pullover. Er verschluckte sich, stellte die Flasche auf den Tisch und bekam einen Hustenanfall. Er stierte Don Palù an, als säße ihm ein Unbekannter gegenüber. »Ihr könnt mich alle kreuzweise! Ich geh ins Bett«, lallte er weinerlich.

»Hab ich etwas von Aufhören gesagt?«, brüllte Paluzzi los. »Weitertrinken!«

Montoglio riss die Augen auf, als wollte er vermeiden, neben die Flasche zu greifen.

Dieses Mal packte der Don die Flasche und drückte sie an Montoglios Lippen. Der Rotwein rann in Strömen aus dessen Mundwinkeln.

»Mach das Maul auf!«, schrie Paluzzi außer sich vor Rage. »Und halt die Flasche fest!«

Die Männer verfolgten amüsiert, wie Montoglio glucksend den Wein schluckte und sich Pullover und Hose bekleckerte. Unvermittelt glitt ihm die Flasche aus der Hand und fiel mit einem Knall auf die Fliesen. Glas splitterte und Rotwein spritzte.

»Nicht einmal saufen kann er richtig!«, schimpfte Don Palù und gab seinen Begleitern einen unmissverständlichen Wink. Er wandte sich erneut Montoglio zu. »Hast du wenigstens die Schweine gefüttert? «

Der lallte etwas Unverständliches.

»Seine Säue sind hungrig, habt ihr das gehört?« Brufolo wandte sich an Granato. »Sieh mal nach, ob draußen alles sauber ist.«

Der Riese stand auf und trat wieder vor die Tür. Er kniff seine Augen zusammen, weil sie sich an die Dunkelheit gewöhnen mussten. Ein Rascheln im Gebüsch nahe der Grundstücksgrenze ließ ihn aufhorchen. Unmittelbar dahinter begann der Wald. Er stapfte in die Richtung, aus der er das Geräusch gehört hatte. Es herrschte Totenstille. Der Flügelschlag eines Nachtvogels ließ ihn zurückschrecken. Er atmete auf und kehrte ins Haus zurück. »In Ordnung«, rief er.

»Mach das Hoflicht aus!«, rief Don Palù und grinste.

Wie auf Kommando sprangen die anderen drei Männer von ihren Stühlen auf und packten den nahezu besinnungslosen Montoglio an Armen und Beinen.

»*Tutto chiaro*«, knurrte der Muskelberg mit Leichenbittermiene und half seinen Kumpanen, den wehrlosen Montoglio aus dem Haus zu schleifen. Paluzzi folgte in einem Abstand von mehreren Metern und ließ seine lauernden Blicke über das Grundstück schweifen.

»Was macht …? Lasst mich …!«, lallte der Betrunkene unverständlich und ließ sich wie ein nasser Sack über das Grundstück schleppen. Die Männer lachten vergnügt, als sie sich mit Montoglio dem Schweinkoben näherten.

»Meinst du wirklich, dass die ihn fressen?«, wandte sich Stefano an Paluzzi.

»Was denkst du?«, erwiderte der düster.

Granato griff Montoglio unter die Achseln und hob ihn an.

»Jetzt mit Schwung!«, wies er Carlo und Brufolo an, die ihr Opfer an den Beinen gepackt hatten. »*Uno ..., due ...*«, skandierte der Riese, und sie nahmen Schwung auf. Bei »drei« flog Montoglio in hohem Bogen über die Mauer und klatschte zwischen einem Eber und mehreren Muttersäuen in den Morast.

Paluzzi lehnte sich über die Betonbrüstung und sah zu, wie sich der gewaltige Eber aus dem Schlamm erhob und grunzend den lallenden Montoglio beschnupperte. »Ich habe ihn geliebt«, sagte er zu den Männern. »Wie einen Bruder!« Dann wandte er sich ab. Seine Miene war zu einer wütenden Fratze verzerrt.

10.
Il Direttore

10. Mai 2009

Es war neun Uhr fünfundvierzig, als Giancarlo Pontine mit versteinerter Miene das gewaltige Foyer des Palazzo del Viminale in Rom durchquerte. Unbehelligt passierte er die Sicherheitssperren, trat vor das Portal und verharrte für einen Augenblick auf dem Treppenabsatz. Er legte seinen Kopf in den Nacken, atmete mehrmals tief durch und blinzelte in die Morgensonne. Die milde Luft tat ihm gut. Das Gespräch mit dem *Generale della Direzione Investigativa Antimafia* im Innenministerium war alles andere als erfreulich gewesen. Genau genommen, war die Auseinandersetzung mit seinem Chef niederschmetternd. Nur mit Mühe hatte er in den mit prachtvollen Deckengemälden und wertvollen Antiquitäten ausgestatteten Räumen seines ranghöchsten Vorgesetzten einen Wutausbruch unterdrückt. Am liebsten wäre er Italiens Chef der Antimafiabehörde, Generale Nicola Di Gregori, an die Gurgel gegangen, als der ihm eröffnete, dass der Fall De Cortese Pontines Abteilung entzogen worden sei. Indiskretionen bei der Ermittlung, illegale Methoden bei der Aufklärungsarbeit und vor allem übergeordnete politische Interessen hätten dem Innenministerium keine Wahl gelassen, diese schwerwiegende Entscheidung zu treffen.

Zornig stapfte er die Stufen des pompösen Barockbaus hinunter und versuchte, seine Gefühle wieder unter Kontrolle zu bringen. Was hatte Di Gregori ihm mit auf den Weg gegeben? In Sizilien sei die Mordrate der Mafia erfreulich zurückgegangen, ein Erfolg, auf den er stolz sein sollte. In welcher Welt lebte der Generale eigentlich? Dass die Mafia kaum noch mordete, war ein deutliches Zeichen dafür, dass es den Paten besser ging als je zuvor.

Den kleinen Spaziergang von der Piazza Viminale in die dreihundert Meter entfernte Via San Vitale zu seinem Büro, musste er an manchen Tagen mehrmals machen. Mit einem kräftigen Tritt kickte er einen Kieselstein aus dem Weg und überlegte, wie er die Anordnung aus dem Ministerium seinem engsten Mitarbeiter schmackhaft machen könnte. Er bog in die Via Agostino ein. Keine dreißig Meter weiter gab es eine Cafébar, in der er des Öfteren eine Kleinigkeit zu sich nahm. Bei einem Espresso würde er jetzt versuchen, seinen Kopf ein wenig abzukühlen. Motivierende Argumente für einen kritischen Mitarbeiter zu finden war nicht immer leicht. Aber auch ihm selbst fiel es von Mal zu Mal schwerer, Niederlagen zu verdauen, vor allem dann, wenn die Ermittlungen in einem brisanten Fall von einer politischen Ebene blockiert wurden. Man hatte die Sache mit dem Hinweis absoluter Geheimhaltung der Antimafia-Staatsanwältin in Palermo übertragen. Irgendetwas war mehr als nur schiefgelaufen.

Eine halbe Stunde später betrat er das Zimmer 201 der Questura. Sein Befehlszentrum, wie er es immer nannte. Giancarlo Pontine im Rang eines Direttore der *Direzione Investigativa Antimafia,* intern DIA genannt, kochte immer noch vor Wut. Mit einem lauten Seufzer setzte er sich hinter seinen Schreibtisch. Zwei seiner bewährtesten Polizeioffiziere waren ohne Vorwarnung vom Innenministerium abgelöst und ins Dezernat für Betrugsfälle versetzt worden, ohne dass man ihn vorher befragt oder gar darüber unterrichtet hatte. Die fadenscheinige Begründung seines Chefs für diese Maßnahme war ein weiterer Nackenschlag in einer Reihe frustrierender Anordnungen aus dem Palazzo Viminale.

Pontine verfügte über zwei Spezialeinheiten mit dreißig Ermittlern und Sonderkommandos sowie eine administrative Abteilung. Die Männer des operativen Bereichs waren mit weitreichenden Kompetenzen ausgestattet und unterstanden ausschließlich seinem Befehl. Aber was nutzten umfassende Entscheidungsbefugnisse, wenn er mit seinen Leuten zurückgepfiffen wurde, sobald irgendein Minister kraft seines Amtes einen Fall zu den Akten legen ließ oder an sich riss.

Seit Jahren kämpfte er gemeinsam mit seinem persönlichen Assistenten einen zermürbenden Kampf gegen die Mafia. Sowohl der Innenminister als auch der zivile Geheimdienst mischten bei der Bekämpfung der organisierten Kriminalität kräftig mit. Auch wenn Pontine zuweilen befürchtete, zwischen den Mühlsteinen der Politik, dem Inlandsgeheimdienst und der allgegenwärtigen Mafia allmählich zerrieben zu werden, war es ihm bislang immer wieder gelungen, sich aus dem Klammergriff dieser sich gegenseitig bekämpfenden Organisationen zu befreien. Wenn man ihn nach dem Grund seines Erfolges befragt hätte, würde er ihn mit dem Einsatz unkonventioneller Ermittlungsmethoden und gelegentlicher Missachtung allzu enger bürokratischer Fesseln begründet haben. Er hatte keine andere Wahl, zumal auch noch profilneurotische Antimafia-Staatsanwälte im ganzen Land sich gegenseitig oft mehr behinderten als unterstützten.

So banal es klang, so bitter war es trotzdem, wenn er über veraltete Büros, Computer mit unzureichender Leistung oder gar über fehlendes Papier und mangelnde Bleistifte klagte. Konnte man die Antimafiabehörde nicht politisch in die Knie zwingen, dann versuchte man es mit der Streichung des Benzins für Dienstwagen und Einsparungen beim Personal. Dies war Alltag im italienischen Polizeileben!

Direttore Pontine gingen die Worte des Generale noch einmal durch den Kopf. Seine beiden Polizeioffiziere, deren Arbeit er sehr schätzte, hatte man angeblich vom *Dipartimento della Pubblica Sicurezza* angefordert, weil sie dort dringend benötigt wurden. Er empfand diese Entscheidung als blanken Hohn. Seine Männer hatten sich die Finger verbrannt, als sie die Villa des einflussreichen Staatssekretärs De Cortese abgehört hatten. Obwohl die bisherigen Ermittlungsergebnisse den Schluss zuließen, dass man es bei Staatssekretär De Cortese mit einem Politiker der besonderen Art zu tun habe, wurden Pontine nun von ganz oben Knüppel zwischen die Beine geworfen. De Cortese stand seit einiger Zeit im Verdacht, sowohl zweifelhafte Forschungsgelder als auch Zulassungen für nicht ausreichend getestete Medikamente zu vergeben und sich dafür honorieren zu lassen. Ein Skandal von nationalem Ausmaß schien sich anzubahnen. Zunächst wurde eine diskrete Untersuchung angeordnet, die Weisung dann aber plötzlich wieder zurückgezogen. Pontine jedoch ließ die Observierung in der Hoffnung weiterlaufen, dass man unwiderlegbare Beweise finden würde. Jetzt waren die Aktivitäten seiner Männer durch eine Indiskretion aufgeflogen. Nachdem auch die Einrichtung eines Untersuchungsausschusses von Regierungsparteien wegen diffamierender Anschuldigungen abgelehnt worden war, geriet Direttore Pontine politisch in erhebliche Erklärungsnöte, und nur die Fürsprache des Innenministers hatte ihn gerettet. Jedenfalls waren die während vieler Monate durchgeführten Ermittlungen gegen einen offenkundig korrupten Staatsdiener umsonst gewesen.

Pontine war immer wieder Ziel von Diffamierung und Diskreditierung geworden, die von diversen politischen Lagern in öffentlichen Schlammschlachten ausgetragen wurden. Zwar hatten die Angriffe auf seine Person noch keine Folgen, aber dieses Mal, das fühlte er instinktiv, braute sich über ihm etwas zusammen. Auch wenn er sich der Schützenhilfe des Generalstaatsanwalts, der im knapp zehn Minuten entfernten Justizpalast an der Piazza Cavour residierte, sicher sein konnte, machte er sich keine Illusionen. Seine Ablösung oder Versetzung konnte je nach politischer Gemengelage sehr schnell gehen.

Pontine starrte auf ein überdimensionales Poster, das er mit Tesafilm an die Tür seines Büros geheftet hatte. *»Treffen Sie niemals Ihren Mörder!«*, stand dort in riesigen Lettern zu lesen. Er hätte seinen skurrilen Humor nicht unbedingt demonstrieren müssen, denn in der DIA konnten unzählige Opfer seiner beißenden Ironie ein Lied davon singen.

Mit einem bitteren Lächeln nestelte er eine zerknitterte Zigarettenpackung aus der Jackentasche, steckte sich eine Camel an und machte einen tiefen Zug. Vor ihm lag ein dunkelblauer Ordner mit der Aufschrift *streng vertraulich*. Sein Inhalt betraf Antonio De Cortese, Staatssekretär im Ministerium für Gesundheit und Soziales.

Pontine öffnete die Akte und betrachtete die Fotos. Der Staatssekretär war zweifellos ein attraktiver und eleganter Mann. Mit seinen fünfundvierzig Jahren hatte er eine glänzende politische Laufbahn durchschritten, und viele trauten ihm eine noch größere Karriere zu. Im Ministerium wurde er zuweilen als zukünftiger Spitzenkandidat bei den Präsidentschaftswahlen gehandelt. Bei gesellschaftlichen Anlässen war er ein gerngesehener Gast, zumal seine Familie hohes Ansehen in ganz Italien genoss.

Pontine betrachtete das glatte Gesicht des Staatssekretärs. Die blauen Augen stachen durch den gebräunten Teint hervor, und das markante, sehr sympathisch wirkende Gesicht strahlte Erfolg und Siegeswillen aus. Ein smarter Typ wie aus dem Bilderbuch, dachte Pontine, ein Kerl, so stromlinienförmig wie ein Torpedo und so glatt wie eine Ölsardine. »Wenn ich dich schon nicht kriege, dann gelingt das ganz sicher meiner Freundin in Palermo«, murmelte er halblaut und klappte den Aktendeckel wieder zu. Aber das musste er erst einmal seinem Assistenten schmackhaft machen.

Nachdenklich wanderte sein Blick zu den dichten Bäumen vor seinem Fenster. Bevor er in gedankliche Selbstzerfleischung verfallen konnte, wurde die Tür aufgerissen. Wenn man vom

Teufel spricht …, dachte Pontine. Commissario Emilio Casaverde trat ein.

»Hast du einen Augenblick Zeit für mich?«

Pontine reagierte mit knappem Kopfnicken.

»Wollen wir uns drüben hinsetzen?« Casaverde wandte sich, ohne Pontines Antwort abzuwarten, der unter zwei Fenstern stehenden Sitzgruppe zu. Er strich sich die Hose glatt und begutachtete die messerscharfen Bügelfalten. Wie es schien, war er zufrieden, denn er warf einen gutgelaunten Blick hinüber zu seinem Vorgesetzten.

»Setz dich!«, nuschelte Pontine. »Deine Laune wird sich gleich signifikant verschlechtern.«

»Hast du mies geträumt?« Casaverde ließ sich in den Sessel mit Blickrichtung zu seinem Chef nieder. Er war elegant gekleidet und legte einen Stapel Unterlagen vor sich auf den Tisch. Dann bedachte er seinen Vorgesetzten mit einem neugierigen Blick.

»Wenn es nur das wäre! Ich hatte ein Gespräch mit unserem verehrten Generale Nicola Di Gregori.«

Pontine thronte hinter seinem imponierenden Arbeitsplatz, der wie das restliche Mobiliar aus massiver Eiche war. Der grobe Schreibtisch, auf dem stets penible Ordnung herrschte, passte perfekt zu ihm und seinem ruppigen Führungsstil. Hinter ihm an der Wand kreuzten sich auf hohen Standarten die Flaggen Italiens und Europas. Lediglich der einsame *Ferocactus viridescens* neben der Telefonanlage brachte ein wenig Leben in seine Beamtentristesse.

»Ich kann's mir denken. Wie es scheint, haben wir in ein verdammtes Wespennest gestochen«, begann Casaverde. »Die ganze Abteilung ist in Aufruhr.«

»Aha … Die Buschtrommeln«, knurrte Pontine ungehalten. Er lehnte sich mit seinem breiten Rücken in das abgewetzte Leder seines Schwingstuhls und blies den Rauch der Zigarette wie ein feuerspeiendes Ungeheuer durch die Nase. »Pittoni und Servente sind mit sofortiger Wirkung versetzt worden. Meine besten Leute! In diesem Augenblick räumen sie ihre Schreibtische. Es ist nicht nur entwürdigend, sie sind auch unersetzlich. Ich fühle mich richtig schuldig. Die dumme Telefonaktion hat uns um Jahre zurückgeworfen.«

»Schweinerei!«, brach es bitter aus dem jugendlich wirkenden Casaverde hervor, und er rückte seine goldgeränderte Brille zurecht. »Es hätte auch anders laufen können. Oder?«

»Hätte, könnte, müsste! Mit Konjunktiven kannst du ein korruptes Arschloch aus der besseren Gesellschaft nicht überführen!«

»Wie stellen sich diese Herrschaften in ihrem Palazzo vor, wer unsere Arbeit in Zukunft machen soll? Konntest du nicht verhindern, dass wenigstens unsere Kollegen in Ruhe gelassen werden?«

»Nein«, knurrte Pontine. »Die Anweisung kommt von ganz oben. Bauernopfer, wie man so schön sagt. Generale Nicola Di Gregori hat zwar meist keine Ahnung, dafür aber eine ganz dezidierte Meinung. Die Anordnung des Richters, De Corteses Telefone zu überwachen, sei aufgrund dünner Faktenlage nicht gerechtfertigt gewesen und unsere Abhöraktion damit ungesetzlich. Sie haben den verantwortlichen Ermittlungsrichter, der die Genehmigung erteilt hat, auch gleich in die Wüste geschickt.«

»Bekommen wir wenigstens Ersatz für die zwei Kollegen, die wir verloren haben? Ich meine, wir schaffen die Arbeit jetzt schon nur noch mit Überstunden.«

Pontine lachte freudlos und streifte die Asche seiner Zigarette in die Blumentopferde. »Ersatz! Du bist gut!«

»Ich denke, du hast unseren Generale im Griff. Jedenfalls sagst du das immer«, entgegnete Casaverde.

»Soll ich ihn etwa erschlagen?«

Casaverdes Miene verzog sich zu einem verbissenen Grinsen.

Emilio Casaverde galt als ruhiger Mann. Seine intelligenten, vor Lebendigkeit und Lebenslust sprühenden Augen und sein offenes und freundliches Wesen entsprachen so gar nicht dem Klischee eines gefährlichen Mafiajägers. Knapp zweiunddreißig Jahre jung, schlank, blond und sommersprossig, mit akkuratem Seitenscheitel wirkte er wie ein aufstrebender Abteilungsleiter bei der Banco di Ambrosiano. Seine blauen Augen riefen bei Gesprächspartnern das Gefühl der Treuherzigkeit und Sanftheit hervor. Sein angenehmes Wesen täuschte den Unvorsichtigen und wiegte den Naiven in Sicherheit. Er war der Typ, dem man gerne Vertrauen schenkte. Eine schlimme Fehleinschätzung, die man erst bemerkte, wenn es längst zu spät war. Seine beispiellose Polizeikarriere, die mit dem Jurastudium an der Universität von Bologna begonnen hatte, ließ ihn wenige Jahre später nicht zuletzt wegen seines verbissenen Ehrgeizes in die Führungsebene der DIA aufsteigen. Und nun saß er im Büro seines Chefs, dessen Frustration eine ungute Atmosphäre verbreitete.

»Ich sag dir was«, nahm Casaverde den Gesprächsfaden wieder auf, »einen stärkeren Beweis dafür, dass wir in der Sache Antonio De Cortese auf der richtigen Spur waren, konnte der Generale uns gar nicht liefern. Ich darf nicht daran denken, wie viel Zeit wir in diese Sache investiert haben!«

»Allmählich solltest du wissen, dass es Seilschaften gibt, die nur geknüpft wurden, um anderen Menschen einen Strick zu drehen«, entgegnete Pontine böse. »Und wenn wir uns nicht vorsehen, baumeln wir auch bald an diesem.«

»Bei deiner Pension fällst du ja weich«, witzelte Casaverde. Pontine ging auf die Bemerkung seines Assistenten nicht ein.

»Hör zu, Emilio! Offiziell müssen wir die Finger von der Sache lassen. Wenn wir aber diskret unsere Kanäle nutzen, war unsere Arbeit vielleicht nicht ganz umsonst.«

»Ich bin dabei«, murmelte Casaverde.

»*Bene*«, antwortete Pontine zufrieden, und auf seinem Gesicht breitete sich ein entschlossenes Grinsen aus. »Irgendwann wird uns der Signore Staatssekretär schon in die Schlinge gehen.«

»Können wir etwas aus der Tatsache machen, dass De Cortese ein Konto in Liechtenstein unterhält?«, fragte Casaverde. »Unsere deutschen Kollegen haben uns eine vertrauliche Mitteilung zukommen lassen. Wenn wir es geschickt lancieren, wäre es möglich, ihn wegen Steuerhinterziehung zu belangen.«

»Das wäre mir zu billig. Ist bekannt, um welche Beträge es sich handelt?«, erkundigte sich Pontine.

»Nein. Berlin sprach von einer Kontoverbindung.« Er blätterte in seinen Papieren. »Ich habe mit einem leitenden Beamten in Berlin telefoniert. Irgendwo muss meine Gesprächsnotiz sein.« Nach einigem Suchen zog er einen Zettel aus dem Papierstapel. »Man sagte mir, es hätte einige Geldtransfers gegeben, das ist aber schon Jahre her. Der Verdacht der Geldwäsche liegt auf der Hand. Möglich, dass es sich um Bonuszahlungen für geleistete Dienste handelt.«

»*Madonna*, Emilio!«, polterte Pontine. »Können wir beweisen, dass er keine verstorbene Tante in Liechtenstein hatte? Was ist, wenn sie dem lieben Neffen Geld vererbt hat?«

»De Cortese hatte keine Tante«, widersprach Casaverde. »Liechtenstein, Schweiz, Cayman Islands … Wenn ich das schon höre! Das stinkt doch zum Himmel!«

»*Pecunia non olet*. Liechtenstein übrigens auch nicht, die haben eine zu gute Luft. Heute stinkt es kaum noch, weil das Geld woanders gewaschen wird. Aber du kannst dich beruhigen! Auch ein Furz, den man unter Wasser lässt, kommt an die Oberfläche!«

Casaverde feixte.

»Was haben wir sonst noch Konkretes?«, erkundigte sich Pontine.

»Die interessante Aktennotiz einer fragwürdigen Zahlung an Paluzzi. Dann die bereits erwähnte Bankverbindung von De

Cortese. Ich hoffe, dass ich bald die Unterlagen aus Deutschland bekomme.«

»Ob uns Berlin verlässliche und gerichtsrelevante Informationen zukommen lässt, weiß nur der Himmel.«

»Auf unsere Kollegen in Deutschland ist Verlass. Wir kriegen, was wir brauchen«, erwiderte Casaverde überzeugt.

Pontine lachte schallend auf. »Aber nur gegen Bares. Das deutsche Finanzministerium hat Millionen von Euro an Datenanbieter aus Liechtenstein und der Schweiz bezahlt, um Steuersünder auffliegen zu lassen. Der Affentanz ging doch durch die Presse. Teile der Öffentlichkeit haben aufgeschrien, dass Hehlerware mit Steuergeldern bezahlt wird und ein Staat seine eigenen Gesetze unterläuft. Glaubst du im Ernst, wir bekämen grünes Licht, wenn wir von der deutschen Finanzbehörde Kopien über illegale Zahlungen ankaufen wollten? Da kennst du unseren allseits geliebten Ministerpräsidenten verdammt schlecht.«

»Abwarten«, wandte Casaverde ein. »Ich bin anderer Ansicht. Einen Versuch wäre es doch wert. Flieg doch einfach nach Deutschland und sieh in Berlin die Akten ein. Das müsste doch möglich sein.«

Pontine starrte seinen Assistenten irritiert an. »Und wer erteilt für meine Dienstreise nach Berlin die Genehmigung? Di Gregori würde mich in die Wüste schicken, wenn ich ihm damit komme.«

Casaverde seufzte tief. »Wenn ich dich so reden höre, könnte ich alles hinwerfen. Für was gibt es einen Generalstaatsanwalt, der sich bei einer Angelegenheit von solch politischer Tragweite um unseren Freund De Cortese kümmert? Außerdem müsste unser Finanzminister ein großes Interesse haben, seinen Etat ein wenig aufzufüllen. Wer weiß, was bei einer solchen Aktion noch alles zu Tage tritt?«

»Eben«, erwiderte Pontine sibyllinisch. »Wir müssen die Sache anders aufziehen«, sagte Pontine nach einer Pause. »Sieh mal,

Emilio, welchen Staatsanwalt bringst du dazu, sich selbst ins Unglück zu stürzen? Bei dieser Erkenntnislage haben wir keine Chance. Wir müssen beweisen, dass De Cortese mit der Vergabe von Forschungsgeldern auch sein eigenes Bankkonto füllt. Wenn wir irgendetwas finden, was einen mutigen Staatsanwalt zum Handeln zwingt, dann wären wir einen wichtigen Schritt weiter.«

»*Allora*«, begann Casaverde und zog ein weiteres Papier aus dem Stapel. »Unser verehrter Staatssekretär ist außerordentlich reisefreudig. Und er hat ein Lieblingsziel. Innerhalb der letzten drei Jahre ist er dreiundvierzig Mal nach Barbados geflogen. Dazu kommen Reisen nach Dubai, in die Emirate und innerhalb Europas.«

»Na und?«, bellte Pontine. »Wenn man ihn befragt, wird er mit offiziellen Anlässen, dienstlichen Erfordernissen oder einer politischen Notwendigkeit argumentieren. Ich weiß, was du damit sagen willst. Hierzulande nennt man es Steuerparadies oder, wie man auf Barbados so nett sagt: *tax haven!* Du wirst es kaum glauben, die Insel hat auch schöne Strände und wundervolle Hotels.« Er blickte zum Fenster und sagte leise: »Nein, Emilio, solange wir nichts Konkretes in der Hand haben, kommen wir nicht weiter!«

»Für die Reisen wurde das Budget des Ministeriums nie belastet. Wir haben die Buchungen im Rahmen einer Innenrevision mit den Kontoständen der Reiseabteilung verglichen.«

»Glaubst du, das bringt diesen smarten Staatssekretär zum Stottern?«, fuhr Pontine seinem Stellvertreter in die Parade.

»Die Unterlagen, mit denen wir diesen Sachverhalt näher hätten untersuchen können, wurden inzwischen vom Innenministerium eingezogen. Und ich möchte wetten, dass er seine Reisekostenabrechnungen längst in Ordnung gebracht hat.« Er zögerte einen Augenblick, bevor er weiterredete. »Ich habe gleich nach meinem Gespräch mit Di Gregori im Palazzo del Viminale und dem zuständigen Staatsanwalt telefoniert, weil ich mir diese unglaubliche Sauerei nicht gefallen lassen wollte. Er wimmelte mich ab und rieb mir unsere illegale Abhöraktion unter die Nase. Er hat mir glatt damit gedroht, dass es das Ende meiner Karriere bedeuten könnte. Ich werde mich deshalb noch verantworten müssen, meinte er.«

»Das macht dir doch nichts aus!«, erwiderte Casaverde mit einem verschmitzten Lächeln. »Ich verrate dir etwas: In meinem Schreibtisch liegen die Kopien aller Abhörprotokolle und der Reiseunterlagen De Corteses.«

»Bist du verrückt, Emilio?« Pontine ging mit energischen Schritten zur Sitzgruppe und ließ sich aufs Sofa neben Casaverde fallen. »Wenn herauskommt, dass du Unterlagen bunkerst, die unter Verschluss sind, haben wir noch ein Problem! Abgesehen davon, sind sie nichts mehr wert. Wir könnten sie nie als Beweise oder als offizielle Arbeitsgrundlage verwenden. Auch dann nicht, wenn uns ein erneuter Ermittlungsauftrag vom Ministerium auf den Tisch flattern würde.«

Casaverdes ratlose Miene hellte sich plötzlich auf. »Vielleicht kommen wir mit den *dormiente* weiter. De Cortese und Paluzzi haben sie in ihren Telefonaten öfter erwähnt.«

»Du meinst diese ominösen Schläfer?«

Casaverde nickte bedeutungsvoll. »*Naturalmente!* In den Gesprächen zwischen De Cortese und Edoardo Paluzzi wurde ein paarmal von ›Schläfern‹ gesprochen. Erst haben wir gedacht, die machen sich über irgendwelche Leute lustig. Aber dazu war das Thema zu wichtig. Jedenfalls haben wir das der Tonlage entnommen.«

»Wer oder was soll mit dem Begriff ›Schläfer‹ gemeint sein? Ist es ein Code? Sind es Terroristen, die für geplante Anschläge vorgesehen sind? Handelt es sich etwa um Agenten, die unsere Regierung unterwandern sollen? Sind damit Maulwürfe gemeint, die in unsere Geheimdienste eingeschleust werden? Und was, bitte, soll ein Staatssekretär im Ministerium für Gesundheit und Soziales mit Terroristen zu tun haben?« Direttore Pontine stemmte sich vom Sofa hoch und ging zum Fenster. Er öffnete die beiden Flügel. »Eine Scheißluft ist das heute«, knurrte er und ließ seinen Blick über den kleinen Park schweifen.

Mit seinen kurzen schwarzen Haaren wirkte er auf den ersten Blick älter, als er war. Immerhin hatte er schon mehr als fünfundzwanzig Dienstjahre auf dem Buckel. Aus seinem Bulldoggengesicht sprach leidenschaftliche Energie. Dem sportbegeisterten Behördenleiter sah man an, dass er bis in den letzten Muskel durchtrainiert war. Sein kantiger Schädel saß ansatzlos auf dem muskulösen Hals, der seitlich beachtliche Muskelstränge zeigte. Mit dem energischen Kinn schien er Paranüsse knacken zu können. Ungeduld, Rauhbeinigkeit und hellwache Sinne waren sein Markenzeichen in der Dienststelle.

Unvermittelt wandte Pontine sich seinem Assistenten zu, die Augen zusammengekniffen, wie es seine Art war, wenn ihn der Jagdtrieb packte.

»Haben deine Männer wenigstens etwas Verwertbares in Richtung Paluzzi? Immerhin scheint unser Staatssekretär ganz dicke mit ihm zu sein. Sie duzen sich, oder?«

Casaverde zog aus seinem Papierstapel einen Schnellhefter hervor und klappte ihn auf. »Das will nicht viel heißen«, antwortete er und las vor. »Edoardo Paluzzi, wohnhaft in Genua, einer der größten Bestattungsunternehmer mit Niederlassungen in ganz Italien.« Er blätterte weiter. »Auch wenn er ein seriöses Geschäft betreibt, sind wir der Meinung, dass er ein mächtiger Pate der Mafia ist. Seit mehr als einem Jahr überwachen wir auch seine Telefone. Vor drei Monaten haben wir einen seiner Mitarbeiter, einen Paolo Montoglio, wegen einer Drogengeschichte verhaftet. Er betreibt eine Schweinemästerei in einem Kaff namens Cardeto, einem Bergdorf in Kalabrien. Wir hofften, dass wir von ihm mehr über Paluzzi erfahren würden, und haben ihm sogar Straffreiheit angeboten. Aber bevor wir uns richtig um ihn kümmern konnten, hat ihn der Staranwalt Giannino Giuso aus Palermo rausgepaukt.«

»Wie kommt der Schweinebauer Montoglio an einen Anwalt wie Avvocato Giuso?«, fragte Pontine überrascht und zog die linke Augenbraue hoch. »Und vor allem, wer bezahlt ihn?«

»Genau das ist der interessante Teil der Geschichte. Wir vermuten, Giusos Honorar wurde von De Cortese oder Paluzzi bezahlt. Es gab ein Telefonat zwischen Paluzzi und dem Anwalt, aus dem hervorging, dass Montoglio in Schwierigkeiten steckte. Daraufhin informierte Giuso unseren smarten Staatssekretär. Kurz darauf wurde Montoglio auf freien Fuß gesetzt. Zufall oder nicht, Tatsache ist, Montoglio scheint sehr wichtig zu sein, sonst hätten die Herrschaften sich nicht so für ihn ins Zeug gelegt.«

Pontine sah seinen Assistenten verdutzt an. »Du willst mir doch damit nicht sagen, dass ihr auch die Gespräche des Anwalts abgehört habt?«

»Zwangsläufig mussten wir das.« Casaverde griente. »Wir können uns De Corteses Gesprächspartner nicht aussuchen. Jedenfalls haben wir auf diese Weise erfahren, dass der Staatssekretär am Wohlergehen eines Schweinemästers in einem kalabrischen Dorf großes Interesse hatte.«

Pontine stützte seine Stirn in die Hand und stieß mit aufgeblähten Wangen hörbar die Luft aus. »Wir können von Glück sagen, dass dieser Anwalt von alledem nichts bemerkt hat. Er würde uns und das gesamte Innenministerium in der Luft zerfetzen.«

»Er wird auch nichts davon erfahren«, versicherte Casaverde. »Übrigens, da fällt mir ein …«

»Was?«

»In der Sache Paluzzi hat die Staatsanwältin Principato die Ermittlungen übernommen. Die Musik spielt jetzt, was den Kerl angeht, in Palermo.«

»Woher weißt du das schon wieder?«

Casaverde lächelte vielsagend. »Du hast kaum das Büro des Generale verlassen, schon hatte sich die frohe Botschaft herumgesprochen! Die Principato hat eine Anhörung anberaumt und De Cortese einbestellt. Wie ich erfahren habe, hat sie vor, den Staatssekretär ein wenig zu quälen. Der weiß noch nichts von seinem Glück.« Er lachte belustigt. »Der Signore wird seine helle Freude an ihr haben.« Casaverde konnte die Schadenfreude kaum verbergen.

»Weißt du etwas über den Hintergrund der Befragung?«, hakte Pontine nach. »Was sagen denn deine informellen Kontakte in Palermo?«

Casaverde sah in seinen Notizen nach. »Sie ermittelt in der Sache Dottore Giulio Saviani aus Porto Cervo. Über diesen Umweg sind die Behörden auch auf Paluzzi und De Cortese gestoßen.«

»Tja, der gute Saviani«, unkte der Direttore.

»Kennst du ihn?«, fragte Casaverde.

»Vom Hörensagen.«

»Saviani, Beautyfarmbetreiber, Unternehmer auf dem Gebiet der Serologie und großer Mäzen der schönen Künste«, rezitierte Casaverde theatralisch. »Mutter Teresa, Gutmensch und knallharter Geschäftsmann in einer Person. Willst du mehr wissen?«

»Aber ja doch!«

Casaverde fuhr fort: »Die Staatsanwältin ist der Meinung, dass es einen auffälligen Zusammenhang zwischen seinem Pharmaunternehmen Uniplasma und seinen Hospitälern einerseits und dem Leichenbestatter Paluzzi andererseits gibt. Da Saviani wiederum in Geschäftsbeziehung zu De Cortese steht, dessen Ministerium unter anderem auch die Zulassung von Medikamenten aus Savianis Forschungslaboratorien genehmigt, schließt sich der Kreis. Wäre ich zynisch, würde ich sagen, dass die Produktionskette perfekt durchgeplant ist.«

»Drück dich mal deutlicher aus.«

»Überlege doch mal! Alles aus einer Hand. Von der Pille bis zum Sarg. Du bekommst eine Erkältung, kaufst ein Medikament von Uniplasma und wirst gleich nach der Einnahme ins Krankenhaus eingeliefert. Nach kurzer, aber heftiger Behandlung machst du deinen letzten Atemzug, und es geht ab in die Kiste! Gleich danach holt dich Paluzzi. Die Industrie nennt so etwas Gewinnmaximierung durch Synergie.«

»Hm«, brummte Pontine. »Und du meinst, die Staatsanwältin in Palermo hat die gleichen morbiden Gehirnwindungen wie du?«

»Keine Ahnung.« Casaverde kicherte albern. »Leider hat sie mich an ihren Gedanken nicht teilhaben lassen. Aber zwei Tatsachen kann man nicht von der Hand weisen: Die Frau ist bissiger als eine Klapperschlange, und unser verehrter Generalstaatsanwalt hat ihr die Ermittlung übertragen. Vetternwirtschaft, wenn du mich fragst.«

»Sachzwänge«, gab Pontine ungnädig zurück. »Wie dem auch sei, dieser Montoglio! Ist er nicht eigentlich Schweinemäster? Er hat, wie du sagtest, einen Hof in Kalabrien.«

»Ja, schon. Aber er arbeitet hauptsächlich für Paluzzi«, erwiderte Casaverde. »Du musst zugeben, Chef, es ist eine abenteuerliche Konstellation. Da haben wir einen äußerst erfolgreichen Unternehmer, einen Staatssekretär im Ministerium für Gesundheit und Soziales, einen Leichenbestatter und einen Schweinebauern. Zu gerne würde ich wissen, wie das zusammenpasst.« Pontines Blick verdüsterte sich. »Man hat uns den Fall entzogen. Schon vergessen?«

Auf Casaverdes Stirn zeigten sich argwöhnische Falten. »Okay, wir haben mit dem Richter in Rom Pech gehabt. Das Abhören von De Corteses Telefonaten war illegal. Damit müssen wir jetzt leben.« Er sah seinen Chef durchdringend an, und sein Blick zeigte ungläubiges Erstaunen.

»Was ist los?«, brummelte Pontine. »Hast du etwas?«

»Kann es sein, dass du mich die ganze Zeit verarscht hast?«

»Wie bitte?« Pontine fuhr hoch.

»Ich gehe jede Wette ein, dass der Generalstaatsanwalt die

ganze Zeit vorhatte, diese Principato einzusetzen. Und du hast es gewusst. Sag endlich, was ist los?«

Pontine sah Casaverde betroffen an. Man konnte in seinen Augen sehen, dass er sich ertappt fühlte. »Man hat mir bezüglich des ganzen Falles einen Maulkorb verpasst. Das läuft in Absprache zwischen Innenministerium und dem Generalstaatsanwalt Della Torre. Man hat triftige Gründe, weshalb man ausgerechnet die Staatsanwältin Principato weiterermitteln lässt. Geh einfach davon aus, dass unsere süditalienische Staatsdienerin besondere verwandtschaftliche Beziehungen zu Della Torre hat. Du hältst aber den Mund!«

»Du mit deinen Geheimnissen! Mach wenigstens eine Andeutung!«, forderte Casaverde seinen Chef auf.

»Er ist ihr Onkel. Aber davon abgesehen, untersucht die Antimafiasektion in Palermo, wie Saviani es geschafft hat, die Uniplasma Internationale zur heutigen Größe zu bringen. In einer anonymen Anzeige wird behauptet, er hätte dieses Wachstum nicht mit eigenen Mitteln finanzieren können, unzulässige Forschungsmittel würden den Aufstieg Savianis erklären. Leider können wir De Cortese nicht danach fragen.«

»Aber ich frage mich, wie der es fertiggebracht hat, die gesamten Ermittlungen zu stoppen«, murmelte Casaverde.

»Er ist das politische Ziehkind unseres Ministerpräsidenten, und du weißt, was das bedeutet. Ein Anruf, und schon sehen wir alt aus. Trotzdem, es ist eine interessante Konstellation. Ich bin gespannt, wer gewinnt.«

»Hmm …« Casaverde nahm seine Brille ab und rieb sich die Augen. »Vielleicht kommt die Principato über die Verbindung zu Saviani doch noch an De Cortese heran.«

»Wir dürfen die Hoffnung nicht aufgeben. Ganz sicher wird sie versuchen, auch diesen Paluzzi in die Enge zu treiben.«

»Jetzt versteh ich«, sagte Casaverde.

»Nichts verstehst du«, widersprach Pontine brüsk. »De Cortese hat ein vitales Interesse, jede geschäftliche Beziehung zu

Saviani zu legitimieren. Das liegt schließlich auf der Hand. Deshalb kommt wohl Principato ins Spiel. Sie gilt als absolut loyal, zumal sie die Nichte des Generalstaatsanwalts ist.«

»Als ob Loyalität unsere Erkenntnisse über De Cortese ersetzen könnte«, fuhr Casaverde auf.

»Nein, Emilio. Wir nennen es strategisch nützliche Umwege, auch wenn wir jetzt ein wenig länger brauchen. Aus Sicht des Innenministeriums ist man sicher, dass De Cortese alles tun wird, um seinen Ruf des verlässlichen Politikers nicht zu gefährden.«

»Okay«, lenkte Casaverde ein. »Das leuchtet mir ein.«

Pontine starrte hinüber zu seinem Schreibtisch und schien plötzlich in Gedanken versunken zu sein. Dann wandte er sich unvermittelt Casaverde zu. »Lass uns über unseren eigenen Schatten springen! Wir unterstützen Principato mit allem, was wir haben. Was meinst du?«

»Einverstanden!«

»Was haben wir denn über Saviani?«, fragte Pontine grinsend und steckte sich eine neue Zigarette an.

»Eine ganze Menge«, antwortete Casaverde und stöberte in seinen Unterlagen. »Saviani kennt De Cortese seit Kindheitstagen, sie haben gemeinsam an der Uni in Palermo studiert. Die Familien haben viel Einfluss auf die regionale Politik. Savianis soziales Engagement für afrikanische Flüchtlinge hat ihm große Anerkennung im Ausland eingebracht, er versorgt die Flüchtlingslager kostenlos mit Medikamenten.« Casaverde kicherte leise in sich hinein. »Sogar unser geliebter Ministerpräsident lobt diesen Mann. Er meinte in einem Fernsehinterview, den Jungs im Internierungslager in Lampedusa ginge es dank Savianis medizinischer Betreuung ausgezeichnet. Überdies könnten sie jederzeit ein Bier trinken gehen.« Casaverde beobachtete die Reaktion seines Chefs, dessen Miene keine Emotion verriet. »Wir hätten uns diesen Saviani vorknöpfen sollen, als er zum ersten Mal in Zusammenhang mit De Cortese genannt wurde.«

»Du weißt das Wesentliche nicht. Saviani ist ein verdammtes Minenfeld«, reagierte Pontine erregt. »Soll sich die Frau Staatsanwältin in Palermo die Finger an ihm verbrennen. Der Dottore hat eine Menge Freunde im Ministerium. Und weißt du auch, weshalb?«

Casaverde sah seinen Chef verdutzt an. »Sag schon!«

»Alternde Matronen, goldbehängte Scharteken, multikarat bestückte Fregatten und natürlich auch die Ehefrauen unserer Minister. Sie alle lassen ihre Runzelhälse, welken Lippen und Brüste und ihr mürbes Fleisch in Savianis Kliniken optimieren. Du glaubst gar nicht, wie wahnsinnig dankbar die sein können!«

Casaverde presste die Lippen zusammen. »Auf den Fotos wirkt der Dottore wie eine graue Eminenz«, ergänzte er. »Es gibt aber nur sehr wenige Aufnahmen von ihm, er scheut die Öffentlichkeit. Vor sechs Monaten tauchte der Name Saviani zum ersten Mal in meinen Akten auf. De Cortese und Saviani teilten bei einer Benefizveranstaltung ihren Gästen mit, man habe zwei Hospitäler in Ruanda und Südafrika eröffnet. De Cortese ließ sich für das humanitäre Engagement angemessen feiern, während sich Saviani unbemerkt zurückzog. Vor ein paar Tagen habe ich mich in der Kantine zufällig mit einem der Ermittler der Guardia di Finanza unterhalten. Inoffiziell, versteht sich.«

»Und was meinen deine Freunde von der Konkurrenz?«, fragte Pontine

»Alles Show! Aber er erzählte mir auch, dass Saviani und De Cortese öfter gemeinsam in die Karibik fliegen. Wir könnten der Principato den Hinweis geben, dass sie in diese Richtung ein wenig stöbern soll.«

»Gute Idee«, erwiderte Pontine. »Vielleicht hält sie uns dann auf dem Laufenden. Eine Hand wäscht schließlich die andere.«

»Keine Chance! Die Gute mauert, das weiß ich von früher.« Mit dem Ausdruck der Geringschätzigkeit fügte er hinzu:

»Eine Sardin. Genau wie unser Generalstaatsanwalt. Soll ich noch mehr sagen?« Casaverde hauchte seine Brillengläser an und putzte sie mit einem Taschentuch. »Wenn du willst, rufe ich noch einmal in Sizilien an. Das Schlimmste, was passieren kann, ist, dass sie mir eine Abfuhr erteilt. Aber wer weiß, vielleicht erwische ich auch einen guten Tag bei ihr.«

»Lass es besser!«, knurrte Pontine. »Wir bleiben schön in unserer Deckung! Es reicht, wenn wir ihr Tipps zuspielen.«

»Und wenn ich bei dem Kollegen von der Guardia di Finanza noch einmal anklopfe?«, sinnierte Casaverde. Nach kurzem Nachdenken schüttelte er den Kopf. »So wie ich den kenne, wird er sich nicht in seine Karten sehen lassen.«

Pontine machte eine wegwerfende Handbewegung. »Wundert dich das, wenn es sich um Leute wie Saviani und De Cortese handelt? Ich kenne da ein paar Fälle auf Regierungsebene, aus denen sind noch nicht einmal Vorgänge geworden. Machen wir besser mit Paluzzi weiter!«, schlug er vor. »Mir scheint, mit ihm kommen wir schneller vorwärts, auch wenn er pünktlich seine Steuern zahlt.«

»Wie man es nimmt«, erwiderte Casaverde. Sein Lächeln hatte einen tückischen Zug. Er rieb sich die Schläfen. »Ein Bestatter mit einem Ferrari vor der Tür, einer Luxusjacht und einer Villa im teuersten Wohnviertel Palermos, Eigentumswohnungen in Rom und Mailand … Willst du noch mehr wissen? So viele Leichen kann der nicht verscharren, dass es für seinen Lebensstil reichen würde. In Sachen Geldverdienen können sich De Cortese und Paluzzi die Hand geben.«

»Beerdigungen sind ziemlich lukrativ«, wandte Pontine ein. »Hast du eine Ahnung, was die Bestattung meines Vaters gekostet hat?«

Casaverde zuckte mit den Schultern und verdrehte die Augen zur Decke. »Soweit ich informiert bin, liegt die Branche ziemlich am Boden. Die machen sich doch gegenseitig Konkurrenz bis zum Gehtnichtmehr!«

»Wie auch immer. Ich habe ein Vermögen bezahlt«, fuhr Pontine aufgebracht fort. »Ich sage dir, die Bestatter nehmen es von den Lebendigen.«

»Von wem sonst. Letztendlich ist man es seinen Angehörigen schuldig, denke ich. Aber was Paluzzi angeht, sieht die Sache ein wenig anders aus. Der ist zwar Profi, wenn es darum geht, Leute unter die Erde zu bringen, aber um die Wahrheit zu begraben, braucht man verdammt viele Schaufeln. Comandante Tassilo kann uns mehr über ihn sagen. Seine Abteilung überwacht seit Monaten Paluzzi und Montoglio. Soll ich ihn bitten, zu uns herüberzukommen? Er ist im Haus. Ich bin ihm vorhin auf dem Gang begegnet.«

»Ja«, antwortete Pontine und deutete auf sein Telefon. »Bediene dich!«

Casaverde erhob sich, ging hinüber und wählte eine Nummer. Nach einigen Worten legte er auf und kehrte zur Sitzgruppe zurück. »Er kommt sofort.«

Schweigend warteten die beiden Polizeioffiziere auf den Kollegen, der sein Büro auf der anderen Seite des Flures hatte. Nur wenige Augenblicke dauerte es, bis es an Pontines Bürotür klopfte.

Ein drahtiger, hochgewachsener Mann in dunkler Militäruniform erschien in der Tür. Das hagere und harte Gesicht des Befehlshabers einer Spezialeinsatztruppe, der berüchtigten Catturanghi, wirkte stolz und selbstbewusst. Er trug sein Haar militärisch kurz. An den Schläfen zeigte sich erstes Grau. Seine schwarzen, bohrenden Augen schienen nicht eine Sekunde stillzustehen. Er strahlte Entschlossenheit und Souveränität aus.

»Setz dich!«, brummte Pontine, wies auf den freien Sessel neben Casaverde und betrachtete Tassilos verschmutzte Hosenbeine und Schuhe. »Bist du durch die Kanalisation gekrochen?« Pontine erhob sich aus seinem Schreibtischsessel und holte aus der Schublade eine Packung mit Papiertaschentüchern. Er warf sie Tassilo zu und lehnte sich an seinen Aktenschrank. Mit sichtlichem Vergnügen beobachtete er, wie sein Amtskollege versuchte, den Dreck von seiner Uniformhose abzuwischen.

»Ich habe mir bei einem Einsatz alles versaut«, erwiderte Tassilo entschuldigend. »Ich hatte noch keine Zeit, nach Hause zu fahren. In meiner Abteilung ist die Hölle los.«

»Aha.« Pontine gluckste vor Lachen. »Na ja, wer reinigt, entfernt nichts, sondern verteilt nur anders. Obenherum siehst du jedenfalls gut aus!«

»Findest du dich witzig, Pontine?«

»Lass mal!«, winkte der Direttore grinsend ab, ging zur Sitzgruppe und setzte sich zu den beiden. »Wir reden gerade über De Cortese und Paluzzi. Da haben wir uns die ganze Zeit gefragt, was die beiden mit dem Schweinemäster Montoglio aus Cardeto zu tun haben. Ihr habt ihn doch observiert.«

»Hat sich die Sauerei bei euch noch nicht herumgesprochen?«

»Welche?« Der Direttore war irritiert und warf Casaverde einen fragenden Blick zu.

»Wir haben sämtliche Unterlagen einschließlich Tonbandprotokolle, Stimmanalysen und interne Berichte an das Innenministerium abgeben müssen«, sagte Tassilo. »Staatssekretär De Cortese hat interveniert.«

»Ach, das meinst du!« Pontine blickte sein Gegenüber an, als sei die Nachricht Schnee von gestern.

»Tu doch nicht so abgeklärt«, stieß Comandante Tassilo verärgert hervor. »Ich soll bei Di Gregori antanzen und Rechenschaft über die Observierung von De Cortese ablegen.«

»Tja«, entgegnete Pontine lapidar, »dann geht's dir so wie mir heute Morgen! Ich habe mir auch den obligatorischen Genickschlag abgeholt. Um was handelt es sich denn bei dir?«

»Die Operation Montoglio ist in die Hosen gegangen. Aber restlos! Weshalb erzähle ich dir das überhaupt. Deine Abteilung ist doch ebenso betroffen wie meine!«

»Zwei meiner Männer packen gerade ihre Sachen«, bestätigte

Pontine düster. »Mich wundert, dass man mich im Amt gelassen hat.«

»Ich glaube dir kein Wort. Dein verehrter Generale Di Gregori und du, man sollte euch in einen Sack stecken und ...« Tassilo unterbrach sich, als er Pontines finsteren Blick auf sich gerichtet sah.

»Was soll ich mit ihm in einem Sack? Wir sitzen wie zivilisierte Leute am Tisch und reden miteinander«, zischte Pontine durch die Zähne und drückte seinen Zigarettenstummel in den Aschenbecher. »Ich will weiß Gott nichts entschuldigen«, fuhr er fort, »aber Di Gregori verschanzt sich hinter den Anweisungen von oben! Innenministerium ..., wenn du verstehst, was ich meine.« Er warf die zerknüllte Zigarettenschachtel in Richtung Papierkorb und kramte eine neue Packung aus seiner Jackentasche. »Kannst du uns wenigstens etwas über diesen Paluzzi erzählen?«

Tassilo nickte. »Undurchsichtiger Typ.« Er machte eine Pause, als überlege er, wie er am besten anfangen sollte. »Montoglio, das ist einer seiner Mitarbeiter, hat vor etwa vierzehn Tagen mit seinem Handy Paluzzi angerufen. In diesem Gespräch ging es um einen ›Schläfer‹, den er von Palermo nach Netřebice in Tschechien bringen sollte. Du kannst dir vorstellen, dass wir sofort spitze Ohren bekommen haben. Aber wir konnten uns absolut keinen Reim darauf machen, was mit ›Schläfer‹ gemeint sein soll. Und bevor eine riesige internationale Sache daraus würde und wir die tschechischen Behörden einschalten, wollten wir erst einmal wissen, wer mit Montoglio im Auto sitzt.«

Pontine und Casaverde richteten sich auf und starrten den Kommandeur der taktischen Überwachungsabteilung an.

»Dann wisst ihr, wer oder was diese ›Schläfer‹ sind ...?«, unterbrach Casaverde den Comandante überrascht.

»Nein, leider nicht. Aber eins nach dem anderen«, wiegelte er ab. »Ich komme noch darauf zurück.«

»*Porca miseria!* Was ist das für eine beschissene Kommunikation!«, machte Pontine seinem Ärger Luft. »Weshalb informiert ihr uns nicht sofort, wenn ihr solche Erkenntnisse habt. Es liegt doch auf der Hand, dass es Berührungspunkte mit unserem Fall gibt! Wir hätten eine Genehmigung einholen können, um Montoglio nach Tschechien zu folgen. Notfalls hätte das auch der Inlandsgeheimdienst übernehmen können!«

Tassilo zog die Mundwinkel ärgerlich nach unten. »Du hast unsere Abteilung auch nicht gerade mit Infos überschüttet. Und mit dem Inlandsdienst lässt du mich mal besser in Ruhe. Die Kerle gehen mir seit Monaten nur noch auf den Geist.«

»Lassen wir das«, lenkte Pontine ein. »Wo genau liegt dieses Netřebice?«

»In Böhmen. Richtung Budweis, rund fünfzehn Kilometer hinter der österreichischen Grenze.«

»Und wie ging es weiter?«, drängelte Casaverde, der einen Kugelschreiber gezückt hatte und sich einige Notizen machen wollte.

Tassilo sammelte sich für einen kurzen Augenblick und setzte seinen Bericht mit ruhiger Stimme fort. »Montoglio setzte sich, eine Stunde nachdem er mit Paluzzi telefoniert hatte, ins Auto, fuhr nach Rom und flog von dort aus nach Palermo. Unsere Leute haben ihn bei der Ankunft aus den Augen verloren, obwohl wir den Flughafen mit einem ziemlich großen Aufwand überwacht haben. Er ist uns irgendwie durch die Lappen gegangen.«

»Ach, Tassilo, was hast du denn für Leute!«, frotzelte Pontine. »*Avanti dilettanti*, kann man da nur sagen!«

»Wenn man mich nicht andauernd unterbricht, dauert es noch länger, bis ihr Bescheid wisst!«

»Ja, ja …«, muffelte Pontine zurück. »Mach weiter!«

Tassilo lehnte sich entspannt zurück. »Irgendetwas muss mit dem ›Schläfer‹ schiefgegangen sein, denn sehr bald kehrte Montoglio auf seinen Bauernhof zurück. Wieder telefonierte er mit Paluzzi. Dieses Mal war er ziemlich aufgeregt. Er sagte, die

Lichtmaschine sei unterwegs kaputt gegangen und er habe den *dormiente* in Genua zurücklassen müssen. Daraufhin hat Paluzzi Staatssekretär De Cortese über dieses Missgeschick informiert. Normalerweise telefonieren die beiden immer über nicht registrierte Handys oder von Telefonzellen aus. Aber scheinbar war dieser Vorfall so wichtig, dass Paluzzi unvorsichtig war.«

»Trotzdem wissen wir nicht, wer diese ›Schläfer‹ sind und was es mit ihnen auf sich hat«, bemerkte Casaverde.

»Wir haben bei den Kollegen in Genua nachgefragt, ob etwas über terroristische Machenschaften bekannt sei«, berichtete Tassilo weiter. »Nichts. In dem in Frage kommenden Zeitraum hatten sie nur einen Toten, dem man Herz und Nieren gestohlen hatte, zwei Selbstmörder, mehrere Überfälle und drei Vergewaltigungen. Ich habe alle uns zur Verfügung stehenden Datenbanken durchforsten lassen. Es gab nichts, was wir irgendwie verwerten oder in Zusammenhang mit Tschechien oder einem ›Schläfer‹ bringen konnten.«

»Was sagen unsere Spezialisten aus der Analytik dazu?«, hakte Pontine nach. »Haben die irgendeine Idee?«

»Sie stochern auch im Nebel. Nun aber kommt der weniger appetitliche Teil!«

Casaverde und Pontine wechselten irritierte Blicke.

»Ein ziemlich dicker Hund, das sag ich euch jetzt schon«, meinte Tassilo.

»Erzähl!«, brummte Pontine.

Der Kommandeur der taktischen Überwachungseinheit schien die Ungeduld seiner Kollegen zu genießen.

»Mach's nicht so spannend, Tassilo! Lass dir nicht die Nudeln einzeln aus der Nase ziehen!«

»Paluzzi kam vor etwa drei Tagen mit einigen Freunden nach Cardeto. Sie haben mit Montoglio in dessen Mastbetrieb gegessen und getrunken. Es ging ziemlich hoch her. Als Montoglio besoffen war, haben sie ihn aus dem Haus getragen und mit vereinten Kräften in den Schweinekoben geworfen. Die ausgehungerten Schweine sind sofort über den armen Kerl hergefallen und haben ihn bei lebendigem Leib aufgefressen. Mit Haut und Haaren! Könnt ihr euch das vorstellen?«

»Wahnsinn«, ächzte Casaverde. »Und euer Informant?«

»Er sagte, er wollte Montoglio besuchen und konnte sich gerade noch rechtzeitig verdrücken, als Paluzzis Männer mit dem armen Kerl aus dem Haus kamen und ihn über die Brüstung wuchteten. Danach hat er nur die wahnsinnigen Schreie gehört.« Tassilo bleckte die Zähne. »Die Schweine haben lediglich sein Gebiss und ein paar Knochenteile übrig gelassen. Habt ihr gewusst, dass die Schweinemethode unter Mafiosi ziemlich beliebt ist? Wenn sich irgendjemand nicht an die verdammten Regeln hält ...«

Pontine verzog das Gesicht. »Ich fasse es nicht.«

»Erinnerst du dich an diesen Giorgio Basile aus Corligliano?«, fragte ihn Tassilo.

Pontine nickte. »Ich erinnere mich. Er hat bei seiner Verhaftung erzählt, dass er dabei war, als sie einen Verräter an Schweine verfüttert haben. Einfach ekelerregend! Weshalb habt ihr nicht eingegriffen?«

»Tss...!« Comandante Tassilo lachte freudlos auf. Er teilte nicht im Entferntesten die Gefühle seines Kollegen. »Als uns das zugetragen wurde, war es längst zu spät. Abgesehen davon, hätten wir unsere Operation gefährdet, und die Tarnung unserer Leute wäre aufgeflogen. Paluzzi läuft uns nicht weg. Wir holen ihn uns, wenn wir die Zusammenhänge kennen. Schließlich wollt ihr doch diesen De Cortese kriegen, es sei denn, er landet auch bei den Schweinen! Wissen kann man so etwas ja nie.«

Casaverde griente. »Vermutlich bist du genauso pervers wie dieser Paluzzi.«

»Nimm dich zusammen, Emilio!«, donnerte Pontine und wandte sich wieder an Tassilo. »Woher wisst ihr, dass es sich bei dem Toten tatsächlich um Montoglio gehandelt hat?«

»Nachdem die feierfreudige Gesellschaft abgerückt war, sind wir mit unserem Informanten auf das Grundstück und haben den Laden auf den Kopf gestellt. Montoglios kümmerlichen Rest haben wir herausgefischt und im Labor untersuchen lassen. Die Bestimmung der DNA ist eindeutig. Das Ergebnis kam gestern bei uns rein.«

»Hat dieser Informant auch einen Namen?«

»Renato Salvo.«

»Und was ist mit ihm? Hat er eine Aussage gemacht?«

»Er gehört seit langen Jahren dem Paluzzi-Clan an. Hat eine Menge auf dem Kerbholz. Wir konnten ihn als *pentito*, als reuigen Aussteiger, gewinnen, sozusagen als Kronzeugen gegen Straffreiheit.«

»Schön, dass wir das auch einmal erfahren«, knurrte Pontine angriffslustig. »Und wo sind die Aussageprotokolle jetzt?«

»Im Innenministerium ist man stets sehr gründlich«, meinte Tassilo sibyllinisch. »Kurz bevor mich dein Hofhund angerufen hat« – er deutete mit dem Kopf auf Casaverde –, »wollte ich auf meinem Rechner noch einmal die Daten abrufen. Der Zugriff auf die Operation Montoglio wurde mir verweigert. Die Aussage von Renato Salvo war auch dabei. Aber das macht nichts, die können wir uns noch einmal von ihm holen.«

Pontine schnaubte wie ein Nilpferd. »Was habt ihr jetzt mit Paluzzi vor?«

»Wir observieren ihn weiter!«, erwiderte Tassilo. »Leider bietet er uns kaum eine Angriffsfläche. Er ist verdammt vorsichtig, und eine Überwachung wird durch die Entfernungen auch nicht leichter. Rom, Palermo, Genua, Sardinien und Cardeto … Das geht ständig hin und her.«

Casaverde nahm seine Brille ab und putzte wieder mit einem Taschentuch die Gläser. »Wir wären schon weiter, wenn wir herausfänden, was ein Bestattungsunternehmer mit einem Staatssekretär zu schaffen hat …«

»Ich weiß nur eines.« Comandante Tassilo grinste. »Wenn ein

Politiker stirbt, kommen nur deshalb so viele zur Beerdigung, weil sie sicher sein wollen, dass man ihn auch wirklich begräbt.«

Pontine lachte freudlos. »Da hast du doch deine Erklärung, Emilio!«

»Das hilft mir jetzt wahnsinnig viel weiter«, murmelte Casaverde beleidigt.

»Wie auch immer ...« Direttore Pontine erhob sich von der Couch und ging zu seinem Schreibtisch. Er zog sich eine neue Zigarette aus der Packung und steckte sie sich genüsslich an. »Die schönste Beerdigung ist immer die eigene, denn zu der muss man nicht hingehen. Außerdem kostet sie einen nichts. Aber Spaß beiseite. Es scheint einfach kein Ende zu nehmen. Manchmal bin ich so verdammt müde. Was in Sizilien und Kalabrien im ewigen Kampf ums Überleben begann, erschüttert heute unsere Gesellschaft in Rom. Wieder eine trauernde Frau, wieder ein toter Mann und wieder einer, der Vergeltung üben wird.« Er kehrte zur Couch zurück und sank schwer ins Polster. »Ich frage mich, weshalb Montoglio in Ungnade gefallen ist. Wegen eines ›Schläfers‹?« Er sah seinen Kollegen von der Observierung an. »Wenn wir annehmen, dass es sich bei den ›Schläfern‹ um Terroristen handelt, verstehe ich es erst recht nicht. Montoglio ist ein Schweinebauer gewesen, ein kleiner Handlanger und alles andere als ein fanatischer Regimegegner. Ganz sicher ist er ein durchtriebener Gauner.«

»Was wissen wir noch über den Schweinemäster und seine Schläfer?«, insistierte Casaverde und setzte sich umständlich die Brille auf.

»Montoglio war einer von Paluzzis Fahrern«, antwortete Comandante Tassilo.

»Brauchte Paluzzi für seinen Ferrari etwa einen Chauffeur?«, entgegnete Pontine fassungslos.

»Nein.« Tassilo grinste amüsiert. »Montoglio fuhr einen seiner Leichenwagen. Quasi als Nebenjob. Du weißt schon, Verstorbene abholen. Das Bestattungsunternehmen dieses Paluzzi ist ein Riesenladen. In seinen Niederlassungen arbeiten mehr als hundert Mitarbeiter. Dazu kommen noch seine Krankenfahrten. Auch in dem Bereich hat er eine Menge Leute unter Vertrag. Er führt in ganz Italien Krankentransporte durch. Vor sechzehn Jahren hat er seinen Laden gegründet. Allerdings unter einer anderen Firmierung.«

»Aha …! Gut recherchiert. Alle Achtung!«

»Wir sind nicht auf den Kopf gefallen«, konterte der Kommandeur der Observierungstruppe.

»Dann hatte Montoglio ziemlich viel zu tun«, brummte Casaverde verdrießlich. »Konnte er sich dann noch um seine Schweine kümmern?«

»Kaum. Das spielt auch jetzt keine Rolle mehr. Paluzzi hat knapp vierzig Leichenwagen. Frag mich nicht, weshalb er so viele braucht.«

Pontines Mundwinkel zuckten verdächtig. »Er ist eben gut im Geschäft. Aber was kümmert es mich, ob er zehn oder fünfzig Leichenwagen oder Krankenwagen hat. Wir treten auf der Stelle.«

Tassilo senkte den Kopf. »Stimmt. Seit Wochen warten wir darauf, dass diese Typen einen Fehler machen und wir endlich etwas Substanzielles erfahren. Seit wir ihn überwachen, bin ich der Meinung, wir sind einer großen Sache auf der Spur. Aber seit gestern werde ich das Gefühl nicht los, dass wir einer Chimäre nachjagen. Ich stoße immer wieder auf diesen De Cortese. Eigentlich müssten wir da weitermachen!«

Pontine zog die Stirn kraus und schien nachzudenken. »Und was jetzt?«

»Nun ja, wir müssen uns damit abfinden, dass wir nichts wissen, außer dass Paluzzi und Freunde einen Mord begangen haben. Auch wenn Montoglios Ende ziemlich unromantisch war, wenigstens wurden seine Schweine satt.«

»Dickfelliger Spinner«, fuhr Pontine Tassilo an. »Darüber kann ich keine Witze machen!« Er warf dem Kollegen einen missbilligenden Blick zu. »Das ist doch monströs! Grausamer kann man einen Menschen wirklich nicht umbringen!«

»Hilft uns das weiter?«, fragte der Comandante. »Nein ...! De Cortese blockiert durch seine Intervention jede Richtung, in die wir ermitteln. Aber vielleicht können wir seine Einflussnahme auf das Innenministerium beweisen!«

Pontine winkte ab. »Vergiss es! Oder willst du etwa den halben Palazzo del Viminale zum Verhör vorladen?«

Tassilos Augen glühten vor unterdrücktem Eifer. »Sollen wir uns damit einfach zufriedengeben? Jetzt, wo wir so nahe dran waren?«

Pontine deutete auf den Aktenberg, der sich neben seinem Schreibtisch auftürmte. »Scheinbar *zu* nahe! Wie du siehst, unser General aus dem Palazzo hat für Alternativen gesorgt, damit wir uns nicht langweilen. Aber er hat sich in die Finger geschnitten. Ich bleibe an der Sache dran. Meine ganze Hoffnung ruht, und das meine ich, wie ich es sage, auf Teresa Principato und ihrem Onkel, dem großen Generalstaatsanwalt. Wenn das auch im Sande verläuft, wende ich mich an unseren Inlandsgeheimdienst.«

Tassilo erhob sich und blies enerviert die Wangen auf. »Solange wir nichts über die ›Schläfer‹ wissen, können wir jede Vorgehensstrategie vergessen. Ihr kennt ja den Spruch ...« Sein Blick wanderte von Pontine zu Casaverde. »Wenn Ziele fehlen, irrt der Wille umher.«

II.
Konvoi nach Netřebice

D er moderne Komplex der Chirurgia Estetica in Casalecchio, einer nichtssagenden Kleinstadt vor den Toren Bolognas, lag in gleißendem Flutlicht, als die drei Leichenwagen
eintrafen. Der Konvoi stoppte in der ruhigen Straße vor einem
breiten Stahltor. Während die Fahrzeuge mit abgestelltem Motor warteten, wählte der Fahrer des ersten Wagens mit dem
Handy eine Telefonnummer. Kurz darauf verdunkelte sich die
Fassade des Gebäudes. Die asphaltierte Zufahrt zum Haupteingang, gesäumt von mattweiß strahlenden Kugellampen, vermittelte den Eindruck einer Landebahn. Sekunden später wurden auch diese Lampen abgeschaltet. Das stählerne Rolltor
fuhr zur Seite, und die Fahrer starteten die Motoren der Autos
erneut. In völliger Dunkelheit setzte sich der Konvoi in Bewegung und rollte in Schrittgeschwindigkeit durch einen Park.
Gespenstisch glitten die schwarzen Leichentransporter zur
Rückseite des gepflegten Anwesens und fuhren über eine Rampe zu einem tiefer gelegenen Einlass, dessen elektronisch ge-
steuertes Tor sich wie von Geisterhand öffnete. Ein Mann in
weißer Klinikkleidung erschien und winkte. Lautlos fuhren die
schweren Limousinen in die Katakombe. Es war genau dreiundzwanzig Uhr, als die Strahler und die Kugellampen des Klinikums wieder aufleuchteten.
Sträucher und blühende Bäume, Palmen und schattenspen-
dender Eukalyptus erstrahlten im sanften Licht der Parkbe-
leuchtung und verwandelten die Gartenanlage in ein mysti-
sches Paradies. Der glasüberdachte Zugang der noblen Klinik

war blumenumrankt und unterstrich das luxuriöse Ambiente. Vor dem Eingang standen zwei Krankenschwestern und unterhielten sich leise. Plötzlich horchten sie auf und blickten zum Himmel. Das peitschende Geräusch von Rotoren eines Helikopters näherte sich.

»Er kommt«, sagte eine der beiden. »Hörst du ihn?« Die andere nickte. »Lass uns reingehen!«

Sie traten ins Foyer und meldeten dem Pförtner hinter seinem Tresen aus graublauem Marmor, dass der Patient im Anflug sei. »Dann sag ich mal dem Empfangskomitee Bescheid«, brummte der Portier in edlem Zwirn und nahm den Telefonhörer ab.

Wie aus dem Nichts schwebte der dunkelblaue Privathubschrauber der Marke Dauphin heran. Die Suchscheinwerfer tasteten sich wie die dünnen Fühler eines außerirdischen Insektes über das Dach, bis sie das Landekreuz fokussierten. Die Buchstabenkombination HB-XQW am Heck des Helikopters ließ auf ein schweizerisches Luftfahrtkennzeichen schließen. Auf den Türen prangte die Aufschrift Swiftcopters Geneva. Sanft setzte die Maschine auf dem Dach des Hauptgebäudes auf, und der Pilot schaltete Rotoren und Turbinen ab. Klinikpersonal versammelte sich auf dem Dach und wartete in sicherer Entfernung, bis die Blätter allmählich zum Stillstand kamen. Die seitliche Schiebetür des Helikopters öffnete sich. Anweisungen wurden gerufen und einige Worte gewechselt.

Hilfreiche Hände übernahmen die Krankenbahre, die von zwei Sanitätern herausgeschoben wurde. Alles lief professionell und ohne übertriebene Hast ab. Den Mann auf der Transportbahre hatte man festgeschnallt, er schien aber bei Bewusstsein zu sein, denn ein Angestellter des Klinikums beugte sich über ihn und sprach ihn an. So schnell wie der Spuk begonnen hatte, so schnell war er auch wieder beendet. Die Turbine des Hubschraubers heulte auf, und die Rotoren gewannen wieder an Geschwindigkeit. Knapp eine Minute später erhob sich der Helikopter in die Luft und verschwand in die Nacht.

Der Patient wurde im Lastenaufzug von zwei Pflegern ins Untergeschoss gebracht. Geruch von Bohnerwachs, Jod und Chloroform umfing den Kranken, als er aus dem Aufzug herausgeschoben wurde. Schwestern in gestärkten kalkweißen Kitteln eilten umher und verbreiteten eine seltsame Atmosphäre hilfsbereiter Geschäftigkeit.

»Wie fühlen Sie sich?«, fragte ein Arzt, der sich über den Patienten gebeugt hatte. »Ich bin Dottore Francesco Aguillera und gehöre zum OP-Team. Ich bin verantwortlich für die Anästhesie.«

»Gut, zu wissen«, entgegnete eine schwache Stimme mit Schweizer Akzent. »Dann weiß ich, wen ich verklagen kann, sollte ich nicht mehr aufwachen.«

»Machen Sie sich keine Sorgen! Alles wird reibungslos ablaufen«, antwortete der Mediziner mit einem Schmunzeln. »Professore Cerlosa wird Sie noch einmal über den Operationsverlauf aufklären. Sie kennen ihn ja schon. Er ist eine Kapazität!«

»Schön, wie sich alle darum bemühen, mich zu beruhigen. Aber ich habe seit gestern eine fatalistische Einstellung zu der ganzen Sache. Ein bisschen müde bin ich …«

»Glauben Sie mir, morgen sind Sie wieder wie neu!«

Der Patient, ein Mann von etwa fünfzig Jahren, mit blasser Hautfarbe und tief eingegrabenen Furchen im Gesicht, seufzte.

»Es wird schon gutgehen!« Obwohl er mit hoffnungsvollem Optimismus zu lächeln versuchte, zeigte seine Miene Besorgnis.

Eine Schwester mit Handschuhen und Mundschutz schob die Bahre in den weiß gefliesten Operationstrakt. Eine zweite Schwester trat hinzu und lächelte. »*Buonasera,* Signore Deschwiller. Nun hat es ja doch schneller geklappt, als Sie gedacht haben.«

»Bei fünfhundertsiebzigtausend Franken habe ich das nicht anders erwartet!«, antwortete der Schweizer mit gekünstelter Fröhlichkeit.

»Geld ist dazu da, ausgegeben zu werden«, flachste eine Operationsschwester im Hintergrund. »Schließlich hat es wenig Sinn, später einmal der Reichste auf dem Friedhof zu sein.«

Deschwiller lachte leise.

»Wir wollen Sie doch als guten Kunden glücklich machen!«, scherzte die Schwester weiter.

Deschwiller schüttelte unwillig den Kopf. »Wissen Sie«, erwiderte er, »wer Kranke als Kunden bezeichnet, entlarvt sich als geschäftstüchtiger Verkäufer. Kunden werden nur allzu oft angeschmiert. Was ist, wenn es Reklamationen gibt?«

Neugierig wandte er den Kopf und sah sich nach der Sprecherin um. »Wer sind Sie überhaupt?«, fragte er und musterte die hübsche Frau.

»Schwester Anna, ich bereite Sie für die Operation vor. Können Sie sich selbst entkleiden, oder soll ich Ihnen helfen?«

»Geht schon, wenn Sie mich losschnallen.«

Die Schwester lächelte. »Es war nur für Ihre Sicherheit auf dem Transport hierher.« Sie löste routiniert die Gurte, und Deschwiller richtete sich mit ihrer Hilfe auf.

»Muss die Operation unbedingt nachts stattfinden? Ich hätte so gerne noch ausgeschlafen, schließlich will man vor einem solchen Eingriff einigermaßen bei Kräften sein!«

»Wussten Sie nicht, dass Transplantationen grundsätzlich nur nachts durchgeführt werden?«, antwortete die Schwester.

Deschwiller schien überrascht zu sein. »Nein. Weshalb?«

»Das hat mehrere Gründe. Einerseits sind die Operationsräume nachts frei, andererseits gibt es nicht so viel Unruhe, und zum Dritten wollen wir die anderen Patienten im Haus nicht stören! Das macht man fast in ganz Europa so!«

»Aha«, erwiderte Deschwiller. »Und kaum jemand merkt etwas, wenn die Operation misslingt, nicht wahr?«

»Ihr schwarzer Humor ist bemerkenswert«, wies ihn die Schwester mit einem Lächeln zurecht und kicherte, wurde aber sofort wieder ernst, als sie Schritte hörte. »Professore Cerlosa kommt«, flüsterte sie und verschwand im Hintergrund.

»Na«, sprach Cerlosa in jovialem Ton seinen Patienten an. »Hatten wir einen guten Flug?«

»Gut ist etwas anderes«, erwiderte Deschwiller.

Cerlosa lächelte. »Das wird alles wieder! Sie werden sehen! Heutzutage ist eine Herztransplantation ein Routineeingriff.«

»Ihr Wort in Gottes Ohr«, presste Deschwiller durch seine bläulich verfärbten Lippen.

»Bevor wir anfangen, möchte ich Sie beglückwünschen«, antwortete Cerlosa. »Wir haben für Sie das erstklassige Herz eines Mannes, eines ehemaliger Leistungssportlers, soweit ich weiß. Nichtraucher! Der Bedauerliche ist vor knapp drei Stunden verstorben. Hirntot. Unsere Maschinen halten ihn künstlich am Leben. Aber das wollen Sie vermutlich gar nicht so genau wissen.«

»Sie hätten es mir auch nicht so genau erzählen müssen«, entgegnete Deschwiller ruppig.

Der Professore tätschelte die Schulter des Patienten. »Waren Sie in unserer Klinik in Genf gut untergebracht?«, lenkte er das Gespräch auf ein unverfänglicheres Thema.

»Das Essen hat mir die letzten Geschmacksnerven geraubt. Die Schwestern waren erheblich appetitlicher. Fehlten nur noch die Sahnehäubchen.«

»Verstehe!« Professore Cerlosa lächelte still in sich hinein. »Ich kann Ihnen versprechen, dass Sie noch wundervolle Jahre vor sich haben. Hochleistungssport sollten Sie trotzdem nicht betreiben«, mahnte er, »auch wenn Sie sich noch nicht alt fühlen.«

»Ich *bin* alt! Fast alle Ärzte sind inzwischen jünger als ich«, kokettierte Deschwiller mit Galgenhumor. Die Angst in seiner Stimme war jedoch unüberhörbar.

Cerlosas Miene wurde sachlicher. »Bevor wir Sie hineinbringen«, begann er in dozierendem Ton, »will ich Ihnen noch kurz beschreiben, wie die Operation abläuft. Es ist alles kein Hexenwerk. Die Herztransplantation dauert vermutlich drei, maximal vier Stunden. Wir öffnen längsseitig die Brustwand, während Sie gleichzeitig an die Herz-Lungen-Maschine angeschlossen werden. Sodann stellen wir Ihr altes Herz ruhig. Es folgt die Organverpflanzung von Patient zu Patient. Ihr Brustbein wird am Ende der Operation mit Drähten verschlossen. Die Narbe wird etwa dreißig Zentimeter lang sein. Nach dem Eingriff werden Sie wahrscheinlich für kurze Zeit auf unserer Intensivstation verbleiben, damit wir die Herz-, Lungen- und Kreislauffunktion überwachen können. Dort werden Sie auch wieder aufwachen.« Er machte eine kleine Pause. »Anfangs hilft Ihnen ein Gerät bei der Atmung, später atmen Sie immer selbständiger, so dass wir dann den Schlauch in der Luftröhre entfernen werden. Dann können Sie auch wieder sprechen. Alle Drainagen zum Absaugen von Wundsekret und die zentralen Venenzugänge für Infusionen, mit denen wir Sie bei der Operation versehen haben, werden wir nach und nach ebenfalls entfernen. Sie werden keine Schmerzen spüren, da wir Ihnen ausreichend Sedative verabreichen. Auf der Intensivstation betreuen Sie Schwestern oder Pfleger in drei Achtstundenschichten. Ich bin sicher, dass Sie sehr bald wieder den Vorstandsmitgliedern in Ihrer Firma auf die Finger sehen können.«

»Was verstehen Sie unter ›sehr bald‹?«

»Nur nicht so ungeduldig, lieber Herr Deschwiller!«, erwiderte der Mediziner in jovialem Ton. »Leider werden wir Ihnen unsere Küche in Genf während der Rekonvaleszenz noch einige Zeit zumuten müssen. Lassen Sie aber die Finger von den Sahnehäubchen! Vier bis fünf Wochen wird es schon dauern, bis Sie wieder zu Hause sind. Zwei Tage nach der Operation werden Sie in unser Klinikum nach Genf zurückgeflogen.«

»Ich bin froh, wenn ich keine Klinik mehr sehe«, brummelte Deschwiller unwillig. »Ich habe in meinem Leben so viel Zeit in Krankenhäusern verbracht, dass ich jetzt schon mehr Kranke als Gesunde zu Freunden habe.«

»Wer weiß«, entgegnete Cerlosa, »das sind vielleicht die ehrlicheren Freundschaften.«

»Sie denken also auch, dass sich Menschen so von Krankheit zu Krankheit eher verstehen!«

»Sie sind ein Zyniker.« Der Professore grinste und wandte sich mit den Worten ab: »Wir sehen uns gleich!«

Deschwiller nickte, seine Miene zeigte jedoch immer noch Verunsicherung.

»Ziehen Sie sich jetzt aus, bitte«, sprach ihn eine Schwester von hinten an und reichte ihm ein langes weißes Hemd. »Wenn Sie fertig sind, klingeln Sie und legen sich dorthin.« Sie deutete auf ein breites Krankenbett. »Wir haben nicht mehr viel Zeit, das Ärzteteam steht schon bereit und wartet auf Sie.«

Zur gleichen Stunde warteten die drei Fahrer der Leichenwagen in der unterirdischen Zufahrt, die das Klinikum in einer Art Tunnel unterquerte. Neonröhren verbreiteten ein fahles Licht. In regelmäßigen Abständen befanden sich in der Durchfahrt Zugänge für Versorger und Abholer. Ein Pfleger trat aus einer schmalen Tür neben der Einfahrt und ging auf die Mitarbeiter des Bestattungsunternehmens zu. In der Hand hatte er einige Schnellhefter.

»Wer von euch ist der Capo?«

»Ich«, meldete sich ein schlaksiger Mann, der den Eindruck machte, als habe er sich die schwarze Berufskleidung von Gevatter Tod persönlich ausgeliehen. Sein pockennarbiges Gesicht und die derben Hände schienen ebenso wenig zueinander zu passen wie die wasserblauen Augen und seine schütteren Haare.

»Bist du der Neue?«

»Ja«, entgegnete der Pockennarbige kurz angebunden und unterdrückte ein schläfriges Gähnen.

»Wie heißt du?«

»Mauro«, antwortete er. »Freunde nennen mich Brufolo.« Er zeigte ein diabolisches Lächeln, das den Krankenpfleger erschauern ließ. »Aber wir sind keine Freunde.«

»Was nicht ist, kann ja noch werden«, brummte der Pfleger sichtlich irritiert. »Sehen wir uns in Zukunft öfter?«

Brufolo starrte ihn mit regungslosem Gesicht an. »Kann sein … kann nicht sein. Je nachdem!«

Die Miene des Pflegers verriet für eine Sekunde erschrockene Ratlosigkeit. Dieser Capo war ein Typ, dem er auf einer einsamen Straße nicht alleine begegnen wollte. Doch er fing sich schnell. »Also gut, Mauro, fünf sind abholbereit, auf einen müsst ihr warten.«

»Eigentlich sollten wir die Ladung sofort übernehmen und losfahren, hieß es«, erwiderte Brufolo.

»Wer sagt das?«, antwortete der Pfleger ruppig.

»Mein Boss. Aber wie ich sehe, herrscht hier die gleiche Schlamperei wie anderswo.«

Der Pfleger lachte amüsiert. »Ein Krankenhaus gut zu organisieren ist überhaupt nicht schwierig. Es ist unmöglich. Hast du das nicht gewusst? Schuld haben nur die Patienten!«

»Wieso?«, kicherte ein glatzköpfiger Beifahrer.

»Ziel eines Arztes ist es, den Patienten älter werden zu lassen, während der Patient selbst wünscht, jünger zu bleiben. Daraus ergeben sich zwangsläufig Probleme. Und genau so ein Problem haben wir gerade. Deshalb die Wartezeit. Der Sechste ist noch nicht fertig. Geht in die Cafeteria für Angestellte, im dritten Stock!« Er deutete in den Hintergrund. »Zehn Meter auf der linken Seite ist der Personalaufzug. Zieht euch etwas anderes an! Die Wagen könnt ihr hier stehen lassen, aber lasst die Schlüssel stecken!«

Die Fahrer sahen sich verunsichert an, und Brufolo schüttelte den Kopf. »Wir haben nichts anderes dabei.«

Der Pfleger verschwand hinter der Tür und tauchte nach wenigen Augenblicken mit drei weißen Kitteln auf. »Später wieder abgeben!«, sagte er kurz angebunden und reichte sie Brufolo. »Ich rufe in der Cafeteria an, wenn wir hier unten so weit sind.«

»Braucht ihr lange? Wir haben noch knapp tausend Kilometer vor uns.«

Der Pfleger zuckte nur die Achseln und hielt Brufolo die sechs Schnellhefter unter die Nase. »Sterbeurkunden, Totenscheine, Ausweise, Leichenpässe und Überführungsdokumente«, nuschelte er. »Wem ihr sie übergeben müsst, ist euch ja bekannt.« Er musterte die drei Fahrer, als wollte er fragen, ob sie alles verstanden hätten. »Ach, eh ich's vergesse. Ihr müsst ja durch Österreich. Für die Überführung der Leichen braucht ihr Genehmigungen, dass keine gesundheitlichen Bedenken bestehen. Diese Papiere bekommt ihr später. Sie werden gerade im Büro ausgestellt.« Ohne eine Antwort abzuwarten, drehte er sich um und verschwand hinter der Tür.

Die Männer zogen die Jacketts und die schwarzen Krawatten aus und warfen sich die Kittel über. »Ich rufe Paluzzi an«, sagte Brufolo zu den anderen. »Geht schon mal vor!« Er öffnete die Wagentür des ersten Fahrzeugs, warf die Schnellhefter auf den Beifahrersitz und griff nach seinem Handy. Aus seinem Geldbeutel nahm er eine Chipkarte. Dann öffnete er das Handy, tauschte die Chips aus und wählte eine Nummer.

»Mist«, fluchte er, »kein Netz.« Er stieg aus und folgte seinen Kollegen, die bereits nach oben gefahren waren. Der Lift brachte ihn nahezu geräuschlos in das dritte Geschoss. Um diese Zeit war die Cafeteria wie ausgestorben. Lediglich ein paar Pfleger saßen in der Ecke am Fenster und unterhielten sich leise.

»Ich trinke einen Espresso«, rief er seinen Kollegen am Tresen zu und durchquerte den Saal in Richtung Terrasse.

Draußen vor der Tür wählte er erneut. Dieses Mal klappte die Verbindung, und nach wenigen Sekunden meldete sich Paluzzi.

»Wir müssen warten«, begann Brufolo ohne weitere Vorrede.

»In Ordnung. Wie lange?«

»Sie wissen es nicht. Einer fehlt noch. Ich melde mich, wenn wir losfahren.«

»Hast du die Papiere?«

»Ja. Für alle sechs. Komplett!«

»*Bene.* Ich verständige Tschechien, wenn ihr große Verspätung haben solltet. Auf keinen Fall versuchen, die verlorene Zeit durch Raserei hereinzuholen. Hast du mich verstanden?«

»*Tutto chiaro.*«

»*Senti,* Brufolo, so eine Sache wie in Genua darf nicht noch einmal vorkommen! *Capisce?*«

»*Si*«, entgegnete der Pockennarbige einsilbig, trennte die Verbindung und tauschte die Chipkarte wieder aus. Er schlenderte zu seinen Kollegen an den Tisch und nippte an seinem Espresso. Der Pausenraum für die Belegschaft glich einer nächtlichen Bahnhofshalle. Die einfachen Tische waren mit hellem Kunststoff beschichtet, die robusten Stühle mit verchromten Stahlrohrbeinen hatten auch schon bessere Tage gesehen. Der Raum war in kaltes Licht getaucht. Einige Neonröhren an der Decke flackerten.

»Unten im Eingang der pure Luxus, hier oben eher eine Behördenkantine«, unterbrach der pickelige Capo die Stille. »Ich hasse Krankenhäuser. Hier wirst du nicht gesund gepflegt, du wirst bestenfalls entlassen.«

»Oder von uns abgeholt«, witzelte der mit der glänzenden Glatze, kippte den Rest seines Espressos hinunter und verschluckte sich. Er lief dunkelrot an und schnappte nach Luft wie ein Fisch, der an Land geschwemmt worden war.

Brufolo griente. »Pass auf, dass du überlebst! Du kennst das ja: Wenn du im Sarg liegst, hat man dich zum letzten Mal reingelegt.«

»Zum Philosophen hat es bei dir wohl nicht gereicht?«, keuchte der Glatzköpfige, als er wieder einigermaßen atmen konnte.

»Dafür langweilst du deine Kollegen mit dummen Sprüchen!«

Der dritte Fahrer saß mit bewegungslosem Gesicht am Tisch, beobachtete ohne Gemütsregung die Szenerie und schlürfte sein Bier, als eine Männerstimme rief. »He, ihr da! Ihr sollt runterkommen in die Einfahrt!«

Die Fahrer erhoben sich geräuschvoll und gingen zurück zum Lift. Wenige Sekunden später kamen sie wieder in der Katakombe an und wurden bei den Fahrzeugen von dem mürrischen Pfleger erwartet.

»Sie sind verladen. Ihr könnt los.« Er streckte die Hand aus.

»Die Kittel!«

»Die Papiere für Österreich!«, knurrte Brufolo.

»Ihr könnt von Glück sagen, dass ihr die Zinksärge dabeihabt. Ihr wisst ja, mit Holzsärgen bekommt ihr in Österreich Schwierigkeiten, wenn sie euch anhalten sollten.«

»Klugscheißer!«

Der Pfleger übergab dem Pockennarbigen mit beleidigter Miene die noch fehlenden Dokumente.

Schweigend zogen die Fahrer ihre Klinikkittel aus und stiegen ein. Brufolo stellte seinen Navigator auf den Ort Netřebice in der Tschechischen Republik ein. Siebenhundertdreiundachtzig Kilometer zeigte das Gerät an. Voraussichtlich würden sie das tschechische Kaff in knapp acht Stunden erreichen, wenn sie ohne Pause durchfuhren. Die kleine Kolonne, beladen mit sechs Leichen, rollte mit Standlicht auf der anderen Seite des Tunnels wieder auf den Zufahrtsweg. Um zwei Uhr fünfzehn erreichte der schwarze Konvoi die Ausfallstraße von Bologna und bog auf die Autostrada in Richtung Venezia ein. Genau zwei Stunden später rauschten die drei Leichenwagen an Venedig vorbei und nahmen Kurs auf Tarvisio. Kurz vor der österreichischen Grenze wollte der Capo von Paluzzis Fahrercrew eine Rast einlegen. Um genau sechs Uhr morgens setzte er den rechten Blinker, bog von der Autostrada ab und fuhr in die Autobahnraststätte Fena, knapp zwanzig Kilometer vor der Grenze nach Österreich. Die schroffen und steilen Felswände der Julischen Alpen ragten steil empor, und es war empfindlich kühl. Der fast dreitausend Meter hohe Schneegipfel des Bramkofels leuchtete in der Morgensonne, während der Rastplatz noch im frostigen Halbdunkel lag.

Der Glatzköpfige und sein Kollege schlurften in die Gaststätte. In der Zwischenzeit meldete Brufolo an Paluzzis Büro seinen Standort und die voraussichtliche Fahrzeit bis zum Ziel. Mit zufriedener Miene folgte er seinen Begleitern. Alles war in bester Ordnung.

Nach einer kurzen Pause setzte sich die Fahrzeuggruppe wieder in Bewegung. Endlich, nach insgesamt achtstündiger Fahrt über Autobahnen und Landstraßen, überquerten die Fahrzeuge, ohne dass sie unterwegs angehalten oder kontrolliert worden waren, die Grenze zur Tschechischen Republik.

Nichts hier wies mehr auf die sozialistische Vergangenheit hin. Heruntergekommene Höfe, verfallene Fabrikanlagen und das Einheitsgrau trister Straßenbilder gehörten der Vergangenheit an. Kurze Zeit später traf der Konvoi im nur fünfzehn Kilometer entfernten Netřebice ein. Kein Mensch war auf der zweispurigen Durchgangsstraße des ruhigen Provinzdörfchens zu sehen. Der Ort, der aus kaum mehr als hundert Häusern und einem Industriegebiet bestand, lag inmitten von Äckern, Wiesen, sanften Anhöhen und gepflegten Gartenanlagen.

Die kleine Wagenkolonne bog nach links in eine Seitenstraße ab, vorbei an blitzsauberen Häuschen und gepflegten Villen. Gleich danach tauchte ein flacher, langgestreckter Bau auf, altrosa getüncht. Er lag ein wenig zurückgesetzt am Rand eines Ackers. Ein quittengelber Großraumbus mit Berliner Kennzeichen stand auf dem Vorplatz und versperrte die frisch geteerte Zufahrt.

»*Cos'è questo?*«, grummelte Brufolo und ließ seinen Wagen vor dem Anwesen ausrollen. Er schaute hinüber zum Bus, aus dessen geöffneten Türen Dutzende Menschen quollen. Rentner, Frauen am Stock, auch jüngere Reisende in Freizeitkleidung, die allesamt den Eindruck vermittelten, auf einem Vereinsausflug zu sein. Einige gingen mit schnellen Schritten zur Eingangstür des Bestattungsunternehmens. Ein paar andere gruppierten sich auf dem Vorplatz, vertraten sich die Beine, packten ihre Wegzehrung aus und aßen mitgebrachte Brötchen. Thermoskannen machten die Runde.

»Was machen die denn hier?«, entfuhr es Brufolo überrascht, und er starrte konsterniert auf die Ansammlung. »Die sehen aus wie Ausflügler, die hier eine Pinkelpause machen.« Er schüttelte fassungslos den Kopf.

Sein Kollege, der Glatzköpfige, klopfte plötzlich neben ihm an die Seitenscheibe. »Was machen wir jetzt?«

»Wir gehen rein. Ich habe keine Lust, hier zu warten, bis die ihr Picknick beendet haben.«

»Wir können die Leichen doch nicht hier vor all den Leuten ausladen!«, entgegnete der Glatzkopf.

»Wir fahren ums Haus zum Hintereingang. Dort gibt es eine Rampe.«

Sie parkten die Fahrzeug an der Rückseite des Baus, und die drei Männer betraten das Bestattungsunternehmen durch den unscheinbaren Hintereingang. Der schmale Flur führte durchs Gebäude nach vorne und wurde nur durch eine Milchglastür unterbrochen. Brufolo stieß sie mit dem Fuß auf. Stimmen schlugen ihm entgegen. Im Vorraum hatten sich an die zwei Dutzend Männer und Frauen um einen Herrn in schwarzem Anzug und blank gewienerten schwarzen Schuhen geschart.

»Immer geradeaus, liebe Leute! Ganz hinten ist die Aussegnungshalle, gehen Sie bitte durch!«, rief der Bestatter. Dann entdeckte er die drei Fahrer.

»*Buongiorno, Signori!*«, begrüßte er sie mit slawischem Zungenschlag und eilte auf Brufolo zu. »Ich habe Sie früher erwartet. Leider müssen Sie warten, bis ich die Herrschaften aus Deutschland abgefertigt habe. Es dauert etwa eine Stunde.«

»Was spielt sich denn hier ab, Signore Kranice?«, fragte der Glatzköpfige.

»Schnupperfahrt ins Krematorium«, antwortete der Geschäftsführer. »Die Bestattungsfirma in Deutschland nennt das so. Wir können uns vor Interessenten nicht retten!« Ein kaum wahrnehmbares Lächeln zuckte um seine Mundwinkel. »Das ist heute schon der zweite Bus! Kremierungen sind in Deutschland extrem teuer«, fuhr er fort, während er noch einigen Rentnern aus Deutschland zuwinkte, bevor sie hinter der Tür der Aussegnungshalle verschwanden. »Bei uns haben Interessenten – sozusagen backstage – die Möglichkeit, sich über alles zu informieren«, dozierte er mit einem verhaltenen Stolz. »Monatlich haben wir zwei Besichtigungstage. Wo kriegt man denn sonst noch eine ordentliche Kremierung für weniger als fünfhundert Euro, frage ich Sie?«

»Ideen haben die Leute«, grunzte der verhinderte Philosoph. »Danach gibt es wohl Knödel und Bier?«

»So ähnlich«, erwiderte Kranice. »Die Besucher kommen gern zur Mittagszeit, und wir haben ein schönes Gasthaus in unserem Dorf. Der Bus macht danach eine Ausflugsfahrt nach Budweis. Das Ganze wird von Kollegen in Berlin und Hannover organisiert.« In seinem Gesicht erschien wieder seine berufliche Miene. »Ich mache das Tor hinten auf. Die Lieferpapiere können Sie mir schon mal geben. Meine Leute laden inzwischen ab. Aber, wie ich schon sagte, es dauert ein wenig.«

Brufolo reichte dem Geschäftsführer die Schnellhefter und grinste. »Und da reden die Leute immer von Pietät.«

Der Bestatter schmunzelte, als habe Brufolo einen Scherz gemacht. »Die Triebfeder der Pietät gegenüber Toten und Kranken ist bei den meisten Menschen nur die Angst vor einem jenseitigen Wiedersehen. Und ich nehme den Leuten die Angst, indem sie in meinem Krematorium alles hautnah erleben dürfen.«

»Sind das alles Touristen?«

»Nein, nicht alle«, erwiderte Kranice. »Es sind auch fünf Hinterbliebene dabei. Wir haben heute eine Bestattung außer der Reihe. Aber es dürfen natürlich alle an der kleinen Feier teilnehmen. Im Anschluss gibt es Saft, Kaffee und Kekse. Das machen wir immer so. Ich finde, das ist eine schöne Geste, und die Leute mögen das.«

»Aha! Leichentourismus!«, murmelte der Glatzköpfige, der hinzugetreten war. »Wie viel Provision kriegen Sie denn?«

»Provision? Sie haben Humor!« Kranice schüttelte verärgert den Kopf. »Ich sehe es noch kommen, dass eines Tages die Leute Selbstmord begehen, weil gerade Särge günstig angeboten werden.«

Brufolo kicherte belustigt.

Dafür erntete er einen vorwurfsvollen Blick des Bestatters. »Damit wollte ich sagen, dass die Branche völlig versaut ist. Wenn man bedenkt, welche Energien man aufwenden muss, um den Hinterbliebenen eine schöne Feier zu bieten. In Deutschland können die Leute eine normale Beerdigung kaum noch bezahlen. Bei mir kostet es noch nicht einmal die Hälfte, und trotzdem fragen sie noch nach Rabatt. Verstehen Sie das? Was glauben Sie, wie viele anonyme Beisetzungen wir inzwischen haben, an der die Angehörigen nicht einmal teilnehmen.«

Der Pockennarbige grinste immer noch und winkte ab.

Kranice sah ihn böse an. »Das ist eine ganz saubere Geschichte. Wir kriegen für jede Leiche fünfzehn Prozent Provision vom deutschen Bestatter. Davon kann man kaum leben.«

»Dann können Sie ja froh sein, dass Sie von Paluzzi fürstlich bezahlt werden«, erwiderte der Capo.

»Sie haben gut reden! Immerhin gehört ihm der Laden« – er deutete auf die Zinksärge –, »und ich gehe das Risiko ein! Was weiß ich denn, ob die da auch die sind, die sie sein sollten?«

»Wir haben sechs Stück dabei, wie angekündigt«, meinte Brufolo sachlich. »Ohne Risiko, ohne Zeremonie, ohne Angehörige und ohne Kekse! Ich wäre Ihnen dankbar, wenn Sie uns ein paar Leute schicken würden, damit das Entladen flotter geht!«

Kranice nickte düster, und die Fahrer von Paluzzis Beerdigungsunternehmen verließen das Gebäude.

Die drei italienischen Leichenwagen standen bereits eine geraume Weile vor der Laderampe, als endlich zwei schwarz gekleidete Helfer aus dem Gebäude kamen. Schweigend entluden sie die sechs Särge, trugen sie in den Vorraum und stellten sie auf Holzböcken ab.

»Die Zinksärge brauchen wir wieder«, rief Brufolo den Helfern zu.

»Wir wissen Bescheid«, grummelte einer von beiden zurück. Die Männer wuchteten die gleiche Anzahl billiger Holzkisten herbei. Routiniert öffneten sie die Zinksärge und betteten die Leichen um.

Kranice erschien im Anlieferungsraum. »Wie immer?«, fragte er den italienischen Capo.

»Wie immer«, bestätigte Paluzzis Fahrer. »Sämtliche Papiere in den Schredder und die Zinksärge in die Fahrzeuge einladen!«

»Haben Sie das Geld dabei?« In Kranices Augen lag ein gieriges Glitzern.

Der Fahrer ging zu seinem Wagen, holte aus dem Handschuhfach einen prallen Briefumschlag und übergab ihn dem Bestatter. »Zählen Sie nach, ob es stimmt«, raunzte er.

Kranice öffnete den Umschlag und warf einen flüchtigen Blick hinein. »Sag mal«, wandte er sich an den Capo. »Wo ist eigentlich Montoglio?«

»Weshalb fragst du?«

»Er hat doch meistens die Route hierher gemacht. Ich habe ihn seit zwei Touren nicht mehr gesehen.«

»Du bist neugierig!«, erwiderte der Pockennarbige, und sein Blick wurde kalt. »Er ist bei seinen Schweinen.«

»Kannst du ihm etwas ausrichten, wenn du ihn siehst?«

Brufolo sah ihn mit seinen wasserblauen Augen an wie ein Fisch. »Ich glaube nicht, dass ich ihn noch einmal sehe.«

»Schade! Solltest du ihn trotzdem treffen, dann sag ihm, er kann mir bei der nächsten Fuhre wieder zwei Schweinehälften mitbringen, wenn er noch Platz im Wagen hat.«

12.
Porto Cervo

Die drückende Mittagshitze hatte sich wie ein Kissen über die sardische Landschaft um Porto Cervo gelegt und erstickte jedes Geräusch. Die zerklüfteten Berghänge schienen ins türkisblaue Meer hinabzufallen und formten eine Unzahl kleiner Buchten.

Der beliebte Urlaubsort mit dem kleinen Hafen schmiegte sich an sanfte Hügel, die mit riesigen Findlingen aus weißgrauem Granit übersät waren, als habe Gott wahllos überdimensionale Kieselsteine zwischen Olivenbäume, Ginster und Korkeichen in die würzig duftende Macchia gestreut. In unmittelbarer Nachbarschaft des Ortes führten verschwiegene Buchten zu Tälern mit blühenden Tamarisken und sanft ansteigenden Wiesen. Am Ufer reckten sich purpurrote Felsklippen in die Höhe. Kein noch so genialer Maler hätte die Atmosphäre des in Pastellfarben getauchten Küstenstreifens mit den bizarren Felsformationen auch nur annähernd auf eine Leinwand bannen können. Das Luxusreservat war aus dem Winterschlaf erwacht und erwartete seine Gäste. Der internationale Jetset würde in Kürze über das Dorf mit den vielfarbigen Häusern herfallen, das Karim Aga Khan in den sechziger Jahren gegründet hatte. Die Reichen und Schönen aus aller Welt würden bald mit ihren Nobelkarossen in den engen Straßen Schlange stehen, um rechtzeitig zum Aperitif in den trendigen Bars einzutreffen.

Die breite, bogenförmige Terrassentür des mondänen Anwesens war weit geöffnet. Die in sardischem Stil errichtete Villa lag eingebettet zwischen turmhoch aufsteigenden Felswänden und aufgehäuften Granitsteinen und schien sich auf den ersten Blick von ihrer Umgebung kaum abzuheben. So fügte sich das avantgardistische Gebäude wie ein natürlicher Monolith in die wilde Felsenlandschaft ein.

Vom Anwesen aus hatte man einen majestätischen Blick auf die Costa Smeralda und Porto Cervo. Nur einen Steinwurf entfernt erhob sich der Turm der berühmten Chiesa Stella Maris wie die Schwinge einer Taube in den azurblauen Himmel, leuchtend weiß, im Stil der landestypischen Nuraghen. Er war das Wahrzeichen des Ortes und galt als das Symbol des Reichtums, zumal das Gotteshaus das berühmte Marienporträt »Madonna Dolorosa« El Grecos beherbergte. Wer hier lebte, zählte zu den Erfolgreichen und gehörte zu jenen, die ihrem Bankkonto nur selten Beachtung schenkten.

Einer dieser privilegierten Menschen war Dottore Giulio Saviani. Er saß auf der Terrasse der Villa und studierte konzentriert Zahlentabellen in seinem Notebook. Ab und zu machte er sich eine Notiz auf einen Schreibblock, dann blickte er wieder auf, ohne dass seine Augen ein bestimmtes Ziel fokussierten. Vielmehr verlor sich sein Blick in der Unendlichkeit, um nach kurzem Verharren im Nirgendwo wieder auf den Bildschirm zurückzukehren.

Oft verbrachte er Tage und Nächte vor dem Bildschirm. Mit der Energie eines Marathonläufers trieb er seine Arbeit und den Erfolg seiner Firmen voran. Nichts und niemand konnte ihn bei der Verfolgung seiner ehrgeizigen Ziele behindern. Wer sich ihm in den Weg stellte, den bekämpfte er mit allen ihm zur Verfügung stehenden Mitteln, und bei deren Auswahl war er nicht zimperlich. Wie besessen von der Idee, das Unternehmen seines Vaters nach der Übernahme in einen Konzern umzuwandeln, hatte er jede freie Minute genutzt und bereits viele Wettbewerber in die Knie gezwungen. Er interessierte sich für nichts anderes als für seine Arbeit. Das Haus in Porto Cervo hatte er bauen lassen, weil Sophia sich so sehr ein Anwesen auf Sardinien gewünscht hatte.

Die Luxusvilla in Porto Cervo und Mondello, seine Edelkarosse oder auch der Learjet, auf den er anfänglich so stolz war – längst hatten diese Besitztümer den Reiz des Neuen verloren, und Saviani schenkte ihnen kaum noch Beachtung. Was er anfänglich als erstrebenswerte Annehmlichkeiten des Lebens empfand, spielte in seiner Wahrnehmung mehr und mehr eine nebensächliche Rolle. Sein Dasein hatte sich aus der Sicht von Sophia zu einer winzigen Insel reduziert, auf der es für ihn nur Raum für seine Arbeit und seine Ziele gab.

Auf dem Terrassentisch lagen Zeitschriften, obenauf das Klatschmagazin »Oggi«, dessen Titelseite die neuen Sommertrends ankündigte. Aber weder Magazine noch der Ausblick schien Giulio Saviani zu interessieren, ebenso wenig wie die schlanke, sportlich wirkende Frau, die unweit in einem Liegestuhl unter einem quittengelben Sonnenschirm lag und ein wenig verloren wirkte. Lustlos blätterte sie in einer Zeitschrift. Ihr Badeanzug unterstrich ihre körperlichen Vorzüge auf dezente Weise. Mit ihren pechschwarzen Haaren, die streng nach hinten gekämmt und am Hinterkopf zu einem Knoten geschlungen waren, strahlte sie Distanz und herrische Kühle aus. Das schmale Gesicht und die nahezu schwarzen Augen unter den dichten Brauen verstärkten den Eindruck von Unnahbarkeit, den eine römische Nase und hohe Wangenknochen vervollständigten. Sie war eine Schönheit, auch wenn sie vor drei Jahren die vierzig bereits überschritten hatte. Blick und Haltung verrieten Leidenschaft und Klugheit, aber auch Stolz und die Selbstsicherheit einer Frau, die sich ihrer Wirkung auf Männer durchaus bewusst war, wenngleich sie nicht damit kokettierte.

Sophia warf einen Blick hinüber zu ihrem Mann. Ihre Miene verdüsterte sich, als sie bemerkte, dass Giulio keinerlei Anstalten machte, seine Arbeit zu beenden. Sie griff nach ihrem Feuerzeug, zündete sich eine Zigarette an und inhalierte tief.

»Cerlosa mailt, die Operateure in Bologna und Palermo hätten in diesem Monat eine achtzigprozentige Auslastung. Es könnte besser nicht laufen!«

»*Bene!*«, sagte Sophia zu sich selbst.

»Vasarella hat die neuesten Zahlen geschickt. Uniplasma hat in den letzten drei Monaten hunderteinundvierzig Arztpraxen für unser Modell gewinnen können.« Er blickte hinüber zu Sophia. »Habe ich dir nicht gleich gesagt, wenn wir die Blutanalysen kostenlos durchführen, werden uns die Ärzte die Bude einrennen!«

»Wie lange gedenkst du noch zu arbeiten, Giulio?«, rief sie unvermittelt. In ihrer Stimme lag ein vorwurfsvoller Ton.

Saviani nahm keinerlei Notiz von Sophia. Schweigend brütete er über dem Bildschirm seines Laptops, während sich seine Lippen beim Lesen unmerklich bewegten.

»Giulio!«, rief Sophia nun energischer, erhob sich aus dem Liegestuhl und stemmte eine Hand in die Hüfte. »Hast du nicht gehört?« Ihr Blick verdunkelte sich.

Saviani richtete sich auf, kniff die Brauen ärgerlich zusammen. »Ich bin gleich so weit«, versuchte er sie zu vertrösten und griff nach einer Karaffe mit frisch gepresstem Orangensaft, die die Haushälterin gerade auf den Tisch gestellt hatte. Er murmelte ein kaum hörbares »*grazie* Gina« und machte eine Handbewegung, als wolle er einen Hund verscheuchen.

»Was ist denn so wichtig? Ich dachte, wir haben für die Konferenz alles vorbereitet?«, fragte Sophia ungeduldig.

Giulio schüttelte den Kopf. »Es geht nicht um die Konferenz. Ich bin hier auf eine Sache gestoßen, die mir Kopfzerbrechen bereitet.«

»Um was geht es denn?«

»Es geht um Antonio. Consigliere Giuso hat mir eine Mail geschrieben.«

»Was steht drin?«, entgegnete Sophia. »Du weißt, dass mich alles, was deinen Freund angeht, brennend interessiert.«

»Deine Ironie kannst du dir sparen«, sagte er mehr zu sich selbst. »Ich weiß, dass du ihn nicht leiden kannst.« Er warf Sophia einen düsteren Blick zu. »Und du kannst nicht akzeptieren, dass wir uns gut verstehen und er für unsere Geschäfte wichtig ist.«

»Sag mir lieber, was Avvocato Giuso geschrieben hat!«, erwiderte sie. »Vielleicht bessert sich dann meine Meinung über ihn.«

Giulio kniff die Augen zusammen. »Kann es sein, dass du nachtragend bist? Lass die alten Dinge ruhen! Wir waren damals alle jung.«

Verärgert griff sie zu einem kleinen silbernen Döschen auf dem Beistelltisch und entnahm ihm zwei gelbe Pillen. Nach kurzem Überlegen nahm sie eine dritte. Mit einem Schluck Wasser spülte sie die länglichen Kapseln hinunter. Bei dieser Dosis würde sie sich gleich wieder besser fühlen, dachte sie bei sich und wandte sich wieder Giulio zu. »Antonio ist nie erwachsen geworden, jedenfalls nicht, was seinen Umgang mit Frauen angeht! Das chronische Vertrauen, das du ihm entgegenbringst, ist manchmal unerträglich. Du hast Scheuklappen, wenn es um ihn geht.«

Giulio schien Sophias Vorwurf nicht wahrzunehmen, denn er las mit sichtlichem Unbehagen die Mail des Consigliere. Plötzlich versteinerte sich seine Miene.

»Was ist los?«, insistierte Sophia, die ihren Mann nicht aus den Augen gelassen hatte. »Irgendetwas ist doch passiert, Giulio!«

»Giuso muss sich irren«, murmelte er, blickte auf und sah Sophia an. »Er behauptet, es gäbe eine anonyme Anzeige gegen mich, und vermutet ein Komplott. Er verdächtigt Antonio und meint, er könnte zum Risiko werden.«

»Öffnet dir dein Anwalt endlich die Augen über Antonio?«, stichelte Sophia. »Ich sehe es dir an, Giulio. Es wäre nett, wenn du konkret werden würdest. Was schreibt Giannino noch?«

»Er will mich schnellstens unter vier Augen sprechen!«

»Weswegen?«

»Du weißt, dass ich vor einigen Wochen bei dieser Staatsanwältin in Palermo war. Teresa Principato heißt diese rührige Staatsdienerin. Es ging um diesen leidigen Korruptionsvorwurf. Sie wollte mir partout unterstellen, dass ich Antonio jahrelang bestochen habe, damit er Forschungsgelder für die Uniplasma genehmigte. Giuso schreibt in seiner Mail, dass man Antonio seit geraumer Zeit überwacht hat, und er geht auch davon aus, dass seine Telefongespräche abgehört werden.«

Sophia erstarrte für einen Augenblick, fing sich aber sofort wieder. »Wie kommt er denn zu dieser Annahme?«

»Er hat etwas läuten hören. Außerdem hat die Staatsanwaltschaft Antonio zur Anhörung nach Palermo vorgeladen. Giuso schlägt vor, ihn zu begleiten, damit er dort keinen Unsinn redet.«

»Und was weiter?«

»Ich muss vorher mit Giuso reden. Er befürchtet, Antonio könnte versucht sein, mich zu hintergehen, wenn er unter Druck gesetzt wird. Es kommt ihm alles komisch vor, weil Paluzzi am gleichen Tag vorgeladen ist.«

»An ihm wird sich die Staatsanwältin die Zähne ausbeißen. Er wird alles tun, um seine eigene Haut zu retten, da bin ich mir sicher«, meinte Sophia und machte ein nachdenkliches Gesicht. »Das hört sich jedenfalls nicht gut an.«

»Wenn Avvocato Giuso richtig vermutet, werde ich Antonio zur Rede stellen, darauf kannst du dich verlassen!«

»Hoffentlich hält Antonio bei der Staatsanwaltschaft den Mund! Ich glaube, wenn es für ihn nachteilig wird, verkauft er sogar seine Mutter.«

Giulio wiegte skeptisch den Kopf. »Du bist zu misstrauisch. Trotzdem, je öfter ich die Mail lese, desto mehr habe ich das Gefühl, dass sich etwas hinter meinem Rücken zusammenbraut! Die Staatsanwaltschaft in Palermo verfolgt offensichtlich die Strategie, Antonio zu einer Aussage gegen mich zu bewegen. Mich wundert nur, dass er mir mit keinem Ton davon erzählt hat und mich wie einen Idioten dastehen lässt. Giuso hat die Idee, dass Antonio mich auf einfache Art loswerden könnte, wenn die Staatsanwältin dahinterkommt, dass er für seine Dienste gut von uns bezahlt wird. Er erwähnt in der Mail, dass Antonio interveniert habe und dafür gesorgt hat, dass er nicht mehr überwacht wird.«

»Hast du nicht immer betont, wie gut du dich abgesichert hast?«, fragte Sophia in provokantem Ton.

»Natürlich! Jetzt müssen wir erst einmal wissen, ob die Sache nicht völlig harmlos ist und ob man uns nur verunsichern will. Aber das werde ich schnell herausfinden.« In Giulios Augen spiegelte sich verhaltene Wut. »Es macht mich verrückt, wenn sich plötzlich Situationen ergeben, die ich nicht einschätzen kann.«

Sophia stand immer noch bewegungslos neben ihrem Liegestuhl und überlegte. »Solange alles nur Vermutungen sind, kann es dich eigentlich kaltlassen. Avvocato Giuso sagt doch selbst, er weiß auch nichts Genaues, oder?«

»Ja. Aber wenn sich sein Verdacht bestätigt, kann es zu spät sein. Ich muss vorher etwas unternehmen. Wir werden von unterwegs aus versuchen, den Consigliere telefonisch zu erreichen. Wahrscheinlich klingt alles bedrohlicher, als es ist!«

»Und wenn sich bewahrheitet, was der Consigliere annimmt?«

»Dann wird Sandro die Angelegenheit beenden«, antwortete er düster.

»Als wenn ich es geahnt hätte, dass dieser Augenblick eines Tages kommen würde. Ich habe Antonio nie über den Weg getraut.«

»Ich weiß! Du hast auch nie einen Hehl daraus gemacht. Trotzdem will ich erst wissen, was hinter diesen Mails steckt und was der Avvocato dazu zu sagen hat. Du wirst sehen, es stellt sich bestimmt heraus, dass du ihm unrecht tust.«

»Den Tag habe ich mir ein wenig anders vorgestellt.« Sophia schüttelte den Kopf und warf die Zigarettenschachtel achtlos auf den Tisch. »Wenn ich gewusst hätte, dass du heute nur Antonio und den Consigliere im Kopf hast, hätte ich mir etwas anderes vorgenommen.«

»Ich auch«, knurrte er kaum hörbar und fügte lauter hinzu. »Ich habe dir schon gestern gesagt, dass ich arbeiten muss. Ich tue das nicht zu meinem Vergnügen, *carissima!* Mach dich allmählich fertig. Spätestens in zwei Stunden müssen wir los. Ich schreibe Giuso sicherheitshalber noch eine kurze Notiz, damit er Bescheid weiß, dass ich mit Antonio reden werde.«

»Dann hat sich der Tag für mich richtig gelohnt«, erwiderte Sophia scharfzüngig.

Verärgert zündete sie sich eine weitere Zigarette an, rückte den Liegestuhl in den Schatten und setzte sich. Ihre Gedanken reisten zurück in die Vergangenheit, zurück in die Zeit, als Giulio und sie ein junges Paar waren und sich auf eine vielversprechende Zukunft vorbereiteten. Sophia kaute an ihrer Unterlippe und beobachtete Giulio, wie er sich auf die Arbeit konzentrierte. Eigentlich hatte er sich in den Jahren kaum verändert. Damals hatte er sehr schnell bemerkt, dass sie kein Weibchen war, das sich willfährig auf die Rolle einer Gebärmaschine oder eines Sexualobjektes reduzieren ließ. Trotzdem hatte sie alles dafür getan, attraktiv und sexy zu wirken, aber ihre erotische Ausstrahlung stets kontrolliert eingesetzt.

Ihre wahre Lusterfüllung fand sie damals in der beruflichen Unterstützung ihres Mannes. Eine Zeitlang war Giulio frustriert, weil sie nur mit Widerwillen den ehelichen Pflichten nachkam. Sie fühlte sich von der körperlichen Lust ihres Gatten bedroht, was nicht an ihm lag. Sie wusste seit ihrer Vergewaltigung und dem Tod ihres Bruders Tommaso, dass weder Giulio noch irgendein anderer Mann imstande sein würde, körperliches Verlangen in ihr zu entfachen. Des Öfteren fragte sie sich im Stillen, ob sie mit ihrem Leben zufrieden war. Die

Antwort war immer die gleiche. Es war gut so, wie es war, und ihr fehlte körperlich rein gar nichts. Alles war so gekommen, wie sie es sich vorgestellt hatte, obwohl sich Giulio immer Kinder gewünscht hatte. Aber dafür war es jetzt ohnehin zu spät. Sophia hatte sich, so gut es ging, verweigert. Sie wollte nie einen Sohn gebären, der vielleicht einmal umgebracht werden konnte. Es war nicht einfach, die Selbstachtung zu bewahren, ohne Giulio gleichzeitig das Gefühl zu geben, sie würde ihn nicht lieben.

Er erwies sich als Arbeitstier. Engagiert, zielorientiert und mit einem unbeirrbaren Bedürfnis nach Reputation, Macht und Einfluss. Und sie hatte teil an seinem Erfolg, seinem Aufstieg und seiner Freude an der Arbeit. Jetzt, da Geld nur noch eine untergeordnete Rolle spielte, hätte sich Sophia gewünscht, dass Giulio sich mehr um sie kümmerte. Platonisch, aber dennoch mit Nähe, resümierte sie im Stillen und warf erneut einen Blick hinüber zu ihrem arbeitenden Mann.

»Ich möchte einmal erleben, dass du ohne elektronisches Büro nach Porto Cervo kommst! Scheinbar bin ich dir völlig gleichgültig.« Sie drückte ihre Zigarette energisch aus, raffte Handtücher und Zeitschriften zusammen und stolzierte ins Haus.

Giulio lachte leise in sich hinein, ohne den Blick vom Bildschirm zu wenden. »Sind die Koffer schon gepackt?«, rief er ihr hinterher.

»Ja«, erwiderte sie knapp. »Willst du dich nicht umziehen? Gina hat dir frische Sachen hingelegt.« Sie blieb unter der Tür stehen und musterte ihren Mann.

Giulio schüttelte den Kopf. »Ich ziehe mich im Hotel in Palermo um. Die Sitzung beginnt erst um achtzehn Uhr.«

»Weshalb überlässt du die Verhandlungen nicht unserem Avvocato und Consigliere Giannino Giuso?«, fragte Sophia vorwurfsvoll. »Ich möchte wetten, dass sich die Konferenz bis in die Nacht hinziehen wird.«

»Zwei Stunden, *carissima,* und keine Minute länger. Du kannst dich darauf verlassen.« Giulio versuchte ein versöhnliches Lächeln, was ihm angesichts der unterkühlten Haltung seiner Frau nur unzureichend gelang.

»Ich habe keine Lust, den Abend mit einer Horde arbeitswütiger Männer zu verbringen.« Sie warf den Kopf stolz in den Nacken und ging ins Haus.

»Beruhige dich! Ich habe einen Tisch in deinem Lieblingsrestaurant ›La Cambusa‹ bestellt«, rief er. »Und morgen kannst du den ganzen Tag auf Shoppingtour gehen.«

»Ausgerechnet shoppen! Du hast vielleicht Ideen! Palermo ist nicht Bologna oder Mailand«, schallte es durch die Wohnhalle.

Giulio Saviani, ein großgewachsener Mann mit athletischer Figur und breiten Schultern, galt unter Frauen als klassischer Womanizer, und nicht selten beobachteten sie ihn bewundernd, wenn er sich in der Öffentlichkeit zeigte. Dessen war er sich bewusst, und er genoss es unverhohlen, auch wenn Sophia extrem eifersüchtig war. Sein olivfarbener Teint stand im seltsamen Kontrast zu den ausdrucksvollen, graublauen Augen. Zwei markante, von den Nasenflügeln zu den Mundwinkeln verlaufende Falten und sein energisches Kinn deuteten auf Willensstärke und Durchsetzungskraft hin. Erst vor wenigen Wochen hatte er den zweiundfünfzigsten Geburtstag gefeiert. Sein Alter sah man ihm nicht an, obwohl er an den Schläfen bereits ergraut war. Er galt bei Frauen als ein blendender Unterhalter und Charmeur. Männer hingegen zollten ihm Respekt und Anerkennung. Stolz und Selbstbewusstsein standen ihm ebenso auf die Stirn geschrieben wie der Erfolg, den er beruflich hatte. Als Inhaber eines mittleren, hochspezialisierten Pharmaunternehmens in Bologna, das sich auf dem Gebiet für Medikationen der Hämophilie und Immundefekte einen Namen gemacht hatte, genoss Giulio hohes internationales Ansehen. Im Laufe der Jahre hatte er sein Unternehmen, die Uniplasma Internationale, stetig ausgebaut, nicht nur Blutlabors in ganz Europa eröffnet, sondern auch mehrere Kliniken für plastische Chirurgie. Später gründete er Schönheitsfarmen in Palermo, Bologna und Genf. Mit dieser Firmenkonstruktion schlug er gleich mehrere Fliegen mit einer Klappe.

Alles hatte mit seiner Überzeugung begonnen, dass jeder Mensch ein natürliches Empfinden für die Harmonie der eigenen Proportionen hatte. Giulio nannte seine Häuser nicht Kliniken, obgleich dort alle wesentlichen Disziplinen der Chirurgie abgedeckt werden konnten. Sie waren vielmehr exklusive Beautyfarmen mit technisch perfekt ausgestatteten chirurgischen Abteilungen, sozusagen Wellness-Sanatorien für eine gut betuchte Klientel, deren ästhetisches Empfinden sich an schönen, wohlgeformten Körpern orientierte. Savianis Einrichtungen warben mit der Wiedergewinnung jugendlicher und vitaler Ausstrahlung, und ihr Ruf in dieser Branche war exzellent. Entsprechend setzte sich seine Patientenklientel zusammen. Als die fleischgewordene Public Relation repräsentierte Sophia, und wenn er es genau nahm, war sie der Inbegriff der Schönheitswünsche seiner Patientinnen. Sophia wurde von Frauen wegen ihres Aussehens und ihres makellosen Körpers neidvoll bewundert, von Männern begehrt und von ihm geschäftsbringend einbezogen.

Was lag näher, als ihre Hilfe auch in seiner Organisation zu nutzen. Sophia hatte nicht nur Talent, sondern auch einen außerordentlich guten Geschäftssinn, in betriebswirtschaftlicher Hinsicht war sie noch geschäftstüchtiger als er. Seine Stärken dagegen lagen im chirurgischen und organisatorischen Bereich. Als sich seine erste Klinik im Aufbau befand, operierte er noch selbst an zu kleinen, zu großen oder gar missgestalteten Brüsten, Bäuchen, Schenkeln und Tränensäcken. Heute konnten seine Institute mit spezialisierten und erfahrenen Ärzten, mit Hightechmethoden und computergesteuerten Behandlungsverfahren aufwarten.

Giulio schaltete das Notebook aus, klappte den Deckel zu und zog den Speicherstick ab. Er legte seine Hände in den Nacken und streckte die Schultern, um seine Verspannungen zu lösen. Seufzend betrat er die angenehm klimatisierte Wohnhalle, durchschritt die Diele und ging ins Bad. Er warf einen kurzen Blick in den riesigen Spiegel. In der weißen Hose und dem nachtblauen Polohemd sah er fabelhaft aus, wie er fand. Er putzte sich die Zähne, griff im Anschluss nach seinem Rasierwasser und machte sich frisch. Zufrieden begab er sich in den Salon.

»Gina«, rief er und warf einen Blick ins Speisezimmer, in dem er die Haushälterin vermutete. »Sag Sandro, er soll schon mal den Wagen vorfahren!«

Gina, die schon seit Jahren in den Diensten der Savianis stand, erschien in der Tür. Sie hielt während der Abwesenheit des Ehepaars die Villa in Ordnung und kümmerte sich um alle organisatorischen Dinge rund um den Haushalt. Sophia hatte die Perle eines Tages beim Einkaufen auf dem Markt kennengelernt und war mit ihr ins Gespräch gekommen. Ginas Vater besaß ein kleines Fischgeschäft am Hafen, hatte es aber wegen einer schweren Krankheit aufgegeben. Gina war sich für keinen Job zu schade, um den Rest ihrer Familie einigermaßen zu versorgen. Und da sich die beiden sofort mochten und Gina unabhängig war, stellte Sophia sie kurzerhand ein. Sie hatte eine gute Wahl getroffen, wie sich bald herausstellte.

»Sandro hat den Bentley schon vorgefahren. Das Gepäck liegt im Kofferraum«, erklärte die Haushälterin.

»Gut«, antwortete Saviani abwesend und sammelte einige Dokumente ein, die auf dem Tisch ausgebreitet waren. »Wo ist Sandro?«

»Ich glaube, er ist in seinem Appartement und zieht sich gerade um.«

»Danke«, murmelte er, legte einen Schnellhefter und einige Dokumente in den Aktenkoffer, während er den Speicherstick in seine Hosentasche steckte. Auf diesem Stick sei sein ganzes

Leben, hatte er gegenüber Sophia einmal betont, und entsprechend achtete er auch darauf, ihn immer bei sich zu tragen. Sein Blick wanderte noch einmal durch den Raum, als wolle er sich vergewissern, dass er nichts vergessen hatte. »Ach, Gina«, sagte er, »bringen Sie bitte meinen Aktenkoffer in den Wagen!«

Da er keine Antwort erhielt, sah er sich nach ihr um. Die Haushälterin hatte das Zimmer bereits verlassen, wohl um Sophia bei den Vorbereitungen für die Reise zur Hand zu gehen. Giulio seufzte, verschloss den silbergrauen Metallkoffer und ging in die Diele. Er zuckte zusammen, als er die Haustür öffnete und hinaustrat. Wasserblaue Fischaugen starrten ihn aus einem pockennarbigen Gesicht an.

Der Schlag auf die Brust traf ihn wie eine Keule. Glühendes Feuer breitete sich gleich einem Blitz in seinem Körper aus. Das lautlose Geschoss durchschlug seine Brust. Wie von einer Riesenfaust wurde sein Körper in die Diele geschleudert. Giulio spürte nicht mehr, wie sein Schädel mit dem Hinterkopf auf den Marmorboden aufschlug. Er spürte auch nicht mehr den Schmerz der klaffenden Platzwunde. Während sich auf der linken Brustseite sein Polohemd schwarz einfärbte, gab seine Hand widerstandslos den Aktenkoffer frei.

Sophia hatte zum zweiten Mal nach ihrem Mann gerufen. Sie stand im Schlafzimmer vor ihrem Spiegel und betrachtete sich von allen Seiten. Sollte sie die rote Bluse zum mitternachtsblauen Hosenanzug tragen oder doch besser ein luftiges Top? Zwar erschien ihr dessen Ausschnitt aus cremefarbener Seide ein wenig gewagt, aber Giulio mochte es, wenn sie ihre Weiblichkeit betonte. Kritisch verharrte sie vor dem Spiegel und rief ein weiteres Mal nach ihrem Mann.

Ginas markerschütternder Schrei fuhr ihr in die Glieder, als habe sie eine Starkstromleitung berührt. Für einen Augenblick stand sie wie paralysiert vor dem Spiegel. Sie fasste sie sich an den Magen, in dem sich ein eigentümliches Gefühl breitmachte. Sekunden später erwachte sie aus ihrer Starre. Wie von Furien gehetzt, rannte sie aus dem Zimmer und stürzte die zwölf Stufen hinunter in die Diele. Gina stand zitternd an der weit geöffneten Haustür, die Hände entsetzt vor den Mund gepresst. Im selben Moment entdeckte Sophia zu Ginas Füßen den leblosen Körper ihres Mannes. Schwindel erfasste sie, und ihr Magen krampfte sich zusammen. Für einen Augenblick befürchtete sie, dass ihre Beine den Dienst versagen könnten. Infarkt, schoss es ihr durch den Kopf. Oder vielleicht ein Schlaganfall! Mit beherzten Schritten trat sie heran und beugte sich über ihren Mann.

»*Madonna mia!* Was ist mit dir passiert? Giulio!« Sie nahm seinen Kopf in ihre Hände und bemerkte nicht, dass das Blut sich rasch auf dem Fußboden ausbreitete, während Gina wie erstarrt neben ihr stand. »Liegt er schon lange so da?«

Gina schüttelte den Kopf. Ihre Augen waren schreckgeweitet. Sie wimmerte leise: »Ich weiß es nicht, Signora …«

»Holen Sie Sandro!«, schrie Sophia wie von Sinnen, während sie Giulio die Wangen tätschelte, in der Hoffnung, er würde wieder zu sich kommen. »Er muss ihn zu einem Arzt bringen, schnell! Sehen Sie nicht, dass er bewusstlos ist?«

Giulios leerer Blick starrte an Sophia vorbei. Schwarzrotes Blut quoll unter seinem Kopf hervor. Der Schock schlug wie eine feurige Woge über Sophia zusammen und schnürte ihr den Atem ab. Sie hielt entsetzt die Hände vors Gesicht und presste ihre Wangen zusammen, als müsse sie sich festhalten in dieser Welt, aus der Giulio so plötzlich gefallen war. Ihr Blick wurde hart, während Gina immer noch regungslos in der Tür stand und schluchzte. Bilder von Santuario del Rosario und von ihrem Bruder Tommaso tauchten vor Sophias geistigem Auge auf. Das Blut rauschte in ihren Ohren. Sie versuchte, die Gedanken an Tommaso und die Bluttat wegzuwischen. Vor ihren Augen sah sie den Tod, und dennoch wollte sie es nicht glauben.

»Stehen Sie nicht herum wie angewachsen!«, fauchte sie mit versteinerter Miene und ballte die Fäuste.

Gina löste sich aus ihrer Erstarrung und rannte panisch aus dem Haus.

Kaum war sie verschwunden, durchsuchte Sophia Giulios Hosentaschen. Sie hatte richtig vermutet, er hatte den Speicherstick eingesteckt. Sie überlegte fieberhaft, wo sie ihn verbergen könnte, entschloss sich aber, ihn in ihrer Handtasche zu deponieren.

Zur gleichen Zeit stürmte Gina mit fliegenden Schritten hinüber zu den Garagen und zur Wohnung des Chauffeurs. Hastig riss sie die Tür zu seinem Appartement auf, eilte ins Zimmer und rief nach ihm. Doch alles, was sie sah, war ein gepackter Koffer auf dem Bett. Die Türen des Kleiderschrankes standen weit offen. Pass und Brieftasche lagen neben Sandros Autoschlüsseln auf dem kleinen Esstisch vor dem Terrassenfenster. Der Chauffeur schien wie vom Erdboden verschluckt zu sein.

In der praktisch eingerichteten Einzimmerwohnung sah alles so aus, als würde der Leibwächter jeden Augenblick wieder zurückkommen. Sicherheitshalber warf Gina einen Blick ins Badezimmer. Auch hier kein Sandro. Vor der Wohnungstür sah sie sich im Garten um und rief Sandros Namen. Sein Wagen stand wie üblich auf dem Parkplatz neben der Garage. Er musste irgendwo auf dem Grundstück sein. Sie eilte zum Haus zurück.

»Ich kann ihn nirgends finden!«, rief sie atemlos, als sie wieder in der Diele ankam. Sophia kam gerade aus der Wohnhalle, und mit einem Mal überfiel Gina das eigenartige Gefühl, als habe sie ihre *Padrona* bei etwas Verbotenem überrascht. Sofort schalt sie sich selbst, der Gedanke kam ihr lächerlich vor. »Er ist nirgends zu finden«, keuchte sie.

»Haben Sie überall nachgesehen?«, erkundigte sich Sophia und kniete neben ihrem Mann nieder.

»Ja, doch! Vielleicht ist er schnell ins Dorf gegangen«, versuchte sie mit weinerlicher Stimme eine Erklärung zu finden. »Das Gartentor steht offen.«

»Er kann nicht einfach weggehen, ohne vorher Bescheid zu geben. Immer, wenn man ihn braucht …« Sophia schnaubte erbost. »Wir können Giulio nicht so liegen lassen«, fuhr sie entschlossen fort. Die Blicke der beiden Frauen kreuzten sich für einen quälenden Augenblick. Sophia entdeckte Verzweiflung in den Augen ihrer Angestellten, und in diesem Moment wurde ihr klar, dass sie mit Ginas Unterstützung nicht rechnen durfte. In einem Anfall von irrationaler Wut rüttelte sie mit beiden Händen ihren Mann, als wollte sie ihn aus der Ohnmacht reißen. Giulio rührte sich nicht. »Holen Sie ein Handtuch! Schnell, Gina!«

Die junge Frau verharrte wie ein paralysiertes Kaninchen auf der Stelle, außerstande, etwas anderes zu tun, als zu weinen. »Gerade eben habe ich Signore noch im Salon gesehen, als er seinen Aktenkoffer eingeräumt hat«, schluchzte sie und zog die Nase hoch.

»Bewegen Sie sich endlich!«, befahl Sophia mit harter Stimme, ohne den Blick von Giulio abzuwenden. »Machen Sie schon!« Sophia musterte den Körper ihres Mannes. Ihr Atem stockte, als sie das Loch in seinem Hemd sah. Blut sickerte aus einer hässlichen kleinen Wunde. Eiseskälte durchzog Sophias Körper, und sie ballte erneut die Fäuste. Sie sprang auf. Ihre Blicke irrten suchend im Garten umher und blieben am Einfahrtstor hängen. Es stand offen, wie Gina gesagt hatte. Weshalb? Wenn Sandro nicht da war, konnte es nur Giulio geöffnet haben. Aber beides ergab keinen Sinn.

»Sandro«, rief sie in Richtung Garten. »Sandro! *Merda.*« Sie trat einige Schritte auf die Terrasse hinaus und sah sich um. »*Dove sei?*«

Nichts rührte sich. Sie machte auf dem Absatz kehrt und eilte in die Wohnhalle, wo ihr Gina mit einem Stapel Handtücher entgegenkam.

»Was soll ich damit tun?«, winselte die Haushälterin, als Sophia an ihr vorbeihetzte.

»Legen Sie Handtücher unter seinen Kopf!«, befahl die *Padrona* mit erstaunlich gefasster Stimme und ging zum Telefon.

»*Pronto, mi dica*«, meldete sich nach wenigen Sekunden die sonore Stimme eines Carabiniere der kleinen Polizeistation in Porto Cervo.

»Hier ist Saviani«, rief Sophia. »Wir sind soeben überfallen worden. Jemand hat meinen Mann angeschossen. Kommen Sie schnell!«

»Ihre Adresse?«, fragte der Beamte in stoischer Ruhe.

»Via Brigante 12, das letzte Haus in der Straße.«

»Bleiben Sie im Haus! Schließen Sie die Türen, und öffnen Sie nur den Carabinieri oder dem Arzt! Wir sind sofort da. Sollen wir den Notarzt alarmieren?«

»Verdammt!«, schrie Sophia. »Er braucht doch mindestens eine halbe Stunde bis hierher!«

»Beruhigen Sie sich! Kennen Sie einen Arzt in Ihrer Nähe?«

»Lassen Sie es gut sein!«, fauchte sie in den Hörer. »Ich versuche, selbst einen Rettungswagen zu organisieren.«

Wütend trennte Sophia die Verbindung, tippte die Nummer des Hausarztes ein und wartete mit gereizter Ungeduld darauf, dass in seiner Praxis irgendjemand abnahm. »Geh endlich an den Apparat!«, murmelte sie zornig, obwohl sie wusste, Dottore Branduardo würde nicht mehr helfen können.

»Ich schaff das nicht! Ich kann ihn nicht anfassen, Signora!«, jammerte Gina in der Diele, die Hände vors Gesicht geschlagen. Sophia verlor für eine Sekunde die Beherrschung. »Stellen Sie sich nicht so dumm an!«, schrie sie, da meldete sich am anderen Ende der Leitung eine ihr wohlbekannte Männerstimme.

»Alfredo, du musst sofort kommen, es ist etwas Unfassbares passiert. Giulio ist … Er liegt leblos in der Diele und blutet fürchterlich …«

Dottore Branduardo reagierte sofort und stellte ihr im Stenogrammstil gezielte Fragen. Sophia zwang sich, die Situation schnell und sachlich zu beschreiben.

»Ich bin sofort da!«, hörte sie den Arzt am anderen Ende der Leitung sagen. Sie ließ ihren Arm kraftlos fallen. Auch wenn der Arzt ein guter Freund ihres Mannes war und die beiden sich schon viele Jahre kannten, hatte sie Branduardo gegenüber nie freundschaftliche Gefühle entwickelt. Er war ein Typ, mit dem sie nie so richtig warm werden konnte. Aber nun war sie froh, dass sie sich an einen Menschen wenden konnte, der ihrem Mann nahestand und ihr vielleicht helfen konnte.

Gina kam schluchzend auf die *Padrona* zu und wollte sie umarmen, als suche sie bei ihr Trost. Doch Sophia schob sie unwirsch zur Seite.

»Er ist tot, nicht wahr?«, piepste Gina mit stockender Stimme. Sophia nickte mechanisch. »*Quale tragedia!*«, flüsterte sie tonlos. »Wer hat ihm das angetan?« Sie bedachte Gina mit einem Blick, der jeden hätte frösteln lassen. »Hat etwa Sandro ...?«

»Nein!«, schrie Gina hysterisch auf. »Sandro würde nie ...« Der Satz blieb ihr im Halse stecken. »Wie können Sie nur so etwas denken, Signora ...!«

»Ich kann es ja selbst nicht glauben!«, gab Sophia unbeherrscht zurück und fuhr sich mit beiden Händen durch die Haare.

»Aber wer war es dann?«, jammerte Gina. »Es ist niemand in der Nähe ...!«

»Hast du irgendwann draußen jemanden gesehen?«

Gina wollte antworten, aber wieder versagte ihr die Stimme.

»Sandro ist spurlos verschwunden. Das Tor steht auf. Giulio ist tot«, zählte Sophia mit feindseliger Stimme auf, als referierte sie eine grausame Beweisführung.

»Ich weiß es nicht«, rief Gina aggressiv. »Sandro mochte den Signore, das wissen Sie ganz genau! Er kommt bestimmt gleich wieder!«

Sophia überlegte. »Hast du auch vor dem Tor nachgesehen? Vielleicht repariert er eine Lampe an der Einfahrt oder tut sonst irgendetwas.«

»Nein! Aber er hätte uns bestimmt gehört!«

»Geh noch einmal hinaus und sieh nach! Er muss doch irgendwo zu finden sein!«

»Ich geh nicht alleine raus«, stammelte Gina. »Ich habe Angst.«

Sophia starrte die junge Frau verständnislos an. Doch dann schien sie zu begreifen. »Du hast recht. Es ist sicherer, wir bleiben im Haus.« Unschlüssig blickte sie in Richtung Diele. »Hast du etwas bemerkt, als du von oben gekommen bist?«, fragte sie mit harter Stimme. »Giulio liegt in seinem Blut, aber kein Mensch ist zu sehen.«

»*Dio mio*, nein, niemanden … Ich kann mir auch nicht vorstellen, wer so etwas tut …«

»Giulio muss an die Tür gegangen sein, weil es geläutet hat«, stellte Sophia mit bestimmtem Ton fest.

»Hat es aber nicht, Signora!«, brach es winselnd aus Gina heraus. »Das hätten wir gehört! Und Sandro würde nicht klingeln, er hat einen Schlüssel.« Tränen füllten ihre Augen und rannen die Wangen hinunter. »Ich kam aus dem Schlafzimmer und wollte Ihre Reisetasche zum Auto bringen. Als ich herunterkam, lag der Signore auf dem Boden.« Sie deutete, ohne sich umzudrehen, auf Giulio. »Es ist so fürchterlich! Ich kann nicht hinsehen, Signora.«

Sophias Gesichtszüge waren jetzt vollständig eingefroren. »Ich möchte nur wissen, weshalb dieser verdammte Sandro verschwunden ist. Er wusste doch, dass wir wegfahren wollten!«

Die junge Haushälterin stammelte ängstlich: »Und wenn ein Fremder noch auf dem Grundstück ist?«

Tausend Gedanken zuckten Sophia durch den Kopf. Vielleicht hatte Sandro den Anschlag auf Giulio mitbekommen und dann die Flucht ergriffen? Anders ließ sich seine Abwesenheit nicht erklären. Doch sofort verwarf sie den Gedanken wieder. Der durchtrainierte Hundertkilokoloss Sandro würde vor nichts und niemandem fliehen.

Sophia versuchte, Kraft zu sammeln und ihre Sinne zu ordnen. Ein Fremder würde die Eingangstür nur erreicht haben, wenn die Einfahrt zum Haus vorher offen gestanden hätte. »*Madonna!* Wenn sich der Unbekannte noch auf dem Grundstück aufhält?«, flüsterte sie kaum hörbar. Normalerweise war der Besitz mit unsichtbaren Bewegungsmeldern auch tagsüber gesichert. Es musste einen Grund gegeben haben, weshalb das Einfahrtstor jetzt offen stand.

Ihre Überlegungen endeten wieder bei Sandro! Er hatte eine Codekarte und konnte von seiner Wohnung aus den Alarm abschalten und auch das Tor öffnen. Aber solange er verschwunden war, hatte es keinen Zweck, weiter darüber nachzudenken. Ihre Gedanken drehten sich im Kreis.

»Gina, schließ alle Türen im Haus!«

»Aber der Signore … Er liegt …!« Gina verstummte. Sie wagte kaum, laut auszusprechen, dass der leblose Körper Giulios mit den Füßen die Tür versperrte.

»Auf was wartest du, Gina?«, brüllte Sophia mit sich überschlagender Stimme.

»Die Haustür geht nicht zu. Sie müssen mir helfen!«

Sophia stöhnte, sprang auf und ging mit energischen Schritten zu ihrem Mann. Mittlerweile hatte sich eine riesige Blutlache um Giulios Kopf ausgebreitet. Mit einem Anflug von Abscheu und Ekel blickte Sophia auf die schwarzrote Pfütze. Sophia packte Giulio am linken Fuß. »Nimm den anderen!«, befahl sie Gina. »Wir drehen ihn gemeinsam um und ziehen ihn herein.« Mit vereinten Kräften zerrten die Frauen Giulios leblosen Körper weiter ins Innere, eine breite Blutspur hinterlassend.

»*Dio mio*, Signora!«, wimmerte Gina, »Ich kann doch kein Blut sehen! Mir ist schlecht.«

»Rede keinen Unsinn. Oder willst du riskieren, dass man uns auch erschießt?«, fuhr Sophia ihrer Haushälterin erneut über den Mund. Sie ließ Giulios Fuß fallen, wandte sich um und schlug die Haustür zu.

»Wann kommen denn die Carabinieri?«, wisperte Gina ängstlich.

»Sie brauchen nicht zu flüstern! Die Carabinieri oder der Dottore werden jeden Augenblick da sein. Wir können jetzt nur noch warten.«

Während Gina durchs Haus rannte und alles verriegelte, was sich verschließen ließ, suchte Sophia vor der Terrassentür mit den Augen den Garten ab. Sie schrak auf, als das Telefon in der Wohnhalle klingelte, und nahm den Hörer ab.

»Signor...ha! Aiutatemi...«, die Stimme erstarb in einem kurzatmigen Röcheln. Kurz darauf hörte sie ein grässliches Stöhnen und dann den mühsamen Versuch, etwas zu sagen.

»Sandro ...? Bist du das?«

»Si ...«, krächzte er schwach. »Sono io ...!«

»Was ist los? Was ist passiert mit dir?«

»Ich bin überfallen word...« Die Stimme ging in einem Hustenanfall unter. Sophia fühlte einen Schauer über ihren Rücken kriechen. »Wo bist du ...? Madonna mia, sag etwas ...!«

Sie presste den Hörer an ihr Ohr und versuchte angestrengt zu verstehen, was Sandro sagen wollte. Doch seine Stimme glich nur noch einem mühsamen Röcheln, unterbrochen von schwerem Atmen und unverständlichen Satzfetzen.

»... mich niedergeschossen ... angeschossen ...«, wiederholte er nach einer Pause mühsam. »... bin in Nuchis ...!«

»Wie in aller Welt kommst du dort hin ...?«

Er keuchte. »... haben mich unterwegs aus dem Wagen ge...!«

»Non è vero!«, stammelte sie fassungslos. »Was um Himmels willen ist mit dir passiert?«

Wieder presste er einige unvollständige Wörter hervor, dann folgte ein Stöhnen.

Sie hörte ihm angestrengt zu, weil nur noch ein entferntes Flüstern an ihr Ohr drang.

»... bin hier nicht ...« Sandro atmete schwer. »... nicht mehr lange sicher, glaube ich ...!«

»Bene. Ich habe verstanden.« Sophias Herz klopfte bis zum Hals. Nicht auch noch Sandro!, dachte sie. Ich muss mich zu-

sammennehmen! »Okay«, sagte sie fest, dann fügte sie aufgewühlt hinzu: »Giulio ist tot!«

»Ich habe es befürchtet«, kam es mühsam über Sandros Lippen. »Es ging alles so schnell … bin überrascht worden … *mi
scusate*, Signora …! Können Sie mich holen …?«

»Ich werde dich abholen, egal, wo du bist«, antwortete sie.
»Aber ich komme im Augenblick hier nicht weg. Es wird einige Stunden dauern. Kannst du das so lange aushalten?« Sophia
bemerkte, dass ihre Hände zitterten, und sosehr sie auch versuchte, sich zusammenzunehmen, es gelang ihr nicht.

»Passen Sie auf! Die Carabinieri!«, hörte sie Sandro undeutlich
sagen. »Wenn Sie kommen …« Er schien an einem Hustenanfall beinahe zu ersticken, bevor er weiterredete. »Niemand darf
Ihnen folgen.«

»Kann ich dich mit der Nummer zurückrufen, die auf meinem
Display steht?«, fragte sie, ohne auf seine Warnung einzugehen.

»*No*«, erwiderte er. »Ich rufe an … Später …«

»Hab Geduld! Bitte!«, flüsterte sie voller Angst, und um ihre
Brust schien sich ein Stahlring gelegt zu haben, der immer enger wurde.

Sie beendete das Telefonat, ließ sich auf einen Stuhl sinken und
schloss die Augen. Dichte Wolken waren vom Meer heraufge-
zogen. Sie dachte an Tommaso, ihren Bruder. Die Angst um
Sandro fraß sich wie ein böses Geschwür in ihre Seele und
nahm ihr für einen Augenblick die Hoffnung auf die Zukunft.
Seit sie wusste, dass es ihm schlechtging, ließ sie auch das
kleinste Geräusch im Haus aufschrecken. Völlig verwirrt versuchte sie einen klaren Gedanken zu fassen. Sandros Verletzung, Giulios Ermordung, sie konnte nicht mehr deuten, was
schlimmer war.

Wenige Minuten später hupte ein Wagen am Tor. Sophia löste
sich aus ihrer Starre, sprang auf und eilte zur Tür. Branduardos

BMW fuhr, eine Staubfahne hinter sich herziehend, zum Haus und parkte neben Savianis eisgrauem Bentley. Mit Reisegepäck beladen und geöffnetem Kofferraum, stand die Luxuslimousine immer noch vor der Eingangstreppe.

»Wo ist er?«, rief Branduardo beim Eintreten, den Blick auf die Blutspur gerichtet. Vorwurfsvoll fügte er hinzu: »Hat er etwa hier gelegen?«

»Ja«, sagte Sophia, und für eine Sekunde flackerte ihr Blick.

»Du hättest Giulio nicht bewegen dürfen!« Ohne ihre Antwort abzuwarten, schob er Sophia zur Seite. Seine Augen folgten der Blutspur, die sich ins Haus hineinzog. »*Porco dio!*«, knurrte er und ging mit energischen Schritten zu Giulios Leichnam, kniete neben ihn nieder und stellte seine Arzttasche ab. Sophia verharrte wie unbeteiligt hinter ihm und beobachtete schweigend die Untersuchung. Lähmende Stille herrschte im Haus. Der Arzt richtete den Strahl seiner kleinen Lampe in Giulios Pupille, dann drehte er dessen Kopf zur Seite und sah sich die klaffende Wunde am Hinterkopf an. Er schüttelte bedauernd den Kopf und legte noch einmal seine Finger auf die Halsschlagader des Toten. Kraftlos sanken seine Hände zu Boden. Er warf einen langen Blick in Giulios Gesicht, als wollte er von ihm Abschied nehmen, und schloss ihm die Augen. Behutsam schob er das Hemd des Leblosen über dessen Brust hoch und betrachtete die Verletzung. Als er zu Sophia aufblickte, wusste er, dass er ihr nichts mehr erklären musste. »Er wurde direkt ins Herz getroffen. Er war sofort tot.« Mit beiden Händen griff er unter Giulios rechtes Schulterblatt und hob es an. Ein Blick genügte ihm, und er sah, was er befürchtet hatte. Eine grässliche Austrittswunde und jede Menge Blut.

»Wer, um Himmels willen, hat Giulio erschossen?« Sein Blick traf Sophias.

»Ich weiß es nicht«, flüsterte sie kaum hörbar. »Aber Giulio blutet am Hinterkopf!«, fügte sie schrill hinzu, als wollte sie nicht wahrhaben, dass ihr Mann erschossen wurde.

»Die Platzwunde stammt vom Sturz auf den Boden!«, erklärte der Arzt in einer Deutlichkeit, an der es nichts zu rütteln gab. »Als ich die Treppen herunterkam, dachte ich erst, er sei einfach nur hingefallen. Ich begreife noch nicht einmal jetzt, was wirklich passiert ist.«

Branduardo lächelte böse.

»Ach, Sophia!«, flüsterte er. »Du wirst mir doch nicht erzählen wollen, dass du die Schusswunde nicht gesehen hast. Wenn ich dich nicht so gut kennen würde ...!« Er ließ den Satz offen.

»Was fällt dir ein!«, zischte Sophia. »Wie sprichst du mit mir?«

Zögernd war Gina aus dem Hintergrund hinzugetreten. »Signora glaubt, Sandro hat Signore Saviani ...«, unterbrach sie die sich anbahnende Auseinandersetzung.

»Unsinn!«, herrschte Sophia ihre Haushälterin an. »Ich war in Panik. Was hätte ich denn sonst denken sollen!«

Aber Branduardo wandte sich schon mit fragendem Blick an Gina. »Sandro? Ist er nicht hier?«

»Nein! Er ist unterwegs. Wir wissen nicht, wo er ist«, erklärte Sophia.

»Hast du die Carabinieri gerufen?« In der Stimme des Arztes lag Eiseskälte.

»Natürlich! Sie müssten jeden Augenblick hier sein.« Erhobenen Hauptes und mit undurchsichtiger Miene verließ Sophia die Diele.

»Soll ich auf sie warten, oder ...?«, rief Dottore Branduardo.

»Und fasst hier um Gottes willen nichts mehr an, bis die Carabinieri da sind.«

»Nein!«, rief Sophia mit aller Entschiedenheit. »Ich möchte jetzt alleine sein.«

»In Ordnung«, murmelte der Arzt. »Giulio ist sowieso ein Fall für die Gerichtsmedizin.«

Mit weichen Knien setzte sich Sophia auf den Sessel, der vor der Glasfront zur Terrasse stand. Giulios Eltern! Schoss es ihr durch den Kopf. Sie müssten sofort benachrichtigt werden.

Aber sie hatte keine Ahnung, wie sie es ihnen beibringen sollte. Wie eine Lawine stürzten plötzlich alle Gedanken über sie herein: Die Bestattung musste organisiert, Behördengänge gemacht, Bankgespräche geführt und ein Pfarrer bestellt werden. Ihre Augen begannen zu flackern, und ein nur zu bekanntes Gefühl stieg in ihr auf. Ihre Pillendose, die sie normalerweise immer griffbereit hatte, war nirgends zu sehen. Sie fluchte leise und suchte in ihrer Handtasche. Hektisch kramte sie zwischen Ausweis, Schlüsselbund und Geldbörse, bis sie den vertrauten Gegenstand ertastete. Sie atmete erleichtert auf, schluckte zwei Propaphenin, ein starkes Neuroleptikum, das sie bisweilen ein wenig ermüdete, aber unangenehme Bilder und böse Träume vertrieb.

13.
Ermittlung

Streifenwagen und Fahrzeuge des Rettungsdienstes standen mit zuckendem Blaulicht auf Savianis Anwesen in Porto Cervo, während sich ein ganzes Rudel von Beamten der Spurensicherung im Haus verteilte. Carabinieri hatten die Zufahrt zu dem noblen Besitz hermetisch abgesperrt. Ein Kriminalbeamter aus Olbia war vor einer halben Stunde eingetroffen und gab seinen Kollegen vor und im Haus deutliche Anweisungen. Sophia Saviani und Gina warteten währenddessen geduldig in der Sitzgruppe unter der Markise auf der Terrasse. Schweigend und mit reglosem Gesicht verfolgten sie den gespensterhaften Auftritt der in weißer Schutzkleidung ermittelnden Männer.

Ein Capitano der Antimafiabehörde trat heran und wandte sich mit einem Kopfnicken an Sophia, die ihn lediglich mit einem kurzen Blick bedachte. Er war ein drahtiger, gutaussehender Mann mit streng nach hinten gekämmten Haaren, einem schmalen Gesicht mit melancholischen Augen. Er trug eine auffällige Goldkette mit einem silbernen Kreuz um den gebräunten Hals. Ein Sizilianer, wie Sophia vermutete. Er sprach einen grässlichen Dialekt und hatte eine impertinente Art, sich ihr zu nähern. In ihrer Miene zeigte sich Abneigung.

»Mein Name ist Piero Losanto«, begann der sportlich gekleidete Capitano und musterte Sophia von oben bis unten, als wolle er sie durchleuchten. Dann setzte er sich ihr gegenüber, schlug die Beine übereinander.

»Wie auch immer Sie heißen, ich hoffe, Sie sitzen bequem.«

»*Grazie*«, murmelte er und ließ seinen Blick im Haus umherschweifen.

Losanto war eine Ausnahmeerscheinung in der Truppe der Antimafiajäger. Er erschien zum Dienst lieber in Lederjacke und abgewetzten Jeans als in Uniform, im Außendienst ohnehin. Das war sein Markenzeichen. Der gebürtige Sarde – schon sein Vater war Carabiniere gewesen – hatte zu Beginn seiner Karriere in Mailand nach untergetauchten Mafiosi gefahndet. Der Capitano betrachtete seine Arbeit als eine Art Guerillakrieg, und ähnlich martialisch ging es auch in seinem Kopf zu. Über seinem Schreibtisch in Olbia hatte er nach seiner Beförderung zum Sonderermittler in der DIA ein Poster mit dem Porträt Che Guevaras aufgehängt. Um einen Mafioso zu fangen oder zu erledigen, so predigte er immer seinen Mitarbeitern, muss man ein möglichst anonymes Leben führen und mit seiner Umgebung verschmelzen, was ihm in Sardinien und Sizilien auch mühelos gelang.

»Meine Leute haben mich zwar kurz ins Bild gesetzt, dennoch muss ich Ihnen ein paar unangenehme Fragen stellen. »Hatte Ihr Mann Feinde?«

Sophia lachte bitter auf. »Natürlich hatte er welche!«

»Namen …!«, bellte Losanto.

»Habgier, Hass, Neid, verletzte Eitelkeit, wollen Sie noch mehr hören?«

»Das ist keine Antwort«, erwiderte er. »Wie sieht es aus mit Geschäftspartnern, Konkurrenten, entlassene Mitarbeiter?«

Sophia schüttelte den Kopf.

»Nun gut … Bleibt Calogheri. Den können wir leider nicht finden. Wissen Sie, wo er sich derzeit aufhält?«

»Nein!«

»Hmm … Dann werden wir ihn suchen müssen. In der Zwischenzeit sehen sich meine Leute Ihr Haus genauer an!« Capitano Losanto erhob sich, machte ein paar Schritte durch den angrenzenden Salon und kehrte wieder zu Sophia zurück.

»Was hoffen Sie und Ihre Männer im Haus zu finden?«, entgegnete diese gereizt. »Außer meiner Angestellten und mir ist niemand hier. Es ist überflüssig, alles auf den Kopf zu stellen. Ihre Männer sollten sich auf den Garten konzentrieren.«

Losantos Miene zeigte keinerlei Regung. Lediglich in seinen schwarzen Augen glühte etwas, das man als tiefes Misstrauen hätte beschreiben können. »Und wer war hier, bevor wir kamen?«

»Ich und Gina!«

Er war ein intelligenter Kriminalist mit einem überdurchschnittlichen Einfühlungsvermögen. Und wenn nötig, machte er auch Gebrauch davon. Er beherrschte die Klaviatur aller Verhörmethoden perfekt, spielte Verdächtige mit unglaublicher Effektivität gegeneinander aus, kannte jeden schmutzigen Trick und ließ keine Falle aus, um Täter zu überführen. Vor fünf Jahren wurde er in die Direktion der Antimafiabehörde versetzt und mit den schwierigen Fällen betraut. In den wenigen Jahren seiner Dienstzeit hatte er die schlimmsten Mafiaverbrechen erlebt.

Doch selten zuvor war ihm eine so beherrschte Witwe vorgekommen wie Sophia Saviani.

»Wir haben eine Fahndung nach diesem Chauffeur bereits herausgegeben«, brachte der Capitano das Gespräch wieder auf Sandro. »Er ist doch nicht nur Ihr Fahrer. Meines Wissens war er auch der Leibwächter Ihres Gatten.«

»Ja, das stimmt!«

»Wahrscheinlich brauchen Sie ihn nun nicht mehr, jetzt, nachdem Ihr Mann tot ist.« Er musterte Sophia von oben bis unten.

»Was reden Sie für einen Unsinn!«

»Er ist also nicht so hastig verschwunden, weil Sie ihm gekündigt haben?«

»Er arbeitet seit fast zwanzig Jahren für uns, und er wird auch in Zukunft für mich tätig sein.«

Losanto verzog seine Mundwinkel. »Wenn er wieder auftaucht!

Von der Insel kann er jedenfalls nicht fliehen, das ist sicher. Fähren und Flughafen werden überwacht.«

»Ich kann mir nicht vorstellen, was unser Chauffeur mit dem Tod meines Mannes zu tun haben könnte«, erwiderte Sophia aggressiv. »Es muss einen anderen Grund geben, weshalb er, ohne etwas zu sagen, verschwunden ist. Wahrscheinlich kommt er jeden Augenblick wieder zurück.«

Losanto zog ein skeptisches Gesicht. »Hoffen wir das Beste, sonst sieht es nicht gut für ihn aus. Hinter irgendjemandem muss ich ja her sein, damit ich ihn dann einsperren kann, das verstehen Sie sicher.«

»Wollen Sie witzig sein?«, fragte Sophia frostig.

»Keineswegs!« Losanto schüttelte den Kopf. »Ich wollte Ihnen meine Aufgabe deutlich machen, mehr nicht. Soweit ich weiß, wird das Einfahrtstor zu Ihrem Anwesen von innen betätigt. Stand es offen, als die Sache mit Ihrem Mann passiert ist?«

»Ihre klugen Fragen sind bemerkenswert«, sagte Sophia mit schneidender Stimme. »Ja, es war offen.«

»Und normalerweise ist es geschlossen …!«, erwiderte er ironisch.

»Vielleicht hatte es Sandro versehentlich offen gelassen. Wir jedenfalls haben nichts davon bemerkt.«

»Hmm …« Losanto durchbohrte Sophia mit seinem Blick. »Was ist mit der Videoanlage vor der Tür? Es gibt doch sicherlich ein Band.«

Sophia schien zum ersten Mal verlegen zu werden. »Sie funktioniert nicht.«

»Seit wann?«

»Seit vorgestern.«

»Wie praktisch«, kam es ärgerlich über Losantos Lippen.

»Unterlassen Sie gefälligst Ihre unverschämte Ironie. Giulio wollte sie sofort reparieren lassen. Der Handwerker hat uns sitzengelassen.«

»Also kein Band?«

»Nein.«

»Wir werden das überprüfen!« Er zog einen Block aus der Tasche und machte sich eine Notiz.

»Wusste Sandro Calogheri, dass die Anlage defekt war?«

Sophia überlegte. »Ich glaube nicht.«

»Finden Sie das nicht auch sehr merkwürdig? Was soll ich davon halten, wenn Sie einerseits einen Bodyguard beschäftigen, der aber andererseits nicht über diese Sicherheitslücke informiert war? Ich komme noch einmal auf das Tor zurück. Es war bis zu diesem Vorfall geschlossen?«

Sophia und Gina nickten synchron.

Losanto beobachtete Sophia unter den Augenlidern hervor. Eine schöne, kalte und beherrschte Frau, rassig und berechnend, dachte er. »Wir haben keinerlei Spuren gefunden«, fuhr er fort, »die auf Gewaltanwendung an der Haustür schließen lassen. Insofern muss ich davon ausgehen, dass jeder im Haus, auch Ihr Gatte, das Tor geöffnet haben könnte. Nach Ihrer Version müsste jemand vorher an der Tür geläutet haben, anders lässt sich nicht erklären, weshalb Ihr Gatte an der Eingangstür erschossen wurde. Über die Mauer wird der Täter nicht geklettert sein. Außerdem wäre er ohne Auto von hier nicht so ohne weiteres weggekommen.« Der Capitano musterte die beiden Frauen mit misstrauischen Blicken.

»Wir haben aber nichts gehört und nichts gesehen«, stieß Gina hervor.

Losantos Augen hatten sich zu schmalen Schlitzen verengt. »Dann lassen Sie mich weiterfragen! Sie haben Signore Saviani an den Füßen ins Haus geschleift, nachdem Sie ihn an der Haustür vorgefunden haben ...«

»Sie ungehobelter Bauer!«, zischte Sophia. »Sie haben nicht nur ein unmögliches Vokabular, Ihnen fehlt es auch an Benehmen!«

Losanto hob beschwichtigend beide Hände. »Ich meinte natürlich, Sie haben ihn hineingezogen«, korrigierte er sich lapidar.

»Doch bevor Sie sich noch mehr echauffieren, Signora, Benehmen ist das, was ein Mensch tut. Nicht das, was er denkt, oder fühlt, oder glaubt. Und ich glaube, dass Sie bis zum Hals in dieser Geschichte stecken.«

Sophia wandte ihren Blick ab. »Es ist unfassbar, was sich Menschen einfallen lassen, damit sie denken und glauben können, was sie wollen.«

»Frauen kennen nur Liebe oder Hass. Ein Mittelding kennen sie nicht«, murmelte Losanto, während er seine Schuhe betrachtete. Plötzlich hob er den Kopf. »Aber da wir gerade dabei sind, ich meine, beim Denken und Glauben, wie war es eigentlich um Ihre Ehe bestellt? Liebten Sie Ihren Mann?«

»Das fragen Sie jetzt nicht im Ernst, oder?« Sophia zog pikiert die linke Braue nach oben. »Weshalb wollen Sie das wissen?«

»Na ja, manche Männer kommen von der Arbeit nach Hause, duschen, essen und verabschieden sich wieder, weil sie noch etwas Dringendes zu erledigen haben.« Losantos Augen wanderten über Sophias Körper und blieben an den schlanken Beinen hängen, die unter ihren Leggins besonders gut zur Geltung kamen. »Wie war das denn bei Signore Saviani?«

Sophia hasste diese Art Männerblicke und quittierte sie mit einem verächtlichen Augenrollen. »Ich fürchte, Ihre Phantasie hat durch Ihren Beruf gelitten!«

»Also? Wie war sie?«

»Wie war was?«

»Ihre Ehe …!« Sein Blick war plötzlich hart und unbeugsam geworden.

»Gut. Mehr gibt es nicht zu sagen«, erwiderte Sophia, ohne seinem Blick auszuweichen.

Unvermittelt fuhr Losanto fort: »Sandro Calogheri ist spurlos verschwunden und mit ihm die Waffe. Scheinbar ist er Hals über Kopf geflüchtet, schließlich konnte er auch das Tor unbemerkt öffnen.«

»Wir sagten Ihnen doch bereits, dass …«, fuhr Sophia den

Capitano an. Doch der winkte ab. »Im Übrigen ist Ihr Sandro Calogheri kein unbeschriebenes Blatt. Er hat wegen Mordes sieben Jahre im Hochsicherheitsgefängnis von L'Aquila eingesessen. Insofern muss ich in Betracht ziehen, dass er der Täter sein könnte.«

»Ich bitte Sie«, widersprach Sophia vehement, »Sandro war damals zweiundzwanzig Jahre, als er eine Dummheit begangen hatte.«

»Einen Doppelmord kann man nicht als Dummheit bezeichnen, auch wenn der Täter noch jung ist. Im Übrigen wurde eine ganze Familie ausgerottet.«

»Von einer Familie, die er angeblich ausgerottet hat, wie Sie sagen, weiß ich nichts. Sie müssen sich irren.«

»Ich sagte nicht, dass es Ihr Sandro gewesen ist. Wir vermuten, dass sein Bruder dafür verantwortlich war.«

»Blödsinn! Sandro hat keinen Bruder!«, fuhr Sophia den Capitano an.

»Sandro hat nichts getan!«, rief Gina unter Tränen aus. »Er würde nie …« Ihre Stimme versagte, und sie schluchzte leise vor sich hin.

Losanto beugte sich zu Gina. »Sandro Calogheri ist eine wandelnde Zeitbombe! Und ich vermute, dass Ihr Chef genau wusste, wen er sich an Bord geholt hat«, sagte er eindringlich. »Er ist keineswegs der harmlose und gutmütige Mensch, für den Sie ihn anscheinend halten.«

Gina hob abwehrend die Hand und sah den Carabiniere an. »Seine Sachen liegen alle in seinem Zimmer. Weshalb sollte er ohne Geld, ohne seinen Ausweis und ohne Koffer fliehen?«

»Weil er es sehr eilig hatte?«

»*Stupidità!*«, kanzelte Gina den Capitano ab.

»Aber wie ist es denn mit Ihnen?« Losanto fixierte nun die Haushälterin mit hartem Blick.

Gina zog den Kopf ein. »Wie bitte?«, heulte sie auf. »Wollen Sie damit sagen, ich …«

»Es war nur so eine Idee, Signorina ... – wie war doch gleich Ihr Name?«

»Sie können mich Gina nennen«, maulte sie beleidigt.

Losanto schloss genervt die Augen. »In diesem Haus ist jeder verdächtig. Wer will denn ausschließen, dass Sie zum Beispiel mit Calogheri gemeinsame Sache machen? Deshalb brauche ich Ihren vollständigen Namen. Das verstehen Sie doch, oder?«

»Sentini. Gina Sentini.«

»Schön, Signorina Sentini. Können Sie mir sagen, ob irgendetwas im Haus fehlt? Hat der Täter etwas mitgenommen?«

Sie sah den Beamten erstaunt an. »Ich glaube nicht ... Er war doch gar nicht im Haus!«

»Sie sagten meinen Kollegen, Signore Saviani habe einen Aktenkoffer gepackt. Wo ist der?«

Gina stand auf und blickte sich suchend um, während Sophia scheinbar völlig desinteressiert sitzen blieb und vor sich hin starrte. »Ich sehe ihn nirgends«, antwortete Gina. »Es ist ein silbergrauer mit einem Zahlenschloss. Vielleicht liegt er schon im Bentley ...«

»Meine Leute haben bereits nachgesehen«, antwortete der Capitano lakonisch. »Er ist nirgends zu finden.«

»Dann weiß ich es auch nicht«, sagte Gina und bedachte Sophia mit einem flehentlichen Blick. »Ich habe nur gesehen, dass Signore Saviani seine Unterlagen hineingelegt hat.«

Der Capitano wandte sich mit verkniffener Miene an Sophia. »Wenn wir den Koffer schon nicht finden, verraten Sie mir wenigstens, was drin war?«

Sophia reagierte nicht.

»Hören Sie mir überhaupt zu, Signora?«

»Geschäftsunterlagen, Papiere«, erwiderte sie ungehalten. »Ich sehe nicht nach, welche Akten mein Mann mitzunehmen gedenkt. Jedenfalls bestimmt nichts, was einen Fremden veranlassen könnte, ihn deshalb umzubringen.«

»Aha!« Losanto dachte einen Augenblick nach. »Wer wusste

eigentlich, dass Sie und Ihr Mann im Haus sind? Es ist doch richtig, dass Sie normalerweise in Palermo leben?«

»Niemand«, antwortete Sophia.

»Auch nicht die Nachbarn?«

»Sie haben offensichtlich noch nicht begriffen, wo Sie hier sind, Signore Losanto«, kam es abfällig über Sophias Lippen. »Das hier ist keine Reihenhaussiedlung, wie Sie sie vielleicht in Ihren Kreisen gewöhnt sind.«

»*Mi scusate*, Signora! Ich verstehe, wenn es Ihnen im Augenblick schwerfällt, auf meine Fragen einzugehen«, lenkte er von ihrer Attacke ab.

Er drehte sich um, weil er hinter sich ein Geräusch hörte. Ein Beamter der Spurensicherung war herangetreten. »Capitano«, rief er und beugte sich zu ihm hinab, als wollte er ihm etwas zuflüstern.

»Was gibt es?«, fragte er. »Sie brauchen keine Rücksicht zu nehmen. Mir scheint, Signora Saviani verträgt einiges.«

Der Beamte in weißer Schutzkleidung warf Sophia einen indifferenten Blick zu und hielt dem Capitano ein Plastiktütchen entgegen. »Ein Projektil«, murmelte er. »Es steckte in der Diele in der Wand. Kaliber 7.65! Außerdem haben unsere Männer draußen an der Einfahrt zwei Patronenhülsen gefunden. Gleiches Kaliber. Den Spuren nach hat es am Tor eine Schießerei gegeben!«

»Was Sie nicht sagen! Allmählich wächst sich das hier zu einem handfesten Überfall aus. Gibt es sonst noch etwas Wissenswertes?«

»Reifenspuren und Schleifspuren. Offenbar wurde jemand schwer verletzt in ein Auto verfrachtet. Die Spuren sind eindeutig. Was die Reifenspuren angeht, wird man vermutlich nicht viel herausbekommen. Sie sind undeutlich und teilweise überlagert, sie könnten auch alt sein. Es hat drei Wochen nicht geregnet.«

»*Bene!*«, erwiderte Losanto und wandte sich wieder Sophia zu.

»Wie es aussieht, hat man Calogheri entführt. Wenn ich bedenke, dass sich Ihre Trauer offensichtlich in Grenzen hält, kann man schnell auf den Gedanken kommen, dass Sie mit der Angelegenheit sehr viel mehr zu tun haben, als Sie vorgeben!«

»Denken Sie, was Sie wollen!«, entgegnete Sophia und zündete sich eine Zigarette an.

»Nervös?«, erkundigte sich Losanto und schaute mit Interesse ins Innere der Villa. »Tolle Hütte!«, murmelte er anerkennend. »Ihr Mann scheint eine Menge Geld verdient zu haben.« Er beobachtete Sophia aus dem Augenwinkel. »Wer könnte den Killer geschickt haben? Was meinen Sie?«

Sophia blickte ins Leere. Losanto hatte nicht den Eindruck, als würde sie über seine Frage nachdenken, vielmehr wirkte sie, als wäre sie mit ihren Gedanken weit weg. »Ich wüsste nicht, wer einen Killer hierherschicken sollte und weshalb«, erwiderte sie tonlos.

»Nun ja, vielleicht war der Mörder auch ein Spontantäter und hatte gerade Lust, irgendjemanden umzubringen, wissen kann man das nie!«, erwiderte Losanto nachdenklich. »Glauben Sie das etwa?«

»Unsinn«, blaffte Sophia.

»Also ein freischaffender Auftragskiller, der für eine stattliche Summe …« Er vollendete den Satz nicht, sondern fuhr sinnierend fort: »Dann allerdings wird es sehr schwer, ihn zu fassen.«

Sophia warf dem Capitano einen vernichtenden Blick zu. »Wenn Sie so hoffnungslos sind, weshalb übertragen Sie den Fall nicht dem Finanzamt? Vielleicht zahlt der Mörder ja Steuern!«

Der Sarkasmus in ihrer Stimme traf den Capitano an seinem verwundbarsten Punkt. Sophia schien ihn oder seine Arbeit nicht ernst zu nehmen. Er kniff die Augen ärgerlich zusammen. »Sind Sie so kalt, oder tun Sie nur so?«

Sophia reagierte nicht.

»Bestimmt können Sie mir sagen, ob der Aktenkoffer für den Mörder wichtig war. Ansonsten würde er immer noch dort auf dem Tisch liegen. Oder haben Sie ihn verschwinden lassen?«

»Was nehmen Sie sich heraus?«, fuhr Sophia den Beamten an. »Wissen Sie überhaupt, mit wem Sie es zu tun haben?«

»Ja«, erwiderte Losanto gelassen. »Mit einem sehr reichen, aber toten Unternehmer, mit einer Witwe, die mir suspekt ist, und einer Haushälterin, die ein wenig naiv zu sein scheint. Halten Sie mich für so dumm, dass ich mir nicht die Frage stelle, woher der Mörder wusste, er würde Ihren Mann hier antreffen?« Losanto schüttelte missbilligend den Kopf. »Scheinbar hat der Täter geahnt, dass Ihr Gatte den Koffer in der Hand haben wird, wenn er die Tür öffnet. Und scheinbar wurde ihm mit göttlicher Hilfe auch eingegeben, dass das, was er haben wollte, auch im Aktenkoffer ist.«

»Es ist Ihre Aufgabe herauszufinden, was geschehen ist«, antwortete Sophia brüsk.

»Das sind mir ein paar Zufälle zu viel! Haben Sie Ihrem Gatten versehentlich die Hosentaschen gelehrt?«

Sophia sprang auf. Ihr Körper bebte vor Wut, und ihre Augen schienen Funken zu sprühen.

Losanto saß mit übergeschlagenen Beinen und verschränkten Armen da, blickte zu ihr auf und registrierte mit Genugtuung die Wirkung seiner Worte.

»Setzen Sie sich«, befahl er mit schneidender Stimme. Als Sophia nicht reagierte, wiederholte er in einem Ton, der keinen Widerspruch duldete: »Setzen Sie sich, oder wir führen unser Gespräch in der Questura fort!«

Sophia kam der Aufforderung des Capitanos zögernd nach.

»Sandro Calogheri konnte zum Beispiel gewusst haben«, fuhr Losanto fort, »welche Unterlagen Ihr werter Gatte mit auf die Reise zu nehmen gedachte! Was meinen Sie? Vielleicht Geschäftsunterlagen, die von großer Bedeutung sind? Das macht mich natürlich noch neugieriger! Ich werde wohl auch den geschäftlichen Hintergrund Ihres Gatten ein wenig hinterfragen müssen.«

Losanto schien es, als hätte er in Sophias Miene für einen winzigen Augenblick ein herablassendes Lächeln erkannt. Doch sie hatte sich sofort wieder im Griff. Eine bemerkenswerte Frau, dachte er.

»Können Sie mir erklären, was die Geschäfte meines Mannes mit dem Überfall zu tun haben sollen?«

»Bei allem Respekt, verehrte Signora Saviani, die Staatsanwaltschaft in Palermo ermittelt gegen Ihren Mann. Das sollten Sie doch eigentlich wissen! Gibt es etwas, was Sie mir dazu sagen können?«

»Sicher nicht. Fragen Sie in Palermo nach!«

Losanto nieste und zog ein Taschentuch aus seiner Jacke. Er schneuzte sich umständlich. Dann faltete er das Taschentuch zusammen, stopfte es in die Hosentasche und sagte leise: »Ich habe den Eindruck, als wären Sie nicht interessiert, dass wir den Mord an Ihrem Mann aufklären. Vielleicht wissen Sie sogar, wer der Mörder ist, und schützen ihn. Möglich, dass Ihr Leibwächter dazwischenkam und er dabei erschossen wurde. Und Sie schweigen, weil Sie triftige Gründe haben. Wissen Sie, was mich wundert?«

Sophia starrte Losanto wortlos an.

»Da kommt der große Unbekannte, steht vor dem Haus und sieht eine Kamera über der Tür. Das scheint ihn aber nicht zu stören. Er klingelt, erschießt Ihren Mann, ohne dass es jemand hört, leert geräuschlos dessen Hosentaschen, greift sich den Aktenkoffer und schwebt im Anschluss über das Grundstück von dannen, ohne eine Spur zu hinterlassen.«

»Offensichtlich gibt es doch Spuren, oder habe ich mich gerade verhört, als Ihr Beamter Ihnen davon berichtet hat?«

»*Mi scusate!*« Er lächelte in sich hinein. »Patronenhülsen, Blut- und Reifenspuren sagte er, nicht wahr? Alles draußen an der Einfahrt. Wer hat da auf wen geschossen? Wer hat wen verschleppt? Wer hat geholfen? Wer spielt welche Rolle? Signora« – er sah sie scharf an –, »wir wissen das alles nicht! Wir wissen auch nicht, weshalb der Täter wissen konnte, dass die Videoanlage nicht funktioniert.« Nun nahm er Gina ins Visier und blickte sie scharf an. »In diesem Haus ist alles vom Feinsten, nicht wahr? Ich möchte wetten, dass hier alles perfekt funktioniert. Außer der Überwachungskamera vor dem Haus. Und just in diesem Moment kommt zufällig ein Mörder. Finden Sie das nicht sehr merkwürdig?«

»Ich würde es einen fürchterlich tragischen Zufall nennen«, entgegnete Sophia scharf.

Losanto richtete seinen Blick auf Gina. »Wie viel Zeit lag zwischen dem Augenblick, als Sie nach oben zur Signora gingen, und dem Moment, als Sie wieder in die Diele zurückkamen und den Toten entdeckten?«

Gina suchte Hilfe in Sophias Augen.

»Sehen Sie mich an!«, wies Losanto die Haushälterin zurecht.

»Vielleicht drei Minuten. Oder vier. Ich kann es nicht genau sagen!«

»Aha!«, murmelte Losanto wie zu sich selbst. »Sagen wir fünf Minuten. Eines steht fest, mit einem Blasrohr hat der Mörder nicht geschossen. Aber einen Knall haben auch Sie nicht gehört?«

»Nein, haben wir nicht! Ihr Zynismus widert mich an!«, sagte Sophia schroff und erhob sich abermals.

»Dann muss der Täter einen Schalldämpfer verwendet haben«, dachte der Capitano laut. Profiarbeit, konstatierte er im Stillen. »Wir werden auf alle Fälle Ihre Nachbarn befragen, vielleicht ist *denen* doch etwas aufgefallen.«

»Tun Sie das!«, zischte Sophia wütend. »Das wird Ihnen aber nicht weiterhelfen, denn meines Wissens sind die Anwesen links und rechts von uns nur im Hochsommer bewohnt. Anstatt den Mörder meines Mannes zu suchen, stellen Sie uns dumme Fragen. Vielleicht war es ein Irrer, vielleicht eine Verwechslung, was weiß ich! Aber es ist Ihre Aufgabe, das zu klären. Mir ist nicht wohl in meiner Haut, wenn ich mir vorstelle, dass draußen jemand mit dem Auto herumfährt und unschuldige Leute erschießt!«

»Auto?«

»Mit was denn sonst?«

»Also haben Sie ein Auto auf dem Grundstück gehört!«, stellte Losanto fest. Seine Augen hatten einen tückischen Glanz bekommen.

»Nein. Haben wir nicht. Aber Ihr Beamter hat von Reifenspuren gesprochen, und wie Sie schon ironisch zum Besten gegeben haben, wird der Mörder wohl kaum mit einem Teppich davongeflogen sein.«

»Wir haben unmittelbar nach Ihrem Anruf Straßensperren errichtet«, entgegnete der Capitano versöhnlicher. »Und noch etwas: Wir müssen das Notebook Ihres Mannes beschlagnahmen. Vielleicht finden wir dort des Rätsels Lösung. Außerdem ist es notwendig, dass wir noch das Arbeitszimmer Ihres Gatten durchsuchen. Möglicherweise gibt es dort Hinweise, die uns weiterhelfen.«

Sophia gab ihrer Haushälterin kurz die Anweisung, Capitano Losanto das Arbeitszimmer zu zeigen. Als Gina gerade das Zimmer verlassen wollte, rief Sophia ihr hinterher: »Ach, wenn Sie schon mit dem Signore hinübergehen, bringen Sie mir das silberne Döschen mit! Es liegt auf dem Schreibtisch.«

Losanto stand im Türrahmen, seine Hände tief in die Taschen vergraben. »Sagen Sie, gibt es eine Waffe im Haus?«, fragte er über die Schulter.

»Natürlich«, erwiderte Sophia, als hätte der Capitano wissen wollen, ob Geschirr im Küchenschrank wäre.

»Und wo?«

»Im Schreibtisch meines Mannes. Mittlere Schublade.« Sophia war von ihrem Platz aufgestanden und musterte missbilligend die Beamten. »Brauchen Sie und Ihre Leute noch lange?«

Losanto schüttelte den Kopf. »Eine halbe Stunde, denke ich, dann sind Sie uns los. Aber Sie halten sich zur Verfügung, Signora!«

Sophia nickte wie eine ferngesteuerte Puppe. »Dann erlauben Sie, dass ich mich jetzt zurückziehe. Mir geht es nicht gut.« Sie wandte sich zum Gehen, doch dann fiel ihr noch etwas ein: »Ach …, eh ich es vergesse …« Sie hielt Losanto mit ihren Augen fest. »Hinterlassen Sie bitte keine Unordnung! Ich kann das nicht leiden.« Ohne eine Antwort abzuwarten, verließ sie die Terrasse.

14.
Giannino Giuso

13. Juni 2009

Italiens bekanntester Strafverteidiger Avvocato Giannino Giuso, Rechtsanwalt aus der sardischen Bergstadt Nuoro, war eine Legende und je nach Gesetzeslage verehrt oder verhasst, egal, ob es sich um Regierungschefs oder Mafiosi handelte. Er wusste seit langem, wann und weshalb Justitia unter der Augenbinde hin und wieder erblindete. Stets wurde er mit Respekt behandelt. Obwohl nur knapp eins sechzig groß, übersah man ihn nie. Er hatte buschige schwarze Brauen und flinke Augen unter einer Stirnglatze, die bis in die Mitte seines Kugelschädels reichte. Und immer bewegte er sich mit Würde und einem Anflug theatralischer Selbstdarstellung.

Er ging nicht, er trippelte auch nicht, sondern er schritt die Freitreppe des Justizpalastes von Palermo hinunter. Hinter sich das Portal mit zwei Dutzend schwerbewaffneter Carabinieri, die mehr oder weniger gelangweilt das Geschehen auf der Straße beobachteten, vor sich ein infernalisches Verkehrschaos. Ruhig wartete er am Straßenrand und blickte hinüber auf die andere Straßenseite, sein Ziel fest im Auge. Schließlich straffte er sich und ging gemessenen Schrittes, hupende Limousinen und bremsende Kleinlaster nicht beachtend, über die Straße zur Juristenbar.

Dort trat er nicht einfach nur ein, er trat auf. Seine Aura verbreitete sich sofort im ganzen Raum. Giuso war lebendes Pathos, sprach mit ausladenden Gesten und zelebrierte seine Selbstinszenierung. Umstehende verneigten sich, wussten sie doch, wen sie vor sich hatten.

»*Buongiorno, Avvocato! Qual' onore!*«, rief ihm der Barmann mit angemessener Ehrerbietung entgegen, während Giuso ihm einen huldvoll dankenden Blick zuwarf.

Giannino Giuso hatte Graziano Messina, den berüchtigtsten Banditen Sardiniens, ebenso verteidigt wie Renato Curcio, den Chefstrategen der Brigate Rosse, der gefürchteten italienischen Terrororganisation. Er war der kleine Mann, der damals den entführten Ministerpräsidenten Aldo Moro zu retten versuchte, und der beste Freund des damaligen Regierungschefs Bettino Craxi, einer der Zentralfiguren jener Korruptionsskandale, die Italiens Nachkriegsordnung im Sturm hinwegfegten. Auch wenn man es ihm gerne nachsagte, er war keineswegs der Anwalt, der nur die gestrauchelte Elite der italienischen Gesellschaft verteidigte.

Signore Giuso half allen, um der Gerechtigkeit willen, koste dies, was es wollte. Das war seine elitäre Berufsauffassung. Er war ein rigoroser Moralist, zähneknirschend demokratisch in einer kränkelnden Demokratie und untergründig feudalistischen Gesellschaft. Er war eine außergewöhnliche Persönlichkeit, die sich mit Mittelmaß niemals anfreunden konnte. Dabei schätzte er Dickköpfigkeit durchaus, besonders die eigene, die er als exklusives Qualitätsmerkmal einstufte.

Heute war er in einer besonderen Mission unterwegs. Er vertrat Staatssekretär Antonio De Cortese. In einer Stunde sollte im Büro der Staatsanwältin die Anhörung beginnen. Zeit genug, um einen Espresso zu trinken und die Anklageschrift noch einmal zu überfliegen.

Er kannte die Akten zwar auswendig, hätte sich aber dennoch keine einzige Unachtsamkeit verziehen. Präzision, Phantasie und Überzeugungskraft gehörten zu ihm wie die Ehrerbietung, die er für sich beanspruchte. Von Teresa Principato allerdings erwartete er diese Hochachtung nicht. Giuso hatte oft genug mit ihr zu tun gehabt, und er kannte sie gut. Für den Ruf, eine gefürchtete Staatsanwältin zu sein, hatte sie einen hohen Preis bezahlt.

Sie würde gerne wieder einmal durch einen Supermarkt schlendern, hatte sie ihm gelegentlich in einer Sitzungspause anvertraut, bei einer roten Verkehrsampel anhalten oder einfach nur einen Kaffee in einer Bar trinken. Doch ihr Leben stand auf dem Kopf, seit sie der Mafia den Kampf angesagt hatte. Sobald sie den Gerichtssaal oder ihr Büro verließ, war sie eine Gefangene, während Mafiabosse nach der Verhandlung frei herumlaufen konnten. Jeder ihrer Schritte, jeder Blick, jedes Wort stand unter Aufsicht. Fünf bewaffnete Carabinieri umringten und sicherten sie, preschten mit ihr durch den chaotischen Verkehr Palermos. Nichts war für sie mehr sicher. Nur die ständige Anwesenheit von Angst.

Giannino Giuso setzte sich an einen ruhigen Tisch gleich am Fenster, damit ihn sein Mandant sofort sah, wenn er eintraf. Er warf einen Blick auf seine Armbanduhr, während der Barmann beflissen einen Espresso vor ihn auf den Bistrotisch stellte. Aus dem Augenwinkel bemerkte der Anwalt den Staatssekretär, wie er über die Straße eilte und mit raumgreifenden Schritten auf die »Bar Giustizia« zuging. Signore Giuso hob unmerklich die rechte Hand, ein Zeichen, das man nur mit Phantasie als Winken hätte beschreiben können. De Cortese hatte ihn dennoch sofort hinter dem Fenster entdeckt, betrat das Lokal und steuerte mit einem theatralischen »*piacere*, Signore Giuso!« auf den Tisch zu, die Arme wie ein Heilsbringer ausgebreitet. Der Staatssekretär, ein Mann mit großem Gestus, selbstbewusst und eindrucksvoll im Auftritt, zog die Blicke der Gäste auf sich.

»War Ihr Flug von Rom angenehm?«, fragte der Avvocato, ohne wirklich eine Antwort zu erwarten, denn er überging die Klagen des Ankömmlings über die zu engen Sitze im Flugzeug, den schrecklichen Verkehr in der Stadt und die unmöglichen

Taxifahrer. Mit Inbrunst verrührte er den Zucker in seiner Tasse und nahm einen vorsichtigen Schluck. »Wir haben nicht viel Zeit, Signore De Cortese«, eröffnete er das Gespräch. »Darf ich noch einmal betonen, dass Sie in der bevorstehenden Anhörung werden nichts beitragen können. Wir müssen der Staatsanwaltschaft das Gefühl vermitteln, sie bei ihrer Arbeit zu unterstützen, sagen aber nichts. Absolut gar nichts!« Giuso stellte die Tasse ab. »Als Politiker wissen Sie ja, wie man das macht.« De Cortese tat so, als habe er die Spitze überhört. »Was ist eigentlich der Unterschied zwischen einer Befragung und einer Anhörung?«, erwiderte er und zog die linke Augenbraue hoch. »Eine Befragung hat juristische Folgen, die Anhörung dagegen ist informell.« Der Avvocato sah De Cortese durchdringend an. »In unserem Fall richten sich die Ermittlungen ja nicht gegen Sie, sondern gegen Signore Saviani.«

Schweigend saßen die Männer am Bistrotisch. De Corteses Miene verriet keine Regung. Scheinbar starrte er unbeteiligt aus dem Fenster.

»Höchstwahrscheinlich wird man mir …«, Giuso stockte und fügte verbessernd an: »… wird man uns die Gelegenheit geben, im Büro der Staatsanwältin sachdienliche Hinweise beizusteuern. Wir werden diese Option als achtbare und aufrichtige Bürger natürlich wahrnehmen.«

»*D'accordo*«, erwiderte De Cortese. »Es gäbe auch nichts zu sagen. Mein Kontakt zu Giulio Saviani ist vorwiegend geschäftlicher Natur. Ich bin in seinem Unternehmen Mitgesellschafter und empfinde es als eine Zumutung, von mir zu erwarten, dass ich einer Staatsanwältin persönliche Dinge über einen Geschäftspartner und Freund preisgeben soll.«

»Immerhin gibt es eine anonyme Anzeige gegen Saviani.«

»Ich bin gespannt, was die Staatsanwältin von mir hören will. Allerdings möchte ich nicht in etwas hineingezogen werden, was mich nicht betrifft.«

»Ach, verehrter Staatssekretär«, Giuso beugte sich vor, »schon der Verdacht der Bestechlichkeit oder der Vorteilsnahme wird in unserem Land verfolgt, besonders dann, wenn unklar ist, welche Fördergelder geflossen und wo sie de facto gelandet sind. Und wir wissen doch beide ...« Giuso suchte nach der richtigen Formulierung, »... dass wir die Neugierde der Staatsanwältin nicht auch noch anstacheln wollen.«

»Mit welchen Fragen rechnen Sie?«

»Nun ja, ich kenne ihr Ermittlungsziel noch nicht. Es könnte sein, dass Savianis Methoden, sich bei einigen Parlamentariern durchzusetzen, unangenehm aufgefallen sind. Mit Ihnen ist er auch nicht gerade sanft umgegangen, verehrter Signore.«

»Will die Dame mir etwa unterstellen, Saviani hätte mich bestochen, um mich im Anschluss erpressen zu können? Sie wissen, dass wir uns seit unserer Studienzeit kennen.«

»Wir werden es gleich erfahren, verehrter Signore De Cortese.«

»Saviani ist ein ehrenwerter Geschäftsmann, und ich bin nicht bestechlich. Mehr gibt es dazu nicht zu sagen.«

»Ihre Beteiligung an dem Unternehmen steht zunächst nicht zur Debatte ...!«, sagte Giuso plötzlich in einer Strenge, die De Cortese überraschte. »Wir reden auch nicht über Ihre Anteile. Und auch nicht über die Tatsache, dass Uniplasma in der Vergangenheit Forschungsgelder beantragt hat, die Sie genehmigt haben. Sollten Sie dennoch ein Statement hinsichtlich der Genehmigungsverfahren abgeben, dann vergessen Sie nicht zu betonen, dass Sie über Einzelheiten nicht unterrichtet sind! Berufen Sie sich auf die Mitarbeiter Ihrer Abteilung. Sie sind Politiker! Und ich weiß, es fällt Ihnen schwer, auch einmal gar nichts zu sagen. Also, am besten, Sie schweigen, wenn sie darauf abzielt!«

»Halten Sie mich bitte nicht für naiv«, antwortete De Cortese von oben herab und unterstrich seinen Satz mit einer theatralischen Geste. »Ich weiß stets genau, wie ich mich verhalten muss. Außerdem werde ich der Dame unmissverständlich klarlegen, dass man mich nicht so einfach vorladen kann. Offensichtlich hat sie nicht die geringste Ahnung, mit wem sie es zu tun hat.«

»Doch, sie hat eine Ahnung, mein Freund! Und richten Sie sich darauf ein, dass Sie auch nach Paluzzi gefragt werden könnten.«

»Gegen einen solchen Affront werde ich mich verwahren. Was glaubt die Dame, wer sie ist? Ich mag zwar geschäftlich mit ihm zu tun haben, aber privat umgebe ich mich nicht mit fragwürdigen Menschen. Eine solche Mutmaßung würde ich als inakzeptabel zurückweisen. Selbst wenn ich diesen Mann ein- oder zweimal gesehen habe, was könnte man daraus ableiten wollen, verehrter Avvocato?«

Die Miene des Anwalts schien einzufrieren. »Wir wollen uns hier nicht um des Kaisers Bart streiten, lieber Signore De Cortese. Paluzzi sitzt immerhin an unserem Tisch, wenn in der Holding wichtige Entscheidungen zu treffen sind. Sie sollten also vorsichtig sein. Man lügt nur, wenn man weiß, dass das Gegenteil nicht beweisbar ist.«

»Man will meiner Karriere schaden.« In der Stimme des Staatssekretärs schwang Selbstmitleid. »Wenn ich herausbekomme, wer mir das eingebrockt hat, dann gnade ihm Gott!«

»Sie sollten erst an das Naheliegende denken, mein Bester«, entgegnete Giuso jovial. »Es ist doch ganz einfach! Unsere gelegentlichen Treffen mit Paluzzi sind völlig harmlos, es sei denn, man kann Ihnen das Gegenteil beweisen. Abgesehen davon, ist nichts dagegen einzuwenden, wenn man sich zufällig auf dem Markt oder in einer Bar bei einem Espresso getroffen hat und dabei ins Gespräch gekommen ist.«

»È vero!«, bestätigte De Cortese die Ausführungen seines Anwalts. »Ich habe Ihnen doch von der Abhöraktion gegen mich erzählt.«

»Ja. Was ist damit?«

»Dank meiner Intervention wurde sie als illegal eingestuft. Sämtliche Protokolle und diesbezüglichen Aufzeichnungen habe ich aus dem Verkehr ziehen lassen. Insofern wird mir die Gelassenheit nicht schwerfallen, Signore Avvocato.« Er bedachte den kleinen Mann mit einem Anflug von blasierter Herablassung, die dieser mit einem ebenso kaum erkennbaren Lächeln quittierte. »Im Übrigen überlasse ich nichts dem Zufall. Sie kennen mich. Jeder meiner Schritte ist bis ins Detail genau geplant.«

Giannino Giuso räusperte sich. »*Senti …*«, entgegnete er mit gesenkter Stimme. »Je genauer Sie planen, desto härter trifft Sie der Zufall. Unterschätzen Sie Staatsanwältin Principato nicht! Deshalb noch einmal mein dringender Rat: Lassen wir Signora Principato die Karten aufdecken, das ist nicht unsere Sache! Hoffen wir, dass es keine Überraschung gibt!« Der Avvocato lächelte sanft und hielt dem stechenden Blick seines Gegenübers stand. Es war ihm nicht anzusehen, was er über seinen Mandanten dachte. »Sie wissen vermutlich, dass auch Signore Paluzzi für heute vorgeladen wurde?«, bemerkte er in einer Beiläufigkeit, die jeder Außenstehende für völlig unverfänglich hätte halten müssen. Doch De Corteses Gesichtszüge wirkten schlagartig angespannt.

»Was soll schon passieren?«, erwiderte er schroff. »Er hat den gleichen Verteidiger wie ich. Aber ich gehe davon aus, dass Sie wissen, wem Sie tatsächlich verpflichtet sind. Nicht wahr?«

Giuso verzog seine Mundwinkel und hob mit theatralischem Gestus abwehrend beide Hände, als wollte er sagen, dass er genau wisse, auf wessen Seite er stand.

De Cortese schien zufrieden zu sein. »Sie werden verstehen, dass ich kein Bedürfnis verspüre, ihm ausgerechnet hier zu begegnen. Es gäbe nichts als Missverständnisse.«

»Das wird nicht passieren, sein Termin ist erst in drei Stunden«, erwiderte Giuso knapp. »Außerdem habe ich ihn informiert, dass er nicht zu früh kommen soll. Aber Sie können sich denken, dass die Staatsanwältin aufgrund der Tatsache, dass ich auch Signore Paluzzi vertrete, auf den Gedanken kommen kann, die Zusammenhänge zu beleuchten. Ich hoffe sehr, dass Sie sich mit ihm abgestimmt haben und er weiß, was er zu sagen hat. Es wäre peinlich, wenn seine Aussage zu Missverständnissen führen würde!«

De Corteses dunkle Augen wirkten arrogant und verschlagen zugleich. »Lächerlich, dieser Zirkus«, maulte er vor sich hin. »Er wird sich hüten, mir in den Rücken zu fallen. Abgesehen davon, die Worte eines Staatssekretärs wird man nicht anzweifeln, egal, was dieser Kerl aussagt! Ich frage mich nur, was sich die Principato eigentlich von dieser Vernehmungsorgie verspricht?«

Giuso wiegte bedächtig den Kopf, ohne seinen Klienten aus den Augen zu lassen. »Nun ja, sie befragt alle, die mit Giulio Saviani Kontakt haben und mit ihm Geschäfte machen. Insofern ist das nicht überraschend. Besonders auf die anonyme Anzeige hin, von der wir weder wissen, von wem sie stammt, noch, worauf sie eigentlich abzielt. Ich könnte mir denken, dass sie eine kriminelle Verbindung zwischen Saviani, Paluzzi und Ihnen herstellen will.«

»Unsinn! Paluzzi ist nichts weiter als Savianis Geschäftsfreund. Was, bitte, gibt es da zu ermitteln?«

»Mich müssen Sie das nicht fragen, Signore!« Giuso winkte unvermittelt dem Barmann hinter dem Tresen. »*Pagare*«, rief er und wandte sich wieder an De Cortese. »In zehn Minuten ist unser Termin. Wir sollten gehen!« Er blickte auf die Uhr. »Es ist Zeit.«

Giuso wartete nicht auf die Zustimmung seines Mandanten. Er erhob sich und hinterließ fünf Euro neben seiner geleerten Tasse. Sorgsam legte er seinen Mantel über den Arm, strich ihn glatt und ging voran. De Cortese, offenkundig von dem unvermittelten Aufbruch seines Gegenübers verblüfft, folgte ihm eilig.

Auf der anderen Straßenseite, etwa hundert Meter entfernt, erhob sich der mächtige Justizpalast. Die altrosa schimmernde Festung des Gesetzes ließ beinahe jeden Besucher in Ehrfurcht

erschauern. Giannino Giuso aber schritt hoch erhobenen Hauptes die Freitreppe hinauf zum Portal. De Cortese dagegen fühlte mit jeder Stufe, die er sich dem monumentalen Eingang näherte, wie seine Beklommenheit wuchs, obwohl ihm eine Umgebung wie diese nicht fremd war. Er ließ sich seine innere Unruhe nicht anmerken, vielmehr betrat er das Grabmal der Rechtsprechung mit gespielter Verachtung. Seite an Seite gingen die beiden durchs Foyer, und nach einigen Minuten erreichten sie das Büro der Staatsanwältin. Die beiden Carabinieri mit automatischen Waffen links und rechts vor der Tür sagten mehr aus als jedes Türschild. Der kleine Anwalt blieb mit einem jovialen Lächeln für die Beamten stehen und klopfte an.
»*Vieni!*«, erklang eine weibliche Stimme.
Avvocato Giuso betrat ohne Zögern das Büro, gefolgt von seinem Mandanten. Der schlauchartige Raum von etwa sieben Meter Länge mit einem einzigen Fenster im Hintergrund hatte etwas Armseliges. Am Ende des schmalen Dienstzimmers saß Staatsanwältin Teresa Principato: rothaarig, mit einer Mähne wie Milva, geschminkt, eine Zigarette paffend und unter dem mit silbernen Troddeln gesäumten Talar dekolletiert. Akten, Formulare, Ordner und juristische Literatur türmten sich links und rechts des Schreibtisches auf. Ohne sich beim Lesen einer Akte stören zu lassen, wies die Staatsanwältin auf vier Holzstühle, die im Halbkreis vor ihr standen.
»*Buongiorno,* Signora Principato«, ergriff De Cortese überschwenglich das Wort, unterbrach jedoch sofort seine Suada, als er die dezente Handbewegung seines Anwalts wahrnahm.
Die beiden Männer nahmen umständlich Platz und warteten schweigend.
Erst nach einer minutenlangen Stille, die De Cortese wie eine Ewigkeit erschien, blickte die Staatsanwältin auf. Der laszive Ton in ihrer Stimme klang aufreizend, ja beinahe provozierend.
»Ich nehme an, Signore Giuso, Ihr Klient möchte nicht aussagen.«

»Das ist korrekt«, erwiderte der Avvocato.

»Bedauerlich«, bemerkte sie und deutete mit dem hinteren Ende des Kugelschreibers auf den Staatssekretär, »… denn er verscherzt sich mit seiner Haltung mein Wohlwollen.«

»Ich bitte mir Respekt aus, Signora!«, fuhr De Cortese auf. »Nehmen Sie zur Kenntnis, ich bin Antonio De Cortese, Staatssekretär im Ministerium für Gesundheit und Soziales, Mitglied in der Abgeordnetenkammer und nicht einer Ihrer dahergelaufenen Bauern.«

»Er will also doch aussagen«, richtete Signora Principato das Wort an den Anwalt, ohne De Cortese nur eines einzigen Blickes zu würdigen.

Giuso legte seine Hand beschwichtigend auf das Knie seines Klienten und antwortete: »Nein. Signore Staatssekretär will nicht aussagen!«

De Corteses Gesicht verfärbte ich ins Dunkelrote. »Wenn Sie mit mir sprechen, dann tun Sie das gefälligst direkt! Ich bin für Sie nicht irgendwer. Oder bezeichne ich Sie etwa als ungehobelte Provinzjuristin oder sizilianische Schnepfe ohne Benehmen?« Außer sich vor Wut, war er vom Stuhl aufgesprungen und fauchte: »Ich werde mich über Ihr völlig indiskutables Verhalten beim Justizminister beschweren …!«

Die Augen immer noch auf Giuso gerichtet, antwortete sie: »Wie ich höre, redet er trotzdem. Können Sie sich darauf einigen, wie Sie es mit meiner Befragung halten wollen?«

Avvocato Giuso zeigte eine Miene, die um Nachsicht bat.

Unvermittelt wandte sich die Staatsanwältin an De Cortese. »Und was Sie angeht – wenn ich unflätige Beleidigungen, Beschimpfungen oder larmoyantes Gewäsch hören will, verehrter Signore Staatssekretär, dann besuche ich meine Verwandten auf dem Land.«

De Corteses Halsadern waren dem Platzen nahe, und sein Blick begann zu flackern. »Was ist das hier eigentlich? Kirmes?«, wandte er sich an den kleinen Rechtsanwalt.

»Man nennt es Katz-und-Maus-Spiel«, erwiderte er süffisant.

»Dann seien Sie gefälligst ein bisschen mehr Katze und ein bisschen weniger Maus!«, giftete De Cortese.

Die Staatsanwältin lächelte erheitert. »Sitzt die Maus am Speck, so piepst sie nicht. So sagt man doch, oder?« Nun wandte sie sich an den wütenden De Cortese. »Schön, die Formalien sind nun insoweit geklärt, als dass Sie mir Ihre Identität bestätigt haben. In welcher Beziehung stehen Sie zu Saviani?«

Ihre Frage erwischte den Staatssekretär auf dem falschen Fuß. Er suchte Giusos Blick. Der aber sah geradeaus und beobachtete Signora Principato mit dem Interesse eines lauernden Krokodils. »Was soll die Frage?«, erwiderte De Cortese, nachdem er offenkundig keine Unterstützung von seinem Anwalt erhielt.

»Ganz einfach! Sind Sie befreundet? Duzen Sie sich beispielsweise …?«

»Ich kann es mir politisch nicht erlauben, zu jemandem enge persönliche Beziehungen zu unterhalten, gegen den die Justiz ermittelt.«

»Aha! Haben Sie gemeinsame Interessen, außer den geschäftlichen?«

De Cortese sah zu seinem Anwalt, der seinen Begleiter mit einem leisen Wink zu verstehen gab, dass er schweigen möge.

»Mir liegen Fotos vor, auf denen Sie mit Signore Saviani und einem Herrn Paluzzi im Gespräch sind. Die Aufnahmen sind in Ihrem Haus in Rom entstanden. Sie zeigen einen sehr vertrauten Umgang. Ich vermisse auf den Fotos die, wie soll ich sagen, die seriöse Distanz zwischen Geschäftsleuten.«

»Ich möchte die Fotos sehen!«, explodierte Giuso mit einer Schärfe, die Signora Principato zu einem lauten Lachen verleitete. Doch nur einen Wimpernschlag später verschwand ihr amüsiertes Lächeln wieder und wurde wieder ernst.

»Nein!«

»Nein?«, schoss Giuso seine Frage über den Schreibtisch. »Wurden die Fotos etwa illegal beschafft oder aufgenommen?«

»Meine Untersuchungen sind noch nicht abgeschlossen, ver-ehrter Signore Avvocato. Außerdem stelle ich die Fragen und nicht Sie!«

»Bis jetzt haben Sie mich nicht einmal andeutungsweise wissen lassen, in welche Richtung Ihre Ermittlungen gehen. Ich frage Sie noch einmal: Woher stammen die Fotos?«

»Sie wurden mir anonym zugestellt«, erwiderte Signora Princi-pato mit einem schadenfrohen Lächeln. »Und da Sie so begie-rig sind zu erfahren, welchen Fall ich bearbeite, will ich Sie auch nicht weiter auf die Folter spannen.« Die Staatsanwältin wippte mit ihrem Schuh und machte einen tiefen Zug aus ihrer Zigarette. »Lassen Sie es mich so sagen: Man kann Bestechung und Korruption niemals ganz besiegen. Aber man kann – wie in einem Teich – den Wasserstand so niedrig halten, dass den Fröschen die Lust am Quaken vergeht. Und ich lasse gerade das Wasser ab.«

De Corteses Gesicht und Hals zeigten hektische Flecken. Es kostete ihn sichtlich Mühe, der Staatsanwältin nicht an die Gurgel zu gehen. »Das wird Folgen für Ihre Karriere haben, Frau Staatsanwältin!«, brach es heftig aus ihm heraus.

Sie lehnte sich zurück und inhalierte tief den Rauch, während sie mit dem Kugelschreiber spielte. Das belustigte Zucken um ihre Mundwinkel schien De Cortese rasend zu machen.

»Signore Giuso ...«, entgegnete sie, ohne auf De Corteses Dro-hung zu achten, »... es schlägt nicht immer ein, wenn's don-nert.« Sie machte einen neuen Zug aus ihrer Zigarette und blies eine dünne bläuliche Fahne an die Decke. »Ich habe Ihrem Kli-enten die Gelegenheit gegeben, sich zu einem Zeitpunkt zu äu-ßern, zu dem ihm möglicherweise ein Ermittlungsverfahren erspart geblieben wäre. Wie Sie sich vorstellen können, schätze ich Kooperation außerordentlich, besonders, wenn es der Sa-che und der reinen Wahrheit dient.«

»Gibt es die reine, makellose und wahrhaftige Wahrheit?«, fragte der kleine Mann zurück. »Verehrte Signora! Von solchen

Wahrheiten leben Politiker, Staatsanwälte und Frauen. Sie mögen selbst ermessen, wem Sie sich zuordnen wollen.«

»Geben Sie sich keine Mühe, Giuso!«, konterte sie. »Derjenige, der unter die Gürtellinie schlägt, läuft Gefahr, dass man ihn für einen Zwerg hält. Wenn ich Sie nicht schon so lange kennen würde ...« Sie lächelte. »Wissen Sie, mein lieber Giuso«, fuhr sie vertraulich fort, »Politiker sagen nie die Wahrheit.« Sie warf einen abfälligen Blick auf De Cortese. »Und an Lügen gewöhnt man sich wie an Regierungen.«

»Dottoressa!« Giuso machte eine Verbeugung. »Ihnen eilt der Ruf einer glänzenden Juristin voraus. Sie sind gerade dabei, mich zu enttäuschen. Was genau soll das hier werden? Ein Gespräch? Eine Anhörung? Ein Verfahren? Oder wird das eine Lehrstunde in Sachen Politik?« Sein butterweicher Unterton klang wie purer Sarkasmus. »Verehrte Signora, bis zu einem Verhör meines Mandanten ist es noch ein sehr steiniger Weg. Ihre Ermittlungsmethode riecht nach Alchemie. Ich schlage vor, wir halten die Regularien ein. Nicht wir, sondern Sie entscheiden, ob legale oder illegale Methoden bei Ihren Ermittlungen eingesetzt werden.«

Teresa Principato schlug die Beine übereinander und wippte gelassen mit dem hochhackigen Schuh. »Aha, ich verstehe«, entgegnete sie mit eisiger Stimme und nahm Avvocato Giuso wieder ins Visier. »Ihr Mandant zieht also umfangreiche Untersuchungen in seinem Umfeld vor. Ich weiß nicht, ob das seiner Reputation zuträglich ist, wenn ich seine Mitarbeiter und Vorgesetzten im Ministerium befrage.«

»Darf ich Sie darauf hinweisen, dass Giulio Saviani im Fokus Ihrer Ermittlungen steht und nicht Signore De Cortese. Es hätte in der Tat ganz unangenehme Folgen für meinen Mandanten, würde sich dieses Missverständnis bis ins Ministerium ausweiten.«

»Dürfen Sie, Signore Avvocato! Dürfen Sie! Nichtsdestotrotz«, hielt sie dagegen, »gibt es hinsichtlich der Personen Saviani und

De Cortese Auffälligkeiten, die sogar einer rothaarigen und zu dummen Missverständnissen neigenden Staatsanwältin zu denken geben. Sehen Sie, Signore Giuso, im Allgemeinen ist Zusammenarbeit die Kunst, den Partner glauben zu machen, man arbeite nur für ihn. Ein Staatssekretär, der Gesellschafter einer Privatfirma ist, bewegt sich da auf dünnem Eis. Mich interessiert, wer wann wie viel Geld für dieses Teamwork erhalten hat und zu welchen Bedingungen.«

»Sie wissen, was Sie mit einer Befragung auslösen, die auf Mutmaßung, Annahme und Glauben basiert. Legen Sie mir ein Dokument vor, aus dem hervorgeht, dass Signore De Cortese Gesellschaftsanteile an den Unternehmen Savianis hat!«

»Leider stehen mir solche im Augenblick nicht zur Verfügung.« Der Avvocato lächelte tückisch. »Ich nenne ein solches Vorgehen Rufmord!«

»Ich gehe davon aus, dass Sie Signore De Cortese hinsichtlich der möglichen Auswirkungen exzellent beraten werden.«

»Worauf Sie sich verlassen können«, schaltete sich nun der Staatssekretär wieder ins Gespräch ein.

»Ich verspreche Ihnen, ich werde so lange nach den Dokumenten suchen, bis ich sie gefunden habe«, sagte Principato lächelnd.

»Tun Sie, was Sie nicht lassen können! Das Summen einer Stechfliege schüchtert mich weit mehr ein als Ihre Drohung«, fuhr er ruhig fort und bedachte sie mit einem triumphierenden Blick.

Giuso hingegen verzog keine Miene, sondern stieß seinen Mandanten sacht mit der Schuhspitze an. De Cortese schien das Zeichen zu verstehen und schwieg. »Decken Sie die Karten auf, Frau Staatsanwältin! Dann werden wir überlegen, ob Signore De Cortese von seinem Recht des Schweigens Gebrauch macht oder ob wir Sie zu einem Espresso einladen.« Giuso zeigte seine blendend weißen Zahnreihen. »Eines ist allerdings jetzt schon klar. Mit der Antimafiabehörde können Sie uns nicht beeindrucken. Die Integrität meines Mandanten steht außerhalb jeden Zweifels.«

»Diese Integrität kann Signore De Cortese leicht untermauern, wenn er kooperiert.« Die Staatsanwältin beugte sich neben den Schreibtisch und griff sich einen Ordner. Nach einigem Blättern fixierte sie De Cortese. »Ihr Ministerium hat vor zweiundzwanzig Monaten für die Uniplasma Internationale mit Sitz in Palermo die Genehmigung für eine medizinische Erstbetreuung von Bedürftigen erteilt. Die Behandlung ist für die Patienten kostenlos, weil das Gesundheitsministerium die Kosten übernimmt. Ein nicht unerheblicher Betrag, wie ich anmerken darf. Die Genehmigung trägt Ihre Unterschrift.«

»Das ist hoffentlich nicht strafbar«, flachste der Advokat und bemühte sein charmantestes Lächeln. »Und wenn Sie ordentlich recherchiert haben, dann konnten Sie feststellen, dass ausschließlich humanitäre Gesichtspunkte im Vordergrund stehen. Signore De Cortese würde daraus niemals einen persönlichen Nutzen ziehen, falls Sie darauf anspielen.«

»Ach, Signore Giuso! Ich liebe Ihren Humor.« Staatsanwältin Principato drückte ihre Kippe aus und steckte sich eine neue Zigarette an. »Trotzdem werden für jede Eingangsuntersuchung mit der Verwaltung des Sozialministeriums fünfzig Euro abgerechnet. Da fragt sich eine naive Staatsanwältin, wo der karitative Ansatz zu finden ist, wenn das Ministerium bezahlt und das Geld in die Tasche von Saviani fließt?«

»Dazu kann ich nichts sagen«, bellte De Cortese ungehalten. »Befragen Sie die unteren Chargen meines Ministeriums!«

»Schade. Ich dachte immer, Politiker reden gerne! Aber wie ich feststellen muss, hat Ihr Klient die Blüte der Evolution noch nicht erreicht!«

»Sie können ruhig versuchen, uns weiterhin damit zu provozieren, verehrte Signora. Das wird Ihnen allerdings herzlich wenig nutzen. Wenn ich richtig informiert bin, wird bei den Erstuntersuchungen lediglich der Nettoaufwand berechnet«, konterte der Anwalt. »Aber was hat das nun mit meinem Mandanten zu tun?«

Die Principato lächelte mit einem gefährlichen Glitzern in den Augen. »Die Uniplasma Internationale wird von einer Holding auf Barbados verwaltet und geführt.« Die Zigarette im Mundwinkel, kritzelte die Staatsanwältin beiläufig eine Notiz auf ihren Block. Dann hob sie den Kopf, strich ihre feuerrote Mähne mit einer Hand nach hinten. »Wer sind die Geschäftsführer oder Anteilseigner der Holding?«

»Aber, aber, verehrte Frau Staatsanwältin! Woher soll das mein Mandant wissen? Weshalb fragen Sie nicht Signore Saviani?«

Teresa Principatos Miene zeigte ein bitteres, aber wissendes Lächeln. »Halten Sie mich nicht für naiv! Es ist beleidigend!«

»Ich verstehe Sie nicht ganz, Signora«, entgegnete Avvocato Giuso.

Die Staatsanwältin ließ ihren Kugelschreiber auf den Schreibtisch fallen und lehnte sich mit einem sanften Lächeln in den gepolsterten Stuhl zurück. »Wir wissen doch beide, wie manche Geschäfte in unserem Lande organisiert werden. Dabei ist nichts gegen die Gründung einer Auslandsgesellschaft einzuwenden, verehrter Herr Avvocato.« Sie machte eine Kunstpause. »Allerdings erheben sich für mich dann Fragen, wenn eine gewisse IMC-Holding sämtliche Anteile der Uniplasma Internationale ausgerechnet in einem Steuerparadies hält. Könnte es beispielsweise möglich sein, dass Signore De Cortese einer der Hauptaktionäre ist?«

»Ihre Mutmaßung ist so phantasievoll, dass ich sie durch meine Antwort nicht verderben möchte«, antwortete Giuso mit amüsiertem Unterton. »Staatssekretär De Corteses Integrität steht außer Zweifel. Wie kommen Sie auf die wahnwitzige Idee, er würde gegen das Gesetz verstoßen?«

»Ich dachte mir, dass Sie etwas Ähnliches sagen würden«, erwiderte die Staatsanwältin. »Leider gewähren uns die Behörden auf Barbados keinen Einblick in die Gründungsunterlagen der

Holding. Deshalb dachte ich«, die Principato wandte sich nun an De Cortese, »dass Sie mir vielleicht sagen könnten, wer der oder die Gründer und die Shareholder sind. Nach meinen Informationen sind Sie sehr eng mit Giulio Saviani befreundet. Da erzählt man sich doch so einiges.« Sie schien den überraschten Blickwechsel der beiden Männer zu genießen. Doch bevor sich De Cortese von ihren Unterstellungen erholt hatte, fuhr sie fort. »Meine zweite Frage lautet nun: Wie um alles in der Welt finanzieren Sie Ihren aufwendigen Lebensstil? Und wie erklären Sie die Tatsache, dass Sie in den letzten drei Jahren über vierzig Flüge nach Bridgetown auf Barbados gebucht haben?«

De Cortese bemerkte den warnenden Blick seines Anwalts und schwieg. »Die Familie De Cortese ist bekanntermaßen vermögend!«, antwortete Giuso anstelle des Staatssekretärs.

Doch die Principato ließ sich nicht beirren. »Haben Sie geerbt, lieber Signore De Cortese«, fragte sie zuckersüß. »Ihr Salär alleine reicht mit hoher Wahrscheinlichkeit nicht einmal für Ihren Mercedes S-Klasse.«

De Corteses Gesichtsfarbe wechselte von Rot ins Blasse. »Meine Einkommensverhältnisse stehen hier nicht zur Debatte. Außerdem haben Sie es eben gehört! Meine Familie verfügt über gewisse Mittel.«

»Geschenkt!«, erwiderte Teresa Principato in einem Ton, als würde sie sich für die Antwort nicht mehr interessieren. Doch bevor De Cortese sich richtig sammeln konnte, schoss sie die nächste Frage ab: »Welche Art von Forschungen in der Uniplasma werden mit Fördergeldern subventioniert?«

»Darüber kann ich, ohne die Genehmigung des Ministers eingeholt zu haben, keine Auskunft geben«, erwiderte De Cortese kategorisch.

»Nun gut, dann frage ich anders. Auf welchen Gebieten forscht Signore Saviani?«

»Ich bin Politiker und kein Wissenschaftler! Signore Saviani betreibt, soweit ich weiß, in seinen Kliniken kosmetische Medizin!«, sagte De Cortese sichtlich verstockt. »Was soll diese Frage?«

Der Staatssekretär wollte gerade antworten, als das Telefon auf dem Schreibtisch der Ermittlerin klingelte. Sie hob entschuldigend die Hand und nahm den Hörer. »Pronto …!«, meldete sie sich. Emotionslos hörte sie dem Gesprächspartner auf der anderen Seite der Leitung zu und legte nach einigen »si« und »hmm« den Hörer wieder auf.

Mit einem Ruck beugte sie sich zu De Cortese. »Signore Saviani ist tot. Erschossen …« Sie machte eine Pause. »Wussten Sie davon?«

De Corteses Atem stockte. »N…ein …«, stotterte er sichtlich schockiert. »Madonna mia, nein!«

»Wie ich sehe, geht Ihnen der unerwartete Tod Ihres Freundes ziemlich nah. Oder? Eigentlich müsste es für Sie ein Freudentag sein.«

»Sind Sie von Sinnen?«, brüllte De Cortese außer sich vor Zorn.

Teresa Principato wühlte unter einem Wust von Papieren und zog eine Dokumentenmappe hervor. Schweigend blätterte sie in den Seiten, die an vielen Stellen mit einem Marker gekennzeichnet waren. »Ich habe hier noch einen alten Gesellschaftervertrag aus dem Jahre 1971, aus dem hervorgeht, dass Ihr verehrter Vater gemeinsam mit Saviani senior die Firma L'istituto di Medicina Complementare in Palermo gegründet hat. Zehn Jahre später verliehen die Inhaber der Firma einen neuen Namen.« Sie kaute am Ende des Kugelschreibers und überflog einige Seiten, als suche sie etwas, »und siehe da: Uniplasma Internationale war geboren«.

»Was wollen Sie mit Ihrer Bemerkung sagen?« De Cortese hatte große Mühe, seine Stimme zu beherrschen.

»Möchten Sie mir nun weismachen, Sie hätten absolut nichts mit dem Unternehmen zu tun?«

»Was erlauben Sie sich!«

»Auch geschenkt«, erwiderte die Principato trocken und winkte ab. »Die Ermittlungen werden zeigen, was hinter all diesen Rätseln steckt. Ich bin sicher, wir werden uns bald wiedersehen, verehrter Herr Staatssekretär!«

»Nun ist es aber genug!«, herrschte Giuso die Staatsanwältin an. »Ich schlage vor, wir verschieben unseren gemeinsamen Espresso. Im Übrigen sehe ich Ihren weiteren schriftlichen Ausführungen an meine Kanzlei mit Interesse entgegen. Wenn Sie uns nun entschuldigen würden, Signora.« Er erhob sich erregt aus dem Stuhl, deutete eine Verbeugung an und zog den verdatterten De Cortese am Jackett. »Wir gehen«, zischte er seinem Mandanten zu und verließ das Büro.

»Weshalb gehen wir so überstürzt?«, polterte De Cortese auf dem Flur los.

»Nicht hier, Signore!«, reagierte Giuso mit leiser, nichtsdestoweniger scharfer Stimme. »Wir reden draußen!«

Wenige Minuten später standen beide Männer auf der Straße. Konsterniert starrten sie sich an. »*Dio mio!* Ich muss sofort mit Signora Saviani telefonieren!«, brach es aus Giuso heftig hervor. »Das ist eine Katastrophe! Alles hätte geschehen dürfen, nur das nicht!« Er fasste sich an die Stirn und schloss die Augen.

Auch De Cortese zeigte Betroffenheit über die dramatische Eröffnung der Staatsanwältin. »Ich werde mich um Sophia kümmern«, murmelte er. »Sie wird meinen Beistand benötigen«, fuhr er leise fort und schien für einen Augenblick angestrengt nachzudenken. Sein Blick traf den Giusos. »Wir müssen über die Konsequenzen nachdenken«, sagte er mit rauher Stimme. »Irgendjemand muss nun das Ruder in die Hand nehmen!«

»Ich bin der Meinung, im Augenblick gibt es Wichtigeres, als darüber nachzudenken, wer der Steuermann sein soll«, erwiderte der Avvocato erstaunt. »Was genau ist mit Giulio Saviani passiert? Das ist die wesentliche Frage.«

»Vielleicht haben Sie recht«, murmelte De Cortese. »Ich werde so schnell wie möglich nachforschen. Hauptsache ist, dass ich diese Principato in ihre Schranken verwiesen habe!«

»Sie haben gar nichts«, giftete Giuso plötzlich. »Sie haben sich äußerst unklug verhalten, Signore. Welcher Teufel hat Sie geritten, Teresa Principato zu drohen? Die Dame hat Sie provoziert, und Sie lassen sich auf ihre Spielregeln ein!«

»Sie kann mir nichts anhaben«, antwortete De Cortese stolz.

»Täuschen Sie sich nicht! Selbst wenn Sie sehr viel Einfluss in Rom haben, er wird Ihnen nicht helfen.«

»Ich erlaube dieser ..., dieser *Puttana* nicht, meine Ehre zu beschmutzen«, tobte der Staatssekretär plötzlich los. »Haben Sie gesehen, wie sie gekleidet ist? Ein Ausschnitt, na, da konnte man ja bis weiß Gott wohin sehen! Eine Staatsanwältin mit High Heels, ich verstehe die Welt nicht mehr. Wo bleibt das Ansehen des Gerichtes, frage ich Sie?«

»Nun ja, sie ist ohne Zweifel attraktiv. Einer solchen Frau begegnet man nicht alle Tage. Sie haben ja auch die Dame begutachtet, wenn ich das bemerken darf. Trotzdem sollten Sie sich merken: Sie können nicht die eine Hälfte eines Huhnes zum Kochen und die andere zum Eierlegen nehmen. Überlegen Sie vorher, was Sie tun wollen!«

»Und Sie waren mir nicht gerade eine Hilfe, Signore Giuso!« De Cortese warf seinem Gegenüber einen gehässigen Blick zu. »Von meinem Avvocato kann ich erwarten, dass er mir mit allen ihm zur Verfügung stehenden Mitteln den Staatsanwalt vom Hals hält. Schließlich zahle ich Ihnen ein üppiges Honorar!«

Der verbale Angriff perlte an Giuso ab wie Wasser auf dem Gefieder einer Gans. »Sind Sie fertig?«

»Sie fragen noch? Ich bin empört! Hinterher kommt die Dame noch auf die Idee, ich hätte meinen Freund umgebracht. Giulios Ermordung ist ein Desaster. Lieber Himmel, wer tut so etwas?« Er griff sich mit beiden Händen an den Kopf. Jetzt erst realisierte er das volle Ausmaß dessen, was ihnen die Staatsanwältin gerade mitgeteilt hatte. »Sie sehen mich verzweifelt, Giuso. Ich muss so schnell wie möglich wieder zurück nach Rom.«

»Behalten Sie jetzt die Nerven!«, ermahnte der Anwalt De Cortese. »Ich bin ebenso betroffen wie Sie. Die Zukunft will ich mir gar nicht ausmalen!« Es war dem Avvocato anzusehen, dass ihn die Nachricht schockiert hatte. »Ich werde mich sofort bei Sophia melden und hören, wie sie das Ganze verkraftet.«

De Cortese nickte, schien aber dem Anwalt kaum zugehört zu haben.

»Interessiert Sie das gar nicht?«, fragte er Giuso aufgebracht. »Oder sind Sie so abgebrüht?«

»Was unterstellen Sie mir?«, fauchte De Cortese. »Giulio war mein Freund. Aber das Leben geht weiter. In allererster Linie geht es jetzt um Schadensbegrenzung.«

»Sie haben Humor, verehrter De Cortese! Schadensbegrenzung! Die Carabinieri werden Untersuchungen anstellen und möglicherweise auf Dinge stoßen, die sehr viel Unruhe verursachen. Sie können ganz schnell zur Zielscheibe werden. Sie wissen, was ich meine …!«

»Wollen Sie mir drohen?«

Der kleine Avvocato schüttelte den Kopf. Wie es schien, rang er um Fassung. »Weshalb sollte ich Ihnen drohen? Ich will Sie warnen! Das Vernünftigste wäre, wenn wir schnellstens eine Sitzung anberaumen und alle Anteilseigner einladen. Wir brauchen ein klares Konzept, wie wir uns angesichts der Ermittlungen verhalten müssen!«

»Wieso Ermittlungen?«

»Lieber Signore. In einem Mordfall können Sie davon ausgehen, dass das gesamte Umfeld des Opfers ins Visier der Staatsanwaltschaft gerät, sofern man nicht sehr schnell den Mörder findet. Wir können nur hoffen, dass diese Schweinerei keine Kreise zieht, sonst erleben wir ein Waterloo …«

»Sie vergessen, dass ich Staatssekretär bin!«

»Nein, das vergesse ich nicht. Sie sind aber nicht der Ministerpräsident …! Wussten Sie, dass der Generalstaatsanwalt Teresa
Principatos Onkel ist?«

De Cortese schüttelte wie in Zeitlupe den Kopf, und es hatte
den Anschein, als stünde er völlig neben sich.

»Haben Sie mich nicht verstanden, Signore?«

»*Si, naturalmente*«, entgegnete er kaum hörbar.

Der Anwalt beobachtete ihn mit zusammengekniffenen Augen. Er ließ seinem Mandanten ein wenig Zeit, bis er den Eindruck gewonnen hatte, dass er ihn wieder härter anfassen
konnte. »An Ihrer Stelle würde ich keinesfalls intervenieren«,
raunte Giuso. »Im Übrigen haben Sie mich auflaufen lassen,
Verehrtester. Wir hatten doch vereinbart, dass Sie schweigen!«
Er wandte sich ab und beobachtete die vorbeifahrenden Autos.
Er vermittelte den Eindruck, als sammelte er neue Kraft, aber
in Wahrheit versuchte er nur, sich zu beruhigen. »Konnten Sie
nicht einfach den Mund halten, wenn Sie mich schon nicht vorher über die wichtigsten Fakten informiert haben? Sind Sie sich
wirklich nicht bewusst, dass die Dame nun gegen Sie ermitteln
wird?«

»Ich wüsste nicht, weshalb!«, schnaubte De Cortese.

»Das liegt auf der Hand. Sie unterstellt Giulio Saviani, dass er
Sie bestochen, möglicherweise auch Fördermittel in Anspruch
genommen hat, die ihm nicht zustanden. Die Frau ist nicht
dumm und orientiert sich an der Historie der Uniplasma Internationale. Ich gehe davon aus, dass weitere ungeklärte Genehmigungsverfahren auf ihrer Tagesordnung stehen.«

»Das kann sie gerne versuchen«, meinte De Cortese. »Mein
Ministerium wird ihr auf die Finger klopfen.«

Giuso studierte De Corteses Miene, als wollte er dort etwas
Verräterisches finden.

»Dann ist ja alles bestens. Jedoch, ich bin misstrauisch. Ich be-
fürchte, die Principato wird nicht lockerlassen. Ich kenne sie

aus vielen Prozessen. Vor allem aber kenne ich ihren Ehrgeiz. Und dann dieser Onkel. Man muss davon ausgehen, dass sie sehr gute Drähte zum Justizministerium hat. Und sie hat dank Ihrer unglücklichen Einlassung Blut geleckt. Wie konnten Sie sich nur so gehenlassen?«

»Erstens wird sie die wahren Zusammenhänge niemals durchschauen. Und zweitens: Ihr Ehrgeiz wird ihr schlecht bekommen. Das ist eine Nummer zu groß für sie. Ich werde dafür sorgen, dass sie sich an irgendeinem Provinzgericht wiederfinden wird. Dann darf sie sich um Ladendiebstähle und Kleindealer kümmern.«

»Haben Sie vergessen, was ich gesagt habe? Wenn Sie Ihren Einfluss im Ministerium gegen Teresa Principato geltend machen, wird das einen Skandal nach sich ziehen. Dabei könnte es sich aber um Ihren eigenen handeln«, orakelte Giuso und überquerte die Straße, ohne sich noch einmal umzudrehen.

»Anwaltsgewäsch!«, murmelte De Cortese und blickte sich nach einem Taxi um. Es dauerte nur ein paar Augenblicke, bis eines neben ihm anhielt.

»Zum Flughafen«, sagte er. »Und wenn es geht, zügig!« Er blickte auf seine Armbanduhr. Er lag nicht nur genau im Zeitplan, alles war bei dieser Befragung genau so gelaufen, wie er es sich vorgestellt hatte. Jetzt musste er noch Sophia Saviani anrufen und ihr seine Ankunft in Porto Cervo avisieren.

15.
Antonio De Cortese

Als Sophia erwachte, stand die Sonne tief. Sie brauchte eine ganze Weile, bis sie einigermaßen zu sich kam. Ihr Körper fühlte sich an, als habe sie tagelang Schwerstarbeit geleistet. Nach dem schauderhaften Ereignis und den enervierenden Fragen des Capitanos hatte sie sich dermaßen erschöpft gefühlt, dass sie zwei Schlaftabletten eingenommen und wie ein Stein geschlafen hatte. Im Haus herrschte Totenstille. Seufzend richtete sie sich auf, fasste sich an die Schläfen und versuchte, das Kopfweh zu verdrängen.

»Gina«, rief sie.

Erleichtert hörte sie die leichten Schritte ihrer Haushälterin, die die Treppen herauffrannte. Nach einem zögerlichen Klopfen trat sie ein.

»Sind sie weg?«, fragte Sophia.

Gina blickte sie überrascht an. »Sie haben fünfzehn Stunden geschlafen. Ich habe mir schon Sorgen um Sie gemacht und ein paarmal nach Ihnen gesehen. Geht es Ihnen einigermaßen?«

»Ich fühle mich wie zerschlagen«, erwiderte Sophia. »Es ist ja schon später Nachmittag!«

»Der Capitano hat schon einige Male angerufen. Er will Sie morgen in Olbia sehen. Ich glaube, er will Ihnen noch ein paar Fragen zu den Geschäftsunterlagen Ihres Mannes stellen.«

Sophia starrte vor sich aufs Bett und faltete die Hände. »Machen Sie mir bitte einen Cappuccino. Ich komme gleich runter.«

»Und Signore De Cortese hat auch schon wiederholt angerufen. Er bittet um Rückruf auf seinem Handy.«

»Er soll mich in Ruhe lassen!«

»Die Handwerker waren auch da und haben die Überwachungsanlage repariert.«

»Na endlich!«, murmelte Sophia.

Kaum hatte Gina das Zimmer verlassen, klingelte das Telefon auf dem Nachttisch. Nicht auch noch Anrufe!, dachte Sophia, hob aber nach dem fünften Läuten ab, ohne sich zu melden.

»De Cortese«, sagte eine Stimme. »Bist du es, Sophia?«

»*Si*«, krächzte sie ins Telefon und räusperte sich.

»Das mit Giulio!«, keuchte er. »Gerade habe ich es erfahren …«

De Cortese verstummte.

Sophias Züge verhärteten sich. Ausgerechnet De Cortese! Wie hatte er so schnell erfahren, was passiert war? »Ja«, antwortete sie einsilbig, fügte aber schnell hinzu: »Man hat Giulio gestern an der Haustür erschossen.«

»*Le mie sincere condoglianze*«, wünschte er mit bewegter Stimme Beileid. Sophia hörte ihn schwer atmen. Er schien um Fassung zu ringen, aber sie war nicht sicher, ob er die tiefe Betroffenheit nur spielte. »Wer hat das getan? Wer war dieses Schwein?«, fragte er.

»Ich weiß es nicht, Antonio. Aber sei mir nicht böse«, erwiderte Sophia hart, »ich will auch nicht darüber sprechen. Nicht jetzt. Es geht mir nicht gut.«

»Aber, Sophia, du musst mich …!«

»Nicht jetzt, habe ich gesagt, Antonio!«, unterbrach sie ihn, ehe er ihr mit seiner Larmoyanz weiter auf die Nerven gehen konnte. »Und schon gar nicht am Telefon, *capisce* …!«

»Ich hatte ohnehin vor, zu kommen. Ich kann dich keinesfalls in deinem Schmerz allein lassen!«, erwiderte er jetzt mit ironischem Unterton.

»Du kannst! Mit meinem Schmerz komme ich besser alleine zurecht«, widersprach Sophia energisch.

Aber De Cortese ging auf ihre Ablehnung nicht ein. Vielmehr tat er so, als könnte sie seine Hilfe gar nicht ablehnen.

»*Carissima,* ich lasse mich nicht abwimmeln. Mein Flug nach Olbia geht in zwei Stunden. Du brauchst Sandro nicht zu bemühen, ich nehme mir einen Leihwagen. Ich brauche dir ja nicht zu sagen, dass eine Menge auf dem Spiel steht. Aber damit will ich dich jetzt nicht belästigen. Nur so viel: Es gibt zwischen uns einiges zu regeln!«

Sophia wollte gerade antworten, dass Sandro sowieso nicht gekommen wäre und ihr überdies De Corteses Anwesenheit in ihrem Haus absolut nicht passte, da legte er auf. Aber so kannte sie ihn, diesen arroganten Staatssekretär. Sein Kommen ließ sich nicht verhindern, und es würde auch nichts nutzen, wenn sie ihm nicht öffnete.

Außer sich vor Erregung knallte sie den Hörer auf den Apparat und verließ das Schlafzimmer. Am liebsten hätte sie alles stehen und liegen gelassen und wäre an den Hafen gefahren. Aber das war unmöglich. Jeder kannte sie in Porto Cervo, und bestimmt hätten alle nach Giulio gefragt. Plötzlich fühlte sie sich in ihrem eigenen Haus wie eine Gefangene.

Gina hatte offenkundig den Cappuccino fertig, denn der Duft stieg ihr schon in die Nase. Die Sonne schien von der Bucht auf die Terrasse und würde bald untergehen. Sophia spürte noch den Schock in ihren Beinen, als sie sich auf die Bank unter der Markise setzte und hinunter auf den Hafen blickte. Sie musste sich emotional und gedanklich auf De Cortese einstellen. Sie zündete sich eine Zigarette an und nahm dieses Mal zwei Tabletten aus ihrem silbernen Döschen.

Sie hatte so viele gute Jahre an Giulios Seite verbracht. Die Vergangenheit stand ihr jäh vor Augen, und ihr Lebensweg raste an ihr vorbei wie ein Film im Zeitraffer. Der Tag, an dem sie Giulio zum ersten Mal auf dem Friedhof in Palermo gesehen hatte. Die Zeit danach, wie sie sich zum ersten Mal verabredet und sich dazu entschlossen hatte, ihn genauer kennenzulernen. Sie hatte sich ihn damals ausgesucht und mit ihrer Intuition richtig gelegen, als sie beschloss, ihn zu heiraten. Er sah blendend aus, hatte Geld, genoss gesellschaftliches Ansehen und stammte aus einer respektablen Familie, wenngleich ihr damals nicht klar war, auf welche Weise seine Eltern zu dem immensen Vermögen gekommen waren. Sie hatte nicht danach gefragt, und es hatte sie auch nie sonderlich gekümmert. Stimmt nicht, korrigierte sie sich im Stillen. Hätte Giulio lediglich im Lotto gewonnen, wäre er als Ehemann für sie nicht in Frage gekommen. Zugegeben, es war keine Liebesheirat, sondern eher eine Art Interessengemeinschaft mit erstklassiger Altersversorgung. Liebe hatte sie auch nicht gesucht und doch ein wundervolles Leben an der Seite ihres Mannes geführt.

Eigentlich müsste sie jetzt irgendetwas fühlen. Wenigstens so etwas wie Schmerz oder Verzweiflung. Oder auch Wut auf den Mörder. Nein, verzweifelt war sie wirklich nicht! Und Leere? Ja, die empfand sie. Immerhin waren sie fast zwanzig Jahre verheiratet gewesen. Aber war da nicht auch Erleichterung? Ein Gefühl von plötzlicher Unabhängigkeit? Das war es, was ihrem Empfinden im Augenblick am nächsten kam. So hinterhältig der Mord an Giulio auch gewesen war, befürchtet hatte sie so etwas immer. Jetzt war er tot. Sie musste mit einer völlig neuen Situation zurechtkommen! Sophia seufzte. Fühlte sie sich jetzt einsam? Nein. Hatte sie Freunde? Nein. Aber die brauchte sie auch nicht. Stattdessen hatte sie die Aufgabe, Giulios Arbeit in seinem Sinne weiterzuführen. Doch ihr eigentliches Ziel würde sie keinesfalls aus den Augen verlieren. Ginas Schritte näherten sich von der Diele.

»Signore De Cortese wird heute Abend mein Gast sein«, sagte Sophia, als die Haushälterin den Cappuccino auf den Gartentisch stellte. »Wir haben eine geschäftliche Unterredung. Richten Sie in der Küche eine Kleinigkeit her! Danach können Sie nach Hause, ich brauche Sie nicht mehr.«

Sophia wartete, bis Gina im Haus verschwunden war. Wenn sie nicht das Heft übernehmen würde, überlegte sie, könnte es in Giulios Unternehmen zu dramatischen Verwerfungen kommen. Es war an der Zeit, dass sie die Herren Shareholder der IMC-Holding über den schweren Verlust informierte. Sie wusste genau, ihr standen in den nächsten Tagen und Wochen äußerst schwierige Verhandlungen ins Haus. Sie traute es sich durchaus zu, die Zügel in die Hand zu nehmen, denn sie hatte in den Jahren des Zusammenlebens mit Giulio nicht nur die Firmenentwicklung miterlebt, sondern in vielen Detailfragen ihren Mann unterstützen können. Dennoch, sie konnte sich nicht sicher sein, ob man sie als Chefin der ICM-Holding und des Konzerns akzeptieren und ihr die notwendige Loyalität entgegenbringen würde.

Sophia blickte nervös auf die Uhr und ging ins Haus. Prüfend wanderte ihr Blick über die Anrichte. Gina hatte Geschirr und Weingläser hergerichtet. De Cortese würde frühestens in zwei Stunden in Olbia eintreffen, Zeit genug, um mit den verantwortlichen Mitarbeitern ihres Mannes zu sprechen. Sie schlug ihr Notizbuch auf, das sie aus ihrer Handtasche gekramt hatte, und griff zum Telefonhörer.

Dreißig Minuten später hatte Sophia die zwei wichtigsten Geschäftspartner ihres Mannes über den Anschlag und die neue Situation unterrichtet. Und beide hatten ihr schweigend, ja betroffen zugehört. Doch damit konnte sie sich nicht begnügen, denn schließlich drehte sich die Welt weiter – auch ohne Giulio. Und für sie war es keine Frage, wer in Zukunft im Unternehmen das Zepter schwingen würde.

Professore Cerlosa, Edoardo Paluzzi und Antonio De Cortese verfügten jeweils über sechzehn Prozent der Anteile am Unternehmen, sie selbst hielt neunzehn Prozent. Nun fielen ihr die dreiunddreißig Prozent ihres Mannes zu. Damit verfügte sie über die absolute Majorität. Und niemand würde sie davon abbringen können, die ICM zu übernehmen. In den Gesprächen mit ihren Partnern hatte sie sich auf ihre Kompetenz und ihr Durchsetzungsvermögen berufen. Jetzt musste nur noch der Consigliere Giannino Giuso informiert werden. In einem weiteren Telefonat bat sie ihn, ein außerordentliches Treffen vorzubereiten. Ort der Zusammenkunft sollte ein Hotel in Mailand sein: das »Park Hyatt Milan« im Zentrum, unweit des Doms. Nachdem sie die Weichen gestellt hatte und ein passender Termin gefunden war, fühlte sie sich entschieden besser. In der Zwischenzeit würde sie die Firmen kommissarisch leiten.

Nur wie sie mit De Cortese verfahren sollte, wusste sie noch nicht so genau, zumal sie heftigen Widerstand von seiner Seite erwartete. Hätte sie frei entscheiden können, hätte sie ihn zum Treffen gar nicht erst eingeladen, aber als Gesellschafter mit sechzehn Prozent Anteilen konnte sie ihn nicht ausschließen. Eine Tatsache, die ihr großes Missbehagen bereitete.

Sie wusste, er konnte sehr umgänglich sein, aber sie war nicht so einfältig, ihn in ihre Pläne einzuweihen. Sophia hatte De Cortese von Anfang an durchschaut. Sie hielt ihn für ein charakterloses Schwein, einen Mann, der seine besten Freunde betrügen und hintergehen würde, wenn es ihm politisch oder geschäftlich nützte. Den Fehler ihres Mannes, ihm vollständig zu vertrauen, würde sie bestimmt nicht wiederholen. Und jetzt, da Giulio tot war, rechnete sie sogar damit, dass De Cortese wieder zudringlich werden könnte. Sie hatte keine Angst davor. Nicht mehr. Es würde ihr nur lästig sein.

Gerade hatte sie sich ein Glas Wein eingeschenkt, als es an der Haustür klingelte. Sie blickte wieder auf die Uhr, erhob sich von der Couch im Salon und ging hinaus in die Diele. Auf dem Bildschirm des Haustelefons erkannte sie, dass ein Mercedes vor der Einfahrt wartete. De Cortese blickte vom Wagenfenster in die Kamera. Sophia gab die Einfahrt frei und erwartete ihn an der Haustür.

Die Limousine rollte vor die Freitreppe, und De Cortese stieg aus. Sophia, lasziv an den Türrahmen gelehnt, empfing ihn, das Weinglas in der Hand, mit einem abschätzenden Lächeln.

»Ich bin untröstlich«, begrüßte er Sophia und breitete die Arme aus, als wollte er sie umarmen.

Doch sie wich zur Seite und bat ihn mit einer Handbewegung ins Haus. »Welch eine Tragödie!«, sagte er beim Eintreten. In seinem beigefarbenen Jackett und der dunkelbraunen Hose erinnerte er sie an einen Urlauber, der auf dem Weg zur Strandbar nach Porto Cervo war. Er blieb vor dem großen Wandspiegel stehen und betrachtete sich kurz. Sophia sah aus dem Augenwinkel, wie er sich mit gespreizten Fingern durch sein glänzendes schwarzes Haar fuhr, sich erst nach links und dann nach rechts drehte und den Sitz seiner Jacke prüfte. Perfekt wie immer, schien sein Mienenspiel zu sagen. Er setzte ein Siegerlächeln auf und schien sich erst nach einer Sekunde zu erinnern, weswegen er Sophia besuchte. Schon im nächsten Augenblick zeigte seine Miene tiefes Bedauern.

»Erspare mir deine scheinheilige Kondolenz, Antonio! Geh bitte durch, du kennst dich ja aus«, sagte sie in unterkühltem Ton.

Mit hoch erhobenem Kopf schritt De Cortese gestelzt in die Wohnhalle. Die Türen zur Terrasse waren weit geöffnet, und die Beleuchtung des Hafens von Porto Cervo vermittelte eine trügerische Romantik, für die weder er noch Sophia empfänglich waren. Er warf ihr einen fragenden Blick zu. »Wo wollen wir uns setzen?«

»Ich sitze draußen«, antwortete sie, indem sie das Wort »ich« betonte. Sie setzte sich in Blickrichtung zur Bucht, die sich weit unten wie eine goldene Sichel ausbreitete.

De Cortese folgte ihrem Blick. Dann setzte er sich und schlug die Beine übereinander, wobei er darauf achtete, dass seine Bügelfalten keinen Schaden nahmen. »Wie geht es dir? Ich meine, es muss ein ganz fürchterlicher Schlag für dich sein.«

»Wie soll es mir wohl gehen, Antonio?«, fragte sie ihn mit frostiger Miene. »Sag mir lieber, woher du so schnell erfahren konntest, was mit Giulio passiert ist!«

»Ich habe meine Kontakte zur Justiz«, erwiderte De Cortese mit einem erzwungenen Lächeln. »Hast du vergessen, ich bin Staatssekretär!«

»Mach dich nicht wichtiger, als du bist!«

De Cortese zog ein larmoyantes Gesicht, als habe er Zahnschmerzen. »Weiß man schon, wer es war?«, überging er ihren Angriff.

»Nein.«

»Aber irgendeine Spur wird man doch haben? Ich finde es beängstigend, nicht zu wissen, wer der Mörder ist. Wer weiß, was er noch alles vorhat!«

»Wenn die Carabinieri ihn nicht erwischen, dann finde ich ihn, darauf kannst du dich verlassen!« Sie musterte De Cortese durchdringend, als würde sie in ihm den Schuldigen suchen.

»Wie willst du das denn anstellen?«

»Das ist meine Sache.« Sophia hatte plötzlich das Gefühl, in De Corteses Augen so etwas wie verhaltene Wut bemerkt zu haben. Auch wenn er sich blendend im Griff hatte, sie spürte beinahe körperlich, dass mit ihm etwas nicht stimmte. Sie musste Gelassenheit zeigen und ihn aus der Reserve locken. »Fang du jetzt nicht auch noch mit dämlichen Fragen an! Die Carabinieri haben mich lang genug belästigt.«

»Was sagen sie denn?«

»Du stellst vielleicht Fragen, Antonio!«

Er zuckte mit den Schultern. Plötzlich schaute er sich suchend um. »Wo ist eigentlich Sandro? Weshalb hat er Giulio nicht beschützt? Dafür ist er doch da!«

»Ich weiß nicht, wo er ist«, antwortete sie abweisend.

»Wirklich nicht?« De Corteses Augen hatten einen hinterhältigen Ausdruck bekommen, den sich Sophia nicht erklären konnte. Aber vielleicht war das auch nur Einbildung.

»Was soll die Frage, Antonio? Im Übrigen hatte ich dich ausdrücklich darum gebeten, nicht zu kommen. Ich habe das Bedürfnis, alleine zu sein! Aber nein, du setzt dich einfach über meine Wünsche hinweg. Aber so warst du ja schon immer! Taktgefühl und Rücksichtnahme scheinen für dich Fremdwörter zu sein.«

»Übertreibe nicht, Sophia! Eigentlich sollte ich jetzt verärgert sein. Ich meine es nur gut mit dir, auch wenn ich mich über deine erstaunliche Gefasstheit wundere. Ich habe erwartet, eine trauernde Witwe vorzufinden, stattdessen benimmst du dich wie eine bissige Stute. Du empfängst mich, als würde ich dir ans Leder wollen.«

Sophia lachte freudlos. »Ans Leder ist ganz sicher der falsche Terminus. Du bist scharf auf mich und warst es schon damals bei unserer Hochzeit gewesen. Giulio wusste das. Er hat nie etwas gesagt, weil ihm klar war, dass du keine Chance bei mir hast. Im Gegenteil, er hat sich über deine heimlichen Avancen hinter seinem Rücken amüsiert. Ich sage es dir ganz unverblümt: Deine Anzüglichkeiten und Annäherungen fand ich damals ebenso degoutant wie heute!«

»Mach aus deinem Herzen nur keine Mördergrube, Sophia. Aber ich kenne dich besser als du dich selbst. Du musst den fürchterlichen Vorfall erst einmal verdauen. Aber du wirst sehen, in ein paar Wochen geht es dir besser, und dann fällt es dir auch leichter, auf mich zuzugehen.« De Cortese beobachtete die Wirkung seiner Worte und lächelte siegesgewiss. »Du bist schön wie nie zuvor«, schmeichelte er. »Und deine Augen verraten mir, dass ich dir nicht gleichgültig bin. Wir beide wären vermutlich ein unschlagbares Team.«

»Du bist einfach geschmacklos, Antonio, und verwechselst Höflichkeit mit Zuneigung. Wenn du nicht möchtest, dass ich dich augenblicklich vor die Tür setze, dann benimm dich bitte!« Ihre Worte schienen an ihm abzuprallen. »Was sagt eigentlich Elsa dazu, dass du hinter jeder einigermaßen gutaussehenden Frau her bist? Ich sollte wohl einmal mit ihr ein vertrauliches Gespräch führen, weißt du, so eines von Ehefrau zu Ehefrau.«

De Cortese lachte schallend auf. »Da ist es wieder«, sagte er mit süffisantem Unterton, »das beleidigte Bauernmädchen aus Santuario del Rosario mit der Attitüde einer Contessa. Du hättest bleiben sollen, wo du hergekommen bist!«

»Findest du?«

»Ja. Und lass Elsa aus dem Spiel. Sie weiß, dass ich absolut nichts tue, was ihrem Ruf schadet.«

»Mag ja sein, dass du deine Frau unbemerkt hintergehen kannst. Mag auch sein, dass du bei einer ganz bestimmten Gattung Weibern Erfolge hast. Auch wenn du mehrmals in unseren Kliniken unterm Messer gelegen hast, merke dir eines: Auch eine Schönheitsoperation vermag deinen Charakter nicht zu ändern. Aber wir schweifen vom Grund deines Kommens ab, fürchte ich. Was gibt es so Dringendes, dass du dich einfach über meine Wünsche hinwegsetzt und mich hier überfällst?«

De Cortese zwang sich zu einem verkniffenen Lächeln. Sophia sah ihm aber an, dass sie einen wunden Punkt getroffen hatte. Seine Augen nahmen plötzlich eine gefährliche Färbung an, und aus seiner Miene war jede Verbindlichkeit gewichen. »Kannst du mir verraten, weshalb du nie Kinder bekommen hast?«, fragte er hämisch. »Vermute ich richtig, dass Giulio vor schierer Geldgier vergessen hat, was eine richtige Frau braucht?«

»Nichts beschreibt den Charakter eines Menschen präziser als dessen Fähigkeit zur Niedertracht und Bosheit, Herr Staatssekretär«, erwiderte sie ruhig und hielt dem Blick ihres Gegenübers stand. »Ich bin froh, dass ich meine Meinung über Politiker nicht ausgerechnet bei dir revidieren muss: aalglatt, korrupt, überheblich und ohne Rückgrat.«

»Takt ist auch nicht gerade deine Stärke, liebste Sophia. Aber wir sitzen in einem Boot. Insofern schlage ich vor, dass wir Burgfrieden halten, zumal wir beide wissen, was alles davon abhängt. Nicht wahr?«

»Ganz deiner Meinung«, erwiderte Sophia kurz angebunden. »Sag, was dich wirklich hierhergetrieben hat.«

»Wir müssen Paluzzi und Professore Cerlosa darüber informieren, was passiert ist. Ich übernehme das für dich, zumal du mit den beiden noch nie viel zu tun hattest. Wenn du willst, spreche ich auch mit Avvocato Giuso. Er wäre der geeignete Mann, eine gemeinsame Sprachregelung für den fürchterlichen Vorfall zu finden, damit keine Unruhe aufkommt. Keinesfalls darf der Eindruck entstehen, dass polizeiliche Ermittlungen auf die Unternehmen ausgedehnt werden, das ist dir doch sicher klar.«

»Schön, dass du dich so selbstlos engagieren willst, aber erstens steht dir das nicht zu, und zweitens habe ich das bereits alles erledigt. Ich werde in Kürze ein Meeting der Anteilseigner in Mailand abhalten. Avvocato Giuso setzt sich wegen des Termins mit allen in Verbindung, aber nun weißt du es von mir.«

Sie erwiderte De Corteses messerscharfen Blick mit unterkühlter Miene. »Willst du damit etwa andeuten, dass du dich in Zukunft aktiv ins Unternehmen einbringen willst?« De Corteses Stimme troff von Ironie.

Sophia lächelte und sah an ihm vorbei hinunter auf die Bucht. Es schien, als suche sie ihre Antwort auf der glitzernden Wasseroberfläche des Tyrrhenischen Meeres. Schweigend nahm sie die Packung Zigaretten, die auf dem Tisch lag, nestelte eine heraus, zündete sie sich mit ihrem goldenen Dupont-Feuerzeug an und blies den Rauch in einer dünnen Fahne in den sternenklaren Himmel. Ihr Blick wanderte mit einem Anflug von Ekel zu De Cortese. Dummheit und Arroganz begegnen einem meistens in der teuersten Kleidung, schoss ihr durch den Kopf. Seine unverschämte Überheblichkeit und Anmaßung hatte sie schon immer gehasst, und so, wie er sich in den Sessel flegelte, verstärkte sich ihr Gefühl ins Unendliche.

»Vielleicht ist dir nicht klar, dass ich im Laufe der Jahre mehrere Millionen Euro an Fördergeldern für die Uniplasma bewilligt habe. Das ist sehr viel Geld. Ohne meine Unterstützung wäre die Firma nicht das, was sie heute ist!«

»Das weiß ich alles sehr gut, Antonio. Und mir ist ebenso bewusst, dass du wegen dieser Fördergelder ziemlich schnell in Schwierigkeiten geraten kannst. Schon deshalb würde ich an deiner Stelle sehr kleine Brötchen backen. Im Übrigen frage ich mich, weswegen du dich eigentlich aufregst? Es war nicht dein Geld.«

»Aber mein Risiko! Ich habe Kopf und Kragen für Giulio riskiert.«

»Du hast in erster Linie für dich selbst gesorgt. Du hast ganz schön abgesahnt. Wie dem auch sei, alle mussten ihr Risiko tragen!«

»Ich habe Giulio immer unterstützt, ihm den Weg für die Firmen und seine Geschäfte frei gemacht, ich habe dafür gesorgt, dass es im Ministerium keine dummen Nachfragen gab. Auf mir lastete die ganze Verantwortung!«

»Senti«, begann sie leise zu sprechen, »gut, dass du selbst das Thema ins Spiel gebracht hast, Antonio. Ich möchte nicht, dass du dich ungerecht behandelt fühlst. Bestimmt wirst du damit einverstanden sein, wenn ich dir anbiete, deine Anteile am Unternehmen an mich abzutreten. Du kannst ohnehin nichts damit anfangen. Selbstredend werde ich dich großzügig abfinden.«

De Corteses Gesichtszüge froren ein, und sein herablassendes Lächeln verschwand. »Bist du naiv?«, brach es aus ihm hervor. »Dazu müsstest du eigenes Geld haben. Sehr viel Geld.«

»Weißt du, was Giulio immer gesagt hat?« Sophia schien sich plötzlich köstlich zu amüsieren. »Arm ist, wer sich keine Politiker kaufen kann. Du allerdings warst schon immer ziemlich billig!«

»Giulio hat niemals so über mich gesprochen! Spar dir deine unverschämten Bemerkungen!«, fuhr er sie mit bebender Stimme an. »Was glaubst du, weshalb ich gekommen bin?«

»Es interessiert mich nicht. Ich habe Avvocato Giuso beauftragt, dir in den nächsten Tagen ein Angebot für deine sechzehn Prozent zu unterbreiten. Er hat alle hierzu notwendigen Vollmachten. Aber da du schon mal hier bist, hab ich dir meine Pläne jetzt schon persönlich mitgeteilt. Ich möchte nicht, dass es bei unserer Sitzung in Mailand vor allen anderen zum Eklat kommt. Es würde dir schwerfallen, dich zu beherrschen, ich weiß das.« Sie machte eine Kunstpause, bevor sie weitersprach. »Ich werde das Unternehmen ganz in Giulios Sinn weiterführen. Du wirst begreifen, dass ich für dich keine weitere Verwendung habe. Im Ministerium warten bestimmt wichtigere Aufgaben auf dich.«

De Cortese fuhr fassungslos aus seinem Sessel hoch und baute sich wie ein kampfbereiter Dobermann vor Sophia auf. Die Arme in die Hüften gestemmt, funkelte er sie an. »Du bist nicht ganz bei Trost, Sophia, und, offen gestanden, scheint deine Wahrnehmung verzerrt zu sein. Du bist eine Frau. Wie willst du eine solche Aufgabe bewältigen? Hast du überhaupt einen blassen Schimmer, was es bedeutet, einen solchen Laden im Griff zu haben? Frauen wie du geben das Geld ihrer Männer aus, sie sind bestenfalls eine gutaussehende Dekoration und vielleicht auch eine gute Matratze. Mehr aber auch nicht.« Er machte eine abwertende Handbewegung und starrte sie wütend an.

Sophia sah zu ihm auf. Zum ersten Mal lächelte sie mitfühlend. »Setz dich wieder«, sagte sie leise, als müsse sie einem ungezogenen Kind eine Dummheit verzeihen. »Ich will nicht mit gleicher Münze zurückzahlen, sonst hätte ich dich fragen müssen, welche Qualifikation du als Politiker mitbringst. Machen wir uns nichts vor, Politiker sind Menschen, die mit Fehleinschätzungen ihr Geld verdienen. Und du bist in dieser Hinsicht besonders talentiert, wie ich gerade merke. Abgesehen davon, und da bin ich übrigens anderer Meinung als Giulio, haben Politiker deines Schlages nichts in freien Wirtschaftsunternehmen zu suchen. In meinem schon gar nicht!«

De Cortese zitterte am ganzen Körper. Das Blut schoss ihm ins Gesicht, und er schien sich jede Sekunde auf Sophia stürzen zu wollen. »Dein Unternehmen! Dass ich nicht lache! Warten wir doch erst einmal ab, was die anderen dazu sagen!«

»Was sollen sie gegen zweiundfünfzig Prozent einzuwenden haben?« Sophia konnte sich ein triumphierendes Lächeln nicht verkneifen.

»Es gibt eine Menge Gründe, weshalb du dich von deiner völlig abwegigen Idee, bei uns mitmischen zu wollen, besser ganz schnell verabschieden solltest. Die Aufgaben sind nicht nur eine, sondern gleich ein paar Nummern zu groß für dich!«

»Sagte ich nicht, dass du dich wieder setzen sollst?«, bemerkte Sophia in schneidendem Ton und inhalierte tief den Rauch der Zigarette. Scheinbar gelassen beobachtete sie jede Regung von De Cortese, der sich mehr und mehr in Rage redete.

»Ich werde dich dazu zwingen, uns Giulios Anteile zu verkaufen. Die anderen werden es genauso sehen, da kannst du Gift darauf nehmen!«

»Dann dürfen wir alle gespannt sein, wie du das anstellst«, erwiderte Sophia.

»Glaub mir, ich habe unschlagbare Argumente.«

»… die da wären?«, erkundigte sie sich mit maliziösem Lächeln.

»Du hättest dich mehr für Giulios Arbeit und die Zusammenhänge in einem sehr komplexen Markt interessieren sollen, dann würdest du nicht so einfältig fragen.«

»Ich werde mich hüten, dich etwas Fachliches zu fragen, Antonio. Sei gewiss, Giulio und ich haben alle geschäftlichen Vorgänge, Entscheidungen und Perspektiven miteinander diskutiert. Er hatte keine Geheimnisse vor mir. Ich bin, was unsere Finanzlage angeht, ebenso gut informiert wie über die organisatorischen Strukturen in allen Zweigen des Unternehmens. Du scheinst vergessen zu haben, dass wir die Ideen und Konzepte gemeinsam entwickelt haben.«

De Corteses Augen bekamen einen tückischen Glanz. »Na gut! Dann weißt du auch, was es mit den Labors und den Kliniken wirklich auf sich hat. Und sicher ist dir auch klar, dass ohne mich und ohne meine politische Unterstützung das ganze schöne Imperium in sich zusammenfallen würde wie ein Kartenhaus.«

»Ich kenne die Rolle, die du dabei spielst«, hakte Sophia ein. »Und genau deshalb wirst du dich zurückziehen, ohne mir Ärger zu machen. Für dich steht zu viel auf dem Spiel, lieber Antonio. Und außerdem ...«, Sophia unterbrach ihre Rede und holte tief Luft, »außerdem gibt es längst Ersatz für dich. Oder glaubst du im Ernst, Giulio hätte nicht für den Fall der Fälle vorgesorgt?«

»Blödsinn!« De Cortese lachte hysterisch auf. »Giulio hätte hinter meinem Rücken niemals ...«

»Woher willst du das so genau wissen?«

»Er hat eine ganze Menge vor dir geheim gehalten!«

»Geschwätz ...! Ist dir schon der Gedanke gekommen, was passiert, wenn Giulios Aktenkoffer gefunden wird, den sein Mörder gestohlen hat? Dann ist es mit deiner Karriere vorbei.« De Cortese dachte einen Moment nach. »Was soll diese Anspielung?«, knurrte er gedehnt.

»Giulio hat höchst interessante Korrespondenz darin aufbewahrt. Dich betreffend. Wusstest du davon?«

»Und nun ist er weg«, stellte De Cortese mit einer Genugtuung fest, die er vergeblich unterdrückte.

»Ja.«

»Und niemand weiß, wo er geblieben ist, außer dem Mörder.«

»Du sagst es.«

»Das ist schlecht!« De Corteses Miene hatte sich unvermittelt aufgehellt, als würde es ihn amüsieren, dass Sophia sich nur in Andeutungen ergehen konnte. »Du weißt nicht zufällig, um was es genau ging?«

»Doch. Ich weiß es. Vielleicht hat es ja etwas mit deinem Amt als Staatssekretär zu tun, lieber Antonio«, erwiderte Sophia vielsagend.

De Corteses Überlegenheit schien wie weggewischt. »Leg die Karten auf den Tisch!«

»Weshalb sollte ich das tun?« Sophia erhob sich aus dem Sessel und ging ein paar Schritte auf der Terrasse hin und her. »Solltest du an der Konferenz in Mailand teilnehmen, erfährst du es früh genug. Wenn die Papiere in Giulios Aktenkoffer in fremde Hände geraten, bist du geliefert.«

»Was soll Giulio schon Belastendes über mich gewusst haben, was ihn nicht selbst auch betroffen hätte? Wir sitzen alle in einem Boot, und du wirst es nicht zum Kentern bringen.«

»Giulio ist tot«, erwiderte sie kalt. »Du lebst noch. Das ist der kleine Unterschied, mein Lieber!« Sie trat nahe an De Cortese heran. Ihre Augen funkelten gefährlich. »Es wird mir ein Genuss sein, wenn du an deiner eigenen Arroganz ersticken wirst!«

»Leg dich nicht mit mir an! Meine Stimme hat bei den anderen Eignern ein großes Gewicht. Du bist mir nicht ansatzweise gewachsen und wirst bei der Konferenz alleine stehen.«

»Schon Mark Twain sagte: Prognosen sind eine schwierige Sache. Vor allem, wenn sie die Zukunft betreffen. Wir werden sehen, Antonio. Offen gestanden, mache ich mir deinetwegen insofern Sorgen, dass Versagen und Selbstüberschätzung deine größten Stärken sind. Und mit dieser Meinung stehe ich nicht alleine.« Mit Genugtuung dachte sie an den Speicherstick in ihrer Handtasche und die Mails, die ihr Giulio vorgelesen hatte. »Und nun möchte ich dich bitten, mich alleine zu lassen. Für einen Drink in einer der Bars unten am Hafen bist du ja schon entsprechend gekleidet.«

16.
Graue Eminenz

Giulio Savianis Leiche hatte man ins gerichtsmedizinische Institut von Olbia überführt. Wann der Leichnam freigegeben würde, wusste der Himmel. Auch wenn es Sophia unendlich schwerfiel, musste sie trotzdem die Vorbereitungen für die Beisetzung treffen.

Sie hatte Giulios Eltern sofort telefonisch benachrichtigt, und es trat ein, was sie insgeheim befürchtet hatte. Zwei Tage später trafen die Savianis mit ihrem Privatjet in Olbia ein, begleitet von acht Männern, denen man ansah, dass sie nicht zum Koffertragen eingeteilt waren.

Unausgesprochene Feindseligkeit lag in den Augen der Schwiegermutter, während in der starren Maske des Patriarchen keine Regung zu erkennen war, als Sophia die beiden auf dem Flughafen abholte. Die Leute gafften, als sich die kleine Gruppe durch die Ankunftshalle den Weg bahnte. Savianis Leibwächter waren unübersehbar: zu allem entschlossene Schatten des Familienclans. Die Ankommenden verluden das Gepäck in die angemieteten Limousinen und folgten Sophias Bentley nach Porto Cervo.

Eine Stunde später traf die Wagenkarawane in dem Nobelbadeort ein. Sophia beschlich ein merkwürdiges Gefühl, als sich der Begleitschutz, ohne sie um Erlaubnis zu fragen, auf dem Grundstück verteilte und die Männer an den Stellen ihre Posten einnahmen, von denen sie den besten Überblick über das Gelände hatten. Zwei von ihnen begaben sich zum Einfahrtstor und übernahmen dort die Bewachung.

Sophia warf dem alten Saviani einen fragenden Blick zu.

»Sie tun das auf meinen Befehl«, bemerkte er klar und unmissverständlich. »Wenn auch Giulio nicht imstande war, sich zu schützen, ich bin es.«

Kaum hatte Sophia die Haustür hinter sich geschlossen und Gina angewiesen, das Gepäck der Besucher in den Gästetrakt zu bringen, ergriff Anselmo Saviani das Wort. »Hast du etwas Neues von Sandro gehört?«

Sophia sah ihn verblüfft an. »Sandro ist schwer verletzt. Das habe ich doch in unserem Telefonat erwähnt!« Sie sah ihn prüfend an. »Weshalb interessierst du dich so für Sandro? Kennst du ihn persönlich?«

Saviani winkte ab. »Wir werden Giulio in Palermo beisetzen, sobald sein Leichnam freigegeben wird«, bemerkte er mürrisch, ohne auf ihre Frage einzugehen.

»Wollt ihr nicht erst richtig hereinkommen, bevor wir über Giulios Beerdigung reden?«, erwiderte Sophia ärgerlich.

»Er wird in der Familiengruft neben seiner Frau Carina und ihrer kleinen Tochter liegen«, ergänzte Schwiegermutter Marga in einem Ton, in dem ein unterschwelliger Vorwurf lag, den Sophia auf sich beziehen musste.

»Möchtet ihr eine Erfrischung«, entgegnete Sophia, ohne sich um Margas Anspielung zu kümmern.

»Es war ein Fehler, dass er dich geheiratet hat. Aber er ließ sich ja nicht beirren, der Dickkopf! Das hat er jetzt davon«, platzte Marga heraus.

»Wollen wir uns jetzt gegenseitig bekämpfen?« Sophia sah Marga scharf an.

»Du hast meinem Sohn damals den Kopf verdreht und dich in unsere Familie eingeschlichen«, schimpfte Marga weiter. »Geld und Ansehen waren dir wichtig. Ich habe dich von Anfang an durchschaut. Du warst nie eine Saviani und wirst auch nie eine werden. Nicht einmal Enkel hast du uns geschenkt!«

»Wir wollten keine Kinder. Ich verstehe deine Gefühle, aber

ich bin über den Tod Giulios ebenso entsetzt wie du. Und übrigens, wir haben eine glückliche Ehe miteinander geführt. Auch ohne euch!«

»Du bist anmaßend, Sophia!«, giftete ihre Schwiegermutter.

»Ich stelle nur fest!«, entgegnete Sophia kühl.

»Hast du vergessen, wo du herkommst?«, fauchte Marga.

»Nein, keineswegs. Trotzdem weiß ich nicht, was du damit sagen willst.«

»Gebt endlich Ruhe!«, schaltete sich Saviani halbherzig ein, schwieg aber wieder, als er die kämpferischen Mienen der beiden sah.

»Möglicherweise bist du nicht informiert«, fuhr Sophia fort, »aber wir beide hatten gemeinsame Ziele, wir hatten Visionen und haben die Firma gemeinsam zu dem gemacht, was sie heute ist.«

»Hast du ihn auch geliebt, Sophia?« Ihre Schwiegermutter hatte sich wie eine Furie vor ihr aufgebaut.

»Frage ich dich, ob du deinen Mann liebst?«, schoss Sophia zurück. »Oder soll ich Anselmo fragen?«

Marga Saviani verschluckte sich vor Empörung. »Was erlaubst du dir?«

»Ich zahle nur mit gleicher Münze zurück, Marga.«

»Giulio war mit dir nicht glücklich, das habe ich ihm angesehen, wenn er nach Hause kam.«

»Was willst du damit sagen?« Sophias Augen glitzerten vor Kampfbereitschaft. »Du tust ja, als hätte ich Giulio ermordet.«

»Das habe ich nicht behauptet.«

»Nein, gesagt hast du es nicht, aber du denkst es.«

Der Patriarch hatte die Auseinandersetzung geduldig, aber mit zunehmendem Missfallen ertragen. Seinen Blicken und seiner Haltung war zwar nicht zu entnehmen, was er dachte oder fühlte, Sophia konnte aber erkennen, dass er jeden Augenblick die über Jahre antrainierte Geduld verlieren würde. »Schluss jetzt!«, ging er mit donnernder Stimme dazwischen und bedachte beide Frauen mit einem zurechtweisenden Blick. Er richtete sich zu voller Größe auf. Der Tod seines Sohnes schien ihm neue Kraft zu verleihen, und für einen Augenblick hatte Sophia das Gefühl, einen Mann vor sich zu haben, der einen Kampf aufnehmen wollte. »Höre nicht auf Marga, sie ist verbittert!«, fuhr er fort. »Ich hoffe, du hast nichts dagegen, wenn wir Giulio in Rotoli beisetzen werden.«

»Nein, natürlich nicht«, erwiderte Sophia mit unverbindlicher Distanz.

Wieder war ihr ein Mensch genommen worden, der ihr wichtig gewesen war, und wieder begegneten ihr Ablehnung und Schuldzuweisung von den nächsten Angehörigen.

»Lass uns nach draußen gehen«, bat Giulios Vater. »Versuche, Marga zu verstehen. Im Augenblick ist sie unversöhnlich.« Er wandte sich an seine Frau, die zusammengesunken auf der Couch saß und mit leerem Blick auf die Glasfront zur Terrasse starrte. »Du solltest dich hinlegen und versuchen zu schlafen.« Dann folgte er Sophia auf die Terrasse.

»Ich weiß von Giulio, was dir in deiner Jugend widerfahren ist, Sophia. Und glaube mir, ich kann gut nachempfinden, wie du dich jetzt fühlst. Giulios Tod hat dich um Jahre zurückgeworfen!«

»Wie ich mich fühle, kannst du nicht einmal ansatzweise erahnen, Anselmo. Ich bin zum zweiten Mal in meinem Leben gestorben und muss nun irgendwie weiterleben.«

»Mir geht es nicht anders. Aber nun bist du an der Reihe! Wenn du klug bist, dann versuchst du, deine alten Wunden zu vergessen.«

»Wie meinst du das?« Sophia sah Savianis eisgraue Augen und fühlte sich plötzlich durchschaut.

»Ich meine deine Rache für den Mord an deinem Bruder. Für deine Vergewaltigung.«

»Das alles hat dir Giulio erzählt?«, fragte sie verblüfft. »Wie konnte er nur!«

»Die Frage ist überflüssig. Ich war sein Vater. Aber darum geht es jetzt nicht.«

»Um was dann?«

»Es geht darum, dass du mit deinem brennenden Hass, den du seit zwanzig Jahren schürst, möglicherweise Giulios Vermächtnis in Gefahr bringst. Du solltest dich fragen, ob der Tod dieses Andrè Fillone die Zerstörung eines Familienunternehmens aufwiegt.«

Sophias Augen schienen plötzlich aufzuflammen. »Sag mir, wie *du* dich fühlst, wenn du an den Mörder deines Sohnes denkst!«, erwiderte sie mit glasharter Stimme.

»Genau wie du!«, antwortete er. »Alles hat seine Zeit, Sophia. Du brauchst deine ganze Kraft, um unsere Firma auf Kurs zu halten«, fügte er eindringlich hinzu. »Ich weiß, Giulio hätte dir das zugetraut. Du bist klug und stark. Aber das alleine wird nicht ausreichen. Du musst Giulio ersetzen und seinen Namen schützen. Es geht um die Ehre der Savianis! Alles andere überlässt du mir!«

Sophia, die am Rand des Swimmingpools stand und ihren Blick über Porto Cervo schweifen ließ, fuhr herum. »Was meinst du mit ›alles andere‹?«

»Giulios Mörder!«, erwiderte der Alte ruhig, und sein Blick wurde hart. Zum Vorschein kam der alte Saviani, wie Sophia ihn kannte: hart, unnachgiebig und rigoros. »Wer war es?«, fragte er kaum hörbar.

Sophia hatte die Frage nicht erwartet.

Dieser Mann glaubte allen Ernstes, sie hätte mit Rücksicht auf Marga nichts gesagt oder ihm den Namen des Mörders vorenthalten. Nervös zündete sie sich eine Zigarette an und legte das Feuerzeug auf den Tisch. »Ich sagte es bereits, ich weiß es nicht!«

»Hast du einen Verdacht?«

»Nicht einmal das«, erwiderte sie ebenso knapp, wie er die Fragen stellte.

»Hat Giulio dir gegenüber irgendwann etwas erwähnt, dass er Schwierigkeiten hat?«

Sophia blies eine dünne Rauchfahne in die Luft. Ihre Gesichtszüge waren angespannt. Niemals würde sie sich dem Diktat des alten Mannes unterordnen oder klein beigeben. Schon als junges Mädchen hatte sie sich erfolgreich gegen ihren Vater durchgesetzt. »Giulio hatte keine Geheimnisse vor mir, wenn du das meinst. Aber selbst wenn ich einen Verdacht hätte, ich würde kein Wort darüber verlieren. Auch dir gegenüber nicht.«

»Er war mein Sohn!«, herrschte er sie an. »Gerade von dir habe ich erwartet, dass du das verstehst.«

»Er war mein Mann!«, stellte sie schnörkellos fest.

»Vielleicht weißt du es nicht, Giulio und ich haben mehrmals in der Woche miteinander telefoniert, und er hat mir mindestens einmal im Monat ausführlich Bericht erstattet. Wir haben über alle wichtigen Vorgänge und Entwicklungen diskutiert. Natürlich auch über dich und deine Arbeit. Er war stolz auf dich. Das möchte ich dir wenigstens einmal sagen.«

Sophia sah ihn perplex an. »Das hat er mir nie erzählt.«

»Ich weiß! Daher bin ich heute davon überzeugt, dass du die Richtige bist, das Unternehmen erfolgreich fortzuführen. Aber was den Mord an Giulio angeht, darum werde ich mich kümmern! *Capisce* …«

»Es ist allein meine Sache, Giulio zu rächen«, schnappte sie zurück wie eine bissige Natter. »Du hältst dich da raus! Außerdem kannst du das nicht mehr alleine bestimmen. Dieser Killer hat Sandro angeschossen und schwer verletzt. Sollte Sandro den Anschlag überleben, wird er dich sicher nicht fragen, ob er nach dem Mörder suchen darf. Er wird es tun.« Sie ging zur Sitzgruppe, ließ sich in einen der Sessel fallen und schlug die Beine übereinander. »Und ich werde dich auch nicht fragen«, fügte sie wütend hinzu. »Ich lasse mir von keinem Menschen dieser Welt ungestraft den Mann nehmen!«

»Sandro wird tun, was ich ihm sage! Das hat er immer getan!«

»Wie bitte?«

»Du hast richtig gehört.«

»Trotzdem verstehe ich nicht ganz …«

»Ich bin Sandros Pate. Seit er ein halbes Jahr alt ist, kenne ich ihn.«

»Weshalb hat mir Giulio das nie gesagt?«, antwortete sie konsterniert.

»Du musst das verstehen, Sophia. Wir kannten dich damals nicht, als Giulio mit dir zum ersten Mal bei uns auftauchte. Ich wusste auch nicht, was ich von dir halten soll. Also habe ich Sandro beauftragt aufzupassen. Giulio hat ihn sozusagen eingestellt. Ich gebe zu, das haben wir dir verschwiegen. Wir wollten erst einmal sehen, ob du ihn überhaupt im Haus akzeptierst. Aber es ließ sich alles gut an.«

Sophia saß wie erstarrt in ihrem Sessel. »Ihr habt mir nie getraut. Ich habe es damals schon gespürt!«, flüsterte sie. »Dann habt ihr mit Hilfe von Sandro haarklein mein Leben ausspioniert?«

»Nein. So würde ich das nicht ausdrücken. Aber Sandro hatte von mir den Auftrag herauszufinden, ob du Freundschaften oder Beziehungen nach Corleone pflegst oder nicht!«

»Und …?« Sophia war aufgesprungen. Ihre Augen sprühten vor Empörung. »Wie war das Ergebnis? Zufriedenstellend …?«

»Ich würde sagen, überraschend«, erwiderte Saviani und drückte sie sanft in den Sessel zurück. »Sandro wird in Zukunft ebenso für dich da sein, wie er es in der Vergangenheit war. Mehr will ich dazu nicht sagen.«

»Ich habe auch keine Lust mehr, mit dir darüber zu diskutieren, was ihr noch alles hinter meinem Rücken ausgeheckt habt.« Sie überlegte kurz. »Du gibst mir dein Wort, dass Sandro mir gegenüber weiterhin loyal ist?«

»Das ist er! Du kannst dich auf ihn verlassen. Er ist wie ein Sohn, wenn du verstehst, was ich meine. Sein Blut ist mein Blut, und ich fühle mich in gleicher Weise auch für dich verantwortlich.«

Sophias Brauen zogen sich zusammen. »Ich verstehe«, sagte sie langsam und unterließ es, weiter nachzufragen. Es war dieser eigentümliche Blick Savianis, der Sophia daran hinderte, noch eine Frage an ihn zu richten.

»Wer immer Sandro angegriffen hat, hätte genauso gut mich angreifen können.« Anselmo Saviani sah Sophia plötzlich mit einem Anflug von liebevoller Wärme an. »Ich habe dich damals unterschätzt«, meinte er leise. »Heute weiß ich, wen ich vor mir habe.« Er setzte sich zu ihr und beobachtete sie aufmerksam. Nach einer kleinen Pause fragte er mit gesenkter Stimme: »Wo ist Sandro? Und wie geht es ihm? Er hat versucht, mich anzurufen, aber ich war nicht da. Leider konnte ich ihn nicht zurückrufen, er hat keine Nummer hinterlassen. Du hast gerade erwähnt, dass man auf ihn geschossen hat.«

»Wir haben gestern kurz miteinander telefoniert, er ist wahrscheinlich in Sicherheit«, antwortete sie. »Ich kümmere mich um ihn, sobald er sich wieder meldet. Wegen der Carabinieri muss ich vorsichtig sein, sie suchen ihn, weil sie glauben, er hätte mit dem Anschlag etwas zu tun. Diese Idioten!«

»Ich werde sie dir vom Hals halten«, erwiderte der Patriarch, und Sophia wurde plötzlich bewusst, dass der Einfluss des alten Saviani weiter reichte, als sie gedacht hatte. »Richte Sandro aus, dass ich mich um Giulios Mörder kümmern werde. Wenn er etwas weiß, möchte ich, dass er mir Bescheid gibt. Persönlich! Ich will, dass dieses Schwein erledigt wird. In der Zwischenzeit spreche ich mit einigen Freunden. Richte ihm das aus, wenn du ihn siehst.«

Sophia nickte. »Sobald ich zu ihm Kontakt habe.«

»*Bene*«, sagte er düster. »Schön, dass wir uns so gut verstehen. Wir scheinen aus dem gleichen Holz geschnitzt zu sein!«

»Was hast du jetzt vor?«, fragte Sophia.

»Ich werde Männer losschicken, die jeden Stein in Sardinien umdrehen. Und wenn sie den Mörder nicht auf der Insel finden, werden sie in der Firma weitersuchen.«

»Giulios Mörder kommt ganz sicher nicht aus Sardinien, Anselmo. Aber du könntest versuchen herauszufinden, wer hinter der anonymen Anzeige gegen Giulio steckt. Vielleicht hängt der Mord damit zusammen. Ich glaube inzwischen nicht mehr an einen Zufall. Und noch etwas: Giulios Mörder gehört uns beiden. Ich hoffe, ich habe mich klar ausgedrückt.«

In Savianis Augen loderte plötzlich ein Feuer. »Ich will mich mit dir nicht streiten, aber du sollst wissen, dass du jede Unterstützung von mir bekommst, die du benötigst«, flüsterte er. »Jede, solange du mich auf dem Laufenden hältst. Solltest du ihn vor mir finden, erwarte ich, dass er überlebt, bis ich ihn gesehen habe.«

»Dann wollen wir das Gleiche«, erwiderte sie schroff. »Ich will dem Mörder in die Augen sehen! Er wird keine Freude an mir haben.«

Der Patriarch lächelte maliziös. »Wenn man Cäsar ermorden will, darf man es nicht machen wie Brutus. Man sollte sich vorher zurechtlegen, wie es weitergeht, falls das Attentat gelingt.« Er griff plötzlich nach ihrer Hand. Sie zuckte zurück, als habe sie sich verbrannt. Nie hätte sie eine solch persönliche Geste von ihm erwartet. »Überlasse die Bestattung mir!«, bat er sie leise. »Ich will mich selbst darum kümmern. Wir lassen Giulios Leichnam so schnell wie möglich nach Palermo bringen und benachrichtigen die Freunde der Familie.«

Sophia stimmte wortlos zu, als sie bemerkte, dass die Augen des Alten feucht glänzten. »Ich danke dir«, sagte sie mit warmer Stimme, erhob sich, beugte sich zu ihm hinab und küsste ihn auf die Wange.

17.
Sandro

Für Sophia waren die zwei Tage nach Giulios Ermordung die reine Hölle gewesen. Erst die Carabinieri, die sich gegenseitig die Tür in die Hand gaben, dann De Cortese, den sie bei seinem ungebetenen Besuch am liebsten aus dem Haus geworfen hätte. Und als sie ihn endlich losgeworden war, standen Giulios Eltern am Flughafen und wollten abgeholt werden. Doch jetzt, nachdem sich die alten Savianis mit den Bodyguards im Seitentrakt des Anwesens einrichteten, hatte sie das erste Mal Gelegenheit, die turbulenten Ereignisse der letzten Tage in Ruhe Revue passieren zu lassen.

Anselmo Saviani, das beruhigte Sophia enorm, würde hinter ihr stehen, bei allem, was sie tat. Sie hatte ihm in die Hand versprochen, ihn sofort zu benachrichtigen, wenn sie etwas Neues über Giulios Mörder erfahren würde. Sollte sie seine Unterstützung benötigen, so war Anselmos Macht ein beruhigender Joker. Nun musste sie über das nächste Problem nachdenken. Sandro.

In dem Telefonat mit ihm hatte sie nur Wortfetzen verstanden, aber immerhin so viel, dass er in Sicherheit war und sie ihn irgendwie abholen sollte. Allein der Gedanke, dass sie ihm nicht sofort helfen konnte, schien ihr unerträglich.

Sophia würde nie vergessen, wie sie Sandro vor zwanzig Jahren kennengelernt hatte, nachdem sie gerade vom alten Saviani erfahren hatte, dass das Zusammentreffen mit Sandro arrangiert war. Aus Mailand kommend, war sie am Flughafen in Olbia eingetroffen und wollte in einem der Bistros einen Espresso trinken. Giulio sollte sie eigentlich abholen, hatte sich aber gleich nach ihrer Landung telefonisch entschuldigt, weil er sich hoffnungslos verspäten würde. Ein unaufschiebbarer Termin habe ihn über Gebühr aufgehalten. Sie sollte aber trotzdem auf ihn warten und keinesfalls mit dem Taxi nach Porto Cervo fahren.

Sophia lächelte hintergründig, als sie an ihre erste Begegnung mit Sandro dachte. In aller Öffentlichkeit hatte er sie damals angesprochen, ohne den leisesten Anflug von Nervosität oder Respekt. Sein direkter, offener Blick war ihr wie ein Stromstoß in die Venen gefahren. Dieser Kerl wusste, wie er wirkte, ohne dass er sich darauf etwas einbildete. Der Mann hatte etwas bodenlos Unverfrorenes. Auch wenn sie nun wusste, dass die Begegnung von den Savianis geschickt eingefädelt worden war, Tatsache blieb, dass Sandro seinen Part sehr gut gespielt hatte.

Sie erinnerte sich, wie er mit aufreizender Selbstsicherheit an der Theke lehnte und sie abschätzend musterte, als sie gerade den Espresso aus dem Automaten gewählt hatte. Seine wilden pechschwarzen Haare schienen mit der gleichen unbändigen Kraft ihren Weg in alle Himmelsrichtungen zu suchen wie er selbst. »Ich bin Sandro Calogheri und komme aus Messina.« So stellte er sich mit hinreißendem Lächeln vor. Sie musste zu ihm aufschauen, um ihn höflich anzulächeln. Obwohl sie einen gewissen Unmut fühlte, weil dieser Mensch sie so unverschämt musterte, fühlte sie plötzlich den Wunsch, ihm mit der Hand durch die ungestüme Haarpracht zu fahren.

Als sie sich einen Tisch in dem fast menschenleeren Bistro gesucht hatte, nahm er wortlos gegenüber Platz. Er schien entspannt zu sein. Offenbar konnte diesen sizilianischen Kerl nichts erschüttern. Aber das war nun alles schon viele Jahre her, und jetzt machte sie sich Sorgen um ihn, ein Zug, den sie an sich selbst nicht kannte.

Auf ihrem Telefondisplay war bei Sandros Anruf eine Nummer erschienen, die aus der Gegend von Nuchis stammen musste. Für Sophia war es ein Rätsel, auf welche Weise und unter welchen Umständen Sandro in diese abgelegene Gegend der Insel gekommen war. Auch wenn sie ihn kaum hatte verstehen können, war ihr sofort klar, dass er den Mord an Giulio miterlebt hatte und dabei schwer verletzt worden war. Ein Gedanke, der sie zutiefst bewegte und ihr gleichzeitig Angst bereitete.

Sophia sah auf ihre Uhr. Es war kurz vor elf. Allmählich wurde sie unruhig. Sandro hatte immer noch nicht angerufen, obwohl er vor drei Tagen versprochen hatte, sich so schnell wie möglich zu melden. Sie trat ans Fenster und sah in den Garten. Wieder dachte sie an die Zeit, als sie Sandro kennenlernte. Nicht nur seine unübersehbare Körpergröße beeindruckte jeden, auch seine Art, wie er sich gab, wie er mit anderen Menschen umging. Überdies wirkte er mit seinem Humor und seinem strahlenden und unbeschwerten Lachen ungeheuer sympathisch. Das markante und ausdrucksstarke Gesicht gehörte zu jenem Typ Mann, bei dem Frauen die Luft anhielten, wenn sie ihm begegneten.

Kaum wähnte er sich alleine, veränderte sich Sandro. Er schien dann ernst und verschlossen. Giulio hatte ihr in Olbia auf dem Flughafen vorgespielt, ihn nicht zu kennen. So ganz hatte sie das ihrem Mann damals nicht geglaubt, aber ihr hatte es imponiert, als er sagte, es sei ihm wichtig und er würde es gerne sehen, wenn jemand während seiner Abwesenheit auf sie aufpassen würde.

Zwischen den beiden Männern bestand so etwas wie eine Seelenverwandtschaft, und schon damals hatte sie das diffuse Gefühl, als würden die beiden sich schon sehr lange kennen. In den Jahren, in denen Sandro für sie beide arbeitete, hatte sich zwischen den dreien ein freundschaftliches Verhältnis entwickelt. Überdies verfügte Sandro über einen siebten Sinn für Ungereimtheiten und für Gefahren. Oft genug reichte allein seine Anwesenheit aus, ein Gefühl der Sicherheit zu verbreiten. Umso stärker war Sophias Fassungslosigkeit, dass Giulios

Leibwächter auf dem Grundstück überrascht und überwältigt worden sein sollte. Immer wieder zerbrach sie sich den Kopf, wer hinter Giulios Ermordung und Sandros Entführung stecken könnte. Am ehesten hätte sie De Cortese eine solche Schweinerei zugetraut, denn er besaß diese Falschheit, einen Killer auf Giulio anzusetzen. Und geldgierig genug war er auch. Doch je länger sie darüber sinnierte, desto mehr kam sie zu dem Ergebnis, dass Antonio De Cortese vor allem überaus feige war, eher ein Typ, der die Gunst der Stunde nutzte, sich aber ansonsten lieber aus allem heraushielt.

Natürlich kannte Sophia Sandros Lebensgeschichte, sie wusste auch, dass er viele Jahre im Hochsicherheitstrakt des Gefängnisses von L'Aquila wegen zweifachen Mordes einsitzen musste. Zwei Männer hatte er auf dem Gewissen, Männer, die seiner Schwester nachgestellt und ihr erst die Ehre und dann das Leben genommen hatten. Giulio hatte ihr die Geschichte erzählt, und alte Bilder waren in ihr wach geworden. Eines Tages hatte sie sich dann Sandro anvertraut, zumal sich ihre Lebensgeschichten ähnelten. Und dann hatte sie ihn um einen Gefallen gebeten: Enrico, Giancarlo, Ivan und Andrè!

Schnell hatte Sandro herausgefunden, dass Ivan ausgewandert war, so hieß es wenigstens. Nun ja, eines Tages war er aus der Fremde zurückgekehrt, das hatte Sophia aus verschiedenen Quellen erfahren. Mit Andrè gestaltete sich die Sache schwieriger. Don Fillo hatte seinen Sohn in die USA geschickt. Aber irgendwann würde auch er zurückkommen, und dann gab es sicher eine Lösung. Sie konnte warten. Über Enrico Nozzi und Giancarlo Castra hatten sie und Sandro nie mehr gesprochen. Weshalb auch, kommt Zeit, kommt Tat, dachte sie. Umso größer war die Sorge um Sandro und die Angst, ihn möglicherweise auch zu verlieren.

Am nächsten Morgen erwachte Sophia gegen sieben Uhr und fühlte sich wie zerschlagen. Als Erstes fiel ihr das Handy ins

Auge, das neben ihr auf dem Nachttisch lag, um aufgeladen zu werden. Es blinkte. Eine Nachricht von Sandro? Endlich, nach Tagen der Ungewissheit ein erstes Lebenszeichen. Sie griff nach dem Telefon und rief die Nachricht ab. Sie stammte tatsächlich von ihm.

Bin in Nuchis.
Rufen Sie mich an, wenn Sie dort eintreffen! Tel. 23 47
S.

Mit einem Satz sprang Sophia aus dem Bett und rannte ins angrenzende Bad. Sie nahm eine Katzendusche, und während sie überlegte, wo genau Nuchis sein sollte und wie sie dort am besten hinkäme, schlüpfte sie hastig in einen bequemen Hosenanzug. Dann rannte sie in die Küche und trank im Stehen einen Espresso, bevor sie sich den Autoschlüssel vom Haken neben der Tür nahm und in aller Eile das Haus verließ.

Auf dem Weg zum Wagen traf sie den alten Saviani, der gerade mit einem der Bodyguards sprach. »Wo gehst du hin?«, fragte er, anstatt einen guten Morgen zu wünschen.

»Ich hole Sandro. Er hat sich gemeldet.«

»Sag Pietro Bescheid und begleite sie!«, wies Saviani den Leibwächter im Befehlston an.

»Ich fahre alleine!«, widersprach Sophia. »Und ich möchte auch nicht, dass einer deiner Männer mir hinterherfährt.«

»Ich frage dich, Sophia: Du wirst mich nicht hintergehen?« Anselmo kniff die Augen zusammen.

»Wenn ich dich brauche, melde ich mich«, erwiderte sie stattdessen. Der Blick des alten Saviani verhärtete sich, als er Sophias unbeugsame Haltung bemerkte.

»Und wenn es eine Falle ist?«

»Es ist kein Hinterhalt. Ich weiß es.«

»*Bene ...*« Mit einer Geste bedeutete er dem Leibwächter, sich zu entfernen. »Wie lange wirst du unterwegs sein?«

»Ich schätze drei oder vier Stunden.« Sophia und Anselmo standen sich gegenüber und schauten sich gegenseitig in die Augen.

»Na gut …«, gab Sophia nach. »Ich fahre nach Nuchis! Sandro hat mich gebeten, ihn anzurufen, wenn ich dort bin.«

»Nuchis also …«, murmelte er leise. »Und du weißt, wo du ihn findest?«, erkundigte sich Anselmo. Skepsis lag in seinen Gesichtszügen.

»Er will mir erst sagen, wo er genau ist, wenn ich in seiner Nähe bin. Vermutlich befürchtet er, dass man das Telefon abhört.« Anselmo Saviani nickte bedächtig.

»Wenn er sehr schwer verletzt ist, möchte ich ihn ausfliegen lassen«, fügte sie hinzu. »Deshalb ist es möglich, dass ich den Jet brauche. Ich habe keine Lust, dass die Carabinieri ihn verhören!«

»*Grazie!*«, erwiderte Anselmo, und seine Miene zeigte, dass ihm dieser Vorschlag angenehm war.

»Könntest du dich vorsorglich darum kümmern, dass er startbereit ist.«

Saviani senkte zustimmend den Kopf. »Solltest du dich nach vier Stunden nicht gemeldet haben, schicke ich die Männer los.« Er wandte sich ab und ging ohne ein weiteres Wort ins Haus.

Während sie vom Grundstück fuhr, programmierte Sophia das Navigationsgerät im Bentley. Die elektronische Landkarte zeigte eine Fahrzeit von mehr als einer Stunde an und leitete sie aus dem Wohngebiet hinaus auf die Umgehungsstraße von Porto Cervo. Sophia fuhr zügig, doch ihre Unruhe wuchs mit jedem Kilometer, den sie sich dem abgelegenen Ort näherte. Ich hätte mit dem unauffälligeren BMW fahren sollen, dachte sie. Aber nun war es zu spät.

Die Provinz Galera, mit ihren dünn besiedelten Anhöhen, bot keine besonderen Sehenswürdigkeiten, entsprechend wenig frequentiert waren die Straßen. Bauern und Schäfer gingen hier ihrer Arbeit nach, und die Orte in den Bergen bestanden oft nur aus einer Handvoll Häusern.

Gerade hatte Sophia ein Hinweisschild passiert, dass es nur noch zwei Kilometer bis Nuchis waren, daher suchte sie sich eine geeignete Stelle am Straßenrand, um anhalten zu können. Sie kramte ihr Handy aus der Tasche und wählte Sandros Nummer. Der Rufton ertönte mehrmals, bis die Verbindung aufgebaut war. »Sandro?«, fragte Sophia. »Bist du es?«

»*Finalmente un po' di respiro!*«, seufzte er. Seine Stimme klang gequält, aber erleichtert. »Haben Sie noch weit zu fahren?«

»Ich bin in zwei Kilometern in Nuchis«, antwortete sie.

»Dann fahren Sie durch den Ort! Am Dorfausgang kommen Sie zu einem Hotel, es heißt ›Il Melograno‹. Ich habe Zimmer 202. Es gibt vom Parkplatz aus einen Seiteneingang. Wenn Sie den nehmen, müssen Sie nicht an der Rezeption vorbei. Gehen Sie einfach nach oben!«

Sophia spürte die Mühe, die es Sandro bereitete, so viele Sätze hintereinander zu sprechen. »Ich bin in ein paar Minuten da«, erwiderte sie.

»Ist Ihnen jemand gefolgt?«, fragte er.

»Nein«, entgegnete sie und legte all ihre Überzeugungskraft in ihre Stimme. »Die Straßen sind menschenleer.«

»Passen Sie bitte trotzdem auf«, presste Sandro über die Lippen, und eine deutliche Warnung lag in seiner Stimme.

»Ja!« Sie trennte das Gespräch und fuhr weiter.

Mit gemäßigter Geschwindigkeit durchquerte sie das trostlose Dorf. Graue, schmucklose Häuser, heruntergewirtschaftete Bauernhöfe, ein paar Läden und eine moderne Kirche, mehr hatte Nuchis nicht zu bieten. Die asphaltierte Straße führte im Ortskern durch zwei enge Kurven und dann wieder hinaus aufs Land. Von weitem sah sie die Neonschrift des Hotels. Der flache, moderne Bau, kaum älter als fünf Jahre, machte nicht gerade einen einladenden Eindruck. In Schrittgeschwindigkeit ließ sie den Bentley auf den Parkplatz rollen und hielt neben zwei Kleinwagen an. Viele Gäste schien das Hotel nicht zu beherbergen. Umso besser, dachte sie und atmete auf.

Sophia stieg aus und wandte sich dem Seiteneingang zu. Es war eine schmale Tür mit einer Milchglasscheibe. Für einen Moment befürchtete Sophia, dass sie verschlossen sein könnte, aber ihre Sorge erwies sich als unbegründet.

Das Innere des Hauses war auf den ersten Blick hell, sauber und ordentlich, ein typisches Hotel der einfachen, aber soliden Kategorie. Gleich auf der ersten Tür des rechten Ganges im zweiten Stock stand in Messinglettern: 202. Sophia klopfte.

»*Venga!*«, stöhnte Sandro, und Sophia trat ein. In dem kleinen, schmucklosen Zimmer, dessen Fenster nach hinten die Felder freigab, herrschte stickige Luft. Die Vorhänge waren beiseitegezogen. Die Morgensonne fiel auf den schäbigen Schrank und den Schreibtisch, auf dem ein Fernseher stand. Staubpartikel tanzten im Licht wie Tausende Obstfliegen über verdorbenen Pfirsichen. Sophia bemerkte ein Tablett mit Tellern und Essensresten auf dem Sideboard, was wohl schon tagelang nicht weggeräumt worden war.

Sandro lag vollständig bekleidet auf dem Bett. Sein Gesicht wirkte eingefallen und krank. Hose und Hemd waren verschmutzt. Die rechte Schulterseite hatte er mit Handtüchern bedeckt, die blutdurchtränkt waren. Über seinem Bauch lag ein Badetuch, dessen zwei Lagen sich mit Blut vollgesogen hatten. Leichenblässe überzog sein Gesicht. Er zitterte am ganzen Körper.

»*Santa Madonna*, Sandro! *Cos'è successo?*« Jetzt erst bemerkte sie, dass er ein Tuch als Kompresse auf die rechte Gesichtshälfte gelegt hatte. Die Haut war aufgerissen und geschwollen. Kalter Schweiß stand ihm auf der Stirn, seine Haare waren verklebt.

»Mir ist kalt«, ächzte er. Sein Blick suchte den Sophias. »Ich hätte Sie nicht um Hilfe gebeten«, rang er sich mühsam über die Lippen. »Ich konnte Bruno nicht erreichen …«

»Bruno?«

»Ich fürchte, ich werde Ihnen einiges erklären müssen«, stöhnte er und schloss für eine Sekunde die Augen.

Sie legte die Hand auf seine Stirn. »Du hast hohes Fieber!«, erwiderte sie. »Guter Gott, es ist höchste Zeit, dass ich einen Arzt kommen lasse.«

»Auf keinen Fall!«, wehrte Sandro ab. »Ich muss hier weg!«

Sophia sah ihn skeptisch an. »Und wer ist Bruno?«

»Ich sage es Ihnen irgendwann einmal ...« Sandro versuchte sich hochzustemmen.

»Wie bist du von Porto Cervo hierhergekommen?« Sie beugte sich über ihn und musterte seine schweren Verwundungen. »Du kannst unmöglich von hier weg, Sandro!« Ihr Blick fiel auf den Nachttisch: Einige aufgerissene Päckchen mit Tabletten, ein Handy und Verbandszeug. »Du musst ins Krankenhaus!« Sie kämpfte plötzlich mit den Tränen, und ihr Herz zog sich krampfhaft zusammen.

»Mit einer Schusswunde kann ich in kein Krankenhaus«, widersprach Sandro apathisch. »Dort findet man mich sofort.«

»Keine Widerrede, deine Verletzungen müssen sofort versorgt werden!«

Sandro hob die Hand, als wollte er sie um Nachsicht für das Geschehene bitten. »Ich muss hier verschwinden! So schnell wie möglich«, kam es mühsam über seine Lippen. »Vielleicht sind die auch hinter Ihnen her.«

»Niemand ist hinter mir her!«, widersprach sie energisch. Sie strich ihm über den Kopf. Vielleicht redete er schon im Fieberwahn. »Wer sind die?« Aus ihrer Miene sprach nicht nur Sorge um Sandro, sondern auch eine diffuse Angst vor einem unsichtbaren Gegner, den sie nicht einschätzen konnte. Sophia war kein ängstlicher Typ und neigte keineswegs dazu, sich in Mutmaßungen oder Annahmen zu verlieren. Sie baute auf Logik und Beobachtung, das hatte sie in der Vergangenheit gelernt. Aber sie war auch nicht leichtsinnig, und wenn Sandro sie warnte, dann tat er es sicher nicht ohne Grund. »Sind es die Gleichen, die Giulio ermordet haben?«

Sandro nickte und richtete sich mühsam auf, während Sophia ihm das Kopfkissen in den Rücken schob.

»Weißt du irgendetwas? Hast du einen Verdacht, wer dahinterstecken könnte?«, fragte sie und schob den Stuhl, der am Bett stand, beiseite.

»Wir haben keine Zeit zu verlieren, Signora!«, erwiderte Sandro, ohne auf ihre Fragen einzugehen. »Ich erzähle Ihnen auf dem Rückweg, was passiert ist.«

»Glaubst du, dass du es bis zum Auto schaffst?«

Sandro presste ein Ja über die Lippen. »Ich muss es schaffen!«

»Was ist mit dem Hotel? Muss das Zimmer noch bezahlt werden?«

Er schüttelte kaum merklich den Kopf und verzog dabei schmerzhaft sein Gesicht. »Der Inhaber ist ein Freund. Er war mir noch etwas schuldig. Niemand außer ihm weiß, dass ich hier bin. Er hat mir sein Handy überlassen, damit ich Sie anrufen konnte.«

»Du hast noch mehr Freunde«, entgegnete Sophia. »Don Anselmo ist in Porto Cervo.«

»Ich dachte es mir!« Ein mühsames Lächeln huschte über Sandros Gesicht.

»Er hat einen Haufen Männer dabei.«

»Auch das überrascht mich nicht!«, ächzte er. »Mich überrascht allerdings, dass Sie sie nicht im Schlepptau haben.«

»Ich wollte es nicht!«, erwiderte Sophia schärfer, als sie es eigentlich meinte. »Wir hätten dann nicht alleine reden können.«

Sandro schob seine Beine über die Bettkante und setzte sich mit Sophias Hilfe in eine aufrechte Position. Dann gab er sich einen Ruck und stemmte sich auf die Beine. »Alle Achtung!«, sagte er schwer atmend. »Der Alte lässt sich normalerweise von niemandem etwas sagen!«

Noch niemals hatte Sophia den Leibwächter so hilflos auf seinen Beinen stehen sehen wie jetzt. Seine Stirn glänzte. Sie befürchtete, dass er jeden Augenblick zusammenklappen könnte. Diesen Mann konnte sie kaum ohne Hilfe aus dem Hotel schaffen. Insgeheim bedauerte sie jetzt, dass sie die Hilfe ihres Schwiegervaters nicht angenommen hatte. Ein paar Männerarme wären jetzt hilfreich gewesen.

»Stütz dich auf meine Schulter!«, forderte sie Sandro auf und hoffte inständig, dass sie heil unten ankämen. Ihre Stimme hatte eine warme, ja fürsorgliche Tonlage angenommen. »Ich bringe dich zu einem Arzt, dem ich vertrauen kann. Von dort aus lasse ich dich mit dem Learjet nach Palermo in unsere Klinik fliegen. Mach dir keine Gedanken! Ich benachrichtige vom Auto aus meinen Schwiegervater, damit er alles organisiert.«

Wenige Minuten später saß Sandro auf dem Beifahrersitz, und sie befanden sich auf der Landstraße. Niemand hatte bemerkt, dass sie das Hotel verlassen hatten. Glücklicherweise konnte Sophia telefonisch einen guten Freund ihres Mannes erreichen. Ihm gehörte eine kleine Praxis in der Altstadt im knapp vierzig Kilometer entfernten Olbia. Er würde sicher bereit sein zu helfen. Bestimmt hatte Don Anselmo den Piloten schon benachrichtigt, damit er die Maschine startklar machte und den Flug von Olbia nach Palermo anmeldete. Sandro unbemerkt in den Jet zu transportieren war kein besonderes Problem, es gab zu viele Leute, die Giulio und ihr verpflichtet waren.

»Es ist eine Katastrophe«, begann sie mit einem Seitenblick auf Sandro, der zusammengesunken im Polster saß. »Wer hat meinen Mann erschossen?«, kam sie auf ihre Frage zurück, während sie den Bentley mit zügiger Geschwindigkeit durch die Kurven der gut ausgebauten Straße steuerte.

»Ich glaube, hinter dem Mord steckt jemand aus der Firma.«

»Was?« Sophia starrte Sandro für einen Augenblick entsetzt an. Rasch musste sie die Richtung des Wagens korrigieren. »Meinst du das im Ernst?«

Sandro stöhnte. »Wer sonst sollte ein Interesse daran haben, den Signore aus dem Weg zu schaffen?« Wieder atmete er schwer. »Ich werde es herausfinden.«

»Das will Don Anselmo auch«, murmelte sie.

Sandro warf ihr einen gequälten Seitenblick zu.

»Und was ist mit dir passiert?«, fragte sie weiter.

»Kurz vor unserer Abreise nach Palermo wollte ich das Haupttor auffahren lassen. Irgendetwas stimmte nicht. Ich dachte zuerst, der Antrieb hätte einen Kurzschluss, weil sich nichts bewegte. Ich ging erst zum Sicherungskasten in der Garage. Dort war alles in Ordnung. Da wurde ich misstrauisch, habe meine Waffe geholt und bin zum Tor gegangen. Ein Eisenwinkel lag unter der Rolle. Als ich ihn entfernt hatte, ließ es sich ganz normal öffnen. Im gleichen Augenblick bemerkte ich, dass ein dunkelblauer Fiat Multipla neben der Einfahrt stand.«

»Aber weshalb haben sie das Tor blockiert?«

»Vermutlich hatte der Mörder vor, abzuwarten, bis wir mit dem Bentley vor dem Tor anhalten. Dann hätte er uns alle erwischt. Er konnte nicht ahnen, dass ich alleine nachsehen würde.«

»Aber das hieße ja, dass jemand von unserer Abreise gewusst haben muss.«

»Stimmt.«

»Hast du jemand im Auto erkannt?«, fragte Sophia.

»Ich weiß nur, dass zwei Männer im Fiat saßen! Der Fahrer, ein klapperdürrer Typ mit hellblauen Augen und einer pockennarbigen Visage, stieg aus, ging auf mich zu und schoss sofort. Ich habe nichts gehört, nur seine Pistole gesehen und diesen wahnsinnigen Schlag in der Schulter gespürt. Der Kerl glaubte bestimmt, ich sei tot. Ein Stümper!« Sandro unterbrach seinen unter schweren Schmerzen hervorgepressten Wortschwall und atmete ächzend. Nach einer kleinen Erholungspause fuhr er fort: »Ich habe noch mitbekommen, wie mich die beiden auf die Ladefläche des Kombis geworfen haben. Wahrscheinlich wollten sie mich nicht vor der Einfahrt liegen lassen. Das hätte ich an deren Stelle nicht anders gemacht.« Er machte eine Pause, um sich vom Sprechen zu erholen. »Ich habe nur noch gefühlt, dass mein Kopf irgendwo aufschlug«, sagte er dann. »Leider bekam ich nicht mit, was dieser Pockennarbige dann gemacht hat. Irgendwann kam er zurückgerannt und ist wie ein Wahnsinniger losgefahren.«

Sandro biss die Zähne zusammen, als Sophia versehentlich durch ein Schlagloch fuhr, und stöhnte auf.

»Entschuldige!«, sagte Sophia und rang immer noch um Fassung. »Was ist dann passiert?«

»Ich muss phasenweise das Bewusstsein verloren haben. Mir war schwarz vor Augen, und bewegen konnte ich mich sowieso nicht mehr.«

»Dann hat der Fahrer Giulio erschossen!« Sophias Hände schlossen sich so fest ums Steuer, dass die Knöchel weiß wurden.

»*Porca miseria!* Ja, das hat er. Und er hat seinen Beifahrer auch gleich umgebracht.« Sandro rückte in eine Position, in der er die Schmerzen besser ertragen konnte, zumal die Straße zunehmend schlechter wurde. Zwar schluckte die Federung des schweren Bentleys viele Unebenheiten, aber jede Erschütterung des Fahrzeugs verursachte ihm höllische Schmerzen. »Der Pockennarbige hatte, als er zurückkam, einen Aktenkoffer dabei, den er auf den Rücksitz warf«, erinnerte sich Sandro. »Er hat unterwegs fürchterlich geflucht und den Beifahrer beschimpft.«

»Weißt du, weshalb?«

Sandro schüttelte den Kopf und rang nach Atem. »Was war an dem Koffer eigentlich so wichtig?«, fragte er nach einer kleinen Pause. »Irgendwelche brisanten Papiere?«

»Geschäftsunterlagen, Ausweise, Brieftasche und Dokumente, die für einige Leute unangenehm werden könnten«, erwiderte Sophia. »Die Kreditkarten habe ich vorsorglich sperren lassen, aber ich glaube kaum, dass der Killer es auf die abgesehen hatte. Die Unterlagen im Koffer könnten allerdings zum Problem werden.« Sie warf einen Blick auf Sandro, der zwar die Augen geschlossen hatte, aber ihr aufmerksam zuhörte. »Den Kreis derjenigen, die daran Interesse haben, kann ich ziemlich gut einschätzen, wenn ich bedenke, auf welche Weise man die Unterlagen meinem Mann abgenommen hat.«

Sandro seufzte. »Die Leute, die Signore Giulio und Ihnen das angetan haben, sind nicht zu beneiden.«

Sophia nickte düster. »Du hast überlebt, das ist das Wichtigste!«, sagte sie dann mit warmer Stimme. »Und bis zum Arzt ist es nicht mehr weit.«

Sandro versuchte ein Lächeln, aber mehr als eine gequälte Grimasse brachte er nicht zustande. »Nachdem ich länger bewusstlos gewesen war«, erzählte er weiter, »bin ich in der Gegend von Mannaciu wieder zu mir gekommen. Ich lag an der Landstraße SS 127 im Straßengraben. Ich weiß nicht genau, wie lange, aber eines habe ich ziemlich schnell begriffen: Neben mir lag einer, der sich nicht mehr gerührt hat.«

»*Dio mio*, was war mit ihm?«, entfuhr es ihr.

»Er war tot. Er hatte ein Loch zwischen den Augen.«

Sophia stöhnte auf. »*Madonna!* Hast du ein Glück gehabt!«

»Ich vermute, es war der Beifahrer«, fuhr Sandro fort. »Dann habe ich die Knarre in meiner Hand bemerkt. Ich kann froh sein, dass mich die Carabinieri nicht so gefunden haben. Das hätte nicht gut ausgesehen. Es ist klar, was der Pockennarbige mit dieser Aktion beabsichtigte. Er hat einen Mitwisser aus dem Weg geräumt und wollte den Verdacht auf mich lenken. Ich gehe jede Wette ein, dass mit dieser Pistole auch Ihr Mann erschossen wurde.« Er griff vorsichtig in die Innentasche und angelte eine Waffe hervor. »Das ist sie«, murmelte er und roch an der Mündung. »Er hat mit einem Schalldämpfer geschossen. Den habe ich in der Tasche.«

»Wie gut, dass du lebst!« Sie warf einen kurzen Blick auf Sandro, der wieder einen Anfall von Schüttelfrost bekommen hatte.

»Steck die Pistole wieder ein! Was willst du überhaupt damit?«

»Meine ist weg, ich behalte die so lange, bis ich mir eine neue beschafft habe. Im Straßengraben wollte ich sie auf keinen Fall liegenlassen!«

Sophia stöhnte leise. »Capitano Losanto war bei mir. Kennst du ihn?«

Er schüttelte den Kopf.

»Er ist Sonderermittler und sucht dich. Anscheinend kennt er deine Vergangenheit. Er wusste viele Details.« Sophia atmete tief durch. »Sie dürfen dich nicht finden!«

»In diesem Zustand muss ich mich ohnehin verstecken«, bemerkte Sandro. »Aber dieses dilettantische Pickelgesicht wird mich noch kennenlernen. Ich werde ihn und seinen Auftraggeber finden. Seine Visage jedenfalls vergesse ich nie.«

»Die Carabinieri werden hinter dir her sein«, erwiderte Sophia so sachlich wie möglich. »Sie glauben, du hättest Giulio erschossen.«

Sandro schien von dieser Eröffnung nicht schockiert zu sein.

»Und wenn schon«, knurrte er böse. »Auch die werden mich nicht aufhalten können. Sie können mir glauben, Sophia, sobald ich wieder aufrecht gehen kann, werde ich rauskriegen, um was es hier geht.« Er wendete das Handtuch an seiner Schulter, die wieder zu bluten begonnen hatte. »Es tut mir leid, wenn ich den Wagen versaue«, presste er durch die Zähne.

»Wie bist du eigentlich in dieses Hotel gekommen?«

»Ein Schäfer kam mit einem alten Lastwagen vorbei. Er hat nicht viel gefragt und mich nach Nuchis gebracht. Den Besitzer kenne ich aus dem Knast. Er war mir noch etwas schuldig. Wir sind jetzt pari.«

»Davon will ich nichts wissen«, erwiderte Sophia unterkühlt. »Davon verstehe ich nichts.«

»Sie verstehen sehr genau, Signora. Einerseits verachten Sie Menschen, die im Gefängnis saßen, andererseits waren Sie mit einem Mann verheiratet, der zehnmal so lange Knast riskierte, wie ich damals habe absitzen müssen!«

»Ich denke, Giulios Vater hätte das nicht zugelassen, wenn es so weit gekommen wäre.«

»Er hat auch dafür gesorgt, dass ich nicht im Knast verrottet bin«, räumte Sandro ein. »Der Killer Ihres Mannes ist nicht von irgendjemand geschickt worden, der ihn vielleicht hasste. Da geht es um Geld, Macht oder Rache. Wahrscheinlich um alle drei.«

»Du scheinst es ja ganz genau zu wissen.«

»Ach, Sophia«, seufzte er. »Signore Giulio hat mich von Anfang an ins Vertrauen gezogen, weil er sich bedroht fühlte.«

»Hat er dir das gesagt?«, fragte sie überrascht.

»Ich weiß zumindest so viel, dass es etwas mit den Firmen zu tun hatte. Er sagte mir einmal: Neid ist unversöhnlicher als Hass. Man würde versuchen, ihn zu hintergehen. Ich glaube auch, dass er einen bestimmten Verdacht hatte.«

»Aber er hat sich doch sehr allgemein ausgedrückt, findest du nicht?«

»In diesem Fall nicht. Er sagte das zu mir, als er aus einer Sitzung in Bologna kam. Dieses Gespräch werde ich nicht vergessen, denn er war ziemlich aufgewühlt. Er sagte: »Wem die Gabe zum Töten fehlt, dem bleibt nichts weiter, als selbst dran zu glauben. Und dem, Signora, kann ich nur zustimmen. Ich brauche die Teilnehmerliste der damaligen Sitzung, dann bin ich dem Auftraggeber dieses Anschlages verdammt nahe.«

»Ich werde mich darum kümmern«, antwortete sie mehr zu sich selbst und seufzte.

Sie hatten die Stadtgrenze von Olbia erreicht und fuhren mit überhöhter Geschwindigkeit in Richtung Hafen. Sie überquerten die Gleise, die zum Bahnhof führten, und bogen nach wenigen Metern in die Via San Paolo ein. Gleich neben der Kirche mit ihrer farbenprächtigen Mosaikkuppel bremste sie ab und parkte vor einem restaurierten sardischen Stadthaus.

»Wir sind da!«, sagte sie erleichtert und stellte den Motor ab.

Sie stieg aus, ging um den Wagen herum und wollte Sandro beim Aussteigen helfen. Im gleichen Augenblick öffnete sich die Haustür, und ein jugendlich wirkender Mann kam heraus. Ohne ein Wort zu verlieren, kam er den beiden zu Hilfe.

Der Ohnmacht nahe, erreichte Sandro das Behandlungszimmer des Arztes und sank entkräftet auf die Liege. Der alte Bekannte Giulios nahm das Handtuch von Sandros Schulter und untersuchte die Wunde. Anschließend sah er sich die Bauchverletzung an.

»Mann, hatten Sie ein verdammtes Glück!«, raunte er und schüttelte ungläubig den Kopf. »Die Kugel hat die Gürtelschnalle durchschlagen, und das Projektil steckt in der Bauchwand. Ich gebe Ihnen erst einmal eine schmerzstillende Spritze und etwas, damit wir das Fieber runterkriegen.« Beiläufig begutachtete er die Platzwunden in Sandros Gesicht. »Die Verletzungen am Kopf werden schnell heilen«, konstatierte er. »Sie sind auch nicht weiter gefährlich. Möglich, dass Sie eine Gehirnerschütterung haben. Ist Ihnen übel?«

»Nein«, erwiderte Sandro, aber er atmete schwer.

»Können Sie den Arm bewegen?«

Sandro hob den Unterarm ein wenig an.

»Ich meinte den Oberarm! Greifen Sie nach oben und machen Sie eine Faust!«

Sandro tat, wie ihm geheißen, verzog jedoch das Gesicht.

»Das Schultergelenk ist nicht zertrümmert«, bemerkte der Arzt. »Sie hatten mindestens ein Dutzend Schutzengel. Ohne Krankenhaus geht die Sache nicht ab. Die Projektile müssen operativ entfernt werden. So, wie die Verletzungen aussehen, sind sie sehr schmerzhaft.«

»Ich lasse ihn schnellstens abholen und nach Palermo in unsere Klinik fliegen«, erklärte Sophia.

Der Arzt nickte, drehte sich zu seinem Medikamentenschrank um und entnahm eine Ampulle.

Sophia beugte sich sorgenvoll über Sandro und berührte sein Haar. Er sah überrascht auf. »Ich habe eine Bitte«, flüsterte er. »*Si?*«

»Das Gespräch im Auto bleibt unter uns! Sagen Sie dem Alten nur, dass ich die Sache in die Hand nehme!«

Sophia nickte und flüsterte Sandro ins Ohr: »Der Alte, wie du ihn nennst, hat mir inzwischen gestanden, dass er dich auf mich angesetzt hatte. Ich weiß auch, was du ihm bedeutest. Giulio und du, ihr habt mir ein tolles Theater vorgespielt!« Sie richtete sich auf und blickte ihm in die Augen. »Wir reden noch darüber, Sandro!«, fügte sie mit einem freundlichen Unterton hinzu und lächelte.

»Ich gebe ihm jetzt erst die Spritze gegen die Schmerzen«, meldete sich der Arzt aus dem Hintergrund. »Wie lange werden Sie benötigen, bis man ihn abholt?«

Sophia überlegte kurz. »Zwei Stunden maximal!«

»Gut, dann bleibe ich so lange bei ihm«, erwiderte der Arzt.

Sie lächelte ihn dankbar an. »Sie haben etwas gut bei mir!« Dann beugte sie sich wieder über Sandro, strich ihm noch einmal über das Haar. »Gute Besserung«, flüsterte sie ihm zu, lächelte und verließ die Praxis.

Zwanzig Minuten später traf Sophia am Flughafen in Olbia ein. Von unterwegs aus hatte sie den Piloten angerufen und im Anschluss das Klinikpersonal in Palermo auf ihre Ankunft vorbereitet. Jetzt musste sie nur noch mit einigen Herren am Flughafen sprechen, damit sie mit Sandro unbehelligt und ohne Aufsehen den Learjet besteigen konnte. Der Flug nach Palermo würde höchstens eine halbe Stunde dauern. Wenn alles reibungslos verlief, lag Sandro in knapp vier Stunden auf dem Operationstisch.

18.
Vermutungen

Im Konferenzsaal der Antimafiabehörde in Rom schien die Luft zu stehen. Schwüle Hitze herrschte im Raum. Die vier Doppelflügel der Fenster im dritten Stock waren weit geöffnet, denn wie so oft war wieder einmal die Klimaanlage ausgefallen. Die Sonne stand schon tief und schien in den zehn Meter langen Raum. Um den Mahagonitisch in der Mitte standen zwölf Stühle, lediglich vier waren besetzt. Generale Nicola Di Gregori, oberster Mafiajäger Italiens, trat ins Zimmer, setzte sich mit einem knappen Gruß an die Stirnseite des Tisches und musterte die Anwesenden. Ihm zur Linken saß Giancarlo Pontine und sein Assistent Emilio Casaverde, die sich angeregt unterhielten. Gegenüber hatten Comandante Francesco Tassilo und sein Kollege Claudio Bellini Platz genommen. Der junge und engagierte Bellini, ein sportlich wirkender Mann mit strohblonden Haaren und dunkelblauen Augen, sortierte in seinem Ordner noch einige Dokumente und schob ihn dann zur Mitte des Tisches. Er war mit Abstand der Jüngste im Raum, hatte sich aber innerhalb weniger Jahre zum Chef der statistischen Abteilung hochgearbeitet und nahm inzwischen den Rang eines *caporipardo,* eines Abteilungsleiters, ein. Eine solche Stellung musste man sich in italienischen Behörden normalerweise in zwanzig oder mehr Jahren ersitzen, und nur wenigen gelang die vorzeitige Beförderung aufgrund ihrer Qualifikation oder Kompetenz – schon gar nicht mit dreiunddreißig Jahren. Bellini galt als messerscharfer Analytiker, dem es lediglich noch ein wenig an Selbstbewusstsein fehlte.

Wie immer am ersten Montag eines Monats versammelten sich Vertreter des inneren Kreises zur Standortanalyse, was so viel bedeutete, dass die Anwesenden der jeweiligen Ressorts die wichtigsten Fälle miteinander diskutierten und daraus resultierende Maßnahmen verabschiedeten.

Direttore Pontine nahm sich eines der bereitgestellten Getränke vom Tisch, goss sich das eisgekühlte Lemonsoda ein und trank das Glas mit drei, vier Schlucken gierig aus. »Von mir aus kann's losgehen«, murmelte er und warf einen erwartungsvollen Blick zu Di Gregori. Der Generale klopfte mit dem Druckknopf seines Kugelschreibers auf die Tischplatte, bis die Anwesenden verstummten.

»Signori, ich danke für Ihr Kommen.« Di Gregori klappte einen Schnellhefter auf und zog ein Blatt Papier heraus. »Abweichend von unseren heutigen Tagesordnungspunkten habe ich Ihnen eine vertrauliche Mitteilung zu machen.« Er blickte die Anwesenden scharf an. »Der Gegenstand der heutigen Sitzung ist der absoluten Geheimhaltung unterworfen.«

Die Männer schauten irritiert auf, zumal in der Stimme des Generals eine Ernsthaftigkeit lag, die sie nicht gewohnt waren.

Nur Comandante Tassilo lächelte süffisant. »Welche Sitzung in diesem Kreis war bisher nicht geheim?«, fragte er.

Di Gregori hob die Hand auffordernd zur Konzentration. Dann nahm er Direttore Pontine ins Visier. »Ich möchte mein Bedauern ausdrücken, dass ich Ihnen vor zwei Wochen in der Sache De Cortese jede weitere Aktivität untersagt habe. Es lagen besondere Gründe vor, auf die ich jetzt nicht näher eingehen will. Nur so viel, der Innenminister hat mir gestern grünes Licht für eine geheime Untersuchung gegeben. Staatssekretär De Cortese sollte den Eindruck gewinnen, dass seine Intervention Erfolg hatte und alle Ermittlungen gegen ihn eingestellt wurden. Deshalb war es notwendig, dass wir Ihnen sozusagen offiziell eine Rüge erteilt und einige Ihrer Ermittler abgezogen haben.«

Pontine lachte freudlos auf. »Dann war unsere letzte Besprechung also eine Show?«

»Wenn Sie es als Show bezeichnen wollen, ja! Es tut mir leid, Signore Pontine, aber manchmal muss auch ich zu Mitteln greifen, die mir nicht angenehm sind.« Er machte eine Kunstpause, bevor er fortfuhr. »De Corteses Netzwerk ist uns sehr gut bekannt. Aus diesem Grunde mussten wir so verfahren. Alles muss dergestalt aussehen, dass sich der Staatssekretär in Sicherheit wiegt. Die Angelegenheit ist, wie Sie sich vorstellen können, hochpolitisch! Ich verlasse mich auf Ihre Verschwiegenheit, Signori.«

Die Männer klopften zum Zeichen der Zustimmung mit den Fingerknöcheln auf die Tischplatte.

»Signore Bellini«, wandte sich Generale Di Gregori mit ernster Miene an den jungen Ressortleiter. »Heute möchte ich Ihnen als Erstem das Wort erteilen. Setzen Sie die Signori ins Bild.«

Bellini blickte hinüber zu Tassilo, der ihm aufmunternd zulächelte. »Auch wenn mein Thema vordergründig nichts mit De Cortese zu tun hat, bitte ich Sie dennoch um Ihre Aufmerksamkeit für einige gravierende Auffälligkeiten«, begann er mit fester Stimme. »In meinen Verantwortungsbereich fallen auch unaufgeklärte Vermisstenfälle. Meine Abteilung erfasst sämtliche in Italien registrierten Fälle, die älter sind als ein Jahr.«

Pontine grinste anzüglich und machte in Richtung seines Assistenten eine Bemerkung.

Casaverde wollte lachen, doch als er die verkniffene Miene des Generale bemerkte, verschluckte er sich beinahe.

»Fahren Sie fort!«, knurrte Di Gregori mit einem auffordernden Blick zu dem jungen Bellini.

»*Grazie.* Seit Jahren haben wir eine ziemlich stabile Quote von Menschen, die in Italien von der Bildfläche verschwinden, ohne dass sie eine Spur hinterlassen oder dass man von ihrem Verbleib etwas erfahren hätte. Nichts Ungewöhnliches. Menschen gehen verloren, massenhaft, einfach so.« Seine dunkelblauen Augen blickten in die Runde. »Gestern waren sie noch da, plauderten, erzählten von ihren Plänen, und heute ist es, als hätte es sie nie gegeben. Mitten in ruhigen Friedenszeiten nehmen unsere Carabinieri alleine in Rom täglich zwischen zweihundertfünfzig und dreihundert Vermisstenanzeigen auf. In einer der entwickeltsten Infrastrukturen der Welt, engmaschig und flächendeckend, fallen sie unauffindbar durch das Raster. Selbst im dichtesten Handynetz sind sie nicht aufzuspüren, ebenso wenig in den Computerregistrierungen von Banken, Bahnschaltern und Supermärkten. Die Vermisstendatei unserer Behörde bearbeitet in ganz Italien täglich zwischen zweitausendachthundert und dreitausendeinhundert Personen.«

»Mein lieber Freund«, unterbrach ihn Di Gregori, »das sind bedauerliche Zahlen, ich weiß. Aber machen Sie es nicht so dramatisch, kommen Sie zum Punkt!«

Bellini räusperte sich und murmelte ein: »*Mi scusate!*« Dennoch ließ er sich in seinem Vortrag nicht beirren. »Nach unseren Schätzungen erledigen sich fünfzig Prozent aller Fälle innerhalb einer Woche und achtzig Prozent in Monatsfrist. Nur drei Prozent werden länger als ein Jahr vermisst, wobei es sich dabei zum überwiegenden Teil um Kinder oder Jugendliche handelt. In Europa liegen wir mit diesen Zahlen im unteren Mittelfeld. Bei unseren perfektionistischen Nachbarn in Deutschland sind die Zahlen weit höher. Und nun komme ich, wie gewünscht, zum Punkt.«

Bellini machte eine theatralische Pause, blätterte in seinem Aktenordner zur nächsten Seite und sah sich unter seinen Zuhörern um. Nur Di Gregori schien ein wenig gelangweilt zu sein und spielte mit seinem Kugelschreiber.

»Seit etwa zwei Jahren weicht unsere Statistik in einem Wert unerklärlicherweise signifikant ab. Wir verzeichnen einen starken Anstieg von Vermisstenanzeigen unter erwachsenen Italienern.«

»Das wird sich so verhalten wie beim Wetter«, bemerkte Casa-verde. »Mal besser und mal schlechter! Solche Fälle erledigen sich oft zeitverzögert. Ich möchte wetten, nächstes Jahr stimmt Ihre achtzigprozentige Aufklärungsquote wieder«

»Das sehe ich anders«, widersprach Bellini energisch. »Bis vor neun Jahren blieb der statistische Wert von eintausendfünfhun-dertsiebzig Erwachsenen, die der Erdboden sozusagen ver-schluckt hat, absolut stabil. Dann schnellte der Wert auf erst-malig eintausendachthundertdreißig Erwachsene, die auf Nim-merwiedersehen verschwunden sind. Im Jahr darauf hatten wir eine weitere Steigerung auf zweitausendeinhundertvierzig Er-wachsene. Die Werte stiegen seitdem auch kontinuierlich an, und wir verzeichneten im letzten Jahr zweitausendsiebenhun-dertachtzig unerklärliche Vermisstenfälle. Zwei Drittel der Vermissten sind Männer, während die Anzahl der Kinder und der älteren Menschen, ob weiblich oder männlich, im Vergleich relativ konstant blieben.«

»Erläutern Sie uns doch bitte genauer, um was es hier geht, ver-ehrter Bellini«, unterbrach ihn Di Gregori und wirkte zuneh-mend ungehalten.

Tassilo mischte sich nun ein: »Wenn Sie erlauben, Generale«, wandte er sich an Di Gregori, »darf ich den Bericht komplet-tieren.« Tassilo gab dem jungen Bellini einen Wink, der ihm daraufhin den Ordner reichte. »Wir haben uns aufgrund der auffälligen Entwicklung überlegt, was hinter diesem Zuwachs steckt, und nach Gemeinsamkeiten gesucht.«

Pontine beugte sich mit zusammengekniffenen Augen vor zu Tassilo. »Gemeinsamkeiten?«

»*Si, esattamente!*«, bestätigte Tassilo. »Es geht um Personen, die erst am Anfang oder mitten in ihrer beruflichen Karriere stehen. Sie heiraten, bekommen Kinder, machen Karriere oder bauen an ihren beruflichen Perspektiven. Sie gehören also zu jener Gruppe, die sich in einer ihrer wichtigsten Etablierungs-phasen befinden. Natürlich sind Menschen in diesem Alter besonders mobil und haben überdies einen höheren Reisedrang als Kinder und Greise. Dem gegenüber stehen größere Verantwortung und Verpflichtung, die aller Erfahrung nach eine hohe Bindung an das Umfeld nach sich ziehen, an Familie, Beruf, Kollegen, Freunde, Sportvereine und so weiter. Umso mehr fällt ins Gewicht, dass sich in den vergangenen Jahren eine geradezu dramatische Steigerung von vermissten Personen der beschriebenen Altersgruppe abzeichnet.«

Bellini nickte zustimmend, nahm ein weiteres Papier zur Hand und übernahm wieder den Vortrag: »Die Polizeidirektionen der Provinzen haben auf unsere Veranlassung hin die fraglichen Vermisstenmeldungen der letzten zehn Jahre zusammengefasst und an mein Ressort weitergeleitet. Wir sind dabei auf ganz erstaunliche Ergebnisse gestoßen.« Er unterbrach sich für einen Augenblick, um sich zu vergewissern, ob man ihm zuhörte.

»Fahren Sie fort!«, sagte Di Gregori, der plötzlich einen interessierten Eindruck machte.

»Fast alle waren bei bester Gesundheit, als sie verschwanden. Achtundsiebzig Prozent trieben Sport oder haben früher sehr viel Sport betrieben, einundachtzig Prozent waren Blutspender, und sechsundsiebzig Prozent waren vor ihrem Verschwinden bei einem Arzt.«

Direttore Pontine meldete sich mit einer Geste zu Wort. »Arztbesuche oder Sport können doch keine Relevanz für ein spurloses Verschwinden haben! Motive sind die aufgezählten Gemeinsamkeiten jedenfalls nicht. Was will man denn daraus ableiten? Ich denke, häusliche oder berufliche Schwierigkeiten, Liebeskummer, Probleme in der Schule, Streit unter Ehepartnern oder Versagensängste sind Initialzündungen für ein Untertauchen ins Nichts, aber auch politische und wirtschaftliche Unzufriedenheit.«

Comandante Tassilo erhob sich von seinem Stuhl und ging in militärisch zackigen Schritten auf und ab, während er dozierte.

»Genau diese Gründe haben bei dem diskutierten Personen-kreis keine Rolle gespielt. Die wenigsten verschwinden wegen einer Straftat einfach so im Ausland. Alle anderen brauchen Papiere, wenn sie sich in einem Land außerhalb Italiens niederlassen und einer Arbeit nachgehen wollen.«

»Und die vielen Rentner, die sich in der Karibik ein Plätzchen suchen?«, rief Casaverde dazwischen.

Tassilo schüttelte missbilligend den Kopf. »Mann! Denken Sie doch kurz darüber nach! Die bekommen Rente, Verwandten-besuch, haben Krankenversicherungen, wollen an Weihnach-ten ihre Enkel sehen.«

Casaverde seufzte vernehmlich und warf den Kugelschreiber auf seinen Schreibblock.

»Vielleicht haben wir einen ersten wirklich handfesten An-haltspunkt gefunden«, nahm Tassilo das Thema wieder auf. »Möglicherweise ein Thema, das hier niemandem schmecken wird, denn es könnte eine ganze Nation in Aufruhr versetzen.«

»Reden Sie endlich Klartext«, verlangte Di Gregori, der ange-spannt zugehört hatte und den Comandante durchdringend ansah.

»Erlauben Sie, dass Bellini übernimmt, er hatte die Federfüh-rung bei diesem Projekt.«

Di Gregori machte eine zustimmende Geste.

Bellini warf Tassilo einen unsicheren Blick zu. Doch der nickte ihm aufmunternd zu. »Ich habe vor zwei Tagen ein Gespräch mit der Questura in Genua geführt«, begann Bellini. »Es gab dort auf einem Parkplatz einen unerklärlichen Leichenfund. Es handelt sich laut Erkennungsdienst um einen Ivan Badolento, ein kleiner Mafioso aus Corleone. Er hat sich längere Zeit im Ausland aufgehalten, in Argentinien, soweit ich weiß. Dieser Badolento hat in Siracusa als Kellner gearbeitet und war nach Angaben seines Arbeitgebers plötzlich von der Bildfläche ver-schwunden. Tatsache ist, man hatte den Mann restlos aus-geweidet.«

»Davon haben wir auch gehört«, bestätigte Casaverde angespannt.

Tassilo blickte in die Runde. »Dem Mann fehlten Herz, Nieren
und die Leber. Man hat den toten Mafioso nach dem operativen
Eingriff offenkundig in ein Auto gesetzt.«

»Ich habe noch nie gehört, dass sich Mafiosi auf diese Weise
gegenseitig ins Jenseits befördern«, feixte Casaverde.

»Stimmt!«, erwiderte Tassilo. »Aber das ist nicht der Punkt.
Das kriminaltechnische Labor sagt, der Mann sei maximal zwei
Tage zuvor verstorben. Nach der Organentnahme hat man ihn
mit ein paar Stichen wieder zugenäht und angekleidet. Die
Operation selbst muss von Fachleuten durchgeführt worden
sein, sagt der Pathologe aus Genua.«

»Das ist …«, bemerkte General Di Gregori, »… in der Tat ein
sensibles Thema! Daraus könnte schnell ein Politikum werden.«

Bellini, der Chef der statistischen Abteilung, ergriff wieder das
Wort. »Der Comandante und ich sind der Meinung, dass wir es
möglicherweise mit einem großangelegten Organhandel zu tun
haben. Anders lassen sich unsere Zahlen und auch die Fakten
nicht erklären.«

Der Generale nickte bedächtig und überlegte. »Die Fakten
wollen Sie uns nicht verraten?«

»Doch, natürlich«, stotterte Bellini verlegen. »Vielleicht ist
Fakten ein zu großes Wort, ich hätte Auffälligkeiten sagen sollen.«

»Machen Sie nicht herum! Reden Sie!«, unterbrach Di Gregori
den jungen Mann unwirsch.

»Die Aufklärungsquoten in den einzelnen Altersgruppen unterscheiden sich erheblich. Wie ich bereits eingangs erwähnte,
haben wir überwiegend hohe Aufklärungsquoten. In der Altersgruppe, die uns aufgefallen ist, sind es jedoch nicht einmal
zwei Prozent.«

Die Zahl hinterließ beim Generale sichtbaren Eindruck. »Ein

überzeugendes Faktum! Welche Schritte schlagen Sie vor, Bellini?«

Bellini legte die Stirn in Falten und rieb sich die Nasenwurzel. »Ich möchte gerne dieser Zahl auf den Grund gehen. Was halten Sie davon, wenn wir versuchen herauszufinden, wer die Hausärzte der Vermissten waren. Dann könnten möglicherweise großangelegte Interviews mit diesen sinnvoll werden.«

Die Skepsis stand den restlichen Anwesenden ins Gesicht geschrieben. Besonders Pontine schien von Bellinis Idee wenig begeistert zu sein.

»Die Frage ist, ob sich die Ärzte an ihre Schweigepflicht gebunden fühlen«, gab er zu bedenken. »Habt ihr schon einmal daran gedacht, dass es hier um Menschenhandel gehen könnte?«

»Ausgeschlossen!«, erwiderte Bellini. »Dann gäbe es weitere relevante Übereinstimmungen.«

»Na gut«, mischte sich Casaverde ein, »wenn wir Menschenhandel im klassischen Sinne ausschließen, ist die Sache mit den Ärzten doch ein ganz guter Vorschlag. Ich glaube nur nicht, dass man Ihnen Auskunft geben wird.«

»Wenn man die Sache richtig anpackt und den Ärzten mit einer vernünftigen Sprachregelung begegnet, werden sie auch Auskünfte geben«, entgegnete Bellini provokativ.

»Ärzte unterliegen der Schweigepflicht«, widersprach Casaverde kategorisch. »Und die meisten nehmen sie ernst, wenn Carabinieri kommen und Fragen stellen.«

»Und wenige halten sie ein, wenn man ihnen klarmacht, um was es geht«, schoss Bellini zurück.

»Ruhe!«, fuhr Di Gregori dazwischen. »Sie machen den Ärzten gar nichts klar! Verstanden? Wenn es so wäre, wie Sie vermuten, werden die Götter in Weiß auf die Barrikaden gehen. Was glauben Sie, welchen Aufruhr das verursacht, wenn die Presse davon erfährt.«

»Dann müssen wir eine plausible Argumentationskette entwickeln, um die Ärzte nicht aufzuscheuchen«, erwiderte Bellini.

»Gute Idee! Da sind Sie genau der Richtige«, griff Casaverde seinen Kollegen erneut an.

»Dann übernehmen Sie das«, bellte Di Gregori und bedachte Casaverde mit einem vernichtenden Blick. »Und nehmen Sie sich ein wenig zurück! Wir sind hier nicht auf einem Kinderspielplatz!«

Der Generale wandte sich wieder an Bellini. »Bleiben Sie an dem Thema dran, Signore!«, sagte er in verbindlichem Ton. »Erarbeiten Sie detaillierte Zahlen! Am besten, Sie nehmen sich noch ein paar Leute aus der Analytik zu Hilfe. Bereiten Sie die Zahlen so auf, dass Direttore Pontine und Commissario Casaverde etwas damit anfangen können! Absolute Geheimhaltung wird hiermit angeordnet. Aber das sagte ich bereits. Ich werde mich umgehend mit Generalstaatsanwalt Della Torre und mit dem Innenminister beraten, wie wir mit der Sache insgesamt umzugehen haben. Die Sitzung ist geschlossen – oder hat noch jemand etwas Wichtiges beizutragen?« Di Gregori blickte in die Runde.

Die Männer sahen sich an. Aber wie es schien, war das Thema abgehandelt, und sie erhoben sich.

19.
Die Fänger

Sarah Gentile nahm die Hausschlüssel vom Wandhaken und verließ ihre kleine Wohnung. Seit zwei Jahren lebte sie unter dem Dach eines fast sechshundert Jahre alten Kaufmannshauses inmitten der Altstadt Perugias. Dem Pass nach war sie Engländerin, aber ihr Vater hatte hier seine Wurzeln. Und wie er wollte auch sie hier studieren. Sie hatte sich schnell integriert und war mittlerweile Kapitänin der Volleyballmannschaft an der Uni geworden. Inzwischen hatte sie eine wunderhübsche Wohnung gefunden. Das kleine Appartement im obersten Stockwerk eines alten Gebäudes mit nahezu meterdicken Mauern lag in der Via Vibi, einer kurzen Querstraße, von der man über einen steilen Treppenaufgang den trutzigen Borgho der Altstadt erklimmen konnte. Zuvor hatte sie kurz im Studentenwohnheim gelebt. Ihr Hausarzt hatte ihr den Tipp gegeben, und auf seine Empfehlung hin bekam sie dann auch die Wohnung.

Perugia war eine junge Stadt mit jahrhundertealtem Gemäuer. Dass hier die Jugend regierte, dafür sorgten nicht nur die zwei berühmten Universitäten. Wenn Sarah von Freunden besucht wurde, schwärmte sie, Perugia sei eine Stadt wie aus einem Italienbilderbuch, von sprödem und mit verhaltenem Charakter. Mauerbögen, Stiegen und winklige Gassen, wuchtige etruskische Tore und über tausendjährige Stadtmauern verliehen Perugia ein eindrucksvolles Ambiente. An steilen Aufgängen zur Oberstadt hatte der Stadtrat *scale mobili*, Rolltreppen, installieren lassen. So konnten die Einwohner und Besucher mühelos den Höhenunterschied in der Innenstadt zum Corso Vannucci überwinden, eine der beliebtesten Einkaufsstraßen, die auf den in Sarahs Augen schönsten Platz Italiens führte: Sie liebte die Piazza delle Repubblica.

Heute hatte sich Sarah ein Programm vorgenommen, in dem jede Minute genau verplant war. Einkaufen; die Freundin treffen, mit der sie deren Mutter im Krankenhaus besuchen wollte; im Anschluss daran musste sie ihr Auto aus der Werkstatt holen; später war sie mit ihrem Freund Alfredo in der Stadt verabredet. Sie freute sich darauf, den Abend mit ihm zu verbringen.

Es war genau neun Uhr, als sie durchs jahrhundertealte Treppenhaus ging und auf die Straße trat. Obwohl die Sonne noch lange nicht am Zenit stand, war es ungewöhnlich warm. Auf der anderen Straßenseite parkte ein Krankenwagen. Neugierig blieb Sarah stehen und ließ ihren Blick über die Fenster der Häuser schweifen, als könnte man ihnen ansehen, ob dahinter jemand lag, der dringend Hilfe benötigte. Natürlich entdeckte sie keine Anzeichen, ob sich hinter den Fassaden irgendwo ein Drama abspielte, aber die Anwesenheit eines Krankenwagens in unmittelbarer Nachbarschaft hinterließ bei ihr doch ein mulmiges Gefühl.

Sie war eine sportliche junge Frau, schlank, dunkelhaarig, mit offenem Blick und frechen Grübchen neben den Mundwinkeln. Man konnte die burschikos wirkende Frau als herbe Schönheit bezeichnen, auch wenn sie sich eher als unauffällig betrachtete. Nichtsdestoweniger war sie eine überaus lebenslustige und wissbegierige Studentin. Sarah trug vorwiegend Jeans, Turnschuhe und leichte Tops oder Jacken in fröhlichen Farben. So fühlte sie sich am wohlsten, obwohl sie sich auch teure Mode hätte leisten können. Immerhin war sie von zu Hause her sehr begütert und wurde von ihren Eltern mehr als großzügig unterstützt.

Die junge Frau ging weiter und bog vor der Porta Marzia, dem etruskischen Stadttor, in den Corso Cavour ein, eine belebte

Einkaufsstraße im Herzen der Altstadt. Hier fand man sämtliche Delikatessen Umbriens, und die Geschäfte verführten Sarah bei jedem Einkauf dazu, viel zu viel mit nach Hause zu nehmen. Auch heute verließ sie mit prall gefüllten Tüten die Läden und schlenderte weiter zwischen alten Palazzi und trutzigen Bürgerhäusern.

Vor dem Schaufenster eines Modegeschäftes blieb sie stehen und betrachtete die Auslagen. Eine blaue Leinenhose stach ihr ins Auge. Wie zufällig fiel ihr in der Spiegelung der Fensterscheibe der Krankenwagen auf, der in Schrittgeschwindigkeit heranrollte und am gegenüberliegenden Gehweg anhielt.

Sarah drehte sich um und sah hinüber. Der Fahrer, ein pockennarbiger Typ, hatte eine Sonnenbrille auf und starrte geradeaus. Ein beklemmendes Gefühl stieg in ihr auf, ohne dass sie sich den Grund dafür erklären konnte. Abrupt wandte sie sich wieder ab und betrat das Modegeschäft. Als sie nach einer Viertelstunde mit einer weiteren großen Tüte auf die Straße trat, hielt sie intuitiv Ausschau nach dem Krankenwagen. Er war verschwunden.

Sarah beschloss, ihre Einkäufe nach Hause zu bringen, bevor sie ihre Freundin abholte. Bis zu ihrer Wohnung waren es höchstens zehn Minuten. Der Rückweg war einfacher, da es bergab ging und sie keine steilen Treppen bewältigen musste. Zufrieden mit sich und ihren Einkäufen, bog sie in die Via Vibi ein. Erneut fiel ihr der Krankenwagen auf, der dieses Mal vor ihrer Haustür parkte. Was macht denn der schon wieder hier?, schoss es durch ihren Kopf. Verwundert schloss sie die Haustür auf. Unvermittelt beschlich sie ein unheimliches Gefühl, als würde eine innere Stimme davor warnen, ins Haus zu gehen. Sie betrat den düsteren Flur, stellte die Tüten ab und tastete nach dem Lichtschalter. Im gleichen Augenblick spürte sie einen stechenden Schmerz im linken Oberarm, dann wurde ihr schwarz vor Augen.

Zwei Sanitäter verließen das Haus Nummer 22 in der Via Vibi. Auf ihrer Krankenbahre lag eine regungslose junge Frau in eine wärmende Decke gehüllt und mit zwei Gurten festgeschnallt. Auf ihrem Bauch lag ihre Handtasche. Routiniert verluden die Sanitäter die Frau in den Rettungswagen, während einige Passanten stehen blieben und mit anteilnehmender Neugierde den Einsatz beobachteten. Ein pockennarbiger, klapperdürrer Mann in weißer Sanitätskleidung und abgespiegelter Sonnenbrille nahm auf dem Fahrersitz Platz, während der kleine, glatzköpfige Beifahrer den Transportraum bestieg und von innen die Türen verschloss.

Das Blaulicht auf dem Dach zuckte auf, und das Fahrzeug setzte sich in Bewegung. Zügig, jedoch ohne Sirene, steuerte der Rettungswagen in Richtung Ausfallstraße.

»He, Luigi! Sieh gleich in ihrer Tasche nach und vergleiche den Namen mit unserer Liste!«, brüllte das Narbengesicht nach hinten. »Ich habe keine Lust, die Kleine wieder zurückzubringen.«

Der Angesprochene durchwühlte die Tasche aus teurem Schweinsleder und förderte den Ausweis zutage. »Es ist Sarah Gentile …! Du kannst Gas geben, Brufolo.«

»Vergiss nicht, ihr den Zettel mit der Kennung zu verpassen. Am besten, du steckst ihn in ihre Hosentasche.«

»Pass du lieber auf, dass wir keinen Unfall bauen«, rief Luigi nach vorn und notierte mit seinem Kugelschreiber auf einem Stück Papier einen Namen und eine vierstellige Zahl.

Der Wagen benötigte trotz des dichten Verkehrs weniger als fünfzehn Minuten, bis er die Straße zum achtzehn Kilometer entfernten Lago di Trasimeno erreichte, einem der größten italienischen Seen. Das dünnbesiedelte Gebiet, heute touristischer Anziehungspunkt, war noch vor zweihundert Jahren Brutstätte der Malaria. Die schnelle Fahrt ging eine Weile am See entlang, bis das Krankenfahrzeug in die Autostrada Richtung Norden einbog.

Es waren kaum zwei Stunden Fahrzeit verstrichen, als der Rettungswagen die Autobahn verließ und Florenz erreichte. Der Fahrer steuerte den Wagen gezielt in das Industriegebiet Rovezzano vor den Toren der Stadt. Inmitten von Werkstätten, kleinen Fabriken und Speditionen stand ein mehrstöckiges Wohnhaus, vor dessen Eingang der Fahrer stoppte. Der Glatzköpfige im Transportraum kontrollierte, ob die Frau noch bewusstlos war. Sie schien sich zu regen. Er zog eine Spritze auf und injizierte eine weitere Dosis.

»Für die nächsten zwei Stunden schläft sie fest«, rief er dem Fahrer zu, erhob sich und verließ den Wagen durch die hintere Tür. Er kam ums Fahrzeug herum und stellte sich neben die Fahrertür. »Hast du eine Zigarette?«

Brufolo ließ das Seitenfenster herunter und reichte ihm eine Packung Camel.

»Was meinst du?«, fragte der Kahlköpfige und suchte mit kritischem Blick die Fassade des Wohnhauses ab. »Wollen wir nachsehen, ob er zu Hause ist?«

Brufolo sah auf die Armbanduhr und überlegte. »Wir sollten es versuchen. Wenn du fertig geraucht hast, holst du die zweite Bahre aus dem Wagen. Wir gehen dann ins Haus. Nach meiner Information müsste er zu Hause sein.« Wieder warf er einen Blick auf die Armbanduhr. Dann griff er in die Tasche, faltete einen zerknitterten Zettel auseinander, nahm sein Telefonino und wählte eine Nummer. Sein Gesicht verzog sich zu einer grinsenden Grimasse, als er die Verbindung wieder trennte. »Ich wusste es, wir können ihn abholen. Dann los!«, befahl Brufolo und stieg aus. Die beiden gingen geradewegs auf den Hauseingang zu. »Die Liste!«, knurrte Brufolo.

»Pietro Savanelli, achtunddreißig Jahre, eins achtzig groß, achtundachtzig Kilo«, leierte Luigi mit einem Blick auf ein Blatt Papier herunter.

Der Pockennarbige schob seine Sonnenbrille über die Stirn, während seine Augen die Namensschilder von oben nach unten absuchten. »Hier ist es!«, brummte er und drückte auf den Klingelknopf.

»*Dica!*«, ertönte es nach einigen Sekunden blechern aus der Sprechanlage.

»Eilpost«, erwiderte Brufolo.

»*Terzo piano!*«, antwortete die Stimme. »Kommen Sie herauf.«
Der Summer ertönte, und die zwei Männer betraten mitsamt der Bahre den Hausflur. Es war eines dieser Treppenhäuser, wie man sie in vielen gesichtslosen Mietshäusern vorfindet, mit heller Farbe gestrichen und mit billigen Steinfliesen. An der Wand hingen graue Blechbriefkästen, teilweise aufgebrochen, links und rechts waren Fahrräder und Kinderwagen abgestellt.

Die Türen des Aufzugs öffneten sich. »Das wird knapp«, murmelte Luigi, jonglierte die Bahre quer in den Lift und lehnte sie aufrecht an die Kabinenwand.

»Wir stellen uns hernach diagonal in den Fahrstuhl, wenn wir ihn auf der Bahre haben, dann müsste es ausreichen. Geh mal in die Ecke«, wies Brufolo seinen Begleiter an. »Wir probieren es aus.«

Die Tür schloss sich und der Lift fuhr leicht rumpelnd nach oben. Als sich die Tür öffnete, sah Brufolo direkt in die Augen seines Opfers. Erstaunen lag in dem Blick des Mannes. Doch ehe er in der Lage war, sich darüber zu wundern, dass er vor Sanitätern und nicht vor einem Postboten stand, hatte ihm Brufolo brutal eine Spritze in den Hals gerammt. Augenblicklich sank der Mann in sich zusammen. Die beiden fingen ihn geschickt auf, legten ihn auf die Rollbahre und schoben den Ohnmächtigen in den Lift.

Brufolo betrachtete kritisch den Mann, der leblos vor ihm auf der Bahre lag. »Entspricht wohl den Angaben auf der Liste«, meinte er.

»Wir müssen in die Wohnung und nach dem Ausweis suchen! Ohne den brauchen wir nicht loszufahren«, sagte Luigi.

»Ich gehe«, entgegnete Brufolo. »Blockiere einstweilen die

Fahrstuhltür! Ich bin sofort wieder da.« Er eilte in die Wohnung und suchte hastig nach der Brieftasche seines Opfers. Dann entdeckte er sie. Sie lag direkt vor seiner Nase auf dem Wohnzimmertisch. Männer haben eben immer ihre Brieftasche griffbereit, dachte er zufrieden und schlug die Tür hinter sich zu.

Knapp drei Minuten später setzte sich der Krankenwagen mit seiner Menschenladung wieder in Bewegung und fuhr zur Autostrada del Sole Richtung Bologna. Immer wieder sah Luigi nach seinen »Patienten« und wachte darüber, dass sie fest schliefen. Ab und zu rauchte er schweigend eine Zigarette. Er hatte nicht das Bedürfnis, sich mit Brufolo zu unterhalten. Lieber hing er seinen Gedanken nach und beobachtete die riesigen Waldgebiete, die sie durchquerten. Sein asketischer Körper war zäh und sehr ausdauernd. Der kahlgeschorene Schädel ließ ihn älter erscheinen, als er war. Seit seiner Jugend war er ein treu ergebenes Familienmitglied der *società d'onorata*, und er gehörte wie Brufolo zu Paluzzis Vertrauten. Die zwei waren seelenlose Typen, deren Bereitschaft zur Grausamkeit und zur Brutalität ihresgleichen suchte. Seit mehreren Jahren schon gehörten sie zur Besatzung der Flotte von Kranken- und Leichenwagen, die Paluzzi in ganz Italien einsetzte.

Es hatte zu regnen begonnen, und die Sicht wurde zunehmend schlechter. »Wir sind knapp in der Zeit«, knurrte Brufolo. »Das könnte Ärger geben.«

Luigi brütete schweigend vor sich hin, als habe er seinem Kollegen nicht zugehört. Die junge Frau auf der Bahre regte sich und stöhnte leise. Vermutlich würde sie bald aus der Betäubung aufwachen. »Wie lange fahren wir noch?«

»Knapp zehn Minuten, denke ich. Gott sei Dank ist wenig Verkehr!«

»Die Kleine wird gleich wach. Ich werde ihr noch eine verpassen müssen«, meinte Luigi, hangelte sich vom Beifahrersitz nach hinten und klappte seinen kleinen Medizinkoffer auf.

»Und was ist mit dem Kerl?«, fragte Brufolo.

Luigi beugte sich über den Mann und zog mit dem Daumen das Augenlid hoch. »Er pennt tief und fest«, rief er und setzte Sarah eine weitere Spritze.

Brufolo lenkte den Krankenwagen geschickt durch den Vorstadtverkehr Bolognas und bog wenige Minuten später in das Klinikgelände der Chirurgia Estetica ein. Zugleich wählte er auf seinem Handy eine Telefonnummer.

»Organtransport angekommen«, meldete er. »Benachrichtigen Sie das Transplantationspersonal!«

Er trennte die Verbindung, warf das Handy neben sich auf den Beifahrersitz und fuhr zum Seiteneingang, der über die Rampe zum Kellergeschoss erreichbar war. Das Rolltor öffnete sich, die Neonröhren flackerten auf, und der Transporter glitt geräuschlos in die Klinikkatakombe. Kaum hatte der Wagen angehalten, öffnete sich die Zugangstür zum Klinikum. Eine beleibte Oberschwester trat in den unterirdischen Tunnel und grüßte die Fahrer mit einem kurzen Nicken und heruntergezogenen Mundwinkeln. Unter ihrem Arm klemmten zwei Schilder. »Haben Sie noch nicht ausgeladen? Ich dachte, Sie sind schon so weit …«

Brufolo sprang aus dem Wagen und half Luigi, die ausklappbaren Rollbahren aus dem Transporter zu ziehen. Dann schoben sie die beiden Patienten in Richtung Tür. »Das ist die 1877, der da Nummer 1147.« Er hielt der Schwester eine Liste hin.

Ein kurzer Blick genügte, daraufhin ging sie zum Kopfende der Krankenbahren und hängte die vorbereiteten Namensschilder an die Querstreben.

1877 – Sergej Piotr Tanienow, Moskau – Implantation Corona
1147 – Khalil Abdul Al Saadi, Dubai / Implantation Corona

Eine zweite Schwester erschien in der Tür. »Für wie lange hält die Sedierung der beiden noch vor?«, fragte sie Brufolo, ohne ihn gegrüßt zu haben.

»Keine Ahnung«, erwiderte er. »Mindestens zwei Stunden, denke ich. Für den Rest seid ihr zuständig.«

»Heißt das, sie wurde gerade sediert?«

Brufolo sah seinen Kollegen an. »Wann war das genau?«

Luigi blickte auf seine Armbanduhr. »Vor zehn Minuten hat sie die Spritze bekommen.«

Die Oberschwester war hinzugetreten. »Wie ist der Puls?«, fragte sie ihre Kollegin.

»Was soll die Quatscherei?«, raunzte Brufolo die Schwestern an. »Wir haben es eilig, es steht noch eine Fuhre nach Mailand und Verona an.«

»Sie warten hier!«, ordnete die Schwester an. »Sie sind noch nicht fertig.«

»Was soll das denn?«, entgegnete Brufolo kopfschüttelnd. »Wir haben keine Zeit.«

»Sie haben Zeit!«, keifte die Oberschwester. »Sobald wir festgestellt haben, dass die Lieferung unseren Anforderungen entspricht, können Sie weiterfahren.«

»Hören Sie mal!«, knurrte Brufolo. »Ich …«

»Ich höre gar nicht!«, schnitt ihm die Schwester rüde das Wort ab. »Anfang April haben Sie uns eine Fracht abgegeben, die ganz und gar nicht unseren Anforderungen entsprochen hatte. Wir konnten kaum etwas verwerten. Ich weiß ja nicht, woher Sie die Ware hatten, jedenfalls darf so etwas nicht mehr vorkommen! Sie können von Glück sagen, dass unser Professore Sie nicht dafür verantwortlich gemacht hat!« Sie bedachte den Pockennarbigen mit einem vorwurfsvollen Blick. »Außerdem hatten wir diese Lieferung damals gar nicht bestellt.«

Brufolo verzog sein Gesicht zu einer wütenden Grimasse. »Ich hau dir gleich ein paar aufs Maul, wenn du weiter so mit mir redest!«

Die Schwester stellte ein Bein vor, stemmte die Hände in die fülligen Hüften und lächelte böse. »Sehen Sie sich vor! Ein Anruf, und Sie setzen sich nie mehr in einen Krankenwagen!«

»Lass die Karbolmaus in Ruhe!«, rief Brufolos Begleiter und wandte sich an die Schwester. »Wir waren im April gar nicht im

Einsatz«, versuchte er schlichtend einzuwirken. »Wenn etwas schiefgelaufen ist, geht das nicht auf unsere Kappe.«

Die Schwester warf Brufolo noch einmal einen Blick zu, als würde sie sich vor ihm ekeln, und wandte sich seinem Kumpan zu. »Trinken Sie im Kasino einen Kaffee oder rauchen Sie eine Zigarette! Ich bin in einer halben Stunde wieder zurück.«

Die beiden Männer begaben sich mürrisch dreinblickend in den Park und vertraten sich die Füße.

»Was sich diese fette Schnepfe einbildet!«, schimpfte Brufolo.

»Ich geh in die Kantine«, meinte Luigi und kickte einen Stein ins Gebüsch. »Gehst du mit, oder soll ich etwas mit herunterbringen?«

Brufolo seufzte. »Ich bleibe hier. Bring mir einen Espresso!«

Luigi schlurfte gemächlich über den Kiesweg und verschwand im Foyer des Klinikums, während Brufolo sich auf eine Bank setzte und den Eingang beobachtete. Es war ihm anzusehen, dass ihm die Wartezeit auf die Nerven ging. Er zog sein Handy aus der Tasche, wechselte die Chipkarten aus und wählte. Sekunden später meldete sich Don Palù.

»Wir sind in Bologna und müssen noch warten«, meldete er sich. »Danach haben wir noch zwei Fuhren, oder hat sich etwas Neues ergeben?«

»Beeilt euch!«, antwortete Paluzzi. »Mir fehlen zwei Fahrer für Tschechien. Schafft ihr das bis morgen Abend?«

»*Securo!* Können wir die Ladung für Tschechien nicht gleich von hier aus mitnehmen«, fragte er.

»Nein, die Lieferung liegt in Venezia! Außerdem müsstet ihr die Fahrzeuge wechseln.«

»In Ordnung! Ich melde mich, wenn wir so weit sind. Übrigens, Don Palù«, fuhr er fort und verfolgte mit den Augen ein Eichhörnchen, das mit schnellen Sprüngen im Geäst der Bäume verschwand, »eine Schwester hat mich gerade angemacht, von uns hätte jemand im April eine falsche Fracht abgeliefert. Weißt du etwas davon?«

»Die Sache ist erledigt«, erwiderte Paluzzi. »Du warst dabei, als wir das Problem an die Schweine verfüttert haben!«

»Ach so ....« Brufolo grinste. »Dann ist ja alles klar!« Er trennte die Verbindung.

Luigi trat heran und hatte zwei Pappbecher dabei. »Hier ...« Er hielt ihm den Becher hin. »Er ist leider nicht mehr heiß. Ich hab dir ein Eis mitgebracht!«

»Espresso im Pappbecher!«, knurrte Brufolo ungehalten. »Ich hasse es, aus Pappbechern zu trinken!« Er kippte den Espresso mit einem Schluck hinunter und riss die Verpackung vom Zitroneneis auf. Dann deutete er in Richtung Krankenhaus. »Sie kommt«, raunte er. Missmutig erhob er sich und ging der Oberschwester entgegen. »*Tutto in ordine?*«, fragte er und verzog sein Gesicht zu einer grinsenden Grimasse.

»Ja. Sie können fahren.« Sie bedachte Brufolo mit einem abfälligen Blick.

»Übrigens, Professor Cerlosa lässt ausrichten, dass Sie morgen spätestens elf Uhr Vormittag mit den Patienten aus Verona und Mailand hier sein sollen. Vergessen Sie Ihre Liste nicht«, sagte sie und reichte Brufolo einen Schnellhefter.

»*Tutto chiaro*«, grunzte er böse und gab Luigi ein Zeichen mit dem Kopf, ihm zu folgen.

Kurz darauf verließ der Krankenwagen die unterirdische Zufahrt und verschwand in Richtung Autobahn.

20.
Wütende Trauer

In Savianis herrschaftlichem Anwesen herrschte gedrückte Stimmung. Anselmo saß vor sich hin brütend im Salon. Zu seinen Füßen lagerten Castor und Pollux, die beiden mächtigen Hunde. Der große Pate hatte das Hauspersonal heimgeschickt und quittierte jedes kleinste Geräusch in seiner Umgebung mit einem unwilligen Stöhnen. Giulio Savianis Leichnam war von der Gerichtsmedizin Olbia freigegeben und nach Palermo überführt worden. Die Beisetzung sollte nur im allerengsten Familien- und Freundeskreis stattfinden, so dass die Savianis nur einige wenige Gäste erwarteten. Anselmo Saviani hatte dafür sorgen lassen, dass während der Trauerfeier der Friedhof Rotoli von keinem Unberechtigten betreten werden durfte und eventuelle Besucher sich vor dem Tor in Geduld üben mussten. Der Patriarch hatte darüber hinaus die Anweisung an seine Männer erteilt, keinem Vertreter der Medien Zutritt zu gewähren.

Er hörte, wie die Chauffeure die Wagen vorfuhren. In wenigen Minuten würden er und seine Gattin zum Friedhof Rotoli aufbrechen. Während er auf Marga wartete, die sich schon seit mehr als einer Stunde in ihrem Umkleidezimmer zurechtmachte, hatte er die Augen geschlossen und hing den Erinnerungen an seinen Sohn nach. Auch wenn er nach außen hin entspannt und ruhig wirkte, brodelte ein Vulkan in ihm. Sein Lebenswerk war mit der Ermordung seines Sohnes unvermittelt in Frage gestellt, auch wenn er eine Schwiegertochter hatte, der seiner Meinung nach große Verantwortung zuzutrauen wäre. Aber den eigenen Sohn konnte niemand ersetzen.

Die beiden Mastiffs hoben plötzlich den Kopf und richteten sich auf. Wie zwei in Marmor gemeißelte Statuen sahen sie unverwandt in Richtung Tür. Schritte näherten sich, jemand klopfte. Die Mastiffs beantworteten die Störung mit dumpfem Grollen aus ihren Kehlen.

»*Avanti!*«, befahl Saviani mit harter Stimme, und stemmte sich aus dem Sessel.

Ein junger Mann mit kräftiger Statur trat ins Zimmer und schaute ängstlich zu den braunen Kolossen. »Die Signora wartet schon im Wagen.« Mit einem Blick auf Castor und Pollux fügte er hinzu: »Sollen die Hunde im Haus bleiben?«

Saviani machte eine kaum merkliche Geste in Richtung seiner Hunde, die daraufhin schwanzwedelnd aus dem Salon trabten und auf die Haustür zustrebten. Er nahm seinen Stock und folgte ihnen. Im Hinausgehen wandte er sich an den jungen Mann: »Wo ist Sophia?«

»Ich habe ihr Bescheid gegeben, dass wir fahren! Ich glaube, sie ist schon draußen.«

Vor der Haustür blieb der alte Mann stehen und ließ seine Blicke mit einem Anflug von Wehmut über den Park schweifen. Dann schaute er auf seine vierbeinigen Begleiter. »Ihr wartet hier«, sagte er beinahe liebevoll.

In der Auffahrt vor der Freitreppe standen hintereinander aufgereiht drei dunkelblaue Mercedes-Limousinen. Im vorderen und hinteren Wagen saßen je zwei Bodyguards und warteten mit laufendem Motor auf den Paten. Ein elegant gekleideter junger Mann hatte sich an der mittleren Limousine auf der Beifahrerseite postiert und riss die Tür auf, als er Saviani kommen sah.

»Ist in Rotoli alles organisiert?«, erkundigte sich der Pate beim Einsteigen.

»Si, Signore«, erwiderte der Mann mit einer angedeuteten Verbeugung. »Die Männer sind seit einer Stunde dort und sorgen dafür, dass sich kein Fremder nähern kann.« Hündische Ergebenheit lag in seiner Miene, als Saviani ihm mit einem kurzen Blick dankte.

Wie von Geisterhand bewegt, rollte das schmiedeeiserne Einfahrtstor zur Seite, und die drei Wagen glitten hinaus auf die Straße. Während der Fahrt durch die Stadt herrschte Schweigen. Weder Sophia noch Marga Saviani würdigten sich gegenseitig eines Blickes. Zwischen den Frauen war eine erbitterte Feindschaft zu spüren, auch wenn sie beide um einen großen Verlust trauerten. Jede sah während der Fahrt unverwandt durch die Seitenscheibe, ohne ein Wort zu sprechen. Anselmo Saviani schien die bedrückende Stimmung nicht verbessern zu wollen und machte nicht die geringsten Anstalten, wenigstens eine oberflächliche Konversation zu beginnen. Mit eisiger Miene starrte er durch die Frontscheibe und schwieg. Der kleine Konvoi benötigte eine knappe Viertelstunde, bis er Rotoli erreichte. Die Fahrzeuge rollten auf die große Rotunde neben der Aussegnungshalle zu und hielten an.

Nur ein knappes Dutzend Fahrzeuge hatte sich eingefunden. Es war eine handverlesene Gesellschaft, aus nahen Verwandten und engen Freunden. Nun trafen auch die zwei Luxuskarossen der De Corteses ein und wurden von den Wachen, die vor dem berühmten Friedhof postiert waren, eingewiesen. Sophias Miene verhärtete sich, als Antonio De Cortese mit seinen Eltern auf die Savianis zuging, die ein wenig unschlüssig zwischen Bodyguards und Trauergästen standen. Es war ihr nicht unangenehm, dass er sie ganz offensichtlich schnitt und ihr nur einmal einen flüchtigen Blick zuwarf. Wie es schien, waren, wenn man von den Leibwächtern absah, Antonio und Sophia die jüngsten Trauernden zwischen all den betagten Herrschaften, die Giulio das letzte Geleit geben wollten.

Sophia hatte sich ein wenig von den Schwiegereltern entfernt und beobachtete aus den Augenwinkeln, wie zwischen Antonios Eltern und den Savianis offensichtlich ein stilles Einvernehmen herrschte. Die Damen tauschten mit gesenkten Stimmen ein paar Worte aus, die sie nicht verstehen konnte, während die Männer mit regungslosen Gesichtern nebeneinander verweilten und Richtung Aussegnungshalle sahen. Inmitten der Trauergäste und in dieser Umgebung kam sich Sophia mit einem Mal in die Vergangenheit zurückversetzt vor. Das Déjà-vu-Erlebnis raubte ihr beinahe den Verstand. Fast auf den Tag genau vor zweiundzwanzig Jahren hatte sie Giulio an diesem Ort das erste Mal gesehen, und nun stand sie wieder im Kreise einer Trauergemeinde an der gleichen Stelle und trug ihren Mann zu Grabe.

Sophia steckte nicht in dem sackartigen schwarzen Kleid, mit dem sizilianische Witwen jegliche weibliche Attribute verbargen. Gegen die Tradition hatte sie sich ein tailliertes Kostüm anfertigen lassen und es mit einem Gürtel geschnürt. Sie zog damit wie schon damals die heimlichen Blicke der Männer auf sich, was von den anwesenden Damen demonstrativ übersehen wurde. Marga Savianis missbilligende Miene dagegen verriet Sophia, dass sie wütend sein musste. Gerade wollte sie sich Margas Blick entziehen, als diese auf sie zukam.

»Dein Aufzug ist unangemessen«, zischte sie. »Witwen haben in unserer Gesellschaft gefälligst demutsvoll zu sein!«

Anselmo, der Margas Attacke bemerkt haben musste, trat hinzu. »Ich möchte hier keine Szene!«, herrschte er seine Frau leise an und musterte Sophia kritisch. »Sie hat recht!«, fügte er hinzu. »Wir sind hier in Sizilien …«

Sophia warf stolz den Kopf in den Nacken, wandte sich abrupt um und entfernte sich ein paar Schritte. Ihre innere Unruhe meldete sich immer massiver, genau wie die Erinnerungen an den damaligen Beweggrund, den Friedhof Rotoli aufzusuchen und der Beisetzung von Giulios erster Frau beizuwohnen. In ihrem Kopf überschlugen sich die Bilder, und Angst stieg in ihr auf. Nervös suchte sie in ihrer Handtasche nach der Pillendose, ohne die sie nie das Haus verließ. Verstohlen entnahm sie dieses Mal drei gelbe und eine weiße Kapsel und schluckte eine nach der anderen. Sie musste so schnell wie möglich die Quälgeister in ihrem Kopf betäuben. Jede andere Empfindung war ohnehin abgestorben und ihre Seele längst kalt wie Marmor.

Die Trauergemeinde hatte sich vor der kleinen Kapelle versammelt. Sophia folgte den Savianis und betrat mit ihnen den mit bescheidenem Blumenschmuck dekorierten Andachtsraum. Dieses Mal saß sie nicht verschämt hinter einer Säule auf den hinteren Bänken, sondern in der ersten Reihe neben dem schier allmächtigen Anselmo Saviani.

Wie in Trance erlebte Sophia die Zeremonie. Das Medikament hatte eine stärkere Wirkung entfaltet, als sie erwartet hatte. Die Worte des Priesters, der sich mit einer Ansprache an die kleine Gruppe von Trauernden wandte, erreichten sie nur als dumpfes und unverständliches Kauderwelsch. Die Umgebung versank allmählich hinter einem Schleier, und ihr schien, als würde sie selbst leicht wie eine Feder und körperlos durch den Raum schweben.

Als Sophia wieder erwachte, schien ihr die Sonne ins Gesicht. Nach und nach registrierte sie, dass sie nicht auf dem Friedhof in Rotoli, sondern offensichtlich im Krankenbett einer Klinik lag. Schemenhaft nahm sie wahr, dass jemand neben ihr saß und Zeitung las. Sie fühlte sich sterbenselend. Der Mann neben ihr senkte die Zeitung.

»Wie geht es dir?«, fragte Anselmo mit zusammengezogenen Augenbrauen und betrachtete sie kritisch.

»Grauenvoll«, erwiderte sie mit schwacher Stimme. »Was ist passiert?«

»Wir haben uns große Sorgen gemacht.« Don Anselmo faltete die Zeitung zusammen und legte sie auf den Beistelltisch.

»Wer ist ›wir‹?«

Der Patriarch lächelte. »Ich habe mir Sorgen gemacht«, verbesserte er sich. »Du bist während der Trauerfeier einfach umgefallen. Du warst bewusstlos. Meine Männer haben dich sofort in die Klinik gebracht.«

»Tatsächlich …«, murmelte Sophia und versuchte ein entschuldigendes Lächeln.

»Was ist mit dir los?«, fragte Saviani ohne weitere Umschweife. »Nimmst du Drogen?«

Sophia fuhr hoch, zuckte aber sofort zusammen und griff sich mit der Hand an die Stirn. *»Madonna mia, no!«*

Saviani behielt sie scharf im Auge. »Der Arzt sagt, du hättest vermutlich ein starkes Psychopharmakon eingenommen.«

»Wie kommt er dazu, so etwas zu behaupten?«, entgegnete sie erregt.

Saviani griff in die Tasche und förderte Sophias silberne Pillendose zutage. »Und was ist das?«

Sie starrte verunsichert auf die Dose. »Das sind nur Beruhigungsmittel«, wiegelte sie ab. »Die hat mir mein Arzt verschrieben.« Sie schlug die Augen nieder und suchte nach Worten. »Giulios Ermordung … Das hat mich völlig fertiggemacht. Und dann die Beisetzung …« Sie blickte in Savianis Augen, in denen immer noch Skepsis lag. »Kannst du dir nicht vorstellen, wie sehr mich das alles mitgenommen hat?«

Saviani nickte. »Du sagst mir nicht die Wahrheit! Ich habe natürlich mit dem Arzt gesprochen. Niemals habe er dir Neuroleptika verschrieben! Er meinte, du hast eine Überdosis eingenommen. Immerhin warst du mehrere Stunden weggetreten. Sie haben dir den Magen ausgepumpt!«

»Meine Droge ist der Hass, wenn du es genau wissen willst«, erwiderte Sophia und starrte den Patriarchen an.

»Mag sein«, erwiderte er hart und nickte nachdenklich. »Ich hoffe trotzdem, dass du diese Dinger nicht mehr brauchst.« Saviani bedachte sie mit einem strengen Blick, der nun einen Anflug von Verständnis zeigte. »Es steht zu viel auf dem Spiel, Sophia!«

Sie hatte verstanden. Sie kannte den alten Patriarchen zu gut und wusste, dass er sie gewarnt hatte.

21.
Lagebesprechung
in Rom

20 Juni 2009

Teresa Principato wurde mit zwei Begleitfahrzeugen am Palazzo del Viminale in Rom vorgefahren. Schwerbewaffnete Carabinieri sicherten den Wagen der Staatsanwältin aus Palermo, während sie ausstieg und sich über den monumentalen Treppenaufgang dem Doppelportal des Innenministeriums näherte. Ihre üppige Haarmähne glühte wie das flüssige Magma des Ätna. Ihr mausgraues Kostüm mit der taillierten Jacke schien im Farbton auf den Kontrast zu ihren Haaren abgestimmt zu sein. Natürlich zog sie sofort die Aufmerksamkeit des Wachpersonals vor dem Eingang auf sich. Staatsanwältin Principato war sich ihrer Wirkung auf Männer bewusst und quittierte die bewundernden Blicke mit einem hintergründigen Lächeln.

Am Meeting sollten nicht nur der Generalstaatsanwalt Della Torre, sondern auch der sizilianische Mafiajäger Losanto sowie Direttore Pontine und dessen Assistent Casaverde teilnehmen. Das Treffen hatte der Generalstaatsanwalt kurzfristig angeordnet. Es sollte in einem speziell abgesicherten Bereich stattfinden, den man *stanza insonorizzata* nannte. Die unterirdischen Räume waren durch automatische Schleusen gesichert, die nur von ausgewähltem Wachpersonal geöffnet werden konnten.

Teresa Principato wurde im Foyer von zwei Bodyguards erwartet und zum Fahrstuhl eskortiert, während die Fahrer ihre gepanzerten Autos in den Innenhof des Gebäudes brachten. Sie drückte die Aktentasche eng an sich. Darin befanden sich brisante Ermittlungspapiere über Giulio Saviani und Antonio De Cortese. Die beiden Leibwächter in kugelsicheren Westen und mit schussbereiten Schnellfeuerwaffen schienen beim Anblick ihres Schützlings mehr auf dessen Beine zu achten als auf eine mögliche Gefahr.

»*Ci siamo*«, meldete der eine Carabiniere zackig und schielte aus den Augenwinkeln in Teresas Dekolleté.

Auf der steinernen Türeinfassung prangte ein Messingschild. Teresa las die geschwungene Gravur: *Lodovico Della Torre – Procuratore Generale*.

»Wollen Sie beim Generalstaatsanwalt angemeldet werden?«, fragte der Uniformierte.

»*No, grazie*«, erwiderte sie, ohne eine Miene zu verziehen, klopfte an die Doppeltür und trat, ohne eine Antwort abzuwarten, ein.

Das Büro glich einem Repräsentationssaal. Prachtvolle Deckengemälde in schwindelnder Höhe, antikes Mobiliar und wertvolles Mooreichenparkett erinnerten an die feudale Welt einer vergangenen Zeit. Ein grauhaariger Herr mit Brille saß am handgearbeiteten Schreibtisch und schien in Papiere vertieft zu sein. Er blickte auf, und ein warmes Lächeln erhellte sein Gesicht.

»Teresa!« Er erhob sich freudig, ging auf sie zu und umarmte sie herzlich. »Wie lange haben wir uns nicht mehr gesehen.«

»*Buongiorno*, Onkel Lodovico!«

»Nimm Platz.« Der Generalstaatsanwalt wies auf einen wuchtigen Ledersessel der repräsentativen Sitzecke, während er sich auf die Couch setzte. »Schön, dass du kommen konntest. Aber bevor wir in medias res gehen, erzähl doch mal. Wie steht's um dein Liebesleben? Hast du endlich wieder jemanden für dein Herz gefunden?«

Teresa lachte und winkte ab. »Wer traut sich denn, mit mir zu flirten, wenn andauernd fünf Bodyguards mit Maschinenpistolen im Anschlag um mich herum sind? Sie begleiten mich beim Einkauf, sie stehen vor meiner Wohnungstür, fehlte nur noch, dass einer mit Springerstiefeln und durchgeladener Pistole neben mir im Bett liegt.«

Della Torre seufzte und zog seine Mundwinkel nach unten. »Ich kenne das nur zu gut.«

»Manchmal wird mir das alles zu viel. Es ist kein Wunder, dass mich Andreas verlassen hat. Wir konnten keinen Schritt mehr ohne Bewachung tun. Mein Beruf ging ihm derart auf die Nerven, dass er nach Hamburg zurückgegangen ist. Selbst wenn er mit dem Kleinen in den Tierpark ging, war das ohne bewaffneten Begleitschutz unmöglich. Nicht einmal im Supermarkt konnte er wie normale Menschen einkaufen. Ich würde so gerne wieder einmal Bus fahren oder an den Strand gehen. Aber jetzt, nachdem Andreas wieder in Deutschland ist, sind die Umstände noch schwieriger geworden.«

Della Torre seufzte. »Aber deinem Sohn geht es gut, hoffe ich.«

»Ja, ich bin ganz stolz auf ihn, obwohl er wie in einem Gefängnis lebt. Am Anfang hat er es noch genossen. Er hat vor seinen Kameraden angegeben, weil die Carabinieri ihn in die Schule gebracht und wieder abgeholt haben. Aber seit er nicht einmal ohne Leibwächter Fußball spielen kann, leidet er.«

»Das ist wohl der Preis, den wir in unserem Job bezahlen müssen.« Er griff nach ihrer Hand und drückte sie fest. »Lass uns nach der Besprechung gemeinsam zum Essen gehen, wenn es für dich nicht zu spät wird«, schlug er vor. »Unser Kasino hat eine hervorragende Küche. Dann haben wir auch Zeit, noch ein wenig zu plaudern.«

»Gerne«, erwiderte Teresa.

»*Bene!*« Della Torre blickte auf seine Armbanduhr und erhob sich. »Wir müssen los. Die Herren werden schon auf uns warten.«

Sie verließen sein Büro und fuhren, begleitet von den beiden Carabinieri, mit dem Fahrstuhl in den Keller. Der gesicherte

Konferenzraum wurde von einer meterdicken Betoneinfassung hermetisch abgeschirmt. Della Torre ließ sich vom Wachmann die Schleusentür öffnen und betrat dann in Begleitung seiner Nichte die *stanza insonorizzata,* während die bewaffneten Carabinieri draußen Wache hielten.

Alle Teilnehmer waren bereits anwesend und saßen um den ovalen Tisch. Zwei Plätze am oberen Ende waren noch frei.

Della Torre wandte sich an Teresa. »Ich möchte dir die Herren aus unserem Hause vorstellen«, begann er und machte sie mit Pontine und Casaverde bekannt. Die beiden Männer nickten ihr zu. Der Generalstaatsanwalt wies dann hinüber zu dem dunkelhaarigen, schlanken Mann aus Sardinien. Losanto taxierte die rothaarige Teresa mit unverhohlenem Interesse. Sein Blick blieb während der Vorstellung an ihren atemberaubend langen Beinen hängen, und er war, wie es schien, von ihnen mehr als angetan. »Signora Teresa Principato«, fuhr Della Torre fort, »ist nicht nur eine unserer fähigsten Staatsanwältinnen im Land, sondern sie leitet in Palermo auch die Sonderermittlungsbehörde der Sektion Antimafia.«

»*Piacere*,« murmelte Losanto und deutete so etwas wie eine Verbeugung an.

Della Torre bat die Anwesenden per Handzeichen Platz zu nehmen. »Signori«, begann er, »aus besonderem Anlass befinden wir uns heute in unserem Sicherheitsraum. Der Grund, weswegen ich Sie hierher gebeten habe, unterliegt besonderer Geheimhaltung. Es geht um eine hochbrisante Angelegenheit. Meine verehrte Kollegin«, er wies auf seine Nichte, »hat mich gebeten, diese Sitzung anzuberaumen. Es geht um den Fall Saviani.«

Die Männer schlugen die vor ihnen liegenden Schnellhefter auf. Pontine meldete sich zu Wort. »Dass Saviani ein heißes Eisen ist, haben wir hautnah miterleben dürfen«, sagte er gereizt.

»Ich weiß, ich weiß, Direttore. Aber lassen Sie Signora Principato dazu etwas ausführen«, erwiderte Della Torre und blickte seine Nichte auffordernd an.

»*Buongiorno, Signori!*« Sie blickte in die Runde und sah, wie Losanto voll Inbrunst ein Karamellbonbon auswickelte und es genüsslich in den Mund schob. Er zeigte zwei schneeweiße Zahnreihen, als er Principatos missbilligenden Blick bemerkte.

»Wie Sie alle Ihren Unterlagen entnehmen konnten, wurde Giulio Saviani am 12. Juni dieses Jahres vor seiner Haustür mit einem Pistolenschuss ermordet. Der Täter hinterließ keinerlei Spuren und ist seitdem flüchtig. Aber dazu wird Capitano Losanto später mehr sagen. Gestatten Sie mir zuvor noch eine Bemerkung zur Familie Saviani. Der Mord an Giulio Saviani ist deshalb so brisant, weil wir damit rechnen müssen, dass sein Vater nicht darauf warten wird, dass wir den Mord aufklären.«

Pontine und Casaverde nickten ernst, während Losanto die rote Haarpracht der Staatsanwältin anstarrte.

»Signore Losanto«, riss sie ihn aus seiner stillen Bewunderung. »Ich kann gut verstehen, dass Sie mein Anblick aus der Bahn wirft, aber ein Blick in Ihre Akten wäre für unser Fortkommen sicher hilfreicher.«

Die Männer lachten amüsiert. Der Capitano erhob sich vom Stuhl, legte seine rechte Hand aufs Herz und erwiderte feurig:

»Im Vergleich zu meinen Akten, Signora, sind Sie um ein Vielfaches aufregender.«

»Ich bitte um mehr Ernsthaftigkeit, Signore«, rief Della Torre den Ermittler zur Ordnung. »Ihren sizilianischen Charme sollten Sie hier ein wenig im Zaum halten!«

»Ich bin Sarde!«, widersprach Losanto, und seine schwarzen Augen bekamen einen stolzen Glanz.

»Mit dieser abgewetzten Lederjacke und den durchgescheuerten Jeans machen Sie aber nicht gerade Werbung für sardische Männer.«

»Das täuscht. Mein Gesichtsausdruck ist wesentlich wichtiger als meine Kleidung, und außerdem sagte schon meine Mutter: Den ordentlichen Mann erkennt man beim Ablegen seiner Kleider.«

»Aber bitte nicht hier!« Teresa Principato lächelte und fuhr fort: »Anselmo Saviani, der Vater des Ermordeten, gilt in Regierungskreisen als unantastbar, und ich bin der Überzeugung, dass er der mächtigste Pate Italiens ist. Sozusagen die graue Eminenz, auch wenn wir ihm nichts nachweisen können!«

»Bekannt«, grummelte Pontine. »Man nennt ihn auch den Ministermacher. An diesem Mann will sich nicht einmal der Ministerpräsident die Finger verbrennen. Aber das Problem wird sich bald biologisch lösen.«

Losanto lachte belustigt auf. »Wieso? Ist unser Ministerpräsident etwa schon so alt?«

»Der Direttore meinte Anselmo Saviani, Sie Schlaumeier!«, erwiderte die Principato. »Saviani ist etwas über achtzig«, fügte sie hinzu und fuhr sich mit der Hand durch die feuerroten Haare.

Della Torre zog eine bedenkliche Miene. »Hoffen wir, dass er noch ein paar Jahre macht! Nicht auszudenken, wenn jetzt nach dem Tod seines Sohnes ein Nachfolger bestimmt würde. Außerdem kann keiner daran interessiert sein, dass es zu Machtkämpfen kommt, die schlimmer sind als alles bisher Dagewesene. Solange der alte Saviani lebt, herrscht einigermaßen Ruhe. Konzentrieren wir uns besser auf Giulio Saviani!«

Teresa Principato lächelte dankbar. »Wie ich in dem mir vorliegenden Ermittlungsbericht von Signore Losanto gelesen habe, beschäftigt das Ehepaar Saviani einen Leibwächter mit Namen Sandro Calogheri. Er ist seit dem Mordanschlag ebenfalls spurlos verschwunden. Dieser Calogheri ist ein interessanter Mann.« Sie blickte auf, denn Commissario Casaverde schien nicht im Bilde zu sein.

»Wer ist dieser Calogheri?«, fragte er.

»Sandro Calogheri saß wegen Doppelmordes im Hochsicherheitstrakt von L'Aquila. Er hat seine Schwester gerächt, wie er damals aussagte, und zwei Männer auf bestialische Weise hingerichtet. Giulio Saviani hat ihn nach der vorzeitigen Entlassung als Bodyguard und Chauffeur eingestellt. Allerdings pflegt auch der alte Saviani engen Kontakt mit Calogheri.« Teresa Principato blätterte nervös in ihren Unterlagen. »Irgendein Ermittler aus Palermo hat vor Jahren behauptet, dieser Sandro sei ein Killer des Alten. Seitdem ist dieser Ermittler spurlos verschwunden. Kein Mensch hat ihn gesehen. Niemand weiß, wo er geblieben ist oder wo er sein könnte.«

»Ist man der Sache nie nachgegangen?«, erkundigte sich Losanto.

»Hier hab ich es«, erwiderte die Principato und zog eine Notiz aus ihrer Mappe. »Es ist jetzt acht Jahre her. Tenente Salvatore Belgrazia war der Ermittler, und er hat Calogheri beschattet. Von einem auf den anderen Tag war Belgrazia verschwunden. Wir wissen nicht, ob Calogheri mit dem Verschwinden des Carabiniereleutnants etwas zu tun hat. Bezeichnenderweise kommt Calogheri aus dem Mazzolo-Clan, der in den achtziger Jahren während der Familienkriege in Palermo und Messina beinahe vollkommen ausgerottet wurde. Übrigens hat er einen Bruder: Bruno Calogheri. Wir halten ihn für mindestens ebenso gefährlich wie Sandro. Wahrscheinlich ist er für das Massaker an dem gegnerischen Clan verantwortlich. Aber wir konnten ihm nie etwas nachweisen.«

Casaverde schien frustriert zu sein. »Unser berühmter Dichter Dante Aligheri hat schon vor mehr als siebenhundert Jahren gesagt: Es ist lästig, bei offenkundigen Dingen noch Beweise beizubringen. Ich frage mich immer öfter, wie unsere Justiz Unschuldige schützen will.«

»Wissen Sie, was ein Mafiapate einmal zu mir gesagt hat?«, richtete die Principato das Wort an den Commissario.

Casaverde sah die rothaarige Schönheit interessiert an.

»Normalerweise stirbt man, weil man alleine ist oder in etwas hineingeraten ist, was einem über den Kopf wächst. Oft stirbt man auch, weil man nicht die richtigen Verbündeten und somit keine Unterstützung hatte.« Sie warf Casaverde einen düsteren

Blick zu. »In Sizilien stirbt man immer noch, weil der Staat einen nicht beschützen kann, das ist die eigentliche Tragik, mit der wir es zu tun haben.«

Der Commissario nickte. »Und was ist mit diesem Bruno Calogheri?«

»Während der Haftzeit seines Bruders Sandro haben ihn die Carabinieri aus den Augen verloren. Ich halte es für durchaus möglich, dass wir noch von ihm hören werden! Wir können nur hoffen, dass Sandro lebt.«

Dieses Mal meldete sich Pontine zu Wort. »*Mi scusate*, Signora Procuratore, müssen wir davon ausgehen, dass möglicherweise Sandro Calogheri der Mörder Savianis ist?«

»Die Frage müssen Sie Capitano Losanto stellen«, erwiderte die Staatsanwältin. »Sollten wir es in diesem Fall mit einem internen Machtkampf zu tun haben, dann können wir uns auf ein Schlachtfest einrichten.«

»Ich glaube nicht, dass Sandro mit der Sache etwas zu tun hat«, meinte der Capitano. »Alles deutet darauf hin, dass es sich bei dem Anschlag auf Saviani um einen Auftragsmord handelt. Sein Leibwächter Sandro Calogheri wurde dabei angeschossen oder erschossen! Jedenfalls hat man ihn entweder gerade noch lebend oder tot abtransportiert.«

»Woher wollen Sie das so genau wissen?«, erkundigte sich Casaverde in schulmeisterlichem Ton.

»Die Spurenlage deutet darauf hin«, beantwortete Losanto die Frage. »Calogheris Wagen stand auf dem Parkplatz, und zu Fuß wäre er nicht sehr weit gekommen. Dem Blutverlust nach zu schließen, dürfte er kaum in der Lage gewesen sein, irgendwohin zu gehen. Es sind mindestens zwei Täter gewesen. Unsere Spurensicherung hat eine große Menge Blut am Einfahrtstor des Grundstückes in Porto Cervo festgestellt. Es stammt eindeutig von Sandro Calogheri, das steht fest! Wenn sein Bruder Bruno von der Geschichte erfährt, könnte es lustig werden.«

»Malen Sie den Teufel nicht an die Wand! Und was macht Sie so sicher, dass wir es mit Auftragskillern zu tun haben?«

»Die Videoanlage war just zu dem Augenblick defekt, als der Mord passierte. Wir haben die Kamera überprüft, jemand hat sie vorher außer Betrieb gesetzt. Die Fingerabdrücke stammten nicht von Sandro.«

»Verstehe!«, erwiderte Casaverde. »Könnte Savianis Frau dahinterstecken?«

»Auch das wäre theoretisch möglich. Leider gibt es dafür keinerlei Anhaltspunkte!«

»Sie sagten eben, das Blut an der Einfahrt soll von Calogheri sein«, erkundigte sich Casaverde und grinste überheblich.

»Hören Sie!«, erwiderte Losanto genervt. »Sogar in Sardinien sind wir mittlerweile so weit, aufrecht zu gehen und mit Messer und Gabel zu essen. Und Sie werden es kaum für möglich halten, wir wissen auch, wie wir eine DNA auswerten und mit Analyseergebnissen aus Datenbanken abgleichen.«

»*Mi scusate*«, murmelte Casaverde und hob beschwichtigend die Hände. »Ich wollte mit meinen Fragen nicht unterstellen, dass die sardischen Carabinieri auf allen vieren zum Tatort kriechen.«

Della Torre schaltete sich in harschem Ton ein. »Ich bitte die Animositäten zu unterlassen, wir sind hier nicht im Kindergarten!« Dann wandte er sich an Losanto. »Was können Sie uns noch berichten?«

»Zur Vervollständigung: Ein Mann alleine könnte Sandro Calogheri kaum in ein Auto zerren. Der Leibwächter wiegt über hundert Kilo. Sollte er nur leicht verletzt gewesen sein, wäre er gefährlicher als ein wütendes Nashorn. Werfen Sie einmal einen Blick in seine Akten!«

»Mir reicht schon, was ich weiß«, bemerkte Casaverde. »Gibt es außerdem noch irgendwelche Spuren?«

Losanto zuckte mit den Schultern. »Wir haben zwei Tage später, also am 14. Juni, eine Leiche an der Landstraße in Richtung

Nuchis gefunden. Ob die im Zusammenhang mit dem Mord an Saviani oder dem Verschwinden von Calogheri steht, wissen wir nicht. Der Tote ist …«, er blätterte in seinen Unterlagen und suchte den Namen. »Ah, hier haben wir es«, murmelte er, »der Kerl heißt Renato Salvo. Er stammte aus Siracusa und arbeitete für einen Leichenbestatter namens Paluzzi.«

»Das darf doch nicht wahr sein!«, fuhr Casaverde hoch. »Diesen Renato Salvo hatte Comandante Tassilo als *pentito,* also als Informanten, gewinnen können, als einen wichtigen Zeugen gegen Paluzzi.«

»Und jetzt ist er tot«, erwiderte Losanto emotionslos. »Er muss aufgeflogen sein, anders kann ich mir seine Ermordung nicht erklären. Man hat ihn mit einem aufgesetzten Schuss ins Genick ins Jenseits befördert.«

»Wie bitte?«, unterbrach Pontine und schlug mit der flachen Hand auf den Tisch. »Hat sich denn alles gegen uns verschworen?«

»Das Leben ist ungerecht«, entgegnete Losanto höhnisch lächelnd und schien das erste Mal aus seiner gleichgültigen Haltung zu erwachen. »Übrigens, an der Stelle, wo wir ihn gefunden haben, konnten wir auch Blutspuren von Sandro Calogheri feststellen. Der Mörder hat sich also an der gleichen Stelle des Leibwächters von Saviani entledigt. Und da Calogheri verschwunden ist, müssen wir davon ausgehen, dass er überlebt hat.«

»Eine spannende Geschichte«, kommentierte Casaverde Losantos Ausführungen.

»Salvo wurde übrigens mit der gleichen Waffe erschossen wie Giulio Saviani«, fuhr Losanto fort. »Sie lag zwar nicht am Tatort, aber unsere Ballistiker haben das ermittelt. Eines jedoch ist merkwürdig …«

»Darf ich auch einmal etwas dazu sagen?«, wandte sich Pontine an den Generalstaatsanwalt, der bislang aufmerksam die Diskussion verfolgt hatte.

Della Torre nickte. »Nur zu, Direttore! Das ist einer der Gründe, weshalb wir hier sitzen.«

Pontines Blicke wanderten von einem zum anderen, während er sich ein Glas Wasser einschenkte. »Wie es scheint, Signori, lässt sich über diesen Renato Salvo eine Verbindung zu einem weiteren Vorfall herstellen. Sie sagten, er sei für Paluzzi tätig gewesen«, wandte er sich an Losanto. »Wir haben ein weiteres Mordopfer, das ebenfalls dem Paluzzi-Clan angehörte. Der Mann heißt Paolo Montoglio, Schweinezüchter, und er war ein Fahrer bei diesem Paluzzi.«

Losanto verzog sein Gesicht. »Wie es scheint, konnte der *Capo di Famiglia* ein paar seiner Mitarbeiter gar nicht gut leiden, es könnte aber auch sein, dass ihm etwas aus dem Ruder läuft.«

»Oder es ist ein Bandenkrieg ausgebrochen, von dem wir noch nichts mitbekommen haben«, ergänzte Casaverde.

»Quatsch!«, fuhr Losanto Commissario Casaverde über den Mund. »Der Mord an Renato Salvo sieht nicht nach einem Rachefeldzug eines anderen Clans aus. Dafür gibt es nicht den geringsten Hinweis. Ich dachte, Sie haben Erfahrung mit den Gepflogenheiten der Mafia. Der Spurenlage nach sollte der Mord an Salvo dem Leibwächter Savianis in die Schuhe geschoben werden. Erst hat er seinen Boss umgebracht und dann auf der Flucht diesen Sandro Calogheri umgelegt.«

»Sind Sie sicher, dass das so geplant war?«, fragte Della Torre.

»Ziemlich sicher!«, antwortete Losanto. »Je länger ich hier zuhöre, desto deutlicher wird mir, dass wir es mit einem Komplex zu tun haben, der ziemliche Kreise zieht. Die Tatsache, dass Salvo ein Mitglied des Paluzzi-Clans war, deutet darauf hin, dass es intern Probleme gibt. Und irgendwie müssen sie mit Saviani zusammenhängen. Montoglios plötzliches Ableben untermauert meine These, auch wenn ich nicht weiß, wie er in dieses Puzzle hineinpasst. Wie dem auch sei – wir brauchen Motive, sonst kommen wir nicht weiter.«

»Ich gebe Losanto völlig recht«, griff Pontine in die sich anbahnende Auseinandersetzung ein. »Betrachten wir die Sache doch einmal von einer anderen Seite. Paluzzi steht im Kontakt mit Staatssekretär De Cortese im Ministerium für Gesundheit und Soziales. Das belegen unsere Tonbandprotokolle, auch wenn wir nicht mehr über sie verfügen können. De Cortese kannte Saviani nicht nur sehr gut, sondern er war auch geschäftlich mit ihm verbunden. Saviani stand seit einiger Zeit im Verdacht des Subventionsbetruges und der Korruption. Bislang allerdings konnten wir weder De Cortese noch Saviani etwas nachweisen. Die Indizien, die wir hatten, dürfen wir leider nicht verwenden.«

»Und weshalb nicht?«, fragte Losanto, kniff die Augen zusammen und richtete seinen Blick auf Della Torre.

»Weil ein Richter die Überwachungsmaßnahmen für illegal erklärt und somit der Innenminister entsprechende Anweisungen erteilt hat.«

Pontine schaute zu Teresa Principato, die eifrig Notizen auf ihren Block kritzelte.

»Noch ist nicht aller Tage Abend«, warf die Staatsanwältin ein und blickte in die Runde. »Ich hatte De Cortese kürzlich bei einer Anhörung. Ein unangenehmer Mensch. Arrogant, herablassend und sehr von sich überzeugt. Aber das war zu erwarten.«

»Wie schätzt man ihn im Ministerium ein?«, fragte Losanto.

Della Torre faltete die Hände und zog die Augenbrauen zusammen. »Ich bin ihm einige Male begegnet. Er wirkt auf den ersten Blick sympathisch. Er kann sich gut präsentieren, hat aber eine Heckenschützenmentalität. Das sagen die Kollegen.« Er lachte in sich hinein. »Er hat dort einen Spitznamen. *L'anguilla mordace!* Der bissige Aal.«

»Sieh an!«, lächelte Teresa Principato. »Wie passend!«

»Auch seine Mitarbeiter würden drei Kreuze schlagen, wenn sie ihn los wären«, fuhr Della Torre fort. »Der Mann hält sich für unentbehrlich, gilt bei seinen Mitarbeitern als Arbeitsvermeider. Man sagt, er kennt immer die richtigen Hinterteile, in die er kriechen muss, um für sich einen Vorteil herauszuschlagen. Auf diese Weise dürfte er es auch bis in die Ministerialebene geschafft haben. De Cortese ist gefährlich, weil er ein breites Netzwerk von Zuträgern hat, und …«, Della Torre machte eine kleine Pause, »weil er der Protegé unseres Ministerpräsidenten ist. Außerdem gehört seine Familie zu den oberen Zehntausend von Sizilien!«

»Das mag sein«, erwiderte Teresa Principato. »Auf Dauer wird ihm das nichts nützen. Obwohl dieser De Cortese ein ganz gewitztes Kerlchen ist, konnte er nicht verhindern, dass ich alles, was es über ihn zu wissen gibt, seit gestern auf meinem Schreibtisch habe. Einer seiner Mitarbeiter hat einige interessante Dokumente hinsichtlich genehmigter Fördergelder und Subventionen kopiert und an mich weitergeleitet, und zwar genau solche, die im Zusammenhang mit Saviani stehen und schon auf den ersten Blick äußerst fragwürdig sind.«

Pontine lachte laut auf. »*Madonna,* Signora Principato! Das könnte Sie trotz Ihres Onkels den Kopf kosten. Aber Sie haben dennoch meine tiefe Bewunderung.«

Teresa neigte mit einem dankbaren Lächeln den Kopf. »Leider kam ich noch nicht dazu, die Unterlagen genau zu sichten! Aber ich bin davon überzeugt, ich werde noch einige Überraschungen erleben.«

»Ich würde Ihnen gerne dabei helfen«, bemerkte Pontine. »Haben Sie in Palermo keine Verwendung für mich? Wenn ja, sollten wir zusammenarbeiten!« Er warf der Staatsanwältin einen schwärmerischen Blick zu.

»Sie sind in Rom viel besser aufgehoben«, erwiderte sie. »Aber lassen Sie uns zu den Fakten zurückkehren! De Cortese lebt weit über seine Verhältnisse, wenngleich seine Familie sehr vermögend ist. Aber ich habe inzwischen über einen Bekannten erfahren, dass der alte De Cortese seinen Sohn kurzhält. Dennoch kann er es sich leisten, ein paarmal im Jahr nach Barbados zu reisen. In Anbetracht der Tatsache, dass Barbados ein Steuerparadies ist, braucht man keine Phantasie, um sich vorzustellen, was er dort tut!«

»Und was ist mit Saviani?«, fragte Casaverde.

»Was soll mit ihm sein?«, fragte Teresa Principato und zog die Augenbrauen zusammen.

»Sind die beiden öfter zusammen in der Karibik unterwegs gewesen?«

»Nach meinen Erkenntnissen fünf oder sechs Mal im letzten Jahr und nie länger als drei oder vier Tage. Zu kurz für einen Urlaub, nicht wahr?«

Casaverde schien mit der Antwort nicht zufrieden zu sein. »Nun ja, Kapitalverbrecher haben bei uns nichts zu befürchten. Sie kommen ja ins Steuerparadies!«

Pontine lachte, nahm sich aber sofort wieder zusammen, als er die ungnädige Miene des Generalstaatsanwalts bemerkte.

»Das war sehr komisch, Casaverde«, wies er den Beamten mit einem süffisanten Lächeln zurecht. »Aber lassen Sie mich nun zum eigentlichen Thema kommen, Signori!«, fuhr er fort. »Sie alle gehören ab heute zur verdeckten Ermittlungsgruppe. Wir operieren in aller Zurückhaltung. Der betroffene Personenkreis, insbesondere De Cortese, darf nicht erfahren, dass wir ihm auf die Finger sehen. Deshalb …«, er sah in die Runde, »… wird ausschließlich an mich persönlich berichtet. Sie sind mit allen Kompetenzen ausgestattet, die notwendig sind, unsere Arbeit erfolgreich durchzuführen.«

»Wir sollten unser Ziel klar definieren«, gab Teresa Principato zu bedenken.

»Richtig«, bestätigte Pontine. »Das Gleiche wollte ich eben auch vorschlagen.«

Della Torre setzte sich in Positur. »Erste Priorität ist die Bündelung des jeweiligen Einzelwissens, damit wir alle auf einem Stand sind. Als Nächstes die Aufklärung der Verbindungen zwischen Saviani, De Cortese und Paluzzi, damit wir die konspirative Zusammenarbeit verstehen und dann zerschlagen können. Der Schlüssel wird die Aufklärung der Morde an Giulio Saviani, Renato Salvo und Paolo Montoglio sein.«

»Und welche Rolle spiele ich dabei?«, fragte Losanto und kratzte sich überrascht am Hinterkopf.

»Sie werden mit Ihren Leuten alles, was Sie über Sophia Saviani herausbekommen, zusammentragen. Die Maxime kann nur heißen: Diskretion! Lassen Sie Ihre Mitarbeiter über unser wahres Ermittlungsziel im Unklaren!«

»Die schöne Sophia?«, fragte Losanto überrascht nach.

»Ja, genau die!«, unterstrich Della Torre seine Anweisung.

»Ein Eisberg!«, erklärte Losanto. »Ich habe keinerlei Trauer oder Schmerz in ihren Reaktionen gesehen, als ich an den Tatort kam. Bei ihrer Vernehmung zeigte sie sich völlig kontrolliert. Ich hätte gerne gewusst, was sie gedacht hat. Nun ja, meine Verhöre sind noch nicht abgeschlossen.«

»Heißt das, sie zählt zum Kreis Ihrer Hauptverdächtigen?«, fragte Pontine.

Losanto machte ein nachdenkliches Gesicht. »Ich will es einmal so formulieren: Savianis Mörderin ist sie nicht. Trotzdem traue ich ihr allerhand zu. Ich würde mich nicht wundern, wenn wir bald von ihr hören.«

»Ich frage Sie«, wandte Della Torre sich an Losanto. »Auch Auftragsmord?«

»Ja, auch das«, bestätigte der Capitano. »Bereicherung und Rache sind schließlich beliebte Gesellschaftsspiele. Und was ihren Mann angeht, so gut kann die Ehe nicht gewesen sein, wenn sie nicht einmal eine Träne vergießt. Soweit ich weiß, war ihr Göttergatte mehrere hundert Millionen schwer. Dafür lässt man schon mal gern seinen Mann umbringen.«

»Ich bin der Meinung«, erwiderte Della Torre, »hinter dem Mord an Giulio Saviani steckt nicht das Gewinnstreben einer Ehefrau, dahinter steckt etwas, was wir vermutlich alle nicht erwarten. Ich will zwar nicht spekulieren, doch von einem bin ich überzeugt: Sophia Saviani wird das Unternehmen ihres Mannes weiterführen. Sie hat Betriebswirtschaft studiert, ist im Unternehmen stark involviert und wird sich auch weiterhin um die Geschäfte kümmern.« Er hob seinen Blick und schwieg für einen Augenblick. »Meine Herrschaften, werden Sie sich darüber klar, dass wir es hier nicht mit gewöhnlichen Mafiosi aus dem Stadtteilmilieu von Palermo oder Neapel zu tun haben! Hier handelt es sich um die Mafia der besseren Gesellschaft.«

Casaverde schüttelte ablehnend den Kopf. »Mafiosi sind Mafiosi. Der eine ist mächtiger, der andere weniger.«

»Was soll der undifferenzierte Unsinn?«, mischte sich Teresa Principato ein.

Casaverde lächelte. »Ich habe vielleicht noch nicht ganz so viele Berufsjahre auf dem Buckel wie Sie, verehrte Staatsanwältin, aber ...,«

»Danke, lieber Casaverde«, unterbrach sie den Commissario mit zuckersüßem Ton. »Aber wissen Sie, je älter man wird, desto wichtiger wird es, das Alter nicht hervorzuheben. Das, junger Freund, werden Sie noch bald herausfinden!«

»Können wir jetzt weitermachen?«

Della Torre lächelte nachsichtig. »Gerne. Lassen Sie mich auf De Cortese zurückkommen! Ich bin der Meinung, dass er mit Saviani in enger geschäftlicher Verbindung stand und in dessen Firmenkonglomerat eine wichtige Rolle spielte.« Er griff sich an die Stirn und überlegte. »Es gibt von Seiten des Geheimdienstes gewisse Erkenntnisse, die aufgrund der besonderen Situation im Innenministerium unter Verschluss gehalten werden. Die Wahlen stehen vor der Tür, und die Machtverhältnisse sortieren sich erst.«

»Über was genau reden wir hier eigentlich?«, erkundigte sich Losanto ungeduldig und sah Della Torre irritiert in die Augen. »Es liegt auf der Hand, dass die verantwortlichen Signori des Ministeriums für Gesundheit und Soziales alles tun, um zu verhindern, dass man ihnen zu genau auf die Finger schaut. Insbesondere Staatssekretär De Cortese. Comandante Tassilo, unser Ressortleiter für sensible Observationen, ist der Meinung, die Kliniken und Blutlabors des Signore Saviani sind reine Tarnung für ganz unsaubere Geschäfte, die von De Cortese gedeckt werden. Von ihm selbst werden wir nichts erfahren, weil er belastende Unterlagen mit Sicherheit vernichtet hat. Aber möglicherweise können wir bei Ermittlungen in Savianis Kliniken und Labors mehr Licht in das Dunkel bringen.«

Losanto wiegte skeptisch den Kopf und wandte sich an Della Torre. »Haben Sie diesbezüglich konkrete Verdachtsmomente?« Er beobachtete gespannt die Reaktion seines Gegenübers. »Ich bitte um Nachsicht, aber ich werde nicht gerne im Unklaren gelassen, verehrter Procuratore Generale!«

»Ich kann Ihren Eifer gut verstehen, Capitano!« Della Torre warf einen unsicheren Blick auf seine Nichte. »Wir sollten die Karten auf den Tisch legen«, raunte er ihr zu. »Oder was meinst du?«

»Später!«, erwiderte sie knapp, indem sie unter den Augenlidern Casaverde und Pontine beobachtete. Beide saßen abwartend da und verfolgten mit unbeweglichen Mienen die Diskussion.

Losanto wandte sich erneut an Della Torre. »Wenn Sie andeuten, dass Savianis Unternehmen lediglich eine Fassade für Straftaten sind, dann gehe ich davon aus, dass Sie einen konkreten Verdacht haben.«

Casaverde hob die Hand, und Della Torre erteilte ihm das Wort mit einem auffordernden Kopfnicken.

»Wie Direttore Pontine vorhin ausgeführt hat, beobachtet unser Ressort seit mehr als einem Jahr den Staatssekretär De Cortese. Dass Saviani dubiose Geschäfte betreibt, dürfte als sicher gelten. Außerdem glauben wir, dass De Cortese indirekt mit der Ermordung des Schweinezüchters Paolo Montoglio etwas zu tun hat. Renato Salvo hat entsprechende Angaben gemacht, leider wurden die Aussagen vom Innenministerium eingezogen. Von Salvo wissen wir auch, dass Paluzzi an diesem Mord beteiligt war. Ob er Täter ist, wissen wir nicht.«

»Weshalb haben Sie ihn nicht sofort verhaftet?«, bemerkte Staatsanwältin Principato.

»Weil wir De Cortese kriegen wollten. Ich möchte die leidige Angelegenheit seiner Intervention nicht noch einmal vertiefen. Außerdem läuft uns Paluzzi nicht davon. Wenn wir ihn aber jetzt aufscheuchen, können wir unsere Ermittlungen gegen den Staatssekretär einstellen.«

Die Staatsanwältin hatte mitgeschrieben und ließ nun ihren Kugelschreiber auf den Tisch fallen. Interessiert beobachtete sie Pontines Mienenspiel. Auch er hatte mitgeschrieben und flüsterte Casaverde nun etwas zu. »Verstehe ich das richtig? Sie lassen Paluzzi deshalb unbehelligt, weil Ihre Beweise gegen De Cortese nicht ausreichen?«

»Stimmt«, antwortete Pontine. »Wie ich soeben sagte, alles, was wir haben, und dazu gehören auch die Verbindungen zu Paluzzi, war bis vor ein paar Tagen Verschlusssache. Streng geheim. Auf diese Akten können wir leider auch in Zukunft nicht so ohne weiteres zugreifen. De Cortese würde das sofort mitbekommen und wäre abermals alarmiert.«

»Dann sollten wir wenigstens die Herrschaften observieren lassen«, meinte die Staatsanwältin.

Della Torre schüttelte energisch den Kopf. »Das werden wir tunlichst unterlassen. De Cortese ist gewarnt, und er wird sehr vorsichtig sein. Wenn er etwas bemerken sollte, muss ich meinen Kopf hinhalten. Außerdem hat die Vergangenheit bewiesen, dass wir mit Observieren nicht erfolgreich waren.«

»Was lässt Sie dann hoffen, dass wir mit De Cortese weiterkommen, wenn wir erfahren, wer beispielsweise Renato Salvo umgebracht hat?«, erkundigte sich Losanto mit ironischem Unterton.

»Keine Ahnung! Das wird sich herausstellen«, antwortete Casaverde anstelle von Della Torre. »Vielleicht hat Savianis Leibwächter ja doch diesen Salvo ins Jenseits befördert und ist getürmt. Niemand war dabei und niemand kann das Gegenteil beweisen. Wenn ich richtig verstanden habe«, wandte er sich an Losanto, »suchen Sie ihn immer noch. Oder?«

»Es ist eine Frage der Zeit, bis wir ihn kriegen. Von der Insel kommt er nicht runter.«

»Wenn er dort noch ist«, unkte Casaverde.

Pontine schien ein wenig verärgert über den Verlauf der Besprechung. »Da gibt es noch etwas.« Er ließ seine Blicke über den Tisch schweifen. »Eigentlich fehlt in unserer Runde ein wichtiger Mann: Generale Nicola Di Gregori.« Er sah Della Torre grimmig in die Augen. »Wollen Sie es ihm sagen, oder soll ich …?«

»Bitte sehr, tun Sie es!«

»Noch haben wir nichts Verwertbares gegen De Cortese in der Hand. Der verehrte Signore Generalstaatsanwalt weiß das auch. Allerdings bin ich überrascht«, Pontines Blick ruhte nun auf Teresa Principato, »dass Sie, liebe Frau Staatsanwältin, aus irgendwelchen ominösen Quellen Unterlagen über De Cortese erhalten haben, uns aber in der Zentrale der Antimafiabehörde jeglicher Zugriff auf Daten und Fakten über den Staatssekretär verweigert wird. Man hat uns in der Vergangenheit zu Idioten gemacht. Hatten Sie etwa die Unterstützung Ihres Onkels?« Er warf ihr einen Blick zu, den Teresa eher als heimliche Verehrung verstand und nicht als vorwurfsvoll oder verärgert.

»Vielleicht mögen mich die Männer im Ministerium lieber als Sie?«, entgegnete sie mit einem zuckersüßen Lächeln.

»Sie sind auch wesentlich attraktiver als ich«, antwortete er.

»Ärgern Sie sich nicht, Signore Direttore! Mein Onkel kann Ihnen das erklären.«

»Ich habe in Absprache mit Generale Di Gregori und dem Chef des Inlandsgeheimdienstes einen Plan entwickelt, der von der üblichen Vorgehensweise abweicht«, fügte Della Torre an.

»Unsere Antimafiabehörde ist im Gebäude des Innenministeriums untergebracht. Wir müssen daher die Ermittlungen auslagern und in verschiedene, aber sehr loyale Hände legen. Nur so verhindern wir, dass De Cortese in Zukunft im eigenen Hause Informationen erhält und weiter intervenieren kann. Er soll uns aus den Augen verlieren.«

»Intervenieren ist ein bagatellisierender Begriff für das, was sich im Innenministerium abspielt.« Staatsanwältin Principato lachte freudlos. »De Cortese ist ein Strippenzieher, und er hat einflussreiche Freunde. Aber wer weiß das besser als Sie!« Ihr bedauernder Blick galt Casaverde und Pontine.

Della Torre erhob sich von seinem Stuhl und lehnte sich an die Wand. »Meine Herren«, sagte er »unsere Frage lautet: Wie koordinieren wir unsere Arbeit so, dass wir alle auf dem Ermittlungsstand des jeweils anderen sind, ohne dass Indiskretionen unsere Erfolge wieder zunichtemachen?«

Losanto meldete sich zu Wort. »Was mich betrifft, ist es kein Problem. Ich habe den besten Vorwand, meine Arbeit auch auf Paluzzi auszudehnen, sofern mir entsprechende Mittel zur Verfügung gestellt und Kompetenzen übertragen werden. Ich habe die Fälle Giulio Saviani und Renato Salvo auf dem Tisch. Selbst wenn De Cortese weiß, dass ich in diesen Sachen tätig bin, wird er sich dadurch nicht irritieren lassen.«

»Das ist richtig«, bestätigte Teresa Principato. »Bei mir verhält es sich allerdings ein wenig anders. Ich eruiere im Fall Saviani auf der Ebene der Vorteilsnahme und werde nach außen hin die Akten schließen. Gleichzeitig lasse ich überall durchblicken, dass ich Ermittlungen gegen Sophia Saviani wegen Mordes führe, was Signore De Cortese eigentlich kaltlassen oder ihm sogar zupasskommen müsste. Insofern gehe ich davon aus, dass er meine Aktivitäten für harmlos hält. Er ist derart von sich eingenommen, dass er mich gar nicht ernst nimmt.«

»Und wir machen in Sachen Paluzzi weiter«, flocht Pontine ein, »zumal wir noch ein weiteres ungeklärtes Feld haben.«

»Haben Sie noch etwas Substanzielles über ihn, außer der Tatsache, dass er als Beteiligter beim Mord dieses Schweinezüchters noch frei herumläuft?«

Pontine wiegte den Kopf. »Als Inhaber von mehreren Bestattungsinstituten betreibt er auch noch einen Sanitätsdienst mit derzeit zwölf Krankenfahrzeugen, die in Palermo und Bologna stationiert sind. Die Beschäftigten werden einen Teufel tun und gegen ihren Chef aussagen.«

Staatsanwältin Principato stützte aufmerksam ihr Kinn auf die Hand und schaute interessiert zu Pontine. Ihre Augen trafen sich sekundenlang, bevor Pontine verlegen zur Seite schaute. Schüchtern wie ein Schuljunge, dachte die Principato belustigt und konzentrierte sich wieder auf das, was der Direttore zu sagen hatte.

»Im Zusammenhang mit De Cortese und Paluzzi tauchte immer wieder der Begriff ›Schläfer‹ auf«, erklärte Pontine mit rauher Stimme. Er räusperte sich und warf der schönen Teresa einen neuerlichen Blick zu. »Wir haben keine Ahnung, was es damit auf sich haben könnte. Der einzige Hinweis ist die Tatsache, dass Paluzzi einen seiner Fahrer einen Schläfer transportieren ließ. Er sollte nach Tschechien gebracht werden. Der Kerl oder was immer das ist, was sie herumgefahren haben, ist ihnen in Genua abhandengekommen.«

»Könnte es sich dabei um die Leiche handeln, die ohne Organe auf einem Parkplatz gefunden wurde?«, erkundigte sich Losanto.

Della Torre lehnte immer noch an der Wand und hörte gespannt zu. Ihm entging der intensive Blickwechsel zwischen seiner Nichte und dem Direttore nicht. Er ließ sich aber nichts anmerken. »Gut möglich«, wandte er sich nun an Pontine. »Oder was meinen Sie?

»Der dicke Bestattungsunternehmer wurde die ganze Zeit abgehört. Er hat sich in keinem der Telefonate auf ein Detail eingelassen. Ob der Fund in Genua in Verbindung mit ihm oder dem ominösen Schläfer steht, wissen wir nicht. Die Carabinieri haben keine Spuren gefunden, die auf Paluzzi zurückzuführen wären. Man hat die Leiche in einem Fiat auf dem Parkplatz am Hafen abgelegt. Am Fahrzeug gab es weder Fingerabdrücke noch konnten wir DNA-Proben eines möglichen Täters abnehmen. Wir wissen nur, dass der Mann aus Corleone stammt. Die Puzzleteile, die wir haben, passen einfach nicht zu dieser Leiche in Genua. Saviani, ein anerkannter Chirurg, und De Cortese, ein Staatssekretär, ich bitte Sie ...! Was haben solche Leute mit Kleinkriminellen wie diesem Ivan Badolento zu tun?«

»Sophia Saviani stammt aus der Gegend von Corleone«, warf Losanto in die Gesprächsrunde.

Casaverde und Pontine fuhren auf. »Wissen Sie das ganz genau?«

»Momento«, brummte der Capitano und blätterte in seinen Papieren. »Hier habe ich es: Sie ist in Santuario del Rosario geboren und aufgewachsen. Die Gemeinde ist etwa fünfzehn Kilometer von Corleone entfernt. Vielleicht bringt es etwas, wenn ich ein wenig in ihrer Jugend herumstochere. Möglicherweise hatte sie in früheren Jahren Kontakt zu Renato Salvo, Ivan Badolento oder gar zu diesem Montoglio. Man kann ja nie wissen ...«

»Gut!«, stimmte Della Torre Losantos Vorschlag zu. »Vielleicht finden Sie eine Verbindung, die uns weiterführt. Soll Ihnen Direttore Pontine die Unterlagen hinsichtlich des Toten in Genua zukommen lassen?«

»Ja, natürlich! Trotzdem möchte ich direkt mit den Beamten in Genua sprechen, die den Toten gefunden haben«, meinte Losanto. »Viel verspreche ich mir zwar nicht davon, aber vielleicht haben der Erkennungsdienst und die Gerichtsmedizin Informationen, die uns bislang nicht bekannt sind.«

»Tun Sie das!«, wies Della Torre Losanto an. »Wir machen jetzt eine Zigarettenpause.«

Alle erhoben sich geräuschvoll von ihren Stühlen und folgten dem Generalstaatsanwalt hinaus auf den schmucklosen Gang.

»Man sollte immer erst eine Zigarette rauchen, ehe man die Welt auf den Kopf stellen will«, murmelte Pontine dankbar und gesellte sich zur Staatsanwältin, während Della Torre, Losanto und Casaverde beieinanderstanden und sich leise unterhielten. Unterdrücktes Gelächter der Männer erfüllte die unterirdischen Betongänge des Innenministeriums, an deren jeweiligen Ausgängen zwei Carabinieri mit Schnellfeuerwaffen die Schleusentüren sicherten.

Teresa Principato schien sich mit Direttore Pontine gut zu verstehen. In ihren Augen war abzulesen, dass ihr der attraktive und hochgewachsene Mann gefiel. Della Torre, der die beiden aus dem Augenwinkel beobachtete, drückte seine Zigarette im Standaschenbecher neben der Tür aus und ging still lächelnd zurück in den Sitzungsraum.

Als alle ihren Platz eingenommen hatten, ergriff der Generalstaatsanwalt das Wort. »Ich gehe davon aus, dass alle hier Anwesenden das Ziel begriffen haben. Ermittlungen in aller Stille und Report nur an mich persönlich. Ich schlage vor, dass wir uns in einer Woche wieder hier treffen und die neuen Ergebnisse miteinander austauschen, damit wir stets auf einer gemeinsamen Erkenntnisebene arbeiten. Bei dringendem Gesprächsbedarf oder bei unvorhergesehenen Schwierigkeiten bitte ich darum, sofort mit mir Kontakt aufzunehmen. Nur mit mir, mit niemandem sonst.«

Die Anwesenden klopften mit den Knöcheln auf den Tisch und packten ihre Unterlagen zusammen.

»Haben Sie Lust, mit mir heute Abend essen zu gehen?«, wandte sich Pontine an Teresa Principato. »Ich kenne ein wundervolles Lokal, in dem wir völlig unter uns sind!«

»Wenn Sie meine Leibwächter nicht abschrecken, gerne«, erwiderte sie.

»Nur der ist ein guter und mutiger Staatsdiener, der sich ohne

Leibwächter unter sein eigenes Volk wagen kann«, zitierte Pontine seinen Lieblingsautor Machiavelli. »Außerdem haben Sie doch mich! Ich komme sicherheitshalber bewaffnet.«

»Das will ich hoffen«, entgegnete die Staatsanwältin und lächelte vielsagend, bevor sie sich von den anderen verabschiedete und den Raum verließ.

Della Torre folgte ihr mit einem amüsierten und zugleich zufriedenen Lächeln. Wer weiß, wer weiß, dachte er. Jedenfalls passen sie gut zueinander.

22.
Das Meeting

Unterdessen war Sandro nach einem fast vierwöchigen Krankenhausaufenthalt aus der Klinik entlassen worden. Seine schweren Schussverletzungen waren einigermaßen verheilt, und er fühlte sich schon beinahe so gut bei Kräften wie vor dem Anschlag. Nur das lange Fahren hatte ihm heute etwas Mühe bereitet, obwohl es kaum einen komfortableren Wagen gab.

Sandro war unmittelbar nach der Entlassung nach Olbia zurückgekehrt und hatte sich bei den Carabinieri gemeldet, die stundenlang versuchten, aus ihm etwas herauszubekommen. Doch er berief sich darauf, sich nur bruchstückhaft an das Geschehene zu erinnern. Auf welche Weise und unter welchen Umständen er ins Krankenhaus nach Palermo gekommen war, konnte er plausibel erklären. Sophia Saviani habe ihn mit dem Wagen in Nuchis abgeholt. Wie er allerdings dorthin gekommen sei, wisse er nicht mehr. Er habe einen Filmriss gehabt, erklärte er den Carabinieri. Nachdem er weder zu dem Überfall auf seinen ehemaligen Arbeitgeber noch zu seinen eigenen Schussverletzungen Angaben machen konnte, durfte er gehen. Dass ihm die Ermittler kein Wort glaubten, kümmerte ihn nicht. Sie mussten ihn gehen lassen. Sophia jedenfalls war erleichtert, als sie Sandro wieder in ihrem Haus antraf. Gina brach vor Glück in Tränen aus und wollte ihm um den Hals fallen. Sandro konnte sie gerade noch davon abhalten, und man sah es ihm an, dass ihm der Gefühlsausbruch der Haushälterin peinlich war.

Obwohl Anselmo Saviani angeordnet hatte, dass Sandro Sophia weiterhin zu Seite stehen sollte, hätte sie Verständnis dafür gehabt, wenn er sich ein neues Betätigungsfeld gesucht hätte. Doch zu ihrer Überraschung erklärte er ihr, dass er es nicht nur Giulio und ihr schuldig sei, zu bleiben und den Killer zu finden, sondern dass er sich in jedem Falle auf Spur des Mörders setzen würde.

»Ich werde den Kerl finden, der mich angeschossen hat«, sagte er. »Das ist eine persönliche Sache geworden.«

Jetzt steuerte er den silbergrauen Bentley durch die Mailänder Innenstadt, als wäre er hier zu Hause. Sophia saß schweigend neben ihm, ihre Miene drückte stilles Vergnügen aus. Sie liebte Mailand über alles. Auch wenn sie sich darüber im Klaren war, dass ein Tag begann, der ihr sehr viel abverlangen würde, so konnte sie doch die Freude, wieder hier zu sein, nicht verbergen.

Sophia hatte die Autofahrt an der Seite Sandros sichtlich genossen, und selten im Leben hatte sie so viel geredet wie seit seiner Rückkehr. Auch das Du hatte sie ihm mittlerweile angeboten. Die Tatsache, dass Sandro ihr auch in Zukunft zur Seite stehen würde, beruhigte sie. Er war intelligent, kräftig und er verschaffte sich überall Respekt, ohne dass er viel sagen musste. Immer wieder hatte sie während der vielen Stunden auf der Autostrada verstohlen Sandros scharf geschnittenes Profil betrachtet, und jedes Mal versetzte sein Anblick ihren Körper in eine seltsame Unruhe. Er aber verriet mit keiner Miene, dass er ihre diskrete Bewunderung bemerkt haben könnte.

Der Bentley passierte die Börse linker Hand und bog kurz nach der Scala in die Via Giuseppe Mazzini ein. Wie aus »Tausendundeiner Nacht« öffnete sich vor ihnen die riesige Piazza Duomo. Die grandiose Fassade des Doms strahlte, und Hunderte von filigranen Türmchen und Zinnen verrieten den begnadeten Baumeister. Wie schön kann das Leben sein, dachte Sophia, als der Wagen in gemächlicher Fahrt durch die belebte

Straße rollte. Endlich war sie wieder in der Stadt, deren Flair sie lange Zeit hatte entbehren müssen. Touristen aus aller Welt tummelten sich auf der Piazza Duomo und strömten von dort aus zu den Sehenswürdigkeiten rund um das berühmte Gotteshaus. Nur wenige Meter weiter, in der Via Dante, der Via Orefici oder dem Corso Emanuele, vermählte sich die majestätische Schönheit alter Palazzi mit den mondänen Geschäften der Haute Couture.

Sandro hielt direkt vor dem Haupteingang des »Hyatt«. Zwei goldbetresste Portiers traten heran und öffneten die Türen des Fahrzeugs, um beim Aussteigen behilflich zu sein.

»Benvenuto! Avete avuto un buono viaggio?«

Sophia lächelte geschmeichelt. Sandro übergab einem der livrierten Helfer den Wagenschlüssel und betrat neben Sophia das mondäne Foyer. Amüsiert verfolgte er, wie sie ihren Auftritt genoss. Er registrierte auch die bewundernden Blicke der männlichen Gäste, als sie die Empfangshalle durchschritt und zur Rezeption ging.

Das »Hyatt«, in direkter Nachbarschaft zum Dom und der berühmten Galleria Vittorio Emanuele II., vereinte all jene Vorzüge, die für eine Frau ihrer Stellung angemessen waren: Luxus für höchste Ansprüche, zentrale Lage und Diskretion in jeder Hinsicht. Dazu Einkaufsmöglichkeiten, die ihresgleichen suchten. Mailand galt als die Stadt der Kunst, der Mode und des extravaganten Lebensstils.

Sophia warf einen Blick auf ihre Armbanduhr. Die Herren waren für fünfzehn Uhr einbestellt, also hatte sie noch mehr als zwei Stunden Zeit.

Nach dem unerfreulichen Besuch von De Cortese in Porto Cervo vor vier Wochen hatte sie sofort zwei Suiten gebucht. Der Konferenzraum, der Teil ihrer Suite war, konnte auch vom Hotelflur aus betreten werden und lag zwischen Sandros und ihren Zimmern. Somit musste niemand ihre Privatsphäre stören, um in den Sitzungssaal zu gelangen.

»Ich mache noch einige Besorgungen«, sagte Sandro. »Brauchst du mich noch?«

Sophia verneinte. »Lass dir Zeit!«, entgegnete sie.

Sandro blickte auf seine Uhr. »Ich bin in einer Stunde zurück.« Für eine Sekunde trafen sich ihre Blicke, und Sophias Herz schlug plötzlich schneller. »Schön, dass du bei mir bist!«, flüsterte sie ihm zu und hauchte ihm einen Kuss auf die linke Wange.

Sandro errötete wie ein Abiturient. Hastig wandte er sich ab und verließ den Raum.

Sophia begutachtete mit kritischen Augen die achtzig Quadratmeter große Diplomatic-Suite, die nicht nur über den Konferenzraum, sondern auch über eine große Dachterrasse verfügte, auf der man sich in den Pausen erfrischen konnte. Nachdem das Reisegepäck gebracht worden war, nahm sie ein ausgiebiges Bad und versuchte sich zu entspannen. Sie machte sich nichts vor, von der heutigen Sitzung hing viel ab, und es war nicht auszuschließen, dass die eine oder andere kritische Situation entstehen könnte. Im Geiste ging sie noch einmal ihre Strategie durch, wie sie es bei Giulio vor wichtigen Meetings oft erlebt hatte. Er war in dieser Hinsicht Perfektionist. Sich niemals überraschen lassen, hieß seine Devise. Stets das Heft in der Hand halten, das war das Rezept ihres Mannes gewesen, und darin hatte das wahre Geheimnis seines Erfolgs gelegen.

Dreimal hatte sie sich komplett umgezogen. Sie konnte sich einfach nicht entscheiden. Unschlüssig begutachtete sie die Auswahl ihrer Tops und Blusen. Sie entschied sich für die weiße Bluse, streifte sie über und nahm ein eng sitzendes rubinrotes Kostüm vom Bügel. Prüfend hielt sie es an ihren Körper und betrachtete sich kritisch im Wandspiegel. Nachdem sie in das Kostüm geschlüpft und sich von dessen Sitz überzeugt hatte, machte sie sich, was ihr Aussehen betraf, keine großen Gedanken mehr. Zwar waren ihre Gesprächspartner meistens knallharte Geschäftsleute, aber es waren auch Männer. Weibliche Reize geschickt einzusetzen hatte schon seit Urzeiten Erfolg.

Wie ein Stromstoß fuhr es Sophia plötzlich in den Kopf. Stimmen und Gesichter schwappten wie eine gewaltige Woge über sie hinweg. Sie fühlte sich umringt von ihren Kopfflüsterern, wie sie die Plagegeister nannte.

Sie sah sich im Zimmer suchend um. Ihr treuer Begleiter, die Pillendose mit den Glücklichmachern, die böse Geister vertrieben, lag neben dem Kosmetikspiegel. Sie entnahm einige Kapseln, schluckte sie mit Mineralwasser hinunter und setzte sich auf die Terrasse.

Eine Stunde später betrat Sophia den Konferenzraum, hängte an der Stirnseite des Tisches ihre Tasche über die Stuhllehne und stellte ihren Laptop auf den Tisch. Mit einer festgelegten Sitzordnung wollte sie schon im Voraus ein klares Signal setzen. Nie etwas dem Zufall überlassen, wie Giulio so oft gepredigt hatte. Sie öffnete ihren Aktenkoffer aus feinstem Krokodilleder und entnahm ihm die vorbereiteten Tischkarten.

Zu ihrer Linken sollte Rechtsanwalt und Justitiar Giannino Giuso sitzen. Er war mit Giulio seit vielen Jahren freundschaftlich verbunden, und sie vertraute ihm. Daneben plazierte sie Antonio De Cortese, der Edoardo Paluzzi gegenübersitzen sollte. Die beiden konnten sich nicht ausstehen, und es war davon auszugehen, dass sie sich bekämpfen würden. Damit Sophia sicher sein konnte, dass ihr Plan aufging, würde sie vorher mit Paluzzi ein kurzes Gespräch führen müssen. Doch das sollte kein Problem sein.

Rechts von sich stellte sie das Namensschild von Professore Pietro Cerlosa, Chef der Kliniken in Bologna und Palermo. Das Schild von Francesco Aguillera, dem Stellvertreter des Professors, plazierte sie gleich daneben. Die beiden Akademiker waren ihr sehr gewogen, aber es blieb ihnen auch keine andere Wahl. Vor Jahren hatte Giulio die zwei Spezialisten für

Transplantationschirurgie vor einer peinlichen Verurteilung bewahrt, die ihre Karriere ein für alle Mal beendet hätte. Sophia lächelte, als sie sich daran erinnerte, wie Giulio die beiden vor die Alternative gestellt hatte, entweder für ihn zu arbeiten oder in den Knast zu wandern.

Fehlte nur noch einer. Franco Vasarella, Chef der Uniplasma-Labors. Mit ihm würde Sophia die wenigsten Schwierigkeiten haben, denn er würde sicher keine Einwände haben, wenn sie erklärte, von nun an das Unternehmen alleine leiten zu wollen. Sophia ließ ihren Blick noch einmal prüfend in der Runde kreisen. Ja, so ist es in Ordnung, dachte sie.

Ein Griff in ihre Handtasche förderte einen Speicherstick zutage, den sie in ihren Laptop steckte. Wenige Sekunden später kündigte sich auf dem Bildschirm Giulios Leben an. So hatte ihr Mann diesen Speicherstick immer bezeichnet, den er zum Glück in der Hosentasche trug, als man ihn erschossen hatte. Es wäre einer Katastrophe gleichgekommen, wäre der Datenspeicher in falsche Hände geraten. Schlimm genug, dass Giulios Aktenkoffer mit sensiblen Papieren verschwunden war.

Tage hatte sie in Giulios Arbeitszimmer verbracht und sich in die Geschäftsunterlagen vertieft, bis sie über den aktuellen Stand aller wichtigen Vorgänge im Unternehmen Bescheid wusste. Überdies informierte sie sich über die Geschäftsergebnisse in Bologna, Palermo und Mailand. Für das Meeting war sie gerüstet. Einzige Unbekannte, die sie aber nicht sonderlich beunruhigte, war die Frage, wie sich De Cortese verhalten würde. Vorsorglich rechnete sie mit dem Schlimmsten und war auch darauf vorbereitet. Der Tanz auf dem Vulkan konnte beginnen.

Es klopfte an der Tür des Konferenzraums, und Sandro trat ein. Offensichtlich hatte er sich neu eingekleidet. Er trug eine dunkelbraune Leinenhosen und ein leichtes Sommerjackett über dem auf Taille sitzenden, beigefarbenen Hemd.

»Gut siehst du aus!«, bemerkte Sophia, und in ihren Augen erschien ein Glimmen.

Sandro lächelte geschmeichelt.

»Und? Gefalle ich dir?« Herausfordernd lächelnd ging sie auf ihn zu und blieb in aufreizender Haltung und kessem Augenaufschlag vor ihm stehen.

»Ja, du siehst gut aus, aber mir kannst du nichts vormachen«, nuschelte er ein wenig verlegen. Seine Miene wurde ernst. »Ich bin nebenan, falls du mich brauchen solltest.«

»Schade, dass du nicht an der Sitzung teilnehmen willst. Aber ich kann dich verstehen«, bemerkte sie, ohne auf Sandros Anspielung einzugehen.

»Wir haben unterwegs ausführlich darüber gesprochen, Sophia. Es ist zu früh, um die Karten auf den Tisch zu legen. Besser ist es, dass niemand etwas von meiner Anwesenheit mitbekommt.« Er beugte sich hinunter und flüsterte ihr ins Ohr: »Du bist die aufregendste Frau, die mir je begegnet ist. Du wirst sehen, sie werden dir aus der Hand fressen. Aber was mich angeht, brauchst du mir nichts vorzuspielen. Ich weiß, dass dich Männer kaltlassen.« Sandro strich ihr übers Haar, wandte sich um und verschwand durch die Seitentür in seine Suite.

Es war fünf Minuten vor drei Uhr, als Sophia verhaltenes Gemurmel und Lachen auf dem Gang hörte. Die ersten Teilnehmer der Konferenz schienen eingetroffen zu sein. Sie öffnete die Tür und stand direkt vor Professore Cerlosa und seinem Stellvertreter Dottore Francesco Aguillera. Hinter den beiden wartete Franco Vasarella, der spröde Mathematiker, den Giulio damals an die Spitze der Uniplasma-Labors geholt hatte, obwohl er keine medizinische oder pharmazeutische Berufserfahrung mitbrachte. Giulio hielt ihn sich als Edelbuchhalter, wie er immer sagte.

»Ich möchte Ihnen im Namen aller Mitarbeiter mein Beileid aussprechen«, begrüßte der Professore Sophia. In seinen Augen erkannte sie, dass er meinte, was er sagte. Auch Vasarella und Aguillera reichten Sophia die Hand, drückten aber ihre Bestürzung stumm aus. Es schien, als wüssten sie nicht so recht, wie sie ihr begegnen sollten. Sophia nickte dankbar und sagte leise: »Leider lassen uns die Ereignisse keine Zeit für eine angemessene Trauer. Aber das Leben geht weiter, und wir werden tun, was wir tun müssen.«

»Ach, da sind schon die Nächsten!«, konstatierte sie lächelnd und trat auf den Flur.

Don Palù, wie er von seinen Leuten genannt wurde, bewegte sich einem schweres Schlachtross gleich den Gang herauf. Eskortiert wurde er von vier breitschultrigen Männern mit ziemlich humorlosen Gesichtern. Er hatte sich mächtig in Schale geworfen. Sein cremefarbener Maßanzug kaschierte seine Leibesfülle, der rote Seidenschal, den er lässig um den Hals geworfen hatte, passte zur Krawatte und dem Einstecktuch. Seine feinen Schuhe schien er gerade in einem der mondänen Modegeschäfte der Galleria erstanden zu haben. Mit energischen Schritten kam er auf Sophia zu, und seine Miene erhellte sich zu einem anerkennenden Lächeln. Er blieb vor Sophia stehen und musterte sie genüsslich. »*Madonna*«, entfuhr es ihm. »*Una bellezza sconvolgente!* Sophia, du wirst jeden Tag hinreißender!« Seine Miene wurde ernst. »Furchtbar, dass wir uns unter diesen Umständen wieder treffen!«

»Schön, dass du pünktlich bist!«, begrüßte sie ihn freundlich, ohne darauf einzugehen. »Was ist mit diesen Herren?« Sie deutete auf Paluzzis Leibwächter, die wenige Schritte hinter ihm standen.

»Die sichern den Gang, solange wir reden. Wir wollen doch nicht überrascht werden, nicht wahr?«

Sophia nickte und trat zur Seite. Auch Giannino Giuso war im Anmarsch. Mit ausgebreiteten Armen kam er auf sie zu und begrüßte sie mit den Manieren eines perfekten Gentlemans. Paluzzi schob sich an ihnen vorbei und betrat neugierig den Raum.

»*Perfetto*«, meinte der Dicke mit heiserer Stimme, sah sich um und begutachtete mit einem Grinsen die Platzkarten. »Schöner Raum!«

Er wandte sich zur Tür. »Zwei Mann mit Detektoren zu mir!«, rief er hinaus. Zwei vierschrötige Typen, die vor Kraft kaum gehen konnten, kamen in den Konferenzraum. Einer von ihnen trug einen kleinen Koffer, stellte ihn auf dem Boden ab und öffnete ihn.

»Den Konferenzsaal säubern«, befahl Don Palù und machte eine kreisende Handbewegung. Er gesellte sich zum Professore und zu Aguillera, die Paluzzis Männer bei ihrer Arbeit misstrauisch beobachteten.

»Wie sag ich immer …«, raunte der Dicke mit einem Grinsen: »Hat der Lauscher keine Wand, dann stell ihm eine hin.«

Sophia sah auf ihre Armbanduhr. »Es fehlt nur noch Antonio«, bemerkte sie und überprüfte noch einmal ihren Laptop.

»Alles sauber! Keine Wanzen!«, flüsterte der Bodyguard seinem Chef zu und verließ mit seinem Kollegen den Raum.

»Nehmt doch alle schon einmal Platz. Erfrischungen stehen auf dem Sideboard, also bedient euch einfach!« Sophia ging zu Paluzzi, nahm ihn am Arm und schob ihn zum Fenster. »Wir müssen uns kurz besprechen«, flüsterte sie. »Ungestört.«

Paluzzi sah sie überrascht an. »*È successo qualcosa?*«, fragte er mit zusammengekniffenen Augenbrauen.

»Ja. Es ist etwas passiert. Und es ist wichtig.«

»Wo wollen wir reden?«

»In meinem Zimmer. Ich denke, wir gehen über den Flur hinüber, ich möchte nicht, dass es zu einem Gerede kommt.«

Consigliere Giuso trat hinzu. »Kann ich etwas für dich tun?«, fragte er Sophia.

»Auch ein Consigliere muss nicht alles wissen. Ich will dich nicht mit schmutzigen Angelegenheiten belasten«, sagte sie und lächelte ironisch.

Sie wandte sich an die anderen Herren: »Entschuldigen Sie

mich einen Augenblick, wir sind sofort wieder bei Ihnen. Gehen Sie doch hinaus auf die Terrasse! Man hat von dort einen phantastischen Blick auf die Piazza Duomo und die Galleria. Außerdem sind wir noch nicht komplett.«

Sophia und Paluzzi verließen den Raum und begaben sich in Sophias Suite.

»Nimm Platz, Edoardo!«, forderte sie den dicken Paten mit einer knappen Geste auf. Sie setzte sich mit dem Rücken zum Fenster und beobachtete, wie er seinen massigen Körper in den bequemen Fauteuil im Salon fallen ließ.

»*Allora?*«, brummte er.

Sophia registrierte, dass er nicht mehr die Gelassenheit zeigte, die er bei seiner Ankunft ausgestrahlt hatte.

»Du hast mir einen großen Gefallen getan!« Sie wartete die Wirkung ihrer Worte ab, doch Paluzzi reagierte mit keiner Miene. »Ich meine die Sache mit Ivan aus Corleone«, fügte sie nun hinzu.

»Du hast mich damals um einen Gefallen gebeten, und ich habe dir geholfen. Du weißt aber auch, dass mir die Sache viel Ärger eingebracht hat«, antwortete Don Palù ruhig. Sein ausdrucksloser Blick lag unverwandt auf Sophia, als erwarte er, dass sie ihm noch mehr zu sagen habe. »Es war ohnehin nicht einfach, diesen Ivan nach so langer Zeit aufzustöbern. Er war mehr als zehn Jahre im Ausland. Es hat sich kaum noch jemand an ihn erinnert, zumal er nicht nach Corleone zurückgekommen ist, sondern von Argentinien zurück nach Camporeale gegangen ist.«

»Du hast ihn gefunden, und ich wollte dir endlich sagen, dass ich dir sehr dankbar bin.«

»Den Gefallen habe ich dir gerne getan«, entgegnete er vieldeutig. »Es war ja keine große Sache!« Er lächelte. »Sagen wir mal so: Er hat ein klein wenig zum Gesamtumsatz beigetragen, auch wenn der Fehler in Genua nicht hätte passieren müssen.«

»Ich hoffe nicht, dass der Ärger für dich Folgen hatte.«

»Wie man es nimmt«, brummte Paluzzi. »Ich musste mich von Montoglio trennen. Aber um den war es nicht schade.«

Sophia fragte: »Was ist passiert?«

»Montoglio hatte in Genua mit dem Transporter ein Problem und hat deinen speziellen Freund auf einem Parkplatz abgeladen. Es war klar, dass die Carabinieri sich fragen würden, was eine Leiche ohne Innenleben auf einem Parkplatz zu suchen hat.«

»Auf einem Parkplatz …?«

»*Sì*. Aber es ist alles geregelt. Immerhin hast du jetzt beinahe alles erreicht, was du erreichen wolltest. Enrico Nozzi und Giancarlo Castra sollen sich angeblich gegenseitig umgebracht haben, wenn ich richtig informiert wurde. Glücklicherweise sind unsere Carabinieri gerne gutgläubig, es macht weniger Arbeit, und man muss nicht denken!«

Sophia zog ihre Mundwinkel abschätzig nach unten.

»Hast du vor, in Corleone weiter zu wildern?«, erkundigte sich Paluzzi.

»Möglich«, murmelte Sophia.

»Sieh dich vor, man findet sich schnell unter Wölfen wieder, stolpert man versehentlich ins Reservat dieses Don Fillone.«

»Ich weiß«, entgegnete sie, »ich habe damals am eigenen Leib erfahren müssen, dass die Wölfe Schafe lieben.«

»Wäre es umgekehrt, es gäbe nichts als Missverständnisse.« Paluzzi grinste.

»Bleibt immer noch Andrè Fillone. Er glaubt übrigens auch nicht an das Märchen vom Streit zwischen seinen Freunden in einer einsamen Hütte. Es ist immer wieder von einer La Nera die Rede. Sieh dich vor, er gehört zur *società d'honorata!* Ich will weder Ärger mit ihm noch mit seinem Vater. Ich hoffe, du weißt, was das bedeutet! Ohne die Zustimmung des alten Don Fillo rührt sich in Corleone kein Lufthauch.«

»Du willst mir also nicht weiterhelfen«, stellte Sophia lapidar fest. Ihr zufriedenes Lächeln fror unvermittelt ein.

Gespannt beobachtete Paluzzi ihr Mienenspiel. »Ich kann nicht. Ich würde einen blutigen Krieg heraufbeschwören. Ich hätte von heute auf morgen sämtliche Clanchefs Siziliens im Nacken. Du kannst froh sein, dass Andrè kein großes Interesse daran hat, den Tod seiner Freunde zu rächen.«

»Dann werde ich Sandro schicken müssen.«

»Sandro?«

»Wen sonst?«

»Hast du nicht gesagt, er sei verschwunden?« Paluzzis Mundwinkel zuckten. Das taten sie immer, wenn er nervös oder wütend war.

»Man hat ihn angeschossen. Aber er hat überlebt. Gott sei Dank!«

»Welch ein Glück für dich!«

Sophia musterte Paluzzi erstaunt, dem die Blässe ins Gesicht gekrochen war. »Was ist mit dir?«, erkundigte sie sich.

»Nichts«, erwiderte der Dicke. »Lass die Finger von Fillone!«, fügte er mit rauher Stimme an. »Du würdest es nicht überleben!«

»Das geht dich nichts an«, entgegnete sie bitter. »Die Familie Fillone wird bluten.«

Paluzzi musterte sie mit einem unergründlichen Blick. »Wo bleibt deine Souveränität? Du musst schwerwiegende Gründe haben, La Nera, wenn du dich von deinem Plan nicht abbringen lassen willst.«

Sophias Körperhaltung versteifte sich. »Wieso nennst du mich La Nera?«

Paluzzi lächelte. »Du hast es mit einem mächtigen Gegner zu tun.«

»Woher kennst du diesen Namen? Nur wenige Menschen haben mich so genannt …!«

»Andrè Fillone«, erwiderte Don Palù, und in seiner Miene meinte sie einen Anflug von belustigter Überlegenheit zu erkennen.

»Du hast mit ihm gesprochen?«, fragte sie fassungslos. »Er hat dir also gesagt, wie man mich als Mädchen genannt hat?«

»*Si!*«

»Ich werde nicht ruhen, bis ich diesen Kerl erwischt habe«, erwiderte sie giftig.

Der dicke Pate wiegte zweifelnd den Kopf. »Das ist alles lange her, Sophia. Du machst es nicht wieder gut, wenn du dich rächst. Im Gegenteil. Der Arm von Don Fillo reicht verdammt weit. Komm ihm nicht in die Quere! Solltest du seinen Sohn anrühren, bist du nirgends mehr sicher. Selbst ich kann dir dann nicht mehr helfen.«

»*Bene*«, erwiderte sie hart und überlegte einen Augenblick. »Er wird mir nicht davonlaufen, ich weiß, wo ich ihn finde. Und im Übrigen wünsche ich mir, dass du mich nicht für undankbar hältst, Don Palù. Du weißt, ich schätze deinen Rat – aber sprich mich niemals mehr mit La Nera an!«

»Du musst wissen, was du tust«, sagte Paluzzi, und seine Stimme klang beinahe respektvoll. »Ich akzeptiere deinen Wunsch, und ich werde schweigen wie ein Grab. Ich werde auch nicht wissen, was dir damals angetan wurde, sollte mich jemand danach fragen.«

»Danke«, antwortete sie schlicht. »Aber was ich dich fragen wollte …« Sie zögerte für einen Augenblick, bevor sie weiterredete: »Hatte Ivan mit den anderen drei noch Kontakt?«

»Er gehörte nicht dem Corleone-Clan von Fillone an. Wir haben ihn zufällig in Camporeale aufgetrieben, weil ihn jemand aus seinem Dorf erkannt hat. Er arbeitete dort als Kellner. Nun ja, immerhin war er doch noch nachträglich von Nutzen.« Er kicherte leise. »Wie gesagt, vom Fillone-Clan lasse ich die Finger. Das ist mir zu heiß.«

»Sandro wird dafür sicher eine Lösung finden«, sinnierte Sophia laut.

Paluzzi schüttelte verständnislos den Kopf. »Lass deinen Leibwächter nicht ins Messer laufen. Ich traue ihm zwar eine Menge zu, aber auch er würde einen Angriff auf Andrè kaum überleben.«

Sophia steckte sich mit ihrem goldenen Dupont-Feuerzeug eine Zigarette an und blies eine Rauchfahne in die Luft. »Wir werden sehen!« Sie machte einen weiteren Zug aus der Zigarette und inhalierte tief. »Solange du deinen Mund hältst. Das war aber nicht der alleinige Grund, weshalb ich dich sprechen wollte.«

»*Dica*«, sagte er und richtete sich auf. »Um was geht es?«

»Um Antonio!«

»Ach …!« Paluzzis ausgesprochen phlegmatische Reaktion irritierte Sophia ein wenig, obwohl sie ihn gut genug kannte. Trotzdem, man wusste nie so genau, woran man mit ihm war. Giulio hatte ihn fest im Griff, das hatte sie oft genug erlebt. Ob er aber ihr so loyal folgen würde wie ihrem Mann, musste sich jetzt erweisen.

»De Cortese wird gefährlich. Ich kann ihn nicht mehr einschätzen«, sagte sie.

»Wie meinst du das?« Paluzzis drohender Unterton war nicht zu überhören.

Mit innerer Genugtuung stellte sie fest, dass er zum ersten Mal heftig reagierte. »Er hat mir gedroht, uns auffliegen zu lassen, wenn wir ihn nicht zum *capo dei capi* wählen. Er will unbedingt Vorstandsvorsitzender werden.«

Sophias Antwort verfehlte ihre Wirkung nicht, denn Don Palùs Miene gefror zu Eis. »Er will was?«

»Er will das Sagen haben«, erwiderte sie düster. »Ich wollte nur, dass du vorbereitet bist. Ich bin sicher, du wirst dich auch nicht von ihm erpressen lassen. Unser Consigliere kann dir später mehr dazu sagen.«

Paluzzi nickte und stemmte sich aus seinem Sessel. »Was hast du jetzt vor?«

»Ich werde den Kerl abservieren«, sagte sie kalt.

»*Calmo, calmo,* hast du einen Plan? Immerhin hält er uns im Ministerium den Rücken frei!«

»Und was ist, wenn er das nicht mehr tut? Vertrau mir, Edoardo! Wir reden später weiter. Lass uns jetzt wieder hinübergehen!«

Als die beiden den Konferenzraum betraten, hatten die anderen bereits ihre Plätze am Tisch eingenommen.
»Wollen wir auf Antonio warten?«, fragte Professore Cerlosa.
»Ich denke, wir fangen an«, entschied Sophia. »Vielleicht steckt er in einem Stau!«
Die Runde nickte beifällig.
»Eigentlich sollte an dieser Stelle Giulio sitzen«, begann Sophia, die am Kopfende des Konferenztisches Platz genommen hatte. »Glaubt mir, ich hätte mir gewünscht, dass wir uns unter besseren Umständen treffen. Leider musste deshalb auch diese Sitzung kurzfristig verschoben werden, aber ich denke, ihr habt alle dafür Verständnis.«
Cerlosa nickte betrübt. »Ein schwerer Verlust, liebe Sophia, für uns alle ...«
»Wer war das Schwein? Wer hat Giulio umgebracht?«, warf Paluzzi mit rachsüchtiger Miene ein. »Wissen die Carabinieri schon etwas?«
Sophia schüttelte den Kopf. »Die Polizei tappt völlig im Dunkeln. Aber lasst mich fortfahren!« Sie sah in die Runde, und alle Blicke waren auf sie gerichtet. »Ich habe mich entschlossen, Giulios Unternehmen in seinem Sinne fortzuführen. Ich bitte euch nicht darum, nein, ich fordere von euch den gleichen Einsatz, wie ihr ihn Giulio ...«
Sie hatte den Satz nicht ganz zu Ende gesprochen, als jemand an der Tür klopfte und die dann aufgerissen wurde. De Cortese trat ein, ein wenig außer Atem. *»Mi scusate«,* entschuldigte er sich. »Ich hoffe, ich habe noch nichts Wichtiges versäumt.«
»Doch«, widersprach Paluzzi, zog wie eine Bulldogge die Lefzen hoch und entblößte in seinem perlweißen Gebiss mehrere Goldzähne. »Du weißt ja, wer zu spät kommt ...«

Die Männer am Tisch lachten. De Cortese nicht.

»Ich habe den Herren gerade eröffnet«, wandte sich Sophia an De Cortese, der seinen Platz suchte, »dass ich die Führung der Firma übernehme und von allen absolute Loyalität erwarte. Der Tagesordnung, die vor euch liegt«, wandte sie sich nun an die Runde, »könnt ihr entnehmen, dass wir uns über Geschäftszahlen, des Weiteren über die organisatorische Zusammenarbeit zwischen Labors und Kliniken ...«

»Aus meiner Sicht gäbe es Wichtigeres zu besprechen«, fiel De Cortese Sophia ins Wort, setzte sich auf den für ihn vorgesehenen Stuhl und stellte seinen Aktenkoffer vor sich auf den Tisch. Mit einem blütenweißen Taschentuch wischte er sich über die schweißnasse Stirn. »Was die Firmenleitung angeht, dürfte das letzte Wort noch nicht gesagt sein«, fuhr er fort und suchte mit seinen Blicken Zustimmung.

Doch niemand am Tisch zeigte eine Reaktion.

»Ich halte es für ausgeschlossen«, setzte er seinen Angriff fort, »dass Sophia über ausreichende Kenntnisse und angemessene Kompetenzen verfügt. Selbst wenn Giulio sie über unsere Geschäfte informiert hätte, heißt das noch lange nicht ...«

»Halte einfach deine Klappe!«, brummte Paluzzi und bedachte den Staatssekretär mit einem vernichtenden Blick. »Kenntnisse! Kompetenzen! Wenn ich dich schon höre! Seit wann kann ein Politiker dergleichen beurteilen?«

»Ach ja?«, zischte De Cortese. »Aber ein Bauer wie du kann das ...« Wutentbrannt griff er nach der Wasserflasche, die vor ihm stand, schenkte sein Glas voll und trank es in einem Zug leer.

»Ich bitte um Ruhe!«, fuhr Sophia scharf dazwischen.

Professore Cerlosa meldete sich zu Wort, indem er unsicher die Hand hob. »Wenn ich dazu etwas sagen darf ...«

»Später«, schnitt ihm Sophia das Wort ab. »Ab sofort bin ich für alle wesentlichen Belange zuständig. Akzeptiert diese Tatsache! Gespielt wird nun nach meinen Regeln, die sich im Übrigen von denen meines Mannes nicht unterscheiden. Und was dich angeht ...«, sie richtete ihren Blick auf De Cortese. »Ich habe dir bereits in Porto Cervo klipp und klar gesagt, dass ich deine Anteile übernehme. Über den Preis werden wir uns einigen. Aber wenn du willst, kannst du sie auch gerne Edoardo anbieten, wenn er dir mehr zahlt.«

De Cortese lachte hysterisch auf. »Du kannst nicht darüber bestimmen, ob und an wen ich meine Anteile verkaufe! Abgesehen davon, geht ohne mich absolut gar nichts.« Er ließ seine Blicke triumphierend kreisen. »Ohne mich könnte hier am Tisch jeder einpacken. Von mir hängt die Sicherheit des Ganzen ab.«

»Was du nicht sagst«, kommentierte Sophia gelassen seinen Ausbruch.

In De Corteses Augen glimmten hasserfüllte Funken. Mit geringschätziger Miene wandte er sich wieder an sie. »Du bist sicher Expertin, wenn du dir bei Gucci eine neue Handtasche oder bei Versace ein Kostüm kaufst. Und in Sachen Nagellack macht dir auch niemand etwas vor. Aber wir reden hier übers Geschäft, Herzchen!«

Paluzzi hatte die Auseinandersetzung mit unbeweglicher Miene verfolgt und De Cortese dabei scharf ins Visier genommen. Er wuchtete seinen schweren Körper aus dem Stuhl, stemmte beide Fäuste auf die Tischplatte und schloss für einen Augenblick wütend die Lider. »Antonio! Wie darf ich denn das verstehen? Ohne dich geht gar nichts?«

»Genau so, wie ich es gesagt habe«, giftete De Cortese. »Ohne Unterschriften meines Ministeriums unter gewisse Dokumente könnt ihr keinen einzigen Schritt machen.« Er blickte triumphierend in die Runde. »Ich bin derjenige, der dafür sorgt, dass wir keinerlei Kontrollen unterliegen. Sämtliche Genehmigungsverfahren laufen über meinen Schreibtisch. Das scheint hier noch nicht ganz angekommen zu sein. Ich habe hier einen Haufen Geld investiert.«

»Aha.« Paluzzi schnaubte wie ein Walross. »Aus dem staatlichen Fonds für Forschungsinvestitionen, wenn ich mich nicht irre. Und was weiter?«

»Ohne mich wäre Giulio nicht an die Fördertöpfe herangekommen. Ich halte es für das Beste, wenn sich Sophia vollständig aus dem Geschäft zurückzieht. Ich übernehme den Vorsitz und gewährleiste die weitere Sicherheit. Andernfalls …«

»Andernfalls?«, knurrte Paluzzi, und jeder im Raum spürte, dass Don Palù in diesem Augenblick bis aufs Blut gereizt war.

»Anmaßung«, erklang es kaum hörbar von der Seite der beiden Mediziner.

»Schnauze«, brüllte Paluzzi in ihre Richtung. Dann wandte er sich mit einem gefährlichen Glitzern in den Augen wieder De Cortese zu. »Andernfalls? Du wolltest weiterreden …«

Der Staatssekretär schien erst jetzt zu bemerken, dass er einen geschlossenen Widerstand provoziert und sich mit Edoardo Paluzzi einen Todfeind geschaffen hatte.

Sophia beobachtete die Auseinandersetzung mit innerem Vergnügen. Sie hatte vorausgesehen, dass die zwei sich in die Wolle kriegen, und De Cortese war wie vorausgesehen in ihre Falle getappt.

»Und du willst also unser zukünftiger Capo werden?«, ergriff Paluzzi mit unüberhörbarer Ironie das Wort. »Habe ich das richtig verstanden?«

»Meine Anteile betragen sechzehn Prozent am Firmenkonsortium. Sophia überträgt mir ihre Anteile und scheidet mit sofortiger Wirkung aus. Sie kann ohnehin nichts Substanzielles beitragen, außer ihr gepflegtes Aussehen und ihre zugegebenermaßen gute Figur. Für mich wäre auf diese Weise alles geregelt. Modalitäten der Zahlung können wir jederzeit verhandeln.«

»Was würdest du dazu sagen, Antonio, wenn ich dir anbiete, deine Anteile zu übernehmen?« Paluzzi hatte den Kopf gesenkt wie ein kampfbereiter Stier. »Gegen eine kleine Entschädigung, versteht sich.«

»Du …?« Grenzenloses Erstaunen spiegelte sich in De Corteses Gesichtszügen. »Das meinst du doch jetzt nicht ernsthaft!«

»Weshalb nicht? Ich glaube, Sophia hat dir etwas Wichtiges mitzuteilen!«

De Corteses Augen suchten Sophia, die kalt lächelnd auf ihrem Stuhl saß und die Diskussion verfolgte. »Und was, bitte?«

»Ich will mich mit dir nicht über Fähigkeiten und Kompetenzen streiten«, sagte sie. »Auch nicht über deinen Beitrag, den du bisher geleistet hat. Aber vielleicht darf ich dich noch einmal daran erinnern, dass Giulios Anteile an mich gefallen sind. Giannino Giuso, unser aller Consigliere, kann dir die Details nennen, sofern du interessiert bist.«

Der Avvocato reagierte auf Sophias Stichwort und erhob sich. »Signore De Cortese«, begann er mit einem milden Lächeln, als verzeihe er einem jungen Mann eine Dummheit, »Sophia Saviani verfügt seit Giulios Tod über zweiundfünfzig Prozent an der Holding auf Barbados, die, wie allen bekannt ist, hundert Prozent der Unternehmen in Italien hält. Damit erübrigt sich jede weitere Diskussion. Sophia führt die Geschäfte. Die Organisation lief in der Vergangenheit sowieso über sie.«

»Nicht mit mir!«, brüllte De Cortese.

»Antonio!«, knurrte Paluzzi unheilvoll. »Du bist dir wohl nicht im Klaren darüber, dass du dich auf verdammt dünnem Eis bewegst.«

»Willst du mir drohen? Ausgerechnet du?« De Cortese richtete sich in voller Größe auf. »Soll ich einmal die Karten auf den Tisch legen?«, fragte er tückisch. »Du bist hier die Schwachstelle, du gefährdest mit deinen dilettantischen Aktionen unser Unternehmen am allermeisten.«

Schlagartig schlug Paluzzis Ärger in Belustigung um, während er sich in seinen Sessel fallen ließ. »Da sieht man wieder einmal, dass die Regierung sparen muss. Offensichtlich teilen sich zehn Staatssekretäre ein Hirn.« Er sah De Cortese in die Augen.

»Bei Gelegenheit werde ich auf deine Anspielung zurückkommen, Antonio.«

»Aber gerne, lieber Don Palù! Ist dir klar, dass dich die Antimafiabehörde im Visier hat?«

»Na, dann geht es mir doch wie dir«, erwiderte Paluzzi gelassen. »Nur mit dem Unterschied, dass bei dir wesentlich mehr auf dem Spiel steht: dein Ruf, dein gesellschaftliches Ansehen, deine Familie, auch deine Kinder und nicht zuletzt dein feudaler Lebenswandel – das alles zu verlieren muss hart sein.«

»Ruhe!«, rief jetzt Giannino Giuso und umrundete gemessenen Schrittes den Tisch, während ihm alle Augenpaare folgten. »Signore Staatssekretär«, begann er mit akzentuierter Betonung und blieb stehen, um den Angesprochenen ins Auge zu nehmen. »Abgesehen davon, dass Signore Paluzzi recht hat, sehen Sie es mir nach, wenn ich ganz offen bin. Sie mögen sich in Ihrer Funktion als Staatssekretär für überaus wichtig halten, aber als Justitiar und Giulio Savianis Berater«, er unterbrach sich und wandte sich kurz Sophia zu, »und nun Signora Savianis Consigliere, möchte ich noch einmal betonen, die Majorität liegt bei Sophia. Mit ihrem Anteil sind Sie in der Holding stiller Gesellschafter, nicht mehr, nicht weniger.«

»Dann ändern wir eben die Verträge!«, erwiderte De Cortese mit sich überschlagender Stimme.

»Um was geht es Ihnen, Signore? Etwa um mehr Geld?«

»Beispielsweise«, erwiderte De Cortese lautstark.

Der kleine Consigliere schüttelte missbilligend den Kopf. »Ich verstehe Sie auch dann gut, wenn Sie sich in der Tonlage mäßigen. Überdies steht der Gesellschaftsvertrag nicht auf der Tagesordnung. Aber ich möchte feststellen, dass Ihre Dienste nicht mehr benötigt werden. Wir, das heißt Sophia und ich, haben uns darüber ausdrücklich verständigt. Sie sollten sich damit abfinden, dass wir Ihre Gesellschaftsanteile übernehmen. Denn wie es aussieht, stehen Sie inzwischen im Fokus der Ermittlungsbehörden. Da Sie offensichtlich nicht begreifen wollen, dass Sie mittlerweile zu einer ernsten Gefahr geworden sind, muss ich deutlicher werden, obwohl ich es gerne vermieden hätte.«

De Cortese verschlug es die Sprache, und er erblasste. »Fallen Sie mir etwa in den Rücken?«, fragte er nach einer Pause.

»Nein. Ich will Ihnen helfen!«, entgegnete der Consigliere. »Besser gesagt, Sie zu Ihrem Glück zwingen. Wenn Ihre Verbindungen in die Karibik in der Vergangenheit hilfreich waren, so sind sie heute für uns existenzgefährdend. Doch noch schlimmer wiegt die Tatsache, dass Ihnen hier niemand mehr vertraut.«

»Was reden Sie für einen Unsinn!«, stieß De Cortese wutentbrannt hervor.

»Keinen Unsinn. Wir möchten verhindern, dass Sie auffliegen. Immerhin sitzt Ihnen bereits Staatsanwältin Teresa Principato im Nacken. Leider haben Sie nicht auf meine Warnung gehört. Deshalb trennen sich unsere Wege.«

Sophia beobachtete unter ihren Augenlidern hervor die aufkommende Unruhe bei Cerlosa, Aguillera und Vasarella. Nun mischte sie sich wieder ein: »Wollen wir darüber abstimmen, ob Antonio bei unserem Meeting noch benötigt wird?«

»Gute Idee«, feixte Paluzzi. Professore Cerlosa und Dottore Aguillera stimmten nach einigem Zögern nickend zu.

Giuso achtete nicht mehr auf den Staatssekretär und dessen Gefühlsausbrüche, er suchte vielmehr die Blicke der anderen Teilnehmer, die bislang geschwiegen hatten. »Wer ist dafür, dass wir ohne den Staatssekretär weitermachen?« Er schaute in die Runde. Alle, außer De Cortese, hoben die Hand.

»Ich lasse mich hier nicht rauswerfen«, schrie De Cortese wie von Sinnen, während Paluzzi seelenruhig sein Handy hervorholte und eine Nummer wählte. »Hier stört jemand die Veranstaltung. Komm herein und hol diesen Deppen ab.«

Die Tür wurde aufgerissen, und ein bulliger Kerl sah Paluzzi fragend an.

»Was soll das heißen«, schrie De Cortese außer sich.

»Der kräftige Mitarbeiter meines Unternehmens begleitet dich aus dem Hotel. Das soll es heißen. Ach, noch etwas ...« De Cortese stand stocksteif vor Paluzzi und bedachte ihn mit einem Blick, der vernichtender nicht sein konnte. »Du solltest sehr, sehr vorsichtig sein, Antonio. Wenn du versuchst, Gerüchte über uns auszustreuen, oder irgendetwas tust, was dem Unternehmen schadet, bringe ich dich höchstpersönlich um.«

»Das hat Folgen!« De Cortese packte seine Aktentasche und stürmte wild fluchend zur Tür. Der bullige Bodyguard fasste ihn am Arm und wollte ihn hinausführen, doch der Staatssekretär riss sich mit einem Aufschrei der Entrüstung los. »Fassen Sie mich nicht an, Sie Kretin!«

Vom Lärm angelockt, öffnete Sandro einen Spaltbreit die Tür seiner Suite und sah hinaus. Schräg gegenüber entdeckte er einen dürren Kerl mit wasserblauen Augen und pockennarbigem Gesicht! Der Mann verfolgte offensichtlich mit großem Interesse das Geschehen im Konferenzraum. Blitzschnell schloss Sandro den Spalt und richtete sich auf. »Ich hab dich gefunden, mein Freund«, murmelte er.

Während Paluzzi einen kräftigen Schluck Wasser trank, ergriff Sophia das Wort und sah dabei Vasarella an. Er rückte gerade seine Hornbrille zurecht und vermied den direkten Blickkontakt mit Sophia.

»Franco«, sprach sie mit sanfter Stimme den Leiter der Uniplasma-Labors an. Sie startete das Computerprogramm ihres Laptops und beobachtete, wie sich das Bild am Schirm allmählich aufbaute.

Vasarella schreckte auf. »*Si?*«

»Es wäre mir lieb, wenn Sie uns kurz über die aktuelle Marktsituation der Labors unterrichten würden.«

»*Naturalmente*«, stotterte er aufgeregt und entnahm seiner Aktentasche einen Schnellhefter. Er klappte ihn auf und blätterte, bis er auf die richtige Seite stieß. »Die Geschäftsentwicklung stellt sich in den ersten beiden Quartalen dieses Jahres außerordentlich positiv dar«, begann er unsicher, fuhr aber dann mit festerer Stimme fort. »Ich darf die Geschäftssegmente im Einzelnen wie folgt aufführen: Der Bereich Serologie hat einen achtprozentigen Zuwachs in allen Ländern. Auch im Bereich Blutplasma verzeichnen wir überproportionale Zuwächse. Hier liegt der bei neun Komma sieben Prozent. Die größte Ausweitung liegt im Ressort der Blutanalytik für Arztpraxen und Krankenhäuser.« Er sah auf, um sich der Aufmerksamkeit der Anwesenden zu vergewissern. Paluzzi spielte mit seinem Feuerzeug, während ihm die Herren Doktoren gespannt zuhörten.

»Mehr als zwölf Prozent Umsatzsteigerung können wir vermerken. Im ersten Halbjahr lagen wir bei knapp achtundsiebzigtausend Blutanalysen von Praxispatienten. Das bedeutet, dass wir in Italien jetzt einen Marktanteil von dreiundzwanzig Prozent haben.«

»Sind die Daten komplett?«, fragte Dottore Aguillera. »Ich meine, mit vollständigen Personendaten und korrekter Anschrift?«

»*Securo*«, erwiderte Vasarella. »Alle Analysen werden prinzipiell mit vollständigen Personendaten erfasst. Derzeit verfügen wir über knapp zwei Millionen Datensätze. Davon sind sechzehn Prozent verwertbar.«

»Das bedeutet«, mischte sich Professore Cerlosa ein, »wir könnten auf etwa zweiunddreißigtausend Schläfer zurückgreifen.«

»Korrekt«, antwortete Vasarella. »Davon sind aber knapp die Hälfte im angrenzenden Ausland. Allerdings verzeichnen wir einen Engpass bei Blutgruppen mit dem Merkmal Rhesusnegativ und solchen mit seltenen Antikörpern.«

»*Madonna mia!*«, meckerte Paluzzi. »Wer interessiert sich schon für Blutgruppen?«

Vasarella grinste übers ganze Gesicht. »Ein kannibalischer Gourmet würde es nie versäumen, sich auch über die Blutgruppe seines Opfers zu informieren.«

»Nehmen Sie sich zusammen, Vasarella!«, wies ihn Sophia zurecht, während Paluzzi laut lachte.

Cerlosa blätterte konzentriert in einem Aktenordner und suchte nach Tabellen, die er nicht fand. »Haben wir schon die neuesten Anforderungen?«, fragte er.

Sophia schaltete sich ein. »Ja. Giulio hatte kurz vor seiner Ermordung die neuesten Zahlen aufbereitet. Deshalb sind sie noch nicht in Ihren Akten, lieber Professore. Für das erste Halbjahr sind in Bologna, Palermo und Genf insgesamt angemeldet:

Hunderteinundsechzig Nieren
Dreiunddreißig Herzen
Hundertsieben Lebern
Dreiundsechzig Lungen
und sechzehn Bauchspeicheldrüsen

Erfahrungsgemäß steigen gegen Ende des Jahres die Quoten um mehr als vierzehn Prozent. Außerdem stehen siebzehn Hauttransplantationen an. Was den Bedarf an Stammzellen angeht, habe ich noch keine vollständige Statistik. Aber die ist im Augenblick vernachlässigbar.«

Vasarella räusperte sich und streckte wie ein Schüler den Finger hoch. »Wie sieht es mit den Kombinationen aus?«

Sophia blickte auf den Bildschirm und scrollte das Dokument. »Hier haben wir es«, murmelte sie.

»Drei Mal Herz – Lunge
Nur ein Mal Herz – Lunge – Niere
und vierzehn Mal Doppellunge.«

Also insgesamt dreihundertdreiundachtzig Transplantationen«, bemerkte Professore Cerlosa, der auf einem Blatt Papier mitgerechnet hatte. »Damit sind wir in den drei Kliniken an der Kapazitätsgrenze.«

»Dann müssen wir diese ausweiten«, bemerkte Sophia.

»Nun ja«, erwiderte Cerlosa, »es gibt genügend kleinere Krankenhäuser auf dem Land, die unrentabel sind und die mitsamt dem bestehenden Personal sehr preiswert zu haben sind. Erst kürzlich wurde mir in Bozen ein Krankenhaus angeboten, das schon seit drei Jahren leer steht.«

»Aber wie sieht das mit den Genehmigungen aus, wenn De Cortese querschießt?«, fragte Vasarella.

»Wir brauchen ihn nicht«, antwortete Sophia. »Giulio hat vor seiner Ermordung vorgesorgt. Ob er den Anschlag ahnte, weiß ich nicht, jedenfalls werde ich in den nächsten Tagen ein wichtiges Gespräch im Ministerium haben.«

Die Männer nickten anerkennend. Auch Don Palùs Miene hellte sich auf.

»Das würde bedeuten, dass wir auch im Alto Adige einen Bereich für kosmetische Chirurgie einrichten können«, setzte sich Dottore Aguillera erneut in Szene. »Ein Sitz in Bozen mit der geographischen Nähe zur Schweiz, zu Österreich und zu Deutschland könnte sehr lukrativ sein.«

»Es ist nicht die Frage, wie rentabel das kosmetische Segment ist, sondern ob das Angebot in Südtirol für die Behörden plausibel erscheint«, bemerkte Cerlosa. »Wir dürfen das Bild, das wir nach außen abgeben, keinesfalls verändern. Dennoch wäre jetzt der ideale Zeitpunkt zu expandieren.«

»Dann müssen wir allerdings über ausreichend qualifiziertes Personal verfügen«, gab Dottore Aguillera zu bedenken. »Für den kosmetischen Bereich wird das nicht allzu schwierig werden. Aber für unser eigentliches Geschäft …«

Aguillera ließ den Satz offen und machte eine bedenkliche Miene.

»Notfalls müssen wir Chirurgen aus Südamerika oder aus Asien einstellen, die auf dem Gebiet der Transplantation Erfahrung haben«, schmetterte Sophia Aguilleras Einwand ab.

»Vorerst sollten wir uns aber auf das konzentrieren, was anliegt. Ich bitte euch, einmal den Blick auf die Umsatzzahlen zu werfen. Auf Seite drei in euren Schnellheftern findet ihr die Übersicht.«

Die Männer blätterten in ihren Akten. Paluzzis Miene zeigte Anerkennung. »Demnach reden wir über einen Umsatz von knapp einhundert Millionen?«, fragte er.

»Stimmt«, erwiderte Sophia. »Die durchschnittliche Ertragsquote je Eingriff hat sich von hundertachtundzwanzigtausend Euro auf hundertdreiunddreißigtausend Euro erhöht, mit anderen Worten: ein zufriedenstellendes Ergebnis.«

Paluzzi erhob sich von seinem Stuhl und ging ein paar Schritte auf und ab. »Wenn ich Sophia also richtig verstanden habe, will sie expandieren.«

»Das ist richtig«, antwortete sie. »Und was weiter?«

»Dann reichen die drei Krematorien in Tschechien nicht aus, wenn wir nicht Gefahr laufen wollen, dass etwas auffliegt. Ich hätte eine Anlage in Horní Vanice und eine weitere in Bujanov in Aussicht. Ich könnte mich darum kümmern.«

»Tu das!«, erwiderte Sophia entschlossen. »Damit wäre das Thema Entsorgung zunächst einmal erledigt. Kommen wir zu unserer Organisation in den Kliniken.« Sie nahm Professore Cerlosa ins Visier. »Wie lange brauchen Sie für die Planungen, um die Operationen alle zu bewältigen? Wie ich es beurteile, könnte es zeitlich sehr eng werden.«

»Wir sind ein gut eingespieltes Team«, entgegnete er ruhig. »Der Zeitaufwand für Personalplanung und Operationsteams hält sich im Rahmen. Ein bis zwei Wochen, denke ich. Leider sind wir manchmal gezwungen, kurzfristig die Termine umzuwerfen, was sehr ärgerlich ist.«

»Weshalb?«, erkundigte sich Vasarella neugierig.

»Wenn ein VIP-Kunde dazwischenkommt. Superreiche aus Arabien oder Russland. Die haben es immer besonders eilig. Normalerweise heißt es auch bei uns: Wer zuerst kommt, mahlt zuerst«, antwortete er gedankenverloren und schien mit seinem

Kopf längst wieder in seinen Gedanken in seinem Operationssaal zu sein.

»Wieso?«, rief Paluzzi dazwischen. »Ich dachte, wer am meisten zahlt, kommt als Erster dran.«

»Prinzipiell ja, aber wir sind doch nicht beim Teppichhandel im Basar! In der Regel sind die meisten Patienten froh, wenn sie innerhalb eines halben Jahres verlässlich ihr Organ bekommen. Natürlich gibt es Ausnahmen. Gerade haben wir die Anmeldung eines saudischen Prinzen, elf Jahre alt. Die Eltern haben sehr viel Einfluss und machen Druck. Wir können den Fall nicht auf die lange Bank schieben. Es gibt da außerdem eine Besonderheit, auf die wir eingehen müssen. Der Sohn der Prinzen Faisal Bin Fahad al Mhudi soll das Herz eines Moslem bekommen, der aber nicht älter als fünfzehn Jahre sein darf. Auf der anderen Seite ist der Prinz sehr großzügig. Der Preis spielt keine Rolle.«

»Außerdem sorgen manche Patienten für eine gute Presse in den entsprechenden Kreisen«, fügte Dottore Aguillera hinzu.

Sophia wandte sich an Vasarella. »Sie müssten doch in Ihren Listen den Überblick haben, ob und wie schnell wir transplantieren können.«

»Selbstverständlich«, erwiderte der Chef der Uniplasma-Labors und gab die Daten in seinen Laptop ein. »In Brindisi, Taranto und Bari haben wir jeweils einen passenden Schläfer, in Roma und Viareggio je zwei! Männlich und weiblich, alle im Alter zwischen zehn und fünfzehn Jahren.«

»Letzte ärztliche Untersuchung?«, erkundigte sich Sophia.

»Bei allen sieben in Frage kommenden vor weniger als einem Monat. Die Gründe waren durchweg Kleinigkeiten: Aufgeschlagene Knie, ein Armbruch, Erkältungen und Ohrenschmerzen. Wie ich bereits sagte, Bagatellen.«

»Trotzdem problematisch«, brummelte Paluzzi. »Jugendliche von der Straße zu holen ist nicht immer einfach.«

»Das ist dein Job«, erwiderte Sophia ungeduldig.

»Stimmt«, antwortete Paluzzi unterkühlt. »Trotzdem kann man bei Jugendlichen nie genau sagen, ob wir sie uns von Spielplätzen, Sportplätzen oder auf dem Weg zur Schule greifen sollen. Pässe oder Ausweise haben sie so gut wie nie dabei. Wie soll man sie vernünftig identifizieren? Außerdem stehen die Kids oft unter Beobachtung irgendwelcher Leute. Ziemlich viele Risiken auf einmal.«

»Ich weiß, dass du einen guten Job machst, Edoardo«, sagte Sophia etwas versöhnlicher. »Deshalb verdienst du auch eine Menge Geld.« Sie blickte ihm aufmunternd in die Augen. »Auf gute Mitarbeiter und das richtige Timing kommt es an, nicht wahr?«

Vasarella und Dottore Aguillera kicherten belustigt.

»Kann mir einer erklären, weshalb dieser Prinz darauf besteht, dass es unbedingt das Herz eines Moslem sein muss?«, insistierte Paluzzi. Er nahm Professore Cerlosa ins Visier. »Wer soll denn überprüfen, wer welche Innereien von wem bekommt?«

»Das kann niemand, Edoardo«, erklärte Cerlosa. »Wer von den Jugendlichen ein Moslem ist, können wir nicht anhand von Blutanalysen sagen. Lediglich die Familiennamen geben uns darauf einen Hinweis. Nun ja, in manchen Arztpraxen geht es überaus korrekt zu, da wird in die Patientendatei sogar die Religionszugehörigkeit eingetragen, aber das ist nicht die Regel. Im Allgemeinen gelten bei uns klar festgelegte Kriterien, die für alle Patienten dieselben sind. Wünsche werden so gut wie möglich erfüllt. Mit einem Computer wird gemäß den Anforderungen die passendste Person ermittelt und das Organ sozusagen just in time für die Transplantation bereitgestellt, und zwar in lebendem Zustand. Das ist Edoardos Aufgabe.«

Die Anwesenden nickten, während Sophia sich wieder an Cerlosa wandte. »Und wie ist das mit den Stammzellen?«, fragte sie. »Das habe ich bis jetzt noch nicht begriffen. Mit dieser Materie war nur Giulio vertraut.«

Cerlosa lächelte. »Ganz einfach, liebe Sophia. Der Empfang

von Blutstammzellen läuft nach etwas anderen Regeln ab. Entweder kommen die Stammzellen vom Patienten selbst oder von Verwandten, aber sie können auch von Schläfern gespendet werden, wenn sie passen. In unserer Datenbank können wir das schnell abfragen. Im Rahmen unserer Arbeit in den Blutlabors werden alle diesbezüglichen Daten und Werte erfasst.«

»Aha«, erwiderte Sophia vielsagend und lehnte sich in ihrem Sessel zurück. »Hat jemand etwas gegen eine Zigarettenpause auf der Terrasse?«

Alle waren dafür.

»Ich bin sofort bei euch!« Sophia dankte lächelnd und wartete, bis alle Herren den Raum verlassen hatten, und betrat Sandros Suite.

Er sprang vom Bett auf und schaltete den Fernseher aus, als er Sophia bemerkte. »Wie ist es gelaufen?«

»Man könnte sagen, alles nach Wunsch. Wir hatten etwas Ärger mit De Cortese. Paluzzi hat ihn rausgeworfen. Ich denke, wir müssen uns etwas überlegen, damit er keinen Unfug macht. Eines steht fest, de Cortese ist überflüssig geworden, Giulio hatte für den Notfall schon Ersatz vorgesehen. Ich werde in den nächsten Tagen mit ihm Kontakt aufnehmen.«

Sandro nickte zufrieden.

»Und? Hast du dich gelangweilt?«

»Nein«, erwiderte Sandro ernst. »Ganz und gar nicht! Im Gegenteil.«

23.
Bittere Wahrheiten

Sandro Calogheri war kurz vor sechs Uhr morgens aufgestanden, in seinen Trainingsanzug geschlüpft, hatte das weiße Frotteetuch um den Hals gelegt und war mit dem Lift hinunter in die Lobby gefahren. Als er aus dem Hotel hinaus auf die Straße trat, schlug ihm angenehme Kühle entgegen. Er fiel vom Schritt in einen schnellen Lauf und absolvierte sein morgendliches Joggingprogramm. Das tat er täglich, wo immer er sich auch befand. Er wollte drei Runden um den Dom joggen, einigermaßen ungestört, bevor die Stadt erwachte. Auch wenn es ihm nicht behagte, auf asphaltierten Straßen zu laufen, er würde sich hinterher trotzdem gut fühlen. Außerdem brauchte er einen freien Kopf, zumal er immer noch nicht wusste, wie er Sophia beibringen sollte, wen er im »Hyatt« gesehen hatte.

Sophia hatte noch bis abends mit Paluzzi, Professore Cerlosa, Giannino Giuso und den anderen zusammengesessen und war erst spät am Abend nach dem Dinner ins Hotel zurückgekehrt. Er hatte sich zwar mit ihr noch kurz an der Hotelbar für einen Drink getroffen, es aber nicht über sich gebracht, ihr die Nachtruhe zu verderben.

Als er auf dem Hotelflur in das pockennarbige Gesicht und die wasserblauen Augen gesehen hatte, geriet seine Welt ins Wanken. Mit allem hatte er gerechnet, nur nicht damit, dass Paluzzi der Auftraggeber für den Mordanschlag auf ihn und Giulio gewesen war. Aber weswegen? Weder in der Nacht, während er sich den Kopf zermartert hatte, noch nach dem drei Kilometer

Dauerlauf heute Morgen war ihm ein plausibler Grund eingefallen.

Sandro entschloss sich, noch locker durch die wie leergefegte
Galleria Vittorio Emanuele auszulaufen und über den Seiteneingang ins Hotel zurückzukehren. Vorsicht war geboten, denn
es war gut möglich, dass sich Paluzzis Leibwächter im Hotel
herumtrieben. Er bog von der Piazza del Duomo kommend in
die Galleria ein. In dem eindrucksvollen Bogengang wurden
gerade die Cafés geöffnet, und im »Rabarbara Zucca«, dem teuersten Bistro Italiens, standen Frühaufsteher am Tresen und
tranken ihren Espresso. Im Vorbeilaufen warf er einen Blick
durch die Panoramascheibe. Signore De Cortese schien offensichtlich zu den Menschen zu gehören, die wie er nur wenig
Schlaf brauchten. Jedenfalls heute. Sandro wunderte sich, weshalb sich der Staatssekretär überhaupt noch in Mailand aufhielt. Zeitung lesend saß er bei Brioche und Cappuccino an einem der kleinen Bistrotische.

Sandro kannte De Cortese gut genug, um sich seine Gedanken
zu machen. Der Mann war ganz und gar nicht der Typ, der um
fünf Uhr aus dem Bett fiel, um in aller Herrgottsfrühe im »Rabarbara Zucca« Kaffee zu trinken. Sophia hatte ihm noch am
späten Abend geschildert, was während des Meetings geschehen war und wie der Staatssekretär aus dem Konferenzraum
geworfen worden war. Was also tat De Cortese noch in Mailand? Sandro beobachtete ihn aus sicherer Entfernung und ge-
wann den Eindruck, als habe es De Cortese eilig oder er würde
auf jemanden warten.

Sandro verließ die noble Galleria am anderen Ende und stand
nun direkt vor der Fontana Teatro. Er wischte sich mit dem
Handtuch den Schweiß von der Stirn und bog in Gedanken
vertieft in die Via Santa Margherita ein.

Direkt vor seinen Augen parkte ein silbergrauer Mercedes
S-Klasse. Römisches Kennzeichen. Die Nummer kam ihm bekannt vor. Neugierig ging Sandro um den Wagen herum, um

sicherzugehen, dass er sich nicht täuschte. De Corteses Mercedes. Er schaute ins Innere. Hinter dem Rücksitz verborgen stand ein silberfarbener Aktenkoffer auf dem Boden. Sandro beugte sich nah an die Scheibe, um besser sehen zu können. Wenn ihn nicht alles täuschte, war dies Giulio Savianis Aktenkoffer.

Sandro blickte sich um. Drüben auf der anderen Straßenseite eilten zwei Männer vorbei, die sich angeregt unterhielten und offenkundig auf dem Weg zur Arbeit waren. Ein städtisches Reinigungsfahrzeug fegte die Straße. Ein kurzer Griff an die Autotür bestätigte Sandros Annahme, dass sie abgeschlossen war. Spontan wickelte er das Handtuch um den rechten Unterarm, schaute sich noch einmal um und schlug wuchtig zu. Das Glas gab nach und zersprang zu einem feinen Spinnennetz. Ein zweiter harter Schlag und Hunderttausende Kristalle übersäten den Rücksitz. Das Hupen der Alarmanlage erfüllte die Straße. Blitzschnell griff Sandro hinter den Fahrersitz, zog den Aktenkoffer heraus und entfernte sich ohne große Eile. Knapp zweihundert Meter vor ihm lag das Hotel.

Er hatte richtig kalkuliert. Ohne aufgehalten oder behelligt zu werden, betrat er den Seiteneingang und verschwand im Lift. Knapp zwei Minuten später erreichte er seine Suite. Er war sich sicher, dass ihn bei dem Einbruch niemand beobachtet hatte. Dafür war die Sache einfach zu schnell gegangen. Abgesehen davon, kümmerte sich in der Großstadt kaum jemand um ein Auto, dessen Alarmanlage plötzlich zu lärmen begann; das passierte täglich Hunderte Male, und oft genug war es Fehlalarm. Sandro untersuchte den Koffer genauer. Es war unwahrscheinlich, dass De Cortese und Giulio exakt die gleichen Modelle besaßen. War es tatsächlich Savianis Koffer, musste unter dem Elfenbeingriff eine Gravur zu finden sein. Er war es!

Sandro ging ins Bad und nahm eine Dusche. Während das heiße Wasser über seinen Körper perlte, dachte er nach. Was wurde hier eigentlich gespielt? Es schien klar, Paluzzi und De Cortese machten gemeinsame Sache, und offenkundig war der dicke Pate ein gerissener Schauspieler. Er hatte Sophia nicht nur gewaltig hinters Licht geführt, sondern sie auch glauben lassen, loyal auf ihrer Seite zu stehen. Und Cortese? Welche Rolle spielte er? War es möglich, dass er ohne Wissen Paluzzis dessen Leibwächter für seine Zwecke eingespannt hatte? Nein! Sandro verwarf den Gedanken sofort. Der Pockennarbige würde es nicht wagen, seinen Capo zu hintergehen und ein doppeltes Spiel zu spielen.

Giulios Aktenkoffer hatte in De Corteses Auto gestanden, und den konnte er nur von Paluzzi bekommen haben. Abgesehen von der bodenlosen Dummheit, die der Staatssekretär an den Tag gelegt hatte, indem er seinen Wagen in der Nähe des Hotels abstellte, müsste man ihm schon wegen seines Leichtsinns, ein brandheißes Beweisstück sichtbar im Auto liegen zu lassen, eine Kugel durch den Kopf jagen.

Sandro konnte die Gefahr förmlich riechen, in der sich Sophia und er befanden. Noch ahnte niemand, was er wusste. Wenn er Sophia retten wollte, konnte die Devise nur heißen: den Vorteil nutzen und sie so schnell wie möglich aus dem Fadenkreuz zweier gefährlicher Gegner entfernen. Jeder einzelne Schritt musste genau überlegt sein. Glücklicherweise war er nicht alleine. Er würde die Hilfe seines Bruders Bruno in Anspruch nehmen.

Es war genau sieben Uhr dreißig, als er angekleidet war und mit seinem Gepäck das Zimmer verließ. Rasch versicherte er sich, dass der Hotelflur leer war. Dann ging er eilig zu den Fahrstühlen und fuhr hinunter in die Tiefgarage. Dort verstaute er Taschen und Koffer im Bentley. Im Anschluss untersuchte er penibel den Wagen. Er wusste genau, wo man eine Ladung Sprengstoff unterbringen konnte. Nach fünfzehn Minuten stand fest, dass der Bentley sauber war. Kein Zeitzünder, kein Sender, keine Bombe. Sandro schloss das Fahrzeug ab, begab sich zur Rezeption und winkte den Portier herbei, der gerade mit seinem Computer beschäftigt war.

»*Buongiorno, Signore!*«, grüßte der Angestellte mit standardisierter Freundlichkeit, aber seiner Miene war zu entnehmen, dass er sich gestört fühlte.

Sandro trommelte mit den Fingern auf den Tresen und wartete ungeduldig, dass ihm der Portier seine Aufmerksamkeit schenkte. »Sie haben den falschen Beruf, Sie hätten Gast werden sollen«, knurrte Sandro ungnädig.

»*Come?*«, näselte der Portier unbeeindruckt.

»*Niente!*«, schnauzte Sandro zurück. »Ich bewohne Suite dreihundertdrei und brauche eine Auskunft. Die Herren Paluzzi und De Cortese, wohnen die zurzeit in Ihrem Haus?«

»*Momento*«, antwortete der Portier genervt und befragte seinen Computer. »Signore De Cortese hat bereits ausgecheckt. Signore Paluzzi müsste noch im Hotel sein. Ich kann ihn gerne anrufen, wenn Sie ihn zu sprechen wünschen.«

»*No, grazie!*«, erwiderte Sandro. »Soweit ich informiert bin, ist er mit einer Delegation angereist. Es müssten mehrere Signori auf seinen Namen hier abgestiegen sein!«

Wieder sah der Portier nach. Doch er schüttelte den Kopf. »Nein, Signore, es wurde nur ein Zimmer auf seinen Namen gebucht. Aber Sie haben recht, ich habe ihn gestern mit mehreren Herren und einer Dame im Foyer gesehen.«

»*Molto grazie!*« Sandros Antennen waren bis zum Anschlag ausgefahren.

Er konnte jeden Augenblick dieser Narbenfratze über den Weg laufen. Solange sich Sophia und er noch im Hotel aufhielten, liefen sie Gefahr, von den falschen Leuten entdeckt zu werden. »Verbinden Sie mich mit Sophia Saviani!«, bat er und wartete, bis ihm der Telefonhörer gereicht wurde.

»Sophia!«

»Ach, du bist es?« Ihre Stimme klang müde, als sei sie gerade aufgewacht.

»Packe sofort deine Sachen zusammen. Wir müssen auf der Stelle das Hotel verlassen!«

»Aber weshalb …?«, erwiderte sie überrascht. »Gerade wollte ich dich anrufen, damit wir gemeinsam frühstücken.«

»Daraus wird nichts«, entgegnete er knapp. »Ich bezahle die Rechnung, und du fährst bitte mit dem Gepäck direkt in die Tiefgarage. Beeile dich, wir dürfen keine Zeit verlieren!«

»Was ist …«

»Tu, was ich gesagt habe!«, unterbrach er sie. »Es gibt ein paar böse Überraschungen. Ich erwarte dich am Liftausgang.«

Sandro gab den Hörer an den Portier zurück, der die linke Augenbraue indigniert nach oben gezogen hatte.

»Il conto«, reagierte Sandro ungehalten auf die indiskrete Reaktion und schob seine Kreditkarte über den Tresen.

Wenige Augenblicke später kam Sophia im Untergeschoss an. Sie trug einen langen schwarzen Rock und verzierte Cowboystiefel, passend dazu eine bestickte Bluse und eine schwarze Seidenweste. Für einen Augenblick starrte Sandro sie bewundernd an. Sie war makellos schön. Am liebsten hätte er sie in die Arme genommen oder ihr ein Kompliment ins Ohr geflüstert. Aber Zeit, das war etwas, was er jetzt überhaupt nicht hatte. Sandro nahm schweigend ihr Gepäck entgegen und verstaute es im Kofferraum, während sie ihn irritiert beobachtete.

»Was um Himmels willen ist passiert, dass wir so Hals über Kopf das Hotel verlassen?«, erkundigte sie sich, als er den Kofferraumdeckel verschlossen hatte.

»Setz dich in den Wagen!«, erwiderte Sandro mit einer Stimme, die keinen Widerspruch duldete.

»So ist nicht einmal Giulio mit mir umgegangen!«, beschwerte sie sich, zog einen Schmollmund, fügte sich aber ohne Widerspruch. Sie kannte Sandro gut genug, um zu wissen, dass etwas Ernstes vorgefallen sein musste, wenn er einen solchen Ton anschlug. »Sag schon endlich, was los ist!«, forderte sie ihn auf und schnallte sich an, während er den Motor startete, die Tiefgarage verließ und mit Schwung in die Via Giuseppe Mengoni einbog. Der Verkehr war noch einigermaßen erträglich, und er fuhr zügig durch die Stadt in Richtung Autostrada. In regelmäßigen Abständen beobachtete er im Rückspiegel die nachfolgenden Fahrzeuge. Nach einigen Kilometern war er sicher, dass ihnen niemand folgte. Sophia wartete immer noch auf eine Erklärung, zog es aber vor zu schweigen, als sie seinen verbissenen Gesichtsausdruck bemerkte, der wahrlich nichts Gutes verhieß.

»Wir frühstücken später«, brach er das Schweigen. »Ganz in der Nähe kenne ich einen Ort, an dem wir Ruhe haben.«

»Hast du vor, mich am frühen Morgen zu verführen?«, versuchte sie Sandros Laune zu bessern.

»Ach, Sophia ...«, antwortete er. »Ich wäre der erste Mann, der dich verführen könnte. Aber abgesehen davon, habe ich vor, dich aus der Schusslinie einiger unangenehmer Menschen zu bringen.«

»*Come?*« Sophia verstand nicht.

»Ich wollte dich gestern Abend nicht unnötig aufregen. Du hättest kein Auge zugetan, wenn ich es dir vorher gesagt hätte.« Er blickte prüfend in den Rückspiegel. Dann sah er sie kurz an. »Du hast in der Konferenz mit dem Mann am Tisch gesessen, der den Mord an Giulio zu verantworten hat!«

Sophias Miene erstarrte. »Du spinnst!«

»Nein«, erwiderte er ruhig. »Ich weiß es.«

»Wer?«, flüsterte sie fassungslos. Das Blut war ihr aus dem Gesicht gewichen.

»Paluzzi!«

»Unmöglich!«

Sandros Backenmuskeln mahlten sichtbar. »Und De Cortese.«

»Weißt du überhaupt, was du da sagst?«, schrie Sophia ungehalten. »Das ist unmöglich!«

»Weshalb sollte ich dir Märchen erzählen?«, erwiderte Sandro ebenso schroff.

Sie hielt für einen Atemzug inne und sah aus dem Seitenfenster. De Cortese und die unschöne Szene im Konferenzsaal standen plötzlich bildhaft vor ihren Augen, und in ihrer Phantasie verwandelte er sich in Andrè Fillone. Ihr Körper wurde plötzlich von einer Hitzewallung erfasst, und sie blickte Sandro von der Seite an. »Diesem Affen von De Cortese traue ich alles zu, aber Paluzzi …!«

»Nur weil du etwas nicht glauben willst, heißt das nicht, dass es unmöglich ist«, antwortete Sandro mühsam beherrscht.

Im Wagen entstand eine bedrückende Stille, während Sandro zügig weiterfuhr. »Wir brauchen eine knappe halbe Stunde«, durchbrach er die angespannte Atmosphäre. »Im Augenblick fällt es mir schwer, darüber zu reden. Auch wenn ich in deinen Augen einen ruhigen Eindruck mache, dem ist nicht so. Ich bin genauso schockiert wie du. Schon seit gestern. Du stehst direkt im Mittelpunkt eines beschissenen Komplotts.«

»Sag, dass das nicht wahr ist!« Sophia schien um Fassung zu ringen, und sie kämpfte gegen ihre Tränen. Hilfesuchend blickte sie zu Sandro, aber sein Gesicht blieb regungslos.

»Wenn das stimmt«, kam es stockend über ihre Lippen. »*Dio mio,* ich möchte vor Scham in den Boden versinken!«

»Ich verstehe nicht, weshalb du dich schämen müsstest.« Er wich fluchend einem Motorradfahrer aus, der plötzlich die Spur wechselte, und warf ihr einen fragenden Blick zu.

Sophia kramte nervös in ihrer Handtasche, fand aber nicht, was sie suchte. »Halte da vorne an der Apotheke!«, bat sie und deutete auf das grüne Schild einer *farmacia.*

Sandro hielt am Straßenrand. Sophia verschwand eilig in der Apotheke, während er sich eine Zigarette anzündete. Er hatte kaum zu Ende geraucht, als Sophia wieder in den Wagen stieg, mit zitternden Fingern die Medikamentenschachtel aufriss und zwei Kapseln einnahm.

Sandro reihte sich wieder in den Verkehr ein und spürte, dass Sophia ihm etwas anvertrauen wollte. »Rede …!«

»Ich glaube, ich habe einen schrecklichen Fehler gemacht«, sagte sie mit tonloser Stimme, während sie nervös ihre Hände knetete.

»Und was?«

»*Merda!* Ich konnte doch nicht ahnen, dass ...!«

»Könntest du ausnahmsweise in ganzen Sätzen sprechen?«, polterte Sandro los. »Immerhin geht es auch um mein Leben.«

Sophia kämpfte noch immer mit sich selbst. »Du weißt doch, ich habe Edoardo gebeten, mir einen Gefallen zu tun. Wegen einer Sache, die schon mehr als zwanzig Jahre zurückliegt.«

»Du meinst Ivan Badolento?«

Sophia nickte und schien sich zu quälen. »Verdammt, ich Idiotin!«, murmelte sie leise.

»Für Selbstanklagen ist es zu spät«, bemerkte Sandro hart und schob sein Kinn angriffslustig vor. »Weder du noch ich haben uns etwas vorzuwerfen.«

»Mir ist schlecht, und ich bin kaum imstande, klar zu denken.«

Sandro zuckte die Achseln, aber seine Züge entspannten sich nicht. Grimmig sagte er: »Paluzzi und De Cortese spielen uns ein Schmierentheater vor. Weißt du, was hinten im Kofferraum liegt?« Er warf ihr einen aufgebrachten Blick zu, wartete aber ihre Antwort nicht ab. »Der Aktenkoffer deines Mannes. Ich habe ihn aus De Corteses Mercedes geholt.«

Sophia kreuzte die Arme vor der Brust und schob ihre Hände in die Achselhöhlen. »Das würde ja bedeuten ...« Sie sprach nicht weiter, sondern starrte aus dem Seitenfenster.

»*Certo!*«, stieß er wütend hervor. »Mir ist schon seit gestern klar, was die Uhr geschlagen hat. Wir beide sind in Lebensgefahr. Ich kann es fühlen. Paluzzi kam gestern mit vier Leibwächtern im Hotel an. Einen habe ich auf dem Flur erkannt. Er war es, der erst mich beinahe umgebracht und dann Giulio erschossen hat. Dieses Pockengesicht habe ich mir genau eingeprägt. Seine Visage werde ich nie vergessen. Aber man muss auch mal Glück im Leben haben. Niemand weiß, dass ich ihn gesehen habe, er selbst auch nicht.« Sandro passierte die elektronische Zahlstelle der Autobahneinfahrt und beschleunigte. »Es ist ein großer, dürrer Typ mit Narben im Gesicht und Fischaugen. Kennst du diesen Schweinehund? Weißt du, wie er heißt?«

Sophia blickte Sandro ratlos an. »Ich kenne keinen seiner Leibwächter. Weshalb auch? Die haben mich nie interessiert. Außerdem sieht für mich einer aus wie der andere.«

»Macht nichts«, entgegnete Sandro. »Es reicht, wenn ich weiß, wo ich ihn finden werde.«

»Wieso habe ich die ganze Zeit nichts bemerkt?«, fragte Sophia verzweifelt. »Paluzzi hat sich in der Sitzung gegen De Cortese gestellt. Du hättest erleben sollen, wie er mit ihm verfahren ist! Er hat Antonio aus dem Konferenzraum hinauswerfen lassen und sogar gedroht, ihn persönlich umzubringen, wenn er sich gegen uns stellt.«

Sandro nickte. In seinen Augen lag ein gefährliches Glitzern. »Deine sauberen Partner haben dir ein tolles Schauspiel geliefert. Die Tatsache, dass ich den Koffer deines Mannes zufällig in De Corteses Wagen gefunden habe, beweist, dass die beiden unter einer Decke stecken. Und ich bin sicher, da kommt noch einiges auf uns zu!«

»Ich kann das alles gar nicht begreifen!« Sophia schien in den weichen Polstern des Bentley in sich zusammenzufallen. »Dass De Cortese ein Schwein ist, habe ich immer gewusst«, fuhr sie mit belegter Stimme fort. »Aber Paluzzi hat doch …« Sie unterbrach sich. »Mir fehlen die Worte. Ich kann kaum noch klar denken.«

»Was hat er?«, erkundigte sich Sandro. »Was wolltest du sagen?«

»Er hat Ivan Badolento für mich erledigt. Er würde schon deshalb nicht …« Wieder brach sie ihren Satz ab. »Kannst du mir erklären, weshalb Paluzzi mir diesen Gefallen getan hat und im Anschluss daran meinen Mann umbringen lässt?«

»Ist das dieser Ivan, der ganz plötzlich zum Ersatzteillager wurde?« Sandro nahm Gas weg und ließ den Bentley knapp zwanzig Kilometer hinter der Stadtgrenze von Mailand in die Ausfahrt Borgho San Giovanni rollen.

»*Si!* Immerhin hat er noch fünfzigtausend Euro eingebracht«, bemerkte sie schadenfroh.

Während der nächsten Minuten herrschte bedrücktes Schweigen. Sophia sah aus dem Wagenfenster über die weite Ebene und auf die Alpenkette. Der schneebedeckte Gipfel des Monte Rosa schien in der Morgensonne zum Greifen nah. Einzelne Bauernhöfe und kleine Güter waren zu erkennen, hier und da ein Campanile, der in den Himmel ragte und schemenhaft ein Dorf verriet. Sandro fuhr langsam in den *borgho* ein und passierte schon bald die Toreinfahrt eines jahrhundertealten Gehöfts. Er ließ den Bentley ausrollen und stellte ihn in der offen stehenden Scheune ab.

»Das ist der Fluch einer Luxuskarre«, murmelte er. »Die Kiste fällt auf wie ein Eisbär in der Sahara.«

»Wo sind wir hier?«, erkundigte sich Sophia mit erschöpfter Stimme und sah sich um.

»Bei meinem Bruder«, erwiderte Sandro einsilbig.

Sophia sah ihn mit großen Augen an. »Wieso hast du ihn früher nie erwähnt, und weshalb musste ich von meinem Schwiegervater erfahren, dass du einen Bruder hast? Ich habe dich nie darauf angesprochen, weil ich nicht einschätzen konnte, wie du darauf reagieren würdest, aber es wäre nett gewesen, wenn ich es von dir erfahren hätte.«

»Ich hatte meine Gründe!«

»Welche?«, entgegnete Sophia sichtlich verstört. »Ich dachte, wir vertrauen uns …«

»Er lebt wegen mir und meiner Vergangenheit völlig zurückgezogen auf diesem Bauernhof«, erklärte Sandro mit maskenhaftem Gesichtsausdruck. »Wir haben damals unsere Schwester gerächt, wenn du verstehst ... Ich habe die Sache auf mich genommen, es hätte keinen Sinn gehabt, wenn wir beide ins Gefängnis gegangen wären. So konnte Bruno wenigstens den Rest erledigen.«

»Das wusste ich nicht«, erwiderte sie.

»Woher auch! Jetzt weißt du es. Und so, wie es aussieht, kommen wir ohne seine Hilfe nicht mehr aus dieser Situation heraus. Ich habe ihn heute in aller Frühe angerufen und ihm die Sache erklärt.«

»Was macht dein Bruder? Ist er Bauer geworden?«

»Er betreibt ein kleines Ristorante. Normalerweise öffnet er nur am Wochenende. Wir haben also sturmfreie Bude, wie man so schön sagt. Er erwartet uns.«

Als die beiden ausstiegen, kam ein Mann in derber Bauernkleidung und Strohhut in die Scheune, ein Kerl wie ein Baum, der jungenhaft lachte. Er mochte in Sandros Alter sein, war braun gebrannt und wie sein Bruder von kräftiger Statur. Die groben Hosen, das lose über dem Gürtel getragene Hemd und die Turnschuhe verliehen ihm eine seltsam moderne Strenge. Sein kantiges Gesicht strahlte eine distanzierte Kälte aus, über die sein jugendliches Verhalten nicht hinwegtäuschen konnte. Seine schwarzen Haare, die unter dem Hut zum Vorschein kamen, waren von Silberfäden durchzogen. Sophia begrüßte er mit einem Selbstbewusstsein, das weder aufgesetzt noch übertrieben wirkte. Auf Sandro ging er lächelnd zu und umarmte ihn.

»*Madonna mia!*« Er lachte mit einem Blick auf Sophia. »Da hast du dir ein hübsches Vögelchen zugelegt. Hat sie dich in die Scheiße geritten?«

»Das ist Sophia«, erwiderte Sandro und wirkte wie ein Schuljunge, der jemandem einen Streich gespielt hat. »Und sie hat nichts dergleichen getan.«

»Ich bin Bruno«, stellte sich der Mann Sophia vor.

Er hatte ein klares, offenes Gesicht und einen harten Blick. Sophia musste unwillkürlich lächeln, als ihr die Ähnlichkeit zwischen den beiden Männern auffiel. Sie hatten den gleichen katzenhaften Gang, und ihre Körperbewegungen, sogar ihre Gesten waren ähnlich. Beide strahlten die animalische Kraft eines Raubtiers aus, das nichts auf der Welt fürchtete.

»Kommt mit!«, hörte sie Bruno sagen, der sich sogleich wieder an Sandro wandte: »Geht es dir wieder gut?«

Sandro nickte. »Unkraut ... Du weißt ja!« Er fasste sich an die Stirn. »Das Gepäck!« Schon machte er auf dem Absatz kehrt. Sophia begleitete ihn, während er zum Wagen zurückging.

»Du kannst ihm vollkommen vertrauen«, sagte Sandro leise, öffnete den Kofferraum und holte Giulios Aktenkoffer heraus. Er hielt ihn triumphierend vor ihren Augen in die Höhe. »Erkennst du ihn wieder?«

»Das ist er!«

Neugierig blickte sie sich um. Erinnerungen an ihre Jugend in der Hochebene bei Corleone überrollten sie wie eine Lawine. Sie fühlte sich in die Vergangenheit zurückkatapultiert. Seit ihrer Hochzeit hatte sie Santuario del Rosario gemieden und war nur ein einziges Mal während der letzten zehn Jahre in ihr Heimatdorf zurückgekehrt. Der Geruch, der ihr so vertraut war, umgab sie. Ziegen ... oder waren es Schafe? Ihr Blick schweifte über Traktoren, Pflüge, verrostete Eggen und Anhänger, die anscheinend schon vor vielen Jahren in einen Dämmerschlaf gefallen waren.

Wie in einem Traumbild meinte sie, plötzlich ihren Bruder Tommaso zu sehen, der mit breitkrempigem Hut und dicker Filzjacke aus der Scheune trat. Leid, Schmerz und Trauer waren mit einem Mal wieder so präsent wie vor mehr als zwanzig Jahren. All das Vergangene zwang sich ihr wie ein Joch auf, das sie nicht abschütteln konnte. Unmerklich fasste sie in die Handtasche, griff fahrig nach ihrer Pillendose und nahm vorsorglich eine weitere Kapsel, bevor die Poltergeister in ihrem Kopf wüten konnten.

Die Zeit der Schafschur drängte sich in ihren Sinn. Sie sah, wie das Blut aus der aufgeschlitzten Kehle des Schafes in den Eisentopf floss und die Bauern Suppe kochten, sah, wie ihr Bruder in der Nacht von Hirten auf den Hof gebracht wurde und vor ihren Augen an den Schussverletzungen starb. Ohnmächtiger Hass flammte in ihr auf und drohte sie zu verbrennen. Er verband sich mit der Erinnerung an die Nacht ihrer Vergewaltigung. Die Gesichter von Andrè, dem fetten Enrico, von Ivan und Giancarlo tauchten vor ihr auf. Längst vergessen geglaubte Eindrücke trafen sie mit der Wucht eines Vorschlaghammers.

Wieder fiel ihr Blick auf Giulios Aktenkoffer, den ihr Sandro hinhielt. Das also war der Beweis eines mörderischen Komplotts, in dem De Cortese und Paluzzi eine zentrale Rolle spielten.

»Sophia!«, hörte sie wie aus weiter Entfernung ihren Namen rufen. »Sophia! *Vieni!* Komm ins Haus!« Sie verharrte noch einen Augenblick, da sie fühlte, wie das Medikament die bösen Erinnerungen allmählich zurückdrängte.

Wenig später betrat sie die riesige Gutsküche, die früher vermutlich der Aufenthaltsraum für das Gesinde war. Die Küche war mit erstaunlichem Geschick restauriert worden und mit modernsten Gerätschaften ausgestattet. »Setzt euch!«, bat Bruno und ging hinüber zum Kaffeeautomaten. »Ist euch jemand gefolgt?«, fragte er beiläufig.

Sandro schüttelte den Kopf und musterte Sophia, die ihm gegenüber an dem massiven Holztisch Platz genommen hatte. »Und jetzt erzähle mir erst einmal die Sache mit Paluzzi. Badolento stand auf keiner Schläferliste. Wie hast du Paluzzi dazu gebracht, ihn für dich zu erledigen?«, forderte er sie auf.

»Darüber will ich jetzt nicht sprechen«, erwiderte sie mit einem Blick auf Bruno, der, während er sich mit dem Kaffee beschäftigte, so tat, als höre er nicht zu.

Sandro presste die Lippen zusammen. »Hör zu, Sophia. Alle Details, auch Dinge, die nur dich persönlich betreffen, sind jetzt verdammt wichtig. War er damals bei der Vergewaltigung auch dabei?«

»Bitte nicht vor Bruno!«, zischte sie durch die Zähne.

»Bruno« – er wandte sich an seinen Bruder, der gerade die Tassen brachte –, »ist außer dir der einzige Mensch, dem ich vertraue. Verstehst du das? Und es gibt auch keinen Grund, dessen du dich schämen müsstest!«

»Das heißt aber nicht«, erwiderte sie mit einem entschuldigenden Blick auf Bruno, »dass ich vor ihm meine privatesten Dinge ausbreite. Ich habe dir vorhin versprochen, dass ich dir noch einige Dinge zu sagen habe.«

»Das solltest du jetzt tun, wenn sie mit Paluzzi und De Cortese zusammenhängen. Schließlich sitzen wir in einem Boot. Wenn ich die nächste Kugel verpasst kriege, will ich wissen, weshalb ich ins Gras beiße.«

Sophia seufzte und schien einen schweren inneren Kampf auszufechten.

Sandro war augenscheinlich beunruhigt, weil sie vor ihm etwas verbarg. Aber er gab es auf, weiter zu insistieren. Demonstrativ griff er nach Giulios Aktenkoffer und legte ihn vor Sophia auf den Tisch.

Sie öffnete ihn. Ungläubige Enttäuschung stand ihr ins Gesicht geschrieben. Außer Giulios Brieftasche, einem Schnellhefter mit Zahlenmaterial und einer Packung Taschentücher enthielt er nichts. »Sie haben alles herausgenommen, was von Bedeutung war«, flüsterte Sophia. »Auch die ausgedruckten Mails von Avvocato Giuso.«

»Hast du etwas anderes erwartet?«, fragte Sandro.

Unsicher griff sie nach der Brieftasche und öffnete sie. Wie es schien, war sie unberührt. Alle Kredit- und Bankkarten waren an ihrem Platz. »Geld haben diese Hunde offenbar nicht gebraucht«, bemerkte Sophia sarkastisch. Sandro beobachtete mit unbewegter Miene, wie sie die einzelnen Fächer durchsuchte. Mit einem Leuchten in den Augen zog sie einen zusammengefalteten Zettel heraus. »Den haben sie entweder übersehen oder nicht beachtet«, sagte sie leise.

»Was ist das?«, fragte Sandro.

»Sieh selbst! Unser Hochzeitstag – 04. 09. 88«, murmelte Sophia.

»Ein wichtiges Datum, wenn man keinen Ärger mit seiner Ehefrau bekommen will«, schaltete sich Bruno ein und lachte. »Ich habe den Hochzeitstag immer vergessen.«

Sophia schüttelte den Kopf. »Stimmt! Aber in diesem Fall ist es auch der Code für ein Bankschließfach in Rom.«

Sandro und Bruno sahen sich an, verrieten aber mit ihrer Mimik nicht, was sie dachten.

»Was war noch in dem Koffer?«, erkundigte sich Bruno.

»Wichtige Dokumente, die sich auf die ICM Holding auf Barbados beziehen. Mir wird schlecht, wenn ich nur daran denke, dass De Cortese oder Paluzzi jetzt diese Unterlagen haben. Giulio hatte dort auch die Kennworte für die Banksafes in der Karibik festgehalten. Sie können also jederzeit die Konten abräumen.« Sophia ließ ihre Hände kraftlos in den Schoß fallen.

»Puh!« Sandro verdrehte die Augen zur Decke. »Das ist in der Tat schlimm. Ich sehe schon, es gibt eine Menge zu tun. Wir müssen schneller sein, auch wenn es jetzt auf einen Tag nicht ankommt.«

»Hoffentlich«, erwiderte sie, aber ihre Stimme klang nicht gerade optimistisch.

»Und was ist mit dem Schließfach in Rom? Hat Giulio dort etwas deponiert, was den beiden schaden kann?«, fragte Sandro weiter.

»Ja«, erwiderte Sophia. »Er hat sich immer abgesichert.«

»Wissen die beiden von dem Schließfach?«

»Das kann ich mir nicht vorstellen. Und da der Zettel noch in der Brieftasche war, bin ich mir ziemlich sicher, dass sie keine Ahnung davon haben.«

Sandro lehnte sich in seinem Stuhl zurück und nahm einen Schluck Kaffee.

»Fehlt sonst noch etwas Wichtiges?«

»Giulio hatte vor, das ganze Unternehmen zu reorganisieren und noch effizienter zu gestalten. Deshalb hat er zusammen mit De Cortese ein neues Konzept entwickelt.«

»Und das bedeutet?«

Sophia warf Sandro einen reservierten Blick zu. »Ich will deinem Bruder nicht zu nahe treten, aber auch das gehört jetzt nicht hierher.«

»Er weiß, was los ist«, widersprach Sandro. »Ich verstehe aber durchaus, wenn du in seinem Beisein nichts sagen möchtest. Noch nicht. Das hat ja auch Zeit bis später.«

Er leerte die Tasse, beugte sich über den Tisch und nahm ihre Hand. »Es geht jetzt nicht nur um dich, Sophia!«, sagte er eindringlich. »Ich denke, wir analysieren die Sachlage, damit wir den nächsten Schritt planen können. Was meinst du?«, wandte er sich an seinen Bruder.

»Aber sicher doch«, stimmte der zu.

Sandro holte aus seiner Tasche eine Packung Camel und bot Sophia eine Zigarette an, bevor er sich selbst eine anzündete. »Entweder hat der smarte De Cortese unserem Dicken den Auftrag erteilt, deinen Mann umbringen zu lassen, was bedeuten würde, dass er ihn vor seinen Karren gespannt hat.« Er blickte in Sophias Augen. »Glaube ich aber nicht!«, fuhr er fort. »Zweite Möglichkeit: Der Leichenbestatter hat aus irgendeinem Grund, den wir noch nicht kennen, deinen Mann im Alleingang aus dem Weg räumen lassen. Du kannst es aber drehen und wenden, wie du willst, De Cortese muss in jedem Fall eingeweiht gewesen sein.« Er wandte sich an Bruno und hielt ihm die leere Tasse hin. »Bekomme ich noch einen?« Sein Bruder erhob sich wortlos und holte neuen Kaffee, während Sandro Sophia nicht aus den Augen ließ. »Ich weiß nicht, wie das Agreement zwischen den beiden aussieht«, spann Sandro den Faden weiter. »Tatsache bleibt, De Cortese hatte den Aktenkoffer deines Mannes in seinem Wagen. Den konnte er nur von Paluzzi bekommen haben. Fragt sich nun, wer von den beiden den Mord veranlasst hat. Paluzzi oder De Cortese.«

»Vielleicht beide«, schnappte Sophia aggressiv zurück und entzog ihm die Hand. »Aber was ich nicht begreife, ist, was dahintersteckt. Was haben die beiden vor? Es ist eine Katastrophe! Ich weiß jetzt nicht einmal mehr, ob ich in Zukunft Vasarella, Cerlosa oder Aguillera vertrauen kann und auf wessen Seite sie wirklich sind.«

»Und was ist mit dem Consigliere?«

»Du meinst Avvocato Giuso? Er ist …, er war meinem Mann immer sehr verbunden. Ich weiß nicht, ob ich mich auf ihn verlassen kann. Ich weiß ja nicht einmal, ob ich noch meinen eigenen Gefühlen trauen kann!«

»Du kannst es dir nicht leisten, jetzt noch einen Fehler zu begehen. Je weniger Leute wissen, was du in Zukunft vorhast, desto besser ist es.«

Bruno war wieder hinzugetreten, stellte die gefüllte Tasse auf den Tisch und setzte sich an die Stirnseite. »Darf ich dich Sophia nennen?«, fragte er mit einem entwaffnenden Lächeln.

Sie nickte irritiert.

»Ich und Sandro haben absolut keine Geheimnisse voreinander. Du kannst dich darauf verlassen, dass wir füreinander einstehen. So viel zu uns!« Er wartete die Wirkung seiner Worte ab, bevor er fortfuhr. »Er hat mir heute früh am Telefon erzählt, was in Porto Cervo passiert ist, und ich frage mich, weshalb Paluzzis Killer nicht ins Haus gekommen ist und dich mitsamt deiner Haushälterin erschossen hat? Findest du das nicht merkwürdig? Er erschießt deinen Mann und geht einfach wieder.«

Sophia riss entsetzt die Augen auf. »Du hast Humor!« Ihre Lippen bebten, als ihr klarwurde, was Bruno ihr gerade ins Gesicht gesagt hatte. Natürlich hatte sie sich diese Frage schon längst selbst gestellt, hatte aber die Antwort darauf einfach verdrängt.

Bruno klopfte ihr sanft auf die Schulter, als er fortfuhr: »Paluzzis Killer lockt Sandro zur Einfahrt, schießt auf ihn, geht danach zum Haus und erschießt Giulio in der offenen Tür. Niemandem in der Umgebung ist etwas aufgefallen, weil er einen Schalldämpfer verwendet hat. Der Pockennarbige hätte also völlig ungestört reingehen und dort den Rest erledigen können. So jedenfalls hätte ich es an seiner Stelle gemacht.«

Bevor Sophia etwas erwidern konnte, redete er weiter. »Wer so gezielt in ein Grundstück eindringt, weiß, ob sich dort jemand aufhält und wer. Da Paluzzis Killer dich, verehrte Sophia, in Ruhe gelassen hat, kann das nur eines bedeuten.«

»Und was, wenn ich fragen darf?«, entgegnete sie mit bebender Stimme.

»Du nutzt dem oder den Auftraggebern lebend mehr als tot. Jedenfalls im Augenblick.«

»*Madonna*«, erwiderte Sophia entgeistert. »Ich müsste mich vor meiner Ahnungslosigkeit mehr fürchten als vor Paluzzi und De Cortese«, murmelte sie bestürzt. »Sie macht so verdammt wehrlos. Aber damit ist Schluss!«

Sandro hatte mit einem hintergründigen Lächeln zugehört und schaltete sich nun wieder ins Gespräch ein. »Ich bin der gleichen Meinung, Bruno! Die beiden Mörder brauchen Sophia noch. Und das wiederum heißt im Umkehrschluss, Giulio wurde nicht mehr gebraucht. In der Folge müssen wir uns fragen, weshalb und was sie von dir wollen.«

»Du hast den Nagel auf den Kopf getroffen«, bestätigte Bruno. »Die Frage ist jetzt«, fuhr er in gelassenem Ton fort, »was macht Sophia im Augenblick so wertvoll, und was wollen die Mörder erreichen?«

»Da gäbe es ein paar Möglichkeiten, über die es sich lohnt nachzudenken!«, erwiderte Sandro. »Macht. Geld. Einfluss, und nicht zuletzt das Unternehmen.«

»Du hast mich vergessen!«, fügte Sophia sarkastisch hinzu. »Antonio De Cortese stellt mir seit der Hochzeit mit Giulio nach. Schon einen Tag nach Giulios Tod hat es der Idiot bei mir versucht. Ich musste ihn beinahe hinauswerfen!« Sie sprang entnervt von ihrem Stuhl hoch. »De Cortese hat mir damals in meinem Haus eine Show vorgespielt. Kondolieren wollte er mir.« Sie lachte freudlos, ballte die Fäuste, bis die Knöchel weiß wurden. »Dieser Schweinehund! Wenn ich damals gewusst hätte, was ich jetzt weiß …« Sie schlug mit der flachen Hand auf den Küchentisch. »Jetzt ist mir klar, dass er sich überzeugen wollte, ob mich der Anschlag auf Giulio aus der Bahn geworfen hat.« Sophia fasste sich an den Kopf. »Mir wird übel, wenn ich daran denke.« Sie griff nach Sandros Hand. »Übrigens hat er sich ganz gezielt nach dir erkundigt, und er schien völlig perplex zu sein, als ich ihm erklärte, dass ich nicht wüsste, wo du bist.«

Sandro grinste. »So ein Pech aber auch! Gut möglich, dass er zwei Leichen erwartet hat.«

»Ich sehe diesen Lackaffen vor mir stehen, als ich ihn gefragt habe, woher er so schnell von Giulios Ermordung erfahren hat«, sagte Sophia. »Er hat mit seinen guten Kontakten zu den Carabinieri angegeben! *Dio mio,* war ich naiv!« Ihr Blick wanderte von Bruno zu Sandro und wieder zurück. Dann schloss sie für einen Augenblick die Augen. »Giulio ist nicht zu ersetzen. Er war der Denker, der Wissenschaftler und der Manager.« Sie ging ein paar Schritte auf und ab, als suche sie nach den richtigen Worten. »Ich kann mich sehr gut selbst einschätzen. Ich bin nicht so wertvoll wie Giulio. Konsequenz? Paluzzi und De Cortese müssen mit mir vorliebnehmen, sie müssen mich akzeptieren und nicht etwa respektieren, wie es gegenüber Giulio der Fall war. Das ist die Situation.« Sie machte kehrt und lehnte sich an den Schrank in ihrem Rücken. »Ehrlich gesagt, ich habe keine Ahnung, was die beiden von mir haben wollen, was man nicht auch von Giulio hätte bekommen können!«

»Was ist mit dem Schließfach?«, fragte Sandro wie aus der Pistole geschossen.

»Was soll damit sein?«

»Hast du Zugang?«

»Ja, natürlich!«

»Dann liegt vielleicht dort des Rätsels Lösung«, meinte Bruno.

»Vielleicht, vielleicht aber auch nicht«, erwiderte Sandro. »Vielleicht geht es um etwas ganz anderes! Und genau das werde ich herausfinden.«

Sophia schien sich beruhigt zu haben und setzte sich an den Tisch zurück. »Was tun wir jetzt?«

»Über die nächsten Schritte nachdenken«, antwortete Sandro. »De Cortese hat längst entdeckt, dass der Koffer weg ist. Ich habe die Scheibe seines Prachtstücks von Auto eingeschlagen. In seinem Hirn wird es jetzt rattern. War es nur ein banaler Einbruch? Gehe ich zur Polizei, oder halte ich einfach den Mund? Auf alle Fälle kann er ohne seinen Mercedes nicht leben und wird ihn schnellstens in eine Werkstatt bringen.«

»Okay«, antwortete Bruno. »Und ich werde ein wenig telefonieren, wie man das heutzutage in spannenden Kriminalfilmen so sagt. Ich kriege heraus, in welcher Werkstatt die Karre steht. So viele Mercedes-Niederlassungen gibt es in Mailand nicht. Jedenfalls nicht in der Umgebung des ›Hyatt‹.« Er stand auf und ging hinaus.

»Was habt ihr vor?«, fragte Sophia. Sie fühlte nun den gleichen Jagdtrieb wie die beiden Brüder.

Sandro sah auf seine Armbanduhr. »De Cortese wird kaum mit einer zertrümmerten Scheibe nach Rom oder Palermo fahren. Selbst wenn sein Wagen sofort zur Reparatur angenommen wurde, kann er ihn frühestens um die Mittagszeit abholen. Wir werden ihn dort abfangen und hierherbringen.«

»Hierher?«

»Ja«, antwortete Sandro emotionslos. »Hier ist es nahezu ideal, um mit ihm zu plaudern. Wir fahren nicht länger als eine halbe

Stunde. Und glaube mir, es wird eine lange halbe Stunde für De Cortese werden.«

Sophia atmete tief durch. »Er wird einiges zu sagen haben«, bemerkte sie mit entschlossener Stimme. Doch dann wechselte sie das Thema: »Was hat dein Bruder eigentlich früher gemacht? Er sieht nicht aus, als hätte er seine Zeit im Finanzamt verbracht.«

»Das ist eine lange Geschichte, vermutlich so lange wie deine. Bruno war in einer Spezialeinheit mit Namen *Reparto Informazioni e Sicurezza*«, erzählte Sandro. »Er hat eine Nahkampfausbildung, ist ein begnadeter Softwarekünstler und gehörte zu den Leuten, denen man besonders heikle Aufgaben übertragen hat. Als er Urlaub zu Hause machte, wurde der Laden unserer Eltern ausgeraubt, und dabei hat man unsere Mutter und unsere Schwester erschossen. Bruno fand die Mörder. Sie haben ihn unterschätzt, und er hat … Na ja, er hat es vielleicht ein wenig übertrieben und sie zu Fischfutter verarbeitet. Die Geschichte von mir kennst du ja!«

Bruno kam mit einem triumphierenden Lächeln wieder zurück und schwenkte einen Zettel in der Hand. »Der Wagen steht bei der Mercedes-Niederlassung in der Via Pietro Colletta, fünf Kilometer von der Piazza Duomo entfernt. Er ist um zwei Uhr nachmittags abholbereit.«

»*Bene*«, sagte Sandro und erhob sich. »Damit ist die Sache klar. De Cortese schnappen wir uns zuerst.«

Auch Sophia war aufgestanden. »Was mache ich so lange?«

»Du bleibst auf dem Hof«, meinte Sandro. »Es ist besser, wenn man dich nicht sieht.« Spontan zog er sie an seine Brust und hielt sie fest. »Es wird alles gut«, raunte er ihr ins Ohr.

»Wir fahren mit meinem Wagen«, sagte Bruno, nahm den Schlüssel vom Haken neben der Tür und warf sich ein Jackett über. Wir sind bald zurück.«

»Und verlass auf keinen Fall das Haus!«, ermahnte Sandro Sophia, ehe er mit Bruno den Hof verließ.

Eine Dreiviertelstunde später bog Bruno mit seinem Lancia in die Via Umbria ein, eine lange, mit Alleebäumen bepflanzte Chaussee im Zentrum Mailands. An der Ecke Via Pietro Colletta fanden sie einen Parkplatz unweit einer kleinen Cafébar. Von hier aus waren es höchstens zwei Gehminuten bis zur Mercedes-Niederlassung. Bruno stellte den Motor ab, griff unter seinen Sitz und holte seine Beretta hervor. »Hast du eine Knarre dabei?«, fragte er beiläufig.

»*Si! Naturalmente*«, erwiderte Sandro. »Vermutlich brauchen wir keine«, fügte er hinzu. »De Cortese ist eine Maus. Wir haben noch Zeit! Was meinst du …? Gönnen wir uns noch einen Espresso?«

Die rote Markise überdachte den gesamten Gehweg. An den wenigen Tischen vor dem Lokal saßen nur eine Handvoll Gäste bei Kaffee und kühlen Getränken.

Abrupt blieb Sandro stehen und hielt Bruno mit der Hand zurück.

»Ich fasse es nicht!«

»Was ist?«, erkundigte sich Bruno.

»Da sitzt er!«, sagte Sandro und deutete auf einen der Gäste.

»Wo?«

»Der Signore in dem feinen Zwirn. Am zweiten Tisch. Dort, unter der Markise. Siehst du ihn?«

Sie sahen sich in stillem Einverständnis an. »Du links, ich rechts?«

Bruno nickte, und sie marschierten los.

Sandro ließ sich provokativ auf den Stuhl neben De Cortese fallen. »*Permesso?*«, fragte er und rückte mit dem Stuhl nah an den Staatssekretär heran. Bevor De Cortese aufstehen oder antworten konnte, hatte auch Bruno Platz genommen und rückte ihm von der anderen Seite auf den Pelz. Mit einer Mischung aus Ekel und Angst blickte De Cortese erst Sandro, dann Bruno an. »Äh … welch ein Zufall!«, stotterte er. »Was machen Sie denn hier?«

»Kennen Sie Heraklit von Ephesus?«, fragte Sandro amüsiert.
»Nicht ...?«

»Hauen Sie ab!«, zischte De Cortese und versuchte, sich zu erheben. »Ich habe keine Zeit für Spielchen!«

Aber Sandros Pranke auf seiner Schulter drückte ihn mit sanfter Gewalt wieder auf den Sitz. »Warten Sie doch einen Augenblick, ich habe Ihnen noch nicht erklärt, wer der Knabe war.«

»Das interessiert mich auch nicht ...!«

»Bildung, lieber Staatssekretär, Bildung hat bislang noch nicht einmal einem Politiker geschadet. Heraklit war ein griechischer Philosoph«, erklärte Sandro mit samtweicher Stimme. »Er sagte schon vor zweieinhalbtausend Jahren: Dem Blöden fährt bei jeder Frage der Schrecken in die Glieder. Und genauso sehen Sie jetzt aus.«

»Wie sehe ich aus?«, begehrte De Cortese auf.

»Schrecklich!«

De Corteses Bemühen, die Angst zu überspielen, war unübersehbar. Er sah sich eingekeilt zwischen zwei bulligen Männern, die ihm ganz sicher nicht Gesellschaft leisteten, weil sie ihn gernhatten.

»Das ist mein Bruder«, begann Sandro und deutete auf Bruno.

»Ja ... Das ist nett ...«, stammelte De Cortese, und sein Blick begann zu flackern. »Ich ... ich warte hier auf mein Auto!«

»Wissen wir«, antwortete Sandro freundlich. »Die Scheibe war kaputt, nicht wahr?«

Ein plötzliches Verstehen zeigte sich in De Corteses Miene.
»Sie waren das!«

Sandro nickte erneut, beugte sich zu ihm und flüsterte ihm kaum hörbar zu: »Hören Sie, Antonio! Bruno hat seine Kanone genau auf Ihre Eier gerichtet. Wissen Sie, weshalb?«

Die Haltung des Staatssekretärs versteifte sich schlagartig. Dann wanderte sein Blick wie in Zeitlupe unter die Tischkante.
»Was bedeutet das?«

Sandro lächelte kalt. »Signore Staatssekretär ...! Sie machen

Ihrer Funktion als Politiker alle Ehre. Anstatt Antworten bekommt man immer Gegenfragen. Aber ich will mal nicht so sein und erkläre es Ihnen: Sie werden jetzt vorsichtig aufstehen, und wir begleiten Sie zu unserem Auto. Es steht gleich dort hinten.« Sandro deutete mit dem Daumen in die Richtung.

»Das werde ich nicht«, protestierte De Cortese. Schweißtropfen hinterließen von seinen Schläfen hinunter zu den Wangen feuchte Spuren. Krampfhaft versuchte er, seine Hände stillzuhalten.

»Sie werden! Anderenfalls macht es leise *plopp,* und sie fallen tot vom Stuhl. Ist das bei Ihnen angekommen?«

De Cortese stockte der Atem. »Was wollt ihr von mir?«, stieß er hervor.

Anstatt zu antworten, warf Sandro einen Fünfeuroschein auf den Tisch. »Ich muss mein Auto abholen!«, brachte De Cortese hektisch hervor. »Ich habe einen festen Termin!«

»Der Wagen ist doch erst um zwei Uhr fertig!«, bemerkte Bruno von der anderen Seite. »Aber wenn ich richtig darüber nachdenke, glaube ich, dass du gar kein Auto mehr brauchst, Kumpel!«

Sandro hakte De Cortese blitzschnell unter und zog ihn vom Stuhl hoch, während Bruno dem Kellner und auf den Geldschein deutete. »Wir wollen nicht, dass du hinfällst!«, sagte er grinsend.

»Was ihr da macht, nennt man Entführung«, krächzte De Cortese in höchster Angst.

Sandro stöhnte, als quälte ihn das andauernde Geschwätz, und zog De Cortese weiter. Bruno indessen blieb dicht hinter ihnen, um die beiden zu sichern.

Knapp zwei Minuten später saß De Cortese auf dem Rücksitz des Lancia, neben ihm auf Tuchfühlung der Leibwächter Savianis. In schneller Fahrt ging es in Richtung Autobahn. Mehrere Male passierten sie Fahrzeuge der Carabinieri, die nicht ahnten, wie sehr sich gerade ein Staatssekretär nach ihrer Hilfe sehnte. De Cortese war klar, dass er sich in Schwierigkeiten befand, aus denen er nicht mehr ungeschoren herauskommen würde. Angesichts der entschlossenen Gesichter der beiden Männer wagte er es nicht einmal, aus dem Fenster zu sehen. Wenig später befanden sie sich auf der Autobahn. Bruno hielt sich streng an die Geschwindigkeitsregeln und pfiff leise vor sich hin.

»Wohin fahren wir«, kam es angstvoll über De Corteses Lippen.

»Hilft es Ihnen weiter, wenn ich es Ihnen sage?«, erwiderte Sandro amüsiert.

De Cortese verfiel wieder in dumpfes Schweigen.

»Handy!«, befahl Sandro und streckte seine Hand aus.

»Für was braucht ihr das …?«

»Geben Sie mir endlich das Handy! Oder soll ich es mir holen?«

De Cortese griff in die Tasche, zog sein Telefonino heraus und reichte es Sandro.

»Das andere auch!«

»Das wird euch teuer zu stehen kommen«, brüllte De Cortese. Der Mut der Verzweiflung schien ihn übermannt zu haben.

»Wird's bald?«, knurrte Sandro durch die Zähne.

De Cortese fummelte in seiner Jackentasche, holte ein zweites Telefonino heraus und übergab es zähneknirschend. »Einen Staatssekretär entführt man nicht so ohne weiteres«, keifte er giftig.

»Es war ganz einfach, wie du gesehen hast«, erwiderte Bruno von vorn und lachte.

»Er soll mich nicht duzen!«, wandte De Cortese sich empört an Sandro.

»Benimm dich, Bruno!«, rief er nach vorn. »Signore De Cortese ist ungehalten, wenn du so vertraulich bist.« Sandro entnahm den Geräten die Chipkarten, ließ die Scheibe herunterfahren und warf die Handys hinaus. Dann zerknickte er die Chips und warf sie hinterher.

»Um Gottes willen!«, schrie De Cortese. »Ich muss immer erreichbar sein!«

»Wer Gott anruft, der braucht kein Handy. « Bruno lachte und zündete sich eine Zigarette an, während er mit dem Knie das Steuer festhielt.

»Ihr seid irre! Auf den Handys sind wichtige Telefonnummern, die ich nie mehr zusammenbekomme.«

»Der hat Sorgen!«, bemerkte Sandro und musterte De Cortese belustigt. »Ich weiß, ein Mann ohne Handy ist für viele gleichbedeutend mit einem verkorksten Leben. Aber von Ihrem Leben kann man eigentlich gar nicht mehr sprechen, es ist eigentlich kaum noch der Rede wert!«

Der Staatssekretär brütete vor sich hin. Wie es schien, dachte er fieberhaft darüber nach, wie er sich aus dieser misslichen Lage befreien könnte. »Man wird mich über kurz oder lang vermissen. Carabinieri aus ganz Italien werden hinter euch her sein. Sie werden euch jagen.«

»Jede Jagd erfordert Opfer!«, antwortete Sandro lapidar. »Manchmal vorher, manchmal hinterher.«

»Sandro!« De Cortese bedachte seinen Bewacher mit einem hündischen Blick. »Wenn Sophia erfährt, dass Sie mich …«

»Halten Sie freundlicherweise die Klappe!«, fuhr ihm Sandro über den Mund.

»Ihr habt wirklich keine Ahnung, auf welches Abenteuer ihr euch da einlasst«, wimmerte De Cortese plötzlich. »Wir kennen uns doch schon eine ganze Weile, Sandro! Sag doch etwas! Du kannst mir ruhig erzählen, um was es geht. Willst du vielleicht Geld?«

Der Angesprochene lachte leise.

»Viel Geld? Ich habe verdammt viel Geld. Wie viel wollt ihr haben?« Er beugte sich zum Fahrer vor. »Hey, du! Ich habe gesagt, ihr könnt verdammt viel Geld von mir bekommen.«

Bruno reagierte nicht. Vielmehr bremste er ab und bog in die Zahlstelle der Ausfahrt ein.

»Ich sage es Ihnen zum letzten Mal«, sagte Sandro. »Halten Sie die Schnauze, sonst schlage ich Ihnen auf der Stelle die Zähne ein!«

Der Lancia fuhr in gemächlicher Geschwindigkeit in Richtung Borgho. Auf dem Weg zum Dorf war ihnen kein Fahrzeug begegnet, auch wenn sich De Cortese mit allen Fasern seines Herzens gewünscht hätte, von irgendjemandem entdeckt zu werden. Bruno bog in den Hof des Anwesens ein und parkte den Wagen im hinteren Bereich der Scheune. Ein leichter Wind, kaum mehr als ein Hauch, strich durch die Wipfel der hohen Bäume, die rings um den Vierkanthof standen und die Gebäude weit überragten.

»Wir gehen durch den Hintereingang«, sagte Bruno und schaltete den Motor ab. »Hier wohnt zwar niemand in der Nähe, aber dumme Zufälle möchte ich gerne vermeiden.«

»Für Sie ist hier Endstation!«, raunzte Sandro den Staatssekretär an.

»Ich steige nicht aus«, schrie De Cortese. Vor Angst überschlug sich seine Stimme. Er stemmte einen Fuß gegen den Türrahmen und hielt sich mit beiden Händen am Vordersitz fest. »Ihr könnt mich mal! Ich brülle die ganze Gegend zusammen!«

Bruno verließ den Lancia und ging lachend zur hinteren Wagentür.

24.
Losanto

16. Juli 2009

Seit halb neun Uhr morgens saß Losanto in der Questura Maddalena im Altstadtviertel Genuas. Wegen der Enge des Reviers und in Ermangelung eines ordentlichen Konferenzraumes hatte er seine Befragung kurzerhand in den Aufenthaltsraum der Carabinieri verlegt.

Der olivfarben getünchte Raum, die grauen Fliesen auf dem Boden und die schäbige Bestuhlung am langen Tisch mit der pflegeleichten Kunststoffplatte vermittelten eine Tristesse, wie sie Losanto nicht erwartet hatte.

Capitano Losanto hatte es sich mit seiner Aktentasche und seinem Aufnahmegerät bereits bequem gemacht, sofern man hier überhaupt von bequem reden konnte. Er blätterte in seinen Unterlagen, die ihm Teresa Principato freundlicherweise übergeben hatte. Auf dem Flug nach Genua hatte er die Papiere durchgesehen, und nun wartete er mit Ungeduld auf das Eintreffen der Carabinieri Santapola und Masarella. Die beiden Beamten hatten im Frühjahr den Leichnam Ivan Badolentos in einem abgestellten Fiat Punto auf dem Hafenparkplatz gefunden. Losanto sah noch einmal in den Akten nach. Es war am späten Abend des 5. April geschehen, einer nasskalten, regnerischen Nacht.

Als es an der Tür klopfte, erhob sich Losanto und öffnete. *»Vieni«*, bat er die Männer herein und trat zur Seite.

Die zwei Carabinieri standen unschlüssig im Gang und musterten Losanto mit zurückhaltender Neugierde.

»Buongiorno«, grüßten sie, legten die Hand zackig an das

Schild der Mütze und schlugen die Hacken zusammen, bevor sie sich am Capitano vorbeischoben und in der Mitte des Raumes abwartend stehen blieben.

»*Buongiorno*«, erwiderte Losanto und reichte ihnen die Hand. »Nehmen Sie Platz! Und bitte locker bleiben! Sergente Santapola?«, wandte er sich an den schlanken Carabiniere, der ihn mit der Haltung eines Edelmannes musterte und kurz nickte. »Und Sie sind sicher Sergente Masarella …!«

Auch der zweite Beamte ließ sich nur zu einem schweigenden Nicken hinreißen.

»Darf ich den Signori einen Espresso anbieten? Ich bin hier zwar nicht zu Hause, aber aufgrund meines Dienstgrades erlaube ich mir, den Service zu übernehmen.«

Losanto wandte sich zur Tür, ohne eine Antwort der Männer abzuwarten, und bestellte bei der Vorzimmerdame des Chefs drei Espressi. Bald darauf kehrte er mit einem Tablett zurück und verteilte die Becher. Er blickte abwechselnd die Carabinieri an, die stumm wie Fische am Tisch saßen und eine feindlich abwartende Haltung eingenommen hatten.

»Mein Name ist Piero Losanto, Capitano und Sonderermittler der Antimafiabehörde DIA«, begann er und setzte das verbindlichste Lächeln auf, zu dem er imstande war. »Es sieht so aus, als habe man Sie nicht über mein Kommen informiert.«

»*No, Signore*«, erwiderte Masarella, und es klang wie eine Ablehnung. »Man wird hier immer mit irgendetwas überrascht.« Er musterte den Capitano kritisch. »Wie ein Sonderermittler sehen Sie nicht aus«, fügte er hinzu, als er seine Begutachtung abgeschlossen hatte.

Losanto grinste und sah an sich hinunter. »Ich liebe diese Lederjacke und ehrlich gesagt, Uniformen sind mir zuwider.« Sein Lächeln verschwand.

»Bitte entspannen Sie sich, Signori! Ich bin nicht hier, um Ihnen ans Leder zu gehen. Als Sonderermittler bin ich normalerweise für Sardinien und Sizilien zuständig, doch bearbeite ich auch Fälle, die außerhalb dieses Zuständigkeitsbereichs liegen. So wie in diesem besonderen Fall. Ich benötige ein paar Informationen von Ihnen.« Er blickte in aufmerksame Gesichter, die nun Zustimmung zeigten. »Es geht um den Fall vom 5. April in Ihrem Revier. Mir wäre es wichtig, mehr über das Atmosphärische zu erfahren. Die Situation, die Stimmung, das Außenherum, verstehen Sie?«

Wieder nickten die beiden lediglich, aber wie es schien, wussten sie nicht so recht, worüber Losanto eigentlich redete.

»Der Tote auf dem Parkplatz im Hafen. Erinnern Sie sich?«

»Der hat uns ziemlichen Ärger eingebracht«, erwiderte Santapola und warf seinem Kollegen einen schnellen Blick zu. »*Scusate*«, fügte er rasch hinzu, »ich wollte nicht unhöflich sein, aber man weiß vorher nie, in was man hineingerät. Man wird mit der Zeit vorsichtig, wenn Polizeioffiziere aus Rom auftauchen.«

Losanto grinste. »Ich habe Ihren Bericht über die Angelegenheit gelesen. Sie haben darin einen Parkwächter erwähnt, der gleich, nachdem er Sie zum Fundort der Leiche geführt hat, auf Nimmerwiedersehen verschwunden ist.«

»*Si*«, antwortete Santapola peinlich berührt. »Mein Fehler.«

»Es geht nicht darum, ob Sie etwas falsch gemacht haben oder nicht«, erwiderte Losanto. »Welchen Eindruck hatten Sie von ihm? Dergleichen ist nirgends etwas erwähnt.«

Santapola zog die Augenbrauen zusammen. »Er war verängstigt. Wir vermuten, dass es ein Illegaler war; von denen gibt es hier knapp zehntausend.«

»Ja«, bestätigte Sergente Masarella. »Er hat geschlottert vor Angst. Bevor wir ihn befragen konnten, ist er uns entwischt. Spurlos verschwunden, wie man so schön sagt. Fragen Sie aus einem bestimmten Grund?«

»Wir gehen einer Spur nach. Eigentlich wollte ich von Ihnen erfahren, was mit ihm los war«, entgegnete Losanto. »Könnte er derjenige gewesen sein, der die Leiche in den Fiat geschafft hat?«

»*Ma che dai i numeri …!* Was für ein Quatsch!«, begehrte Santapola auf.

»Theoretisch ist alles möglich«, mischte sich Masarella ein. »Aber dass er etwas mit der Leiche zu tun hatte, ist ziemlich unwahrscheinlich. Weswegen hätte er die Questura alarmieren sollen? Wäre er einfach nach seiner Arbeit nach Hause gegangen, hätte die Leiche vielleicht noch Tage dort gelegen und niemand hätte sich darum geschert.«

»Hm«, brummte der Capitano. »Ist Ihnen am Fundort etwas aufgefallen, dem sie damals keine Bedeutung beigemessen haben? Irgendeine Kleinigkeit …«

»Alles, was irgendeine Relevanz hatte, wurde von der Spurensicherung oder von der Gerichtsmedizin untersucht«, antwortete Santapola. »Als wir zum Parkplatz kamen, war kein Mensch in der Nähe.«

»Auch kein verdächtiges Auto mit auswärtigem Kennzeichen?«

»Haben Sie eine Vorstellung, wie viele Touristen oder Geschäftsleute täglich diesen Parkplatz aufsuchen?«

Der Capitano verneinte. »Sicher sehr viele, denke ich.«

»Zehntausende«, konkretisierte Santapola. »Oft stehen die Autoschlangen stundenlang in der Einfahrt, ohne dass sich etwas vorwärtsbewegt!«

Losanto seufzte. »Ich habe verstanden.« Er überlegte einen Augenblick. »Was ist mit dem Besitzer des Fiat Punto?«

»Hafiz al-Salah. Einer von diesen dubiosen Nachtbarbetreibern in der Altstadt. Dem gehört der Wagen. Aber er hatte definitiv nichts mit dem Toten zu tun. Er behauptete, er hätte das Auto abgeschlossen, aber Sie wissen ja, wie das ist. Es gab keine Spuren eines Aufbruchs, also mussten wir davon ausgehen, dass der Wagen nicht abgeschlossen war.«

»*Chiaro*«, murmelte Losanto sichtlich enttäuscht. »Dann werde ich die Kollegen in der Pathologie besuchen.«

»Er war barfuß«, bemerkte Masarella unvermittelt.

»Stimmt«, bestätigte Santapola. »Wissen Sie, wie das Ganze aussah? Dem Toten fehlten doch alle Organe. Bestimmt wollte man den wegbringen. Ich denke, irgendetwas muss den Typen dazwischengekommen sein, die ihn ins Auto geschafft haben. Es ist sicher eine gute Idee, sich an den Pathologen zu wenden. Ich kann mir auch nur aus den Bruchstücken zusammenreimen, was ich von dort gehört habe! Wissen Sie, wie Sie zu ihm kommen?«

Losanto nickte, stand auf und packte sein Aufnahmegerät in die Tasche. »Ehrlich gesagt, ich hatte nicht erwartet, dass Sie mir weiterhelfen können, aber der Gedanke, dass die Täter beim Einladen des Toten in den Fiat gestört worden sind, der ist einleuchtend. *Grazie, Signori!*«

Eine halbe Stunde später betrat Piero Losanto in der Pathologie den Vorraum der Sektionssäle. Ein Hauch von Verwesung und Tod vermischte sich mit dem Geruch von scharfen, süßlichen Desinfektionsmitteln und nahm dem Capitano den Atem. Er warf einen Blick durch die geschlossene Glasschiebetür. Im Hintergrund entdeckte er einen Mann im grünen Kittel, der sich gerade über einen Leichnam beugte. Radiomusik schallte durch die Schleuse. Der Pathologe schien bester Laune zu sein, denn er trällerte laut zu einem populären Hit, und das mit erstaunlichem Unvermögen, die Töne richtig zu treffen. Er blickte auf, als er das Geräusch der sich öffnenden Automatiktür hörte. Losanto stand einem jungen, gutaussehenden Mann mit klugen Augen und sympathischer Ausstrahlung gegenüber. Dottore Serentini legte sein blutiges Skalpell zur Seite, mit dem er kurz zuvor die Herzkammern einer männlichen Leiche geöffnet hatte. Losantos Magen revoltierte, als sein Blick auf die Ablaufrinne des Seziertisches fiel, in der sich das Blut angesammelt hatte.

»Infarkt«, sagte Serentini mit Kennerblick und lächelte dem Eintretenden entgegen. »Sehen Sie«, fuhr er fort. »Ein geradezu schulmäßiges Beispiel für eine Aortendissektion.« Er hielt dem Capitano den aufgetrennten Herzbeutel unter die Nase. Losanto trat angewidert einen Schritt zurück.

»Kommen Sie!«, meinte der Pathologe. »Bei mir können Sie noch etwas lernen!«

»Kein Bedarf«, entgegnete Losanto ungnädig und versuchte, den Blick auf den geöffneten Leichnam zu vermeiden.

Der Pathologe hatte seinen Gummischurz lässig über die Arztkutte geworfen. In seinen Jeans und modischen Turnschuhen wirkte er wie ein Student. Erst wenn man sein Gesicht genauer betrachtete, entdeckte man die vielen Lachfältchen und das erste Grau an seinen Schläfen. Er entsprach so gar nicht dem Klischee eines vertrockneten Gerichtsmediziners.

»Sie sind bestimmt dieser Capitano …« Dottore Serentini legte seinen Zeigefinger an die Nasenwurzel, als versuche er, sich an den Namen zu erinnern.

»Coretto«, kam ihm Losanto zuvor. »Piero Losanto, Sonderermittler der DIA. Ich habe Sie gestern angerufen.«

»Ist Ihnen nicht gut?«, fragte der Pathologe und warf dem Capitano einen besorgten Blick zu. »Sie sehen blass aus. Manche verkraften den Anblick nicht.«

»Machen Sie sich mal keine Sorgen!«, erwiderte Losanto abgeklärt, aber man sah seinem Gesicht an, dass er sich in dieser Umgebung nicht wohl fühlte. »Ich komme wegen der Leiche vom Hafenparkplatz!«

»Ich kann mich an den Fall erinnern«, antwortete der Pathologe. »Sehr gut sogar. Schließlich hatte ich noch nie eine Leiche auf dem Tisch, die man so fachmännisch zerlegt hat. Außer bei uns natürlich.« Er zog Gummischurz und Arztkittel aus, wusch sich die Hände und sagte: »Lassen Sie uns ins Büro gehen.«

Losanto folgte dem Arzt, der sich lässig in seinen Schreibtischstuhl flegelte und sich eine Zigarette anzündete.

»Auch eine?«

Der Capitano schüttelte den Kopf.

»Okay.« Mit Schwung drehte Serentini sich mit dem Schreibtischsessel zum hinter ihm stehenden Aktenschrank und entnahm ihm einen Ordner. »Da haben wir ihn!«, rief er und legte den Ordner vor sich auf den Schreibtisch.

Capitano Losanto, der ihm mit übergeschlagenen Beinen gegenübersaß und an einem Becher Kaffee schlürfte, hielt gespannt inne.

»Ivan Badolento war ein ganz und gar gesunder Mensch, wenn man davon absieht, dass er vermutlich nie viel Sport getrieben hat. Als man ihn fand, fehlten ihm das Herz, die Leber und beide Nieren. Mich wundert, dass nicht noch mehr gefehlt hat.« Er sah auf und schaute den Capitano an. »Der Arzt, der die Operation durchgeführt hat, ist eine Koryphäe auf dem Gebiet der klinischen Chirurgie.«

»Ein Arzt?«, erwiderte Losanto überrascht.

»Ein Metzger war es nicht. Das hätte anders ausgesehen. Auch wenn beim Toten äußerlich keine Gewaltanwendungen zu erkennen waren, will das ja noch nichts heißen. Chirurgen tragen gewöhnlich Gummihandschuhe, um keine Fingerabdrücke zu hinterlassen.« Dottore Serentini lachte. »Ein Scherz«, fügte er hinzu, als er Losantos irritierten Blick sah. »Die Entnahmen tragen die Handschrift eines Arztes, der solche Eingriffe nicht zum ersten Mal macht. Pathologen wären ebenfalls dazu imstande. Auch Transplantationsmediziner! Wie Sie sehen, ist die Zielgruppe erheblich kleiner, als ein Carabiniere annehmen würde. Aber immer noch groß genug, um den Operateur nicht ohne große Anstrengung zu finden!«

Losanto nickte betrübt. »Können Sie noch weitere Schlüsse ziehen«, erkundigte er sich und lächelte, als habe er auf eine Zitrone gebissen.

»*Naturalmente*«, erwiderte Serentini. »Ich bin ziemlich sicher, dass die Leiche als Spender gedient hat. Man hat ihr zwar nicht alles herausgenommen, was man heutzutage verwerten könnte, aber immerhin!«

»Sie sind ganz schön hartgesotten«, bemerkte Losanto.

»Ich weiß gar nicht, was Sie wollen. Augen, Milz, Lunge, Bauchspeicheldrüse, Haut, Darm und was es sonst noch alles gibt, wurden verschmäht. Der hätte schlimmer enden können, wenn ich das so sagen darf. Nun ja, auch bei den Augen frage ich mich, weshalb er sie noch hatte.«

Losanto blickte angeekelt zu Boden. »Nimmt man die denn auch raus?«

»Gewöhnlich ja, Capitano. Ich gebe zu, manche Ärzte empfinden die Wegnahme des Blicks von einem Toten als einen eklatanten Tabubruch. Für mich sind die Augen ein wichtiges Organ, aber sie sind emotional besetzt, und deswegen finde auch ich eine Augenentnahme schwierig!«

»Dann macht es Ärzten weniger aus, eine Leber oder ein Herz zu entnehmen?«

»Ich denke schon. Sei es, wie es ist, Sie können davon ausgehen, Operationen in dieser Qualität führt man nicht im Kartoffelkeller durch. Dazu benötigten Sie Spitzentechnologie, hochqualifiziertes Personal und eine absolut perfekte Logistik. Mit anderen Worten, einen Operationssaal mit allem Schnickschnack, den die heutige Technik und Organisation zu bieten hat.«

»Ach ...«

»So ist das, werter Capitano! Und in diesem Fall könnte man sagen: Operation gelungen, Chirurg saniert!«

Der Capitano presste die Lippen zusammen und versuchte sich auf seine Befragung zu konzentrieren. »Wenn ich Sie richtig verstehe, ist eine Leiche ein richtiges Ersatzteillager?«

»Solange sie noch lebt oder nur hirntot ist, ja!«

»Witzbold«, zischte Losanto und rieb sich mit der Hand die Stirn. »Dann müsste man auch einen Körper untersuchen, ob Krankheiten vorlagen, wenn man ein Organ verpflanzen wollte?«

Der Mediziner sah den Comandante lange an. »Ich erkläre es Ihnen. Wenn die Justiz jemanden dingfest gemacht hat, gilt die

Unschuldsvermutung, sollte jedoch ein Mediziner eines Patienten habhaft werden, gilt die Krankheitsvermutung. Schon deshalb ist eine Untersuchung zwingend notwendig.«

Losanto schloss für einen Moment die Augen und fuhr fort. »Sagen Sie …, was ist denn ein Mensch wert, ich meine, wenn man ihn als Organlieferanten vollständig verwertet?«

»In Dollar oder Euro?«

»Im Ernst«, blaffte Losanto den Pathologen an.

Dottore Serentini kniff die Augen zusammen. »Es kommt darauf an. Guter Zustand vorausgesetzt.« Er grinste entwaffnend. »Ich meine, lebend und bei guter gesundheitlicher Konstitution, grob gerechnet eine Million, sofern Sie sehr eilige Kunden haben. Ansonsten etwa die Hälfte. Aber das ist natürlich alles nur theoretisch gesprochen. In der Praxis wissen Sie ja, wie das funktioniert. Organtransplantationen laufen durchwegs über Eurotransplant!«

»Nein, erklären Sie es mir!«

»Jeder einzelne Organbedarf setzt eine Anmeldung bei Eurotransplant in den Niederlanden voraus. Sie brauchen dazu Namen, Adresse, behandelnden Arzt, Wohnort, Versicherungsdaten, Geschlecht, Geburtsdatum, das angeforderte Organ und das behandelnde Transplantationszentrum, also die entsprechende Klinik, in der die Transplantation durchgeführt werden soll. Wenn Eurotransplant diese Daten im Computer erfasst hat, teilt Ihnen der Computer eine individuelle ET-Nummer zu. Aber damit sind wir noch nicht am Ende, verehrter Signore Capitano! Eurotransplant benötigt darüber hinaus medizinische Daten wie Blutgruppe, Gewebetypisierung und eine Diagnose, die der Arzt schnellstens an Eurotransplant melden muss. Sobald auch diese Daten vorliegen, kommt der Patient auf eine Warteliste. Und dann kann es dauern – manchem sogar zu lange.«

Losanto fiel der Unterkiefer nach unten. »Sie sind ein Zyniker. Erklären Sie mir das genauer!«

»Das bedeutet, dass immer derjenige zuerst mit einem Organ beglückt wird, bei dem die höchste Dringlichkeit besteht. Deshalb gehört nicht sehr viel Brain dazu, sich vorzustellen, dass gewisse Menschen mit sehr, sehr viel Geld auch eine halbe Million Dollar bezahlen, wenn sie sofort ein passendes Herz bekommen. Und unser Ivan Badolento scheint ein Lieferant gewesen zu sein, dessen Organe gerade dringend gebraucht wurden.«

»Was kann man über diesen Ivan noch sagen?«, wollte Losanto wissen.

»Nur so viel, der Mann war einundvierzig Jahre alt. Seiner Muskulatur nach zu schließen ein mittelmäßig sportlicher Typ. Süditaliener, wie wir wissen. Er hatte eine Tätowierung am linken Oberarm. Sehr auffällig, wenn ich mich recht erinnere.«

»Was war daran auffällig?«, fragte Losanto.

»Ein Wolfskopf. Unsere Kriminalisten sind der Ansicht, dass der Mann der Cosa Nostra angehörte. Wenn Sie mich fragen, ich glaube nicht daran.«

»Aber ich«, erwiderte Losanto knapp.

»Diese Typen bringen sich gegenseitig um, sie schlachten ihre Gegner nicht aus. Das müssten Sie selbst am besten wissen!« Serentini zog einige Fotos aus dem Aktenordner und schob sie über den Tisch.

Losanto zog die Stirn kraus, nahm die Bilder in die Hand und betrachtete sie eingehend. »Mit diesem Kerl habe ich vor langer Zeit schon einmal zu tun gehabt«, murmelte er nachdenklich. »Wenn ich nur wüsste, in welchem Zusammenhang! Aber dass er einmal so enden würde, hat er sich bestimmt nicht gewünscht.«

»In Anbetracht der Tatsache«, erklärte Serentini, »dass die Leiche lediglich mit einem Oberhemd und einer Leinenhose aufgefunden wurde, vermute ich, dass man sie irgendwohin transportieren wollte.«

»Todeszeitpunkt?«

»Irgendwann zwischen dem 2. und 3. April dieses Jahres. Der Mann war zwei Tage tot, als man ihn auf dem Parkplatz gefunden hat.«

»So eine Leiche schleift man nicht tagelang mit sich herum«, gab Losanto zu bedenken. »Man lässt sie auch nicht in einem Operationssaal herumliegen, oder?«

»Nun ja«, meinte Dottore Serentini, »jedes Krankenhaus hat auch Leichenkeller. Dort können Sie theoretisch jemanden ablegen, ohne dass es auffällt. Wenn kriminelle Ärzte am Werk sind, dann finden sie auch eine leere Schublade in einer Kühlkammer. Dieser Tote hat jedoch in keinem Kühlfach gelegen. Da bin ich mir sicher. Den hat man sofort weggeschafft, nachdem man die Organe entnommen hatte.«

»Daraus würde ich nun schließen«, sinnierte Losanto laut, »dass der Mann hier in der Gegend unters Messer kam. Damit lassen sich die Möglichkeiten eingrenzen.«

Dottore Serentini zeigte eine ratlose Miene. »In zwei Tagen können Sie eine Leiche durch halb Europa fahren. Das lässt den Umkehrschluss zu ...«

Losanto winkte ab. »Ich habe verstanden. Sie sehen es mir nach, wenn ich jetzt einmal dumm frage, an was der Mann gestorben ist?«

»Die Frage ist ganz und gar nicht dumm. Man hat die Herz-Lungen-Maschine und die Beatmungsgeräte abgeschaltet, sobald man hatte, was man brauchte!«

»Also war Ivan Badolento zum Zeitpunkt der Organentnahmen noch am Leben?«

»Wahrscheinlich sogar bester Konstitution.«

»Also vorsätzlicher Mord.«

»Was dachten Sie denn?«, erwiderte Serentini.

»Aber wie kriegt man einen gesunden Mann auf den Operationstisch?«

»Kennen Sie Michael Jackson?«, fragte der Pathologe.

Losanto sah ihn an, als sei Serentini nicht ganz bei Trost. »Und?«

»Propofol. The King of Pop hat sich damit vollgepumpt. Man bekommt schöne Träume und ist wundervoll entspannt. Ich habe Reste von Propofol und Sufentanil nachweisen können. Der Mann wurde eindeutig damit sediert.«

»Und danach hat man ihn einfach sterben lassen?«

»Das scheint mir in diesem Fall ja auch Sinn der Sache gewesen zu sein. Er hatte einen geradezu phantastischen Tod, wenn man bedenkt, dass andere zwanzig Jahre lang mit irgendeiner schmerzhaften Krankheit dahinsiechen«, sagte Serentini. Er sah in Losantos Augen, die sich vor Abscheu verdunkelten.

»Ich meinte, Ivan Badolento hat nichts mitbekommen! Aber ich glaube, Sie haben mich nicht richtig verstanden. Er wurde mit dem Medikament schon vor der Operation ruhiggestellt. Er hatte zwei Einstiche am Arm. Irgendjemand hat ihm das Zeug verabreicht, was die Vermutung zulässt, dass er vollständig betäubt in den OP geschafft wurde.«

»Ich habe Sie schon verstanden«, erwiderte Losanto kalt. Er erhob sich. *»Arrivederci, Signore Dottore!«* Als er den Raum verlassen wollte, schien ihm noch etwas eingefallen zu sein, denn er öffnete nur zögernd die Tür. Dann drehte er sich um. »Ach, eh ich es vergesse … Wie sieht das eigentlich auf der Spenderseite aus? So viele Menschen scheint es nicht zu geben, die sich dazu entschließen, Organe zu spenden. Oder?«

Serentini nickte betrübt. »Es gibt ein krasses Missverhältnis von Angebot und Nachfrage. Soweit ich informiert bin, warten ungefähr fünfzehntausend Menschen allein in Italien auf ein Spenderorgan. Das sind viermal so viele Menschen, die auf eine Transplantation warten, wie Organe gespendet werden!«

Losantos Augenbrauen zogen sich unwillig zusammen. »Furchtbar! Und weil es nicht genug Spender gibt, besorgen sich manche Leute das, was sie brauchen«, knurrte Losanto. »Eine grauenhafte Vorstellung, finden Sie nicht? Was muss man eigentlich tun, wenn man Spender werden will?«

»Es kommt darauf an, in welchem Land Sie leben. Die gesetzlichen Bestimmungen sind unterschiedlich. Während man in Deutschland explizit erklären muss, Organspender zu sein, sind Sie hierzulande automatisch Spender, sofern Sie nicht explizit widersprechen.«

»*Mille grazie*«, antwortete Losanto. »Die Unterhaltung mit Ihnen war sehr kurzweilig!« Er schloss die Tür hinter sich und verließ das Gebäude.

Ein paar Minuten später traf er in der Questura am Hafen von Genua ein, in der die Ermittlungsgruppe für ungeklärte Kriminalfälle ihre Büros hatte. Er war mit dem leitenden Capitano verabredet. Er und Commissario Pasqua hatten sich vor Jahren auf der Polizeiakademie kennengelernt und trafen sich nun nach zwanzig Jahren das erste Mal wieder. Pasqua kam ihm bereits auf dem Treppenabsatz mit ausgestreckter Hand entgegen. »*Buongiorno*, Losanto«, begrüßte er seinen Kollegen. »*Comè sta?*«

»*Bene*«, erwiderte Losanto freudig. »Schön, dich zu sehen!«

»Ich habe schon gehört, du kommst wegen unserer Hafenleiche.«

Der Commissario ging vor ihm her und führte Losanto in sein Büro. »Setz dich!« Er wies auf den Stuhl neben seinem Schreibtisch. »*Scusi*, bei mir ist es sehr beengt.« Er wartete, bis Losanto sich niedergelassen hatte. »Also, frag mich, was genau willst du wissen?«

»Ich komme gerade von eurem Pathologen und habe mich, soweit es ging, einigermaßen schlaugemacht. Dieser Serentini ist vielleicht eine makabre Type!«

»Wenn du ihn einmal in Hochform erlebt hast, kannst du froh sein, wenn du es noch bis zum Ausgang schaffst«, erwiderte Commissario Pasqua. »Aber wie ich sehe, lebst du noch.«

Losanto lächelte gequält. »Dieser Ivan Badolento hatte ein Tattoo am Arm. Ich habe das schon einmal gesehen. Habt ihr eine Ahnung, ob er einer Familie angehörte?«

Der Commissario schüttelte bedauernd den Kopf. »Ist uns nicht bekannt. Er war ein kleiner Gauner, der auf eigene Rechnung gearbeitet hat.«

»Palermo … Ich glaube, es war Palermo«, fiel es Losanto plötzlich ein. »Ich habe ihn einmal zusammen mit einem Kerl namens Fillone verhaftet.«

»Na, das ist doch schon etwas. Soll ich die Datenbank bemühen, oder machst du das von deinem Büro aus?«

»Das erledige ich in Rom! Ich bin heute am Spätnachmittag verabredet. Bevor ich es vergesse, kannst du mit dem Namen Renato Salvo etwas anfangen?«

Der Commissario dachte nach. »Nein. Was ist mit dem?«

»Nichts Besonderes, er ist tot. Und jetzt suche ich die Verbindungsglieder zu einigen Leichen, die wir haben. Und irgendwie werde ich das Gefühl nicht los, dass eure Hafenleiche auch zu meinem Fall passt.«

»Übrigens«, unterbrach Pasqua seinen Kollegen. »Dieser Ivan Badolento hatte einen Zettel in der Hose. Das hätte ich beinahe vergessen. Eine ganz merkwürdige Notiz! Sie muss noch in meiner Handakte liegen«, brummelte er und suchte in seinem Büroschrank. »Hier hab ich sie«, sagte er. »Ganz komische Sache.«

Er übergab seinem Kollegen ein zusammengefaltetes Stück Papier.

Losanto faltete es auf: *1437 Miguel Ramon y Saragossa, Cordoba.* »Was hat das zu bedeuten? Habt ihr das überprüft?«

Der Commissario nickte. »Es gibt einen Mann dieses Namens in Cordoba. Ein stinkreicher Adliger aus einer uralten Familie. Wir haben bei der spanischen Polizei angefragt. Der Mann war noch nie in Genua. Allerdings hat er angegeben, dass er sich in Italien wegen einer Krankheit hätte behandeln lassen.«

»Hmm …« Losanto kratzte sich an der Nase und schnaubte geräuschvoll. »Und diese Nummer?«

»Das wissen wir nicht.«

»Kann ich den Zettel mitnehmen, oder braucht ihr ihn noch?«, fragte Losanto.

»Was willst du damit anfangen?«

»Vielleicht setze ich mich mit dem Mann in Verbindung. Ein Telefonat ist sicher nicht schädlich.«

»Nimm ihn mit. Ich kann dir auch die Adresse und Telefonnummer heraussuchen. Aber ich sage dir gleich, es ist verdammt schwer, an diesen Miguel y Saragossa heranzukommen. Die Familie lebt vollständig zurückgezogen.«

»*Certo, certo*«, murmelte Losanto, es klang aber so, als bezweifle er den Hinweis seines Kollegen. Er steckte die Notiz ein. »*Grazie!*« Er erhob sich und lächelte bitter. »*Alla prossima volta*«, verabschiedete er sich, verließ das Büro und trat nachdenklich auf die Straße. Für einen kurzen Augenblick erwog er, in der Altstadt von Genua noch eine Kleinigkeit zu essen, verwarf aber den Gedanken.

Kurze Zeit später saß Losanto im Taxi, ließ sich zum Flughafen fahren und holte sein Ticket nach Rom. Für den frühen Abend hatte er sich mit Direttore Pontine und Commissario Casaverde verabredet. Nachdenklich sah er aus dem Seitenfenster des Wagens. Sein Bauchgefühl sagte ihm, dass der Tote vom Hafen ein Schlüssel sein konnte, ein erster wichtiger Ansatzpunkt. Und die Einzigen, die ihm weiterhelfen konnten, waren Pontine und Casaverde. Noch vom Taxi aus unterrichtete er Casaverde telefonisch über seine Gespräche in Genua und bat ihn, bis zu seiner Ankunft am Nachmittag Informationen über den geheimnisvollen Adligen aus Cordoba zusammenzutragen und bei Interpol das Anhörungsprotokoll anzufordern.

Als sich der Jet der Alitalia in den Himmel hob, schloss er, in der Hoffnung, eine Stunde schlafen zu können, die Augen.

Um sechzehn Uhr fünfundvierzig war die Maschine der Alitalia in Rom Fiumincino gelandet. Eine Streife der Carabinieri hatte Losanto abgeholt und zur Questura der Antimafiabehörde in der Via San Vitale gebracht. Er wirkte ein wenig müde und abgespannt, als er das Büro von Direttore Pontine betrat. Seine beiden Kollegen saßen bereits in der Besprechungsecke, hatten einen Espresso vor sich auf dem Tisch stehen und rauchten.

»*Buonasera*, Signori«, nuschelte Losanto, begab sich schnurstracks zur Ledercouch und warf seine Mappe neben sich. Sein befreites Stöhnen sprach Bände. »Diese Flüge machen mich wahnsinnig. Erst stehst du stundenlang in der Abflughalle und hoffst, dass es endlich losgeht, und dann geht es in den Fliegern so eng zu, dass du befürchten musst, nur noch in der Gepäckablage mitreisen zu dürfen.«

»Kenne ich.« Pontine grinste, und Casaverde nickte Losanto freundlich zu.

Der blickte enttäuscht in die leeren Espressotassen. »Habt ihr noch einen?«

Casaverde erhob sich und ging hinüber zu dem nagelneuen Kaffeeautomaten, den sich Direttore Pontine vor einer Woche in seinem Büro hatte aufstellen lassen.

»Habt ihr etwas Neues aus Cordoba«, fragte Losanto.

»Du kannst den Bericht gleich selbst lesen«, erwiderte Pontine. »Aber ob er dir die Erleuchtung bringt, sei dahingestellt. Soweit ich herauslesen konnte, gibt es nur eine einzige Auffälligkeit, die möglicherweise einen Ansatzpunkt bietet.«

»Was für eine Auffälligkeit?«, fragte Losanto.

Pontine schob ihm einen Schnellhefter über den Tisch zu. »Ziemlich hinten«, murmelte er. »Vorletzte Seite, glaube ich.«

Der Capitano blätterte die Akte durch und nickte Casaverde dankend zu, als dieser ihm den Espresso brachte. »Sieh an!«, flüsterte er erstaunt. »Unser schwerreicher Miguel Ramon y Saragossa aus Cordoba war vom 2. bis zum 26. April in Bologna. Das passt genau in das Zeitfenster, in dem Ivan Badolento auf dem Parkplatz aufgefunden wurde.«

»Na und?«, fragte Casaverde mit einer Miene, als ahne er, dass sein Kollege in die gleiche Richtung wie er dachte. »Welchen Schluss ziehst du daraus?«

Losanto blickte von den Papieren auf. »Dieser adelige Miguel hat sich in Italien operieren lassen. Hier steht, dass er sich sechzehn Tage in der Chirurgia Estetica in Casalecchio aufhielt.«

»Casalecchio?«, fragte Casaverde überrascht.

»*Momento!* Das Kaff liegt doch in unmittelbarer Nähe von Bologna! Gehört die Klinik nicht zu dem Firmenkonglomerat der Savianis?«

Pontine schlug sich mit der Hand auf die Stirn. »Stimmt!«

»Wenn ihr mich fragt, das stinkt zum Himmel«, entfuhr es Losanto.

»Was macht denn ein Kerl in einer Schönheitsklinik«, bemerkte Casaverde, »wenn er bei der spanischen Polizei angibt, er sei ernstlich krank gewesen? Nennt man das heute Krankheit, wenn man sich liften lässt?«

»Zeig mal her!«, brummte Pontine und griff sich die Handakte. Mit zusammengekniffenen Augen überflog er noch einmal die protokollierte Aussage. »Ich frage mich, welche kosmetische Operation einen 24-tägigen Aufenthalt in einer Schönheitsklinik notwendig macht«, sagte er dann und blickte Casaverde fragend an.

»Weshalb schaust du mich an? Ich habe mir noch nie Krähenfüße entfernen lassen. Und Botox für meine Lippen kommt bei mir auch nicht in Frage.«

Losanto und Pontine lachten. »Aber deinen Hintern könntest du dir schon mal liften lassen«, flachste der Capitano aus Sardinien.

Casaverde setzte seine Brille ab und zeigte den Stinkefinger.

»Scherz beiseite!«, rief Direttore Pontine die Männer zur Ordnung und sah Casaverde in die Augen. »Wir müssen herausfinden, weswegen sich der Spanier behandeln ließ. Denkst du das Gleiche, Emilio?«

Der junge Assistent nickte.

Losanto begann lauthals zu lachen. »Ihr seid Traumtänzer«, prustete er. »Denkt ihr, einer, der dreihundert- oder vierhunderttausend Dollar für ein illegales Organ gelöhnt hat, erzählt euch freiwillig, wo und wann er sich hat operieren lassen? Er wird schweigen wie eine Auster. Anhand der Reaktion dieses Ramon y Saragossa könnt ihr ablesen, was euch bei einer solchen Befragung blühen würde.«

»Einen Versuch wäre es trotzdem wert«, widersprach Casaverde eingeschnappt.

»Ja, ja! Und nach dem Geständnis, sich ein Herz auf eine krumme Tour besorgt zu haben, verbringen die Befragten den Rest ihres ohnehin schon bejammernswerten Lebens im Knast.«

»Nihil agere delectat«, erwiderte Casaverde bissig.

»Komm mir jetzt nicht mit lateinischen Sprüchen, und lass Cicero gefälligst aus dem Spiel, sonst müsste ich annehmen, du seist gebildet! Lass dir gesagt sein, bevor ich etwas Überflüssiges tue, lass ich es lieber bleiben.« Casaverde fing sich einen mitleidigen Blick von Capitano Losanto ein. Doch bevor sein Gegenüber antworten konnte, fuhr er weiter fort. »Erkläre mir mal, wie du einen russischen Oligarchen in Novosibirsk oder einen Scheich aus dem Oman festnageln willst, weil er sich in Italien eine Niere oder eine Leber gekauft hat?«

»Stronzo!«, schimpfte Casaverde und verschränkte wütend die Arme.

»Addieren wir doch einmal die Fakten«, versuchte Pontine mit besänftigendem Ton die Kontrahenten zu beruhigen. »Wir haben eine männliche Leiche in Genua, buchstäblich ausgenommen wie eine Weihnachtsgans. Wir haben weiterhin einen stinkreichen Adligen aus Spanien, der sich zum fraglichen Zeitpunkt in einer Klinik für plastische Chirurgie in Bologna operieren lässt. Die Klinik gehört den Savianis. Ich bin sicher, es lassen sich noch mehr Puzzleteile finden.«

»Wir müssten Miguel Ramon y Saragossa persönlich befragen.

Vielleicht erzählt er auskunftsfreudiger, wenn er erfährt, dass wir einen Mord oder was immer das war, aufklären wollen«, meine Losanto. »Wäre das nicht eine schöne Aufgabe für unsere Teresa?« Er bedachte Pontine mit einem Blick, als wolle er sagen: Frag doch mal deine Freundin. Sie soll ihren Onkel scharfmachen.

Pontine lächelte leise in sich hinein und zündete sich eine weitere Zigarette an. »Noch einen Espresso?«, fragte er Losanto, der mürrisch dreinblickte.

»*Grazie!* Mit drei Stück Zucker!«

»Sag mal«, wandte sich Casaverde an den sardischen Capitano, »bist du mit dem Mord an Saviani weitergekommen?«

Losanto räusperte sich. Animiert durch Pontines Zigarette zündete auch er sich eine an und machte einen tiefen Zug, bevor er antwortete. »Nein, kein Stück. Meine Leute haben den Leibwächter Savianis mehrere Stunden verhört. Der Kerl sagt, er wisse nur, dass er am Einfahrtstor des Grundstückes angeschossen und später in einem Straßengraben bei Nuchis wieder aufgewacht wäre. Er hat dann mit Savianis Frau telefoniert, die ihn dort aufgelesen und in eine ihrer Kliniken nach Palermo gebracht hat. Wir haben das überprüft, und das ist auch richtig.«

»Hat er nicht gesehen, wer auf ihn geschossen hat?«

»Er sagt nein, obwohl der Schütze direkt vor ihm gestanden haben muss.«

»Glaubst du ihm?«

»Kein Wort«, erwiderte Losanto bitter. »Wir können jetzt die Uhr danach stellen, wann es die nächste Leiche gibt. Aber das Ganze hat durchaus sein Gutes.«

»Inwiefern?«, fragte Direttore Pontine und stellte drei Tassen auf den Tisch.

»Egal, wen Sandro Calogheri umbringt, anhand der Leiche lässt sich schlussfolgern, wer der Gegner in diesem Spiel ist und wann das nächste Tor geschossen wird.«

»Eine starke These«, murmelte Pontine.

Losanto schien sich seiner Sache sicher zu sein, denn er sah Pontine mit einem wissenden Lächeln an. »Ich beschäftige mich seit einiger Zeit mit der Person Sophia Saviani. Ich habe das Gefühl, dass Calogheri und die Saviani die gleichen Interessen verfolgen, und ich bin mir ziemlich sicher, dass sie sich rächen wird.«

25.
Stiller Abgang

R aus aus dem Wagen!«, blaffte Bruno den Staatssekretär an, der sich im Fond des Lancia festgekrallt hatte. Bruno machte kurzen Prozess. Er packte De Cortese am Kragen und zog den schreienden Mann wie einen nassen Hund aus dem Wagen und stellte ihn wieder auf die Beine. Fahrig fuhr dieser sich mit der Hand über das Haar und blickte sich unsicher um. Er befand sich in einem bäuerlichen Vierkantgehöft, dessen Hof man durch ein riesiges Doppeltor erreichte. Das Anwesen wirkte wie eine Bastion, kraftstrotzend und abweisend. In der offenen Scheune standen alte Ackergerätschaften und zwei verrottete Traktoren, die anscheinend seit Urzeiten nicht mehr von der Stelle bewegt worden waren.

Bruno, der seinen breitkrempigen Hut in die Stirn gezogen hatte, stand vor De Cortese und machte eine einladende Geste, die im völligen Gegensatz zum Ernst der Situation stand. De Cortese fühlte sich keineswegs wie ein Gast, den man freundlich eingeladen hatte.

»Wohin haben Sie mich gebracht?«, fragte er zaghaft in einer Mischung von hündischer Angst und ohnmächtiger Ergebenheit.

Von dem überheblichen Narziss war nichts weiter übrig geblieben als ein exzellent gekleideter Jammerlappen, der sich in ein unabänderliches Schicksal zu fügen schien. Er schaute auf die weit geöffneten Torflügel der Einfahrt und hinaus auf die Straße, die direkt am Hof vorbeiführte.

»Versuchen Sie nicht abzuhauen!«, sagte Sandro freundlich,

was über seine wahre Stimmungslage hinwegtäuschte. »Sie kämen nicht sehr weit. Und jetzt immer geradeaus!«

Während De Corteses mit unsicheren Schritten vor Sandro herging, behielt er die Einfahrt abschätzend im Auge.

»Das schaffst du nicht«, meinte Bruno, der dem Blick De Corteses gefolgt war. »Wetten?«

Plötzlich sprintete De Cortese los. Noch keine zwanzig Schritte weit war er gekommen, als ihn Sandro einholte. Der packte ihn am Kragen und schleuderte ihn herum. Die wuchtige Ohrfeige warf De Cortese auf den harten Lehmboden.

»*Vaffanculo!*«, brüllte er heulend auf und hielt sich sein Gesicht. Mühsam rappelte er sich hoch und stierte Sandro wütend an.

»Beim nächsten Versuch gibt es richtig Prügel, Signore«, raunte Sandro, packte ihn an der Krawatte und zog ihn hinter sich her wie einen widerspenstigen Welpen, der sich gegen die Leine stemmte. »Immer schön mir nach!«

»Du hast meinen Anzug ruiniert!«, schimpfte De Cortese und klopfte sich stolpernd den Staub von den Hosen. »Lass mich endlich los!«, tobte er.

Sandro blieb stehen und drehte sich zu ihm um. »Wenn Sie mir nicht weiter auf die Nerven gehen, dann dürfen Sie vor mir her marschieren!«

De Cortese richtete sich auf, wischte den Schmutz von den Ärmeln und bedachte Sandro mit einem vernichtenden Blick, als er einen Riss im Sakko entdeckte.

»Brauchst du einen Spiegel?« Bruno lachte abfällig und musterte De Cortese wie ein Stück Vieh, das er gerade auf dem Markt erstanden hatte.

»Sie haben meinen Anzug ruiniert!«

»Weiter!«, befahl Sandro, ohne sich um die Beschwerde zu kümmern, und stieß De Cortese vor sich her.

Die Hitze des Tages war noch nicht in die Schatten vorgedrungen, und es herrschte eine angenehme Kühle. Sonnenlicht brach durch das Blattwerk und warf flirrende Reflexe auf den braunen Backstein des Hauses.

»Durch die Tür!« Er deutete auf eine verwitterte Holztür. De Cortese stolperte durch den düsteren Gang, während Bruno voraus zur Küche ging. Sandro gab dem Staatssekretär einen so kräftigen Stoß, dass er beinahe auf dem harten Küchenboden gelandet wäre.

»Setz dich!«, polterte Bruno und drückte De Cortese auf einen Stuhl.

»Wissen Sie, weshalb wir Sie eingeladen haben?«, fragte Sandro mit immer noch freundlicher Stimme.

»Einladung! Dass ich nicht lache! Das ist eine Entführung, und Sie sind sich nicht im Klaren, was das bedeutet.«

Die Tür öffnete sich plötzlich, und Sophia betrat die Küche.

»Du …?« De Cortese wäre aufgesprungen, wenn Bruno ihn nicht mit beiden Händen an den Schultern festgehalten hätte. »Was …, äh, was machst du denn hier? Haben sie dich auch …?« Ihm blieb das Wort im Hals stecken, als er in ihre hasserfüllten Augen schaute. Sein Blick wanderte zu dem Aktenkoffer, den sie in der Hand hielt. Er erstarrte. Seine Augen weiteten sich. In diesem Moment schien er den Zusammenhang zu begreifen.

»Sophia!« Er schlug unvermittelt einen konzilianteren Ton an. »Lass es mich erklären! Es ist nicht so, wie du meinst.«

»Das dachte ich mir«, erwiderte sie. Sie strahlte eine so unversöhnliche Kälte aus, dass sogar Sandro für einen Augenblick schauderte. »Wo glaubst du, hat Sandro den Koffer von Giulio gefunden?«

»Ich weiß, er stand hinterm Sitz … Ich meine, ich habe es, als ich den aufgebrochenen Wagen sah, geahnt, dass du …« Er suchte nach Worten. »Mir ist klar, man könnte es missverstehen«, stammelte er und blickte Sophia an wie ein bettelnder Hund. »Aber dafür gibt es eine Erklärung«, fügte er hastig hinzu, in der Hoffnung, in Sophias Augen Gnade zu finden. Doch was er sah, war tödliche Entschlossenheit. »Macht jetzt bitte keinen Unsinn! Ich werde es genau …« Hektische Flecken breiteten sich auf seinem Hals aus, und auf seiner Stirn bildeten sich Schweißperlen. Sein Oberhemd zeigte bereits feuchte Stellen auf der Brust. Unvermittelt straffte er seinen Körper und starrte Sandro ins Gesicht. »Ihr könnt euch darauf verlassen, dass ich euch bis ans Ende der Welt verfolge, wenn ihr mich nicht augenblicklich gehen lasst.«

Sandro schüttelte verblüfft den Kopf. »Erstaunlich, dass Sie davon ausgehen, länger zu leben als wir.«

»Idiot!«, keuchte De Cortese.

Sandro schlug mit der Faust auf den Tisch, dass der Staatssekretär wie unter einem Peitschenhieb zusammenzuckte.

Sophia legte in aller Ruhe den Aktenkoffer auf den Küchentisch und setzte sich. Ohne erkennbare Emotion blickte sie auf den Staatssekretär, der wieder etwas Unverständliches stammelte.

»Er hat sich in die Hosen gepisst«, murmelte Bruno mit einem Blick auf De Corteses Schoß. »Du Sau! Kannst du nicht warten, bis du Grund dazu hast?«

Sophia schloss für eine Sekunde angeekelt die Augen.

»Wahrscheinlich hat er befürchtet, dass wir ihm gleich die Kehle durchschneiden«, knurrte Sandro böse. »Aber wir sind schließlich zivilisiert und lassen den guten Antonio erst einmal ausführlich zu Wort kommen.«

»Wie kommt Giulios Koffer in deinen Mercedes?«, stellte Sophia lapidar die Frage.

»Und wehe, Sie können nicht zwischen Dichtung und Wahrheit unterscheiden, verehrter Herr Staatssekretär«, fügte Sandro sarkastisch hinzu.

»Paluzzi …!«, keuchte de Cortese. »Er hat den Koffer in meinem Auto vergessen, als ich ihn einmal mitgenommen habe. Eigentlich wollte ich ihn schön längst zurückgeben.«

»Hmm!« Sophia blickte zur Seite, als könnte sie Antonios Anblick nicht mehr ertragen. »Und woher hat er den Koffer?«

»Ich habe keine Ahnung, wie er zu ihm gekommen ist«, antwortete De Cortese undeutlich.

»Wissen Sie, was mir immer wieder auffällt?«, sagte Sandro. »Politische Karrieren erhöhen signifikant das Risiko auf Gedächtnisschwund. Irgendwann ist er eine Berufskrankheit.« Blitzschnell packte er De Cortese an der Krawatte und zog ihn über den Tisch. »Strengen Sie Ihre Hirnzellen an, und wehe ...« Sein Blick durchbohrte den Staatssekretär. »Wehe, Sie lügen mich an! Im Koffer, und das wissen Sie ganz genau, lagen Mails von Avvocato Giuso! Es war die Rede davon, dass bei der Staatsanwaltschaft in Palermo eine anonyme Anzeige eingegangen ist. Stecken Sie dahinter?«

De Cortese zeigte Erstaunen, das beinahe echt wirkte. »Verdammt, nein!«, heulte er auf.

»Trotzdem hatte Giannino Giuso Sie in Verdacht! Er musste doch einen Grund haben.«

»Ich bitte Sie!«, jammerte De Cortese. Angstschweiß rann ihm in kleinen Strömen von der Stirn.

»Es wäre eine verdammt elegante Möglichkeit gewesen, Giulio loszuwerden, indem man die Finanzbehörden auf ihn hetzt. Die Ermittlungen gegen Sie sind ja ganz plötzlich in einer Ministerschublade gelandet.«

»Was saugen Sie sich denn da aus den Fingern?«, brüllte der Staatssekretär unbeherrscht los.

»Ist dumm gelaufen. Giulio hat es erfahren.«

»Davon ist nichts wahr!«, tobte De Cortese.

»Also, noch mal von vorn! Wie ist das mit dem Koffer gelaufen?«

»Dieser pockennarbige Kerl hat sich ihn angeeignet und Paluzzi übergeben. Ich sollte ihn lediglich verschwinden lassen, damit man ihn nicht bei ihm findet.«

»Angeeignet. Welch eine nette Formulierung! Welch eine extrem dämliche Antwort! Und wo ist der Inhalt?«

»Den hat Paluzzi. Er wollte wissen, was Giulio alles über ihn und mich gesammelt hat. Verdammt, wir gehen doch alle ein großes Risiko ein!«

Sandro erhob sich und beugte sich über den Tisch. »Okay, Sie haben Ihren Bonus verbraucht. Jetzt werde ich ungemütlich.« Er gab Bruno einen Wink. Dieser legte eine weiße Plastikfessel, wie sie Carabinieri bei Massenverhaftungen verwenden, auf den Tisch.

»Ich sage die Wahrheit«, jammerte De Cortese plötzlich wie ein altes Waschweib. »Er hat mir gesagt, dass er die Unterlagen vernichtet hat!«

»Nun ja, ich werde ihn bald danach fragen.«

»Dann könnt ihr mich ja jetzt gehen lassen.«

Sandro lachte schallend. »Ich brauche noch ein gut geschliffenes Fleischermesser«, wandte er sich an Bruno. »Ein möglichst großes, eines, das gut in der Hand liegt.«

»Wenn ihr mir etwas antut, schneidet ihr euch ins eigene Fleisch!«, rief De Cortese.

»Ach ja?«, meldete sich Sophia aus dem Hintergrund. »Inwiefern?«

»Wie willst du deine Kliniken in Bologna, Palermo und Milano ohne meine Genehmigungen weiterführen? Ohne meine Unterschriften für die Organentnahmen kannst du deine Operationssäle schließen. Nicht einmal die Leichen könnt ihr ohne meinen amtlichen Segen entsorgen! Ohne mich bist du nichts, Sophia!«

»Das ist nicht unser Thema, Antonio!«, zischte sie. »Ich will wissen, wer Giulios Mörder ist!«

»Also«, schaltete sich Sandro erneut ein. »Wenn Sie in der Küche eine Sauerei vermeiden wollen, dann erzählen Sie jetzt haarklein, wie sich die Sache mit dem Koffer verhält! Welches Spiel spielt ihr, Sie und Paluzzi?«

»Ihr wollt mich doch nicht ...«

»Was wollen wir nicht?« Sandro sah De Cortese mit ruhigem Blick an. »Was glauben Sie, was das hier ist?« Er machte eine ausladende Geste. »Ein ganz einsamer Hof, in dem niemand Ihr Geschrei hören wird, wenn ich Ihnen erst die Finger und dann die Eier abschneide.«

De Cortese zog impulsiv seine Hände vom Tisch und vergrub sie zwischen seinen Schenkeln.

»Reden Sie!«, brüllte Sandro plötzlich so laut, dass De Cortese zurückzuckte.

Bruno brachte ein Knochenbeil, dessen Schärfe er vorsichtig mit dem Daumen prüfte.

De Cortese schien der Anblick des martialischen Metzgerwerkzeugs zu hypnotisieren. Schwer atmend wischte er sich mit dem Ärmel den Schweiß von der Stirn. »Paluzzi sollte mir nur den Koffer beschaffen«, begann er, »ich konnte doch nicht ahnen, dass er Giulio gleich umbringt!« Er starrte Sophia an, als hoffe er, bei ihr Verständnis zu finden. »Du musst mir das glauben, Sophia!«

»Wie findest du das? Er hat nicht ahnen können …«, wandte Sandro sich an Bruno. »Hast du gewusst, dass es Typen gibt, die von Tuten und Blasen keine Ahnung haben, aber trotzdem immer die erste Geige spielen wollen? Ich glaube, so einer ist der Herr Staatssekretär. Er hat Paluzzi darum gebeten, Giulio umzunieten, konnte aber nicht ahnen, dass der Kerl Ernst macht. Ist das zu fassen?« Sandro hielt sein Gegenüber mit Blicken fest. »Ich habe Sie also richtig verstanden! Sie beide haben beschlossen, Giulio und mich in Porto Cervo zu besuchen.«

»Es war allein Paluzzis Idee«, erwiderte De Cortese larmoyant. Sophia hatte die Szene angeekelt beobachtet. Sie rang sichtlich um Fassung. Sie sprang auf. »Ich habe genug«, schrie sie De Cortese an. »Du bist ein scheinheiliger Schweinehund. Das warst du schon immer.«

»Ich schlage vor, wir schnüren ihm erst ein wenig den Hals zu«, murmelte Bruno, und ehe De Cortese zu einer Reaktion fähig war, hatte er ihm den Kabelbinder um den Hals gelegt und so weit zugezogen, dass der Staatssekretär gerade noch Luft bekam.

De Cortese röchelte und versuchte verzweifelt mit den Fingern die Schlinge zu lockern, während seine Augen aus den Höhlen traten.

Sandro lächelte diabolisch. »Für jede falsche Antwort schneide ich dir einen Finger ab. Einverstanden?« Er wandte sich an Sophia. »Du solltest die Küche verlassen! Geh in dein Zimmer oder an die frische Luft! Das wird hier eine ziemliche Sauerei geben!«

»Ich sage alles, was ich weiß«, keuchte De Cortese verzweifelt. »Bitte, lasst mich in Ruhe, ich lüge euch bestimmt nicht an …!«

»Du glaubst doch nicht im Ernst, dass ich mir das entgehen lasse«, erwiderte Sophia. Man sah ihr an, dass sie sich durch nichts würde umstimmen lassen. »Ich will hören, wie dieses hinterlistige Stinktier um sein Leben winselt.«

»*Bene.*« Sandro nickte und wandte sich wieder De Cortese zu. »*Allora*, wie heißt der nette Mensch mit den vielen Pickeln im Gesicht? Ich meine den Herrn, der mir erst in den Bauch, dann in die Schulter geschossen und danach Giulio eine Kugel ins Herz gejagt hat?«

»Bru… chho … Brufolo«, würgte De Cortese durch die Kehle. »Das kann nur Mauro Brufolo gewesen sein!«

»Ich sehe, wir kommen vorwärts. Nächste Frage: Wo genau finde ich diese Ratte?«

De Cortese rang nach Luft. »Woher soll ich das wissen? Ich glaube, er ist meistens mit Krankenwagen oder Leichenwagen unterwegs wie die anderen Fahrer auch. Nur Paluzzi weiß, wo er sich aufhält. Er teilt die Routen ein.«

»*Buonissimo!* Es geht doch!«

»Was wollt ihr jetzt mit Paluzzi machen?«

»Weshalb machst du dir Sorgen um ihn?«, erkundigte sich Bruno. »Im Augenblick sitzt doch du in der Scheiße, oder?«

De Cortese wandte sich an Sophia. »Dir muss doch klar sein,

ohne Paluzzi und mich bricht das ganze System zusammen. Dann könnt ihr einpacken. Euer ganzes schönes Geschäft zerplatzt wie eine Seifenblase.«

Sandro und Sophia wechselten einen schnellen Blick. Wie es schien, wartete er auf ein Zeichen von ihr. Sophia nickte nur.

»Jetzt kommt eine sehr wichtige Frage, lieber Antonio.« Sandro sah den verängstigten Staatssekretär erwartungsvoll an. »Erst musste Giulio dran glauben, gestern wolltest du Sophia loswerden. Was hattet ihr beide ohne Giulio und Sophia vor?«

»Ich brauche Wasser«, ächzte De Cortese. »Ich kriege keine Luft …!« Sandro nickte Bruno zu, der die Schlinge ein wenig lockerte. Er wandte sich um zum Kühlschrank, holte eine Flasche Wasser heraus und stellte sie vor De Cortese auf den Tisch. Der griff danach und trank in gierigen Schlucken. Nach wenigen Augenblicken riss Sandro ihm die Flasche aus der Hand und knallte sie auf den Tisch. »Was hattet ihr vor?«, brüllte er.

»Giulio wollte mich loswerden, wenn ich nicht weitere Forschungsgelder genehmige«, begann der Staatssekretär zitternd. »Ich weiß nicht, wie er sich das vorgestellt hat. Aber er konnte ja den Hals nicht voll bekommen …!«

»Ich frage Sie das letzte Mal«, schnitt Sandro ihm das Wort ab. »Erzählen Sie keine Romane! Was hattet ihr vor?«

»Giulio hat uns mit den Aufzeichnungen über die Schläfer erpresst. Er hat verlangt, dass ich mich auf der politischen Ebene für die Genehmigungen und den Aufbau von Forschungslabors in Deutschland, Frankreich und England starkmache.«

»Danach habe ich nicht gefragt«, donnerte Sandro und warf Bruno einen kurzen Blick zu. De Cortese spürte, wie sich dessen Hand einem Schraubstock gleich um sein Handgelenk schloss. Mit brutaler Gewalt presste er die Hand auf die Tischplatte. Im selben Moment griff Sandro nach dem Beil und schlug mit Wucht zu. Die rasiermesserscharfe Klinge bohrte sich millimetertief in die Holzplatte des Tisches. Daneben lagen drei abgetrennte Finger. Der Staatssekretär heulte auf, seine weit aufgerissenen Augen konnten nicht glauben, was sie sahen. Leichenblässe zog in sein Gesicht.

Als habe er ein wissenschaftliches Interesse daran, was nun passieren würde, richtete Sandro den Blick auf die Hand seines Opfers. Eine Sekunde lang passierte gar nichts. Dann schoss Blut über die Tischplatte.

»Mach hier nicht so eine Sauerei! Wer soll das später alles wieder wegwischen?«, rief Sandro. Mit dem Handrücken wischte er die Finger von der Platte, als wolle er den Tisch von Brotkrumen säubern.

»*Merda, merda*«, brüllte De Cortese und wand sich vor Schmerz, während Sophia sich voller Häme an der Verstümmelung des Staatssekretärs weidete.

»Rede, sonst mache ich mit der anderen Hand weiter!«

De Cortese schrie in rasendem Schmerz, wollte aufspringen, doch Bruno schlug ihm von hinten mit der geballten Faust auf den Schädel. Der Staatssekretär sackte zusammen und verdrehte die Augen, kam aber sofort wieder zu sich.

»Also«, forderte ihn Sandro mit einer butterweichen Stimme plötzlich auf weiterzusprechen.

»Paluzzi will fünfzig Prozent der Firma«, presste der Staatssekretär hervor. Die Schmerzen schienen ihm beinahe den Verstand zu rauben.

»Ach was!«, kommentierte Bruno trocken. »Nur fünfzig Prozent?«

»Weiter«, zischte Sandro mit zusammengekniffenen Augen.

»Ich soll die Krankenhäuser führen, und er investiert in Krematorien in Tschechien.«

»Tatsächlich!«

»Ich brauche ein Handtuch«, wimmerte De Cortese und schien kurz vor einer Ohnmacht zu stehen. »Ich verblute …!«

»Und weshalb der Aktenkoffer?«, fragte Sandro, und mit gnadenloser Stimme fügte er hinzu: »Setz dich auf die Hand, das ist ja ekelhaft, was du hier veranstaltest!«

De Cortese presste seine Hand zwischen die Schenkel, um das Blut zu stillen.

»Wie ist das jetzt? Hast du nichts mehr zu sagen«, herrschte Sandro ihn erneut an.

»Giulio hat Aufzeichnungen über alle Schläfer auf seinem Stick gespeichert, alles über die Subventionen und Fördergelder, die Entsorgung in den Krematorien, einfach alles. Dieser Wahnsinnige!« In Todesangst redete De Cortese plötzlich wie ein Wasserfall. »Wir wären völlig in Giulios Hand gewesen. Er hat gedroht, er würde mich hopsgehen lassen, wenn ich nicht genau das tue, was er verlangt. Aber das ging doch nicht mehr. Ich wurde bereits observiert und konnte nicht mehr sicher sein.«

»Und deshalb wolltest du Signore Savianis Datenspeicher?«

De Cortese nickte verzweifelt. »Ich wusste, er trägt den Stick immer mit sich herum. Meist in seinem Aktenkoffer. Wenn man ihn verhaftet hätte, wären wir alle baden gegangen. Außerdem war Paluzzi ins Visier der Staatsanwaltschaft geraten. Nur wegen des idiotischen Fehlers in Genua.« Er machte eine Pause, keuchte und wandte sich zu Sophia um. »Das hast du ihm eingebrockt, du blöde Kuh!«

»Ach ja?«, höhnte Sophia aus dem Hintergrund. »Ihr habt also Giulio umgebracht, um eure Köpfe aus der Schlinge zu ziehen?«

»Der Stick war eine ernste Gefahr. Darauf war alles gespeichert, was uns belastete.«

»Ich weiß gar nicht, weswegen sich dieser Kerl aufregt«, stieß Sandro verärgert hervor. »Es ist doch völlig normal, dass in Zeiten moderner Verwaltung auch eine gewisse Ordnung herrschen muss. Nicht wahr, Sophia?«

Regungslos stand sie am Küchentisch und starrte auf De Cortese, als habe sie Sandro nicht zugehört und sei mit ihren Gedanken meilenweit entfernt.

»Ich fasse es nicht«, sagte sie dann, »welches Schmierentheater ihr mir in Mailand vorgespielt habt. Alleine deshalb sollte man dich vierteilen!«

»Paluzzi hat mich dazu gedrängt«, schrie De Cortese verzweifelt.

Sie zuckte zusammen. »Er ist ein Idiot«, sagte sie an Sandro gerichtet und wandte sich darauf an den verhassten Staatssekretär. »Ist es nicht völlig normal, dass Giulio aus genau diesen Erwägungen Buch geführt hat? Und außerdem …« Sie beugte sich so nahe an De Corteses Gesicht, dass sich beinahe ihre Nasen berührten, und blickte ihm hämisch in die Augen. »Wie soll man so viele Daten anders verwalten als auf einem Rechner, wenn man dabei nicht die Übersicht verlieren will?«

De Cortese schwieg verbissen, während er sein Hemd aus dem Hosenbund zerrte, um das Ende auf die Wunde zu pressen.

»Brufolo sollte Giulio nur die Tasche abnehmen«, lamentierte er dann. »Der Stick war aber nicht im Aktenkoffer«, röchelte er und bedachte Sophia mit einem wütenden Blick.

Bruno hatte sich hinter den Rücken von De Cortese begeben. »Wann wolltest du wieder mit Paluzzi Kontakt aufnehmen?«, fragte er leise und stützte sich mit beiden Händen auf die Schultern des Staatssekretärs.

»In vier Tagen wollen wir uns in Palermo treffen …!«

»Wo?«

»Im ›Grande Albergo Sole‹ am Jachthafen!«

»Um wie viel Uhr?«

»Um drei nachmittags! Und das garantiere ich euch, wenn ich dort nicht erscheine, gibt es Krieg. Mit Paluzzi ist nicht zu spaßen.«

»Quatsch mir nicht die Ohren voll. Um was geht es?«, schoss Sandro seine nächste Frage ab, während De Cortese vor Schmerzen nur mühsam sprechen konnte.

»Paluzzi will sich Sophia schnappen. Er hat bei der gestrigen Sitzung bemerkt, dass sie Giulios Stick hat. Ihr könnt von Glück sagen, dass er nicht gleich durchgedreht ist. Immerhin hatte er vier seiner Männer dabei! Aber Paluzzi kann auf den richtigen Moment warten«, fügte er drohend an.

»Ah. Interessant! Und dort wollt ihr dann besprechen, wann und wie ihr Sophia beseitigt?«

»Ich weiß es doch nicht.« De Cortese war mit den Nerven völlig am Ende. Tränen der Angst und des ungeheuerlichen Schmerzes liefen ihm über die Wangen. »Er wird sie abschlachten, wenn er erfährt, was ihr mit mir getan habt.«

»War das alles?«

De Cortese ließ sich entkräftet vom Stuhl fallen. »Lasst mich laufen! Ich verrate euch nicht. Ich sage kein Sterbenswort. Ich schwöre es bei allem, was mir heilig ist …«

»Dir ist etwas heilig?«, fragte Sophia mit gespielter Überraschung und trat an ihn heran.

»Ich schwöre bei der Madonna.«

»Du musst einsehen, dass ich dich nicht einfach laufen lassen kann. Das wäre ausgesprochen dumm von mir.« Sophia lachte. »Du wolltest also Giulio ersetzen, De Cortese!« Sie beugte sich zu ihm hinunter. Jetzt war sie die pure Rachlust. Ihre Augen glitzerten eisig. »Du warst immer eine Null, und jetzt bist du nicht einmal imstande, die Konsequenzen auszuhalten. Nun ja, als Mann warst du schon immer ein unterbelichteter Lackaffe in zu teuren Anzügen. Deine Dummheit, Giulios Aktenkoffer im Auto liegenzulassen, kommt dich teuer zu stehen, mein Lieber.« Sie schüttelte missbilligend den Kopf, als wolle sie einen kleinen Jungen wegen seines schlechten Benehmens tadeln.

»Sophia, ich bitte dich«, flehte er unter Tränen. »Du kannst dich darauf verlassen, dass ich dir nicht in die Quere komme. Ich verschwinde von der Bildfläche.« De Corteses erbärmliches Wimmern schien sie nur noch wütender zu machen.

»In letzterem Falle geb ich dir recht, Antonio! Weißt du, Opfer zu sein ist ausgesprochen blöde. Als Täter hat man nicht nur mehr Spaß, sondern auch eine bessere Lebenserwartung. Ich jedenfalls habe mir das schon seit langer Zeit zu Herzen genommen.«

»Ein Haufen Leute werden mich suchen ... Meine Frau, im Amt werde ich garantiert schon vermisst ...« De Cortese schnappte hektisch nach Luft.

»Kann man einen Politiker überhaupt vermissen?« Sophia lachte erneut auf.

»Man wird alles unternehmen, um mich zu finden. Ein Heer von Carabinieri wird euch jagen, das verspreche ich dir!«

»Überschätze dich nicht!«, erwiderte Sophia mit zynisch herabgezogenen Mundwinkeln. »Möchtest du im Ernst dein Leben gegen zwanzig Jahre Knast eintauschen? Ehrlich gesagt, ich würde das nicht mögen.«

Noch ehe De Cortese die Doppeldeutigkeit von Sophias Frage verstanden hatte, beugte sie sich zu ihm hinunter und zog mit einem harten Ruck den Kabelbinder zu. Der Staatssekretär zappelte wie ein Fisch auf dem Trocknen. Seine Gesichtszüge waren bis zur Unkenntlichkeit verzerrt. Seine linke Hand fuhr zum Hals. Er zuckte noch einige Male, bevor sich sein Körper leblos entspannte.

»Wo entsorgen wir den Abfall?«, fragte Sophia emotionslos.

»Ab in die Scheune«, bemerkte Bruno und blickte sie an. Sie stand aufrecht neben De Corteses Leichnam und zeigte keinerlei Regung.

»Wir sind gleich zurück«, brummte Bruno. »Wir müssen nachdenken, was als Nächstes zu tun ist.«

»Darüber brauche ich nicht nachzudenken«, erwiderte Sophia an Sandro gewandt. »Wir treffen uns in vier Tagen in Palermo! Ich möchte zu gerne Don Palùs Gesicht sehen, wenn wir anstelle von De Cortese zur Verabredung kommen.«

»Wir werden die Sache gemeinsam abwickeln«, sagte Bruno.

»Abwickeln ist gut«, griente Sandro. »Paluzzi hat einen Killer auf mich gehetzt. Wir werden dieses Mastschwein filetieren! Und danach kümmere ich mich höchstpersönlich um Brufolo.«

Sophia überlegte einen Augenblick. »*D'accordo!*«, sagte sie mit plötzlicher Entschlossenheit. »Machen wir diesem Paluzzi den Garaus! Die Frage ist nur, wer betreibt im Anschluss sein Geschäft weiter?«

Bruno lächelte böse. »Er hat beinahe meinen Bruder getötet. Wie wäre es, wenn ich als Wiedergutmachung den Laden übernehme?«

»Keine schlechte Idee!«, bemerkte Sandro. »Dann bleibt alles in einer Familie!«

»Und was ist mit dem da?«, fragte Bruno und deutete auf den Toten. »Wer ersetzt den?«

Sophia verdrehte die Augen. »Er war seit langem überfällig. Inzwischen gibt es einen soliden Kontakt ins Ministerium. Giulio war eng mit einem Minister befreundet. Ich werde ihn wohl in nächster Zeit aufsuchen müssen, damit wir keine unnötigen Probleme in der Organisation bekommen. Aber es gibt im Augenblick Wichtigeres.«

»Was, wenn ich fragen darf?«, erkundigte sich Sandro.

»Andrè Fillone!«

Sandro warf ihr einen überraschten Blick zu. »Hast du Fillone gesagt?«

»*Si*«, erwiderte Sophia barsch. »Ich habe lange genug gewartet. Zu lange … Aber schafft mir jetzt diesen Kerl da aus den Augen.«

»Du weißt, dass die Sache mit Fillone haarig werden kann«, erwiderte Sandro. »Das ist nichts, was man einfach so durchziehen kann wie mit den anderen beiden in den Bergen.« Sein Blick traf Bruno, der mit hochgezogenen Augenbrauen zugehört hatte.

»Ich weiß«, entgegnete Sophia. »Wir werden uns gut vorbereiten müssen.«

Bruno nickte unmerklich. »Das übernehmen wir«, brummte er. »Ich habe da schon eine Idee.«

»Und von mir bekommt Andrè das passende Geschenk. Er hat

in knapp zwei Wochen Geburtstag«, bemerkte Sophia kalt.

»Das wäre kein schlechter Termin.«

Sophia sah sich in der Küche um, als suche sie etwas. Dann wandte sie sich an Bruno. »Wo hast du einen Eimer und ein Aufwischtuch?«

Bruno deutete auf eine schmale Tür im Hintergrund. »Dort drin ist alles, was du brauchst. Schrubber, Putzlappen und Eimer. Wenn du fertig bist, gehen wir essen. Ich kenne da ein gutes Lokal nicht weit von hier. Sie machen eine hervorragende Lasagne.«

Bruno und Sandro packten De Corteses Leiche an Händen und Füßen, trugen sie hinaus auf den Hof und warfen den leblosen Körper auf eine Schubkarre, die neben der Eingangstür stand.

»Ich habe fünfzig Liter hochprozentige Schwefelsäure und eine geräumige Zinkwanne im Schuppen«, bemerkte Bruno mit einem Lächeln. »In fünf Stunden findest du in dem Behälter höchstens noch einen Beckenknochen und ein paar Goldzähne, sofern er welche hat.«

»Fahr ihn schon mal rein!«, sagte Sandro, zog sein Telefonino aus der Hosentasche, wechselte die Chipkarte und wählte eine Nummer.

»Saviani …«, meldete sich der Teilnehmer.

»Ich bin es.«

»Hast du Neuigkeiten?«

»Paluzzi und De Cortese stecken hinter der Sauerei …«, sagte Sandro ohne weitere Vorrede. »Sie sind die Drahtzieher.«

»Bist du sicher?«

»Absolut sicher.«

»Dann schaff die beiden Probleme aus der Welt!«

»Eines ist bereits erledigt. Das zweite dauert noch ein wenig«, nuschelte Sandro ins Handy.

»Welches?«

»Paluzzi. Man könnte mit ihm in vier Tagen in Palermo ein Gläschen Wein trinken. Im ›Grande Albergo Sole‹.«

»Ich kenne das Hotel. Meine Jacht *Arianna* liegt direkt unterhalb im Hafen. Nagle ihn fest«, entgegnete Saviani. »Aber du wirst dich zurückhalten. Das erledigen meine Männer.«

»Und Sophia?«, erkundigte sich Sandro, dessen Stimme plötzlich besorgt klang. »Es kann sein, dass ich sie nicht zurückhalten kann.«

»Ich werde mit ihr reden«, entgegnete Saviani entschlossen und beendete das Telefonat.

26.
Das Trüffelschwein

Capitano Losanto saß regungslos in einem kahlen Groß-
raumbüro der Questura von Rom, das man eigens für die
Sonderermittlung im Fall De Cortese bereitgestellt hatte. Kurze
Wege und optimale Kommunikation zwischen der Generalstaatsanwaltschaft und der Ermittlungsgruppe Pontine, Casaverde und Tassilo sollten somit gewährleistet sein, was unter
normalen Umständen durchaus nützlich und hilfreich gewesen
wäre. Nicht aber in diesem Fall. Jeder Beamte in der Schaltzen-
trale der Antimafiabehörde fragte sich, was ein Capitano aus
Olbia mit handverlesenen Spezialisten aus dem Finanzministerium unterm Dach der Questura von Rom ausbrütete. Die
Buschtrommeln waren derart laut, dass man sie bis ins Innenministerium hörte, was auch dort für regen Gesprächsstoff sorgte.
Der Capitano starrte aus dem Fenster. Der Zigarettenstummel
in seinem Mundwinkel war längst erkaltet. Rings um seinen
Schreibtisch stapelten sich Berge von Akten, die seiner Laune
einen Tiefpunkt beschert hatten. Nichts hasste er mehr als das
Schnüffeln in Papieren mit Zahlen, Berichten und Notizen.
Frustriert warf er die Kippe in den Aschenbecher. Er brauchte
dringend eine Pause. Vielleicht würde ihm sein Kollege Casaverde Gesellschaft leisten. Kurz entschlossen rief er ihn an.

»*Pronto*«, meldete sich eine jugendliche Stimme.

»Hast du Lust auf einen Espresso?«

»Ah, du bist es«, antwortete Casaverde. »Gerade wollte ich dich
auch anrufen. Ich habe interessante Neuigkeiten aus Spanien!«

»*Dica!*«

»Nicht am Telefon. Komm runter ins Büro von Direttore Pontine! Er hat wenigstens einen Kaffeeautomaten.«

Losanto erhob sich und warf einen Blick auf seine Kollegen, die bis zum Hals in Savianis und De Corteses Finanzakten steckten und nach Auffälligkeiten suchten.

»Ich bin einen Moment weg«, meldete er sich ab.

Zwei Stockwerke tiefer traf er Casaverde auf dem Flur und begleitete ihn ins Allerheiligste der Antimafiabehörde.

»*Buongiorno,* verehrte Signori Sonderermittler«, empfing Pontine die beiden. »Setzt euch! Espresso ist schon bestellt. Meine Maschine hat leider den Geist aufgegeben«, brummte er. Er wies seine Besucher zu den Sesseln der Sitzgruppe. »Was gibt es Spannendes?«, erkundigte er sich gut gelaunt und ließ seinen massigen Körper auf die Couch fallen.

Schweigend ließen sich die beiden nieder.

»Ich hatte vor einer Stunde ein sehr aufschlussreiches Gespräch«, begann Casaverde. »Deine Freundin, die rothaarige *Principessa* aus Palermo, hat offensichtlich einen guten Kontakt zu den spanischen Behörden.«

»Deine Hemdsärmeligkeit kannst du dir sparen«, erwiderte Pontine mit einem Anflug von Ärger. »Was soll die Anspielung? Teresa Principato ist nicht meine Freundin.« Er winkte ab, als erübrige sich jeder Kommentar. »Weshalb rege ich mich eigentlich auf! Du lernst es nie …«

»Könntest du endlich das Ei legen?«, forderte Losanto seinen Kollegen grinsend auf.

Casaverde setzte eine wichtige Miene auf. »Wir haben einen ersten, verdammt heißen Ansatz. Miguel Ramon y Saragossa, aus Cordoba, ihr erinnert euch an den Namen?«

Pontine und Losanto nickten und zeigten gespannte Aufmerksamkeit.

»Dieser Miguel ist von adligem Geblüt, ein Grande, genauer gesagt.« Er nestelte einen Zettel aus der Hosentasche und faltete ihn auf. »Ein Marqués, und er vereinigt auf sich mehrere

Adelstitel. Das ist so eine spanische Besonderheit. Langer Rede kurzer Sinn: Marqués Saragossa hatte ein schweres Koronarleiden. Er musste schnellstens am Herzen operiert werden. Das hat sein Arzt in Spanien bestätigt, jedoch nur informell – ihr versteht, was ich meine.«

»Ja, und?«, fragte Pontine und zog die linke Augenbraue hoch.

»Er ist wegen einer Herztransplantation nach Italien gereist, und wie wir jetzt wissen, todkrank am 2. April in Bologna eingetroffen, wo er mit einem Krankenwagen vom Flughafen abgeholt wurde.«

»Und weiter?«, bohrte Pontine nach.

»Am 26. April verließ der verehrte Ramon relativ gesund und in mehr oder weniger aufrechtem Gang die Chirurgia Estetica in Casalecchio und flog mit einer Privatmaschine zurück nach Cordoba.«

»So ganz neu ist das ja nicht«, kommentierte Losanto Casaverdes Mitteilung.

»Das Beste kommt erst.« Casaverde lehnte sich zurück und verschränkte überlegen seine Hände hinter dem Kopf. »Erstens«, zählte er an den Fingern ab, »stand der Marqués zwischen dem 19. und 28. März auf der Transplantationsliste bei Eurotransplant. Doch die Anmeldung für eine Transplantation wurde Ende März plötzlich wieder zurückgezogen. Und zweitens: In keiner einzigen Klinik in Bologna wurde in diesem Zeitraum eine Herztransplantation durchgeführt. Das habe ich überprüft. Und drittens …«

»Ein wundersame Gesundung«, fiel ihm Pontine grinsend ins Wort. »Und was war mit drittens?«

»Sämtliche Listen der Eurotransplant gehen über den Schreibtisch von De Cortese.«

»Wenn wir die Fakten zusammenfassen, heißt das, irgendwo in Bologna und Umgebung werden illegale Transplantationen durchgeführt, und unser Staatssekretär weiß genau darüber Bescheid. Jedenfalls liegt der Schluss nahe.«

»Was in der Folge bedeutet«, schaltete sich Losanto ein, »dass Organe illegal beschafft werden und De Cortese mit Saviani gemeinsame Sache macht. Anders würde das auch nicht funktionieren. Dazu passt übrigens auch die Leiche von Ivan Badolento, die am 5. April in Genua auf dem Parkplatz aufgefunden wurde.«

In Casaverdes Miene zeigte sich Skepsis. »Glaubst du, dass dieser Ramon y Saragossa jetzt mit dem Herzen dieses kleinen Mafioso lebt? Ich meine, das wäre doch ziemlich skurril.«

»Kann durchaus möglich sein, oder?«, knurrte Losanto und beobachtete Pontines Reaktion.

Doch der zog genüsslich an seiner Zigarette und grinste böse. »Dann kann man nur hoffen, dass der Marqués jetzt nicht auf die Idee kommt, seine Verwandtschaft auszurauben, und im Anschluss seine Schwiegermutter umbringt!«

Casaverde musste laut lachen, während Losanto sich mit den Worten erhob: »Ich gehe jetzt aufs Klo, und danach kümmere ich mich in Bologna um die Schönheitsfarm von Signora Sophia Saviani.«

»Fahr am besten gleich los!«, rief ihm Direttore Pontine hinterher, »und achte auf deine Organe!«

Wenig später stand Losanto wieder vor seinem Schreibtisch. Seufzend nahm er die Kippe aus dem Mund und warf sie in seinen Aschenbecher. Es half nichts, um hinter das Geheimnis dieser Sophia zu kommen, müsste er erst nach Bologna und anschließend nach Sizilien. Er brauchte Beweise. Und sie mussten hieb- und stichfest sein. Er blickte auf seine Uhr. Es war elf. Wenn er mit vier Stunden Fahrt auf der Autobahn und einer Stunde Stadtverkehr rechnete, würde er nicht vor vier Uhr nachmittags in Casalecchio di Reno sein, wo sich Savianis Schönheitsolymp für betuchte Damen, alternde Diven und faltige Playboys befand.

Eilig packte er die wichtigsten Unterlagen zusammen, stopfte sie in seine Aktentasche und verließ das Gebäude. Die Fahrt durch Roms Innenstadt zur Autostrada war heute ausnahmsweise erträglicher als sonst. Mit heruntergekurbeltem Fenster und dem Fahrtwind im Gesicht überlegte er eine plausible Strategie, mit der er sich unbehelligt in der Chirurgia Estetica im Vorort von Bologna umsehen konnte. In der Rolle als interessierter Patient für eine kosmetische Operation wollte er sich von Schwestern, Ärzten und vielleicht sogar vom Chef beraten lassen. Nur wenn es unbedingt nötig wäre, würde er seine wahre Identität offenbaren.

Losanto nannte sein Vorgehen verdeckte Befragungen. Im Gegensatz zu seinen Kunden liebte er sie, wobei es für ihn darauf ankam, wie man ein Verhör definierte. Für Losanto war eine geschickte Befragung eine Art Machtspiel, die ihm in der Konsequenz Ergebnisse lieferte. Auf der langen Autobahnfahrt spielte er alle möglichen Situationen durch, und er beschäftigte sich sogar mit dem Gedanken, Patienten der Klinik zu befragen. Irgendjemand musste etwas von illegalen Operationen wissen oder etwas bemerkt haben.

Es war kurz nach fünf Uhr, als er das große Hinweisschild am Straßenrand entdeckte und in die alleeähnliche Auffahrt zur Klinik einbog. Das pompöse Gebäude inmitten eines gepflegten Parks mit altem Baumbestand entlockte Losanto ein überraschtes *»mamma mia!«*.

In Schrittgeschwindigkeit ließ er seinen Alfa Romeo auf den Parkplatz unter schattenspendende Bäume rollen. Der Begriff »Oase der Ruhe« kam ihm in den Sinn, als er ausstieg und sich in Richtung Entree der Klink begab. Gleich darauf stand er in einem großzügigen, mit üppigen Pflanzen, verschwenderischen Blumenarrangements und wasserspendenden Kunstobjekten dekorierten Foyer. Ein langgezogener Tresen aus grauweißem Marmor, in edlem Holz gefasst, zog sich in kühnem Bogen durch den Raum. Die riesigen modernen Gemälde harmonierten mit den Pastelltönen der Wandfarbe und waren wohl eigens der Raumgestaltung angepasst. Abgerundet wurde das Ganze von einer weißblonden Schönheit am Empfang, deren makelloses Aussehen bei jeder Patientin Neidgefühle erwecken musste.

»*Buonasera, Signore*«, zwitscherte sie dem Ankömmling entgegen. »Willkommen in der Clinica Chirurgia Estetica! Ich bin Signorina Elvira. Was kann ich für Sie tun?« Ihr Blick glitt musternd von Losantos Scheitel bis zu dessen Schuhspitzen.

»Ich bin mir nicht sicher, ob Sie auch tatsächlich wollen, was Sie könnten, Elvira«, witzelte Losanto. »Aber bei meinem Aussehen kann ich das auch nicht erwarten. Sehen Sie mich an.« Er bemühte sich, verzweifelt auszusehen. »Stirnfalten, Haarausfall und Schlupflider.«

Die Signorina mit dem Röntgenblick verzog keine Miene.

»Ich möchte mich gerne einmal umsehen. Ist vielleicht ein Arzt im Hause, mit dem ich sprechen kann?«

»Männer haben wir hier nicht sehr oft. Kommen Sie vielleicht für Ihre Frau?«

»Ich bin nicht verheiratet«, fiel er ihr ins Wort.

Ihr Lächeln zeigte gütige Nachsicht. »*Un 'attimo*«, erwiderte sie und telefonierte. »Wie war doch gleich Ihr Name?«

»Losanto! Piero Losanto aus Olbia.«

»Zweite Etage«, hauchte sie nach einem kurzen Gespräch mit einem unsichtbaren Teilnehmer und deutete auf den Lift im Hintergrund. »Das Wartezimmer ist dann gleich links«, fügte sie hinzu und schenkte ihm ein unnachahmliches Lächeln.

Losanto machte sich sofort auf den Weg, und kaum hatte er den zweiten Stock erreicht, begann er mit seinen unerlaubten Streifzügen durch die Gänge, nachdem er sich vergewissert hatte, dass ihm niemand Beachtung schenkte. Außer Patienten- und Behandlungszimmern, Schwesternräumen und Magazinen fand er nichts Auffälliges. Er beschloss, die nächsten Etagen zu erkunden. Doch auch dieser Ausflug brachte ihm keine wichtigen Erkenntnisse, außer, dass es im obersten Stockwerk eine Cafeteria gab, in der es nach gutem Kaffee roch.

Nach mehr als einer Stunde und vielen Gesprächen mit Patientinnen und Angestellten war Losanto lediglich auf die üblichen Querelen zwischen Mitarbeitern gestoßen, kleine Unzufriedenheiten und Animositäten unter dem Personal. Und über allem schwebte der Geist von Dottore Giulio Saviani. Schönheitspapst, Guru und Liebling der Frauen. Selbst nach seinem Tod eilte ihm noch der Ruf eines begnadeten Chirurgen hinterher. Im Haus schwangen nun Professore Cerlosa und sein Adlatus Dottore Aguillera das Zepter, und Sophia Saviani schien als neue organisatorische Leiterin gleichermaßen gefürchtet wie akzeptiert zu sein. Nachfragen in diese Richtung brachten jedoch nichts von Bedeutung. Losanto war trotzdem davon überzeugt, dass die schöne Sophia in den Augen des Personals wie eine magische Figur wirkte. Sie hatte sich nach dem Tod ihres Mannes an die Spitze eines Unternehmens gesetzt, das seit mehr als einem Jahrzehnt die glänzende Fassade eines Saubermann-Images pflegte.

Gedankenverloren ging Losanto auf eine Aussichtsterrasse und blickte hinunter auf den Park. Sein Auto nahm sich inmitten der Luxuskarossen wie ein popliger Kleinwagen aus. Plötzlich fuhr ein Krankentransporter in die Auffahrt und hielt einige Meter vor dem Eingang an. Der Fahrer stieg aus und wartete neben dem Wagen.

Merkwürdig, dachte Losanto, was zur Hölle hat hier ein Krankenwagen zu suchen? Patienten, die hier behandelt werden, kommen entweder aufrecht gehend oder mit eigenen Fahrzeugen, um die Klinik auf gleiche Weise wieder zu verlassen. Er lehnte sich über das Geländer. Offensichtlich wartete der Fahrer auf jemanden. Losanto verfolgte seine Blickrichtung. Eine Rampe führte hinunter ins Kellergeschoss, in dem sich gerade ein Rolltor aus Stahl öffnete. Heraus trat ein Pfleger in weißer Krankenhauskleidung und winkte dem Fahrer.

Losanto stürmte zum Lift. Irgendetwas stimmte hier nicht, das spürte er bis in die Haarspitzen. Die Kabinentür öffnete sich lautlos. Es gab nur Knöpfe für die drei Obergeschosse und die Lobby. Für das Untergeschoss benötigte man einen Schlüssel. »*Merda!*«, fluchte er leise und fuhr hinunter zum Entree. Als er aus dem Fahrstuhl heraustrat, hörte er seinen Namen rufen.

»*Mi scusate*, Signore Losanto!« Die blondierte Empfangsdame mit dem unnachahmlichen Lächeln kam auf ihn zu. »Dottore Aguillera hat Sie gesucht. Wo waren Sie denn?«

»*Santa pazienza*«, schimpfte er vor sich hin und tat, als sei er außer Atem. »Ihr Fahrstuhl spielt völlig verrückt. Ich bin versehentlich im Keller gelandet und konnte nicht mehr nach oben fahren.«

»*Come?*« Die Blondine sah ihn verwirrt an. »Niemand kann versehentlich in den Keller kommen. Jedenfalls nicht mit diesem Lift.«

»Dann muss mich versehentlich jemand runtergeholt haben«, erwiderte Losanto mit einem entwaffnenden Grinsen. »Ist ja auch egal! Sie haben mich gerettet!«

»Versehentlich?«, schnappte Elvira. »*Momento!*« Ihre Stimme hatte jede Verbindlichkeit verloren. »Ich rufe den Dottore!« Sie machte auf dem Absatz kehrt und klapperte auf ihren High Heels mit perfektem Hüftschwung zum Telefon.

Losanto starrte auf ihre Beine. »Ich sehe mich so lange draußen um«, rief er den Beinen hinterher und eilte hinaus in die Auffahrt. Gerade noch rechtzeitig, um festzustellen, dass der Krankenwagen ein Autokennzeichen von Palermo trug und im Untergeschoss der Klinik verschwand. Unmittelbar danach schloss sich das schwere Rolltor wieder. Während er sich die Autonummer notierte, trottete er gemächlich die Rampe hinunter und sah sich die Einfahrt aus der Nähe an. Neben dem Tor befand sich ein kleiner Personeneingang mit Gegensprechanlage und Klingelknopf.

»Mal sehen, was passiert«, sagte der Capitano halblaut und läutete.

Es tat sich eine ganze Weile nichts. Gerade wollte er sich abwenden, da vernahm er ein Geräusch. »*Dica*«, knarzte es aus dem Lautsprecher.

Losanto schwieg. Die Pforte wurde geöffnet, und ein Krankenpfleger blickte durch den Spalt, warf die Tür aber sofort wieder zu.

»Was wollen Sie?«, ertönte die Stimme durch die Sprechanlage.

»Da ist eben ein Krankenwagen hineingefahren, oder?«

»Was geht Sie das an?«, knurrte der Mann zurück. »Machen Sie, dass Sie abhauen! Sie haben hier nichts zu suchen!«

»Lassen Sie mich doch einfach mal rein!«, erwiderte Losanto und näherte sein Ohr der Sprechanlage.

»Signore!«, rief es plötzlich in Losantos Rücken. »Signore!«

Er drehte sich um. Einige Meter von ihm entfernt stand ein Mann im Arztkittel, die Hände vorwurfsvoll in die Hüften gestemmt. »Darf ich fragen, was Sie hier zu suchen haben?«

Losanto ging ihm mit aufreizend langsamen Schritten entgegen, blieb vor ihm stehen und musterte ihn provozierend. Dann erhob er unvermittelt seine Stimme: »Wer sind Sie?«

»Dottore Aguillera!«, kam es im gleichen Ton zurück. »Ich habe Sie etwas gefragt. Wollten Sie hier unten heimlich austreten? In diesem Fall darf ich Sie darauf hinweisen, dass wir Toiletten im Foyer haben.«

»Losanto …, Piero Losanto, *polizia criminale!* Ich wollte keineswegs …«

»*Bene*«, erwiderte Aguillera ruhig. »Dann müssen Sie jener Signore sein, der sich unberechtigterweise Zutritt in unsere Klinik verschafft hat? Leider haben Sie sich in den Stockwerken verlaufen, wie ich hörte. Das sollte Ihnen eigentlich nicht passieren!«

»Nun ja«, entgegnete Losanto lächelnd.

Doch er kam zu keiner weiteren Erklärung, denn der Arzt hob abwehrend die Hand. »Ich verstehe. Sie wollten hier wahrscheinlich den Verkehr regeln. Oder hat etwa jemand falsch geparkt?« Er warf einen aufreizenden Blick hinüber zum Parkplatz, um sich sofort wieder Losanto zuzuwenden. »Bedaure, die stehen alle da, wo sie stehen dürfen. Nur Sie nicht.«

»Ich interessiere mich für den Krankenwagen dort drinnen.« Der Capitano deutete auf das verschlossene Stahltor. »Woher kam der Wagen doch gleich? Aus Palermo, wenn ich mich nicht getäuscht habe.«

»Verlassen Sie das Grundstück!«, erwiderte der Arzt. »Und vergessen Sie Ihren Kleinwagen nicht!« Er schien die Gelassenheit in Person zu sein, Losanto konnte nicht die geringste Unruhe in seiner Haltung und kein Flackern in den Augen erkennen.

»Wir sehen uns wieder«, brummte er undeutlich und ging zu seinem Alfa. Mittlerweile war es fast acht Uhr abends. Er würde morgen die erste Maschine nach Palermo nehmen. In einem kleinen Hotel unweit vom Flughafen mietete er sich ein Zimmer. Er würde telefonisch den Flug buchen und sich in aller Frühe auf den Weg machen.

Losanto aß in einem Gartenlokal neben seinem Hotel eine Pizza und nutzte im Anschluss bei einem *gelato misto* die Zeit, sich noch ein wenig in seine Akten zu vertiefen. Er wollte sich unbedingt ein genaueres Bild von Sophia Saviani machen, ihre Psyche verstehen, sozusagen in ihre Denkweise schlüpfen, obwohl das zugegebenermaßen für einen Mann nicht leicht möglich war. Immerhin, der Versuch schien ihm erlaubt.

Er würde sich in Sizilien auf Sophias Spuren begeben und sich um ihre Vergangenheit kümmern. Er sah auf die Uhr. Zehn Uhr, er brauchte dringend Schlaf. Müde und abgespannt trat er auf die Straße und schlenderte noch ein paar Schritte durch ein paar Gassen, bevor er in seinem Hotel seinen letzten Drink einnahm.

Am nächsten Morgen wartete er bereits fünf Minuten vor sieben am Counter der Alitalia auf dem Flughafen in Bologna, um sein Ticket für den ersten Flug nach Palermo abzuholen. Während der Wartezeit am Gate studierte Losanto erneut Sophia Savianis Akten. Sie war am 4. November 1963 in Corleone als Tochter von Roberto und Silvia d'Arenal auf die Welt gekommen. Nach den Unterlagen war sie in Corleone erst in die *Scuola Elementare,* danach in die *Scuola Media Unica* gegangen, hatte nach der weiterführenden Ausbildung im *Liceo* die Universität in Palermo besucht und an der *Facolta' di Economia* das wirtschaftswissenschaftliche Examen abgelegt.

»Scheint ein kluges Köpfchen zu sein, die schöne Sophia«, murmelte er vor sich hin und blätterte weiter. Der Vater Bauer. Er betrieb, wie der Capitano weiter den Aufzeichnungen entnehmen konnte, eine Schafzucht in Santuario del Rosario. Wo immer dieses Kaff auch liegen mochte, das klang nicht nach Spaß, Trubel und Heiterkeit. Wie um alles in der Welt lebte eine junge Frau, die doch das Leben in vollen Zügen genießen möchte, in einem abgelegenen Dorf in den Bergen Siziliens, fragte er sich. Im September 1988 hatte sie dann Giulio Saviani geheiratet, den Sohn eines Großkapitalisten in Palermo. Wie war Sophia d'Arenal an den Bonvivant Giulio geraten?

Losanto schüttelte unmerklich den Kopf. Eines stand für ihn fest, diese Sophia war nicht nur eine aufregende Frau, sie war auch voller Geheimnisse. Es würde spannend werden, sie zu lüften. Losanto grinste über die Doppeldeutigkeit seines Gedankens.

Unmittelbar nach der Landung übernahm Losanto einen Dienstwagen entgegen, den ihm ein Kollege von der Questura in Palermo an den Flughafen gebracht hatte. Er brach sofort ins sizilianische Hochland auf. Sein Ziel: Santuario del Rosario. Kurz vor zwölf Uhr erreichte er Corleone.

Zu dieser Jahreszeit war man bis spätnachmittags auf den Stra-

ßen fast alleine. Die Menschen hatten sich in ihre Häuser zurückgezogen und würden frühestens in den Abendstunden
wieder die Straßen beleben. Losanto sah sich um. Ein lahmen-
der Hund, der sich in den Schatten eines Durchgangs schleppte, zwei Frauen in Witwenschwarz, die über die Piazza zur
Kirche huschten, ein paar Jugendliche, die mit ihren knattern-
den Mofas in einer düsteren Gasse verschwanden, schienen die
Einzigen zu sein, die der Backofenhitze trotzten. Die zwei Cafés an der Piazza waren wie ausgestorben, und die Stühle standen verlassen unter ausgebleichten Sonnenschirmen. Fast alle
Fensterläden der Häuser waren geschlossen, die Gitterrollos an
den Geschäften heruntergelassen. Über dem glühenden Asphalt stieg flimmernd die Hitze auf, und Losanto verstand die
Sehnsucht nach wollüstiger Unbeweglichkeit, gegen die niemand anzukämpfen imstande ist, diese Trägheit, die Tomaso di
Lampedusa als sizilianische Grundeinstellung zum Leben be-
schrieben hatte.

Ihn beschlich ein merkwürdiges Gefühl, obwohl er wusste,
dass der unheilvolle Ruf der Stadt der Vergangenheit angehörte. Sensationshungrige Touristen aus aller Welt gaben hier inzwischen den Ton an, Spießbürger aus aller Welt, die auf den
Spuren Mario Puzos die Armut, Schönheit und auch die Per-
versität Siziliens suchten. Aber um diese Tageszeit waren selbst
hartgesottene Besucher nirgends zu entdecken.

Dennoch waren die Mafiosi nicht plötzlich ausgestorben. Sie
versteckten sich auch nicht hinter den Mauern. Sie hatten keine
Angst – außer vor anderen Mafiosi. Losanto kannte das be-
rechtigte Misstrauen zwischen den Familien und die sich in einem geflügelten Wort der Sizilianer widerspiegelnde Paranoia.
»Der Tod steht immer hinter der Tür«, sagte man, und entsprechend verhielt man sich auch. Hier lebten immer noch Menschen, die wunderliche Mythen erfanden, Mythen, die nichts
weiter waren als unglückselige Versuche, in eine melancho-
lisch-schmerzhafte Vergangenheit einzutauchen.

Losanto bog an einer Kreuzung ab in den Corso Tre Mille und hielt vor dem Gebäude des *commissariato* von Corleone, einem nichtssagenden, flachen Bau. Als er aus dem klimatisierten Alfa stieg, traf ihn die Hitze wie ein Schlag. Er schloss den Wagen ab und ging mit energischen Schritten zum Eingang. Doch als er eintreten wollte, musste er feststellen, dass man auch hier vor der Hitze geflohen und abgesperrt war. Er besann sich für einen Augenblick und kehrte wieder zu seinem Auto zurück. Er würde gegen Abend wiederkommen.

Kaum hatte er die Stadt hinter sich gelassen, schienen die Temperaturen erträglicher zu werden. Die kräftigen Fallwinde des schroffen Rocca Busambra drückten die Hitze hinunter ins Hochtal. Losanto schaltete die Klimaanlage auf die niedrigste Stufe und fegte über die sich in engen Kurven windende Straße nach Santuario del Rosario.

»*Che cazzo!*«, fluchte er halblaut, als er seinen Wagen in d'Arenals Hof lenkte. Meterhohe Staubfahnen wurden vom Wind aufgewirbelt, als er mit Schwung den Wagen wendete. Er hielt neben den weit geöffneten Schafsgattern und betrachtete neugierig das uralte Steinhaus, dessen massive Bauweise vermutlich mittelschwere Erdbeben überstehen würde. In der Scheune waren zwei verbeulte Autos zu sehen. Also musste jemand im Haus sein, folgerte Losanto, stellte den Motor ab und stieg aus.

Er wollte gerade zur Tür gehen, als sie geöffnet wurde und ihm ein alter Mann in verschwitztem Unterhemd und schmutziger Leinenhose gegenüberstand.

»*Chi cerca?*«, bellte der Alte kurz angebunden. In seinen Augen lag eine Mischung aus Argwohn und Ablehnung.

»*Buongiorno*, Signore«, grüßte Losanto und wischte sich die Stirn mit dem Hemdsärmel trocken. Die Hitze trieb ihm das Wasser aus den Poren. »Ich bin Capitano Losanto. Sind Sie Roberto d'Arenal?«

Der Mann bestätigte die Frage nur mit den Augen, die er kaum merklich nach oben verdrehte, wie es bei den unzugänglichen Bauern im sizilianischen Hochland üblich war.

»Haben Sie eine Minute für mich?«

»*Vieni*«, knurrte der Alte und machte eine knappe Geste Richtung Haus.

Losanto trat ein und stand unmittelbar in der Küche. Angenehme Kühle umgab ihn, und er atmete tief durch.

»*Cos'e successo?*«, knurrte der Alte, und Losanto fühlte, wie ihn der Blick aus den schwarzen Augen durchbohrte.

»Sie haben eine Tochter«, begann er. »Sophia, nicht wahr?«

»Ist ihr wieder etwas zugestoßen?«

»Nein«, erwiderte Losanto und versuchte ein Lächeln. »Weshalb wieder?«

D'Arenal musterte den Capitano. Sosehr sich dieser auch bemühte, er konnte keine Emotion in dem von Wind und Wetter, von Hitze und Kälte gegerbten Gesicht erkennen.

»Ich wollte wissen, wie Sophia gelebt, wo sie ihre Jugend verbracht hat und wie sie aufgewachsen ist. Das ist alles.«

»Weswegen?«, maulte der Alte wortkarg.

Losanto wurde klar, dass jede seiner Fragen an diesem Mann abprallen würde. »Sophia hat es ziemlich gut getroffen, wenn ich das so sagen darf …«

»Manchmal liegt das Ziel vor einem, wenn man sich umdreht«, antwortete d'Arenal schroff.

»Wie meinen Sie das?«

»Vielleicht wäre Sophia lieber wieder auf dem Hof«, antwortete der Alte.

Losanto begriff plötzlich, was d'Arenal sagen wollte, und wiegte den Kopf. »Und hier ist alles so geblieben, wie es war«, sagte er.

Da d'Arenal immer noch regungslos vor ihm stand und nicht auf seine Anspielung reagierte, versuchte er den nächsten Vorstoß: »Weshalb wohnen Sie eigentlich nicht bei Ihrer Tochter? Das Leben hier muss verdammt hart sein?«

»Kommen Sie zur Sache!«, erwiderte Sophias Vater. In seiner Stimme lag derbe Zurückweisung.

»Ich versuche, den Mord an Ihrem Schwiegersohn aufzuklären! Im Augenblick komme ich nicht so recht weiter. Deshalb wollte ich das Umfeld Ihrer Tochter kennenlernen.«

»Und jetzt suchen Sie hier einen Mörder?«

Losanto lächelte unwillkürlich. »Nein, eigentlich nicht. Sie haben bestimmt mit Ihrer Tochter über den grausamen Mord an ihrem Mann gesprochen! Glauben Sie, dass es dabei um Geld ging? Oder vielleicht Eifersucht?«

»Eifersucht? Sophia …?« Das Erstaunen in den Augen des Alten war unübersehbar.

»Irgendetwas muss sie doch erzählt haben!«

»Fragen Sie sie selbst!«, fertigte d'Arenal den Capitano ab, holte sich aus dem Kühlschrank eine Flasche Mineralwasser und setzte sie an den Mund.

»Schade«, murmelte Losanto. »Ich hatte gehofft, dass Sie mir helfen.«

D'Arenals Miene glich einer undurchsichtigen Maske. »Verschwinden Sie von meinem Hof!«, forderte er den Capitano ungehalten auf und deutete auf die Tür. »Suchen Sie Ihren Mörder woanders!«

Losanto presste die Lippen zusammen. Es hatte keinen Zweck, weiter zu insistieren. Mit Vollgas preschte er vom Hof und raste die schmale Landstraße hinunter nach Corleone. Auf irgendeine Weise musste er sich abreagieren, und das konnte er am besten, wenn er die hochgezüchtete Maschine des Alfa mit dem Gasfuß malträtierte.

Er benötigte nur wenige Minuten bis zur Questura. Kurze Zeit später saß er im Büro des Comandante, eines bärbeißigen Typs mit lautem Organ und Befehlston. Er trug die Miene eines ungehobelten Bauern zur Schau, und in seinen Augen lag tückische Verschlagenheit. Aber wahrscheinlich musste man in Corleone so sein, wenn man sich durchsetzen wollte.

»Ich bin mit der Aufklärung des Mordes an Giulio Saviani befasst«, unterrichtete Losanto den Leiter des Kommissariats. »Er wurde vor seinem Haus erschossen«, ergänzte er, während er sich eine Zigarette anzündete. »Sicher haben Sie es gelesen, der Mord ging ja durch die gesamte Presse.« Normalerweise war das Rauchen in öffentlichen Gebäuden und Restaurants nicht mehr erlaubt, aber der überquellende Aschenbecher auf dem Schreibtisch seines Gegenübers war ein deutliches Signal.

»Ich habe es in den Nachrichten gesehen. Das ist dieser Industrielle aus Palermo, nicht wahr?«

»*Ecco lo*«, bestätigte Losanto.

»Und was haben *wir* mit ihm zu tun?«, grummelte er scheinbar gelangweilt, doch Losanto entging nicht, dass sich dessen Augen misstrauisch zusammenzogen.

»Seine Frau stammt von hier. Genauer gesagt, aus Santuario del Rosario!«

»Ich weiß, die Tochter vom alten d'Arenal!«

»Genau die«, antwortete Losanto und machte einen tiefen Zug.

»Kennen Sie Signora Saviani persönlich?«

»Nur unter dem Namen d'Arenal. Aber wer kannte die Kleine nicht? Ein bildschönes Mädchen war das!« Cerutti verdrehte die Augen verzückt zur Decke. »Alle Männer in fünfzig Kilometer Umkreis waren damals hinter ihr her. Dann passierte die Sache mit ihrem Bruder Tommaso, und als sie später den Sohn des Paten Saviani heiratete, war das eine Sensation.«

»Wie kommen Sie auf Pate?«

»Wussten Sie das nicht? Der alte Saviani beherrschte den Export pharmazeutischer Produkte. Vorwiegend in die Dritte Welt. Er hat seine Konkurrenz weitgehend plattgemacht, und das mit harten Bandagen. Als die Pharmakonzerne mehr und mehr die Märkte an sich rissen, hat er Blutlabors gegründet. Sein Sohn hat gewaltige Summen investiert, und seine Firma ist heute Marktführer.«

»Und nun ist er tot«, bemerkte Losanto trocken.

»Stimmt«, bestätigte Comandante Cerutti. »Ist es nicht makaber? Da bist du vom Fach, hast eigene Kliniken und kannst doch nicht gerettet werden.«

»Bei einem Herzschuss kann Ihnen nicht einmal mehr die Madonna helfen«, erwiderte Losanto, ohne eine Miene zu verziehen. »Aber Sie erwähnten eben Sophias Bruder. Was war das für eine Sache?«

»Wie kommen Sie denn jetzt auf den?«, erwiderte Comandante Cerutti abwehrend.

»Sie haben doch gerade selbst von ihm gesprochen.«

»Den hat man auch erschossen. Ist aber schon fast fünfundzwanzig Jahre her. Damals war ich noch ein junger Tenente.« Er wandte sich um und deutete stolz auf ein Schwarzweißfoto an der Wand. Es zeigte einen attraktiven Carabiniere in der Galauniform eines Leutnants.

»Hmm …«, murmelte Losanto. »Sie sagten erschossen. Von wem?«

»Wurde nie aufgeklärt«, entgegnete der Comandante kurz angebunden.

»Sicher haben Sie noch die Akten«, bemerkte Losanto wie beiläufig.

Der Comandante schüttelte den Kopf. »*No,* Signore. Es gab damals einen Brandanschlag auf die Kommandantur. Die Protokolle sind alle verbrannt.«

»Ich vergaß, wir sind in Corleone«, bemerkte Losanto mit unüberhörbarer Ironie.

»Sie brauchen sich hier nicht aufzuspielen. Sie klären auch nicht jeden Mord auf.«

»Kann schon sein, aber Sie haben hier im Laufe der Jahre gleich ein paar hundert unaufgeklärte Morde. Auf diesem Gebiet sind Sie richtig gut.«

»Hören Sie, Capitano, die Zeiten von Toto Riina, Michele Navarra und Bernardo Provenzano sind vorbei«, grollte der Comandante in einem Ton, der nichts Gutes verhieß.

»Sind Sie sicher?«

»In Corleone gibt es keine Mafiosi mehr.«

Losanto grinste provokativ und drückte seine Zigarette im Aschenbecher aus. »Wissen Sie, verehrter Comandante, wenn man mir das ausgerechnet in Corleone erzählt, bekomme ich Magenkrämpfe.«

»Kriegen Sie, was Sie wollen«, erwiderte der Chef der Carabinieri.

Losanto legte seine Stirn in Falten. Er überlegte, ob er noch einen weiteren Vorstoß machen sollte. Ein Versuch ist es wert, dachte er. »Hatten Sie damals wenigstens einen Verdacht, wer den Bruder von Signora Saviani umgebracht haben könnte? Oder gab es ein Motiv? Ging dem Mord ein Streit voraus? War es eine Familienfehde? Irgendetwas müssen Sie damals bei den Ermittlungen doch vermutet haben?«

»Das ist alles verdammt lange her«, blockte der Angesprochene ab. »Und, ehrlich gesagt, heute will auch keiner mehr wissen, was damals geschah.«

»War die Familie d'Arenal in Streitigkeiten mit einer konkurrierenden Familie verwickelt?«

Der Behördenleiter starrte Losanto böse an. »Ich habe absolut keine Ahnung.«

»Haben Sie die Mordwaffe gefunden, und hat man eine ballistische Analyse am Projektil vorgenommen?«

»Tommaso d'Arenal wurde mit einer Lupara erschossen.«

»Ach so«, entfuhr es Losanto »Diese Dinger hat man hier ja sehr gerne verwendet.« Er versuchte in der Miene seines Gegenübers irgendeine emotionale Regung oder eine verräterische Geste zu entdecken. Nichts. Dieser bärbeißige Cerutti saß in seiner Uniform hinter dem Schreibtisch wie ein Monolith, den nichts erschüttern konnte.

»Hat Tommasos Vater nie etwas unternommen?«

»Wenn, dann hätte uns der alte d'Arenal das nicht auf die Nase gebunden.« Die Miene des Comandante verriet jetzt Häme.

»Oder haben Sie schon einmal davon gehört, dass ein Sizilianer wegen einer Ehrensache je die Carabinieri zu Hilfe gerufen hätte?«

»*Chiaro*«, murmelte Losanto frustriert. Es war klar, der Kerl vor ihm mauerte, und ganz sicher würde er von ihm auch dann nichts erfahren, wenn er noch mehr Druck ausübte.

»Sie können sich gerne selbst bemühen. Ich wünsche Ihnen viel Spaß beim Schnüffeln. Sie wissen ja, wie die Leute hier sind. Sobald ein Fremder kommt und neugierige Fragen stellt, vergessen sie, dass der Herr im Himmel den Menschen die Sprache gegeben hat.«

»*Mille grazie,* Comandante«, erwiderte Losanto entnervt und erhob sich. »Sie haben mir sehr geholfen!«

Der Capitano verließ das Polizeigebäude. Immer noch brannte die Sonne erbarmungslos vom Himmel, aber nun zeigten sich die ersten Menschen auf der Straße. Drüben in der Cafeteria entdeckte er mehrere alte Männer. Sie hatten sich den Platz unter den Pinien und Platanen am Brunnen von San Rocco ausgewählt. Der Brunnen war längst ausgetrocknet, das Gras in den Blumenbeeten von der Sonne ausgedörrt, und trotzdem war dies einer der wenigen Flecken in Corleone, die etwas Schutz vor der Hitze boten. An einem Tisch löffelte einer der Alten an einem Eisbecher, während zwei andere vor einem Glas Gingerino saßen und sich mit lebhaften Gesten unterhielten. Losanto schlenderte hinüber auf die andere Straßenseite und setzte sich mit einem freundlichen Nicken an den Nachbartisch.

Einige der Alten standen, einem Instinkt folgend, der aus Angst, Elend und Tod geboren war, auf und schlurften davon. Es waren Männer mit harten, verschlossenen Physiognomien, die niemals mit Fremden auch nur ein Wort sprechen würden. Losanto kannte solche Gesichter auch aus Sardinien. Nur die drei am Nebentisch blieben sitzen.

»*Salve!*«, grüßte einer mit heiserer Stimme in Losantos Richtung und lachte vergnügt.

»*Fa caldo*« Losanto lächelte zurück und bestellte beim Kellner ein *gelato*. »*Limone è banana!*«, rief er ihm hinterher und rückte mit seinem Stuhl näher an seine Nachbarn heran.

»Tourist?«, fragte einer der Männer, der an die achtzig Jahre alt sein musste. Er verzog seinen Mund zu einem Lachen und zeigte seine letzten beiden Zähne, die wie verwitterte Grabsteine wirkten.

»*No.*« Losanto schüttelte amüsiert den Kopf und blickte einer schwarz gekleideten Frau hinterher, die durch die Hitze eilte und in einer Seitengasse verschwand. »Ich frage mich, weshalb man hier so viele Frauen in Witwenschwarz sieht, auch junge«, erkundigte er sich.

»Sie sind in Corleone«, bemerkte einer der Senioren. »Die Männer und die Frauen sind hier immer schwarz angezogen.«

Losanto warf dem Alten einen irritierten Blick zu. »Das ist doch Trauerkleidung!«

»Man muss hier ununterbrochen trauern! Für einen Vater fünf Jahre, für einen Bruder drei Jahre, für einen Sohn ebenfalls drei Jahre.« Der Alte sah auf und musterte Losanto. »Sie sind aus Italien, nicht wahr? Was treibt einen Mann wie Sie hierher?«

Losanto grinste. Er war wieder einmal auf einen Sizilianer getroffen, für den Italien nicht zu Sizilien gehörte. »Ich bin auf der Suche nach einer Frau!«

Die Männer sahen sich an und lachten, und Losanto schien es, als spräche aus diesem Lachen Mitleid und Häme zugleich.

»D'Arenal. Sophia ist ihr Vorname.«

»Er meint La Nera …«, rief der Mann am Tisch, den sie Piega nannten.

»Meinst du die Schwarze Patin?«, fragte sein Genosse.

Der Angesprochene nickte. »Die kennt jeder. Du wirst allmählich alt«, witzelte der Zahnlose, obschon er kaum jünger war.

»Wie kommt sie zu diesem Namen?«, fragte Losanto.

»Wenn Sie d'Arenal rückwärts lesen, wissen Sie, warum«, brummte der Zahnlose. »Verdammt feine Dame geworden, diese La Nera! Saviani heißt die jetzt, genau wie der Mann, den sie umgebracht haben!«

»Stimmt!«, bestätigte Piega. »Mit dem war sie verheiratet.« Er nahm einen kräftigen Schluck vom würzigen Gingerino. »An dieser Frau klebt das Unglück«, fügte er kaum hörbar hinzu. »Es wird wieder Blut fließen.«

Losanto nahm seinen Stuhl und rückte ihn noch näher an den Tisch der Senioren. »Wieso Unglück?«

Piega winkte ab. »Gerüchte!«, meinte er plötzlich, und in seiner Miene konnte Losanto lesen, dass der Alte seine Worte bedauerte. »Hier wird so manches erzählt!«, grummelte er vor sich hin, fummelte eine zerknitterte Zigarettenpackung aus der Hosentasche und zündete sich eine an. »Wissen Sie, ich war hier viele Jahre Gerichtshelfer. Da hört man so manche Schweinerei.«

»Ich weiß nur«, versuchte Losanto das Gespräch wieder auf Tommaso d'Arenal zu lenken, »dass man ihren Bruder umgebracht hat!«

»Ja, das ist richtig. Und die Schwester wurde in der gleichen Nacht vergewaltigt«, raunte ihm Piega zu. »Jedenfalls erzählt man sich das. Seit dieser Nacht hat man sie hier kaum noch gesehen.«

»Und der Mörder ihres Bruders?«, hakte Losanto nach.

Der Alte hob die Hände, als wisse er es nicht. »Es sollen vier gewesen sein. Zwei von den Kerlen haben sich ein paar Jahre später in den Bergen des Rocca Busambra gegenseitig den Garaus gemacht.« Piega winkte Losanto mit einer kaum wahrnehmbaren Geste näher heran. »In Corleone glaubt niemand an diese Geschichte. Aber Tatsache ist: Die zwei Typen sind tot. Wissen Sie …« Der Alte zog seine Mundwinkel nach unten und flüsterte: »Wer mit dem Teufel essen will, braucht einen langen Löffel. Aber wenn Sie mich fragen, sind die zwei kein Verlust für die Stadt.«

»*Chiudi la bocca!*«, raunzte einer der Männer und stieß Piega mit seinem Krückstock in die Seite. »Du redest dich um Kopf und Kragen!«

»Ach …« Piega winkte ärgerlich ab. »Ich sage nichts, was hier nicht sowieso jeder weiß!«

»Wann ist das mit den zwei Kerlen passiert?«, erkundigte sich Losanto so beiläufig wie möglich.

Der alte Mann dachte nach. »Das muss fünf oder sechs Jahre nach der Ermordung des jungen d'Arenal gewesen sein. Don Fillo hat damals getobt, weil das Auto, das in den Bergen ausgebrannt ist, ihm gehört hat. Seine toten Männer haben ihn nicht sehr interessiert. Aber wer weiß schon, wie sich das alles abgespielt und was wirklich dahintergesteckt hat!«

Der Alte mit dem Stock stieß Piega erneut an. »Woher willst du wissen« – er deutete mit seiner Krücke auf Losanto –, »ob der da nicht ein Schnüffler ist. So wie er fragt …!«

»Na und?«, erwiderte der Alte mit aufgebrachter Stimme. »Es stimmt doch, dass letztendlich nur noch einer übrig geblieben ist.« Er neigte sich zu Losanto und fügte mit verschwörerischer Miene hinzu: »Wenn man meine Tochter geschändet hätte …« Er ließ den Satz offen.

»Ich bin ein Capitano«, bestätigte Losanto. »Und ich bin auf die Hilfe von Leuten wie Sie angewiesen!«

»Ich wusste es!«, bemerkte der Zahnlose.

Losanto zündete sich eine Zigarette an und reichte seine Schachtel herum. Doch die Männer lehnten ab.

»Was ist mit dem dritten Mann? Wurde er auch umgebracht?«, wandte sich der Capitano wieder an den gesprächigen Piega.

»Wie heißen Sie eigentlich?«, fragte der, anstatt auf Losantos Frage zu antworten.

»Piero.«

»Hör mal, Piero«, brummte der Piega, »hier hat niemand etwas davon gesagt, dass Fillones Leute umgebracht wurden.«

Der Capitano hob beschwichtigend die Hände. »Trotzdem interessiert es mich, was mit dem dritten Mann passiert ist?«

Jetzt grinste der Zahnlose breit und gab tiefe Einblicke in seinen dunklen Rachen. »Kaum war er aus Argentinien zurückgekommen, verschwand er wieder spurlos. Das erzählt man sich wenigstens …«

»Wann ist er überhaupt zurückgekommen …?« Losanto runzelte die Stirn.

»War es Anfang dieses Jahres?«, wandte sich der Zahnlose seinem Nachbarn mit dem Krückstock zu.

»Ja«, bestätigte dieser nach kurzem Nachdenken. »Ivan hat sich ein paarmal in Corleone sehen lassen. Angeblich soll er nach Siracusa umgezogen sein. Aber wie gesagt, alles Gerüchte.«

Losanto schnippte seinen Zigarettenstummel in hohem Bogen auf die Straße und murmelte: »Ivan! Der Tote von Genua.« Seine Miene verriet nichts, obwohl er innerlich vor Neugierde brannte. »Wer war eigentlich der vierte Mann damals?«

»An Ihrer Stelle würde ich in der Stadt niemanden danach fragen!«, warnte ihn Piega, und seine Miene erstarrte zu einer Maske. »Sie könnten dabei leicht an den Falschen geraten.«

»An einen wie beispielsweise den Comandante in der hiesigen Questura?«

Der Alte rollte seine Augen vielsagend und winkte nach dem Kellner.

27.
Der Fels des Sisyphos

Der Leiter des statistischen Rechenzentrums in der Antimafiabehörde Claudio Bellini warf seinen Kugelschreiber
auf den Schreibtisch und ballte die Siegerfaust. »Nur so kann
das ablaufen!«, rief er, und sein Gesicht glühte vor Eifer. Vor
dem *caporipardo* lagen Stapel von Papieren, Ordner und Map-
pen. Auf seinem Schreibtisch sah es aus, als habe eine Bombe
eingeschlagen. Er nahm den Telefonhörer und wählte Casaverdes Nummer.

»Was gibt es?«, meldete sich der junge Commissario.

»Hast du einen Moment Zeit? Ich habe etwas für dich!«, entgegnete Bellini geheimnisvoll. »Das wird dich vom Hocker
hauen.«

»Um was geht es?«

»Es ist zu kompliziert, das am Telefon zu erklären. Eine un-
konventionelle Idee hat mich entscheidend weitergebracht.
Komm in mein Büro!«

»Ich bin in zehn Minuten so weit. Pontine will noch ein paar
Akten von mir. Mach schon mal einen Latte macchiato für
mich.«

»Du weißt, wo du mich findest?«, fragte Bellini

»Irgendwo unterm Dach, erzählt man sich hier auf den Flu-
ren«, witzelte Casaverde.

»In 5–117 ...«, sagte Bellini.

»Stimmt also doch! Knapp unter den Dachziegeln.«

»Geh einfach den Gang ganz durch und nach der Glastür links.
Dort musst du klingeln, dann lass ich dich rein.«

Bellini legte auf, nahm eine leere DIN-A4-Seite aus dem Schreibtischfach und skizzierte einen Ablaufplan. Mehrere Tage hatte er mit seinen Mitarbeitern die Finanzunterlagen der Uniplasma und der Kliniken von Saviani gesichtet. Doch es ging ihm wie dem Helden aus der griechischen Mythologie, der dazu verurteilt war, einen schweren Felsbrocken den hohen Berg hinaufzurollen. Jedes Mal, wenn er das Ziel erreicht zu haben glaubte, entglitt ihm der Stein und rollte wieder ins Tal. Bellini gab nicht auf, und wie es schien, wurde er belohnt. Ein illegaler Angriff auf das Rechenzentrum von Uniplasma hatte den Durchbruch gebracht. Der Zweck heiligte die Mittel, und solange kein Richter oder Staatsanwalt etwas davon erfuhr, zählte nur das Ergebnis.

Casaverde klingelte an der Glastür.

Eine pummelige Frau mit starker Brille und Pagenkopf öffnete und trat ein wenig zur Seite.

»Ich möchte zu Claudio Bellini«, sagte Casaverde.

»*Il caporipardo.* Ich weiß Bescheid«, meinte sie mit piepsiger Stimme und ließ ihn ein.

Suchend schweiften seine Blicke durch den Raum, in dem sich an die dreißig Arbeitsplätze befanden. Am letzten Fenster im Hintergrund entdeckte er Bellini an seinem Schreibtisch. Er schien konzentriert auf den Bildschirm zu starren. Die junge Dame begleitete Casaverde bis dorthin.

»Und wo ist der Latte macchiato?«, fragte der Commissario grinsend.

Bellini sah auf. »Lass uns ins Besprechungszimmer gehen!«, antwortete der strohblonde Beamte, raffte einige Unterlagen zusammen und klemmte sie unter den Arm. Er ging voran, bestellte im Vorbeigehen bei dem Pagenkopf zwei Milchkaffee und schlängelte sich zwischen einigen Schreibtischen hindurch auf die andere Seite des Büros.

Neugierig sah sich Casaverde um. »Dass du hier arbeiten kannst«, murmelte er kopfschüttelnd und folgte dem Kollegen, während er einigen Leuten an ihren Computern freundlich zunickte.

»Es ist die spannendste Abteilung, die man sich vorstellen kann. Setz dich!«, forderte Bellini den Commissario auf und warf den Stapel Papiere auf den Konferenztisch.

»Jetzt bin ich aber gespannt«, bemerkte Casaverde und musterte seine Umgebung. »Hier oben war ich noch nie. Ich wusste gar nicht, dass wir unter dem Dach ein kleines Rechenzentrum haben.«

»Normalerweise hat hier auch kein Unbefugter Zutritt. Nicht einmal der Generalstaatsanwalt«, erklärte Bellini, und Casaverde meinte, Stolz in seinen Augen zu entdecken. »Wir haben hier die schnellsten und leistungsfähigsten Rechner in ganz Rom. Was du hier siehst, sind nur die Terminals, die eigentliche Hardware steht in einem hermetisch abgesicherten Raum.«

»Und was macht ihr hier genau?«

»Nur unanständige Sachen. Wir hacken uns in fremde Systeme, kontrollieren Datenströme, klinken uns in Konten mit auffälligen Geldtransfers ein. Wir erfassen statistisch alle möglichen anständigen und unanständigen Daten. Manchmal brechen wir im Namen des Rechts die Gesetze. Und das alles mit reiner Mathematik. Was wir hier tun, ist streng geheim.« Er griente.

»Mathematik habe ich in der Schule immer gehasst!«

»Die Mathematik als Fachgebiet ist so ernst, dass man keine Gelegenheit versäumen sollte, sie unterhaltsamer zu gestalten. Und genau das tun wir hier. Du glaubst gar nicht, wie lustig es hier manchmal zugeht.«

Casaverde nickte beeindruckt. »Kommen wir zur Sache! Du wolltest mir etwas zeigen!«

»Es geht um unsere Freunde Saviani und De Cortese«, erwiderte Bellini mit hintergründigem Lächeln. »Ich kenne jetzt das System! Jedenfalls zum Teil. Ich kann dir verraten, wie die Sauerei läuft …!«

»*Non è vero!*« Casaverde sah sein Gegenüber ungläubig an.

Bellini legte die Arme auf den Tisch und beugte sich vor. »De Cortese steht in Verdacht, unberechtigt Subventionen und Forschungsgelder an Saviani zu erteilen. Nur konntet ihr das nicht beweisen. Stimmt's?«

»Stimmt!«

»Um zu begreifen, was sich da abspielt, wirf mal einen Blick auf diese Grafik.« Er schob eine Zeichnung über den Tisch. »Insgesamt sind über die letzten zehn Jahre knapp zweiundzwanzig Millionen Euro an die Uniplasma geflossen.«

»Woher hast du die Zahlen?«, fragte Casaverde verblüfft.

»Wir haben Zugriff auf die Überweisungsverfügungen des Finanzministeriums. Wir erstellen hier für sie die Zahlen.«

»Aha«, entfuhr es Casaverde. »Und was ist das da?« Er deutete auf zwei Zahlen in einem Kastensymbol.

»Uniplasma führt für knapp zwölftausend Arztpraxen in Italien Blutanalysen durch. Wir haben festgestellt, dass in keinem Fall Rechnungen gestellt werden. Stattdessen wurden die Dienstleistungen mit sogenannten Subventionsgeldern verbucht. Wir haben uns natürlich gefragt, weshalb die Leute von Uniplasma an die Arztpraxen keine Rechnungen für die sehr aufwendigen Analysen stellen.«

»Das verstehe ich allerdings auch nicht«, entgegnete Casaverde.

»Ich habe es zuerst auch nicht kapiert, zumal wir davon ausgehen, dass weder Saviani noch De Cortese so verblödet sind, dass sie etwas tun, was ihnen keinen Gewinn einbringt.«

»Also, was steckt dahinter?«

»Ich will's mal so sagen: Wir haben uns in die Uniplasma-Rechner eingeloggt.«

»Bist du verrückt geworden? Seit wann macht ihr das?«

»Seit einem Jahr.«

»*Dio cane!* Wenn das herauskommt!« Casaverde drehte die Augen zur Decke.

»Die vordatierte Genehmigung des Generalstaatsanwalts Della Torre liegt in meinem Schreibtisch. Und die vom Innenminister auch.«

»Das darf alles nicht wahr sein! Dann wissen die beiden Bescheid?« Casaverde schlug mit der flachen Hand auf den Tisch! »Das ist eine bodenlose Schweinerei, uns außen vor zu lassen! Unsere Abteilungen wurden die ganze Zeit veralbert, selbst unsere Sitzung war die reine Farce, und Della Torre spielt mit gezinkten Karten!«

»Reg dich nicht auf!«, versuchte Bellini den Kollegen zu beruhigen. »Immerhin bist du der Erste, der das Ergebnis meiner Arbeit bekommt.«

»Und das wäre?«, knurrte Casaverde immer noch ungehalten.

»Es herrscht ein reger Datenaustausch zwischen den Kliniken und den Uniplasma-Labors. Die Frage, die sich mir stellte, war: Weshalb brauchen Ärzte einer Klinik, die sich ausschließlich mit kosmetischer Chirurgie befasst, einen monatlichen Abgleich von Blutwerten?«

»Wie bitte?« Casaverde nahm seine Brille ab und putzte die Gläser mit einem Papiertaschentuch.

Bellini schob ihm einen Stapel mit Zahlenlisten unter die Nase. »Dann wirf einmal einen Blick drauf! Das sind Blutwerte von Patienten aus Arztpraxen der ganzen Republik. Sieh genau hin! Name, Anschrift, alle persönlichen Angaben. Selbst die Religionszugehörigkeit. Danach folgen Befunde, vollständige Blutwerte und Gewebeanalysen, Daten, die man für Transplantationen benötigt.«

Casaverde war wie vom Donner gerührt. »Verdammt! Saviani ist auf plastische Chirurgie spezialisiert. Wieso braucht er so umfangreiche Patientendaten aus Arztpraxen?«

»Allmählich stellst du die relevanten Fragen«, entgegnete Bellini. »Und nun kommt die Bombe. Du erinnerst dich an unsere Sitzung im abhörsicheren Keller?«

»*Si, naturalmente!*«

»Ich sprach über spurlos verschwundene Personen.«

Casaverde nickte in Zeitlupe.

»Am Anfang war es Spielerei, ein Versuch, von dem ich mir nichts versprach. Wir haben die Namen unserer Vermisstendatei mit den Namen der Patienten aus den übermittelten Daten von Uniplasma verglichen. Was glaubst du, auf was wir da gestoßen sind?«

»Du wirst es mir gleich verraten, nehme ich an.«

»Wir hatten eine hohe Korrelation zu verzeichnen. Innerhalb eines Jahres gab es hundertdreiundsechzig Übereinstimmungen.«

»Was heißt das?«, fragte Casaverde.

»Das heißt: Die Blutwerte von hundertdreiundsechzig vermissten Personen wurden an die Kliniken von Bologna, Palermo und Mailand übermittelt. Was das bedeutet, kannst du dir selbst ausmalen.«

Casaverde legte seine Stirn in Falten. »Nehmen wir an, in diesen Kliniken werden illegale Organtransplantationen durchgeführt, würde das bedeuten, dass es eine große Zahl von Mitwissern geben muss. Wie soll denn das funktionieren?«

»Das herauszufinden ist dein Problem! Jedenfalls sind meine Zahlen eindeutig!«, erwiderte Bellini überzeugt.

Casaverde schüttelte ungläubig den Kopf. »Glaubst du, ein Saviani ist so leichtsinnig und geht ein solches Risiko ein? Ich bin zwar Laie, aber so viel weiß ich auch, dass man für eine Herztransplantation mindestens zwei spezialisierte Operateure benötigt, einen Anästhesisten, drei oder vier ausgebildete OP-Schwestern. Außerdem braucht man für die Nachsorge geeignetes Personal!«

»Tja«, meinte Bellini, »mir kommt das auch spanisch vor. Was, wenn Saviani und Konsorten vorher die notwendigen Papiere fälschen und die Mediziner keine Ahnung haben, dass sie illegal operieren?«

Casaverde nickte kaum merklich. »Das wäre in meinen Augen

eine der wenigen Möglichkeiten, ohne dass innerhalb kürzester Zeit alles auffliegen würde.«

»Ich kriege Gänsehaut, wenn ich daran denke, dass ich eines Tages in die Situation käme, ein Organ zu benötigen«, sagte Bellini mit rauher Stimme.

Casaverde grinste böse. »Nur keine Angst, Bellini! Zwischen Ärzten und der Mafia gibt es zahllose Unterschiede. Im Moment fällt mir aber gerade keiner ein.«

28.
Rione Tamburi

Schwefeldämpfe, die aus den knapp hundert Meter hohen Schornsteinen des Chemiewerks unweit des Industriehafens von Tarent in die Luft geblasen wurden, hatten sich über die Wohnquartiere gesenkt und hüllten die heruntergekommenen Mietshäuser in bläulichen Dunst. Die grauen Wohnblocks mit ausgebleichten und verwitterten Fassaden, eingeschlossen von einer riesigen Raffinerie auf der einen und von einem Kunststoffwerk auf der anderen Seite, glichen monströsen Betonkäfigen, in denen der soziale Auswurf menschlichen Daseins Unterschlupf gefunden hatte. Unter erbarmungswürdigen Bedingungen vegetierten hier die untersten Stockwerke der Gesellschaft, Menschen ohne Arbeit und ohne jede Perspektive, ohne Zukunft und Hoffnung.

Das berüchtigte Armenquartier von Tarent nannte man Rione Tamburi, ein Stadtteil, der von Menschen aller Nationen und Kulturen, vorwiegend aus Schwarzafrika, Lateinamerika und Asien, geprägt wurde. Einige Straßenzüge, in denen Betonskelette angefangener, aber nie vollendeter Schwarzbauten standen und allmählich verrotteten, wirkten wie das zerbombte Beirut. Verkehrsschilder waren durchsiebt von Schüssen, und von den Wasserstellen an den Kreuzungen zapften Bewohner ihr Trinkwasser in Kanister oder Flaschen ab. In Rione Tamburi wurden keine Steuern bezahlt, hier dealte man mit Drogen aller Art, und junge Frauen verdienten ihr Geld auf der Straße.

Horden jugendlicher Banden, Kleindealer und arbeitsscheues Gesindel hatten hier das Sagen. Sie versetzten die Bewohner des Gettos in Angst und Schrecken. Dort, wo Agonie und Bitternis des Lebens herrschten, wo Clankriege entstanden und Gewalt ihre Heimat hatte, spielten Kinder im kontaminierten Dreck. Jugendliche fuhren aus Langeweile stundenlang mit ihren Mopeds im Kreis und lungerten vor den Bars zwischen Geldeintreibern, Huren und alten Männern herum. Carabinieri kamen in diesen Stadtteil nur im Großeinsatz, ansonsten ließen sie sich so gut wie nie sehen oder höchstens dann, wenn es sich wegen eines Mordes oder einer schweren Straftat nicht vermeiden ließ.

Das Klinomobil, ein großer Kastenwagen, parkte am frühen Morgen in der Via Giacomo Leopardi, die von Müll, Unrat und ausgebrannten Autowracks gesäumt war. Gestank von schwelendem Abfall zog durch die Straßen und nahm den Anwohnern den Atem. Nur die drei Halbwüchsigen, die lachend aus einer Toreinfahrt auf die Straße rannten, schienen sich nicht daran zu stören.

»*Venga, venga!*«, rief der Junge den zwei Mädchen zu, die tuschelnd stehen blieben und sich etwas ins Ohr flüsterten. Ron, der vorausgerannt war, wandte sich um. Eigentlich hieß er Ronaldo, seine Freunde nannten ihn jedoch Ron. Er war ein graziler Junge von etwa fünfzehn Jahren, etwas kleiner als seine Begleiterinnen, mit mädchenhaftem Gesicht, dunklen Haaren und bronzefarbenem Teint. Seine Tasche hatte er quer über die Schulter gehängt und die modische Jacke um die Hüften geschlungen. In seinen Ohren steckten die Kopfhörer eines iPod der neuesten Generation. Niemand würde ihn fragen, woher er das Gerät hatte, und umgekehrt würde er es keinem auf die Nase binden. »Beeil dich, Aydan!«, rief er dem einen Mädchen auf der anderen Straßenseite zu.

»Wir kommen sofort.« Aydan und Nina, ein pummeliger Teenager, lachten. Sie trugen hautenge Jeans, hochhackige, an den Absätzen heruntergetretene Pumps und knallrote Tops im

Partnerlook, billige Fähnchen, die man im Supermarkt für wenige Euro erstehen konnte. Die wissenden Augen der minderjährigen Mädchen spiegelten eine Mischung von Obszönität und Romantik, Sehnsucht und nüchterne Lebenserfahrung.

»Hast du Zigaretten?«, rief Nina.

Ron hielt eine Schachtel in die Höhe. »Die musst du dir schon selber holen«, rief er zurück und ging weiter. Ein paar Meter vor ihm stand am Straßenrand der Krankenwagen. Nichts Besonderes in dieser Gegend. Hier passierte ständig irgendetwas. Vielleicht gehörte der Kombi zu einem Fahrer, der hier wohnte, vielleicht hatte er sich aber auch nur verirrt. Doch darüber machte sich Ronaldo keine Gedanken.

»Ron«, rief Aydan. »Ron!« Sie steckte zwei Finger in den Mund und pfiff gellend. Ron zog den Kopfhörer aus der Ohrmuschel und wandte sich um.

»*Che cosa vuoi?*«, brüllte er.

»Wir müssen dorthin!« Sie deutete hektisch in die entgegengesetzte Richtung und lachte. »Oder hast du keine Lust, mit uns zu gehen?«

»Andersherum ist es kürzer.«

»Quatsch.« Nina lachte albern und machte eine abfällige Handbewegung.

»*Merda*«, schimpfte er und rannte zurück zu den Mädchen, die sich bereits auf den Weg gemacht hatten. Wenig später hatte er zu ihnen aufgeschlossen. »Zigarette?«, fragte er die beiden und hielt ihnen die offene Packung hin.

Nina und Aydan griffen zu und zündeten sich eine Zigarette an. »Hoffentlich sind ein paar spendable Typen da«, meinte Nina. »Ich will mir unbedingt das süße Top im Mercato Varizzo holen.«

»Meinst du das gelbe mit dem runden Ausschnitt?«, fragte Aydan begeistert. »Das habe ich auch gesehen. Ich fände es toll zu meinen roten Fiorucci-Jeans.«

»Dein Vater wird ausflippen, wenn du so ein weit ausgeschnittenes Top anziehst. Du bekommst sowieso Stress, wenn er dich ohne Kopftuch auf der Straße sieht!«

»*Allah al akbar*«, erwiderte Aydan mit rollenden Augen. »Der kann mich mal!«

Ron hatte wieder die Kopfhörer ins Ohr gesteckt und sich aus dem Geplapper der beiden ausgeklinkt. Aus dem Augenwinkel bemerkte er, wie der Krankenwagen im Schritttempo an ihnen vorbeirollte und in die Via Giuseppe Verdi einbog. Mit verhaltener Neugierde sah er dem Fahrzeug hinterher, das nach wenigen Metern wieder anhielt.

Er sang leise den Song mit, der in sein Ohr plärrte, und machte im Gehen rhythmische Tanzbewegungen. Es war nicht mehr weit bis zur Bar »Solo d'Oro«, einer elenden Kaschemme, die der alten Paula gehörte und die sie seit vielen Jahren weitgehend unbehelligt von den örtlichen Mafiosi betrieb. Paula galt in dieser Gegend als skurriles Unikum. Ab und zu halfen die Mädchen dort als Bedienung oder hinter dem Tresen aus und durften die Trinkgelder kassieren, sofern sie welche erhielten.

Während die drei auf ihrem Weg herumalberten und lachten, bemerkten sie nicht, dass sie Begleitung hatten, wenngleich in unauffälligem Abstand. Sie bogen in die Via Hugo Voscolo ein, die mit Abstand übelste Straße von Rione Tamburi. Gleich im vorderen Teil des ersten Wohnblockes war das »Solo d'Oro«. Unter dem Plattenbau auf Stelzen standen billige Plastikstühle und Tische bis hinaus auf den Gehweg, den Paula als Terrasse vereinnahmt hatte. Ausgebleichte und zerfledderte Sonnenschirme waren aufgespannt und verliehen diesem elenden Fleck so etwas wie Freundlichkeit, sofern man nicht genau hinsah.

Es handelte sich um eine jener dubiosen Bars, in denen schon morgens junge, nervöse Männer mit verspiegelten Sonnenbrillen Whiskey sour tranken. Gäste waren heute jedoch nicht zu sehen. Aber auch das war nichts Besonderes. Heute waren sie hier, morgen dort. Ganz sicher aber würde sich die Bar gegen Spätnachmittag füllen. Bis dahin konnte man dort gut herumhängen, und solange sie von der gutmütigen Paula Getränke und manchmal auch etwas zu essen umsonst bekamen, gab es sowieso nichts Besseres zu tun. Die letzten Meter rannten die drei Teenager und stürmten in die Vorstadtkneipe.

Paula war eine kleine Frau und musste inzwischen weit über siebzig Jahre alt sein. Sie war dünn und ausgemergelt, ein herber Typ mit derbem, faltigem Gesicht und einer ungesunden grauen Hautfarbe. Ihr schneeweißes Haar hatte sie streng zurückgekämmt und zu einem Knoten zusammengesteckt. Ohne brennenden Glimmstengel im Mundwinkel kannte sie niemand im Getto. Keiner wusste genau, wie alt sie war, und niemand hatte es je wissen wollen.

Auf ihr Äußeres schien sie wenig Wert zu legen. Sie trug verwaschene und abgetragene Röcke, deren ursprüngliche Farbe kaum noch zu erkennen war, und immer die gleichen ausgetretenen Latschen. Ihr krächzendes Organ übertönte alle Geräusche in der Bar. Ihr lautes und vulgäres Lachen unterschied sich nicht von dem ihrer Gäste. Sie schlug sich mit der Hand auf die Schenkel, wenn sie sich amüsierte, und konnte fluchen wie ein Hafenarbeiter aus Tarent. Ging ihr etwas gegen den Strich oder kam man ihr dumm, konnte sie austeilen wie ein Mann. In Wirklichkeit war sie eine warme und hilfsbereite Frau, und deshalb liebte sie jeder. Sie wischte gerade die Tische mit einem feuchten Lappen ab, als die drei die Bar betraten.

Der wenig einladende Raum wirkte ungemütlich kalt, was den Neonröhren an der Decke und der lieblosen Einrichtung zuzuschreiben war. Der verchromte Tresen an der Stirnseite klebte vor altem Schmutz. Gleich daneben stand ein mannshoher Kühlschrank mit Cola- und Limonadenflaschen hinter der Glastür.

»Ihr kommt spät.« Paula blickte vorwurfsvoll auf die Wanduhr. »Ich hätte schon vor einer halben Stunde beim Arzt sein sollen. Bis ich dort bin, ist das Wartezimmer wieder so voll, dass ich bis morgen früh dort hocken müsste.«

»*Scusi*«, entgegnete Ron, ging zur Eistheke und nahm sich einen Vanillebecher heraus. »Wollt ihr auch?«, fragte er die Mädchen.

»*Certo*«, antwortete Aydan. »Limone!«

»Und für mich Schokolade«, meldete sich Nina und betrachtete den schiefen Absatz ihres Schuhs.

»Hey, hey!«, krächzte Paula aus dem Hintergrund. »Die kosten drei Euro!«

Ron schob den Deckel beiseite und kramte drei große Eisbecher hervor. Dabei fiel sein Blick durch die offene Tür auf das Klinomobil, das mit gemächlicher Geschwindigkeit vorbeirollte und nur wenige Meter weiter anhielt.

»Was will denn der hier?«

»Wer?«, fragte Aydan ohne besonderes Interesse.

»Na, der Krankenwagen da draußen«, erwiderte Ron und öffnete bedächtig den Deckel seines Bechers. »Den habe ich vorhin schon gesehen.«

»Vielleicht sucht er eine Adresse«, meinte Nina und bemühte sich, mit einem Filzstift das abgeschabte Leder am Absatz einzufärben.

»Der treibt sich hier schon zwei Stunden herum«, rief Paula hustend von ihrem Tisch aus, von dem sie den Überblick über die ganze Bar hatte. Sie drückte einen Stummel aus und steckte sich eine neue Zigarette an. »Ich frage mich, ob der nichts Besseres zu tun hat«, schimpfte sie vor sich hin und vertiefte sich in ein Kreuzworträtselheft.

»Mir ist langweilig«, murmelte Aydan. »Wer geht mit zum Mercato Varizzo?«

»Mach dir keine Hoffnungen! Es ist garantiert kein Typ da, der dir das Top spendiert«, erwiderte Nina.

»Das werden wir sehen«, meinte Aydan trotzig.

»Hast du Geld?«

»Ein paar Euro«, entgegnete Aydan lachend. »Ich könnte etwas anbezahlen. Den Rest bezahle ich morgen oder übermorgen.

Es rennen genug geile Kerle herum, die nur darauf warten, dass ich sie bediene.«

Nina lachte hysterisch auf. »Ohne Kohle kriegst du vom alten Hussain nichts. Du kennst ihn doch, diesen misstrauischen alten Mann, der einem andauernd an die Wäsche geht, wenn man mit ihm alleine in seinem Laden ist!«

»Und wenn Habib da ist?«

»Ja, ja, ich weiß schon«, lästerte Nina. »Er findet dich süß. Und du findest ihn auch süß. Wenn er heute Abend mit dir knutschen darf ...«

»Dann muss er mir das Top umsonst geben«, sagte Aydan in einem Ton, als wüsste sie genau, was sie von Hussains Sohn als Gegenleistung fordern konnte. »Gehst du mit?«, richtete sie das Wort an Ron.

Er schüttelte den Kopf und löffelte sein Eis.

»Dann gib mir noch eine Zigarette!«

»Kauf dir selber welche!«, erwiderte Ron vorwurfsvoll, hielt ihr aber trotzdem die Schachtel hin.

Die beiden Mädchen standen kichernd auf und traten vor die Tür. Auf den Krankenwagen, der nur ein paar Meter vor ihnen parkte, achteten sie nicht. Plappernd und schäkernd überquerten sie die Straße, während sie das Fahrzeug in Schrittgeschwindigkeit begleitete.

Aydan wurde auf den Wagen aufmerksam. Doch durch die geschwärzten Seitenscheiben konnten sie nicht sehen, wer hinter dem Steuer saß.

»Ob der geklaut ist?«, meinte Nina.

Aydan zuckte mit den Schultern.

»Jedenfalls ist er nicht von hier«, stellte Nina mit einem Blick aufs Nummernschild fest.

»Vielleicht holen sie jemanden ab«, meinte Aydan und reichte Nina die angerauchte Zigarette. »Willst du auch einen Zug?«

»*No*«, lehnte sie ab und sah an sich hinunter. »Mist, mein Absatz bricht gleich ab!«

»Im Mercato Varizzo hab ich gestern tolle High Heels gese-hen«, schnatterte Aydan weiter und beschleunigte ihre Schritte. Der Supermarkt, ein schäbiger flacher Bau mit in goldfarbene Aluminiumleisten gefassten Schaufensterscheiben, lag nur knapp hundert Meter vor ihnen eingepfercht zwischen zwei Wohnblocks. Mohammed Hussain hatte ihn vor Jahren dem alten Varizzo abgekauft. Über dem Eingang hing längst ein Schild mit der Aufschrift *Hussain Alimentari,* aber niemand in der Gegend sagte, er gehe zu Hussain. Man kaufte nach wie vor im Mercato Varizzo. Dort gab es so ziemlich alles, was in dem Getto gebraucht und auch nicht gebraucht wurde. Ein wahres Eldorado von Billigwaren und Plunder, die der Inhaber meist aus Konkursbeständen oder Firmenpleiten aufkaufte und scheinbar ohne Aufschlag verhökerte. Die Schaufenster waren derart mit Waren überladen, dass man von außen nicht sehen konnte, ob sich gerade jemand drinnen befand.

»Ich glaube, wir haben Glück. Ich habe gerade Habib in der Tür gesehen«, flüsterte Aydan ihrer Freundin ins Ohr.

»Das Top hängt in der zweiten Reihe, glaube ich«, meinte Nina und zog ihre Freundin am Arm in den Supermercato.

»Wow!«, rief Habib, als er die beiden Mädchen entdeckte. »Ich habe dir gerade eine SMS geschickt«, meinte er und sah Aydan mit verliebten Augen an. »Ist sie nicht angekommen?«

Im gleichen Augenblick hörte sie den Klingelton in ihrer Ho-sentasche. Sofort zog sie das Telefonino heraus und klappte es auf. Nina beugte sich neugierig über das Display. »Lass mal sehen, was hat er denn geschrieben?«

»Geht dich nichts an.« Aydan lachte und drehte sich um.

Ein dürrer Mann im schwarzen Trenchcoat und mit Sonnen-brille betrat den Laden und sah sich um. Ohne ein Wort zu sagen, schlenderte er durch den Mittelgang, als suche er etwas. An einem Ständer mit Damenjacken blieb er stehen. Mit ober-flächlichem Interesse fächerte er die Kleidungsstücke ausein-ander.

Unvermittelt stand er Nina gegenüber. Der Schreck fuhr ihr in die Knochen, weil sie ihn zwischen den Kleiderständern und den aufgetürmten Kisten nicht bemerkt hatte. Der Kerl sah aus wie der Leibhaftige und verbreitete eine Atmosphäre des Unheils.

Wie gelähmt verharrte Nina vor dem in Schwarz gekleideten Mann und starrte in dessen pockennarbiges Gesicht. Jacke und Hose schlotterten ihm am Leib, als wären sie ihm viel zu groß. Nina war einiges gewohnt in dieser Gegend. Sie wusste genau, mit was sie zu rechnen hatte und welchen Typen man besser aus dem Weg ging. Er gehörte ganz sicher zu dieser Sorte. Dieser Mann strahlte eine gefährliche Kälte aus, die sie zurückschrecken ließ.

Habib hatte dem Eintretenden nur einen flüchtigen Blick zugeworfen, sich aber gleich wieder Aydan zugewendet, die er in die Deckung eines Warenstapels schob. Wenn jemand etwas kaufen wollte, würde er sich schon melden. Aydan hatte ihre Hände um seine Hüften gelegt und zeigte überaschenderweise Bereitschaft, mit ihm hinter den Kartons zu knutschen. Sie waren so miteinander beschäftigt, dass sie nicht bemerkten, wie der Mann um sie herumstrich und Aydan beobachtete.

Nina nahm sich ein Herz. »Suchen Sie etwas?«

»Die da«, der Pockennarbige deutete auf ihre Freundin. »Ist das Aydan Bürgün?«

»Wer will das wissen?«, erwiderte Nina schnippisch.

»Ich, ihr Onkel«, erwiderte der Mann. Er setzte in Zeitlupe die Brille ab und sah Nina an, als würde er sie jeden Augenblick erwürgen.

»*Si*«, erwiderte Nina erschrocken. »Aydan!«, rief sie dann unsicher und ging ein paar Schritte in die Richtung, wo sie ihre Freundin vermutete. »Da will jemand etwas von dir. Er sagt, er wäre dein Onkel.«

Aydans Kopf erschien hinter dem Kartonturm. »Was ist los? Wer ist da?«

»Der Signore …« Nina wandte sich um, aber der Mann war nicht mehr zu sehen. So schnell, wie er im Laden aufgetaucht war, so schnell war er auch wieder verschwunden. Nina ging zur Ladentür und spähte hinaus. »Der hat nach dir gefragt.« Sie sah, wie der Mann zu dem Krankenwagen ging und einstieg. »Hast du ihn nicht gesehen?«, rief sie Aydan zu, die sich wieder mit Habib hinter den Stapel von Kartons zurückgezogen hatte.

»Wen?«, fragte sie ohne großes Interesse, zumal sie Habibs neugierige Hände im Zaum halten musste.

»Der war richtig unheimlich«, redete Nina weiter.

»Wer?«

»Na, der Typ von eben.«

»Ich habe niemanden gesehen«, rief Aydan aus der Deckung und kicherte. »Hol mir erst das Top!«, hörte Nina sie flüstern. Wie es schien, würde Aydan erreichen, was sie sich vorgenommen hatte. Nina hatte keine Lust mehr, im Laden herumzustehen. Was Aydan an Habib fand, verstand sie ohnedies nicht, wenn sie davon absah, dass er seinem Vater die Klamotten aus dem Laden klaute und sie Aydan schenkte. Aber umsonst machte er das auch nicht.

»Kommst du?«

»*Un attimo*«, antwortete Aydan. »Ich will nur noch etwas anprobieren. Ich komme gleich.« Wieder hörte man Aydan kichern, allem Anschein nach machte Habib Fortschritte.

Das kann dauern, dachte Nina. »Ich warte draußen«, erwiderte sie genervt und verließ den Laden. Sie lehnte sich an die Hauswand neben dem Eingang, der noch im Schatten lag, und rief am Telefonino ihre Nachrichten ab. Hin und wieder warf sie einen Blick zum Krankenwagen, der mit laufendem Motor auf der gegenüberliegenden Straßenseite stand. Die Hitze, die vom Asphalt aufstieg, war schon schlimm genug, jetzt stiegen ihr auch noch die Abgase der Karre in die Nase.

»Hey, Nina!«

Ron kam auf sie zu. »Wo bleibt ihr denn? Paula wird allmählich sauer.«

Sie zog mürrisch die Mundwinkel nach unten. »Aydan ist noch drin«, maulte sie. »Sie krallt sich gerade ein paar Klamotten.«

Ron lachte verschwörerisch.

»Gibst du mir den iPod? Du bekommst ihn gleich wieder.«

Ron gab ihr den Player. Sie hängte sich das Gerät um den Hals und steckte sich die Stöpsel ins Ohr.

Die Tür des *mercato* wurde aufgestoßen, und Aydan stürmte mit überschwenglicher Miene auf die Straße. Die nagelneuen Jeans und das gelbe Top machten sie noch attraktiver, als sie schon war. »Was sagt ihr? Sehe ich nicht gut aus?«

»*Bellissimo*«, antwortete Nina und musterte sie mit einem Anflug von Neid.

»Habib besorgt mir morgen die passenden Schuhe«, fügte Aydan stolz hinzu. Aber das hörte Nina nicht mehr, weil sie den Player auf maximale Lautstärke gestellt hatte.

Ein Motor heulte auf. Der Krankenwagen war losgefahren. Er wendete an der nächsten Kreuzung, kam mit mäßiger Geschwindigkeit auf die Jugendlichen zu und stoppte vor ihnen.

Die Beifahrertür wurde geöffnet und ein Kerl, groß wie ein Baum, stieg aus. Auch der pockennarbige Fahrer war aus dem Wagen gesprungen und machte sich an den Hecktüren zu schaffen. Jetzt trug er wie der andere einen weißen Arztkittel.

»Wo ist die Via Santa Clara?«, fragte der Riese und kam auf Aydan zu. Tücke und Brutalität sprachen aus seinen Augen.

»*Fuck you*«, murmelte Nina und wandte sich ab. »Ich gehe zu Paula«, sagte sie und achtete nicht mehr auf das, was hinter ihr geschah.

»Warte doch!«, hörte sie ihre Freundin rufen, ging aber unbeirrt weiter.

Aydan fühlte, wie sich eine fleischige Hand um ihren Mund legte und ein Arm ihren Körper wie in einem Schraubstock einschnürte. Dann verlor sie Bodenhaftung. Sie strampelte und versuchte, um sich zu schlagen. Vergeblich! Sekunden später wurde es Nacht um sie.

Ron stand wie festgenagelt daneben und sah mit schreckgeweiteten Augen zu, bis er einen Arm um seinen Hals fühlte. Mit erbarmungsloser Brutalität schnürte er ihm die Luft ab. Ein glühender Stich in seinen Bauch ließ ihn reflexartig zusammenzucken. Schwerelose Schwärze breitete sich aus.

Nina wandte sich um und blieb entsetzt stehen. Vor ihr lief der bizarre Stummfilm einer Entführung ab, während in ihren Ohren die Bässe einer Hardrock-Band wummerten. Der Pockennarbige aus dem Laden wuchtete Ron wie ein Paket auf eine Bahre. Gleich daneben bemerkte sie eine zweite Trage, auf der ihr Aydans Schuhe entgegenragten. Ein widerlicher Glatzkopf war im Begriff, ihre Freundin mit Gurten festzuzurren, während der dürre Fahrer scharf die Straße beobachtete.

Warum liegt sie ganz still?, schoss es Nina durch den Kopf. Sie riss die Stöpsel aus den Ohren und wollte losschreien. Doch der Schrei blieb in ihrer Kehle stecken.

Sie wirbelte herum. Verzweifelt suchte sie auf der Straße nach Menschen, die helfen konnten. Die Gegend war wie leer gefegt. Und selbst wenn sie jemanden gesehen hätte, es hätte wahrscheinlich nichts genutzt, um Hilfe zu rufen. Niemand würde es wagen, sich in irgendeine Sache einzumischen. Zu schnell bezahlte man so etwas mit dem eigenen Leben. Besonders in Rione Tamburi.

Nina rannte ein paar Schritte, blieb wieder stehen und drehte sich um. In ohnmächtiger Starre musste sie mit ansehen, wie die Türen des Fahrzeugs von innen geschlossen wurden. Sie sah in die eiskalten Augen des Pockennarbigen, der auf sie zukam. Er legte den Zeigefinger drohend über die Lippen, als wolle er sie ein für alle Mal warnen. Geistesgegenwärtig wandte sie sich ab, rannte los, blieb aber nach ein paar Metern stehen und sah sich wieder um. Die unheimliche Gestalt machte keinen Versuch mehr, sie einzuholen.

»*Merda!*«, brüllte sie ihm mit sich überschlagender Stimme nach. »*Stronzo!*«

Der Mann lächelte ein Lächeln, das aus der Arktis zu kommen schien, ging um den Wagen herum und setzte sich hinters Steuer. Sie versuchte das Autokennzeichen zu entziffern, doch der Wagen stand zu weit von ihr entfernt. Sie konnte lediglich erkennen, dass der Krankenwagen aus Genua kam und auf den hinteren Türen in großen Lettern *Pronto Soccorso* stand. Erste Hilfe! Schöne Erste Hilfe, dachte sie in ihrer Verzweiflung.

»*Dio mio …! Mi occorre aiuto …!*«, schrie sie in die Richtung der Häuser, doch niemand schien sie zu hören oder zu beachten. Die Straße wirkte wie ausgestorben. Ratlose Ohnmacht stülpte sich wie ein Sack über ihre Seele, obwohl sie sich gegen den panischen Schreck zur Wehr setzte. Zu oft hatte sie in ihrem Viertel mitbekommen, wie man Leute verschleppt hatte. Aber diese Art von Überfall schnürte ihr die Brust ein.

Das Blaulicht auf dem Dach des Klinomobils zuckte auf. Der Diesel stob mit Vollgas davon. Zurück blieben Nina und eine graue Abgaswolke, die sich allmählich in der Hitze der Straße auflöste.

Mit fliegenden Fingern wählte Nina den Notruf auf ihrem Telefonino.

29.
Der große Pate

Im Foyer des Viersternehotels »Grande Albergo Sole«, direkt neben dem Gebäude des Jachtclubs, herrschten kultivierte Ruhe und aristokratische Gelassenheit unter den wenigen Gästen.

Edoardo Paluzzi sah auf seine Uhr. Eine Stunde zu früh, dachte er, durchquerte die prachtvolle Halle. Er begab sich hinaus auf die Terrasse, die nur wenige Meter vom Wasser entfernt war und eine eindrucksvolle Aussicht auf den Bootshafen und die eleganten Luxusjachten bot, die sich in der leichten Brise auf den Wellen wiegten.

Im Hintergrund erhob sich der Monte Pellegrino in den wolkenlosen Himmel. Paluzzi entschied sich für den letzten Tisch am Rande der überaus liebevoll angelegten Terrasse. Unter den Sonnenschirmen herrschte zwar noch angenehme Kühle, aber die Hitze würde nicht mehr lange auf sich warten lassen und die Menschen ins Innere des Hotels vertreiben. Paluzzis eleganter Maßanzug täuschte zwar nicht über seine Leibesfülle hinweg, suggerierte aber dem flüchtigen Beobachter eine mildere Optik. Die handgenähten schwarzen Schuhe aus feinstem Leder, das Designerhemd, dessen Manschetten eine edle Schweizer Uhr freigaben – all die Accessoires menschlicher Profilierungssucht bewiesen seinen teuren und modischen Geschmack. Man konnte annehmen, dass ein erfolgreicher Unternehmer, für den Geld offensichtlich eine untergeordnete Rolle spielte, sich hier zu einem Meeting eingefunden hatte. Und genau deshalb war Paluzzi hier.

Er würde sich einen Gingerino mit Eiswürfeln bestellen und der Dinge harren, die da kommen sollten.

Mit De Cortese, den er hier in knapp fünfzig Minuten erwartete, würde er ein leichtes Spiel haben. Er war sich sicher, dass er bei ihm kaum auf nennenswerte Gegenwehr stieß, wenn er ihm seine Entscheidung mitteilte. Unter fünfundsiebzig Prozent der Firmenanteile an Savianis Unternehmen würde er keinen Finger rühren.

Er wählte auf seinem Handy De Corteses Nummer. Doch wie immer in den letzten Tagen ertönte die Stimme: »Dieser Anschluss ist vorübergehend nicht erreichbar.«

Paluzzi knallte verärgert sein Handy auf den Tisch. De Cortese schien seit drei Tagen wie vom Erdboden verschluckt zu sein. Allmählich keimten in Paluzzi leise Zweifel, ob der Staatssekretär überhaupt zum vereinbarten Termin kommen würde. »Normalerweise ist er verlässlich«, murmelte er und warf einen ungeduldigen Blick auf seine Armbanduhr.

Er wandte sich um, als er hinter sich Stimmen hörte. Vier elegant gekleidete junge Männer schlenderten gut gelaunt auf die Terrasse des »Grande Albergo Sole« und nahmen am Nebentisch Platz. Mit abschätzendem Blick musterte er die Gesellschaft. Geschäftsleute, wie es schien, denn sie trugen ausnahmslos teure Anzüge und edles Schuhwerk. Die Männer schienen völlig unbefangen und schenkten ihm keinen einzigen Blick. Und dennoch, in seinem Magen machte sich ein merkwürdiges Gefühl breit, das er sich nicht erklären konnte. Er nahm erneut sein Telefonino und wählte die Nummer eines seiner Leibwächter.

»Pronto«, meldete sich eine Männerstimme.

»Wo steht ihr, Carlo?«

»Direkt vor dem Haupteingang des Hotels. Tino wartet an der Hotelbar und Cesare im Wagen! Weshalb fragen Sie?«

»Hast du die vier Männer gesehen, die gerade ins Hotel gekommen sind?«

»Die sind harmlos. Manager mit dicken Schlitten. Der Portier fährt ihre Autos gerade in die Garage. Aber eben ist ein Typ angekommen, den ich irgendwo schon einmal gesehen habe. Ein Kerl wie ein Baum! Im ersten Augenblick dachte ich, er ist ein Bodyguard.«

»Und?«

»Nichts und. Er steht am Desk, bucht wohl gerade ein Zimmer oder so! Und wo sind Sie?«

»Ich sitze auf der Terrasse. Wenn etwas ist, du weißt, wo du mich findest«, erwiderte Paluzzi leise und trennte das Gespräch, um erneut eine Nummer zu wählen. Dieses Mal wieder die von De Cortese. Aber immer noch kein Anschluss. »Dieser verfluchte Idiot!«, knurrte Paluzzi durch die Zähne. Er winkte dem Kellner und bestellte sich den Gingerino mit Eis, einen erfrischenden Aperitif aus Artischocken, den er um diese Tageszeit mit Vorliebe trank.

Sein Blick fiel auf einige Männer, die mit Säcken auf den Schultern die steilen Treppen hinunter zum Jachthafen stiegen und sich sichtlich wegen des Gewichtes abmühten. Er wunderte sich, weshalb sie nicht wie Arbeiter aussahen, sondern Freizeitkleidung trugen. Offenkundig belieferten sie eine der Großjachten mit Lebensmitteln. Er blickte den Männern hinterher, bis er sie aus den Augen verlor.

Der Kellner kam mit einem Tablett an seinen Tisch, schenkte ihm ein und verschwand wieder. Eigentlich war der Tag wie geschaffen, um ein wenig Freizeit zu genießen und den Herrgott einen guten Mann sein zu lassen. Paluzzi lehnte sich in dem bequemen Gartensessel zurück und schloss für einen Moment die Augen. Die warme Luft schmeichelte seiner Haut. Als er ein Geräusch neben sich hörte, öffnete er die Augen. Die eleganten Männer vom Nebentisch standen um ihn herum, und er blickte in die Mündung eines Pistolenlaufes. Eigentlich war es das hässliche Loch eines Schalldämpfers, das genau auf seinen Bauch zielte. Sein Blick wanderte allmählich nach oben.

Vor ihm stand Sandro und grinste ihn an. Augenblicklich wechselte Paluzzis Gesichtsfarbe.

»Wie ich sehe, hast du mit mir nicht gerechnet. Und wie du siehst, lebe ich immer noch«, begrüßte Sandro den dicken Paten mit einem bösen Glitzern in den Augen.

»Was soll das?«, fuhr Paluzzi ihn an. »Du hast wohl nicht alle Tassen im Schrank!«

»Dann erklär ich es dir in kurzen Worten! Dein Mann ist ein Stümper. Wenn ich jemanden erschossen habe, sehe ich nach, ob er auch wirklich tot ist.«

Paluzzi biss sich auf die Lippen. »Tja, da hat er wohl einen dummen Fehler gemacht. Ich werde ihn bei nächster Gelegenheit verwarnen. Ich frage mich nur, woher du ihn kennst?«

»Weil du so dämlich warst und ihn mit nach Mailand ins ›Hyatt‹ genommen hast. Ich habe ihn wiedererkannt«, sagte er leise, während zwei Männer Paluzzi links und rechts an den Armen packten vom Stuhl hochzogen. »Ach, noch etwas«, fügte Sandro hinzu, »Du wirst keine Gelegenheit mehr haben, mit Brufolo zu sprechen. Wir machen nämlich eine Spazierfahrt.«

Ein überraschtes Erkennen spiegelte sich in Paluzzis Miene. »Und was ist mit De Cortese?« Er blickte Sandro fassungslos an. »Habt ihr ihn etwa …«

Sandro zuckte mit den Schultern und wandte sich an einen der vier Männer. »Zahl sein Getränk und gib mir sein Handy!«

Der Angesprochene legte einen Zehneuroschein auf den Tisch und knurrte: »Das krieg ich aber wieder!«

»Verdammt, lasst mich los!«, polterte Paluzzi und stemmte sich gegen den stahlharten Griff der beiden Kerle. Polternd fiel sein Sessel um.

In aller Ruhe stellte Sandro ihn wieder auf, blickte sich um und gab den anderen mit dem Kopf ein Zeichen. »*Andiamo!*«, grummelte er kaum hörbar und ging voraus in Richtung Gartenausgang.

Paluzzi fühlte den kalten Stahl in seinem Rücken, während er flankiert von seinen Begleitern über die steilen Treppen hinunter zum Jachthafen geführt wurde.

»Du weißt nicht, was du tust«, sagte Paluzzi hasserfüllt, fügte sich aber.

»Den Satz habe ich vor kurzem schon einmal gehört«, erwiderte Sandro und stieß ihm die Mündung so hart in den Rücken, dass der Don leise aufschrie.

»Brufolo wird dich dieses Mal erwischen«, stieß Paluzzi drohend hervor.

»Ganz sicher nicht! Er weiß nicht einmal, dass ich hinter ihm her bin. Aber an erster Stelle stehst du.«

Paluzzi schüttelte verwirrt den Kopf. »Ihr kommt keine hundert Meter weit«, drohte er und versuchte, irgendwo einen seiner Leibwächter zu entdecken. Blitze zuckten durch seinen Schädel, als er den Schlag auf seine Schläfe spürte. »*Cazzo!*«, fauchte er und hielt sich mit der Hand den Schädel. Das warme Blut aus einer Platzwunde lief ihm die Wange hinunter. Während er den Handballen auf die Wunde presste, raste sein Blick suchend über die Treppen und weiter über die im Hafen liegenden Jachten und Boote.

Weit und breit war niemand zu sehen, und die wenigen Menschen an der entfernten Mole beachteten sie nicht. Mit aller Macht stemmte sich Paluzzi gegen die harten Griffe der Männer, doch seine Bewacher zerrten den gewichtigen Paten ohne große Anstrengung mit sich.

»Wenn du so weitermachst, knall ich dich gleich hier ab«, hörte er Sandros Stimme hinter sich.

»Ihr seid so gut wie tot«, keifte Paluzzi wie ein altes Weib. »Alle! Einer wie der andere, das schwöre ich bei der Madonna.« Noch schien er nicht begriffen zu haben, was ihn erwartete, und er versuchte den Eindruck von Überlegenheit zu erwecken. »Meine Männer stehen vor dem Hotel. Wenn ich mich nicht in fünf Minuten melde, erlebt ihr euer blaues Wunder.«

»*Certo!*«, erwiderte der Mann zu seiner Rechten unbeeindruckt und kicherte. »Du hast nicht bedacht, dass man Wunder vorher gut organisieren muss.«

Die anderen lachten lauthals.

Erst jetzt bemerkte Paluzzi, dass sie auf ein schnelles Motorboot zusteuerten, das zwischen mehreren Jachten direkt am hoteleigenen Anleger vertäut lag. Am Steuer wartete ein weiterer Mann und sah der ankommenden Gruppe interessiert entgegen.

»Die Treppen runter und einsteigen!«, befahl Sandro und trieb Paluzzi mit dem Pistolenlauf vorwärts.

Paluzzi schielte nach links und nach rechts, doch nirgends war Hilfe zu erwarten. Die scheinbar harmlose Gruppe junger Männer würde jeder Passant oder Schiffseigner, der sie zufällig beobachtete, als Ausflügler interpretieren, die eine gemütliche Bootsfahrt unternehmen wollten.

»*Dai!*«, rief Sandro dem Mann am Steuer zu. Der satte Ton des großvolumigen Innenborders hätte bei jedem Motorbootfan Glücksgefühle erzeugt, nicht aber bei Paluzzi. Seine Miene verriet das erste Mal Angst.

»Verdammt, wo wollt ihr mit mir hin?«, fragte er, als man ihn mit sanfter Gewalt ins Boot stieß.

»Setz dich!«, herrschte ihn Sandro an, während seine Begleiter den Gefangenen ins Lederpolster des schnittigen Powerbootes drückten.

Einer der Männer löste die Leine, sprang ins Boot und stieß es von der Mauer ab. Nur eine Minute später nahm es Kurs aus dem Hafen aufs offene Meer. Der Fahrer hielt mit hoher Geschwindigkeit auf eine majestätische Jacht zu, die knapp drei Kilometer außerhalb des Hafens vor Anker lag. Schneeweiß, schnittig und elegant lag sie quer zur Küste.

Paluzzis Augen verengten sich zu Schlitzen. Wenn ihn nicht alles täuschte, handelte es sich um die »Arianna«, die Zweiunddreißig-Meter-Jacht der Familie Saviani. Man hatte ihn vor zwei Jahren anlässlich einer Neujahrsfeier an Bord geladen, ein

Privileg, das nur wenigen hochgestellten Persönlichkeiten in Palermo vorbehalten war.

»Ist das da draußen Savianis Jacht?«, fragte er, indem er versuchte, seiner Stimme einen festen Klang zu verleihen.

»Richtig geraten«, bemerkte Sandro, begab sich zu dem Mann am Steuer und wechselte ein paar Worte mit ihm. Der Fahrer nahm ein Mikrofon aus der Halterung neben dem Gashebel und meldete sich bei der »Arianna« an. Das Motorboot hatte sich der Jacht inzwischen bis auf etwa fünfzig Meter genähert, als ein großer, hagerer Mann mit Gehstock auf dem Panoramadeck erschien und regungslos das ankommende Boot erwartete. Die Konturen der hoch aufgerichteten Gestalt zeichneten sich im grellen Gegenlicht scharf ab.

»Saviani …«, flüsterte Paluzzi überrascht und schützte mit der Hand seine Augen vor der Sonne, um besser sehen zu können. Das Sportboot legte längsseits der Bordwand an, und einer der Männer zog es an der heruntergelassenen Leiter heran.

»Hinaus mit dir!«, befahl Sandro und deutete mit der Pistole nach oben. »Und fall mir nicht ins Wasser!«

»Wie soll ich da raufkommen?«, protestierte Paluzzi.

»Ich kann dir auch ein Loch in den fetten Wanst schießen«, erwiderte Sandro seelenruhig und gab ihm einen Stoß.

»Verdammt, ich kann nicht schwimmen!«, setzte sich der dicke Pate zur Wehr und krallte sich verängstigt an die Reling des Motorbootes.

»Wenn du bei drei nicht oben bist, jage ich dir eine Kugel in den Arsch!«

»Bist du wahnsinnig?«, schrie der Pate auf und bedachte Sandro, der seelenruhig die Waffe durchlud, mit einem irren Blick. Gehetzt hielt sich Paluzzi an den schmalen Sprossen fest und hangelte sich widerstrebend die Leiter hinauf. Oben angekommen, hievten ihn vier kräftige Hände an Deck. Direkt hinter ihm folgten Sandro und zwei weitere Männer aus dem Sportboot, während die anderen ablegten und mit hoher Geschwindigkeit in Richtung Hafen zurückfuhren. Die Männer packten Paluzzi erneut an seinen Armen und zerrten ihn zum Achterdeck.

»Setzen«, knurrte Sandro und zeigte auf einen Stahlstuhl, der scheinbar eigens für den Paten in die Mitte des Decks aufgestellt worden war. Blitzschnell ergriff einer der Männer Paluzzis Hände, riss sie hinter die Stuhllehne und fesselte sie mit einem Kabelbinder.

Der Dicke schrie auf, als ihm das Kunststoffband in die Handgelenke einschnitt.

Sandro steckte seine Waffe ein und ließ sich zwei weitere Kunststofffesseln reichen. Mit ihnen zurrte er Paluzzis Knöchel an den Stuhlbeinen fest.

»Seid ihr alle wahnsinnig geworden?«, brüllte der Dicke und versuchte aufzustehen, stürzte aber mitsamt Stuhl zur Seite.

Die düster dreinblickenden Männer stellten den Stuhl mitsamt dem gefesselten Schwergewicht wieder auf die Beine.

»Ich will mit Saviani sprechen!«, zeterte der Pate und zerrte an seinen Fesseln. Im gleichen Augenblick klingelte Paluzzis Handy.

Sandro griff in seine Tasche und zog das Telefonino heraus. Er beugte sich zu dem Paten hinunter und sah ihm in die Augen.

»Keine Nummer auf dem Display. Wer ist das?«

»Wahrscheinlich einer meiner Männer!«, presste Paluzzi durch die geschlossenen Zähne hervor.

»Ich drücke mal besser die Mithörtaste. Ich will keine Überraschung.« Sandro hielt dem Dicken das Handy ans Ohr. »Du sagst ihm, sie sollen sich verziehen und irgendwo einen Espresso trinken! Erzähle einfach, dass du zu einer Party eingeladen bist.« Er zog die Pistole aus der Tasche und setzte den Lauf auf Paluzzis Stirn. »Ein falsches Wort …«, flüsterte er drohend, ohne den Satz zu vollenden.

Der Pate nickte. Auf seiner Stirn hatten sich dicke Schweißperlen gebildet. »*Pronto*«, krächzte er.

»Hier ist Carlo. Was ist los?«, erkundigte sich der Anrufer besorgt. »Ich habe Sie gesucht. Sie waren nicht auf der Terrasse.«

»Ja, ja«, erwiderte Paluzzi. »Was soll los sein? Ich musste dringend weg. Ihr könnt in mein Haus zurückfahren. Ich komme später nach.«

»Ist alles in Ordnung mit Ihnen? Sie reden so komisch«, fragte Carlo misstrauisch. »Wo sind Sie jetzt?«

Paluzzi warf Sandro, der ihn wie eine Klapperschlange beobachtete, einen beschwichtigenden Blick zu. »Weshalb fragst du so blöd?«, brüllte er entnervt. »Gerade habe ich dir gesagt, es ist alles bestens. Tu gefälligst, was ich dir sage! Nehmt den Wagen und haut ab! Ich melde mich, wenn ich hier fertig bin.«

»Wie Sie wollen«, antwortete Carlo beleidigt.

Sandro unterbrach die Verbindung, bevor der Dicke weiterreden konnte, und warf das Handy in hohem Bogen ins Meer.

»Willkommen an Bord, Don Palù!«, hörte der Pate plötzlich eine sonore Stimme. Anselmo Saviani war aus dem Salon gekommen, und die Männer traten respektvoll zur Seite. »Ich hoffe, die Überfahrt war einigermaßen bequem für Sie.«

Der hagere Patriarch stand auf seinen Stock gestützt in kerzengerader Haltung vor dem gefesselten Paluzzi. Sein ausdrucksloses Gesicht verriet keinen seiner Gedanken.

»Sagen Sie Ihren Männern, Sie sollen mich sofort losbinden!«, wandte sich Paluzzi an den alten Herrn.

Saviani lächelte, und in seiner Miene lag der Anflug von Milde. »Ich fürchte, Sie werden Ihren Termin mit Signore De Cortese nicht wahrnehmen können.«

Die Ankündigung traf den Dicken wie ein Peitschenschlag, auch wenn er augenscheinlich versuchte, seine Gesichtszüge unter Kontrolle zu halten. Man konnte ihm ansehen, dass sein Gehirn auf Hochtouren arbeitete. »Sie handeln sich verdammt viel Ärger ein, Signore«, sagte Paluzzi trotzig. »De Cortese ist nicht irgendwer. Wenn er erfährt, dass Sie mich hier festhalten, können Sie sich auf etwas gefasst machen. Und nicht nur Sie.«

»Wer denn noch?«, erkundigte sich Saviani süffisant.

»Ihre Schwiegertochter. Wer denn sonst!«

»Sophia!«, rief Saviani über die Schulter, ohne dabei den Paten aus den Augen zu lassen.

Paluzzi, der versuchte, an dem Alten vorbeizusehen, indem er sich ein wenig zur Seite neigte, sah Sophia aus dem Salon treten. Stolz, den Kopf in den Nacken geworfen, die langen Haare am Hinterkopf zu einem strengen Knoten zusammengebunden, kam sie gemessenen Schrittes aufs Achterdeck. Jeder konnte sehen, wie sie ihren Auftritt genoss. Eine Mischung von Triumph und Hass spiegelte sich in ihrem Gesicht. Ihre atemberaubende Schönheit schien mit der Eiseskälte, die sie ausstrahlte, ein Bündnis geschlossen zu haben, und ihr blutrotes Kostüm konnte symbolhafter nicht sein.

»Überrascht, mich zu sehen?«, fragte sie den düster dreinblickenden Paten. »Eigentlich hättest du damit rechnen müssen, nachdem du meinen Mann hast umbringen lassen«, fuhr sie mit kontrollierter Stimme fort.

»Quatsch!«, knurrte Paluzzi zurück.

»Du hast mich hintergangen und mein Vertrauen missbraucht.« Sie musterte den Paten voller Abscheu. »Du bist ein scheinheiliger Drecksack!«

»Und du bist mir noch etwas schuldig, La Nera!«, schleuderte ihr Paluzzi ins Gesicht und spuckte vor ihren Füßen aus. »Denk an Ivan! Ich hab ihn dir auf dem Silberteller serviert.«

Sophia schüttelte den Kopf. »Ich bin dir gar nichts schuldig«, zischte sie, trat an ihn heran und gab ihm eine schallende Ohrfeige.

»*Puttana!*«, schrie er und blickte zu Saviani, der mit stoischer Miene zugehört hatte.

»An Ihrer Stelle würde ich mich zurückhalten«, raunte der Patriarch Paluzzi mit einem Haifischlächeln zu. »La Nera ist ausgesprochen rachsüchtig. Wie heißt es bei uns in Sizilien so schön? Ein richtiger Mann verrät nie etwas, nicht einmal, wenn

ein Messer in seinem Rücken steckt. Sophia ist davon überzeugt, Sie werden reden – auch ohne Messer.«

»Sie machen hier alle einen sehr dummen Fehler«, erwiderte
Paluzzi und lachte hysterisch. »Eine Menge Leute wissen, wo
ich bin.«

»Und selbst wenn«, entgegnete Saviani gelassen.

Der dicke Don zerrte an seinen Fesseln. »Wenn De Cortese
vergeblich auf mich wartet, wird er mich suchen.« Er blickte in
Sandros Richtung, der sich neben Saviani aufgebaut hatte.
»Dieser Idiot hat mein Handy ins Wasser geworfen. De Cortese wird versuchen, mich telefonisch zu erreichen, wenn er mich
im Hotel nicht antrifft.«

»Das glaube ich nicht, dass er das tut«, entgegnete Sophia und
lächelte ihn an wie eine Sphinx.

»Was soll das heißen?«

»Ich möchte es einmal so formulieren«, sagte sie mit theatralischer Geste. »Er wurde plötzlich aus der Mitte seines Lebens
gerissen! Ihm ist sozusagen die Luft ausgegangen, als er mich
vor vier Tagen getroffen hat.«

Die umstehenden Männer lachten.

»Seid ihr plötzlich alle verrückt geworden?«, brüllte Paluzzi in
ohnmächtiger Verzweiflung. »Du sägst dir den Ast ab, auf dem
du sitzt. Ist dir das überhaupt klar? Du zerstörst mit einem
Handstreich das gesamte Imperium dieses senilen Greises …«

In derselben Sekunde traf ihn die nächste schallende Ohrfeige
von Sophia.

Er holte tief Luft, als wollte er Kraft sammeln. »Was willst du
denn ohne De Cortese und mich anfangen?«

»Es ist alles geregelt. Sogar dein Ableben.«

Der alte Saviani, der bisher regungslos dastand, ohne Emotio-
nen zu zeigen, kniff plötzlich die Augen zusammen und schob
Sophia zur Seite. »Sie hätten sich genauso gut von einer Brücke
stürzen können, als Sie meinen Sohn umgebracht haben. Oder
auch vor einen Zug.« Er machte eine Pause und musterte Pa-

luzzi abschätzend. »Haben Sie eine leise Ahnung, mit wem Sie sich angelegt haben?«

»Mit einer Schlampe, die glaubt, sie könnte einem Mann wie mir Befehle erteilen, anstatt Söhne zu gebären und Spaghetti zu kochen«, geiferte Paluzzi und warf Sophia einen vernichtenden Blick zu.

»Irrtum«, flüsterte der Patriarch Paluzzi mit einem grausamen Lächeln. »Sie wollten meine Macht in Frage stellen. Sie haben meine Autorität beschädigt und meine Reputation angegriffen.« Er stieß erregt seinen Stock auf den Boden, eine Gefühlsentgleisung, die er sich normalerweise nicht leistete. »Wer, glauben Sie, hat Sie reich gemacht? Wer hat dafür gesorgt, dass Sie vom Leichenfledderer zum angesehenen Unternehmer wurden?«

Paluzzi zog überrascht die Augenbrauen zusammen. »Wir sind uns nie begegnet, und noch weniger haben wir über Geschäfte gesprochen«, protestierte der Pate energisch. »Ich habe mit Ihnen absolut nichts zu tun.«

»Sie haben eben nie begriffen, dass Sie für mich gearbeitet haben«, entgegnete Saviani süffisant. »Denn mit Ihresgleichen wechsle ich unter normalen Umständen kein Wort.« Mit düsterem Blick wandte er sich an einen der Männer, die in ehrfürchtigem Abstand die Szene beobachteten, und gab ihm ein Zeichen.

Eilfertig brachte dieser einen großen Waschzuber aus Zink herbei, während zwei Bodyguards Zement und Sand heranschleppten. Paluzzis Augen weiteten sich, als er begriff, was sich vor ihm abspielte.

»*Dio mio!*«, wimmerte er unvermittelt und zerrte wieder an seinen Fesseln. »Ihr habt doch nicht etwa vor, mich …« Die Stimme versagte ihm.

»Doch, genau das haben wir vor«, flötete Sophia.

»Erschieß mich lieber!«, stöhnte er.

»Und wer macht danach das Deck sauber?«, schleuderte sie ihm gehässig entgegen.

Paluzzi schielte von Panik ergriffen hinüber zur Reling.

»Keine Sorge!«, meinte Sophia, die dem Blick des Paten gefolgt war. »Wir machen es nicht hier. Du hast noch Zeit, bis die Küste außer Sicht ist.

»Weshalb machen wir so viel Umstände«, wandte sich einer der Leibwächter an Sandro und klopfte sich den Zementstaub von den Hosen. »Ein Betonklotz und ein Seil hätte doch gereicht.« Sophia, die die Frage gehört hatte, antwortete dem Mann, der von allen Luigi genannt wurde. »Seile können reißen, vermodern, sich lösen. Ich will, dass er unten bleibt.«

Saviani sah hinauf zur Brücke und winkte kurz. Die schweren Dieselmotoren ließen die Bordwände leicht erzittern, als sie gestartet wurden. Dann deutete der Patriarch mit dem Stock auf den Zuber. Sandro zog ihn heran und stellte mit zwei Männern den dicken Paten mitsamt dem Stuhl in die Stahlwanne. Ein anderer riss die Säcke auf. Paluzzi beobachtete mit aufgerissenen Augen, wie die Leibwächter des mächtigen Paten die Zinkwanne mit Sand und Zement füllten, bis die Mischung an seine Waden heranreichte.

»Die letzte Gelegenheit, uns etwas über deine Schweinereien zu erzählen!«, bemerkte Sophia. »Aber du solltest dich beeilen, der Zement bindet sehr schnell ab, wenn erst einmal Wasser zugefügt wird.«

»*Merda!*«, schrie Paluzzi auf. »Ich habe Giulio nicht umgebracht! Es war Brufolo, dieser Idiot! Er hat geschossen. Trotz der klaren Anweisung von mir, nicht zu schieß…«

»Ach ja?«, schnitt ihm Sophia das Wort ab.

»Ja«, wimmerte der Dicke angsterfüllt und versuchte sich freizustrampeln. »De Cortese hat ihm hinter meinem Rücken den Auftrag erteilt. Er wollte alles an sich reißen. Er war es, der unter allen Umständen die Firma übernehmen wollte.«

Sophia und der alte Saviani starrten ihn schweigend an. Der Patriarch stützte sich erregt auf seinen Stock. »Wer ist Brufolo?«

»Einer seiner Killer«, bemerkte Sandro aus dem Hintergrund. »Er gehört zur Besatzung der Leichentransporte, soviel ich weiß.«

»Dann haben Sie diesem Bastard den Befehl gegeben, meinen Giulio umzubringen!«, sagte Saviani.

»Verdammt, glaubt mir denn niemand!«, brüllte Paluzzi. »Es war De Cortese! Ich hätte doch nie ...«

»Wollen Sie mir etwa weismachen«, fiel Saviani ihm ins Wort, »dass De Cortese auf die Idee gekommen ist, seinen besten Freund umbringen zu lassen? Halten Sie mich bitte nicht für naiv!«

»Ich schwöre ... De Cortese hatte diesen idiotischen Einfall, und er hat mich auch darum gebeten, ihm für den Job Brufolo zu überlassen. Ich hatte keine Ahnung, was er genau vorhatte.«

»Sehr phantasievoll«, erwiderte Sophia, und ihre Stimme trieb Paluzzi die Gänsehaut über den Rücken. »De Cortese hat genau das Gegenteil erzählt.«

»Wann soll denn das gewesen sein?«, schrie er sie an.

»Als er mir verraten hat, wo wir dich finden. Er hat um sein Leben gewinselt und geredet wie ein Wasserfall.« Sie schien zu überlegen, bevor sie fortfuhr: »Wer von euch beiden hat eigentlich die Akten, die in Giulios Koffer waren?«

»Die Unterlagen hat De Cortese«, erwiderte Paluzzi und schielte angstvoll zu Saviani. Der alte Mann stand hoch aufgerichtet wie ein Monument da, die Hände über den silbernen Knauf seines Stockes gelegt, und blickte mit eingefrorener Miene ins Leere.

»De Cortese hat behauptet, du hättest sie«, sagte Sophia. »Also, wo hast du sie versteckt?«

»Das ist alles Quatsch. Ich geb dir mein Ehrenwort, ich habe sie nicht! Brufolo hat sie De Cortese überlassen, und er hat mir gesagt, er hätte sie vernichtet. Zu unserer aller Sicherheit.«

»Tatsächlich?«, mischte sich Sandro lächelnd ein. »Ich werde Brufolo bei Gelegenheit danach fragen.« Er beugte sich tief zu dem vor ihm sitzenden Paluzzi, bis sich ihre Nasen beinahe berührten. »Was tut er gerade?«

»Brufolo?«

Sandro nickte in Zeitlupentempo. »Genau. Brufolo.«

»Was er immer tut. Er fängt gemeinsam mit seinem Kumpel La Rappa einen Schläfer ein«, stieß Don Palù hervor.

»Wo genau?«

»Irgendwo in Tarent.«

»Heute?«

»*Sì!*«, bestätigte Paluzzi und stöhnte. »Kann mir jemand die Fesseln lockern?«

Sandro griente gehässig, richtete sich wieder auf und nickte dem alten Saviani zu.

Der Patriarch wandte sich an die drei Männer im Hintergrund. »Zementiert ihn ein«, befahl er kalt und wandte sich um.

»Das tut nicht weh«, höhnte Sandro. »Vielleicht ein bisschen unangenehm, wenn der Zement abbindet.« Er musterte Paluzzi interessiert. Sein Gesicht war weiß wie Kalk. »Krieg mir vorher bloß keinen Herzinfarkt, sonst versaust du Sophia die ganze Freude.«

»*Stronzo!*«, zischte der Dicke und versuchte die Füße zu bewegen, während zwei Männer Sand und Zement vermischten und ein dritter aus einer großen Gießkanne Wasser zugab.

Sandro und Sophia blickten noch einmal über die Schulter, bevor sie dem Patriarchen in den Salon folgten. Der lichtdurchflutete Raum, dessen Wände mit poliertem Walnussholz verkleidet waren, wirkte wie ein mondänes Wohnzimmer. Saviani gab dem wartenden Steward einen Wink, der daraufhin sofort hinter einer Tür verschwand.

»Setzt euch!«, bat er Sophia und Sandro, während er seinen Stock neben einem Sessel abstellte und Platz nahm. Dann richtete er seine Worte an Sophia, die sich ihm gegenüber gesetzt hatte. »Du musst schnell handeln«, begann er ruhig. »Ich hoffe, das ist dir bewusst.«

Sie sah den Patriarchen, der plötzlich müde wirkte, fragend an.

»Meinst du Paluzzi?«

Der Alte schüttelte unwirsch den Kopf. »Über kurz oder lang werden die Carabinieri dir nicht nur unangenehme Fragen stellen. De Corteses Verschwinden wird Unruhe verursachen, und man wird alles tun, um ihn zu finden. In diesem Zusammenhang wird man auch auf die Kliniken stoßen. Von dort aus ist der Weg zu unseren Labors nicht weit. Außerdem …«, er warf Sandro einen Blick zu, »ermittelt die Staatsanwaltschaft wegen der Ermordung meines Sohnes. Auch was dich angeht, werden sie keine Ruhe mehr geben, Sandro.«

»Und das heißt?«, fragte Sophia.

»Du legst die Operationssäle in Bologna, Palermo und Milano still, und zwar sobald wir wieder an Land sind. Die gesamte Medizintechnik muss auf der Stelle verschwinden und in unsere Niederlassung nach Genf gebracht werden. Wir lagern die Gerätschaften dort ein, bis wir wissen, wo wir unsere Arbeit fortsetzen. Die Spedition habe ich bereits angewiesen, man wartet auf dein Kommando, Sophia. Nichts, aber auch gar nichts darf darauf hinweisen, dass in unseren Kliniken Transplantationen durchgeführt wurden. Wir müssen rasch reagieren!«

»*Naturalmente*«, erwiderte sie, ohne seinem Blick auszuweichen.

»Leider wird uns die Sache sehr viel Geld kosten!«, fuhr der Patriarch fort.

Auch wenn er nichts kategorisch verlangt hatte, Sandro und Sophia waren sich im Klaren darüber, dass dies Befehle des Paten waren, die man strikt einzuhalten hatte.

»Was ist mit dem restlichen Klinikpersonal, den Schwestern und Pflegern? Hast du einen Überblick, um wie viele Personen es sich handelt, die möglicherweise dumme Aussagen machen könnten?«

Sie überlegte einen Augenblick. »Insgesamt sechzehn Schwestern und Pfleger.«

»Lass dir schnellstens etwas einfallen«, kommandierte er plötzlich in ungewöhnlicher Schärfe. »Schicke sie in Urlaub! Oder noch besser, spendiere ihnen einen längeren Betriebsausflug!« Sophia sträubte sich innerlich ob des herrischen Tons, ließ sich aber nicht aus dem Konzept bringen. »Was geschieht mit den Transporten von Paluzzi?«, erkundigte sie sich weiter. »Es sind zurzeit fünf Bestattungsfahrzeuge und ein Krankenwagen unterwegs. Die kann ich nicht mehr stoppen.«

»Sandro soll dafür sorgen, dass die toten Spender, sofern noch welche in den Katakomben der Kliniken liegen, nach Tschechien gebracht werden. Ansonsten absolut keine Schläfer mehr aktivieren!«

»Und was tun mit den Krematorien?«

»Da besteht keine Gefahr«, erwiderte Saviani. »Sie liegen auf tschechischem Staatsgebiet. Paluzzi hat sie vor Jahren an eine Bank auf den Antillen verpfändet, weil er für seine Investitionen viel Geld brauchte. Was er nicht wusste, ist, dass die Bank mir gehört. Somit wurde er, ohne dass ihm das klar war, mein Strohmann. Die Besitzurkunden liegen in meinem Banksafe auf Barbados. Sollte von Italien um Amtshilfe gebeten werden, erfahre ich es, und wir schließen die Krematorien für eine Weile. Ansonsten betreiben wir sie dann wieder, wenn sie sich rentieren. Sandro und sein Bruder werden sich darum kümmern. Ich werde ein paar Männer in Paluzzis Niederlassungen schicken, die dort das Kommando übernehmen.«

Sophia sah den alten Patriarchen bewundernd an. »Es ist gefährlich, mit dir Geschäfte zu machen!«

»Nur, wenn es um die Sicherheit der Savianis geht, *carissima!* Du solltest dir diese Regel in Zukunft zu eigen machen!«

Sie nickte nachdenklich. »Ich habe noch ein weiteres Problem, das dringend gelöst werden muss.«

»Derzeit gibt es keine wichtigeren Angelegenheiten«, brummte Saviani unwillig.

»Doch!«, widersprach Sophia. »Ich habe Sandro gebeten, sich

um Andrè Fillone zu kümmern. Er ist der Nächste auf meiner Liste, das habe ich mir geschworen!«

Der Alte kniff die Augen zusammen. Es war seine Art zu zeigen, dass ihm jeder Widerspruch missfiel. »Er läuft dir nicht davon. Kümmere dich zuerst um die Organisation! Einer meiner Freunde im Ministerium hat mir den Hinweis gegeben, dass sich hinter unserem Rücken etwas zusammenbraut.«

»*Bene*«, antwortete Sophia mit gesenktem Haupt.

Saviani nahm ihre Haltung mit Befriedigung zur Kenntnis und neigte sich vor. »Du könntest bald meine Nachfolgerin werden! Ich baue darauf, dass du die Ehre der Savianis wiederherstellst.«

Sophia sah den Alten entgeistert an. Doch er lächelte nur vielsagend.

»Warum ich?«

»Weil ich schon bei deiner Heirat wusste, dass du das Zeug hast. Giulio war ein guter Sohn. Aber du hast die innere Härte, die man braucht, um sich durchzusetzen. Und er …«, Saviani deutete auf Sandro. »Er wird dir zur Seite stehen und auf dich aufpassen. Sandro hat mein Vertrauen. Ich bin stolz auf euch.«

Er erhob sich und ging einige Schritte auf und ab, bevor er sich wieder den beiden zuwandte. »In den nächsten Tagen stehen wichtige Aufgaben vor dir…!«, sagte er zu Sophia. »Die Blutlabors arbeiten normal weiter, aber das Rechenzentrum muss sofort verlegt werden. Such dir ein schönes Land, wo Vasarella mit seinen Computern ungestört arbeiten kann! Am besten Österreich, die Schweiz oder Deutschland. Und vergiss nicht, sämtliche relevante Daten löschen zu lassen.«

»Was machen wir mit Professore Cerlosa und seiner Crew?«

»Sie sollen ihre Sachen packen und verschwinden!«

»Und wenn sie quatschen?«, schaltete sich Sandro ein.

»Sie wissen, was ihnen blüht, sollten sie die Omertà verletzen. Sie bekommen eine angemessene Abfindung und können für eine Weile abtauchen. Ich bin sicher, bei ihrer Vergangenheit werden sie keine Dummheiten begehen. Sie hätten nur noch die Wahl zwischen Gefängnis und Tod. Noch etwas ...« Der Alte suchte nach geeigneten Worten, bevor er weitersprach. »Giulios gestohlene Unterlagen könnten irgendwo auftauchen, ein unschöner Gedanke. Es wäre der pure Leichtsinn anzunehmen, dass De Cortese oder Paluzzi den Inhalt des Aktenkoffers tatsächlich vernichtet haben.«

Einer der Leibwächter klopfte an die gläserne Panoramatür des Salons und trat ein. »Der Kerl sitzt fest.«

Saviani ging mit festen Schritten hinaus auf Deck, gefolgt von Sandro und Sophia.

Paluzzi hatte sich vor Angst eingenässt und saß leise weinend auf dem Stuhl. Der Patriarch stocherte mit dem Stock auf der Oberfläche des harten Zements, in dem Paluzzi bis zu den Waden steckte.

»Lassen Sie mich am Leben, ich beschwöre Sie!«, wimmerte er, als ihm Saviani neugierig in die Augen sah. Die Halsadern des Alten schwollen an.

»Hatte Giulio die Chance, um Gnade zu bitten?«, fragte er in tödlicher Ruhe.

Doch Paluzzi reagierte nicht, er starrte den großen Paten nur flehend an. »Über Bord mit ihm!«, befahl Saviani kaum hörbar. Die drei Männer eilten herbei und hoben Paluzzi mitsamt Wanne hoch, wuchteten ihn an die Reling und öffneten die Tür zur Ladekante.

Sophia trat hinzu und flüsterte dem dicken Paten ins Ohr: »Dein Ende als Fischfutter lasse ich mir unter keinen Umständen entgehen.«

»Nein!«, brüllte Paluzzi, als er den kräftigen Stoß in seinem Rücken fühlte. Kopfüber klatschte er ins Wasser und verschwand wie ein schwerer Stein.

30.
Dummer Zufall

21. Juli 2009

Er hatte sich die ganze Nacht im Bett gewälzt und konnte einfach nicht schlafen. Savianis und De Corteses Akten, in denen er stundenlang geblättert und gelesen hatte, verfolgten ihn im Traum. Um fünf Uhr dreißig stand er auf, öffnete die Läden und sah aus dem Fenster. Palermo erwachte gerade. Die ersten Marktstände wurden aufgeschlagen und Kleintransporter wurden entladen. Die Händler bestückten lautstark ihre Klapptische mit Waren. Es hatte keinen Sinn mehr, sich noch einmal eine Stunde ins Bett zu legen. Kurz entschlossen stellte Losanto sich unter die Dusche, kleidete sich an und verließ das Haus. An der Fontana Pretoria nahm er in einer seiner bevorzugten Frühstücksbars an einem der Tische vor der Tür in der ersten Morgensonne ein *piccolo collazione* ein, das aus einem heißen Espresso macchiato und einem weichen Brioche bestand. Für beides nahm er sich heute ausnahmsweise viel Zeit und informierte sich im »Corriere della Sera« über die neuesten politischen Ereignisse.

Nach weiteren zwei Espressi fühlte er sich besser. Er zahlte mit einem Zehneuroschein und schlenderte ins Commissariato Orieto in der Via Roma. Mit einem Blick zum Himmel stellte er zufrieden fest, dass es heute wieder einen wundervoll sonnigen Tag geben würde. Eigentlich viel zu schade, sich in einem muffigen Büro herumzudrücken. Es war kurz vor sieben, als er in seinem Kommissariat eintraf. Er packte die Unterlagen zusammen, die er für seine Fahrt nach Corleone benötigen würde. Drei Minuten vor acht Uhr, er wollte gerade das Büro verlassen, klingelte sein Telefon auf dem Schreibtisch. »*Porca miseria*«, schimpfte er und hob ab. Teresa Principato meldete sich mit rauchiger Stimme.

»*Dio mio!* Sind Sie schon ausgeschlafen?«, fragte er gut gelaunt.

»Unzureichend, wenn Sie die Nachtruhe meinen«, erwiderte sie ebenso fröhlich.

»Dann kann es nur daran liegen, dass Sie Sehnsucht nach mir haben«, scherzte er. »Ich hoffe, ich habe Sie nicht um den Schlaf gebracht.«

»Ich kann nicht sagen, dass ich mich wegen Ihnen schlaflos im Bett gewälzt hätte, lieber Losanto. Offen gestanden, Sie wären mir zu klein und zu schön.«

Capitano Losanto lachte leise. »Das war mir klar, Direttore Pontine macht da natürlich viel mehr her, so hässlich wie er ist.«

»Vor allem ist er erheblich männlicher als Sie«, erwiderte die Principato belustigt. »Aber Spaß beiseite, wir haben ein Problem! Besser gesagt, einen Vorfall, dem wir sofort nachgehen sollten.«

»Ich fühle mich geehrt, dass Sie dabei zuerst an mich denken«, erwiderte Losanto süffisant.

»Bilden Sie sich nichts ein, Capitano! Direttore Pontine war als Erster dran. In Tarent ist eine merkwürdige Sache passiert. Die dortige Staatsanwaltschaft hat mich gerade davon in Kenntnis gesetzt. Ich habe sofort veranlasst, dass Casaverde mit dem Helikopter nach Tarent fliegt. Er wird voraussichtlich in zwei Stunden eintreffen. Für Sie habe ich vor fünf Minuten ebenfalls einen Hubschrauber angefordert. Sehen Sie zu, dass Sie zum Heliport der Carabinieri kommen. Sie treffen sich mit Casaverde gegen elf Uhr.«

»Ich hatte eigentlich vor, in Corleone ein paar Leute zu besuchen, die für meine Ermittlungen wichtig sind.«

»Mit wem wollen Sie dort sprechen?«

»Mit dem dortigen Comandante der Questura und außerdem will ich Signore d'Arenal noch einmal einen Besuch abstatten.«

»D'Arenal?«

»Dem Vater von Sophia Saviani.«

»Der ist jetzt nicht so wichtig«, erwiderte die Principato. »Verschieben Sie Ihre Fahrt nach Corleone. Während der Urlaubszeit ist dort sowieso alles überfüllt.«

»*Madonna!* Signora ist heute humorvoll! Ich fürchte, Sie haben eine falsche Vorstellung von meiner Arbeit.«

»Ach, Losanto, Sie glauben gar nicht, wie wertvoll mir Ihre Arbeit ist. Trotzdem: Tarent hat Priorität.«

»Von mir aus«, brummte der Capitano. »Und wo treffe ich den verehrten Kollegen?«

»Im Dipartimento des Innenministeriums in der Innenstadt von Tarent. Sie werden direkt dort abgesetzt.«

»Um was geht es?«

»Um eine versuchte Entführung. Wir glauben, dass möglicherweise unser Paluzzi die Hände im Spiel hat.«

»Aha«, entgegnete Losanto. »Allein des Glaubens wegen ein solcher Aufwand?«

»Ich möchte am Telefon nicht deutlicher werden. Nur so viel, Capitano: Ich glaube, wir wissen jetzt, was es mit den Schläfern auf sich hat. Wenn sich die Meldung der Questura aus Tarent bestätigt, haben wir eine erste, brandheiße Spur in Sachen Organhandel.«

Der Capitano entgegnete überrascht: »Haben wir schon Fakten?«

»Nein, Zeugen! Alles deutet auf Paluzzi!«

»Sehr gut!«

»Ich habe eine Nachrichtensperre verhängt«, fügte die Staatsanwältin hinzu. »Die Kollegen in Tarent sind angewiesen, auf Sie und Casaverde zu warten. Wenn es sich bewahrheitet, dass Paluzzi seine Finger im Spiel hat, lasse ich ihn sofort aus dem Verkehr ziehen. Halten Sie mich auf dem Laufenden, damit ich gegebenenfalls alles Notwendige veranlassen kann! Casaverde ist informiert.«

Losanto war von seinem Stuhl aufgesprungen. In seinen Augen funkelte der Jagdtrieb. »Wie kommen Sie eigentlich auf Paluzzi?«

»Eines seiner Krankenfahrzeuge ist mitsamt Patienten verunglückt. Es zeigte sich, dass man versucht hat, zwei Personen zu entführen. Wie es aussieht, sollten sie als Organspender missbraucht werden.«

»Ich bin unterwegs«, antwortete Losanto und legte auf.

Zwei Stunden und vierzig Minuten später landete Losantos Hubschrauber im Innenhof des Dipartimento des Innenministeriums. Er wurde von zwei Uniformierten in Empfang genommen und in einen Besprechungsraum geleitet. Als er eintrat, saß Casaverde wartend in einem der schwarzen Ledersessel am Konferenztisch und rauchte.

»*Salve!*«, grüßte der Capitano den Kollegen aus Rom und setzte sich zu ihm an den schweren Eichentisch. »Sind wir hier ungestört?«

»*Sì*«, erwiderte Casaverde und rückte seine Brille zurecht. »Unsere schöne *principessa* hat Geheimhaltung angeordnet, wir haben den Raum zu unserem Hauptquartier erklärt.«

»*Principessa* ist gut.« Losanto grinste und musterte Casaverde mit gespannter Miene. »Wenn du so viel weißt, wie es den Anschein hat, solltest du mich ins Bild setzen.«

»*Chiaro!*« Casaverde lächelte und strich seine Bügelfalten glatt. »Auf der Landstraße von Tarent nach Massafra gab es auf der Höhe von Masseria San Sergio einen schweren Unfall. Es ist eine vierspurige Ausfallstraße Richtung Autobahn.«

»Und? Weiter!«, drängte Losanto und zündete sich eine Zigarette an.

»Ein Bauer ist mit seinem Traktor auf die Schnellstraße eingebogen. Der Krankenwagen raste ihm direkt in die Seite. Es muss ein schlimmer Unfall gewesen sein. Wir werden gleich hingebracht, um uns selbst einen Eindruck zu verschaffen.«

»Und deshalb fliegen wir hierher?«, unterbrach ihn Losanto verwundert.

»Natürlich nicht! Du lässt mich ja nicht zu Wort kommen.« Casaverde setzte umständlich seine Brille auf. »Im Krankenfahrzeug lagen zwei Personen. Beide sind schwer verletzt und der oder die Fahrer spurlos verschwunden, obwohl die Fahrerkabine völlig demoliert ist.«

»Hört sich alles nach einem normalen Unfall an«, unterbrach Losanto seinen Kollegen.

»Nicht so eilig! Der Krankenwagen gehört zu Paluzzis Flotte! Ich habe kurz vor dem Abflug mit Tarent telefoniert«, fuhr er fort. »Die sagen, der Rettungswagen ist gar kein Rettungswagen. Er ist nur von außen wie einer lackiert. Die Verunglückten waren auf einer Bahre festgeschnallt, man könnte auch sagen gefesselt. Es sind wohl Jugendliche.«

»Und was weiter?«, fragte Losanto angespannt.

»Sie waren sediert. Verstehst du jetzt, weshalb man uns alarmiert hat?«

Losanto drückte seine Zigarette im Aschenbecher aus. »Dann los!«, knurrte er und erhob sich.

»Nur Geduld! Man wird uns in ein paar Minuten in die Klinik fahren. Die jungen Leute liegen in der L'Unita Sanitaria in der Via Minneti.«

»Und was ist mit diesem angeblichen Rettungswagen?«

»Die Carabinieri haben das Fahrzeug sichergestellt, es wird gerade hierhergebracht. Zuerst ist man von einem gewöhnlichen Unfall ausgegangen, bis man verdächtige Papiere unter dem Beifahrersitz gefunden hat. Mehr weiß ich noch nicht.«

»*Buongiorno Signori!*« Zwei Carabinieri waren eingetreten und grüßten militärisch stramm. »*Andiamo?*«, fragte einer der beiden. »Der Wagen steht bereit.«

Knapp zehn Minuten später trafen sie im Krankenhaus ein.

»In der Ambulanz warten Kollegen von uns, die wissen alles Weitere«, rief der Fahrer hinter Losanto und Casaverde her.

»Erstes Untergeschoss«, meinte Casaverde und betrat mit Losanto den Aufzug.

»Wieso weißt du das?«

»Weil es neben dem Knopf steht«, knurrte Casaverde, deutete auf ein Aluminiumschild.

Im Untergeschoss öffneten sich Lifttüren geräuschlos, und die beiden orientierten sich in dem endlos langen Gang. »Da vorne muss es sein«, sagte Casaverde und deutete auf eine Gruppe von Carabinieri, die er vor einer Tür stehen sah.

Die beiden Kommissare näherten sich den wartenden Beamten. »Ich bin Commissario Casaverde«, stellte sich der Antimafiaermittler aus Rom einem der Uniformierten vor, der ihm mit erhobener Hand sehr formell entgegentrat. »Das ist Capitano Losanto.« Er deutete auf den hinter ihm stehenden Kollegen.

»Wo finden wir die beiden Jugendlichen, und wie heißen sie?«

»Mein Name ist Sergente Panotti«, antwortete der Carabiniere.

»Ich habe nicht Sie, sondern die Namen der Jugendlichen gemeint.«

»Ist mir gerade entfallen«, erwiderte Panotti grinsend. »Aber zum besseren Verständnis: Ich bin der ermittelnde Beamte vor Ort. Anordnung der Staatsanwaltschaft. Hier darf keiner rein und keiner raus!«

»*Bene*«, murmelte Casaverde und musterte ihn kurz.

Der Carabiniere war ein kleiner, säbelbeiniger Mann mit einer hässlichen Nase und einem geröteten Gesicht. Die Uniform spannte sich über seinen Kugelbauch. Er betrachtete die Kommissare aus Rom und Palermo mit misstrauischem Blick wie zwei Außerirdische, deren Besuch nicht sehr gelegen kam.

»Wo sind die zwei jetzt?«, erkundigte sich Losanto und schob Casaverde ein wenig beiseite.

»Sie liegen auf Zimmer 14 und 17. Jetzt fallen mir auch wieder die Namen ein. Das Mädchen heißt Aydan Bürgün, fünfzehn Jahre alt, der Junge ist ebenfalls fünfzehn. Sein Name ist Ronaldo Venozza. Die Eltern sind benachrichtigt. Wir warten noch auf den Arzt. Er sagt uns, ob und wann Sie die beiden Verletzten sprechen können.«

»*Ho capito*«, erwiderte Casaverde und wandte sich an eine vorbeieilende Schwester. »Gibt es hier irgendwo ein Wartezimmer, wo wir uns ungestört unterhalten können?«

»Dort«, meinte sie und deutete auf eine Nische. »Gehen Sie ins Schwesternzimmer! Gleich um die Ecke.«

Losanto und Casaverde verschwanden mit Sergente Panotti im Schwesternzimmer und schlossen hinter sich die Tür.

Der Carabiniere berichtete kurz über den Unfallhergang.

»Was ist nun mit dem Transporter?«, erkundigte sich Losanto.

»Der Wagen ist auf einen Edoardo Paluzzi zugelassen. Der Inhaber führt Krankentransporte durch.«

»Wissen wir bereits«, entgegnete Casaverde. »Der Kerl ist uns bestens bekannt.«

»Dann brauche ich ja nichts mehr dazu zu sagen«, murmelte der Carabiniere mit einem Unterton, als hätte er noch ein Ass im Ärmel.

»Nur zu, Sergente«, ermunterte ihn Casaverde. »Wir sind für jedes Detail dankbar.«

»Auf der Ladefläche hatte man die zwei Jugendlichen auf Krankenbahren festgeschnallt. Durch den Aufprall sind sie mit den Köpfen an die Frontwand der Ladeflächen gedonnert. Sie haben ein paar Platzwunden. Erst dachten wir, als wir sie geborgen haben, die beiden sind tot. Aber der Notarzt stellte fest, dass sie nur betäubt waren. Vermutlich haben sie von dem Aufprall gar nichts mitbekommen.«

»Wer hat die beiden betäubt? Weiß man das?«

Sergente Panotti schüttelte den Kopf. »Wir haben eine Arzttasche mit starken Betäubungsmitteln auf dem Beifahrersitz gefunden. Ich weiß nicht, was das für ein Zeug war, aber der Notarzt meinte, dass die Spritzen einen Ochsen umhauen würden.«

»Aha«, antwortete dieses Mal Casaverde. »Und wo ist er?«

»Der Notarzt?«

»Ja, wer sonst?«

»Ich werde mich sofort erkundigen«, sagte der Carabiniere mit verkniffener Miene. »Vorhin habe ich ihn noch auf dem Gang gesehen.«

»Was meinst du? Sollen wir in die Zimmer gehen und nachsehen?«, fragte Losanto und ging schon zur Tür.

Der Carabiniere zuckte mit den Achseln. »Fragen Sie besser den Arzt, bevor es Ärger gibt!«

Casaverde hielt seinen Kollegen am Arm fest. »Er hat recht«, murmelte er und wandte sich wieder dem Sergente zu. »Gibt es Zeugen?«, fragte er weiter.

»Nicht vom Unfall«, erwiderte der Uniformierte. »Der Bauer auf dem Traktor ist tot. Den konnten wir nicht mehr befragen. Aber eine halbe Stunde bevor der Unfall passierte, kam in der Questura ein Notruf an: Es seien zwei Personen in einem Krankenwagen entführt worden. Der Anruf kam aus Rione Tamburi.«

»Ja und?«, blaffte Casaverde den Carabiniere an. »Von wem? Namen, Adresse? Und wo ist dieses Rione Tamburi?«

»Das Mädchen heißt Nina Ramboli. Eine kleine Schlampe, wenn Sie mich fragen. Nicht gerade die Traumgegend von Tarent, wo diese Leute wohnen.« Der Carabiniere blickte in fragende Mienen. »Was ich damit sagen will, ist, dass alles, was an Notrufen oder Meldungen aus Rione Tamburi eintrifft, mit einer gewissen Vorsicht zu genießen ist. Außerdem reden die Menschen in dieser Gegend normalerweise nicht mit Carabinieri. Es ist eine echte Ausnahme, dass das Mädchen seinen Namen genannt hat. Als wir den Zusammenhang mit dem Unfall begriffen haben, sind sofort zwei Beamte losgefahren. Eigentlich müssten sie schon zurück sein.«

»Na, das nenne ich doch mal eine solide Auskunft!«, spottete Losanto. »Und wo sind der oder die Fahrer des Krankenwagens? Hat man eine Vermutung? Oder eine Spur?«

»Sie sind wie vom Erdboden verschluckt. Eine Fahndung ist eingeleitet. Wir sind ziemlich sicher, dass es zwei waren. Jedenfalls suchen mehrere Kollegen die Gegend um den Unfallort ab.«

»Wir haben gehört, dass Sie Papiere im Fahrzeug gefunden haben«

»Stimmt. Sie liegen im Dipartimento des Innenministeriums«, antwortete Panotti deutlich distanzierter.

»Was ist los damit?«, fragte Losanto und sah ihn neugierig an.

»Eine Staatsanwältin aus Palermo ...« Er stockte, bevor er weiterredete. »Wenn Sie mich fragen, eine ganz und gar unangenehme Person. Haben Sie so etwas schon einmal erlebt? Wer ist diese Frau, dass sie die halbe Questura aufmischt?«

Losanto näherte sich dem Sergente. »Ich verrate Ihnen ein Geheimnis. Sie ist nicht nur eine Staatsanwältin, sondern auch ganz zufällig die Nichte des Generalstaatsanwalts in Rom.«

Der Sergente nahm eine sichtlich strammere Haltung ein. »Sie hat angeordnet, dass alles, was sich im Auto befunden hat, sofort dorthin gebracht werden soll. Das Zeug liegt im Büro des Direttore. Auch die Papiere.«

»Was für Papiere?«, fragte Casaverde.

»Eine Art Transportliste. Die Fuhre war nach Bologna unterwegs. Ich habe die Unterlagen nur überflogen. Sagen Sie«, erkundigte sich Sergente Panotti, »um was geht es hier eigentlich? Hinter den Kulissen redet man von Menschenhandel. Stimmt das?«

»Vieni«, erwiderte Casaverde. »Sehen wir zu, dass wir vom Dottore des Krankenhauses noch etwas Verwertbares erfahren.« Er wandte sich an den dicklichen Sergente. »Alles, was mit dem Unfall zusammenhängt, ist streng geheim. Hat die nette Staatsanwältin Ihnen das nicht mitgeteilt?«

»Naturalmente«, erwiderte Panotti mit beleidigtem Gesicht. »Selbstverständlich können Sie mit meiner Verschwiegenheit rechnen, Signori.«

»Tun wir aber nicht«, erwiderte Casaverde knapp. »Immerhin wissen wir, wo wir hier sind.«

»Was wollen Sie damit sagen?«, fuhr der Beamte empört auf.

»*Grazie, Signore Sergente*«, verabschiedete Casaverde den Carabiniere und wandte sich mit Losanto dem Arzt zu, der sich gerade mit wehendem Kittel auf dem Flur näherte.

Wenige Augenblicke später befanden sie sich mit dem Mediziner in dessen Arztzimmer und ließen sich die ersten Fakten über den Zustand der Jugendlichen mitteilen. Aus medizinischer Sicht waren die Tatsachen schnell klar. Aydan Bürgün und Ronaldo Venozza waren mit Propofol außer Gefecht gesetzt worden. Beide wiesen Einstiche an den Oberarmen auf und hatten offenkundig eine starke Dosis bekommen. Sie hatten Platzwunden am Schädel und schwere Gehirnerschütterungen erlitten. Da sie noch in der Intensivstation lagen, mussten Casaverde und Losanto die Befragung der Jugendlichen vorerst verschieben.

Am Spätnachmittag trafen die beiden Kommissare in der Questura ein. Sie waren auf dem Weg dorthin von der Zentrale benachrichtigt worden, dass man die Zeugin Nina Ramboli ins Vernehmungszimmer gebracht habe und sie für eine Aussage zur Verfügung stehe. Casaverde hatte die Beamten in der Questura angewiesen, die junge Frau abzuschirmen und niemanden zu ihr zu lassen. Verlautbarungen an die Presse wurden von ihm ebenso streng untersagt wie jeder Kommentar, der den Unfall betraf.

Als sie den schmucklosen Raum betraten, der mehr einer Gefangenenzelle als einem Zimmer ähnelte, sahen sie sich einem kräftig gebauten Teenager mit den Augen einer Erwachsenen gegenüber, der ungeschminkt und illusionslos die Entführung seiner Freunde schilderte. Losanto fröstelte es, als er Nina zuhörte. Sie schilderte den Vorfall, als handelte es sich um einen

Kriminalfilm, bei dem zufällig ihre Freunde beteiligt waren. Er wurde den Verdacht nicht los, dass es ihr schmeichelte, plötzlich im Mittelpunkt des Interesses zu stehen. Ihre knappen Aussagen endeten damit, dass sie sich nach einer eventuellen Belohnung erkundigte.

Casaverde winkte ab. Kinder, die in Rione Tamburi aufwuchsen, entwickelten eben eine ihrer Umgebung angepasste Moral. Die Staatsanwältin Principato hatte die Situation richtig eingeschätzt, als sie Losanto und Casaverde nach Tarent schickte. Alles deutete darauf hin, dass zwei Personen auf offener Straße und am helllichten Tage eingefangen worden waren, um mit hoher Wahrscheinlichkeit als Organspender missbraucht zu werden.

»Wir sollten Generalstaatsanwalt Della Torre und meinen Chef informieren«, sagte Casaverde zu seinem Kollegen. »Wie das aussieht, wird das ein Politikum erster Güte.«

»Ich würde abwarten, bis wir genauer Bescheid wissen und uns alle Fakten zur Verfügung stehen«, wandte Losanto ein. »Außerdem dürfen wir Signora Principato nicht übergehen. Was hältst du davon, wenn wir ihr einen kurzen Zwischenbericht geben, nachdem wir die sichergestellten Unterlagen im Büro eingesehen haben? Oder glaubst du, dass hier die Wände Ohren haben?«

Casaverde wiegte den Kopf. »*Non so!* Wir müssen es riskieren. Außerdem sind unsere Kollegen hier in Tarent so blöde auch wieder nicht, dass sie sich keinen Reim auf das Ganze machen können. Dazu ist der Vorfall zu offensichtlich.«

»Stimmt«, bestätigte Losanto. »Also, an die Arbeit, Signore!«

Kurz darauf betraten die beiden ihr vorrübergehendes Büro im Ministerium. Auf dem Schreibtisch lag eine schmale Mappe. Sie war mit einem roten Stempel beschriftet: *Prove conclusive* – Beweismappe.

Casaverde schlug sie auf, während sich Losanto neugierig über seine Schulter beugte. Ein Zettel an einem Gummiband lag obenauf. In kargen Worten stand darauf geschrieben: *2251 Faisal Bin Fahad al Mhudi, Dubai.*

Der Commissario aus Rom reichte den Zettel an seinen Kollegen weiter.

»Das ist ein Ding!«, flüsterte Losanto überrascht. »Genau einen solchen Zettel hat man bei der Leiche in Genua, bei diesem Ivan Badolento, gefunden. Der hatte auch eine vierstellige Nummer vor dem Namen eines spanischen Adligen.«

»Ich erinnere mich«, erwiderte Casaverde.

»Wir sollten die Principato danach fragen. Vielleicht hat sie herausgefunden, was sich hinter der ominösen Beschriftung verbirgt.«

Casaverde nickte abwesend. Er las gerade ein weiteres Dokument, das man im Fahrzeug sichergestellt hatte.

»Jetzt wird es interessant«, murmelte er und reichte ihm das Blatt. »Die beiden waren anscheinend nach Bologna unterwegs.«

Losanto nahm den Zettel entgegen. »Die sollten in die Klinik von Saviani gebracht werden«, stellte er verblüfft fest. »Bei so viel Dummheit müsste der Fahrer eigentlich erschlagen werden. Weißt du, was das bedeutet?«

Casaverde stand über die Papiere gebeugt und schüttelte den Kopf. »*Certo*«, flüsterte er kaum hörbar. »Die beiden sind dem Tod noch einmal von der Schippe gesprungen. Diese Aydan und dieser Ron sind Schläfer. Verdammt, Bellini hatte von Anfang an recht, und wir haben über ihn nur gelächelt. Wir zermartern uns monatelang das Hirn, ob Schläfer Terroristen oder Spione sind. Wieso sind wir nicht viel früher auf diese Idee gekommen?«

»So, wie es da steht, sollte dem Mädchen das Herz entnommen werden«, sagte Losanto. »Aber was ist mit dem Jungen? Von dem steht hier nichts auf der Liste.«

»Keine Ahnung«, erwiderte Casaverde. »Vielleicht wollten sie seine Nieren, seine Leber oder was weiß ich …!«

»… Oder der Ersatz, wenn etwas mit dem Herzen des Mädchens schiefgegangen wäre«, sagte Losanto mehr zu sich selbst als zu seinem Kollegen. Plötzlich hielt er die Luft an und fasste sich an den Kopf.

»Was ist?«, erkundigte sich Casaverde.

»Was wäre, wenn Paluzzis Transporter alle Fakes sind? Stell dir vor, alle diese Krankenwagen … Die machen das in großem Stil!«

»Mir wird schlecht«, flüsterte Casaverde. »Sagtest du nicht, dass dieser Paluzzi gleichzeitig einer der größten Leichenbestatter Italiens ist?«

»Denkst du, was ich denke?«, fragte der Capitano, als traue er seiner eigenen Phantasie nicht.

»Wir müssen sofort handeln«, sagte Casaverde entschlossen. »Ich rufe die Principato an. Sie soll den Generalstaatsanwalt benachrichtigen. Sei so gut und lass den Helikopter startklar machen! Jede Wette, dass man uns nach Rom beordert.«

31.
Der Plan

Endlich lag die lange Fahrt von Mailand nach Reggio di Calabria hinter ihnen. Die ganze Nacht waren sie gefahren,
hatten nur auf der Höhe von Neapel eine längere Pause einge-
legt und ein paar Stunden geschlafen. Jetzt passierten sie das
Ortsschild der kalabrischen Hauptstadt und folgten dem Hinweisschild zur Fähre nach Messina.

»Was riecht denn hier so?«, fragte Bruno auf dem Beifahrersitz.
»Ich wollte dich die ganze Zeit fragen, aber da war es noch
nicht so schlimm. Fällt dir das nicht auf?«

»Das kommt aus dem Metallkoffer«, erwiderte Sandro grinsend.

Bruno beugte sich nach hinten, angelte nach dem Diplomaten-
koffer und legte ihn auf seinen Schoß. »Ich habe mich schon
gewundert, weshalb du den Aktenkoffer mit dir herumschleifst.
Was ist da drin?«

»Tramezzini mit Käse belegt.« Sandro lachte amüsiert.

»Im Ernst?«, fragte Bruno ungläubig.

»Nein, Feuerwerk.«

»*Come?*«

»Sprengstoff.«

»Etwa Dynamit ...«

»Quatsch. Semtex ... Plastiksprengstoff. Man nennt es im Fach-
jargon auch C 4. Es lässt sich wie Marzipan formen und überall
leicht anbringen. Man kann es beispielsweise unter einen Tisch
kleben oder unter einem Auto anbringen. Klebt wie Leim und
stinkt ein wenig, ist aber wahnsinnig beeindruckend, wenn es

hochgeht. Ich mache es immer geruchsneutral, bevor ich es einsetze.«

»Und das Zeug fährst du die ganze Zeit im Auto herum, ohne dass du mir einen Ton davon sagst?« Bruno war sichtlich blass um die Nase geworden. »Und wenn dieses Zeug hochgegangen wäre?«

»Das wäre ziemlich schlecht gewesen.« Sandro lachte und hielt hinter einem Wagen auf der Zufahrt zur Sizilienfähre an.

»Und wie zündest du die Ladung?«

»Mit einem Handy. Es liegt dabei. Du wählst die Nummer an, und schon fliegt alles in der Umgebung in die Luft!«

Bruno grinste anerkennend.

»Gib her, ich lege das Zeug in den Kofferraum! Setz du dich jetzt hinters Steuer!« Sandro nahm seinem Bruder den Aktenkoffer ab und stieg aus. »Übrigens, die Knete ist ohne Zünder völlig harmlos.«

Während Bruno den Platz wechselte und dem uniformierten Einweiser folgte, begab sich Sandro zu Fuß auf die Fähre und ging gleich über die schmalen Stufen hinauf zum Oberdeck in die Cafébar. Obwohl es erst kurz vor acht Uhr war, knallte die Sonne unbarmherzig auf die tiefblaue Wasseroberfläche und warf silberne Blitze.

In seinem rostfarbenen Sakko, der braunen Leinenhose, dem grünen Polohemd, den teuren englischen Schuhen wirkte Sandro wie ein harmloser Gentleman vom Land.

Mit einem zufriedenen Lächeln und einer Zigarette im Mundwinkel setzte er sich mit einer Tasse Cappuccino auf eine Bank des Aussichtsdecks und verrührte zeitvergessen den Zucker. In der Nacht hatten sie bei Regen und heftigem Wind mehr als zehn Stunden auf der Autobahn in Richtung Süden verbracht, jetzt aber war kein Wölkchen am Himmel zu entdecken. Nach der Ankunft lag eine reizvolle Autofahrt entlang des Golfo di Patti vor ihnen, die über abenteuerliche Brücken, Viadukte und zerklüftete Felsabgründe nach Palermo führte. Viele Jahre war es her, dass er das letzte Mal diese Küstenstraße befahren und in Corleone Enrico und Giancarlo eingefangen hatte. Jetzt war die Zeit gekommen, Andrè Fillone einen Besuch abzustatten, der vor kurzem aus den Vereinigten Staaten in die Heimat zurückgekehrt war. Es war Sophias Idee gewesen, diesen Termin auszuwählen.

Am nächsten Tag wollte Andrè mit pompösem Aufwand nicht nur seinen zweiundvierzigsten Geburtstag feiern, er hatte auch die Hochzeit mit seiner zweiten Frau auf diesen Tag gelegt. Sophias Augen hatten geleuchtet, als sie von diesem feierlichen Anlass erfuhr. Die Familie hatte für Andrès Ehrentag das Ristorante »La Gioia« angemietet, das auf einer Anhöhe inmitten eines riesigen Olivenhains einige Kilometer nördlich von Corleone lag. Man erwartete, wie Savianis Männer herausgefunden hatten, weit über hundert Gäste. Dass etwa zwei Dutzend Männer das Gelände rund um das Ristorante absichern würden, war Sophia bekannt. Bruno und Sandro wussten noch nicht, wie und wann sie zuschlagen würden. Die Vorgehensweise wollten sie festlegen, wenn sie erst die Örtlichkeiten und Umstände kennengelernt hatten.

Genüsslich nippte Sandro an seinem Cappuccino, als sich Bruno neben ihn auf die Bank setzte. »Was glaubst du, wie lange wir bis Palermo brauchen?«, erkundigte er sich.

»Etwas über zwei Stunden, schätze ich«, erwiderte sein Bruder. »Kommt auf den Verkehr an. Aber was soll's, wir haben jede Menge Zeit. Wir fahren direkt nach Romagnolo. Wir lassen bei Natalia erst einmal unsere Gaumen verwöhnen. Alfredo kommt erst gegen fünf Uhr nachmittags.«

»Denkst du schon wieder ans Essen?«

»Nein, an Natalia«, erwiderte Sandro, rollte die Augen und schnalzte mit der Zunge. »Sie hat eine Figur wie eine Göttin.« Er zeichnete mit den Händen die Konturen nach und sah Bruno erwartungsvoll an.

»Die kenne ich nicht«, bemerkte Bruno trocken und warf seinem Bruder einen belustigten Blick zu. »Du hast noch nie von ihr erzählt. Eigentlich dachte ich, du schwärmst für Sophia.«

»Sophia ist eine Klasse für sich. Aber eben nur zum Ansehen! Eine Frau, die man von weitem bewundert.«

»Wie meinst du das?«, fragte Bruno überrascht.

»Ich mag sie. Man kann sich auf sie verlassen. Sie ist intelligent, verschwiegen und loyal. Aber als Geliebte ungeeignet, als Begleiterin zu teuer, als Frau zu kalt und zu erbarmungslos. Ich ziehe eine anschmiegsame Frau mit feurigem Herzen und einfühlsamer Seele vor«, sagte Sandro in einem Anflug von Schwärmerei.

»Aha«, erwiderte Bruno amüsiert. »Eine wie diese Natalia.«

»Zum Beispiel.« Sandro schmunzelte in sich hinein. »Oder auch Gina, Sophias Haushälterin. Das ist auch eine ganz Liebe. Ihre Fürsorglichkeit und ihre Anschmiegsamkeit kann einem schon das Herz auf Touren bringen. Natalia dagegen kann himmlisch kochen. Es ist verdammt schwer, die Richtige zu finden.«

»Wie es scheint, hast du die Qual der Wahl. Und woher kennst du Natalia?«, erkundigte sich Bruno.

»Sie war damals in meiner Klasse. Nach der Schule haben wir uns leider aus den Augen verloren. Na ja, und dann saß ich im Knast. Ich hatte sie längst vergessen, als wir uns vor ein paar Jahren zufällig in Palermo wiedergetroffen haben. Sie hatte mit ihrem Mann ein Ristorante in der Stadt. Vor zwei Jahren ist er gestorben. Herzinfarkt. Seitdem ist sie draußen in Romagnolo. Ich habe sie dort ein paarmal besucht.«

»Aha«, entgegnete Bruno. »Und wer liebt jetzt wen? Du sie, oder sie dich?«

»*Stupidita!* Sie umsorgt mich gerne, wenn ich sie besuche, und stellt mir vor allem keine dummen Fragen.« Er grinste und nestelte eine Packung Zigaretten aus der Tasche.

»Ich brauche noch etwas zu trinken. Soll ich dir noch einen Espresso mitbringen?«, meinte Bruno und erhob sich.

Sandro nickte.

Kurze Zeit später kam Bruno mit zwei Tassen zurück und reichte seinem Bruder den Espresso. Sandro stellte seinen neben sich auf die Bank und zündete sich nachdenklich eine Zigarette an.

»Was ist los mit dir? Du bist so ruhig.« Bruno musterte seinen Bruder von der Seite.

»Ich überlege, ob ich diesem Alfredo trauen kann. Anselmo Saviani hat ihn empfohlen. Trotzdem, ich weiß zu wenig über ihn. Zugegebenermaßen werde ich immer ein wenig nervös, wenn ich auf die Zuverlässigkeit anderer angewiesen bin. Es ist so eine Art innere Anspannung. Die habe ich vorher immer.«

»Es bleibt uns nichts übrig, als abzuwarten. Wir sehen uns Savianis Freund erst einmal genau an. Dann klären wir, wie er das ›La Gioia‹ beliefern will und was wir dabei zu tun haben.«

Sandro nickte in Gedanken. »Sophia will, dass ich sie auf dem Laufenden halte. Ich rufe sie an, wenn wir so weit sind.« Er blickte auf seine Armbanduhr. »Sie ist gestern Nachmittag gestartet. Wenn sie stramm gefahren ist, müsste sie jetzt in Palermo sein.«

Bruno brummte zufrieden und streckte seine Beine aus. »Kennst du ihn?«, fragte er nach einer Weile des Schweigens.

»Wen?«

»Diesen Fillone.«

»Kennen ist zu viel gesagt«, erwiderte Sandro. »Ich habe ihn einige Wochen aus der Entfernung beobachtet. Er gehört zur Marke Großkotz und Größenwahn. Typischer Egomane mit Hang zur Selbstdarstellung. Sein Ein und Alles ist sein Auto. Er liebt seinen Lamborghini mehr als seinen eigenen Schwanz, und das will was heißen.«

Bruno kicherte leise. »Eigentlich ist dieser ganze Ehefirlefanz rausgeschmissenes Geld, er wird sowieso nichts mehr davon haben.« Er ließ seinen Blick über die Küstenlinie von Messina schweifen.

Die Dieselmotoren brachten den Schiffskörper kaum merklich zum Vibrieren, als die Fähre von Reggio di Calabria ablegte. In einer halben Stunde würden sie die Meerenge überquert haben und Sizilien erreichen. Der kühle Fahrtwind verschaffte den beiden Männern angenehme Erfrischung. Hinter ihnen ragte der schneebedeckte Monte Cendri in den stahlblauen Himmel, während sich im Vordergrund der Stromboli in watteweichen Dunst hüllte.

Eine endlos lange Reihe von Blechkarossen wälzte sich von der Rampe der Fähre und verschmolz mit dem Verkehr der Innenstadt von Messina. Sandro und Bruno quälten sich durch verstopfte Gassen, Verkehrsstaus und das heillose Durcheinander eines völlig verwirrenden Straßennetzes, bis sie endlich die weniger stark befahrene Ausfallstraße zur Autobahn erreichten. Die Seitenfenster hatten sie weit geöffnet, damit der Fahrtwind die Temperatur im Wagen auf einem einigermaßen erträglichen Maß hielt.

Auf der Höhe von Tonarella empfing sie das dumpfe Grollen des Mongibello, wie die Sizilianer den Ätna nennen. Heute war es besonders deutlich zu hören, ein Rumoren, das die Menschen im Umkreis von dreißig Kilometern auch nachts an den kochenden Riesen erinnerte.

Bruno fuhr in zügigem Tempo über die Autostrada, deren gebirgige Route in Richtung Palermo führte. Sie kamen gut voran und entschlossen sich deshalb, ohne Pause durchzufahren. Nach zwei Stunden erreichten sie die Stadtgrenzen der sizilianischen Metropole. An der Tangentiale, einer vierspurigen Umgehung, staute sich kurz vor der Piazza Albert Einstein der Verkehr. Aber hier wollte Sandro ohnehin die Schnellstraße verlassen. Nun schlängelten sie sich durch das hektische Verkehrsgewühl der Altstadt in Richtung Porta Felice. Bis zu ihrer Verabredung mit Alfredo Zoccha, der eine der renommiertesten Cateringfirmen der Stadt betrieb, blieben ihnen noch einige Stunden Zeit.

Don Salvatore Fillone, der Pate aus Corleone, hatte den anerkannten Koch mit der Ausrichtung des Hochzeitsessens sowie der Lieferung der Getränke und Dekoration für das Fest seines Sohnes betraut. Auch das Servicepersonal wurde von Zoccha gestellt. Wie klein die Welt doch manchmal war! Anselmo Saviani, der über beste Verbindungen verfügte, hatte Zoccha gebeten, Sandro und Bruno als Hilfspersonal einzustellen. Zoccha war Saviani noch einen Gefallen schuldig und deshalb gut beraten, dessen Bitte nachzukommen.

Die beiden Männer näherten sich allmählich der Küstenstraße, ließen die Porta Felice hinter sich und bogen in die Via Ponte di Mare ein, die am Strand des gänzlich unattraktiven Stadtteils Romagnolo entlangführte. Zwischen hastig hochgezogenen Mietshäusern, Handwerksbetrieben, Werkstätten und allmählich verfallenden Bausünden der Mafia befand sich, in der Via Cortile Chiazzese, Natalias kleines Ristorante mit einem winzigen Vorgarten. Eine zerfledderte Palme zierte den ausgetrockneten Garten, unter der drei Tische standen. Ringsum hämmerten Bauarbeiter, surrten Kreissägen, luden Lastwagen Baumaterialien ab und riefen sich Männer gegenseitig Anweisungen zu. Eine Glocke von Staub und Hitze lag über dem Stadtteil.

»Lass uns hineingehen«, meinte Sandro. »Den Lärm will ich mir beim Essen nicht antun.« Er schritt voran und betrat das Ristorante.

Der karge Raum mit graugesprenkeltem Steinboden und weiß eingedeckten Tischen vermittelte den Charme eines Wartesaals. Während sie sich an einen Tisch am Fenster setzten, musterte Bruno das leere Lokal.

»Dem Getränkeregal nach zu schließen, scheint deine Natalia gute Weine zu haben, aber wenn das Essen so schmeckt, wie die blassgrünen Wände aussehen, na dann *Salute Maria*«, murmelte Bruno.

»Sie ist eine begnadete Köchin, glaube mir!«

»Und deshalb bekommt man hier auch kaum einen freien Platz«, erwiderte Bruno ironisch.

Unvermittelt tauchte eine schlanke Frau in der Tür zur Küche auf. Ihr strahlender Blick lag auf Sandro. »Lässt du dich auch wieder einmal sehen, du untreue Seele!«, rief sie sichtlich erfreut und eilte auf ihn zu.

»Das ist Bruno!«, stellte er seinen Bruder vor und umarmte sie.

»Wir wollten uns bei dir stärken, bevor wir Besuch bekommen. Kannst du später vorne zusperren, damit wir ungestört bleiben?«

»Für dich tue ich doch alles!«, erwiderte sie.

»*Madonna!*« Bruno lachte und warf Natalia einen anerkennenden Blick zu. »Jetzt verstehe ich, weshalb du mich hierhergeschleift hast.«

»Speisekarte?«, fragte sie mit einem Unterton, als sei diese nicht zu empfehlen.

»*No, recita!*«, forderte Sandro sie auf und warf ihr einen Handkuss zu.

»Ich habe Auberginenröllchen mit Ricotta und geröstetes Weißbrot als Vorspeise, wenn ihr das mögt.« Natalia suchte in den Mienen ihrer Gäste nach Zustimmung und fuhr fort. »Danach gibt es *penne ai carciofi.*«

Bruno verdrehte genüsslich die Augen zur Decke. »Und als Hauptspeise?«, erkundigte er sich nun neugierig.

»Wie wäre es mit *agneddu 'nfurnatu cu riganu?* Es ist ein altes, sizilianisches Rezept und stammt aus den Bergen im nördlichen Teil der Insel. Meine Großmutter hat es immer gemacht.«

»*Grandissimo*«, schwärmte Sandro. »Wie bereitest du es zu?«, erkundigte er sich neugierig, während er mit sichtlichem Wohlwollen Natalias Figur musterte.

»Normalerweise nehme ich dazu ein Frühlingslämmchen«, erwiderte sie. »Aber um diese Jahreszeit geht auch ein zartes Stück Lammfleisch. Die Fleischstücke gebe ich in einen eisernen Bräter. Dazu gebe ich Öl, Salz, Pfeffer und Zwiebeln und bestreue das Ganze gleichmäßig mit Oregano. Das Geheimnis liegt in der Hitze im Backofen. Man muss das Fleisch bei 150 Grad im vorgeheizten Backofen etwa 15 Minuten braten. Danach, und das ist wichtig, erhöhe ich die Temperatur auf 170° Grad und nach weiteren 15 Minuten auf 180° Grad. Man darf aber nicht vergessen, während des Garens das Fleisch wiederholt mit dem heißen Ölsud zu begießen. In knapp 45 Minuten ist das Fleisch goldbraun und knusprig.«

»Also, ich bin damit einverstanden«, stimmte Sandro spontan zu, und auch Bruno nickte.

»Dazu mache ich euch einen saftigen Risotto«, kündigte Natalia an, machte auf dem Absatz kehrt und verschwand mit wiegenden Hüften in der Küche.

Zwei Stunden und vier Espressi später hatten die beiden ihr lukullisches Mahl beendet, gerade zur rechten Zeit, denn dieser Zoccha musste jeden Augenblick im Ristorante eintreffen. Der Abend nahte, und die größte Hitze hatte ein wenig nachgelassen. Sogar ein Lüftchen wehte jetzt von der Seeseite her und brachte ein wenig Erfrischung.

Schritte näherten sich. Ein korpulenter Mann mit rundem Kopf, listigen Mausaugen und einem Oberlippenbärtchen stand in der Tür.

»*Messieurs Sandro et Bruno?*«, erkundigte er sich unsicher.

Bruno winkte den gemütlich wirkenden Mann herein, der die Namen mit einem französischen Akzent ausgesprochen hatte und mit der Attitüde eines französischen Meisterkochs auftrat.

»Einen Espresso?«, fragte Sandro und gab Natalia, die im Hintergrund wartete, einen Wink.

»Mein Name ist Alfred Sokká«, näselte er, zog ein blütenweißes Taschentuch aus seinem grasgrünen Sakko und tupfte sich den Schweiß von der Stirn. Sandro musterte ihn grinsend und nickte aufmunternd.

»*Enchanté!*«, rief er theatralisch und eilte an den Tisch der beiden.

»Wir sind Ihre neuen Mitarbeiter!«, begann Sandro und beugte sich ein wenig vor. »Machen Sie sich keine Sorgen. Wir haben einen exquisiten Geschmack, sind talentiert und werden Ihnen keine Schande machen, solange Sie uns nicht in die Quere kommen.«

»*Mon dieux*«, flüsterte Zoccha kaum hörbar. »Wissen Sie eigentlich, welches Risiko ich eingehe?«

Bruno zuckte gleichgültig mit den Schultern. »Bei uns in Sizilien sagt man: Wer leere Phrasen drischt, muss mit dem Risiko leben, an dem aufgewirbelten Staub zu ersticken. Kümmern Sie sich um Ihr Geschäft, wir kümmern uns um unseres!«

»Wie darf ich das verstehen?«, fragte Zoccha irritiert.

»Machen Sie sich keine Gedanken!«, sagte Sandro. »Mein Bruder ist nur ein wenig ungeduldig.«

»Monsieur Fillone ist kein gewöhnlicher Kunde«, gab der Gourmetkoch zu bedenken.

»Und wir sind ebenso wenig gewöhnliche Kellner wie Sie ein Franzose«, erwiderte Sandro, und seine Augen funkelten angriffslustig. »Deshalb müssen wir ein wenig eingewiesen werden, bevor wir das Menü servieren.«

Der gut genährte Chef de Cuisine blähte seine schweinchenrosa Backen, und sein Menjoubärtchen zuckte nervös. »Don Fillone schätzt es nicht, wenn ich plötzlich mit fremdem Personal erscheine. Er wird bestimmt Fragen stellen …«

»Und Ihnen wird eine gute Antwort einfallen«, entgegnete Sandro mit schneidender Stimme. »Krankheit, Urlaub, Arbeitsüberlastung oder was weiß ich.«

»Auf Ihre Verantwortung, Signori«, antwortete Zoccha beleidigt. »Wenn Monsieur Saviani mich nicht ausdrücklich gebeten hätte …« Er brach den Satz ab und zog eine leidende Miene.

»Wann wird das Ristorante beliefert?«, fragte Bruno.

»Wir richten gerade den Raum her und sorgen für die Bestuhlung und die Dekoration. Morgen ab neun Uhr liefern wir Geschirr, Gläser, Besteck und was man sonst noch so benötigt. Wir fahren mit drei Lieferwagen. Bis um zwölf Uhr dreißig muss alles vorbereitet sein. Die Gäste treffen gegen dreizehn Uhr ein.«

»Dann fahren wir gleich jetzt mit Ihnen mit, damit wir uns ein wenig umsehen können. Und morgen kommen wir eine halbe Stunde vor Lieferbeginn, übernehmen die Firmenkleidung und eines Ihrer Fahrzeuge«, kündigte Bruno unmissverständlich an.

»Und womit sollen meine Angestellten fahren?«, protestierte Zoccha.

»Mit ihren Privatautos. Mit was sonst?«, stellte Sandro lapidar fest. »Der Parkplatz vor dem Ristorante ›La Gioia‹ ist schließlich groß genug.«

»Ich muss Sie meinen Leuten vorstellen, damit sie beruhigt sind. Sie werden sich sowieso wundern, weshalb ich für dieses wichtige Ereignis Fremde beauftrage und keine Fachkräfte. Sie müssen wissen, wir sind ein eingespieltes Team.«

»Geschenkt! Wir sind auch eingespielt, Signore!«

Alfredo Zoccha zog die Mundwinkel geringschätzig nach unten. »Sie unterschätzen die Anforderungen in meinem Beruf, Signori. Wie stellen Sie sich Ihre Aufgaben vor? Ich kann Sie keinesfalls Tische eindecken oder dekorieren lassen.« Er bedachte die beiden Brüder mit einem Blick, als habe er Mitleid mit ihnen. »*Regardez!*«, er machte eine theatralische Pause. »Mit einem Brunnenfrosch kann man nicht über den Ozean reden, er ist beschränkt auf seinen Tümpel. Ebenso wenig kann ich Sie mit Aufgaben betrauen, von denen Sie absolut keine Ahnung haben. Verstehen Sie? Am besten, Sie halten sich im Hintergrund und tun nur das, was ich Ihnen auftrage!«

»*Bene!*«, entgegnete Sandro und grinste über das ganze Gesicht.

Zoccha schien zufrieden zu sein. »Dann schlage ich vor, Sie begleiten mich jetzt in meine Firma. Wir müssen morgen Vormittag Geschirr und Getränke liefern. Sie können beim Einladen helfen.«

»*La fattura*, Natalia!«, rief Bruno und kramte in den Hosentaschen nach seiner Geldspange.

Die Wirtin kam in den Gastraum und zwinkerte Sandro zu. »*Dopo*«, sagte sie mit rauchiger Stimme und warf Sandro einen lasziven Blick zu, der unmissverständlich war.

Am nächsten Morgen kroch eine kleine Lieferwagenkolonne die steile Landstraße hinauf in die Berge des Bosco di Ficuzza Richtung Corleone. Sandro saß am Steuer des ersten Wagens. Durch die trockene Hügellandschaft ging es ins Landesinnere, vorbei an gelben, verdorrten Feldern, Olivenhainen und grün umsäumten Quellen. Skurrile Felsformationen, knorrige Bäume und sanfte Weiden wechselten sich miteinander ab, bis die Fahrzeuge einen kleinen Bergsattel erreichten. Unter ihnen drängten sich die braunroten Dächer von Corleone.

»Das Haus von Don Fillo«, raunte der neben Sandro sitzende Zoccha und deutete zu einer sanft ansteigenden Erhebung. Dort lag ein majestätisches Landhaus inmitten von üppigem Grün. Sandro bremste ab und kurbelte das Fenster herunter. In der Einfahrt stand der gelbe Lamborghini von Andrè Fillone. Vor dem Haus bellten Hunde. Ein Esel wieherte im Hintergrund, und die Zikaden im hüfthohen Gras am Straßenrand zirpten um die Wette. Alles schien friedvoll zu sein.

Die Fahrt ging weiter durch dichte Bergwälder, vorbei an Grotten und Felsspalten und durch zerklüftete Karsthochflächen. Die kleine Kolonne bog nach links ab und holperte, eine lange Staubfahne hinter sich herziehend, über einen unbefestigten Weg zu einem niedrigen Anwesen aus graubraunem Bruchstein: das »La Gioia«. Das Grundstück war von einem langen Zaun umgeben und schien menschenleer zu sein. Vor dem Ristorante parkte nicht ein einziges Auto.

»Schön übersichtlich hier«, bemerkte Sandro und stieg aus.

Auch der Rest des Konvois stoppte auf dem Parkplatz vor dem Eingang.

Die Ankommenden gingen über den Terrasseneingang ins Innere und standen in einem riesigen Gastraum, der gut und gerne vierhundert Personen aufnehmen konnte. Bruno dagegen blieb zurück, um das Gelände genauer in Augenschein zu nehmen.

»Alle zu mir!«, rief Zoccha und beschrieb mit seiner Hand einen Halbkreis. »Die Bühne ist für die Familien reserviert. Dort oben sitzen Brautpaar, Eltern, Schwiegereltern und engste Verwandte.« Zoccha orientierte sich kurz an einer Skizze, die er aus seiner Tasche gezogen hatte. »Insgesamt brauchen wir hier Platz für vierzehn Personen«, ordnete er an. »Die Tische für die anderen Gäste entlang der Wandseite angeordnet, um ausreichend Platz für eine Tanzfläche zu haben.«

Während Zoccha seinen Mitarbeitern in epischer Breite weitere Anweisungen erteilte, sah sich Sandro die Bühne genauer an, die hinten mit einem Vorhang abgeschlossen war. Ein Blick dahinter verriet ihm, dass sich dort noch ein schmaler Stauraum für Gerätschaften befand. Klappstühle waren dort aufgetürmt, Tische gestapelt und Tischdecken in offenen Kisten eingelagert. Sandro kniete sich auf den Boden. Das Podium war auf der Rückseite offen, hatte eine Unterkonstruktion aus Holzplöcken und war für seine Zwecke ideal. Zufrieden begab er sich wieder zu der Truppe und beobachtete eine Weile das hektische Treiben.

Bruno war inzwischen hereingekommen. »Auf dem Parkplatz könnte es schwierig werden, an Fillones Lamborghini heranzukommen«, sagte er leise. »Don Fillo wird bestimmt überall seine Wachen aufstellen. Das Risiko, bemerkt zu werden, ist zu groß. Wir müssen es anders machen.«

»Habe ich mir schon gedacht, als wir hier angekommen sind«, erwiderte Sandro ebenso leise und machte eine Kopfbewegung in Richtung Bühne. »Ich habe eine Möglichkeit gefunden.

Bring meinen Koffer herein. Wenn du zurück bist, beschäftigst du Zoccha, während ich unter dem Podium alles vorbereite.«

Bruno nickte. Wenig später übergab er Sandro den Koffer und eine Einkaufstüte. Nach einigen Minuten hatte Sandro ein knappes Kilo Semtex an den Streben unterhalb der Dielenbretter des Podiums angebracht und das Handy mit Klebeband am Sprengsatz befestigt. Er aktivierte das Telefonino und überprüfte den Pegel. »Optimaler Empfang«, murmelte er. Dann kroch er unter der Bühne hervor und warf noch einmal einen Kontrollblick unter die Bretter. In seiner Miene war Zufriedenheit zu erkennen. Wenn nicht einer der Leibwächter auf dem Bauch zwischen den Verstrebungen bis zur Mitte kroch, war die Bombe kaum zu entdecken.

»Ich sage Zoccha Bescheid, dass wir gehen«, sagte Sandro zu seinem Bruder, der gerade dabei war, mit zwei Angestellten des Gourmetkochs die Tische auszurichten.

»He, Signore Zoccha!«, rief er ihm zu. »Wir laden einen der Transporter aus und verschwinden. Ist das in Ordnung?«

Zoccha kam mit hochrotem Kopf herangeeilt. »Nehmen Sie den Wagen, in dem das Geschirr ist. Bitte Vorsicht beim Ausladen! Stellen Sie dann das Auto im Hof meiner Firma ab – unversehrt bitte –, und lassen Sie einfach den Schlüssel stecken!«

Bruno und sein Bruder murmelten leise »certo«, verließen das Ristorante und machten sich an die Arbeit. »Ich muss Sophia anrufen und ihr Bescheid geben«, sagte Sandro. »Sie will einen Tribünenplatz.«

32.
Operation Herzschlag

Teresa Principato fröstelte. Nichts hasste sie mehr als Einsätze um fünf Uhr morgens.

Paluzzis Villa in Palermos Innenstadt lag an der Piazza Indipendenza, unweit der Porta Nuova, direkt neben dem berühmten Palazzo dei Normanni. Tagsüber brodelte rund um diese Sehenswürdigkeiten das Leben, doch zu dieser Uhrzeit lag die Stadt noch im tiefen Schlaf. Die Parkplätze waren wie leer gefegt, und nur vereinzelt fuhren Autos und Lieferwagen in Richtung Altstadt und Kathedrale.

Teresa stand am Rande eines kleinen Parks unter Bäumen und zog hastig an ihrer Zigarette. Nervös wartete sie auf die Anrufe der Einsatzleiter in Mailand und Genua, die jeden Augenblick ihre Position vor den dortigen Anwesen Paluzzis bezogen haben mussten.

Da weder Mitarbeiter noch Nachbarn einen Hinweis geben konnten, wo der Pate derzeit weilte, sollten um Punkt fünf Uhr alle drei Einheiten zeitgleich Paluzzis Privathäuser stürmen. In einem musste er sich ja aufhalten.

In der Handtasche der Staatsanwältin klingelte das Telefonino. »*Pronto!*«, meldete sie sich mit angespannter Stimme.

»Spezialkräfte der *Cattaranghi* in Genua einsatzbereit«, meldete der Polizeioffizier in militärischem Ton.

»Zugriff!«, befahl Principato und trennte das Gespräch. Sekunden später kam der zweite Anruf mit der gleichen Meldung aus Mailand. Und wieder befahl sie den Zugriff. Dann gab sie Casaverde und Losanto ein Zeichen, die nur wenige Meter entfernt in ihrem neutralen Dienstwagen auf den Beginn der Operation warteten.

Losanto gab mit leiser Stimme den Einsatzbefehl an den Chef der Spezialeinheit weiter. Wie aus dem Nichts näherten sich an die vierzig maskierte Männer mit Maschinenpistolen im Anschlag dem pompösen Gebäude. Dessen Rückseite, die von Teresa nicht eingesehen werden konnte, war ebenfalls hermetisch abgeriegelt worden. Paluzzi würde, sollte er sich in diesem Haus aufhalten, nicht entkommen.

Teresa ging zu Casaverde und Losanto, die aus ihrem Fahrzeug ausgestiegen waren und die gespenstische Szene verfolgten. Eine Tür zersplitterte, Befehle hallten durch die Dämmerung, und das Gebrüll der Spezialkräfte drang hinüber in den Park. In beiden Stockwerken, die vor wenigen Sekunden noch im Dunkel gelegen hatten, flammte die Beleuchtung auf.

Losanto drehte sich um, als er die Staatsanwältin kommen hörte. »Wir kriegen ihn, wenn er da drin ist«, murmelte er. »Haben Sie mal Feuer?«, fragte er dann und hielt seine Zigarette in die Höhe.

Teresa Principato reichte ihm ein Feuerzeug, ohne die erleuchteten Fenster aus den Augen zu lassen.

»Weshalb dauert das alles so lange?«, knurrte Commissario Casaverde ungeduldig.

»Vielleicht ist er nicht im Nest«, erwiderte Losanto düster.

»Haben wir schon aus Genua Nachricht?«, wandte er sich an die Staatsanwältin.

Diese schüttelte energisch den Kopf und schnippte wütend die Kippe auf die Straße.

»Der Vogel ist ausgeflogen!«, rief eine Stimme aus dem oberen Stockwerk des Hauses. »Wir durchsuchen noch den Keller und brechen dann ab.«

»Ich habe so etwas befürchtet«, murmelte die Principato. Erneut klingelte ihr Telefon. Losanto beobachtete gespannt ihre Miene. Doch die ließ nichts Gutes vermuten.

»Reinfall auf der ganzen Linie«, sagte sie und seufzte frustriert.
»Und was jetzt?«, erkundigte sich Casaverde. Die Ratlosigkeit
stand ihm ins Gesicht geschrieben.
»Landesweite Großfahndung«, erwiderte Teresa Principato.
»Ich werde einen internationalen Haftbefehl beim Richter er-
wirken, wenn wir ihn nicht in seinen Firmenräumen antreffen.«
Casaverde gähnte herzhaft. »Jedenfalls ist er seit drei Tagen
spurlos verschwunden, genau wie De Cortese. Vielleicht haben
sie gemeinsam das Weite gesucht …«
»Glaube ich nicht«, erwidert Losanto. »Die Mercedes-Werk-
statt hat bei ihm zu Hause angerufen, er soll endlich seinen Wagen abholen. Seine Karre steht immer noch in Mailand! Im Ministerium vermisst man ihn seit einer Woche, und auch bei seiner
Frau hat er nicht hinterlassen, was er vorhatte. Sie hat sich vor
drei Tagen entschlossen, eine Vermisstenanzeige aufzugeben.«
»Das klingt nicht gut«, meinte Casaverde.
»Sag ich doch!«, brummte Losanto vor sich hin. »Ich persönlich glaube nicht an die Entmaterialisierung eines Staatssekretärs«, fügte er hinzu. »Das sieht nicht nach Flucht, sondern
nach Eliminierung aus.«
Capitano Losanto seufzte vernehmlich.
»Wenn er umgebracht wurde, wäre das zwar kein Verlust für
die Gesellschaft, aber wer weiß, vielleicht ist er ganz plötzlich
zum Organspender geworden. Schließlich war er mit den Familien Saviani und Paluzzi befreundet.«
»Dein Zynismus ist unerträglich. Lass uns besser eine Mütze
Schlaf nehmen!«, schlug Casaverde vor. »Ich bin völlig platt.«
Die Staatsanwältin schien der gleichen Meinung zu sein und
kramte in der Manteltasche nach ihrem Autoschlüssel. »Es ist
jetzt sechs Uhr«, stellte sie fest. »Wir sehen uns heute Nachmittag um vierzehn Uhr in meinem Büro. Strategiebesprechung!«,
rief sie den beiden im Gehen zu und stieg in ihren Wagen.

Genau acht Stunden später trafen die beiden Polizei-Offiziere der Antimafiabehörde im Justizpalast von Palermo ein und klopften an der Bürotür von Teresa Principato. Sie erhielten allerdings keine Antwort, was Casaverde veranlasste, ungebeten einzutreten. Der schmale, schmucklose Raum, in dem die Staatsanwältin gewöhnlich ihren Dienst versah, war verwaist.

Losanto setzte sich auf einen der kargen Holzstühle vor dem Schreibtisch. Kaum hatte er sich eine Zigarette angesteckt, als Teresa eintrat und verwundert die linke Augenbraue hochzog.

»Wir sind im Konferenzsaal im zweiten Stock«, sagte sie. »Der Generale und Direttore Pontine sind eingetroffen.«

»Aha«, bemerkte Losanto trocken, »hoher Besuch aus Rom!«

»In Anbetracht der Dringlichkeit und der Brisanz des Falles blieb den Herrschaften auch nichts anderes übrig, als sich sofort auf den Weg zu machen. Wir haben ohnehin schon viel zu viel Zeit verloren.« Sie kramte unter ihrem Aktenberg noch einige Unterlagen zusammen. »Machen Sie sich auf etwas gefasst«, bemerkte sie, während sie eine Liste überflog und sich dann entschloss, sie mit den anderen Papieren mitzunehmen. »Es herrscht dicke Luft! Unsere Spezialkräfte haben weder in Paluzzis Häusern noch in seinen Firmenräumen verwertbares Material gefunden.«

»*Merda!*«, murmelte Losanto und drückte seine Zigarette im Aschenbecher aus. »Aber eigentlich wundert mich das nicht.«

»Es gibt noch mehr Ärger«, fuhr die Staatsanwältin fort und verzog ihr Gesicht missmutig. »*Andiamo?*«, fragte sie dann die beiden und wandte sich zur Tür, ohne eine Antwort abzuwarten.

Wenig später betraten die drei den Konferenzraum, in dem Direttore Pontine und Generalstaatsanwalt Della Torre leise miteinander diskutierten. Ihre Mienen waren angespannt.

»*Buongiorno, Signori!*«, ergriff Della Torre sofort das Wort und gab den Anwesenden mit einer Geste zu verstehen, dass alle Platz nehmen mögen. Er blickte finster drein und schien völlig übernächtigt zu sein. Auch Pontine wirkte erschöpft. Für einen Wimpernschlag stahl sich ein Lächeln auf seine Lippen, als er die rotmähnige Staatsanwältin ansah.

»Meine Nichte hat mich über den Unfall des Krankenwagens in Tarent und die sich daraus ergebenden Erkenntnisse unterrichtet«, begann Della Torre. »Angesichts der Angaben der Augenzeugin Nina Ramboli habe ich die sofortige Verhaftung des Edoardo Paluzzi angeordnet. Nach der Besatzung des verunglückten Krankenwagens wird noch gefahndet. Leider bislang ohne Erfolg.« Er blickte in die Runde, bevor er mit ernster Miene seine Rede fortsetzte. »Ich brauche wohl nicht zu betonen, dass wir enorm unter Druck stehen. Die Presse hat Wind davon bekommen, dass wir einem Verbrechen ungeahnten Ausmaßes auf der Spur sind. Aber davon abgesehen …«

»Wie konnte denn das geschehen?«, unterbrach Casaverde den Generale. »Es herrscht doch Nachrichtensperre!«

Della Torre warf dem Commissario einen missbilligenden Blick zu. »Nina Rambolis Mutter ist scheinbar ziemlich geschäftstüchtig und ihre Tochter nicht nur aufmerksam, sondern auch ein frühreifes Früchtchen. Die Mutter hat allerlei Unsinn an einen Journalisten verkauft, leider auch ein paar Tatsachen. Wahrscheinlich wollte sie nicht nur Geld verdienen, was man ihr nicht verdenken kann, sondern sich auch wichtigmachen. Ich kann nur sagen, die Gerüchteküche brodelt, und Pressevertreter des ganzen Landes rennen der Questura in Tarent die Tür ein.«

»Mama mia!«, stöhne Losanto auf, während Casaverde frustriert die Augen verdrehte. »Und was ist mit den Kliniken von Saviani?«, fragte er provokant.

Dieses Mal schaltete sich Direttore Pontine ein. »Die Operation Herzschlag wird gerade fieberhaft vorbereitet. Ich denke, wir schlagen morgen zu.«

»Cavolo! Das darf alles nicht wahr sein! Weshalb erst morgen?«, rief Casaverde mit hochrotem Kopf. »Bis dahin haben sich alle, die an den illegalen Transplantationen beteiligt waren, längst abgesetzt. Wahrscheinlich ist es sowieso schon zu spät, wenn ich daran denke, dass uns Paluzzi durch die Lappen gegangen ist.«

Er blickte wütend in die Runde. »Was ist jetzt? Legen wir los oder nicht?«

»Halte den Ball flach!«, entgegnete Pontine heftig. »Und nimm dich gefälligst zusammen! Du kannst nicht einfach in Savianis Krankenhäuser marschieren und alles festnehmen, was dir in die Quere kommt! Hast du einmal überlegt, welche Konsequenzen eine solche Maßnahme hat? Von der dünnen Beweislage einmal ganz abgesehen.«

»Verehrter Commissario Casaverde«, raunte Della Torre dem jungen Polizeioffizier mit gefährlich leiser Stimme zu, »wir haben eine Art Lieferschein, aus dem man zugegebenermaßen entnehmen könnte, dass die beiden Jugendlichen als lebende Organspender dienen sollten ...«

»Entnehmen könnte?«, unterbrach Losanto den Generalstaatsanwalt. Man sah ihm an, dass er sich kaum noch beherrschen konnte. »Dieser Pseudokrankenwagen gehörte zu Paluzzis Flotte, die Fahrer sind abgehauen, einfach so, obwohl sie massive Verletzungen davongetragen haben müssen.

Die Jugendlichen sind definitiv sediert und entführt worden und sollten in Savianis Klinikum nach Bologna gebracht werden. In Paluzzis Niederlassungen stehen fünf Fahrzeuge, die zwar wie Krankenwagen aussehen, aber in Wirklichkeit dazu dienen, Leute von der Straße einzufangen und abzutransportieren.« Losanto hatte sich in Rage geredet und holte tief Luft. »Die Kliniken müssen in einem Großeinsatz geschlossen und alle, ich betone alle, die dort tätig sind, verhört werden! Selbstredend auch die Patienten.«

Della Torre hielt beide Hände abwehrend hoch. »Würden Sie ihr temperamentvolles Engagement ein wenig zügeln?«, hielt er Losanto entgegen. »Eine solche Maßnahme käme einem Erdbeben gleich. Haben Sie einen blassen Schimmer, mit welchen Patienten wir es dort zu tun haben? Die oberen Zehntausend der italienischen Gesellschaft: Ehefrauen von hochrangigen Politikern, Bankdirektoren, Industriebosse, darüber hinaus Schauspieler und berühmte Künstler. Die Medien würden uns in der Luft zerfetzen und Politiker um Wählerstimmen fürchten.«

»Na und?«, fuhr nun Teresa Principato mit schneidender Stimme dazwischen. »Jede Minute, die wir warten, vergrößert das Fiasko und birgt das Risiko der Verschleierung. Und außerdem …« Sie bedachte ihren Onkel mit einem verständnislosen Blick. »Was glaubt ihr, was die Presse mit uns veranstaltet, wenn wir nicht schnell genug gehandelt haben? Sollte sich unser Verdacht des kommerziellen Organhandels sowie der Entführung und Tötung von Organspendern bewahrheiten, aber die Justiz in diesem Falle versagen, wird das den Staat erschüttern.«

Della Torre schlug mit der Faust auf den Tisch. »*Silenzio!* Ich möchte betonen, auch ich würde am liebsten sofort zuschlagen. Ich werde mich den Einsatz betreffend unmittelbar nach unserer Sitzung mit dem Justizminister und dem Innenminister abstimmen. So lange werden wir uns gedulden, meine Herrschaften!« Della Torre ließ seinen Blick über die Anwesenden schweifen. »Direttore Pontine ist übrigens mit mir der Auffassung, dass wir nicht einfach die Kliniken stürmen können. Allerdings werden die Gebäude ununterbrochen von verdeckten Ermittlern unseres Kollegen Comandante Tassilo überwacht. In den nächsten Stunden kann kaum etwas geschehen, was den Männern entgehen wird. Wenn wir einen einzigen Fehler begehen, kostet das nicht nur mich den Kopf, sondern auch den unseres obersten Polizeichefs Generale Nicola Di Gregori – von Ihren Häuptern will ich gar nicht reden.«

»Dieses bürokratische Hin und Her ist zum Kotzen!«, brüllte Losanto aufgebracht. »Mit leistungsfähigen Schreddern kann man innerhalb von wenigen Stunden sämtliche relevanten Dokumente vernichten, ohne dass wir das Geringste mitbekommen.«

»Wir leben in einem Staat, der sich an die Gesetze und Vorschriften zu halten hat«, fuhr ihm Della Torre über den Mund. »Und solange ich das Sagen habe, wird das auch so bleiben.«

»Da steckt doch der alte Saviani dahinter …!«, knurrte Casaverde, am ganzen Körper zitternd. »Weshalb gehen wir nicht einfach ohne Durchsuchungsbefehl in die Kliniken und diese Scheißlabors? Es ist Gefahr im Verzug. Jedenfalls sehe ich das so. Es kann doch nicht sein, dass Saviani uns dazwischenfunkt!«

»Saviani hat einen verdammt langen Schatten. Aber beruhigen Sie sich! Wir bekommen heute noch den Durchsuchungsbefehl«, erwiderte Della Torre gereizt. »Wenn Sie die Güte hätten, mich ausreden zu lassen, wüssten Sie es bereits. Der Innenminister muss sich sowohl mit dem Justizminister als auch mit dem Ministerpräsidenten abstimmen. Außerdem haben wir noch eine Menge Planungsaufgaben zu bewältigen. Die Operation Herzschlag muss mit unterschiedlichen Staatsanwaltschaften und Polizeikräften exakt koordiniert werden, damit der Einsatz zeitgleich erfolgen kann.«

»Wie viel Zeit wird dafür veranschlagt?«, fragte Teresa Principato spitz.

»Voraussichtlich noch zwei bis drei Tage«, antwortete Pontine anstelle Della Torres. »Die Vorbereitungen laufen auf vollen Touren!« Aus seiner Miene sprach schiere Wehrlosigkeit.

»Noch ganze zwei Tage?«, fuhr die Staatsanwältin erbost auf. »Darf ich dich daran erinnern, lieber Onkel: Erst ist der Inhaber der Kliniken, Giulio Saviani, vor seinem Haus erschossen worden. De Cortese ist unauffindbar, unsere Leute haben ihn aus den Augen verloren. Die Fahrer des sogenannten Krankenwagens haben definitiv die Flucht ergriffen. Und zu guter Letzt ist Paluzzi ebenfalls wie vom Erdboden verschluckt.« Sie blickte aufgewühlt in die Runde. »Man muss kein heller Kopf sein, um zu begreifen, dass angesichts der Zeugenaussage von Nina Ramboli die Beweislage eindeutig ist. Paluzzis Fuhrpark spricht eine deutliche Sprache. Wir haben es mit einer Organmafia zu tun. Ich bin davon überzeugt, dass wir in den Kliniken und Labors von Saviani den Schlüssel und die Nachweise für fürchterliche Verbrechen finden. Was, bitte, muss noch geschehen, bevor wir unverzüglich handeln?«

»Eben!«, skandierte Casaverde. »Und was ist mit dieser Sophia Saviani?«, fügte er hitzig hinzu. »Weshalb verhaften wir die nicht einfach?«

»Wie stellen Sie sich das vor?«, bellte Della Torre zurück. »Wie es scheint, gibt es Dinge, die sich Ihrer Froschperspektive entziehen. Haben Sie einen einzigen stichhaltigen Beweis, dass sie an illegalen Transplantationen beteiligt ist, sie solche angeordnet oder gar organisiert hat?«

»Ja, ja, Gott sieht auch nicht alles«, flüsterte Casaverde beleidigt vor sich hin. Er sah wütend auf. »Aber davon abgesehen, mittlerweile gehören ihr die Kliniken und die Labors. Ist das nicht Grund genug?« Er blickte in die Runde. »Niemand kann mir erzählen, dass sie nicht genauestens Bescheid weiß, was in ihrem Laden vor sich geht.«

»Hören Sie mir zu, Casaverde!«, erwiderte Della Torre. »Gibt es überzeugende Hinweise, dass sie an Entführungen mitwirkte? Haben Sie irgendetwas in der Hand, was darauf hindeutet, dass sie Mitglied einer kriminellen Organisation ist?« Sein Blick wanderte streng über die Anwesenden. »Der Innenminister bezweifelt ein Verbrechen des Ausmaßes, wie es der Chef unseres Rechenzentrums, Signore Bellini, anhand von statistischen Erhebungen nachweisen wollte.«

Nun schien Pontine der Kragen zu platzen. »Bei aller Wertschätzung, Generale, unser Innenminister ist entweder ein Ignorant oder bodenlos dämlich. Was gibt es an der Sachlage und den Zahlen zu bezweifeln, wenn ich fragen darf?«

»Ich bitte Sie, Direttore!« Della Torre bedachte Pontine mit einem Blick, als sei dieser ein Verräter. »Bellini behauptet allen Ernstes, er habe mit seinen Selektionsläufen in den Vermisstendateien mindestens hundertdreiundsechzig Personen gefunden, die möglicherweise entführt wurden und anschließend als Organspender gedient haben. Wissen Sie, was für eine Logistik dazu nötig wäre? Sie brauchen Spezialisten, Chirurgen, die in der Transplantationsmedizin zu Hause sind. Sie brauchen Anästhesisten, OP-Schwestern, Hilfspersonal. Ohne Hightech-Equipment, ohne entsprechende OP-Säle und anspruchsvollste Medizintechnik ist das nicht zu machen. Denken Sie weiter an die Nachsorge für Empfänger und Spender!«

»Spender?«, lachte Casaverde sarkastisch. »Für diese Spender kommt ja wohl eine Nachsorge kaum in Frage! Sie meinen doch wohl, dass man die entsorgen muss, oder?«

»Ich hätte es anders formuliert«, meldete sich nun die Principato. »Aber in diesem Zusammenhang passen auch Paluzzis Leichenwagen nahtlos.«

»Leider glaubt eben der Innenminister immer noch, wir jagen einer Chimäre nach«, sagte Della Torre.

»Vielleicht ist das alles nur Verschleppungstaktik«, erwiderte die Staatsanwältin. »Anselmo Saviani steht im Verdacht, letztes Jahr Hunderttausende von Wählerstimmen gekauft zu haben. Da erweist man als Politiker, sofern man wiedergewählt werden will, gerne einmal einem Freund seine Dankbarkeit und braucht ein paar Tage länger, bis man handelt.«

»Wie kannst du so etwas behaupten?« Della Torre bedachte seine Nichte mit einem mahnenden Blick. Doch sie fuhr sich gelassen mit beiden Händen durch die feuerrote Mähne, lehnte sich im Sessel zurück und zündete sich provokativ eine Zigarette an.

»Es hat vermutlich auch wenig Sinn, Sophia Saviani zu befragen! Ohne ihren Anwalt Giannino Giuso sagt sie sowieso kein Wort«, meinte sie dann. »Losanto kann ein Lied davon singen.«

Casaverde winkte ab. »Lassen Sie mich einen Tag mit dieser Sophia alleine, dann wird sie ihr Geständnis in Versen aufsagen.«

»Lass es gut sein«, wandte sich Pontine an seinen Assistenten. »Ich würde sie auch liebend gerne verhören, glaube mir das! Aber wir hätten sie noch nicht eine Stunde im Büro, dann würde nicht nur dieser Avvocato Giuso auftauchen, wir würden auch eine politische Breitseite abbekommen, die sich gewaschen hat. Dieser kleine Jurist ist mindestens so gefährlich wie eine Tretmine. Insofern gebe ich dem Generale recht. Jeder Schritt muss genau bedacht, geplant und abgesichert werden.«

»Wir laufen so oder so Gefahr, dass wir nicht viel in der Hand haben, wenn wir nicht sofort reagieren.« Losanto wandte sich mit düsterer Miene an Della Torre, der seine liebe Mühe hatte, die Teilnehmer der Sitzung zu beruhigen. »Generale, Sophia Saviani ist eine eiskalte, intelligente und durchtriebene Patin. Ich bin davon überzeugt, dass sie mehrere Morde auf dem Gewissen hat.«

Della Torre brachte es fertig, einigermaßen beherrscht zu reagieren: »Signore Capitano, ich nehme an, dass Sie auch für diese Behauptung keine Beweise haben, oder?«

»*No!*«, gab Losanto zurück. »Aber ich kann eins und eins zusammenzählen. Die Verhaltensnormen der Sizilianer haben sich in den letzten hundert Jahren kaum verändert, am allerwenigsten in den Bergen.« Seine Augen waren nur noch enge Schlitze. »Sophia Saviani ist im Frühjahr 1985 von vier Männern vergewaltigt worden. In der gleichen Nacht wurde auch ihr Bruder Tommaso umgebracht. Was glauben Sie, verehrter Generale, wie viele von ihnen noch am Leben sind?«

»*Dio mio,* was hat das mit diesem Fall zu tun?«, wehrte Della Torre ab.

»Vielleicht gar nichts, vielleicht aber sehr viel. Einer der Vergewaltiger war Ivan Badolento. Er wurde, wie Sie sich sicher erinnern, ohne Organe in Genua auf einem Parkplatz im Hafengelände gefunden.« Losanto machte eine Atempause, bevor er fortfuhr. »Ach ja, eh ich's vergesse, ein Einziger der Vergewaltiger und Mörder von damals hat überlebt.«

»Beweise?«, fragte Della Torre gebetsmühlenartig.

»Dass sie tot sind, braucht man nicht mehr zu beweisen, das ist eine Tatsache. Ich habe in Corleone mit Comandante Cerutti gesprochen. Angeblich haben sich zwei der Vergewaltiger« – Losanto zeichnete mit seinen Fingern Anführungszeichen in die Luft – »gegenseitig erschossen. Die zwei erschießen sich gegenseitig! Dass ich nicht lache! Wer die Wahrheit nicht kennt, ist lediglich ein Dummkopf. Wer sie aber kennt und sie eine Lüge nennt, ist ein Verbrecher. Und so schätze ich Comandante Cerutti in Corleone ein!«

»Capitano Losanto!« Della Torre funkelte den Sarden wütend an. »Unsere Carabinieri sind zwar nicht über alle Zweifel erhaben, aber einen Comandante zu denunzieren hat eine ganz andere Qualität.«

»Der Ausspruch stammt von Galileo Galilei«, bemerkte Losanto unbeeindruckt. »Und Sie wissen genau, dass ich recht habe. Cerutti ist entweder ein korruptes Schwein oder er hat Angst.«

»Halten Sie sich zurück, Losanto! Ich kann mich nur wiederholen, meine Herrschaften«, wandte sich Della Torre nun an alle Anwesenden. »Übermorgen werde ich die Durchsuchungsbefehle für die Kliniken in Mailand, Genua und Bologna erhalten.«

»Und weshalb nicht schon jetzt? In dieser Stunde?« Teresa Principato ließ nicht locker.

Der Generalstaatsanwalt warf einen hilfesuchenden Blick zu Direttore Pontine, der verbittert dreinschaute.

»Die Minister für Inneres und Justiz haben morgen am späten Nachmittag einen Termin beim Ministerpräsidenten«, versuchte Pontine die Gemüter zu beruhigen. »Die Staatsanwälte an den Standorten der Kliniken und der Labors sind informiert und erwarten den Einsatzbefehl. Zwei Hundertschaften der Carabinieri und drei Einheiten der Catturanghi stehen auf Abruf bereit. Trotzdem können wir frühestens in der Nacht von morgen auf übermorgen zuschlagen.« Er wandte sich an Teresa Principato. »Es wäre mir angenehm, wenn Sie mit mir den Einsatz in Bologna durchführen würden.«

Die Einsatzkräfte für die Operation Herzschlag standen bereit. Das Gelände der Clinica Chirurgia Estetica in dem kleinen Vorort von Bologna Casalecchio war weiträumig umstellt. Staatsanwältin Principato und Direttore Pontine warteten schweigend in ihrem Fahrzeug, das sie nur wenige Meter vor der Einfahrt zum Klinikareal am Straßenrand geparkt hatten. Pontine warf einen Blick auf seine Armbanduhr. Es war genau neun Uhr vierundfünfzig.

»Noch sechs Minuten«, meinte Pontine. »Es reicht noch, um eine zu rauchen, bevor es losgeht. Was meinst du?«

Teresa lächelte nervös. »Mach mir eine an«, bat sie und griff nach seiner Hand. »Bist du auch so angespannt?«, fragte sie.

Er nickte, reichte ihr eine brennende Zigarette und öffnete die Seitenscheibe des Alfa Romeo. Aus dem Hintergrund trat ein Carabiniere heran. »Gerade sind die Meldungen eingetroffen. Losantos und Casaverdes Männer stehen bereit. Soll ich den Einsatzbefehl geben?«

»*Si!*«, erwiderte Pontine knapp.

Sekunden später fuhren mehrere Einsatzfahrzeuge der Spezialeinheit, der sogenannten Catturanghi, vor das Gebäude. Wie aus dem Nichts wimmelte es plötzlich von vermummten Polizeikräften, die von allen Seiten das Gebäude einkreisten. Ein Dutzend Beamte mit schussbereiten Waffen begleiteten Staatsanwältin Principato und Direttore Pontine in das mondäne Foyer.

»Gebäude gesichert!«, erklang es aus Pontines Sprechfunkgerät.

Der weißblondierten Schönheit hinterm Tresen blieb buchstäblich die Spucke weg, und sie beobachtete mit offenem Mund, wie sich die Carabinieri im Empfangsraum verteilten.

»*Permesso, Signorina*«, sagte die Principato mit einem zuckersüßen Lächeln. »Ich bin die leitende Staatsanwältin Principato.« Dann zeigte sie auf ihren Begleiter. »Das ist Direttore Giancarlo Pontine, Chef der Antimafiabehörde in Rom. Ich habe einen Durchsuchungsbeschluss des Justizministers.«

Die Blondine starrte verblüfft auf die beiden Staatsdiener.

»Machen Sie ruhig den Mund wieder zu«, sagte Pontine, während er fasziniert ihr Outfit und den offenherzigen Ausschnitt musterte. »Wer ist die verantwortliche Person hier im Haus?«

»Ich …, ich weiß nicht so recht …, es ist noch niemand da«, stotterte sie verwirrt.

»Ist Signora Saviani im Haus?«

Die junge Dame schien nun noch verwirrter. »Vielleicht in ihrem Büro. Soll ich durchrufen?«

»Nein«, fuhr die Staatsanwältin scharf dazwischen. »Wo ist ihr Büro?«

»In der dritten Etage am Ende des Ganges.«

»Na«, erwiderte Pontine lächelnd, »dann werden wir sie gleich einmal besuchen.« Er gab den Einsatzkräften einen Wink.

Sie wussten, was zu tun war, und schwärmten aus.

»Einer bleibt hier und bewacht Blondie«, ordnete er an. »Ach …« Er griff sich an die Stirn, als habe er etwas vergessen, und wandte sich noch einmal an die Empfangsdame. »Wehe, Sie rühren den Telefonhörer an! Und noch etwas: Wo ist die Personalabteilung?«

Augenscheinlich hatte sich die Schönheit hinterm Tresen von ihrem Schreck erholt. Sie blitzte Pontine wütend an. »Dritter Stock, zweite Tür links«, antwortete sie schnippisch und bedachte den Polizeioffizier mit einem verächtlichen Blick.

»Gibt es hier auch eine Cafeteria?«

»Im Dachgeschoss.«

Pontine und Principato machten kehrt und begaben sich zum Lift. Plötzlich wandte er sich um und rief der Empfangsdame zu: »Benachrichtigen Sie alle Ärzte im Haus! Wir möchten sie in einer halben Stunde in der Cafeteria sehen. Alle, wenn ich bitten darf.« Dann öffnete sich die Kabinentür, und die beiden fuhren nach oben.

Während ein Teil der Männer die Büros durchkämmte, Computer beschlagnahmte, Akten und Schriftverkehr in vorbereitete Kisten packte, inspizierte ein zweiter Trupp systematisch die Operationssäle.

Vor Sophias weit offen stehender Bürotür angekommen, trafen die beiden vier Beamte an, die im Vorzimmer bereits schriftliches Material jeglicher Art in Kartons verstauten und den Schreibtisch durchsuchten. Mitten in diesem Durcheinander stand Sophias Sekretärin und verfolgte mit entsetzter Miene das Tun der Carabinieri. Weitere zwei Beamte machten sich in Sophias Zimmer zu schaffen. Von Signora Saviani jedoch war weit und breit keine Spur.

»Wo ist sie?«, fragte Pontine die völlig konsternierte Assistentin.

»Sie erhielt vor zehn Minuten einen Anruf und musste dringend aus dem Haus. Ich weiß nicht, wo sie ist.«

Da jedes Warten vergeblich gewesen wäre, verließen Teresa Principato und Giancarlo Pontine wieder das Büro. Sie sprachen mit dem Personalleiter, mit den Mitarbeitern in der Verwaltung und zuletzt mit einigen Oberschwestern, aber ihren Mienen war abzulesen, dass die Befragung des Personals alles andere als befriedigend verlaufen war.

Als sie wieder auf den Flur traten, sahen sie sich mit einer empörten Schar von Patienten konfrontiert, die sich vom Vorgehen der Carabinieri, der damit verbundenen Hektik und dem Eindringen in Krankenzimmer belästigt fühlten. Ihr weiterer Gang durch die Klinik glich einem Spießrutenlauf. Wüste Beschimpfungen und Drohungen begleiteten die beiden auf dem Weg zur Cafeteria.

»Das wird nicht einfach«, flüsterte die Staatsanwältin ihrem Begleiter zu, der die Situation scheinbar gelassen ertrug. Erst als eine Patientin in rosarotem Bademantel und gleichfarbigen Hausschuhen auf ihn zustürmte und sich, die Hände in die Hüften gestemmt, vor ihm aufbaute, zeigte er so etwas wie Nervosität. Trotz des Verbandes, der große Teile ihres Gesichtes bedeckte und lediglich die Augen freiließ, konnte man erkennen, dass die Frau bis zum Äußersten gereizt war.

»Sie kenne ich!« Sie stieß ihm ihren Zeigefinger auf die Brust. »Sie sind doch dieser Pontine, nicht wahr?« Bevor er die Frage bestätigen konnte, prasselte ein Wortgewitter auf ihn herab. »Dieser Überfall Ihrer Beamten auf mein Zimmer, der wird Ihnen bitter aufstoßen! Dafür garantiere ich! Was glauben Sie, wer Sie sind? Und was erdreisten Sie sich, die Durchsuchung meines Zimmers und das meiner Freundin anzuordnen?«

»Beruhigen Sie sich, Signora!«, versuchte Pontine zu beschwichtigen.

»Halten Sie den Mund! Wie die Vandalen sind Ihre Carabinieri in meine Privatsphäre eingefallen. Ohne anzuklopfen, wenn ich das hinzufügen darf. Seit wann gelten in Italien totalitäre Methoden?«

»Gefahr in Verzug …«, kam es undeutlich über die Lippen des Direttore.

»Und wer sind Sie?« Die funkensprühenden Augen fixierten Teresa Principato.

»Die leitende Staatsanwältin«, erwiderte diese knapp. »Wir bedauern, dass Sie gestört wurden, aber wie Sie …«

»Sie bedauern? Dass ich nicht lache!«, fiel ihr die Frau schneidend ins Wort. »Mein Name ist Andrea Pizzoli! Klingelt es bei Ihnen? Wenn nicht, dann helfe ich gerne nach. Mein Mann ist Dottore Alberto Pizzoli!«

Der Name verschlug selbst Teresa Principato für eine Sekunde die Sprache, und sie suchte nach geeigneten Worten. »Ich bitte um Verständnis, aber wie Direttore Pontine bereits sagte, Signora: Gefahr in Verzug!«

»Mit was auch immer Sie sich herausreden wollen«, erwiderte die resolute Dame, »Ihre Karrieren können Sie beide an den Nagel hängen!« Sie wandte sich ab und verschwand hinter mehreren mannshohen, mit Zweigen und Blumen versehenen Amphoren.

»*Cazzo!*«, fauchte Pontine leise. »Jetzt haben wir genau den Ärger, den wir vermeiden wollten. *Madonna!* Dass wir ausgerechnet hier der Ehefrau unseres obersten Verfassungsrichters begegnen, ist unangenehm genug. Aber dass wir jetzt mitbekommen haben, dass sie sich hat liften lassen, wird sie uns nie verzeihen.« Er schüttelte den Kopf.

»Sie sah zum Fürchten aus.« Die Staatsanwältin lächelte schadenfroh, stieß die Glastür des zweiten Stockwerks auf und schlug den Weg ins Treppenhaus ein. Eine Minute später betraten die beiden die Cafeteria. Dort wurden sie bereits vom Einsatzleiter erwartet.

»Und?«, erkundigte sich Pontine.

»In allen Etagen gibt es nur ganz normale Behandlungsräume, Ärzte- und Patientenzimmer«, begann der Beamte mit deprimierter Miene. »Es gibt zwar auch Operationsräume, in denen aber meiner Ansicht nach nichts darauf hindeutet, dass dort komplizierte Eingriffe vorgenommen wurden. Keine entsprechenden großen Gerätschaften. Außerdem wären die Räume auch zu klein.«

»Sind Sie vom Fach?«, fragte die Principato süffisant.

»Nein, aber ich war in meiner Jugend lange Zeit als Sanitäter mit einem Notarzt unterwegs.«

»Sonst noch etwas?«, fragte Pontine versöhnlich.

»*Certo!*«, erwiderte der Einsatzleiter. »Das Kellergeschoss! Es ist nur über eine Schleuse mit Codekarte zu betreten oder von außen über eine Rampe. Im Haus führt ein separater Lift hinunter in die Katakomben. Es kann gut sein, dass viele gar nicht wissen, was sich dort unten abgespielt hat. So jedenfalls mein Eindruck. Langer Rede kurzer Sinn, wir haben da unten Räume gefunden, die sich für große Operationen gut eignen würden.«

»Was soll das heißen, eignen würden?«, fragte die Staatsanwältin.

»Die Räume sind leer! Komplett ausgeräumt. Aber man sieht auf den ersten Blick, wenn man hinuntergeht, dass es OP-Räume waren. Man kann die Anschlüsse von aufwendigen Gerätschaften, die dort installiert waren, noch an den Wänden erkennen.« Der Einsatzleiter machte vermutlich aus dramaturgischen Gründen eine Kunstpause. »Sie haben sogar einen besonderen Kühlraum. An der Tür ist ein Kreuz angebracht.«

»Ein Leichenraum?« Pontine schien blass um die Nase zu werden.

»Dem Geruch nach, ja!« Der Beamte schüttelte den Kopf, als könnte er nicht glauben, was er entdeckt hatte. »Kann mir jemand erklären, weshalb Fettabsaugungen, Nasenliftings oder das Implantieren von Silikon in Brüste lebensgefährlich ist?«

»Nein«, erwiderte die Staatsanwältin. »Deshalb fangen wir ja auch die Ärzte ein. Schon vergessen?«

»*Chiaro!*«, erwiderte der Mann militärisch knapp. »Übrigens …«, setzte er seinen Bericht fort, »der ganze Kram aus den OPs wurde vorgestern mitten in der Nacht mit mehreren Lkws abtransportiert. Sagt jedenfalls der Hausmeister.«

»Wohin?«

»Wusste er nicht. Er war sauer, dass man ihn einfach übergangen hat, als das Kellergeschoss geräumt wurde.«

Pontine wandte sich an Teresa. »Ich rufe Casaverde und Losanto an. Du könntest dich in der Zwischenzeit um einen Haftbefehl für Sophia Saviani bemühen. Die ist garantiert gewarnt worden.«

Pontine ging ins Innere der Cafeteria, während die Staatsanwältin sich in den Gang zurückzog und telefonierte. Er entdeckte vier Männer in Ärztekitteln, die beisammenstanden und sich leise unterhielten.

»*Buongiorno, Signori*«, begrüßte er sie und stellte sich vor. »Ich nehme an, Sie sind komplett, oder fehlt noch einer Ihrer Kollegen?« Er wies an einen Tisch. »Nehmen Sie bitte Platz!«, bat er die Ärzte. Während er sich ans Kopfende setzte, streifte sein Blick die fragenden Gesichter. »Fehlt jemand von der Ärzteschaft?«, erkundigte er sich neuerlich.

Ein blassgesichtiger Jungarzt hob zögernd die Hand. »Professore Cerlosa und Dottore Aguillera sind nicht im Haus.«

Pontine zog einen Block aus der Brusttasche und notierte sich die Namen. »Wahrscheinlich hat es sich schon herumgesprochen, um was es hier geht«, begann er ohne Umschweife.

»Gerüchteweise«, erwiderte ein gutaussehender Mediziner, um den sich, da wäre Pontine jede Wette eingegangen, die betuchten Damen und attraktiven Schwestern bestimmt rissen.

»Sie alle stehen unter vielfachem Mordverdacht«, fuhr Pontine fort. »Weiterhin werden Sie verdächtigt, illegale Organtransplantationen durchgeführt zu haben.« Sein Blick wanderte von Arzt zu Arzt. Die Herren schienen sich zu seiner Überraschung plötzlich zu amüsieren.

»Spinner!«, ertönte es aus ihren Reihen.

»Sie haben wohl nicht alle Tassen im Schrank!«, empörte sich der smarte Schönling. »Sie unterstellen uns, wir würden hier illegal Operationen durchführen?« Er sprang vom Stuhl auf und tippte sich an die Stirn. »*Senti*, Sie Intelligenzbestie! Wir sind Mediziner, Chirurgen … Hier ist noch niemand gestorben oder ermordet worden.«

Pontine wollte gerade antworten, als sich der Arzt, der ihm schräg gegenübersaß und bisher geschwiegen hatte, zu Wort meldete.

»Vielleicht sollte ich Sie darüber aufklären, dass ärztliche Kunstfehler nur deshalb selten zum Tode führen, weil Mediziner nur ungern einen Kunden verlieren. Und unsere Kunden, bezahlen nicht nur gut, sondern kommen auch immer wieder.« Pontine winkte ab. »Ich muss Sie leider zur Questura mitnehmen.«

»Das ist doch ein schlechter Witz!«, protestierte einer der Doktoren. »Nehmen Sie zur Kenntnis, dass wir uns hier ausschließlich mit kosmetischer Chirurgie beschäftigen.«

»Aha!«, erwiderte Pontine und sah über seine Schulter. Teresa Principato war mit versteinertem Gesicht hereingetreten. »Die ermittelnde Staatsanwältin!«, stellte er sie mit einer knappen Geste vor.

»Alle Ärzte und das Klinikpersonal sind vorrübergehend festgenommen«, eröffnete die Principato mit klirrend kalter Stimme den Versammelten. »Begeben Sie sich bitte hinunter zum Ausgang! Man wird Sie in die Questura bringen.«

»Und unsere Patienten? Wer versorgt sie in der Zwischenzeit? Sie etwa?«

Die Staatsanwältin schnitt ihm das Wort ab. »Ich bin zwar keine Ärztin, aber soweit ich beurteilen kann, gibt es hier nur wenige, die nicht mit eigener Kraft bis zur nächsten medizinischen Einrichtung gelangen. Ich habe veranlasst, dass alle Patienten abgeholt und in umliegende Kliniken gebracht werden. Und nun möchte ich Sie bitten …!« Sie beendete das Gespräch und wies mit der Hand zum Aufzug. »Wir sehen uns in der Questura beim Verhör!«

Teresa Principato und Giancarlo Pontine machten kehrt und verließen über das Treppenhaus das Klinikgebäude. Im Eingangsbereich bestiegen die ersten Festgenommenen die bereitgestellten Mannschaftswagen. Pontines Telefonino klingelte in der Tasche.

»Wie sieht es bei euch aus?«, fragte er hoffnungsvoll und lauschte. Seine Miene verdüsterte sich zunehmend. Nach einigen Augenblicken beendete er das Telefonat und starrte auf die temperamentvoll diskutierenden Menschen rund um die Polizeifahrzeuge. »*Merda!*«, flüsterte er kaum hörbar. Er stupste Teresa Principato an. »Man hat Uniplasma durchsucht. Auf den ersten Blick haben unsere Leute nichts Auffälliges entdecken können. Aber es gibt trotzdem etwas Interessantes.«

»Sag schon!«, erwiderte sie und sah ihn prüfend an.

»Der Chef der Labors, Vasarella heißt er …«

»Sag nur nicht, der ist auch abgehauen!«

»Der Kerl ist vor zwei Tagen mit unbekanntem Ziel abgereist. Und natürlich weiß niemand, wo er sich aufhält. Die Carabinieri sind noch vor Ort und bringen die Datenspeicher zur Auswertung. Aber sie befürchten, dass es darauf nichts mehr zu entdecken gibt. Warten wir einmal ab! Vielleicht können unsere Spezialisten die wenigen Festplatten, die man dort zurückgelassen hat, auswerten.«

»Na, wunderbar!«, entfuhr es der Principato. »Giulio Saviani ist tot und der Rest dieser Kriminellen untergetaucht. Was sind wir doch für ein schlagkräftiges Team! Wie es aussieht, kommen wir mit leeren Händen nach Hause.«

»Noch ist nicht aller Tage Abend«, knurrte Pontine. »Ich bin sicher, wir kriegen über die Verhöre eine Menge Beweise! Dieser oder jener wird umfallen …«

»Und dann?«, unkte sie.

33.
Sophias Finale

23. Juli 2009

Allmählich füllte sich der Parkplatz vor dem Ristorante La Gioia. Beinahe zweihundert Autos parkten in mehreren Reihen, und die Karawane von Fahrzeugen, die den staubigen Weg zum »La Gioia« fuhren, riss nicht ab. An die zwanzig Männer kontrollierten die geladenen Hochzeitsgäste, überwachten die Eingänge und das Gelände, wiesen Fahrzeuge ein und sorgten für Ordnung.

In der ersten Reihe parkte unmittelbar neben dem Eingang des Ristorante ein gelber Lamborghini, dessen Motorhaube mit einem aufwendigen Blumenbouquet geschmückt war und um den sich einige junge Männer scharten. Andrè Fillone war bereits eingetroffen. Er stand mit der Braut auf der von Platanen gesäumten Veranda und nahm mit geschmeicheltem Lächeln die Glückwünsche seiner Gäste entgegen. Es hagelte Schulterklopfen, Küsse und Umarmungen. Die auffallendsten Merkmale des schlanken Bräutigams waren seine fahle Gesichtsfarbe und die schwarzen, brennenden Augen. Auf den ersten Blick wirkte er beinahe hübsch, dennoch verriet seine Physiognomie Züge, die einem aufmerksamen Beobachter kaum verborgen blieben: Arroganz, Überheblichkeit und zügelloser Herrscherwillen. Niemand sprach darüber, doch jeder wusste es, Andrès Bestimmung war in erster Linie, Sohn zu sein, und daran würde sich nichts ändern, solange der alte Pate lebte.

Immer mehr Gäste trafen ein. Die meisten versammelten sich auf der riesigen Veranda, einige gingen im Garten spazieren, und wieder andere fanden sich in Gruppen zusammen und unterhielten sich. Entlang des gesamten Gebäudes waren grüngelb gestreifte Markisen ausgefahren und Bistrotische aufgestellt. Zocchas Kellner eilten zwischen den Gästen hin und her, um sie mit Champagner und Fruchtgetränken zu versorgen.

Ein Raunen ging durch die Reihen, als Don Fillones dunkelblauer Mercedes vorfuhr, dem ein Paar entstieg. Wie auf ein geheimes Zeichen bildete sich ein Menschenspalier, das der berüchtigte Pate mit seiner Frau durchschritt, mit einem knappen Nicken die Gäste begrüßend. In seinem Bemühen, seine gespielte Jovialität mit einer gewissen Vornehmheit zu überdecken, wirkte er ausgesprochen gekünstelt. Don Salvatore Fillone war nicht zuletzt wegen seiner reizbaren Natur gefürchtet. Er kam vom Land und entsprach einem Ehrenmann alter Schule, der in Corleone die Zügel fest in der Hand hielt und ein grausames Regiment führte. Er hatte das kampflustige Gesicht eines Boxers mit buschigen Brauen, kleinen, tiefliegenden Augen und wulstigen Lippen. Tiefe Furchen führten von seinen Nasenflügeln zu den Mundwinkeln, und er sah ständig drein, als wäre er trotz seines vorgerückten Alters auf eine Schlägerei aus. Doch heute lächelte er huldvoll den Gästen zu.

Seine Ehefrau wirkte trotz des sündhaft teuren Designerkleides wie eine biedere Matrone. Jeder Versuch, aus der Hausfrau eine Dame zu machen, wäre vergeblich gewesen, auch wenn man sich noch so viel Mühe gegeben hätte.

Aus etwas über fünfhundert Meter Entfernung beobachteten Sandro und Bruno das Treiben vor dem »La Gioia«. Sie hatten sich auf einer sanften Anhöhe zwischen Ginster und hohen Gräsern eingerichtet. Neben Bruno lag ein starkes Fernglas. Sandro setzte sich auf und warf einen besorgten Blick auf seine Armbanduhr. »Sophia müsste jeden Augenblick kommen«, sagte er und beobachtete nervös die Straße.

»Bis die sich alle an den Tischen versammelt haben, dauert es sowieso noch mindestens eine halbe Stunde«, erwiderte Bruno.

»Rauch doch eine Zigarette, dann vergeht die Zeit schneller.«
Er grinste und nahm das Fernglas zur Hand. »Der Tag wird ohnehin ziemlich lang.«

»Kommt darauf an, wie schnell diese Brut sich satt gefressen hat«, antwortete Sandro. »Danach gehen die Gäste in den Garten, damit das Hochzeitspaar und die Eltern in aller Ruhe die Geschenke würdigen können. Sophia wird bestimmen, wann die Bude dort unten hochgehen soll!«

Bruno machte einen tiefen Zug an seiner Zigarette und drückte die Kippe auf einem Kieselstein aus. »Was hast du danach vor?«, fragte er, während er das Treiben auf der Veranda beobachtete.

»Das erfahre ich, wenn wir wieder zurück sind in Palermo. Ich treffe mich mit dem *patrone* in seinem Haus! Und du?«

Bruno seufzte. »Keine Ahnung.«

»Sie kommt!«, raunte Sandro und stieß Bruno in die Seite.

Sophias Bentley blitzte in der Sonne, als er sich ihnen näherte. In der Glut des frühen Tages, die durch den Schirokko noch verstärkt wurde, fuhr der Wagen an den ausgedorrten Feldern entlang, die seit Anfang Mai keinen Regen mehr gesehen hatten. Sandro erhob sich und wartete am Straßenrand, bis die Luxuskarosse neben ihm anhielt. Das Fenster fuhr nach unten.

»*Tutto preparato?*«, erkundigte sich Sophia und lächelte kühl. Sandros bewundernder Blick galt Sophia und ihrem cremefarbenen Hosenanzug sowie der wertvollen Perlenkette. »*Dio cane!* Du hast dich aber verdammt fein gemacht!«

»Ich gehe auf eine Hochzeit«, meinte sie scherzhaft und schaute kurz in den Rückspiegel. »Setzt euch in den Wagen, hier drin ist es kühler!«

Die beiden Männer nahmen im Fond Platz und atmeten auf. Bruno wischte sich mit dem Hemdsärmel den Schweiß von der Stirn und stöhnte.

»Sind die Gäste schon eingetroffen?«

»Der Herdenauftrieb hat gerade begonnen«, meinte Bruno. »Ich denke, in einer halben Stunde kann es losgehen!«

Sophia reagierte kaum auf seine Antwort. Vielmehr schien sie in eine innerliche Starrheit gefallen zu sein. »Ich habe meinen Plan geändert«, murmelte sie vor sich hin.

»Was soll das heißen?«, fragte Sandro und zog die Stirn kraus.

»Ich will diesem Schwein Auge in Auge gegenüberstehen.«

»*Come?*«, fuhr Sandro auf. »Wie soll das gehen?«

Sophia sah nach hinten und lehnte sich über das Sitzpolster.

»Ganz einfach. Ich gehe dort hinein.«

»Du bist verrückt!«, rief Sandro entgeistert. »Damit erreichst du gar nichts!«

»Das werde ich sehen«, erwiderte sie.

Bruno hatte schweigend zugehört, und ihm war anzusehen, dass er von dieser Idee nicht viel hielt. »Wenn es schiefgeht, haben wir die ganze Meute auf dem Hals. Weshalb willst du ihn und seine Familie provozieren?«

»Er soll wissen, dass ich ihn nicht vergessen habe. Er soll sich an den Tag erinnern, an dem er meinen Bruder getötet hat.« Ihre brennenden Augen suchten Sandros Blick. »Vierundzwanzig Jahre, vier Monate und neun Tage habe ich auf diesen Moment gewartet«, sagte sie leise. »Jetzt ist der Tag gekommen, Rache zu üben und meine Ehre wiederherzustellen.«

»Es ist Wahnsinn, dort hineinzugehen«, versuchte Bruno ihr das Vorhaben auszureden. »Wir können nichts tun, wenn seine Männer dich schnappen. Abgesehen davon, gefährdest du auch unser Leben. Ist dir das überhaupt klar?«

»Das kannst du nicht verstehen«, herrschte sie Bruno an. »Wenn du dich jetzt zurückziehen willst, habe ich nichts dagegen einzuwenden.«

»Darum geht es doch gar nicht!«, widersprach Sandro energisch zugunsten seines Bruders. »Ich bin für dich verantwortlich. Ich würde mir nie verzeihen, wenn …«

Sophia schnitt ihm barsch das Wort ab. »Ich bin für mich selbst verantwortlich! Das war ich schon immer, und kein Mann wird das ändern. Auch du nicht, Sandro!« Sie bedachte ihn mit einem abweisenden Blick, und es schien ihm, als habe er plötzlich eine Fremde vor sich.

»Hier, ganz in der Nähe, ist es geschehen«, murmelte sie, als wäre sie unversehens in ihre Vergangenheit zurückgekehrt. »Keine zwei Kilometer entfernt.« Sie sah nach vorn durch die Windschutzscheibe. »Eines Tages steht man vor einem Spiegel und zieht die ungeschminkte Bilanz«, redete sie kaum hörbar weiter. »Die Bilder von damals gehen mir nicht aus dem Kopf. Sie waren immer da und kommen immer wieder. Manchmal weiß ich nicht, wie ich damit leben kann. Fertig geworden bin ich damit nie. Und ob ich je damit fertig werde …«

Sandro legte seine Hand auf ihre Schulter. »Wir beenden es jetzt.«

Sie schüttelte energisch den Kopf. »Ich beende es.«

»Und was sage ich Don Saviani, wenn die Sache schiefgeht?«

»Das ist deine Sache. Seitdem ich weiß, dass der Alte dein *patrone* ist, hat sich auch bei mir etwas verändert. Versteh mich nicht falsch, Sandro! Ich bin dir nach wie vor dankbar für deine Hilfe, aber wenn wir ehrlich sind, kam doch an erster Stelle immer der Alte und nicht Giulio. Anselmo Saviani hatte die Fäden immer in der Hand, und das hat sich bis heute nicht geändert. Diese Tatsache wurde mir aber leider erst klar, nachdem Giulio tot war.«

»*Madonna mia!* Es hat sich doch nichts zwischen uns geändert! Du springst mit mir um, als wäre ich ein Idiot.«

»Anselmo Saviani hat dich ausgesucht, um Giulio und mich zu beschützen. In erster Linie bist du *ihm* zur Loyalität verpflichtet. Also erinnere dich, wo du stehst!«

»Verdammt, Sophia … Es wird nicht einfach sein, dem Alten deinen Alleingang zu erklären. Er reißt mir den Kopf ab, wenn er erfährt, dass ich dich da habe hineingehen lassen.«

»Du wirst schon die richtigen Worte finden!«

»Traust du mir nicht mehr?«, fragte Sandro und sah sie überrascht an.

»Ich vertraue dir, Sandro. Aber ich weiß auch, wenn es hart auf hart käme, bist du auf der Seite des Alten.«

»Woher willst du das so genau wissen?«

»Ich will mit dir nicht darüber diskutieren. Ich muss hier etwas zu Ende bringen!« Sophia schien wie entrückt und Argumenten nicht mehr zugänglich zu sein. »Du hast keine Ahnung, wie sich das anfühlt, wenn sich der Tag immer wieder jährt, an dem man mir den Bruder genommen und mich geschändet hat. Schon Wochen vorher kommen die Alpträume. Und jede Stunde, die der Jahrestag näher rückt, wird zur Tortur.« Sie blickte wieder aus dem Fenster. »Man ist gegenüber der Vergangenheit so verdammt wehrlos«, sagte sie plötzlich in einem Ton, als spreche sie zu sich selbst.

»Ich erkenne dich nicht wieder, Sophia. Bis gestern warst du so kontrolliert, so beherrscht und überlegen …«

»Was genau befürchtest du eigentlich?«, erkundigte sie sich gereizt, als nähme sie ihn nicht ganz ernst. »Dort unten feiert die ganze verfluchte Familie Fillone mitsamt ihrem Anhang die Hochzeit dieses Bastards. Keiner von ihnen wird es wagen, mich anzurühren, wenn ich Andrè gegenüberstehe!«

Sandro hob beide Hände. »Die Wachen werden dich nicht hineinlassen.«

»Sie werden! Sie haben keinen Grund, eine alleinstehende, gut gekleidete Frau in einem Bentley zu behelligen. Im Gegenteil.«

»Das könnte klappen«, bestätigte Bruno. »Nur mit dem Herauskommen nicht!«

»Gebt mir das Handy!«, forderte sie die beiden Männer mit einer Kälte auf, als seien sie plötzlich zu Feinden geworden.

Sandro gab Bruno mit einem Blick zu verstehen, ihr das Telefonino auszuhändigen. »Du weißt, wie es funktioniert?«

Sophia nickte. »Der Pincode ist die Taste eins. Und dann geht die Ladung hoch. Oder?« Sie nahm das Handy und steckte es in die Jackentasche ihres Hosenanzuges.

»*Si!*« Sandro sah sie besorgt an. »Es bleibt keine Sekunde Zeit.

Deshalb solltest du die Zahl erst dann eingeben, wenn du wieder in Sicherheit bist.«

»Steigt aus!«, befahl sie. »Ich bin in spätestens fünfzehn Minuten wieder zurück.«

»Und wenn nicht?«, fragte Bruno.

»Dann solltet ihr zusehen, dass ihr hier verschwindet«, sagte sie wie eine mechanische Puppe.

Bruno und Sandro verließen achselzuckend den Bentley und schauten dem Wagen nach, bis er hinter der nächsten Kurve verschwunden war. Erst kurz vor der Abzweigung zum »La Gioia« tauchte das Fahrzeug wieder auf und bog dann gemächlich in die Zufahrt zum Lokal ein.

Sophia näherte sich dem Ristorante. Beiläufig nahm sie zur Kenntnis, dass sich nur noch wenige Gäste auf der Veranda aufhielten. Sie bremste vor den Wachen ab und ließ die Seitenscheibe herunter.

Die beiden Männer, deren Gesichtszüge nicht gerade einen regen Geist vermuten ließen, schienen trotz ihrer stoischen Mienen von Sophias Erscheinung und ihrem Wagen beeindruckt zu sein. Neugierig musterten sie den Innenraum.

»Sind Sie eingeladen?«, erkundigte sich einer der Männer, dessen Revolverknauf unter der Jacke zum Vorschein kam.

»Weshalb sollte ich sonst hierherkommen?«, erwiderte Sophia. »Andrè und seine Eltern erwarten mich. Ich habe mich leider ein wenig verspätet.«

»Zweite Reihe, ganz links ist noch etwas frei«, meinte der Wächter und gab den Weg frei.

Der Bentley rollte sanft über den provisorisch angelegten Parkplatz. Sophia stellte den Wagen jedoch nicht an der bezeichneten Stelle ab, sondern quer vor den Zugang zum Gebäude. Sie warf einen prüfenden Blick in den Rückspiegel, zog ihre Lippen nach und fuhr sich mit der Hand ordnend durch ihre langen schwarzen Haare, die sie heute eigens so trug wie damals auf dem Fest der Schafschur. Zufrieden lächelnd stieg sie aus dem Wagen, ging zur Tür und betrat den Gastraum.

Stimmengewirr, Geschirrklappern, Lachen, schrille Frauenstimmen und das Lärmen der Gäste schlugen ihr entgegen. Sie verharrte auf der Türschwelle, und ihr Blick wanderte durch den Raum. Ein Heer von Kellnern flitzte mit beladenen Tabletts durch die Tischreihen und trug das Essen auf. Von kleinen Wagen wurden Getränke serviert, während sich gestikulierende Menschen lautstark über mehrere Tische hinweg unterhielten oder sich Grüße zuriefen.

Kaum jemand nahm von Sophia Notiz, als sie den Mittelgang betrat und langsam zur Bühne ging. Mit einem Blick erfasste sie, dass sich die Familie Fillone komplett am Tisch versammelt hatte. Braut und Bräutigam hatten die Ehrenplätze in der Mitte eingenommen und grüßten winkend die Gäste.

Sophia schritt wie ferngesteuert auf das Podium zu, stieg die drei Stufen hinauf und erreichte, ohne dass sich ihr jemand entgegenstellte die Hochzeitstafel.

Kurz vor Andrè blieb sie stehen. Den Lärm der Gäste nahm sie wie eine ferne Brandung wahr.

Regungslos stand sie da und starrte den Bräutigam an. Dort saß er, Andrè Fillone, und er schien sich in den mehr als zwanzig Jahren kaum verändert zu haben. Seine Miene, seine Gesten, die Art, wie er das Kinn vorstreckte, all diese verhassten Eigenheiten hatten sich unauslöschlich in ihr Gedächtnis gebrannt und trafen sie nun wie ein Stromschlag. Sein lautes Lachen erzeugte in ihrem Inneren ein tausendfaches Echo, das ihr den Kopf zu sprengen drohte.

Plötzlich traf Andrès Blick den ihren. Seine Stirn legte sich in Falten, als denke er nach, woher er die elegant gekleidete Frau kannte, die ihn unverwandt fixierte. Er neigte sich ein wenig zur Seite, um sie besser zu sehen. »Kennen wir uns?«, rief er und machte den anderen am Tisch ein Zeichen, ein wenig ruhiger zu sein. »Sie kommen mir bekannt vor.« Er erhob sich und lächelte einladend. »*Calmo!*«, rief er seinen Leute am Tisch zu, die wie auf ein Zeichen zu ihr aufblickten.

»Ich möchte Grüße ausrichten«, erwiderte sie. »Grüße von deinen alten Freunden.«

»Aha.« In Andrès Miene zeigte sich Verunsicherung.

Bevor er weiterfragen konnte, fuhr Sophia fort: »Von Ivan Badolento. Von Enrico Nozzi. Und von Giancarlo Castra.«

Andrè starrte Sophia konsterniert an. »*Che cosa vuoi?*«, erwiderte er kaum hörbar.

Don Fillo, wie der Vater genannt wurde, stemmte sich fast in Zeitlupe aus seinem Stuhl hoch, als er die Namen aus ihrem Mund hörte. Sein Blick wechselte von seinem Sohn zu Sophia und wieder zurück.

»Woher kennen Sie meine Freunde?«, fragte Andrè, als habe er einen Geist vor sich.

»Anscheinend erkennst du mich nicht.« Sophia beobachtete, wie Andrè nachdachte, sich aber offenbar nicht entsinnen konnte. »Vor vierundzwanzig Jahren hast du meine Seele getötet«, sagte sie dann so laut, dass es jeder am Tisch hören konnte. »Du und deine Freunde. Vor vierundzwanzig Jahren seid ihr über mich wie die Tiere hergefallen und habt mir meine Ehre geraubt.« Sie wartete einen Augenblick, bevor sie weitersprach. »An meinen Bruder Tommaso erinnerst du dich doch bestimmt! Du hast ihn an einen Olivenbaum gebunden und mit einer Schrotflinte erschossen! Weißt du noch?«

»La Nera …!« Andrès Haltung versteifte sich.

In seiner Miene spiegelten sich weder Angst noch Schrecken, sondern Fassungslosigkeit darüber, dass ihn jemand vor seinen Gästen bloßstellte, ihn vorführte, zum Gespött machte.

»Du bist ein feiger Mörder!«, rief Sophia und sah mit Genugtuung, dass sich Andrè Fillones Gesichtsfarbe veränderte.

»Was ist das für eine Frau«, mischte sich die Braut mit schriller Stimme ein und zog am Jackenärmel ihres gerade angetrauten Mannes. »Was will die Schlampe von dir?«

575

»Halt die Klappe!«, blaffte Andrè und riss sich los. Am Tisch herrschte frostige Stille, und auch in Sophias Rücken schienen die Gäste mitbekommen zu haben, dass sich auf der Bühne gerade etwas Unerhörtes abspielte.

»Ich sehe, du erinnerst dich«, fuhr Sophia mit eisiger Stimme fort und wandte sich zu den Gästen um. »Hier oben sitzt ein Vergewaltiger und Mörder und feiert Hochzeit!«

»Verschwinden Sie, sonst lasse ich Sie rauswerfen!«, brüllte Don Fillo mit hochrotem Kopf. »Niemand hat Sie zur Hochzeit meines Sohnes eingeladen!« Er gestikulierte wild mit den Händen und schien jemanden herbeizuwinken.

»Ich habe ein Gastgeschenk für Andrè und die ganze Familie!«, entgegnete Sophia wie paralysiert.

Andrè schien aus seiner Erstarrung zu erwachen und schleuderte den hinter ihm stehenden Stuhl heftig zurück. »Hau ab, La Nera! Lass dich hier nie wieder blicken!«

Sophia griff in die Tasche, zog das Handy hervor und hielt es für alle sichtbar in die Höhe. »Direkt unter dir liegt eine prachtvolle Bombe!«, verkündete sie triumphierend und trat zwei Schritte zurück. »Ein Kilogramm Semtex mit einem Fernzünder! Ich brauche nur eine Zahl einzugeben, dann bleibt hier kein Stein auf dem anderen. Also lass deine Wachhunde, wo sie sind!«

»Eine Bombe?«, brüllte der alte Fillone. »Hast du das gehört?«, wandte er sich höhnisch an seine Frau, die scheinbar erst jetzt begriff und den Suppenlöffel fallen ließ. »Sie sagt, sie hätte eine Bombe.« Er blickte wieder zu Sophia. »Das traust du dich nicht!« Er grinste böse.

»Du hast keine Ahnung, wozu ich fähig bin«, schleuderte Sophia dem Paten entgegen.

Einige Familienmitglieder wollten aufspringen. Doch bevor sie sich den Stufen des Podiums nähern konnten, schrie Sophia: »Ein Schritt weiter und ich zünde den Sprengsatz! Also, setzt euch wieder an eure Plätze! Sofort!«

Ängstlich, wie eine verstörte Schafherde zogen sich sie alle wieder hinter den Tisch zurück.

»Sie meint es ernst!«, brüllte Andrè. »*Madonna santa,* sie wird uns in die Luft jagen!«

Die Braut bekam einen hysterischen Schreikrampf. Im Saal breitete sich das Wort »Bombe« wie ein verheerender Flächenbrand aus. Ohrenbetäubendes Geschrei erfüllte den Gastraum, Menschen sprangen auf, rissen panisch Tische und Stühle um, und binnen weniger Sekunden herrschte vollkommenes Chaos. Der Saal hatte sich in einen überkochenden Kessel verwandelt. Leiber drängten, stießen und quetschten, zwängten und schoben sich durch Türen und Fenster ins Freie. Scheiben gingen zu Bruch, und irgendjemand hatte die verschlossene Hintertür mit Gewalt aufgetreten.

Nach kaum einer Minute war das »La Gioia« wie leer gefegt. Zurück blieb ein einziges Schlachtfeld von Geschirr und Mobiliar. Auf dem Podium saß wie versteinert die Familie Fillone, und einige Bodyguards verharrten wie sprungbereite Raubkatzen in der Nähe, um auf ein Zeichen des Paten zu warten.

Don Fillo hatte sich auf seinen Stuhl gesetzt und lockerte seinen Hemdkragen. Sein Gesicht war puterrot, und aus seinen Augen sprach ohnmächtige Wut. Er keuchte asthmatisch und japste nach Luft. »Ich bringe diese Puttana um«, keuchte er, während Andrè versuchte, seine hemmungslos lamentierende Frau zu beruhigen. Lediglich die Großeltern saßen wie unbeteiligt stocksteif auf ihren Stühlen und beobachteten mit leeren Blicken die gespenstische Szene, als ginge sie das nichts an.

»Lass den verdammten Unsinn, La Nera!«, herrschte Andrè Sophia an und versuchte, Überlegenheit zu demonstrieren. »Du kommst sowieso nicht lebend hier raus.«

Sophias Augen weiteten sich und nahmen eine seltsame Färbung an. »Stimmt!«, flüsterte sie und drückte wie in Trance die Taste eins.

34.
Beklemmende
Nachricht

23. Juli 2009

*P*orca miseria!«, zischte Sandro und starrte auf die Menschen, die schreiend und in wilder Panik aus dem Ristorante flüchteten. »Was ist das?« Fassungslos blickte er seinen Bruder an, als wollte er von ihm eine Erklärung für das Geschehen erhalten.

»Ich habe so etwas geahnt«, erwiderte Bruno und presste die Lippen zusammen. »Du wirst sehen, deine Sophia sprengt sich und den Laden in die Luft.«

»*Cazzo!*«, stöhnte Sandro. »Kannst du Sophia irgendwo entdecken?«

»No«, sagte Bruno kurz angebunden.

Die beiden Männer duckten sich tief ins dürre Gras und sahen atemlos zu, wie die Hochzeitsgäste auf dem Parkplatz ausschwärmten und sich hinter Autos in Sicherheit brachten.

»Sie ist irre geworden«, flüsterte Sandro, »komplett irre.« Er fasste sich entsetzt an die Stirn. »Vielleicht kommt sie ja noch heraus«, murmelte er, aber seine Stimme klang wenig hoffnungsvoll.

»Das glaubst du doch selber nicht!«, knurrte Bruno aufgebracht. »In dem Laden sind mindestens zehn Bodyguards. Wenn sie nur einem den Rücken kehrt, ist sie tot!«

»Was machen wir jetzt?«

»Steckt der Autoschlüssel vom Bentley?«, erkundigte sich Bruno, ohne den Blick vom »La Gioia« zu wenden.

»Was weiß denn ich!«, erwiderte Sandro schroff. »Wenn der Laden in die Luft fliegt, dann spielt es keine Rolle, ob der Schlüssel steckt oder nicht.«

Eine gewaltige Detonation zerriss die Stille. Türen und Fenster des Ristorante zerbarsten in der Druckwelle, das Flachdach wurde angehoben, Steine und Holzteile flogen wie Geschosse durch die Luft, und gelbrote Stichflammen schlugen aus dem Gebäude. Die vor dem »La Gioia« geparkten Fahrzeuge wurden wie Spielzeuge umgeworfen oder beiseitegeschleudert. Die Schreie der Menschen ließen den beiden hartgesottenen Männern den Atem stocken.

Eine riesige Staub- und Rauchwolke breitete sich aus und wälzte sich wie eine Lawine auf sie zu. Die ersten Fahrzeuge hatten Feuer gefangen und brannten lichterloh.

»Was hat sie nur getan«, flüsterte Sandro mit geweiteten Augen.

»Wir sollten machen, dass wir Land gewinnen«, schrie Bruno, sprang auf und rannte zu seinem Lancia, der am Rand der Straße abgestellt war. Auch Sandro erhob sich eilig und folgte seinem Bruder. Hastig setzten sie sich in den Wagen. Bruno startete und ließ den Motor aufheulen, bevor er mit durchdrehenden Reifen eine Hundertachtziggradwendung auf dem Asphalt vollführte und losraste.

»Das gibt Ärger«, bemerkte er und nahm mit radierenden Reifen eine Spitzkehre. »Und wohin jetzt?«

»Nach Mondello. Auf Savianis Anwesen«, sagte Sandro und zündete sich fahrig eine Zigarette an. »… und fahr langsamer! Ich habe keine Lust, jetzt von einem dienstfrigen Carabiniere angehalten zu werden.«

Bruno nahm den Fuß vom Gas und schaltete in den vierten Gang. »Der Alte wird mindestens so heftig explodieren wie die Sprengladung im ›La Gioia‹, wenn er hört, was passiert ist …!«

Sandro drehte sich um und schaute durchs Rückfenster. Eine riesige, schwarze Rauchwolke war aus der Senke aufgestiegen, die sich immer weiter ausbreitete und die man inzwischen kilometerweit sehen konnte.

»Da kommen sie schon«, bemerkte Bruno und deutete nach vorn.

Zwei Löschzüge der Feuerwehr und ein Streifenwagen rasten an ihnen mit Sirenengeheul vorüber. »Saviani wird dir tatsächlich den Kopf abreißen«, murmelte Bruno.

»Kaum«, entgegnete Sandro. »Sie hat es mir erspart, dass ich sie umbringen muss. Der Alte hätte eine solche Aktion nicht gebilligt, auch wenn er sie zur neuen Patin gemacht hat.«

Knapp eine Stunde später bog der Lancia in die Viale Principessa Jolanda ein, an der versteckt hinter hohen Mauern unter üppigen Eukalyptusbäumen und Steineichen Savianis mondänes Anwesen lag. Während Bruno den Lancia vor dem doppelflügeligen Stahltor stoppte, rief Sandro mit seinem Telefonino im Haus an. Sekunden später öffnete sich die Einfahrt. Zwei Wachen in schwarzen Anzügen und verspiegelten Sonnenbrillen musterten misstrauisch das Fahrzeug, winkten aber den Wagen sofort herein, als sie Sandro und Bruno erkannten. Kaum hatten die Brüder den Wagen in der Auffahrt abgestellt, wurde die Haustür geöffnet. Castor und Pollux drängten knurrend und schnaubend heraus und liefen sabbernd auf die Ankömmlinge zu.

»*Addietro!*«, gellte Savianis Stimme scharf von der Treppe. Sofort drehten die Hunde um und liefen zurück zu ihrem Herrn, der, flankiert von den monströsen Mastiffs, Sandro und Bruno entgegenblickte.

»*Cos'è successo?*«, rief er ihnen zu.

Sandro hob die Hand, um anzudeuten, dass er im Beisein der Wachen nicht sprechen wollte. »Drinnen«, sagte er halblaut.

»Kommt herein!«, grollte Saviani, dem man ansehen konnte, dass er Schlimmes ahnte.

Bruno wandte sich an seinen Bruder, ohne die beiden Mastiffs aus den Augen zu lassen. »Sind die nicht gefährlich?«, flüsterte er ihm zu.

»Nur wenn man sich über sie lustig macht«, erwiderte Sandro spöttisch. »Mach dir nicht in die Hosen …!«

Anselmo Saviani ging mit aufrechtem und stolzem Gang voran und scheuchte mit einer Handbewegung das Dienstmädchen aus dem Salon. Seufzend ließ er sich in seinem Lehnsessel nieder, von dem aus er durch die weit geöffneten Terrassentüren einen freien Blick auf den Park hatte. Er deutete auf das Sofa. »Setzt euch!« Auffordernd blickte er Sandro an.

»Sophia hat Mist gebaut«, begann er und zog aus seiner Hosentasche eine zerknitterte Zigarettenpackung. »Darf ich?«

»Nur zu!«, entgegnete der Don. »Also, was ist los? Lass dir nicht die Nudeln aus der Nase ziehen!«

»Sophia hat die corleonesische Brut ausgerottet. Die gesamte Schweinebande war im ›La Gioia‹ versammelt, als sie bei uns ankam.«

»Weiter …!«, knurrte der Patriarch mit düsterem Blick.

»Ich hatte eine Sprengladung unter Fillones Tisch montiert!«

»Auf wessen Anweisung?«, fragte er.

»Auf Sophias«, antwortete Sandro. »Eigentlich wollten wir die Ladung unter Andrès Wagen anbringen. Aber das war nicht möglich.«

Saviani nickte wortlos. »Mir hat sie gesagt, sie will ihre Ehre wieder herstellen und diesen kleinen Mafioso umbringen. Von einer Bombe war nicht die Rede«, fuhr Saviani dazwischen. »Und was weiter?«

Sandro machte einen tiefen Zug. »Anstatt einfach die Bombe aus der Entfernung zu zünden und wieder abzuhauen, kam sie aus unerfindlichen Gründen auf die Idee, vor allen Leuten Andrè gegenüberstehen zu wollen.«

Bruno schaltete sich ins Gespräch ein. »Wir konnten nichts unternehmen. Es ging alles zu schnell. Sophia muss das geplant haben und hat uns vor vollendete Tatsachen gestellt.«

»Wollt ihr damit andeuten, dass sie das Ristorante mitsamt den Hochzeitsgästen in die Luft gejagt hat?«

»Nicht ganz.«

»Was heißt, nicht ganz? Geht es auch genauer?«

»Wir wissen nicht genau, was in dem Lokal vorgegangen ist. Kurz nachdem Sophia das ›La Gioia‹ betreten hat, sind die Gäste getürmt.«

»Wie die Hasen haben sie sich in Sicherheit gebracht«, ergänzte Bruno.

»Sie wollte partout alleine ins Ristorante. Wir haben auf der Anhöhe gelegen und gewartet, dass Sophia wieder herauskommt.« Er zuckte mit den Achseln und zog die Mundwinkel nach unten. »Es gab einen lauten Knall, und dann flogen uns die Fetzen um die Ohren.«

Saviani starrte die beiden ungläubig an. »Sie ist wahnsinnig geworden«, flüsterte er. Er schlug sich mit der Hand so erregt auf seinen Oberschenkel, dass Castor zu seiner Linken die Augen öffnete und vernehmlich knurrte. »Sie sollte Andrè liquidieren und kein Massaker veranstalten«, bemerkte der Pate scharf.

»Und es gab keine Möglichkeit, Sophia davon abzuhalten?«

Bruno schüttelte den Kopf.

»Habt ihr Spuren hinterlassen?«, erkundigte er sich nach einer Weile.

»Wir nicht, aber Sophia«, erwiderte Sandro. »Ihr Bentley stand auf dem Parkplatz. Den wird man sicher finden und identifizieren.«

»Dann wird man Fragen stellen«, sagte Saviani verdrießlich. »Ich schätze es nicht, wenn Carabinieri in mein Haus kommen.« Er stützte sich auf seinen Stock auf und erhob sich. »Sie war krank«, meinte er plötzlich. Seiner Miene war nicht zu entnehmen, was er dachte. Seine Augen fixierten einen imaginären Punkt im Park. »Geht jetzt!«, murmelte er leise. »Ach«, sagte er dann plötzlich zu Sandro gerichtet, »kümmere dich um diesen Brufolo! Finde ihn!«

35.
Brufolo

Er konnte nicht mehr zählen, wie oft er versucht hatte, seinen Chef Don Palù zu erreichen. Es war ihm unerklärlich, dass dessen sämtliche Handynummern nicht erreichbar waren. Abermals wechselte er die Chipkarte seines Telefoninos und versuchte es auf den Festnetzanschlüssen der Firma. Zwar sollte er diese nur im Notfall anwählen, aber es handelte sich um einen Notfall. Zweimal hatte er jemanden an der Strippe, der nicht wusste, wo Don Palù abgeblieben war. Ächzend erhob er sich von dem Baumstamm, der im Unterholz eines völlig verwilderten Grundstückes unmittelbar neben einem verfallenen Rustico lag. Der fünfte Tag war angebrochen, und er litt unter höllischen Schmerzen. Überdies machten ihm die wahnsinnige Hitze und der fürchterliche Durst zu schaffen. Auch an Schlaf war kaum zu denken, einerseits wegen seiner ausgekugelten Schulter, die ihn beinahe irre werden ließ, andererseits wegen der Sorge, dass Carabinieri ihn hier über kurz oder lang aufstöbern könnten. Wenigstens hatte er in einem alten Schrank ein paar Obstkonserven gefunden, die für ein paar Tage reichen würden.

Von hier aus sah er die Autos, die auf der schmalen Landstraße zwischen Tarent und Massafra fuhren. Eventuelle Aktivitäten der Carabinieri würde er nicht übersehen. Ihm war klar, dass die Beamten am Unfallort ihre Schlüsse gezogen hatten. Und nicht nur das. Die beiden Jugendlichen, die er und sein Beifahrer eingefangen, betäubt und gefesselt hatten, mussten den Zusammenprall mit dem Traktor auf der Landstraße überlebt haben. Er war aus dem Wrack gekrochen und hatte Salvatore vom Beifahrersitz ins Freie ziehen können. Wenn er es recht bedachte, hatte er bei dem idiotischen Unfall Glück im Unglück gehabt. Salvatore dagegen war übel zugerichtet, und er war gestern am Abend gestorben. Er hatte ihn unter Aufbietung seiner letzten Kräfte hinter die Hütte gezerrt, weil er es nicht ertrug, neben einer Leiche zu übernachten. Wütend spuckte Brufolo auf den Boden.

Er verfluchte die Fahrt nach Tarent und versuchte, sich die Aktion vor fünf Tagen noch einmal vor Augen zu führen. Es gab eine Zeugin, die beobachtet hatte, wie er und sein Kumpan die zwei Halbwüchsigen auf die Ladefläche des Autos schafften. Als er den Wagen verschloss, war er dieser Zeugin Auge in Auge gegenübergestanden. Alles, aber auch alles war an diesem Tag schiefgelaufen. Zuerst mussten sie sich stundenlang in dem Dreckloch von Rione Tamburi herumtreiben, bis sie endlich ihre Schläferin gefunden hatten. Dummerweise war sie nicht alleine. Also sahen sie sich gezwungen, ihren Freund gleich mitzunehmen. Garantiert hatte das Mädchen, das zurückgeblieben war, sofort die Carabinieri alarmiert. Selbst, wenn die zwei auf der Ladefläche bei dem Unfall umgekommen waren, diese Zeugin würde ihn und Salvatore genau beschreiben können.

Was er jetzt dringend brauchte, waren Geld und eine sichere Unterkunft. Und ebenso klar war, dass er für lange Zeit untertauchen musste. Bestimmt waren es mehr als fünf Kilometer bis nach Massafra. Sich jetzt an den Straßenrand zu stellen, um ein Auto anzuhalten, wäre ein zu großes Risiko. Abgesehen davon, war er sich nicht einmal sicher, ob er es bis zur Straße schaffen würde. Die Carabinieri suchten ihn noch, davon war er überzeugt, und mit seinen Verletzungen und der blutverkrusteten Kleidung würde er sofort auffallen.

Wieder versuchte er, Paluzzi in seinem Büro zu erreichen. Dieses Mal nahm jemand sein Gespräch entgegen. Er konnte im ersten Augenblick die Stimme nicht einordnen. Aber das war jetzt auch egal.

»Verdammt!«, brüllte er in den Hörer. »Weiß jemand von euch Pfeifen, wie ich Don Palù erreiche?«

»Mit wem rede ich überhaupt?«, fragte ein tiefer Bass.

Brufolo stutzte. »Das Gleiche könnte ich dich fragen! Deine Stimme kenne ich nicht.«

»Ich bin der Neue«, tönte es aus dem Telefonino. »Und du?«

Der Pockennarbige schwieg für eine Sekunde. »Mich kennt jeder in dem Laden. Ich bin Brufolo. Wo sind die anderen?«, erkundigte er sich misstrauisch. »Carlo, Cesare oder Tino?«

»Sind im Hof und waschen die Autos. Und der Don ist nicht da.«

»Das habe ich auch schon bemerkt, du Flasche!«, schrie Brufolo nun völlig entnervt. »Immerhin versuche ich schon seit fünf Tagen, mit ihm zu telefonieren. Wo kann ich ihn erreichen?«

»Nirgends!«, antwortete der Mann mit der Bassstimme. »Aber was soll's, komm einfach ins Büro! Alles Weitere wird sich finden.«

»*Cazzo!* Hast du etwas an den Ohren? Wenn ich könnte, wäre ich längst zurück. Es hat einen Unfall gegeben. Ich bin verletzt. Ich glaube, mein Bein ist gebrochen und meine Schulter ist ausgekugelt. Die Karre ist auch hinüber. Mein Kollege ist …«

»Was ist mit der Ladung?«, fiel der Mann am anderen Ende der Leitung Brufolo ins Wort.

»Was weiß denn ich!«, schimpfte der Pockennarbige. »Ich musste abhauen. Die Carabinieri werden sich vermutlich darum kümmern.«

Der Mann schwieg.

»Irgendjemand muss mich hier abholen. Ich brauche dringend einen Arzt, sonst verrecke ich noch vor Schmerzen.«

»Wo bist du jetzt?«

»Irgendwo zwischen Tarent und Lido Azzurro. Ich musste mich verdrücken. Überall wimmelt es von Carabinieri.«

»Dann beschreibe mir genau, wie ich dich finde!«, brummte der Fremde ungeduldig.

»Ich will, dass Carlo mich abholt. Ich hab dir schon einmal gesagt, ich kenne dich nicht. Und ich will verdammt noch mal kein fremdes Gesicht hier sehen!«

»Reg dich nicht auf!«, erwiderte der Mann. »Ich richte es ihm aus. Aber jetzt erklär mir erst genau, wo du bist!«

Brufolo stöhnte auf, als er versuchte, seine Sitzposition auf dem Baumstamm zu ändern. »Er soll die Landstraße SS 7 in Richtung Massafra bis Masseria San Sergio fahren. Das ist ein kleines Dorf. Man fährt leicht dran vorbei, weil es nur ein paar Häuser sind. Gleich nach dem Ortsschild führt rechts ein schmaler Weg ins Feld. Nach etwa dreihundert Metern steht auf der rechten Seite ein Rustico. Dort warte ich. Mein Akku ist gleich leer. Carlo soll sich um Himmels willen beeilen.«

»Was heißt beeilen?«, dröhnte die Bassstimme. »Bis Tarent sind es knapp vierhundert Kilometer!«

»Mach mich nicht so idiotisch an!«, brüllte Brufolo außer sich vor Wut. »Carlo kann in fünf Stunden hier sein. Wenn nicht, reiße ich ihm den Kopf ab. Und dir auch.«

Im gleichen Moment riss die Verbindung ab. Wutentbrannt humpelte Brufolo in das Rustico, in dem es wenigsten kühl war. Glücklicherweise hatte er nicht weit von seiner Notunterkunft eine alte Matratze gefunden, sie unter größten Schmerzen in seinen Unterschlupf geschleift und mit Gras bedeckt. Brufolo rollte seine Jacke als Kopfkissen zusammen und versuchte, es sich einigermaßen bequem zu machen, soweit das in seiner Lage möglich war. Die Augen nur ein wenig schließen, das war alles, was er sich wünschte.

Der Schmerz in der Schulter und ein Motorgeräusch weckten ihn. Er schlug die Augen auf. Die Nacht war hereingebrochen. Er richtete sich auf und versuchte mit angehaltenem Atem, auf der Armbanduhr die Zeit abzulesen. Zwecklos, es war stockfinster. Seinem Gefühl nach konnte es Carlo sein, der ihn suchte. Aber vielleicht war es jemand, der sich auf dem verwilderten Grundstück herumtrieb. Brufolo tastete vorsichtig nach seiner Pistole und versuchte dabei, jedes Geräusch zu vermeiden. Irgendwo musste sie liegen. Er beugte sich nach vorn und tastete die Umgebung ab.

Wie ein Dampfhammer traf ihn eine geballte Faust im Gesicht. Seine Oberlippe platzte auf, Blut strömte in seinen Mund und vermischte sich mit dem salzigen Geschmack der Tränen, die ihm aus den Augen schossen. Dann fühlte er, wie er den Boden unter den Füßen verlor, und einen Augenblick lang befürchtete er, dass der Angreifer ihm das Genick brechen würde. Plötzlich wurde er von einer gewaltigen Kraft emporgehoben und herumgewirbelt, dann krachte er hart auf die Erde. Seine Rippen und die Schulter schmerzten, und sein Gesicht brannte wie Feuer.

Lautlos huschte ein riesiger Schatten an ihm vorbei. Eine Pranke legte sich über seinen Mund. Röchelnd gierte er nach Luft und trat mit den Beinen aus wie ein wild gewordenes Pferd. Unvermittelt fühlte er sich mit einer Mühelosigkeit emporgehoben, als wäre er ein Federgewicht, obwohl er mehr als achtzig Kilo auf die Waage brachte. Der Mann musste über Bärenkräfte verfügen.

Eine gewaltige Hand umschloss seinen Hals und drückte ihm den Kehlkopf zu, während seine Brust von einem Arm zusammengepresst wurde, so dass ihm für Sekunden schwarz vor Augen wurde. Wie eine Stoffpuppe schleifte ihn das Monstrum aus dem Rustico und wuchtete ihn mit Schwung in den Kofferraum einer großen Limousine. Der Deckel wurde zugeschlagen. Wenig später startete der Wagen und fuhr los.

Brufolo fühlte sich, als hätte man ihn durch einen Fleischwolf gedreht. Weder wusste er, wer ihn niedergeschlagen hatte, noch hatte er die geringste Ahnung, wem er in die Hände gefallen war. Carabinieri waren es jedenfalls nicht, das lag auf der Hand.

Die Bassstimme kam ihm in den Sinn, bevor er endgültig das Bewusstsein verlor.

Als Brufolo wieder zu sich kam, hatte er das Empfinden, dass Stunden vergangen sein mussten. Der Wagen hatte scharf abgebremst und bog jetzt in sehr langsamer Geschwindigkeit ab. Der Pockennarbige wusste nicht, was ihm mehr zu schaffen machte, die Schmerzen in der Schulter, das lädierte Bein, sein geschundenes Gesicht oder die Tatsache, dass er in einem Kofferraum eingepfercht war und sich ausgeliefert fühlte.

Der Wagen hielt an, und der Motor erstarb. Männerstimmen drangen zu ihm, Brufolo konnte aber nicht verstehen, was sie sagten. Er versuchte sich auf die Stimmen zu konzentrieren. Da war sie wieder, diese Bassstimme. Der Deckel wurde aufgerissen, und zwei Männer beugten sich über Brufolo. Fäuste packten zu, zerrten ihn aus seinem Gefängnis und stellten ihn auf die Beine. Er knickte ein und versuchte, sein Gewicht auf das gesunde Bein zu verlagern. Trotz seiner höllischen Qualen blickte er sich neugierig um. Er war umringt von einem halben Dutzend Männern in dunklen Anzügen, die ihm aber kaum Beachtung schenkten. Für Brufolo stand sofort fest, dass die Kerle durchweg bewaffnet waren. Unter den Augenlidern versuchte er sich zu orientieren. Er befand sich in der Auffahrt eines imponierenden Anwesens, das hell beleuchtet in einem Park mit riesigen Eukalyptusbäumen und uralten Steineichen eingebettet lag. Das Grundstück umgaben hohe Mauern, so dass es von außen nicht einsehbar war. Das schwere Doppelportal des Palazzos aus poliertem Pinienholz und die massiven Messingbeschläge signalisierten, dass hier Macht, Geld und Tradition zu Hause waren. Die Luft schmeckte salzig, und sie roch nach würziger Macchia. Das Haus muss irgendwo an der Küste liegen, dachte Brufolo. Wütendes Hundegebell ertönte. Die Eingangstür öffnete sich, und heraus trat ein alter Mann mit Gehstock. Er blieb auf dem Treppenabsatz stehen. Zwei dunkelbraun gestromte Mastiffs flankierten wie in Stein gemeißelt ihren Herrn, die Lefzen angriffslustig nach oben gezogen. Jeder dieser Muskelberge wog bestimmt neunzig Kilo. Die Augen des Alten waren auf den Pockennarbigen gerichtet, grausame, erbarmungslose Augen.

»Bist du Brufolo?«, fragte Saviani mit fester Stimme.

»Wer will das wissen?«, schnauzte der Pockennarbige zurück. Der Schlag eines seiner Bewacher, der ihn an der ausgekugelten Schulter traf, ließ ihn auf die Erde stürzen und nahm ihm beinahe die Besinnung. Die beiden Mastiffs schossen wie vom Katapult abgeschossen auf ihn zu. Er fühlte den heißen Atem der geifernden Bestien im Gesicht, und als er seinen Kopf hob, bleckten ihn furchterregende Reißzähne an.

»Castor! Pollux! *Vieni qua!*«, durchschnitt Savianis Befehlsstimme die plötzliche Stille. Hechelnd kehrten die Hunde zurück und umschmeichelten seine dünnen Beine. »Platz!«, sagte er gebieterisch. Der alte Mann schritt Stufe für Stufe hinunter und kam langsam auf Brufolo zu, während die Hunde ihn aufmerksam beobachtend auf dem Treppenabsatz lagen. Brufolo schätzte ihn auf etwa achtzig Jahre. Wenn man von seinem Gehstock absah, war der Alte bei bester Konstitution.

»Wo bin ich hier gelandet?«, knurrte Brufolo den Alten an.

»Ich bin Anselmo Saviani.«

»Na und?«, der Pockennarbige überspielte seine heimliche Furcht.

»Du hast dir eine Menge Feinde gemacht«, fuhr der alte Mann fort, »und du hast mir das Wichtigste in meinem Leben genommen.«

»Was geht mich das alles an?«, polterte Brufolo wie ein renitenter Halbwüchsiger.

»Du hast meinen Sohn erschossen!«, stellte Saviani unbeirrt fest.

»*Merda!*«, fluchte Brufolo. »Wer hat dir denn das erzählt? Du träumst wohl, Alter!«

»Er lässt es an Respekt mangeln«, raunte Saviani einem der Leibwächter zu.

Wortlos trat der Angesprochene an Brufolo heran und schlug ihm mit der geballten Faust in die Magengrube. Der Pockennarbige klappte zusammen und stürzte zu Boden. »An deiner Stelle wäre ich vorsichtig«, flüsterte der Leibwächter.

»Castor! Pollux!«, rief Saviani über seinen Rücken. Die zwei schwergewichtigen Mastiffs kamen hechelnd und sabbernd herbei und schnupperten erneut an Brufolo, der sich ängstlich zur Seite rollen wollte. Gefährliches Grollen aus den Hundekehlen ließ ihn erstarren.

»Don Saviani ist imstande und lässt die Hunde auf dich los! Die zerfleischen einen ausgewachsenen Menschen in zwanzig Sekunden!« Der Bodyguard trat grinsend einen Schritt zurück.

Saviani trat noch näher. »Zurück!«, befahl er knapp, und die braunen Ungeheuer setzten sich gehorsam hinter ihren Herrn. Der hob den Stock, drückte das Gummiende gegen Brufolos Brust und gab ihm einen leichten Stoß. »Du weißt offensichtlich nicht, wie man sich benimmt«, sagte er. »Dein Boss, dieser Signore Edoardo Paluzzi … Er hat mir haarklein erzählt, wie du meinen Sohn Giulio vor seiner Haustür erschossen hast!«

Dieses Mal schienen Savianis Worte bei Brufolo Wirkung zu zeigen, denn seine Verblüffung war nicht gespielt. Sekundenlang starrte er den Alten ungläubig an. Dann schüttelte er zweifelnd den Kopf. »Schwachsinn!«, zischte er.

»Wie kann man nur so vergesslich sein, Brufolo!« Savianis Blick schien den Pockennarbigen zu durchbohren. »Nun ja, ich fürchte, deine Phantasie wird nicht ausreichen, um sich vorzustellen, was dich erwartet.«

»Ich habe mir schon gedacht, dass du mich nicht zum Espresso eingeladen hast«, hielt Brufolo dem Alten bockig entgegen.

Saviani lachte bitter auf. »Sandro Calogheri. Sagt dir der Name etwas?«

»Wer soll das sein?«

»Das ist der Mann, den du nicht richtig getroffen hast, als du in das Grundstück meines Sohnes eingedrungen bist.« Saviani machte einen Schritt auf Brufolo zu. »Stellt ihn auf die Beine«, befahl er den Männern hinter ihm.

Sofort traten zwei Bodyguards heran, griffen Brufolo brutal unter die Arme und rissen ihn hoch.

Saviani musterte neugierig sein Gesicht. »Er hat überlebt, und er hat sich dein Gesicht gemerkt.« Unverwandt fixierte er den hageren Kerl, dessen Blick wie ein in die Enge getriebenes Tier nach einem Ausweg suchte. »Deine Visage hätte ich auch nie vergessen.« Saviani wandte sich an einen bulligen Kerl, der in respektvollem Abstand mit teilnahmsloser Miene wartete. »Bring diesen Kretin weg, Sandro! Du weißt, wohin. Ich komme in wenigen Minuten nach. Bis dahin behandelt ihn gut!«

»*Subito*«, erwiderte der Mann mit dem Bassorgan.

Wie im Reflex wandte sich Brufolo dem Mann zu. Seine Miene verriet, dass er soeben begriffen hatte, mit wem er es am Telefon in Paluzzis Büro zu tun gehabt hatte.

Der Schlag auf seinen Kopf explodierte wie eine Handgranate, dann wurde es Nacht um ihn. Er spürte nicht, wie er wieder in den Kofferraum des Wagens geworfen und abtransportiert wurde. Erst, als er eisiges Wasser auf seinem Körper spürte, erwachte er wieder aus seiner Ohnmacht. Er lag auf dem Boden und blickte in die kalten und regungslosen Gesichter seiner Bewacher. Gleißende Flutlichter erhellten den Platz. Brufolo wollte sich aufrichten, zuckte aber vor Schmerz wieder zurück. Hände und Füße waren gefesselt. Links und rechts von ihm türmten sich Sand- und Kiesberge auf. Im Hintergrund bemerkte er einen Bagger und zwei Schaufellader. Allmählich lichtete sich der Nebel in seinem Kopf. Man hatte ihn auf eine Großbaustelle gebracht.

Der seidenweiche Klang eines schweren Motors näherte sich. Scheinwerferlichter erloschen. Brufolos Bewacher, die lange Schatten warfen, wandten sich dem Auto zu, das mit knirschenden Reifen anhielt. Der Fahrer öffnete dem Paten den Wagenschlag. Regungslos und schweigend verharrte der große Mann neben seiner Limousine, mit beiden Händen auf den Stock gestützt.

Vor dem Flutlicht wirkte er wie ein finsterer Dämon, dessen Konturen sich auf dem Erdboden abzeichneten.

»Ist alles vorbereitet?«, fragte er.

»*Certo*«, antwortete einer aus der Gruppe und deutete mit dem Daumen über die Schulter.

Brufolo wandte seinen Kopf in die angegebene Richtung, doch er konnte nur einen kleinen Erdhügel erkennen.

»Bindet ihn los und zieht ihn aus!«, ordnete der Alte an. »Vincenzo!«, rief er, und sofort sprang ein schmal gebauter Mann in dunkler Kleidung und Cowboystiefeln heran. Saviani griff in die Jackentasche und übergab ihm einen Schlüssel. »Hol den Wagen!«

Vincenzo nickte und ging in Richtung einer Lagerhalle, die in knapp hundert Meter Entfernung neben einigen Zementsilos stand. Nur eine Minute später polterte ein Kleintransporter mit Pritsche über den unbefestigten Untergrund und stoppte neben dem Erdhügel. Auf der Ladefläche lagen etwa zwanzig Papiersäcke, die die Aufschrift *La Calcina*, Löschkalk, trugen.

Brufolo, der den Vorgang angstvoll verfolgte, brüllte los, als man ihm die Fesseln abnahm und unsanft die Kleider vom Leib riss.

Saviani richtete sich in voller Höhe auf und schritt langsam auf den am ganzen Körper zitternden Mafioso zu. Für einen Moment musterte er den sich vor Scham und Schmerz krümmenden Mann. »Ekelhaft«, flüsterte er und beugte sich zu Brufolo hinab. »Mit dir hat das Unglück angefangen. Du warst nicht nur so dämlich, meinen Sohn umzubringen, du hast auch meinen engsten Mitarbeiter und Freund Sandro angeschossen.« Er deutete auf den Mann mit der Bassstimme, der reglos neben ihm stand und Brufolo mitleidslos beobachtete. Saviani atmete stockend. »Was glaubst du, werde ich mit jemandem anstellen, der sich anmaßt, meine Macht anzutasten?« Wieder stieß er Brufolo mit dem Stock vor die Brust.

Der Pockennarbige zitterte am ganzen Körper. »Paluzzi hat befohlen ...«

»Wo ist der Inhalt des Aktenkoffers?«, schnitt ihm Saviani das Wort ab.

»Welcher Koffer, verdammt ...«, winselte Brufolo.

Savianis freudloses Lachen klang wie das Hecheln seiner großen Hunde. »Der Koffer meines Sohnes!«, bellte er plötzlich.

»*Vaffanculo!*«, fluchte Brufolo unflätig.

Saviani wandte sich an seine Männer: »Einer von euch soll die Planierraupe hierherfahren!« Wieder beugte er sich zu Brufolo hinunter. »Entweder bekomme ich eine Auskunft, oder du machst gleich eine sehr unerfreuliche Erfahrung!«

»Scher dich zum Teufel!«, schrie Brufolo wie von Sinnen.

Der mächtige Dieselmotor des eisernen Ungetüms schallte über die Baustelle. Rasselnd näherte sich der eiserne Koloss und hielt direkt auf Brufolo und Saviani zu. Der Alte hob die Hand, als die Planierraupe nur noch ein paar Meter von ihnen entfernt war.

»Ich frage ein letztes Mal!«, drohte er mit ruhiger Stimme. »Wo sind die Papiere?«

Brufolos Augen verfolgten entsetzt, wie die Raupe die mächtige Schaufel hochfuhr und den Blick auf die monströsen Panzerketten freigab. Ihm schien es, als grinse ihn der Fahrer voller Vorfreude an. Der Dieselmotor dröhnte in seinen Ohren. Wie ein nackter Wurm krümmte und wand sich Pockennarbige.

»Er wird erst über deine Beine fahren, und wenn ich dann immer noch nichts gehört habe ...« Der Pate zuckte bedauernd mit den Achseln.

»Paluzzi und De Cortese haben ihn«, wimmerte Brufolo. »Ich hab den beiden den Koffer gegeben.«

»Und wo sind die Papiere jetzt?«

»Ich weiß es doch nicht«, schrie Brufolo in Todesangst. »Wahrscheinlich in Paluzzis Tresor im Büro …«

Saviani trat einige Schritte zurück und machte eine Kopfbewegung in Richtung des Fahrers.

Der Motor des Stahlkolosses heulte auf, und das scharfe Zischen der sich lösenden Luftdruckbremse erfüllte den Platz. Schwarzgraue Dieselschwaden entwichen durch das gewaltige Auspuffrohr, das neben dem Führerhaus in die Höhe ragte, in den nächtlichen Himmel. Der Geruch von Schmierfett und verbranntem Öl drang herüber zu den wartenden Männern. Der Fahrer gab Gas, und der eiserne Rachen riss eine breite Wunde in den grindigen Boden.

Kreischend und wimmernd robbte Brufolo durch den Dreck, die panisch aufgerissenen Augen auf das ratternde Ungetüm gerichtet, das sich ihm unaufhaltsam näherte. Der langgezogene Schrei des am Boden liegenden Mannes schien aus einer anderen Welt zu kommen. Eiserne Panzerketten zermalmten ihn und hinterließen ein blutiges Stück Fleisch, das mit einem Menschen nichts mehr gemein hatte.

Saviani ging mit festen Schritten zu der Fleischmasse, betrachtete die schrecklichen Überreste und spie auf sie. »Schafft den Dreck in die Grube!«, wies er die Männer an. »Zuerst den Löschkalk, und dann schaufelt das Loch zu! Und vergesst nicht, im Anschluss reichlich zu gießen!« Er schritt zu seinem Wagen, gab Sandro ein knappes Handzeichen, um ihn zu begleiten. »A casa!«, befahl er dem Chauffeur und ließ sich in das weiche Polster fallen. Dann ließ er die Trennscheibe zwischen ihnen und dem Fahrer hochfahren.

Sandro blickte schweigend aus dem Seitenfenster. Ihm war nicht zum Reden zumute. Die vergangenen Tage steckten ihm in den Knochen, und er dachte an Sophia.

Als der Wagen die Großbaustelle verlassen hatte und wieder auf die Landstraße einbog, sagte Saviani: »Wir müssen Ruhe einkehren lassen! Es herrscht überall eine ziemliche Aufregung. Der Innenminister ist empört. Die Presse spielt verrückt, und alle Augen sind auf mich gerichtet!« Er sah Sandro düster an, der mit seinen Gedanken meilenweit entfernt zu sein schien. »Hörst du mir überhaupt zu?«

Sandro nickte, ohne den Kopf zu wenden. Teilnahmslos sah er hinaus in die Nacht.

»Die Papiere werden wir wohl nicht mehr suchen müssen. Vermutlich war die Polizei schneller, sofern sie überhaupt noch existieren. Als Erstes fliegst du nach Barbados und regelst die neuen Verhältnisse! Bleib ein paar Wochen dort! Mach Urlaub, amüsiere dich! Ich lasse die Unterlagen von der Kanzlei vorbereiten. Du brauchst bei den Anwälten nur zu unterschreiben. Ich kann zwar noch nicht einschätzen, was mit den Krankenhäusern geschieht, aber ich denke, in einem Jahr spricht niemand mehr darüber.«

»Ich weiß nicht so recht …«, murmelte Sandro. »Finden Sie es nicht ein wenig übereilt, mir die Verantwortung zu übertragen?«

Der alte Pate stieß den Stock, den er zwischen seinen Knien festhielt, heftig auf den Fahrzeugboden auf. »Giulio ist tot … Sophia hat sich sozusagen in Rauch aufgelöst …« Er machte eine kurze Pause. »Wie konnte sie mir das antun?« Er schüttelte den Kopf, als könne er immer noch nicht glauben, was seine Schwiegertochter mit ihrem spektakulären Abgang angerichtet hatte.

»Ich habe Ihnen doch gesagt, wir konnten nicht damit rechnen, dass sie sich selbst in die Luft jagt. Sie wollte partout ins ›La Gioia‹ und diesem Kerl in die Augen sehen. Bevor wir etwas tun konnten, ist sie losgefahren!«

Saviani machte eine unwillige Geste. »Sie hat mein Vertrauen missbraucht. Wusstest du, dass sie Drogen nahm?«

»Beruhigungsmittel«, widersprach Sandro lahm.

»Unsinn!«, polterte der Don, nahm sich aber sofort wieder zurück, und sein Ton wurde wieder verbindlicher. »Es ist müßig, darüber zu debattieren. Wir müssen an die Zukunft denken. Wer, außer dir, soll die Dinge jetzt in die Hand nehmen?«

»Sie können sich auf mich verlassen«, erwiderte Sandro mit fester Stimme und sah dem Patriarchen in die Augen.

»Nach deinem Urlaub kümmerst du dich um Paluzzis Laden! Bring ihn wieder auf Vordermann und sieh zu, dass die organisatorischen Belange in Ordnung kommen! Die Krematorien in Tschechien brauchen eine feste Hand.«

»Bruno wäre genau der Richtige für diese Aufgabe«, entgegnete Sandro. »Ich habe keine Lust, in Zukunft mein Leben in Tschechien zu verbringen.«

»Das überlasse ich dir. Such dir die richtigen Männer, mach ihnen klar, um was es geht, danach warten auf dich die großen Aufgaben.«

36.
Ein bitteres Ergebnis

Direttore Pontine saß rauchend in einiger Entfernung zur Treppe des Palazzo Viminale. Er hielt sich abseits vom Presseauftrieb, der sich allmählich zum Spektakel entwickelte. Er beobachtete den steinernen Springbrunnen, der ausnahmsweise wieder einmal Wasser spie. Die Ereignisse der vergangenen Tage hatten ihn ziemlich mitgenommen, wenngleich er sich, was sein privates Leben anging, ausgesprochen euphorisch fühlte. Eine rothaarige Staatsanwältin war in sein Leben eingebrochen wie eine Diebin, die keinerlei Skrupel hatte, seine Gefühle auf den Kopf zu stellen. Wie es mit seiner Karriere weitergehen sollte, das war ihm seit einer Woche unklar, und er fühlte sich dabei gar nicht mal so schlecht.

Aber da war noch die Tatsache, dass er mit seiner Mannschaft die Drahtzieher und Organisatoren des Menschenraubes und des damit verbundenen Organhandels nicht verhaften konnte. Deswegen hockte er jetzt hier auf den Stufen vor der DIA, der Direzione Investigativa Antimafia. In einer Dreiviertelstunde wollten alle an einem Tisch sitzen und die Ergebnisse mit Generale Di Gregori diskutieren.

»*Ciao, carissimo*«, ertönte eine Stimme in seinem Rücken, und er drehte sich lächelnd um.

»*Ciao*, Teresa!« Seine Staatsanwältin sah wieder einmal hinreißend aus. Ihre kupferroten Haare leuchteten wie Gold im Gegenlicht der frühen Sonne. »Hattest du einen guten Flug?«

Sie beugte sich zu ihm hinab und gab ihm einen Kuss auf die Wange. »Wollen wir vorher einen Espresso trinken? Im Flugzeug gab es nur Pappbecher mit einem lauwarmen Etwas, das die Alitalia Kaffee nennt.«

»Zweihundert Meter von hier, in der Via Agostino, ist meine Lieblingsbar.« Er grinste, nahm ihr die schwere Aktentasche ab und erhob sich ächzend. »Kommen wir auch einmal ohne deine Leibwächter aus?« Er machte eine Kopfbewegung in Richtung der schwerbewaffneten Carabinieri, die ein paar Schritte hinter Teresa Principato warteten und misstrauisch die Umgebung beobachteten.

»Sie verfolgen mich auf Schritt und Tritt. Ich weiß schon gar nicht mehr, wie es ist, sich frei und ohne Begleitschutz in der Öffentlichkeit zu bewegen.«

»Ich weiß, dass du einen Scheißjob hast«, erwiderte er und winkte den allgegenwärtigen Schattenmännern zu, die ihnen in respektabler Entfernung folgten.

Schweigend schlenderten sie nebeneinander her, wobei sich ihre Hände ab und zu wie unabsichtlich berührten. »Ich weiß nicht, ob ich lachen oder weinen soll«, murmelte Pontine und warf Teresa einen gequälten Seitenblick zu. »Obwohl wir die Zusammenhänge bei diesem Organhandel einigermaßen kennen, haben die Kollegen in meiner Abteilung das Gefühl, mit leeren Händen dazustehen. Und nicht nur das …« Er zögerte, bevor er mit Teresa die Straße überquerte, weil ein Motorradfahrer mit aufheulender Maschine an ihnen vorbeiraste.

»Hast du die Presse von heute Morgen gelesen?«, fragte sie.

»Ja. Aber ich vermute, das Schlimmste kommt erst. Vor dem Palazzo warten ungefähr zweihundert Reporter.« Pontine deutete auf ein paar leere Tische. »Setz dich! Ich hole uns den Espresso!«, sagte er und verschwand in der Cafébar, um nach wenigen Augenblicken wieder mit zwei Tassen zurückzukehren.

»Hast du darüber nachgedacht?«, fragte er unvermittelt.

»Willst du tatsächlich ernst machen?«, erwiderte sie. »Palermo ist nicht Rom, ich hoffe, das ist dir klar.« Sie legte ihre Hand auf seinen Arm. »Glaubst du, dass du mit einem pubertierenden jungen Mann zurechtkommen wirst?«

»Wir klären das nach der Sitzung«, entgegnete er verschmitzt und griff nach ihrer Hand. Er wollte Teresa gerade einen Handkuss geben, als er aus dem Augenwinkel Commissario Casaverde und Capitano Losanto auf ihren Tisch zukommen sah.

»Man ist keine Sekunde ungestört«, knurrte er. Mit einem Schluck leerte er die Tasse und sah auf.

»Es ist gleich zehn«, rief Casaverde und tippte auf seine Armbanduhr. »Wir gehen schon mal vor.«

»Seht zu, dass ihr unbehelligt an der Presse vorbeikommt! Sie lauern wie die Schmeißfliegen vor dem Palazzo. Am besten, ihr geht durch den Hintereingang.«

Losanto griente. »Mich erkennen sie sowieso nicht.«

»Er läuft immer herum wie ein Halbstarker«, bemerkte Teresa und schüttelte missbilligend den Kopf. »Lass uns gehen!«

Gemeinsam trotteten sie hinter Casaverde und Losanto her, gefolgt von den Carabinieri mit schussbereiten Schnellfeuerwaffen.

Genau fünf Minuten später trafen die Ermittler der DIA und die Antimafia-Staatsanwältin Teresa Principato in dem prächtigen Konferenzraum des Palazzo Viminale ein. Sie waren von zwei zivilen Mitarbeitern der Administration abgefangen und durch einen Seiteneingang unbehelligt in das Allerheiligste von Generale Nicola Di Gregori begleitet worden. Obwohl im Fall Saviani eine strikte Nachrichtensperre verhängt worden war, schien die Presse Wind von einem nie da gewesenen Skandal bekommen zu haben, einem italienischen Watergate, wie man allenthalben mutmaßte. Mehrere Übertragungswagen mit riesigen Parabolspiegeln hatten sich vor dem Portal positioniert, um über ein Verbrechen von einzigartigem Ausmaß zu berichten. Kabelstränge auf den Treppen des Palazzo bis hinunter zur Straße. Kameras waren auf das Gebäude gerichtet. Scheinwerfer strahlten das Portal an, als erwarte man jeden Augenblick den Auftritt wichtiger Persönlichkeiten. Reporter sprachen hektisch in ihre Mikrofone und kündigten an, dass der Justizminister in Kürze ein offizielles Statement abgeben wolle.

Die Gerüchteküche kochte ohnehin schon seit einiger Zeit, und sowohl der Innen- als auch der Justizminister hatten in den letzten Tagen ihre ganze diplomatische Kunst aufgewendet, um einen staatspolitischen Wirbelsturm zu verhindern, der nicht nur Italien zu erschüttern drohte.

Carabinieri hatten den Flur zum Konferenzsaal gesperrt und ließen nur jene passieren, die in die geheime Operation Herzschlag involviert waren.

»Nehmen Sie bitte Ihre Plätze ein!«, rief ein Bediensteter. »Die Herren Minister werden in wenigen Augenblicken hier sein.«

Casaverde und Losanto grinsten sich an und gingen voraus, gefolgt von Direttore Pontine, Teresa Principato und Comandante Tassilo, der sich ihnen angeschlossen hatte. Wenige Sekunden später traf der Generalstaatsanwalt Della Torre in Begleitung des Justizministers und des Innenministers ein.

»*Dio mio,* welch ein Podium!«, flüsterte Pontine seiner rothaarigen Angebeteten zu und hielt nach dem Namensschild auf dem Tisch Ausschau.

Die Türen wurden geschlossen. Della Torre nahm den Vorsitz an der Stirnseite des Tisches ein und eröffnete die Konferenz. Sein Blick und seine Miene waren starr. Tiefe Falten gruben sich in seine Stirn, und auch seine Körperhaltung verriet, dass er keine gute Botschaft zu verkünden hatte.

»Ich danke Ihnen, Signora Principato ...« Er verneigte sich in die Richtung seiner Nichte. »... und allen Signori für Ihr Kommen und Ihren Einsatz, wenngleich das Ergebnis der Operation Herzschlag einer Katastrophe gleichkommt.« Sein Blick schweifte zur linken Tischseite, an der die Ermittler nebeneinandersaßen und ihn aufmerksam ansahen. Ihnen gegenüber saßen Generale Di Gregori, die beiden Minister und eine Dame, die das Protokoll führte. »Ich möchte ausdrücklich betonen, dass Sie vorzügliche Arbeit geleistet haben. Verstehen Sie bitte meine einleitenden Worte nicht als Kritik oder Vorwurf hinsichtlich Ihres Einsatzes! Inhalt und Umfang dieser Delikte haben ein Ausmaß, das die ganze Gesellschaft Italiens betrifft. Die Folgen können wir gar nicht absehen. Systematik und Struktur des Verbrechens, mit dem Sie es zu tun haben, ist für alle unfassbar. Hierzu wird sich unser verehrter Ministro Dell'Interno äußern. Ich übergebe ihm nun das Wort!«

»Lassen Sie es mich kurz machen!«, begann der Innenminister, ein attraktiver Mann in den Fünfzigern mit graumelierten Haaren und einer Hornbrille, die für sein Gesicht eindeutig zu groß war. »Der Fall hat zweifellos große politische Brisanz. Damit wir entscheiden können ...«, er wandte sich an seinen Ministerkollegen von der Justiz, »... wie wir diese verabscheuungswürdigen Verbrechen politisch bewerten müssen, möchte ich Sie, Signora Principato und den verehrten Direttore Pontine, bitten, uns genauer ins Bild zu setzen.«

Teresa Principato suchte den Blick ihres Onkels, der ihr aufmunternd zunickte. Sie erhob sich von ihrem Stuhl und wollte gerade das Wort ergreifen, als der Innenminister sie freundlich bat: »Prego! Behalten Sie doch Platz! So spricht es sich leichter.«

»Grazie! Da ich nicht weiß, in welchem Umfang Sie informiert wurden, versuche ich die wesentlichen Fakten zusammenzufassen.«

»Es geht um illegale Transplantationen«, antwortete der Innenminister, »und darum, dass man am helllichten Tage mitten in der Stadt ahnungslose Bürger entführt und ihnen gegen ihren Willen Organe entnommen hat.«

»Das ist leider nur ein Teilaspekt«, verbesserte ihn die Staatsanwältin. »Doch lassen Sie mich wie folgt beginnen: Der ungeheure Bedarf an Organen wurde von Dottore Giulio Saviani und seinen Ärzten sozusagen nach Bestellung organisiert. Reiche Kunden aus aller Welt, wenn ich sie einmal so nennen darf, haben gegen erhebliche Geldsummen schnell und unbürokratisch Hilfe erhalten. Durchgeführt wurden die Operationen in Savianis Einrichtungen, die sich nach außen als Kliniken für plastische Chirurgie präsentierten.«

»Sie sagten Kliniken? Plural?«, fragte der Innenminister.

»Ja! In Bologna, Mailand, Palermo und Genf! Die Cliniche Chirurgia Estetica genossen bei den Damen der Gesellschaft durchweg einen erstklassigen Ruf.«

»Darüber wurde mir berichtet«, bestätigte der Innenminister maliziös lächelnd. »Einige meiner Kollegen im Parlament haben den Justizminister wegen dieser – na sagen wir einmal – unglücklichen Aktion heftig angegriffen.«

»Was heißt unglücklich?«, murmelte Losanto und schüttelte verärgert den Kopf, erntete aber sofort einen zurechtweisenden Blick von Di Gregori.

»Kann ich fortfahren?«, fragte die Staatsanwältin und strich sich eine feuerrote Haarsträhne aus der Stirn. Della Torre machte eine auffordernde Geste und lehnte sich ins Polster.

»Während in den oberen Etagen alle gängigen kosmetischen Eingriffe durchgeführt wurden, hat man in den Operationssälen im Keller über Jahre hinweg in großem Stil die lukrativen Transplantationen vorgenommen.«

»Ich verstehe nicht, dass diese Schweinerei niemandem aufgefallen ist«, unterbrach der Justizminister, der vom Typus her an einen introvertierten und phlegmatischen Sachbearbeiter beim Finanzamt erinnerte.

Die Principato blickte von den vor ihr liegenden Dokumenten auf. »Das ist einfach zu erklären, *gentilissimo Ministro*. Nicht nur in Italien ist es weit verbreitet, legale Organentnahmen und Transplantationen fast ausschließlich in der Stille der Nacht und in speziellen Operationssälen durchzuführen.«

»Was heißt ›speziell‹?«, erkundigte sich nun der Generalstaatsanwalt.

»Damit meine ich nicht nur die Ausstattung. Die OP-Säle liegen fast immer im Keller der Kliniken, wie mir von kompetenter Seite berichtet wurde. Ärzte reisen mit dem Patienten an und verlassen die Klinik sofort wieder nach dem Eingriff. Oft sind die Anästhesisten und das OP-Team nicht im jeweiligen Krankenhaus angestellt. Sie kommen und gehen wie Diebe im Schutz der Dunkelheit.«

»Das klingt unheimlich«, bemerkte der Innenminister und warf seinem Ministerkollegen einen beredten Blick zu. »Gibt es einen Grund dafür?«

»Ich habe mit einer ganzen Reihe von Ärzten gesprochen. Das simpelste Argument ist, dass Organverpflanzungen Leistungen sind, die außerhalb des Routineprogramms laufen. Krankenhäuser möchten nicht, dass ihre OP-Säle tagsüber so lange belegt werden. Die Transplantationen haben sich in die Nacht verlagert, und niemand weiß so recht, warum.«

Generale Di Gregori war der Erste, der das angespannte Schweigen, das den Ausführungen der Principato folgte, durchbrach.

»*Dio mio!*«, murmelte er seufzend.

»Können wir mit den Fakten weitermachen?«, bat der Innenminister mit leisem Unbehagen in der Stimme.

Die Staatsanwältin nickte und blätterte in ihren Akten. »Gegen Bargeld gab es alles, was in der modernen Medizin heute verpflanzt werden kann.«

»Von welchen Größenordnungen reden wir hier?«, wollte der Innenminister wissen.

Direttore Pontine, der bislang wie Losanto und Casaverde geschwiegen hatte, beugte sich ein wenig vor. Auf seiner Stirn zeigten sich zornige Falten. »Was meinen Sie mit Größenordnung?«, knurrte er. »Anzahl der Patienten, ausgeschlachtete Leichen, Geld?«

»Entführungen, die in Zusammenhang mit Organentnahmen stehen«, erwiderte der Innenminister.

»Wir können nur schätzen«, murmelte Pontine und forderte Teresa Principato mit einer Geste auf weiterzumachen.

»Laut unserem Chef der Statistik zählen wir mindestens hundertdreiundsechzig Personen nur in diesem Jahr. Die Dunkelziffer ist erheblich.«

»Lässt sich ›erheblich‹ auch quantifizieren?«, erkundigte sich nun Della Torre.

»Tausend. Zweitausend. Vielleicht mehr, wir wissen es nicht!«

»*Madonna santa!*«, stöhnte der Innenminister auf und griff sich entsetzt an die Stirn.

»Wer ist in diese bodenlose Sauerei alles involviert?«, fuhr der Justizminister auf.

Die Staatsanwältin richtete ihre Augen auf Pontine. »Vielleicht kannst du einige Worte darüber sagen.«

Der sonnengebräunte Teint des Direttore bekam einen Stich ins Rötliche angesichts des vertraulichen Dus, während Losanto und Casaverde still vor sich hin schmunzelten. Aber Pontine fing sich sofort wieder und wandte sich an den Justizminister.

»Das ist eine gute Frage. Die Täter kann ich Ihnen weitgehend aufzählen, die mittelbar Beteiligten nicht. Es kann sogar sein, dass einige der beteiligten Chirurgen nicht einmal ahnten, dass die Organe von unfreiwilligen Spendern stammten. Wie ich die Sache bewerte, haben nur ein paar Leute genau gewusst, was vorgeht!«

»Geht es auch konkreter?«, monierte der Innenminister.

»Nun, da hätten wir zunächst Dottore Giulio Saviani und dessen Ehefrau Sophia. Sie waren die Initiatoren, die Urheber und die Haupttäter. Sie hatten die Fäden in der Hand. Giulio Saviani wurde vor seiner Haustür erschossen, Signora Saviani hat sich mitsamt eines Mafiaclans aus Corleone vor vier Tagen spektakulär in die Luft gesprengt. Aber das konnten Sie ja bereits den Zeitungen entnehmen.«

»Hmm …«, brummte der Minister.

Pontine schaute den Innenminister an. »Als weiteren Haupttäter haben wir Signore Antonio De Cortese, Staatssekretär in Ihrem Ministerium. Er machte die Idee von der Genehmigungsseite her serienreif, wenn ich das so sagen darf. Leider ist er seit Wochen von der Bildfläche verschwunden. Entweder ist er tot oder auf den Bermudas. Ich persönlich präferiere tot.«

»Das ist ein wahres Desaster für unser Ministerium«, entgegnete der Innenminister nervös und wechselte einen stillen Blick mit Generale Di Gregori.

»Ist es erlaubt zu rauchen?«, lenkte er unvermittelt von der Peinlichkeit ab und nestelte ein Zigarettenetui aus der Jackentasche.

Alle schienen damit einverstanden, und Sekunden später lag der Raum in bläulichem Dunst. Dennoch lag eine gespannte Atmosphäre in der Luft. Pontine bemerkte den warnenden Blick Di Gregoris, als er weitersprechen wollte.

»Welche Rolle hat De Cortese gespielt?«, hakte der Justizminister nach. »Wenn ich richtig informiert bin, steht er im Verdacht, unzulässige Subventionen und Forschungsgelder an Saviani bezahlt zu haben.« Häme stand ihm ins Gesicht geschrieben, und wie es schien, genoss er es, seinem Amtskollegen die Blamage nicht zu ersparen.

»Generale Di Gregori hatte meinem Ressort den Fall entzogen.« Pontine wandte sich an den Innenminister. »Auf Ihre Anordnung hin, soweit ich weiß …!«

»Das gehört jetzt nicht hierher!«, wehrte der Minister ab.

»Wenn es nicht hierher gehört, dann möchte ich mit Edoardo Paluzzi weitermachen«, erwiderte Pontine.

»Wenn ich darum bitten darf.« Der Innenminister schien dankbar zu sein.

»Er war einerseits für die Entführung der sogenannten Schläfer, andererseits für die Entsorgung der Leichen zuständig«, führte Direttore Pontine weiter aus.

»Was sind in Gottes Namen ›Schläfer‹ und wo, um Himmels willen, entsorgt man Hunderte von Leichen?«, meldete sich Di

Gregori und warf empört seinen Kugelschreiber auf den Tisch. »Ich weiß, dass die Mafia ihre Opfer gewöhnlich erschießt, in Säure auflöst oder im Meer versenkt. Aber in dieser Anzahl …« Pontines Falten an den Nasenwurzeln hatten sich tief eingegraben, und er seufzte vernehmlich. »In den ersten Jahren haben Paluzzi und seine Männer die toten Organspender kremiert. Jetzt haben wir festgestellt, dass er mehrere Krematorien in der Tschechischen Republik unterhält. Überdies hat De Cortese die Genehmigungen für internationale Leichentransporte erteilen lassen – wie er überhaupt eine tragende Rolle in dieser Affäre gespielt hat.«

»*Come?*«, fauchte Di Gregori fassungslos. »Die haben Leichen quer durch Italien und Österreich nach Tschechien transportiert?«

»*Certo!*«, erwiderte Pontine und lächelte gequält. »Sterben ohne Totenschein ist in Europa verboten. Deshalb wurden Transportpapiere legalisiert und Totenscheine von Ärzten ausgestellt. Sofern Dokumente der Eurotransplant aus den Niederlanden benötigt wurden, hat man sie nahezu perfekt gefälscht. Selbst wenn die Leichenwagen irgendwo aufgehalten worden wären, niemand hätte etwas moniert.«

»Und wo ist dieser Paluzzi? Weshalb wurde er nicht längst dingfest gemacht?«, fragte der Justizminister.

Pontine warf ihm einen vernichtenden Blick zu »Auch er ist seit geraumer Zeit verschwunden, leider. Wir hätten noch die Gelegenheit gehabt, ihn zu schnappen, doch wie allseits bekannt, waren mir die Hände gebunden. Vielleicht sollte einer der Herren Minister den alten Saviani fragen …«

»Reden Sie gefälligst keinen Unsinn«, fuhr ihm der Innenminister über den Mund.

»Ich fürchte, das ist kein Unsinn«, sagte er mit ernster Miene. »Sie werden von Seiten der Opposition, möglicherweise auch von der Generalstaatsanwaltschaft mit unangenehmen Fragen rechnen müssen.«

»Darüber haben Sie nicht zu befinden, Pontine«, giftete der Innenminister zurück.

Della Torre meldete sich wieder zu Wort. »Lassen wir das besser«, bemerkte er und lächelte den Innenminister verbindlich an. »Konzentrieren wir uns jetzt auf das Wesentliche. Ein Verbrechen dieses Umfangs kann niemals von einer Handvoll Ärzten und den vier Hauptverdächtigen alleine organisiert und durchgeführt werden!«

»Organisieren kann man das schon mit einer Handvoll Leuten«, witzelte Losanto. »Nur mit dem Begreifen wird es etwas komplizierter.«

»Was soll dieses dumme Gerede!«, rief der Justizminister aufgebracht. »Wollen Sie den Herren Minister unterstellen, sie seien begriffsstutzig?«

»Keineswegs«, widersprach Losanto mit dem Anflug eines Lächelns. »Man muss das ganze System kennen, bevor man versteht! Aber im Innenministerium war das ja kein Thema.«

»Sie werden es uns sicher plausibel darstellen können«, erwiderte der Innenminister bissig.

Losanto blies eine dünne Rauchfahne in die Luft. »Tausende von niedergelassenen Ärzten in Italien haben Blutproben an die Uniplasma-Labors zur Auswertung geschickt und damit Patientendaten weitergegeben. Die eingeschickten Proben wurden kostenlos analysiert, eine Motivation für die Herren Doktoren, sich an Uniplasma zu wenden und nicht an ein anderes Labor. Die gewonnenen Daten wurden gespeichert und somit Hunderttausende Schläfer generiert. Ärzte wurden unwissentlich zu Lieferanten der Daten von Patienten, deren Blutwerte und Analysen für anstehende Organentnahmen benötigt wurden.«

»Im Klartext«, schaltete sich die Staatsanwältin wieder ein, »die auf diese Weise gewonnenen Daten konnten jederzeit von Savianis Ärzten bei Uniplasma abgerufen werden, sobald eine Bestellung für ein bestimmtes Organ eintraf. Plötzlich bewegten sich auf Italiens Straßen Hundertausende völlig ahnungsloser Menschen, aus denen potenzielle Organspender geworden waren.«

Der Innenminister starrte seinen Ministerkollegen an. »Wer von diesen Verbrechern ist noch auf freiem Fuß?«, schrie er Casaverde und Losanto entnervt an. »Ist das nicht Ihr Ressort, oder täusche ich mich?«

Casaverde sprang vom Stuhl hoch und verließ, ohne ein einziges Wort zu sagen, den Raum. Pontine erhob sich und wollte ihm hinterherlaufen, doch der Innenminister hielt ihn zurück. »Setzen Sie sich, Signore Direttore! Möglicherweise können Sie mir die Frage beantworten.«

Stattdessen ergriff Losanto das Wort. »*Signore Ministro!* Wie bereits ausgeführt, sind die Hauptverantwortlichen entweder tot oder in einem längeren Urlaub. Der Chefarzt von Bologna, ein gewisser Professore Cerlosa, ist geflüchtet, wir sind ihm aber auf der Spur. Drei weitere Ärzte wurden in Spanien von der dortigen Polizei verhaftet, als sie mit dem Zug die Grenze passieren wollten. Ihre Auslieferung ist beantragt. Die Verhöre des Klinikpersonals dauern an. Eines ist gewiss: Die Kliniken wurden geschlossen, wir versuchen noch, Paluzzis Unternehmen zu beschlagnahmen. Aber wie es aussieht, wird das alles sehr schwierig!«

»Und was ist mit Savianis Vermögenswerten? Seinen Immobilien, seinen Konten?«, fragte Di Gregori.

Teresa Principato ergriff wieder das Wort: »Wie nicht anders zu erwarten war, gehört alles einer Holding auf Barbados. Es gibt keine Möglichkeit, an den Sparstrumpf heranzukommen, solange wir nicht beweisen können, dass Saviani und Konsorten die Anteilseigner der Holding sind. Und Sie wissen ja, wie das ist.«

»*Madonna, che casino!*«, schimpfte der Innenminister. »Aber irgendjemand wird alles erben, oder?«

»Wenn wir es je erfahren ...« Die Staatsanwältin ließ den Satz offen und zuckte mit den Schultern. »Immerhin haben wir im Inland Konten und Werte in Höhe von etwa zweihundertsiebzig Millionen Euro beschlagnahmt.«

»Schön und gut«, erwiderte der Innenminister aufgebracht. »Haben Sie einmal vor die Tür gesehen? Die Medien werden mich in der Luft zerreißen, und Angehörige von vermissten Personen werden mich vierteilen.« Er blickte in die Runde.

»Was glauben Sie, was Italiens Ärzteschaft mit Ihnen anstellen wird, wenn diese Schweinerei in der Presse nachzulesen ist?«, murmelte Losanto und schien sich ins Fäustchen zu lachen.

Der Innenminister schien weniger amüsiert zu sein. »Wenn das an die Öffentlichkeit kommt, wird nicht nur unser ganzes Gesundheitswesen unglaubwürdig. Niemand wird sich mehr zu einem Arzt wagen.« Schweißperlen bildeten sich auf seiner Stirn. »Das Vertrauen in die Ärzte und das Gesundheitssystem würde massiven Schaden erleiden.« Er machte eine Pause, um tief durchzuatmen. »Ich darf an die Folgen gar nicht denken«, fügte er hinzu und wischte sich mit dem Taschentuch seine Stirn trocken. »Und an die nächsten Wahlen auch nicht.« Er presste die Lippen energisch zusammen.

Teresa Principato schüttelte missbilligend den Kopf. »Hauptsache, die Herren Politiker finden die richtigen Worte. Keine noch so gefährliche chemische Substanz ist in der Lage, das Leben des eigenen Volkes nachhaltiger zu vergiften als das Vokabular starrköpfiger Politiker.«

Der Minister warf der Staatsanwältin einen bitterbösen Blick zu. »Hiermit erteile ich die dienstliche Anweisung absoluter Verschwiegenheit.« Er blickte jedem Anwesenden in die Augen. »Kein Wort, das hier gesprochen wurde, darf diesen Raum verlassen. Ich werde mich im Anschluss der Öffentlichkeit stellen.«

Teresa Principato erhob sich langsam von ihrem Konferenzsessel und sah den Innenminister mit einer herablassenden Miene an. »Für einen Minister ist der Skandal die schnellste

Bestätigung im Amt. Deshalb mache ich mir um Sie keine Sorgen. Wie gewöhnlich werden Sie auf die Butterseite fallen!«

»Was erlauben Sie sich!«, fuhr sie der Ministro Dell'Interno an. Sie schüttelte lächelnd den Kopf. »Schon Immanuel Kant sagte: Politik ist Schicksal. Man sollte sich nicht so sehr daran klammern.«

»Die Sitzung ist beendet!«, schnitt der Justizminister der Staatsanwältin das Wort ab und lächelte böse. »Ich möchte den Kollegen und unsere beiden Generale bitten, noch einen Augenblick hierzubleiben. Wir müssen eine geeignete Sprachregelung finden.«

37.
Kommuniqué

Italiens Innenminister sprach, flankiert vom Generalstaatsanwalt und dem Justizminister vor dem Palazzo Viminale in die Mikrofone.

Signore e Signori!
Angesichts eines abscheulichen Verbrechens stehe ich heute mit tiefer Betroffenheit, aber auch mit großer Erleichterung vor Ihnen. Mein Dank gilt den Polizeikräften, die am 23. Juli einen Ring gewissenloser Organhändler vollständig zerschlagen haben. Das ganze Ausmaß illegaler Transplantationen ist bislang noch nicht bekannt, wir sind jedoch guter Hoffnung, den genauen Sachverhalt schnell erhellen zu können.
Aus ermittlungstaktischen Gründen waren wir gezwungen, eine Nachrichtensperre zu verhängen. Trotz absoluter Geheimhaltung haben die Haupttäter bemerkt, dass ihnen die Spezialkräfte auf den Fersen waren. Als sich das Netz immer enger um sie zog, beging die Mafiapatin Sophia Saviani auf abscheuliche Weise Selbstmord und riss nach jetzigem Erkenntnisstand eine ganze Familie mit in den Tod. Die anderen Haupttäter gingen, soweit wir wissen, ebenfalls in den Freitod. Bei dem verdeckten Einsatz wurden erhebliche Werte beschlagnahmt.
Die Ermittlungen dauern noch an. Weitere Einzelheiten wird mein Ministerium an die Öffentlichkeit geben, wenn alle Unklarheiten beseitigt sind.

Lassen Sie mich noch ein paar Worte an die vielen Ange-
hörigen richten, die so lange Zeit zwischen Ungewissheit,
Angst und Hoffnung gelebt und um ihre Liebsten gebangt
haben. Ich weiß, weder Anteilnahme noch tröstende Wor-
te werden Ihre Wunden heilen. Ganz Italien trauert mit
Ihnen. Seien Sie gewiss, ich werde alles Notwendige unter-
nehmen, dass diese schändlichen Taten rücksichtslos auf-
geklärt werden, ich werde dafür Sorge tragen, dass man
die Schuldigen ohne Ansehen der Person ihrer gerechten
Strafe zuführt.
Ich danke Ihnen …

Lautstark wurden dem Innenminister Fragen zugerufen. Mikrofone und Kameras wurden in die Höhe gehalten. Ein wahres
Blitzlichtgewitter prasselte auf ihn hernieder, auch beleidigende
Worte wurden ihm entgegengeschleudert und eine Frage immer
wieder wiederholt: »Treten Sie zurück, Herr Minister?«
Der Innenminister hob abwehrend beide Hände. Er deutete
eine Verbeugung an, wandte sich ohne ein weiteres Wort ab
und verschwand mit seinen Begleitern eilig im Palazzo Viminale.

Epilog
April 2010

Der anthrazitfarbene VW-Van mit abgedunkelten Scheiben und Breitreifen rollte beinahe geräuschlos an den ehemaligen Zechenhäusern in Oberhausen-Lirich vorbei, bog kurz nach der Kanalbrücke in die Kreuzstraße ein und fuhr den schmalen Leinpfad zwischen dem Ufer des Rhein-Herne-Kanals und dem Westfriedhof entlang. Es war sieben Uhr zwanzig morgens, und die ersten Hundebesitzer führten auf dem sonst selten befahrenen Weg ihre Lieblinge Gassi. Normalerweise war der Emscher Weg Radfahrern und Spaziergängern vorbehalten, und nur Anrainern war die Zufahrt gestattet.

Der Wagen bremste an einer Ausweichstelle, und der Motor starb ab. Die Konturen der Insassen waren durch die getönten Scheiben nur schemenhaft zu erkennen. Die Männer schienen auf etwas zu warten. Nichts regte sich außer dem elektrischen Außenspiegel, den der Fahrer neu ausrichtete. Hin und wieder passierte ein Jogger das Fahrzeug, das in Sichtweite zur Liricher Schleuse parkte und niemandem auffiel.

»Sie kommt!«, sagte der Fahrer leise, der aufmerksam im Rückspiegel den Leinpfad beobachtet hatte. Der Beifahrer, ein kräftiger Kerl mit schlechten Zähnen und einer Narbe auf der Stirn, erhob sich und quetschte sich zwischen den Sitzen hindurch in den Laderaum.

»Noch knapp fünfzig Meter«, meldete der Fahrer nach hinten. »Jetzt noch zwanzig.« Er ließ das Fenster einen Spalt herunter, warf seine Zigarette hinaus und startete den bulligen Motor.

»Jetzt!«, gab er seinem Begleiter das Kommando.

Die Schiebetür des Vans wurde aufgerissen. Den erschreckten

Aufschrei der Frau erstickte der Mann, indem er ihr blitzschnell den Mund zuhielt. Bevor die Frau zu irgendeiner Gegenwehr fähig war, hatte der Mann ihr den Arm um den Leib geschlungen, sie hochgehoben und ins Wageninnere gerissen. Der ganze Vorgang hatte keine fünf Sekunden gedauert.

»Spritze!«, rief der Mann nach vorn.

Die Frau riss entsetzt die Augen auf und versuchte sich loszureißen, spürte aber im gleichen Augenblick einen scharfen Schmerz in ihrem Arm. Dann verlor sie das Bewusstsein.

»Gib Stoff!«, knurrte der Mann.

»Ist sie es?«, wollte der Fahrer wissen.

»Klar!«

Der Van machte einen Satz nach vorn, und schon reihte er sich in den Berufsverkehr der Oberhausener Innenstadt ein. Der Fahrer näherte sich nach weniger als einem Kilometer der Einfahrt zum Emscher Schnellweg und setzte den Blinker.

Die Scheinwerfer der vier Leichenwagen eines Duisburger Bestattungsunternehmens fraßen sich auf der A 3 in Richtung Frankfurt durch die Nacht. Gegen drei Uhr morgens bogen die Fahrer in die Raststätte Medenbach ein und stellten ihre Fahrzeuge etwas abseits auf der Spur für die Lastwagen ab. Sportlich gekleidete Männer stiegen aus und schlenderten auf zur Gaststätte. Während zwei der Fahrer zur Toilette gingen, betraten die beiden anderen den Gastraum und bestellten Kaffee und eine Kleinigkeit zu essen. Der Kleidung nach schienen sie eher Reisende zu sein als Mitarbeiter eines Bestattungsunternehmens.

Außer ihnen saßen nur wenige Gäste an den Tischen. Ein paar Fernfahrer, die noch einmal eingekehrt waren, bevor sie sich in ihrer Kabine zur Ruhe legten, auch ein paar Urlauber sowie Geschäftsreisende und Spätheimkehrer, die hier eine Pause machten.

Knapp zwei Stunden zuvor war der Bestattungskonvoi von der

noblen Privatklinik Eichenpark, in der Nähe des Hülser Bergs bei Krefeld, aufgebrochen. Er würde gegen zehn Uhr vormittags in Třenice erwartet. An die fünfhundert Kilometer lagen noch vor den Fahrern. Der Verkehr auf der Autobahn ließ erwarten, dass sie gut durchkommen würden. Es war eine klare Nacht und beinahe Vollmond.

Die beiden anderen Fahrer betraten den Gastraum, besorgten sich am Tresen etwas zu essen und setzten sich an den Tisch zu ihren Kollegen. Über Würstchen, Kotelett und Spiegeleier gebeugt, saßen sie beisammen und sprachen kaum ein Wort miteinander, während sie aßen. Einer der Männer, ein kräftiger Kerl mit langen, ungepflegten Haaren und grobschlächtigem Gesicht, warf von Zeit zu Zeit einen Blick durchs Fenster, als wolle er sich vergewissern, dass die Fahrzeuge noch dort standen, wo sie sie abgestellt hatten.

»Ich rauche draußen noch eine und vertrete mir kurz die Füße«, sagte er zu dem Kollegen und brachte sein Tablett zum Geschirrwagen. Die drei nickten und holten sich noch Kaffee. Die Fahrt war eintönig, und die Nacht würde lang werden.

Zehn Minuten später reihten sich die vier schwarzen Kombis in den fließenden Verkehr ein und fuhren im Konvoi durch die Nacht. Die Autobahn führte sie über Würzburg und Nürnberg nach Amberg. Als die Fahrer den Grenzübergang Waidhaus passierten, waren seit der Pause in Medenbach etwas weniger als vier Stunden vergangen. Der Verkehr auf der Autobahn in Richtung Pilsen war gering, und die Fahrzeugkolonne erreichte nach sechzig Kilometern die Ausfahrt nach Třenice, einem verschlafenen, tschechischen Ort, der kaum mehr als vierhundert Einwohner zählte. Weiß getünchte Einfamilienhäuser mit gepflegten Vorgärten säumten die Straße. Třenice schien menschenleer zu sein, lediglich ein Hund rannte einige Meter kläffend neben dem Bestattungskonvoi her.

Das erste Fahrzeug setzte den Blinker und bog rechts ab, die anderen folgten. Der schmale Wiesenweg führte zunächst am

Waldsaum entlang und endete an einer Lichtung. Mitten im Grünen stand ein flaches, langgestrecktes Gebäude, das wie eine stillgelegte Fabrik wirkte. Nur die neuen Aluminiumschornsteine, die in der Sonne blitzten und aus denen dünner Rauch aufstieg, wiesen darauf hin, dass hinter den Mauern gearbeitet wurde. Die Wagen fuhren durch das offene Gittertor und rollten auf den Hof. Dort parkten einige ältere Autos und ein paar Mopeds. Zwei Fahrräder lehnten an der Wand. Über der Eingangstür prangte ein nagelneues Schild aus Kunststoff:

Krematorium.

Ein kurzes Hupen, und ein bulliger Typ mit einem Lippenbart trat in derben Jeans und Pullover vor die Tür. Er winkte dem Fahrer des ersten Leichenwagens zur Begrüßung und wandte sich um.

»Sandro!«, rief er in den Flur. »Die Ladung aus Deutschland ist angekommen.«

Dann ging er zum Fahrer des ersten Wagens, der die Seitenscheibe heruntergekurbelt hatte, und beugte sich zu ihm hinunter. »Fahrt um das Gebäude herum! Hinterm Haus ist ein Doppeltor. Ich mache euch gleich auf.«

»Okay«, brummte der Chauffeur.

»Sind die Papiere vollständig?«

»Komplett und frisch aus der Druckerpresse.« Der Fahrer grinste und gab Gas.

»Bruno!«, schallte es aus dem Haus. »Du musst den Schuppen aufschließen, wir brauchen noch billige Holzsärge.«

ENDE

Claudio M. Mancini

Mala Vita

Ein Mafia-Roman

Nachdem sein Bruder vor laufender Kamera brutal ermordet wurde, gerät Roberto Cardone selbst ins Visier skrupelloser Mafiabosse. Eine millionenschwere »Erbschaft« ist schließlich keine Kleinigkeit. Ohne es zu wollen, verstrickt sich Cardone in ein undurchsichtiges Netz aus Geldwäsche, Waffenhandel und Spionage. Und der Tod ist sein ständiger Begleiter …

»Zwielichtige Geschäfte: Ein spannender Krimi über die betrügerischen Machenschaften der Ehrenwerten Gesellschaft.«
Neues Deutschland,
Literaturbeilage zur Leipziger Buchmesse,
12.03.2009

Knaur Taschenbuch Verlag

Urban Waite

Schreckensbleich

Thriller

Phil Hunt züchtet Pferde in der Nähe von Seattle. Er kommt gerade so über die Runden und ist deshalb darauf angewiesen, alten Bekannten ab und zu einen »Gefallen« zu tun. Doch bei seinem neuesten Coup verlässt Phil das Glück. Die Bergung der 200 Kilo Kokain, die eine vietnamesische Gang nachts in den unwegsamen Bergen an der kanadischen Grenze abwirft, wird von dem ehrgeizigen Provinzsheriff Bobby Drake vereitelt. Drake ahnt nicht, dass er damit eine brutale Mordserie auslöst, denn der psychopathische Auftragskiller der Gang, der die Drogen wiederbeschaffen soll, verliert mehr und mehr die Kontrolle über sich und steigert sich in einen Rausch hinein ...

»Ein teuflisch guter Roman, gnadenlos getaktet,
elegant erzählt. Da bleibt kaum Zeit zum Luftholen!«
Stephen King

Knaur Taschenbuch Verlag